Steve Tesich • Abspann

Steve Tesich
Abspann

Roman

Aus dem Amerikanischen
von Heidi Zerning

KEIN & ABER
POCKET

Ebenfalls von Steve Tesich:
Ein letzter Sommer

Die Originalausgabe erschien 1998 unter dem Titel
Karoo bei Harcourt Brace & Company, New York

Coverbild: Marija Anicic
Satz: Dörlemann Satz, Lemförde
Druck und Bindung: CPI books GmbH, Leck
ISBN 978-3-0369-5950-4
Auch als eBook erhältlich

www.keinundaber.ch

ERSTER TEIL

NEW YORK

ERSTES KAPITEL

1

Es war der Abend nach Weihnachten, und wir plauderten alle fröhlich über den Sturz von Nicolae Ceausescu. Sein Name schlug ein wie ein neuer Schlager, den alle Leute sangen. Die *New York Times* brachte täglich einen Kasten, in dem die Namen der Hauptakteure in Rumäniens aktueller Krise zusammen mit einer Aussprachehilfe aufgelistet wurden, und so war es für alle Partygäste Ehrensache, deren sämtliche Namen korrekt und so oft wie möglich auszusprechen.

Die Aussprache der Namen

SILVIO BRUCAN, ein Oppositionsführer: SIL-wijuh bruh-KAHN

NICOLAE CEAUSESCU, der gestürzte Führer: nie-kuh-LAH-eh tscha-uh-SCHESS-kuh

ELENA CEAUSESCU, seine Frau und Stellvertreterin: eh-LEH-nah

NICU CEAUSESCU, deren ältester Sohn und Führer in der Stadt Sibiu: NIE-kuh

Generalleutnant ILIE CEAUSESCU, der Bruder des Führers: il-LIE-jeh

Generalleutnant NICOLAE ANDRUTA CEAUSESCU, ein weiterer Bruder: an-DRUH-zah

CONSTANTIN DASCALESCU, der Ministerpräsident: konstan-TIEN das-kah- LESS-kuh

ION DINCA, verhafteter stellvertretender Ministerpräsident: IJON DINK-ah

Generalleutnant NICOLAE EFTIMESCU: nie-kuh-LAH-eh ehf-tie-MESS-kuh

GHEORGHE GHEORGHIU-DEJ, der Vorgänger von Herrn Ceausescu: GIOR-gijeh gior-GIUH-dehsch

Generalmajor STEFAN GUSA, der Chef des Generalstabs: schtef-FAN GUH-sah

ION ILIESCU, ein Oppositionsführer: IJON ill-ie- JESS-kuh

CORNELIU MANESCU, ein früherer Außenminister: kor-NEHL-juh mah-NESS-kuh

VASILE MILEA, der Verteidigungsminister, der Selbstmord begangen haben soll: wah-SIE-leh MILE-ah

Generaloberst NICOLAE MILITARU: nie-kuh-LAH-eh mie-lie-TAH-ruh

SORIN OPREA, ein Oppositionsführer in Timisoara: soh-RIEN OHP-prah

TUDOR POSTELNICU, verhafteter Innenminister: TUH-dor post-ELL-nih-kuh

FEREND RARPATI, Verteidigungsminister: FEHR-end rahr-PAHZ-ih

Generaloberst IULIAN VLAD: juh-lie-AHN WLAHD.

Diese Namen wollten unbedingt in den Mund genommen werden und bereiteten bei ihrer Aussprache einen Genuss wie der Verzehr von Kanapees.

»nie-kuh-LAH-eh tscha-uh-SCHESS-kuh«, rief jemand links von mir.

»eh-LEH-nah tscha-uh-SCHESS-kuh«, warf jemand rechts von mir ein.

Ich leerte ein weiteres Glas Champagner, nahm mir ein Glas Wodka und erhöhte den Lärmpegel um meine Stimme.

»Der Mann, auf den man jetzt achten muss«, rief ich, »ist IJONill-ie- JESS-kuh. Ich glaube nicht, dass kon-stan-TIEN das-kah- LESS-kuh in Rumänien gegenwärtig noch viel mitzureden hat, wirklich nicht.«

»Die Dinge sind noch völlig im Fluss«, wandte jemand ein.

»Im Fluss oder nicht«, beharrte ich, »der Mann, auf den man jetzt achten muss, ist IJON! IJONill-ie- ESS-kuh.«

Ich kippte meinen Wodka und goss mir nach, diesmal einen polnischen Wodka, wo unten in der Flasche ein Halm Büffelgras oder so was schwimmt. Es war vollkommen hoffnungslos, aber ich trank weiter, bewegte mich von Tablett zu Tablett und von Gruppe zu Gruppe.

2

Bei den McNabs, George und Pat, war es Tradition, am Tag nach Weihnachten eine Party zu geben, aber noch nie hatten sich die Weltereignisse dazu verschworen, die Party so lebhaft und gegenwartsnah zu gestalten. Es gab viel zu feiern und zu bereden. Václav Havel, die Berliner Mauer, das Ende des Kalten Krieges, der Zusammenbruch des Kommunismus, Gorbatschow und, zumindest für die nächsten paar Tage, diese Rumänen mit ihren köstlich klingenden Namen.

Ich trank jetzt wieder Rotwein, wie schon gleich nach meiner Ankunft auf der Party. Dazwischen hatte ich sämtliche Arten alkoholischer Getränke konsumiert, die das Haus anbot. Weißwein, Bourbon, Scotch. Drei verschiedene Sorten Wodka. Zwei verschiedene Sorten Cognac. Champagner. Diverse Liköre. Grappa. Raki. Zwei Flaschen mexikanisches

Bier und mehrere Cocktailgläser Eierflip mit Rum. All das auf leeren Magen, und doch war ich zu meinem Leidwesen stocknüchtern.

Nichts.

Ich war nicht nur nicht betrunken, ich hatte nicht mal einen Schwips.

Nichts.

Überhaupt nichts.

Von Rechts wegen hätte ich auf einer Bahre liegen müssen, in einem rasenden Krankenwagen auf dem Weg zur Notaufnahme, wo man mich wegen schwerer Alkoholvergiftung behandeln würde, aber nein, ich war nüchtern. Staubtrockennüchtern. Klaren Kopfes. Vollkommen unversehrt. Nichts.

Mein Alkoholproblem begann vor etwas über drei Monaten.

Ich hatte noch nie von jemandem mit dieser Krankheit gehört. Ich wusste nicht, wo und wie ich sie mir geholt hatte oder was der Auslöser war.

Ich wusste nur, dass etwas mit mir nicht stimmte. Etwas in mir war gerissen oder locker geworden oder abgegangen. Es war etwas Physiologisches oder Psychologisches oder Neurologisches, irgendwo im dunklen Innern meines Körpers oder meines Kopfes war irgendein kleines Blutgefäß geplatzt oder verstopft, war irgendeine Synapse durchgebrannt oder irgendein chemischer Prozess umgekippt, ich hatte nicht die leiseste Ahnung. Ich wusste nur eines, der Zustand der Trunkenheit war aus meinem Leben verschwunden.

Meine Trinkerkrankheit führte – wahrscheinlich, weil ich sie nicht wahrhaben wollte – zu der seltsamen Begleiterscheinung, dass ich – seit ich gemerkt hatte, ich konnte trinken, soviel ich wollte, ich wurde nicht betrunken – nur umso mehr trank. Ich mochte gegen Alkohol immun geworden sein, aber nicht gegen Hoffnung, und egal, wie hoffnungslos es aussah, ich fuhr fort, zu trinken und zu hoffen, dass ich eines schönen Abends, wenn ich es am allerwenigsten erwartete, wieder wie in der guten alten Zeit einen Rausch kriegen und in mein altes Ich schlüpfen würde.

Die Musik hörte auf. Die Platte wechselte, aber nicht der Komponist, und nach einem kurzen Zwischenspiel aus dem Lärm unbegleiteter menschlicher Stimmen war wieder Beethoven dran. Wie immer bei den McNabs war es eine Am-Tag-nach-Weihnachten-Beethoven-pur-Party.

Ich goss mir ein Glas Tequila ein, ein schönes großes für Mineralwasser vorgesehenes Glas, und leerte es.

Ich verstand das nicht. Beim besten Willen nicht. Blut war schließlich Blut, und wenn man es darauf anlegte und sicherging, dass der Alkoholgehalt des Blutes alle bekannten Maßstäbe der Trunkenheit um das Fünffache überstieg, dann müsste man in der Lage sein, betrunken zu werden. Ausnahmslos jeder. Es war eine Sache der Biologie. Und zwar nicht nur der menschlichen Biologie. Hunde konnten betrunken werden. Ich hatte von einem besoffenen Pitbull gelesen, der in der Bronx einen Obdachlosen angefallen hatte und dann wenige Querstraßen weiter umgekippt war. Später wurden ein paar Kids aus der Gegend festgenommen und beschuldigt, das Tier alkoholisiert zu haben. Pferde konnten betrunken werden. Kühe. Schweine. Es gab Alki-Ratten, die sich mit Schaumwein einen ansoffen. Elefantenbullen, da war ich sicher, konnten betrunken werden. Rhinozerosse. Walrosse. Hammerkopfhaie. Kein lebendes Geschöpf, ob Mensch oder Tier, war immun gegen Alkohol. Bis auf mich.

Gerade diese biologische Aussperrung, die unnatürliche Natur meines Gebrechens erfüllte mich mit Scham und dem Gefühl, gebrandmarkt zu sein, als hätte ich mich mit einer umgekehrten Aids-Variante infiziert und wäre gegen alles immun geworden. Aus Angst, zum Paria zu werden, falls meine Krankheit bekannt würde, tat ich so, als sei ich betrunken. Außerdem konnte ich es nicht ertragen, die Menschen, die mich kannten, zu enttäuschen. Sie erwarteten von mir, betrunken zu sein. Ich bildete den Kontrast, an dem sie ihre Nüchternheit messen konnten.

Aber meine Immunität gegen Alkohol, obschon äußerst beunruhigend, war nicht meine einzige Krankheit. Ich hatte noch andere. Viele, viele andere. Ich war ein kranker Mann.

Noch nie da gewesene Krankheiten mit bizarren Symptomen ließen sich in meinem Körper und in meinem Kopf häuslich nieder. Es war, als stünde ich in der Adressenkartei einer kosmischen Versandfirma für Krankheiten oder hätte in mir ein verhängnisvolles Gravitationsfeld, das unbekannte neue Krankheiten anzog.

3

Die McNabs, George und Pat, unsere Gastgeber, bewohnten eine labyrinthische Zimmerflucht im siebten Stock vom Dakota. Überall standen Pflanzen und Lampen. Quarzlampen. Tischlampen. Italienische Stehlampen mit Marmorsockeln. Frühe Tiffany-Lampen mit bunten Glasschirmen, bei Sotheby's ersteigert. Ein riesiger Kristallkronleuchter hing im riesigen Wohnzimmer, ein weiterer riesiger Kristallkronleuchter im riesigen angrenzenden Salon. Aber trotz dieses Leuchtkörperdeliriums hatte die Wohnung der McNabs etwas an sich, das Licht verschlang wie Venusfliegenfallen Insekten. Weit entfernt von sonniger Helligkeit, herrschte eine Atmosphäre düsterer Dämmerung.

In diesem Lärm aus Stimmengewirr und Musik und in diesem Zwielicht betrunken zu sein, war schlimm genug. Im gnadenlosen Griff unfreiwilliger Nüchternheit zu sein, war eine Qual.

»Auf die Freiheit!«, riefen George und Pat McNab und hielten ihre Champagnergläser hoch. »Auf die Freiheit überall!«, fügte Pat McNab hinzu, wobei ihre Stimme vor Gefühlsüberschwang brach.

»Auf die Freiheit!«, erwiderten alle, darunter auch ich. Wir tranken alle unsere jeweiligen Drinks aus. Meiner war ein weiterer Tequila.

Der riesige Weihnachtsbaum – mindestens drei Meter hoch – war ein Kronleuchter für sich. Seine zahllosen bunten Birnchen blinkten, so schien es, im Takt zu Beethovens Musik.

Aus irgendeinem Grunde erinnerten der Weihnachtsbaum, die festlich gekleidete Menge, der Trinkspruch auf die Freiheit und die Kronleuchter an ein Kreuzfahrtschiff auf hoher See.

Wir würden bald die Dekade der Achtziger verlassen und in die »neuen fröhlichen Neunziger« segeln, wie jemand das bevorstehende Jahrzehnt getauft hatte. In unserem Kielwasser lagen der Zusammenbruch des Kommunismus, der Sturz diverser Tyrannen, und vor uns lag irgendeine neue Neue Welt. Irgendein neues Neuland. Eine vorzügliche Aufnahme von Beethovens Fünfter schmetterte aus den riesigen Bose-Boxen und begleitete unsere Kreuzfahrt. Man musste brüllen, um gehört zu werden, aber die Stimmung der Party war so ausgelassen, dass einem nach Brüllen zumute war.

Trotz meiner Vielzahl von Krankheiten oder gerade deswegen brüllte ich wie alle anderen.

Selbst meine Scheidung verwandelte sich in eine Scheidungskrankheit. Meine Frau Dianah war auch auf der Party.

Ich hatte sie nicht kommen sehen, erhaschte aber ein Glitzern ihrer platinblonden Haare unter dem Kronleuchter im Salon, bevor sie in der Menge verschwand.

Wir lebten offiziell seit über zwei Jahren getrennt, trafen uns aber regelmäßig, um unsere Scheidung zu besprechen. Diese ausufernden Besprechungen in dem französischen Restaurant, das wir immer aufsuchten, wurden im Laufe der Zeit zu einer anderen Form der Ehe statt zur Scheidung. Wir feierten sogar den zweiten Jahrestag unserer einvernehmlichen Trennung. Anscheinend fiel es osteuropäischen Ländern leichter, sich von ihren Diktaturen zu befreien, als mir, mich von meiner Ehe zu befreien.

Obwohl von Haus aus vermögend, war Dianah nach unserer Trennung Geschäftsfrau geworden. Sie besaß eine Boutique auf der Third Avenue namens »Das Verlorne Paradies«. Sie stand nicht selber hinter dem Ladentisch, sie war nur die Eigentümerin. Eine hier in New York geborene Pakistanerin leitete das Geschäft und seine rein weiblichen Verkaufskräfte. Das Geschäft führte Kleider, Designer-T-Shirts und modische Schals aus verschiedenen Stoffen, die Abbildungen gefährdeter Arten trugen: Wölfe, Vögel, Bären, Königstiger, Schneeleoparden, eine Schnecke. Bevor Dianah in der Menge verschwand, konnte ich erkennen, dass auch sie eines dieser Kleider trug, aber nicht, welches zum Untergang verurteilte Geschöpf es schmückte.

Wir machten es uns zum Prinzip, bei allen gesellschaftlichen Anlässen zu erscheinen, die wir auch vor unserer Trennung besucht hatten. Ihre öffentliche Haltung zu unserer Scheidung war: keinerlei Groll. Ihr war wichtig, dass diese Haltung weithin wahrgenommen wurde, und alle, die wir kannten, nahmen diese Haltung denn auch wahr und fanden sie bewundernswert.

Unser Adoptivsohn Billy war ebenfalls da. Er studierte seit Kurzem an der Harvard und war in den Semesterferien nach Hause gekommen. Nach Hause war in seinem Fall unsere alte Wohnung Central Park West, wo Dianah immer noch wohnte. Als ich auszog, suchte ich mir was am Riverside Drive, so weit westlich von Central Park West, wie ich nur finden konnte, ohne nach New Jersey zu ziehen.

Es fiel nicht schwer, Billy in der Menge auszumachen. Er war mindestens dreißig Zentimeter größer als alle um ihn herum. Er maß eins achtundneunzig oder so etwas Ähnliches und wuchs immer noch. Gegenwärtig war er von älteren, sorgfältig zurechtgemachten und glitzernd gekleideten Frauen umgeben. Im Gegensatz zu anderen Jungen seines Alters schien er sich in deren Gesellschaft wohlzufühlen.

Sein Gesicht war weiß, nahezu schneeweiß, aber auf jeder Wange trug er einen rosigen Kreis von der Größe eines Silberdollars, sodass es trotz der seltsamen Blässe seines Teints leichtfiel, ihn als rotwangig zu bezeichnen.

Sehr tiefe Augen. So tief liegend und dunkel, dass er aus der Ferne überhaupt keine Augen zu haben schien.

Die langen schwarzen Haare fielen ihm bis fast auf die Schultern, aber Billy hatte etwas an sich, das lange Haare eher liebenswert als rebellisch machte.

Er sah mich und winkte. Seine hoch über den Kopf gehobene Hand streifte fast den Kronleuchter. Ich winkte zurück. Er lächelte. Die älteren Frauen um ihn herum reckten die Hälse, um zu sehen, wen er begrüßte.

Ich hatte ein leeres Glas in der Hand und begab mich wieder zur Bar. Ich verschwand im dichten Gedränge, buddelte mich ein, konnte aber das Gefühl nicht abschütteln, dass Billy, hoch über allen anderen, jede meiner Bewegungen wahrnahm.

Er wollte etwas von mir. Ich wusste, was es war, und es war sehr einfach. Er wollte heute Abend mit zu mir nach Hause. In meine Wohnung. Nur wir beide. Am Morgen aufwachen und etwas aufgreifen, was wir am Abend zuvor begonnen hatten. Einfach ausnahmsweise einmal mit mir zusammen sein, ohne dass jemand anders dabei war. Nur wir beide.

Ich wusste das, weil es nichts Neues war. Aber da ich mich kannte, wusste ich auch, dass ich einen Weg finden würde, um ihn daran zu hindern, heute Abend mit zu mir nach Hause zu kommen.

Es hatte nichts mit Liebe zu tun. Ich liebte Billy, aber ich war absolut unfähig, ihn zu lieben, wenn ich mit ihm allein war.

Das war eine weitere meiner Krankheiten. Ich wusste nicht, wie ich sie nennen sollte. Vermeidung von Nähe. Vermeidung um jeden Preis von Nähe irgendwelcher Art. Zu wem auch immer.

4

Ich stolperte umher, torkelnd und taumelnd, rempelte Leute an, entschuldigte mich nuschelnd, wenn sie dadurch ihre Drinks verschütteten, stolperte dann weiter und tat mein Bestes, um betrunken zu wirken und daher normal. Es machte keinen Spaß, ein Simulant zu sein. Es war schon schlimm genug gewesen, ein verantwortungsloser, langweiliger, in die Jahre kommender Alkoholiker zu sein, auch ohne die jetzige Notwendigkeit, diese Rolle spielen zu müssen, um ein anderes, wesentlich schwerwiegenderes Problem zu verbergen.

So stolperte ich also weiter von Lampe zu Lampe, von Pflanze zu Pflanze und Gruppe zu Gruppe, mischte mich darunter, klinkte mich ein, klinkte mich aus, trank alles, was des Wegs kam, und stolperte schließlich weiter. Ich rempelte Leute an, die ich kannte und die mich anderen vorstellten, von denen ich nur gehört hatte. Manche davon hatten auch von mir gehört. Ich traf eine Frau, die mit Corazon Aquino zur Schule gegangen war. Bevor ich sie verließ, um weiterzustolpern, hatte ich das Gefühl, auf eine echte und tiefe Art jetzt mehr über Corazon Aquino in Manila zu wissen als über meine eigene Mutter in Chicago.

Beethovens Sechste schmetterte inzwischen durch die Räume. Niemand war ganz sicher, ob die McNabs an dem Tag alle neun Symphonien abspielten, wie sie behaupteten, denn um alle neun abzuspielen, hätten sie damit anfangen müssen, lange bevor die Party richtig in Fahrt kam. Ich wusste nur, dass ich für gewöhnlich während der Vierten erschien. In den vergangenen Jahren war ich bereits angenehm beschwipst, wenn ich das eröffnende Pomp-pom-pom-paa der Fünften hörte, und sturzbetrunken, wenn die Pastorale dahinströmte. Nicht so heute Abend.

Plötzlich überfiel mich ein Bärenhunger. Als Vorbereitung auf die Party hatte ich den ganzen Tag lang nichts gegessen. Aus dem Fünkchen Hoffnung heraus, wenn ich auf absolut leeren Magen tränke, würde es mir gelingen, wenn schon nicht schön benebelt, so doch wenigstens ein bisschen beduselt zu werden. Jetzt verstand sich von selbst, sogar für ein Selbst wie das meine, dass beides heute Abend nicht eintreten würde. Also fing ich an zu essen, griff mir Häppchen von ortsfesten und wandernden Tabletts, Letztere umhergetragen von rein weiblichem Catering-Personal in schwarz-weißen Uniformen wie ein New-Age-Orden für Catering-Nonnen.

Ich aß alles, was ich sah, alles, was mir über den Weg lief. Es waren meistens kleine Häppchen, gefüllt mit Häppchen.

Blätterteig, gefüllt mit Schafskäse und Spinat. Gefüllte Weinblätter. Gefüllte Kohlblätter. Zwischen Fleisch-, Gemüse- und Käsehäppchen stopfte ich mich mit Baklava voll.

Dr. Jerome Bickerstaff, mein Hausarzt aus der Zeit, als ich noch Familienvater war und eine Familie hatte, kam auf mich zu, während ich äste, stand einfach da und sah missbilligend zu, wie ich Süßigkeiten und Kanapees in unsystematischer Reihenfolge verschlang. In einigen der Häppchen, die ich aß, staken Zahnstocher, die ich wie Knochen auf den Boden warf.

»Gehts Ihnen gut, Saul?«, fragte Dr. Bickerstaff mich schließlich.

»Nein«, erwiderte ich mit meiner Standardantwort. »Wieso? Sehe ich etwa so aus?«

Ich lachte und ermutigte Bickerstaff, mitzulachen.

Er tat es nicht.

»Sie sehen gar nicht gut aus, Saul. Ich habe Sie ja lange nicht gesehen, aber Sie sehen wesentlich schlechter aus als beim letzten Mal.«

»Ist wahr?«

»O ja. Sie sollten sich mal sehen.«

Weil wir auf einer Party waren, weil Beethovens Sechste aus Bose-Boxen schmetterte, jede von der Größe eines importierten Kompaktautos, und weil die Leute um uns herum sich fast die Kehle aus dem Hals schrien, um über den Lärm der Musik und der Gespräche hinweg gehört zu werden, plauderten Dr. Bickerstaff und ich nicht einfach über mein ungesundes Aussehen, wir schrien aus Leibeskräften.

»Ihr Haar«, sagte Bickerstaff.

»Was ist mit meinem Haar?«

»Ein Arzt erkennt viel daran, wie das Haar eines Menschen aussieht. Ihr Haar sieht tot aus, Saul. Ich habe bei FAO

Schwartz preiswerte Puppen mit gesünder aussehendem Haar gesehen. Ihr Haar sieht krank aus. Tot.«

»Was haben Sie im Spielzeugparadies von FAO Schwartz gemacht, Doktor?«

Er überging meine Frage, als hätte er sie nicht gehört. Um fair zu sein, vielleicht hatte er sie wirklich nicht gehört. Man musste fast einen Hodenbruch riskieren, um sich Gehör zu verschaffen.

»Und Sie haben zugenommen«, fuhr er fort und deutete mit dem Kinn auf meinen Bauch.

»Ja?« Ich blickte hinunter.

»Etwa nicht?«

»Mir noch nicht aufgefallen«, sagte ich.

»Mir aber«, sagte er.

Als Mensch mit Übergewicht wahrgenommen zu werden, tat weh. Tat empfindlicher weh, als ein Mensch mit Übergewicht zu sein, was ich, wie ich sehr wohl wusste, war.

»Aber ich bin doch nicht etwa dick?«, flehte ich. »Sie würden mich doch nicht als dicken Mann bezeichnen. Es gibt in meiner Familie keine Vorgeschichte von dicken Männern.«

»Es gab auch in der Kennedy-Familie keine Vorgeschichte von Geld, bis Joe daherkam«, sagte er und bedauerte ein wenig, ein solches Schmuckstück von einer Replik auf jemanden wie mich zu verschwenden. Ich merkte deutlich, denn solche Dinge merkt man leicht, wie er sie für künftigen Gebrauch abheftete.

»Ich habe Dianah vor ein paar Wochen gesehen«, erzählte er mir mit ernstem Blick, der mir bedeuten sollte, dass er noch mehr zu erzählen hatte.

»Ach ja.« Ich ignorierte die Botschaft seines Blicks. »Ich habe sie eben erst gesehen, vor etwa einer halben Stunde.«

»Beruflich«, erklärte Bickerstaff. »Ich habe sie beruflich gesehen.«

»Wie geht es ihr beruflich?«, fragte ich und lachte, ermutigte ihn wieder, mitzulachen. Er tat es nicht.

»Stimmt das, was sie sagt?«

»Ich weiß nicht, Doktor. Was hat sie denn gesagt?«

»Sie hat mir gesagt – ich kann gar nicht glauben, dass es stimmt –, dass Sie nicht mehr krankenversichert sind.«

»Was gibts denn da zu versichern«, schrie ich hysterisch. »Soll ich meine Krankheiten auch noch versichern lassen?«

Es war Zeitverschwendung, bei Bickerstaff komisch sein zu wollen, aber es war ohnehin Zeitverschwendung, überhaupt mit ihm zu reden, also fand ich, ich konnte meine Zeit ebenso gut an das Bemühen um Witzigkeit verschwenden.

»Es stimmt also«, sagte er und wandte den Blick von mir ab, als brauchte er Zeit, um seine nächste Bemerkung abzufassen.

»Hören Sie mir zu, Saul«, sagte er dann und legte mir die Hand auf die Schulter. Anders als die meisten New Yorker berührte Dr. Bickerstaff nie jemanden in der Öffentlichkeit. Es war ein Hinweis auf den Ernst der Situation, dass er es jetzt tat. »Bitte hören Sie mir zu, und hören Sie gut zu. Ich weiß, Sie sind betrunken, aber …«

»Bin ich nicht«, unterbrach ich ihn. »Ich bin überhaupt nicht betrunken. Ich bin nüchtern. Stocknüchtern.« Ich brach fast in Tränen aus bei dem Gedanken, dass ich genau diese Worte vor noch gar nicht langer Zeit gebraucht hatte und dabei tatsächlich betrunken gewesen war. Meine rührselige Redeweise bestätigte Bickerstaff, dass ich betrunken war.

»Wenn Sie morgen früh wieder nüchtern sind«, fuhr er fort, »dann betrachten Sie sich sorgfältig im Spiegel. Sie werden einen übergewichtigen Mann jenseits der fünfzig sehen, der Alkoholiker ist mit einer Vorgeschichte von Krebs und Wahnsinn in der Familie. Sie werden einen fahlen Mann mit totem Haar sehen. Sie werden einen Mann sehen, Saul, der nicht nur eine Krankenversicherung braucht, sondern den umfassendsten Versicherungsschutz, der überhaupt zu haben ist. Wenn Sie können, würde ich Ihnen raten, sich bei mehreren Trägern versichern zu lassen.«

Ich schluckte das alles und erwiderte: »Aber abgesehen davon, wie sehe ich aus?«

Meine Frivolität amüsierte niemanden mehr. Sie hatte Bickerstaff noch nie amüsiert. Er schüttelte einmal den Kopf, wie ein Werfer, der ein Zeichen vom Fänger abschüttelt, zwinkerte mir zu und wandte sich zum Gehen. Ich packte seinen Arm.

»Hören Sie, Doktor. Ich habe aufgehört zu rauchen!« Die Trompete von Mariä Verkündigung konnte nicht froher jubiliert haben als meine Stimme. Im Leben eines jeden Menschen kommt der Punkt, wenn er verzweifelt seinem Arzt gefallen will, selbst wenn dieser Arzt gar nicht mehr seiner ist.

Wegen des Lärms um uns herum konnte ich sein Aufstöhnen nicht hören, aber Bickerstaffs Gesicht nahm eine Miene des Aufstöhnens an. Es war klar, dass er mir nicht glaubte.

»Wirklich, Doktor, ich schwöre es. Ich habe aufgehört. Gestern. Seitdem keinen Zug mehr. Nicht einen.«

Ich sprach die Wahrheit, aber aus irgendeinem Grunde schien Bickerstaffs Überzeugung, dass ich log, weitaus gewichtiger und maßgeblicher zu sein als meine Wahrheit.

Er machte seinen Arm los, und sein Abschiedsblick gab mir zu verstehen, dass ich ihn nun wirklich langweilte. Dann ging er. Der Rachen einer mittelgroßen Menschenansammlung tat sich auf und verschlang ihn im Stück.

5

Die Wohnung der McNabs enthielt mehr Vegetation pro Quadratmeter als jede andere, die ich je gesehen hatte. Es gab knöchelhohe Pflanzen, es gab hüfthohe Pflanzen, ja es gab regelrechte Haine, die sich über die Räumlichkeiten verteilten. Einige davon hätten als Set für die alte Fernsehserie *Ramar aus dem Dschungel* dienen können. Sie war eine der meistfotografierten Wohnungen in Nordamerika. Der *Architectural Digest*, das *New York Times Magazine*, *Vanity Fair*, *Ms.* und mindestens ein Dutzend weitere Zeitschriften hatten über sie berichtet. Nach dem, was ich über die vom sauren Regen angerichteten Verwüstungen gelesen hatte, war ich sicher, dass diese Wohnung mehr Grün aufzuweisen hatte als ganze Landstriche im Ruhrgebiet.

Begleitet von der Pastorale, stolperte ich von Hain zu Hain, bis ich einen fand, der mir behagte. Dort setzte ich mich unter einen Laubbaldachin und widmete mich wieder dem Trinken.

Leute kamen und gingen, wie sie es auf Partys tun. Singles, Paare, Trios. Sie blieben ein Weilchen in meinem Hain und zogen dann weiter. Wir redeten über die tscha-uh-SCHESS-kuhs, Bukarest, den Broadway und die Berliner Mauer. Leute, die ich kaum kannte und die mich kaum kannten, schienen alles über mich zu wissen und ich alles über sie. Durch die Informationsrevolution war die Welt wirklich zum globalen Dorf geworden, und wie in den Dörfern von früher waren Klatsch und Tratsch wieder einmal die vorherrschende Kommunikationsform.

George Bush hatte eine Geliebte.

Dan Quayle war schwul.

Eine der bedrückendsten Begleiterscheinungen meiner

Unfähigkeit, betrunken zu werden, war, dass ich diesen globalen Dorftratsch nicht nur nüchtern mit anhörte, sondern dass ich mich am nächsten Tag daran erinnern würde.

Gedächtnisverlust machte eines der wahren Vergnügen aus, betrunken zu sein, und als ich noch in meinem alten gesunden Ich steckte und jeden Abend volltrunken war, erwachte ich am nächsten Morgen erfrischt und ohne jede Erinnerung an den Abend vorher. Jeder Tag war ein nagelneuer Tag, frei von Schnürbändern. Jeder Morgen war ein neuer Anfang. Ich war synchron mit der Natur. Tod in der Nacht, Geburt und Erneuerung am Morgen.

Das alles änderte sich, als ich mir meine Trinkerkrankheit holte. Seitdem begrüßte mich alles, was ich am Abend tat oder sagte oder hörte, am Morgen danach. In mein Leben trat eine völlig neue, gnadenlose Kontinuität, der ich hilflos gegenüberstand.

In der Dienstags-Wissenschaftsbeilage der *New York Times* hatte ich einen Artikel über Physik gelesen, der die theoretische Möglichkeit der Existenz von Antimaterie im Weltraum beschrieb, von Antiwelten, ganzen Antigalaxien aus subatomaren Antipartikeln.

Das brachte mich, während ich in meinem Hain saß und mit den anderen tratschte, ins Grübeln, ob nicht in diesem Yin-und-Yang-System eine Anti-Betty-Ford-Klinik existierte, wo erkrankten Ex-Alkoholikern wie mir geholfen werden konnte. Wo meine Immunität gegen Alkohol aufgehoben und mein Organismus von Spezialisten in einem zweiwöchigen Aufenthalt wieder völlig betäubungsfähig gemacht wurde.

Mein Hain begann, sich mit Leuten zu füllen. Manche standen. Manche saßen. Alle redeten, und wenn sie redeten, mussten sie brüllen, wenn sie gehört werden wollten, und alle wollten gehört werden. Ich wurde weder einbezogen noch ausgeschlossen. Es stand mir frei, mich an den Gesprächen zu beteiligen. Sie schwatzten. Ich schwatzte hin und wieder zurück. Es war therapeutisch. Der Schnaps hatte nicht die geringste Wirkung auf mich, aber das sinnlose Geschwätz wirkte nahezu berauschend.

Eine erschreckende Möglichkeit kam mir plötzlich in den Sinn. Ich fragte mich, was, wenn meine Immunität gegen Alkohol sich auch auf andere Chemikalien und Medikamente erstreckte? Schmerzen. Entsetzliche Schmerzen. Unerträgliche Schmerzen. Was, wenn mich unerträgliche Schmerzen überfielen, die keine chemische Substanz lindern konnte?

Ich sah meine Frau auf mich zukommen. Heiter, lächelnd, mit einem vom Körper weggehaltenen Champagnerglas, sah sie aus wie jemand, der den großen Ballsaal der *Queen Elizabeth II* durchquerte, um mich zum Tanz aufzufordern.

Sie hielt an, stand einfach da und schaute auf mich herunter.

»Möchtest du dich setzen?«, bot ich an und machte Anstalten, aufzustehen.

Sie schüttelte den Kopf und sagte: »Nein, danke.«

Ich sank wieder in meinen Sessel und besah mir das Kleid, das sie trug. Die gefährdete Art des Tages war eine Eule. Überall auf ihrem Kleid waren kleine aussterbende Eulen. Eine Schar kleiner Eulen mit diesen großen runden Augen starrte mich von ihrem Busen und ihrem Bauch an. Falls ich mich nicht besserte, schienen ihre Augen mich zu warnen, würde auch ich eines Tages auf einer Liste gefährdeter Arten landen. Vielleicht sogar auf einem Kleid wie diesem.

»Hübsches Kleid hast du an. Was für eine Eule ist das?«

»Die Anjou-Bardeneule«, erwiderte sie seufzend, als sei es reine Atemverschwendung, überhaupt mit mir zu reden.

»Hab ich mir gedacht.« Ich nickte. »Entzückende Vögel. Sehen aus wie mit Schlaflosigkeit geschlagene Geschworene in einem Mordprozess.«

Ich lachte, lud sie ein, mitzulachen, und wusste im Voraus, sie würde nicht mitlachen. Sie tat es auch nicht. Sie reagierte nicht mal auf die Einladung. Sie sah mich einfach nur an.

Meine Frau. Sie war immer noch meine Frau. Mein Eheleben war vorüber, aber meine Ehe ging weiter.

Dianahs Gesicht hatte alle Merkmale der schönen Frauen dieses Jahres. Alles daran war betont. Die Augen. Die Wangenknochen. Der Mund. Die Zähne. Ihre platinblonden Haare wölbten sich in einer Entfernung von mindestens fünfzehn Zentimetern um ihre Ohren, wie ein ausgebreiteter Regenmantel. Durch diese Frisur wirkte ihr Gesicht auf mich wie eine Lichthupe.

»Du hast wahrscheinlich gar nicht bemerkt, dass dein Sohn hier ist«, sagte sie, wobei ihr Blick an mir vorbei zu den Leuten in meinem Hain wanderte und sie zu Zeugen unseres Gesprächs aufrief.

»Billy? Sicher habe ich ihn bemerkt. Er ist schwer zu übersehen. Da ist er.« Ich zeigte durch den Raum dorthin, wo in der Ferne sein Kopf den Horizont beherrschte.

»Er muss mit dir reden, Saul. Wirklich. Was hast du da auf dem Hemd?«

Ich schaute auf mein verknittertes blaues Hemd. Irgendeine Füllung aus einem der Kanapees, die ich verschlungen hatte, war herausgefallen und dort gelandet. Ein rötliches Zeug. Ich versuchte, es abzuwischen, aber es verschmierte. Ein Fleck entstand, durch den ich aussah wie abgestochen.

Sie seufzte, rollte die Augen und sah fort.

»Du bist betrunken.«

»Nein«, schüttelte ich den Kopf. »Nicht mal annähernd.

Ich bin völlig klar, und meine sämtlichen Fähigkeiten sind leider Gottes intakt.«

Irgendeine moralische Perversion ließ mich Vergnügen daran finden, die Wahrheit in der völligen Gewissheit zu sagen, dass Dianah sie verwerfen würde. Je nüchterner ich zu sein behauptete, desto betrunkener wirkte ich. Ihre Überzeugung von meiner Betrunkenheit war so stark, dass ich zumindest für einen Augenblick allein durch ihre Überzeugung einen kleinen Schwips verspürte.

»Bitte, Saul. Es reicht. Ich habe diese Spiele satt. Also hier –«, wieder wanderte ihr Blick durch den Hain und rief Zeugen auf, »– ist allen klar, dass du betrunken bist. Du kannst niemandem was vormachen.« Sie hielt inne, stieß einen tiefen Seufzer aus und fuhr fort: »Wir haben über Billy geredet, falls du das schon vergessen hast.«

»Nein, ich habe es nicht vergessen. Er will mit mir reden.«

»Nicht will. Muss. Er muss mit dir reden.«

»Gut, wie du willst. Er muss mit mir reden. Worüber muss er mit mir reden?«

Ich musste von ihrem Kleid wegschauen. Diese vielen großen, unverwandt starrenden Eulenaugen machten mich nervös.

»Er ist dein Sohn, Saul.«

»Das weiß ich.«

»Was will ein jeder Sohn von seinem Vater?«, wandte sie sich an das Publikum in meinem Hain.

»Ist mir schleierhaft«, antwortete ich.

»Er will mit dir zusammen sein. Er braucht das. Ich kann mich nicht erinnern, wann du das letzte Mal mit ihm allein warst.«

»Ich auch nicht, aber das heißt nicht, dass es nie vorgekommen ist.«

Sie zog die Augenbrauen hoch, angewidert von meiner Frivolität, und redete dann wieder auf mich ein, langsam und geduldig.

»Er möchte heute Abend zu dir nach Hause. Er braucht es, ein paar Tage mit dir zu verbringen, bevor er wieder ins College muss. Das ist sehr wichtig für ihn, Saul. Sehr, sehr wichtig, und wenn du irgendwelche Gefühle für ihn hegst …« Sie redete weiter.

Sie hatte es in der kurzen Zeit ihrer Anwesenheit geschafft, alle anderen Gespräche im Hain zum Verstummen zu bringen, und während sie weiterredete, wurde ihr jetzt die volle Aufmerksamkeit all der Leute zuteil, die zu beiden Seiten von uns saßen oder standen. Ich war dankbar dafür, dass Publikum da war. Wenn Ehen, wie Paraden und Partys, ausschließlich öffentliche Angelegenheiten wären, dann würden Dianah und ich noch zusammenleben, und ich würde mich wahrscheinlich als glücklich verheiratet betrachten. Es war die Intimität, unsere Zeit allein miteinander, die meine Ehe ruinierte. Nicht öffentliche Intimität wie jetzt, sondern private Intimität. Nur wir beide. In dieser Hinsicht zumindest war ich vollkommen schuldlos. Ich hatte alles in meiner Macht Stehende getan, um alle privaten Momente zwischen uns zu vermeiden.

»Gut, gut«, gab ich nach. »Du hast recht. Du hast völlig recht. Ich werde ihn heute Abend mit zu mir nach Hause nehmen.«

»Wirklich?« Sie betrachtete mich mit einem Misstrauen Marke Trockenbeerenauslese. »Du wirst nicht versuchen, da herauszukommen, wie du es immer tust, nein?«

Natürlich würde ich das versuchen. Das wusste ich ganz genau. Aber ich log.

»Nein, ich verspreche es«, sagte ich.

»Du versprichst es!« Sie lachte. Die Eulen auf Bauch und Busen flatterten wie zu Startvorbereitungen.

»Man könnte alle Schlaglöcher in Manhattan mit deinen gebrochenen Versprechen zupflastern, Liebling. Das weißt du. Das weißt du doch?«

Ich wusste es allerdings, und wahrscheinlich wussten es auch alle unsere Zuhörer im Hain.

»Findest du, ich habe zugenommen?« Ich tippte auf den Fleck in meinem Hemd und auf den Bauch darunter.

Sie zog ein Gesicht und seufzte.

»Bestimmt, Liebling, hat ein dickes Ungeheuer wie du über schwerwiegendere Unzulänglichkeiten nachzudenken als über zugenommene Pfunde.«

Ein Ungeheuer genannt zu werden, war schlimm genug. Ein dickes Ungeheuer genannt zu werden, tat weh.

»Wirklich? Findest du, ich werde dick?«

»Du gehst auseinander, Schatz. Physisch, emotional, spirituell und psychologisch.«

»Dann findest du also, dass ich wenigstens intellektuell immer noch …«

»Du«, schnitt sie mir das Wort ab. »Du bist wie die letzten Tage des Osmanischen Reiches. Du bist der Kranke Mann von Manhattan.«

Ein aufmerksames Publikum forderte sie immer zu Höchstleistungen heraus.

»Meinst du nicht, dass es dann eine schlechte Idee ist, jemanden wie mich eine Zeit lang mit Billy allein zu lassen?«

»Davon bin ich überzeugt. Er verdient einen besseren Vater, aber zu seinem Leidwesen bist du der einzige Vater, den er hat. Du verschüttest deinen Drink, Liebling.«

Es stimmte. Ich versuchte ungeschickt, den verschütteten Bourbon vom Oberschenkel abzuwischen.

Die Pastorale ging zu Ende. In der kurzen Atempause ohne Musik stand Dianah einfach da und sah auf mich herunter, dann schaute sie sich links und rechts zu den Leuten im Hain um. Ich war, so vermittelte sie ihnen allen seelenvoll, ein Kreuz, das sie zu tragen hatte. Und dann begann Beethovens Siebente.

Sie fragte mich, in dem das Kreuz tragenden Tonfall, den sie nun angenommen hatte, ob ich etwas wegen meiner Krankenversicherung unternommen hätte.

»Ja«, log ich. »Habe ich.«

»Du lügst«, sagte sie.

»Nein, ich lüge nicht«, log ich. »Ich bin versichert, vollständig versichert.«

Das Lügen war mir nichts Neues. Neu war die Leichtigkeit, mit der ich jetzt log.

»Es ist dir noch nicht mal aufgefallen.« Ich wechselte von den Lügen zur Wahrheit, wie es Lügner gerne tun. »Ich habe aufgehört zu rauchen. Seit gestern keinen Zug mehr. Nicht einen. Schlagartig. Einfach so.« Ich schnippte mit den Fingern. »Ich glaube, diesmal habe ich's gepackt. Wirklich.«

»Ach, Saul«, seufzte sie.

Ich hörte, wie ihr Seufzer mich definierte. Sie kannte mich, und alle, die mich kannten, schienen mich besser zu kennen, als ich mich selbst kannte. Unser Publikum im Hain hatte keinen Zweifel, dass ich entweder a) log oder b) sehr bald wieder zu rauchen anfangen würde.

»Das Einzige, womit du schlagartig aufgehört hast, mein Liebling, ist, die Wahrheit zu sagen und die Verantwortung für dein Tun zu übernehmen. Du bist für uns alle zu einer Bedrohung geworden.« Sie wandte sich zum Gehen und blieb dann stehen.

»Ach, übrigens«, sagte sie. »Ich bitte dich hiermit zum

letzten Mal, zu kommen und die Sachen deines Vaters aus meiner Wohnung abzuholen, sonst gebe ich sie fort.«

Mein Vater ist vor drei Jahren gestorben. Rückenmarkkrebs. Der Krebs arbeitete sich die Wirbelsäule hoch in sein Gehirn vor. Es dauerte eine Weile, bis er starb, und in den letzten Monaten seines Lebens war er vollkommen wahnsinnig.

In seinem Wahnsinn gelangte er zu dem Glauben, dass er zwei Söhne hatte. Den guten Sohn Paul, den er wahnsinnig liebte. Und den nichtswürdigen Sohn Saul, den er ebenso wahnsinnig hasste. Wenn ich ihn besuchte, hatte ich keine Ahnung, welchen Sohn er in mir sehen würde. Das wechselte von Besuch zu Besuch, von Tag zu Tag, von Stunde zu Stunde. Manchmal wechselte er innerhalb eines Augenblicks, innerhalb eines Lidschlags vom einen zum anderen. Mir blieb nichts, als mitzuspielen.

Als sein guter Sohn verbündete ich mich mit ihm und geißelte das Verhalten meines nichtswürdigen Bruders. Als der nichtswürdige Sohn saß ich schweigend und reumütig, während er tobte und mich zu verschiedenen Formen der Todesstrafe verurteilte. »Ich verurteile dich zum Tode«, sagte er immer wieder zu mir. Er war, bevor er in den vorzeitigen Ruhestand ging, Richter in der Strafgerichtsbarkeit von Chicago, und wenn er mich zum Tode verurteilte, so tat er das in seiner Eigenschaft als Richter und nicht als Vater. Bevor er starb, setzte er noch ein unsinniges Testament auf. In diesem Testament verwandelte er meine Todesstrafe in eine lebenslängliche Gefängnisstrafe ohne vorzeitige Begnadigung. Seinem guten Sohn Paul hinterließ er seine gesamte Kleidung. Meine Mutter konnte sich aus irgendeinem Grunde nicht dazu überwinden, die Sachen wegzuwerfen. Sie überredete mich, sie zu nehmen, und als der gute Sohn nahm ich sie mit nach New York. Als ich Dianah verließ, konnte ich mich nicht dazu überwinden, sie wegzuwerfen, andererseits aber wollte ich sie auf keinen Fall in meine neue Wohnung mitnehmen.

»Gut, gut«, sagte ich jetzt zu Dianah. »In ein paar Tagen komme ich und hole sie ab.«

»Das hast du schon öfter gesagt.«

»Ich verspreche es«, log ich.

»Ich bitte dich zum letzten Mal darum, Saul.«

Sie wandte sich wieder zum Gehen und blieb noch einmal stehen. Für einen Augenblick mitten im Fluge anhaltend, schenkte sie mir einen ihrer berühmten verzeihenden Blicke. Vergebung nicht nur für die vielen, vielen Kränkungen, die ich ihr bis dahin zugefügt hatte, sondern auch, da ich nun einmal der Mann war, der ich war, Vergebung für die vielen, vielen Kränkungen, die ich ihr notwendig in Zukunft zufügen würde. Es war ein Blick von entmutigender Vergebung. Selbst wenn ich zweihundert Jahre alt wurde, konnte ich niemals hoffen, ihr auch nur annähernd genug Kränkungen zuzufügen, um eine Vergebung dieses Ausmaßes zu rechtfertigen.

Und dann ging sie, wandte sich hierhin und dorthin, während sie sich, Champagnerglas voran, einen Weg durch die Menge bahnte. Beim Vorbeigehen an etlichen Lampen erstrahlte und verlosch ihr Platinhaar. In der Ferne, am anderen Ende des Raumes, aus dem Gedränge herausragend, sah ich meinen Sohn. Sein Kopf neigte sich, wie er es immer tat, wenn er sich mit Menschen normaler Größe unterhielt.

Er erinnerte an eine Sonnenblume.

6

Kurze Zeit danach verließ auch ich den Hain. Ich schlenderte durch die Zimmer, mischte mich unter die Leute, trank und schwatzte über die Neuordnung der Völker dieser Welt. Ich konnte über alles schwatzen. Je weniger ich über ein Thema wusste, desto überzeugender hörte ich mich für andere an. Für mich selbst ebenfalls.

Ich liebte Partys in anderer Leute Wohnungen. Ich litt inzwischen an irgendeiner Eigenheimkrankheit und fühlte mich nur im Heim anderer Leute daheim. Fast immer war ich der Erste, der kam, und der Letzte, der ging. Das Ambiente, wo Musik donnerte und Männer und Frauen sich Nichtigkeiten zuschrien, gefiel mir.

Es gefiel mir auch (jedenfalls immer mal wieder), mich als den Unversicherten Mann zu sehen. Ich war fest davon überzeugt, unter den Anwesenden der einzige Unversicherte zu sein. Dieses Wissen erfüllte mich mit unbekümmerter Verwegenheit. Wie kühn von mir! Wie unabhängig. Mein Unversichertenstatus verhalf mir nicht nur zu einem Stimmungsaufschwung, er verlieh mir auch Schwung auf meiner Reise von Pflanze zu Pflanze und Lampe zu Lampe und Gruppe zu Gruppe. Der Unversicherte Mann.

Ein europäischer Herr auf der Party verhielt sich europäisch und bot mir eine Zigarette an, bevor er sich selber eine anzündete. Nein, sagte ich zu ihm, Nein, danke. Ich habe aufgehört. Seit gestern keinen Zug mehr. Die um mich herum, die mich kannten, lachten, als machte ich entweder einen Witz oder log. Seltsamerweise überkam mich selbst langsam das Gefühl, dass ich log. Dass ich überhaupt nicht zu rauchen aufgehört hatte. Die Wahrheit zu sagen, war eines, aber dann nach ihrer Verkündung in Kontakt mit der Wahrheit zu bleiben, schien nicht mehr von mir abzuhängen. Es wurde mir durch die Reaktion der anderen gewährt oder verwehrt. Es war eine Krankheit, eine Wahrheitskrankheit, und eines ihrer Symptome war, dass ich mich in der Wahrheit anderer Leute wesentlich heimischer fühlte als in meiner eigenen. Sogar dann, wenn deren Wahrheiten das genaue Gegenteil von meiner waren.

Wohin ich auch ging, stets konnte ich Billy in der Menge sehen, wie er mich im Auge behielt, damit ich ihm nicht entschlüpfte und ohne ihn ging. So versuchte ich, den Augen meines Sohnes zu entkommen wie einem Mörder.

Ich musste pinkeln, stolperte in meiner besten Imitation eines Betrunkenen, der kotzen muss, auf die Herrentoilette der McNabs und schloss die Tür hinter mir ab.

Eines der vielen Charakteristika der McNab-Wohnung war, dass sie deutlich gekennzeichnete Herren- und Damentoiletten besaß. Die Schilder an den Türen waren Antiquitäten, die ihr sagenhafter Innenarchitekt Franklin für die McNabs aufgetrieben hatte.

Die Herrentoilette bot zusätzlich zur Toilette ein großes altes Urinal aus einem öffentlichen Pissoir. Ein weiteres Franklin-Charakteristikum. Das Urinal erhob sich vom Boden bis zur halben Höhe meiner Brust. Sein altes Porzellan war mit Rissen marmoriert und hatte die Farbe ungesunder alter Zähne von Rauchern wie mir.

Ich öffnete meinen Reißverschluss und fischte meinen Schwanz heraus und beugte mich zum Urinal.

In der Herrentoilette waren ebenfalls Pflanzen. So viele Pflanzen, dass ich das Gefühl hatte, im Freien zu pinkeln, im Park.

Früher brauchte ich beim Pinkeln nur zu zielen und zu schießen, und wo ich hinzielte, dahin schoss ich auch. Es war eine der Aktivitäten, die ich gut und außerdem gern mit geschlossenen Augen tat.

Vorbei.

Meine Prostata setzte mich unter Druck. Wie eine Pistole, die Kugeln seitlich aus dem Lauf abfeuert, ging mein Pinkelstrahl weit nach links oder rechts fehl oder versiegte plötzlich zu einem Tröpfeln. Beim Hinunterschauen beobachtete ich eine völlig neue Entwicklung. Statt eines einzigen Strahls schossen zwei auseinanderstrebende Strahlen aus meinem Schwanz wie ein V. Und die ganze Zeit über brannte es, als pisste ich Zitronensaft.

So. Ich war fertig. Ich schüttelte meinen Schwanz und spülte. Ich zog den Bauch ein und machte den Reißverschluss zu. Das *Lied der Ewigkeit* klang mir in den Ohren: Du kannst schütteln bis zur Arthrose, der letzte Tropfen geht immer in die Hose.

Auf dem Marmorwaschbecken stand ein Aschenbecher vom Plaza Athénée Hotel in Paris. In dem Aschenbecher lag eine ausgedrückte, zu zwei Dritteln ungerauchte Zigarette. Ich warf einen Blick darauf und schaute weg. Ich wusch mir die Hände.

Mein letzter Versuch, mit dem Rauchen aufzuhören, war hauptsächlich von meiner Unfähigkeit, betrunken zu werden, ausgelöst worden. Lungenkrebs schien eine schreckliche Art zu sterben, aber was mich wirklich in Angst und Schrecken versetzte, war der Gedanke, mich am Tage, an dem ich die Diagnose erfuhr, nicht einmal betrinken zu können.

Vor Jahren war ich vom Rauchen völlig kuriert gewesen und hatte drei Monate lang keine einzige Zigarette geraucht. Ich wurde durch ein Verfahren kuriert, das ich für reinen Schwindel gehalten hatte. Hypnose. Der Hypnotiseur war ein Ungar namens Dr. Manny Horvath.

Ich unterzog mich der Behandlung nur, um einem Freund, der sie empfohlen hatte, zu beweisen, dass das Ganze Schwindel war. Ich ging zu Dr. Manny Horvaths Praxis in der Überzeugung, dass ich sowieso nicht hypnotisiert, geschweige denn vom Rauchen kuriert werden konnte.

Wie sehr ich mich irrte. Dr. Manny Horvath hypnotisierte mich in Rekordzeit. Als ich aus der Trance erwachte, verursachte mir der bloße Gedanke an eine Zigarette Übelkeit. Mehrere Wochen lang geißelte ich andere Raucher und bekehrte alle zu Hypnose und ihren Tugenden.

Die Kur tat zwar meiner Zigarettenabhängigkeit gut, erwies sich aber als Katastrophe für den Rest meines Lebens.

Ich entdeckte, dass ich es herrlich fand, hypnotisiert zu werden, und dass die hypnotische Trance, in die mich Dr. Manny Horvath versetzt hatte, mich nie wieder ganz verließ. Es war wie Plutonium oder Strontium 90. Sobald man es in sich hat, bleibt es für immer da. Sehr zu meiner Überraschung merkte ich, dass ich mich selbst ohne jede Hilfe von Dr. Manny Horvath in eine hypnotische Trance versetzen konnte. Und wenn eine Krise in mein Leben trat, deren Bewältigung mir zu schwierig oder zu schmerzlich war, entwich ich einfach in meine selbst verursachte Trance und kurierte mich gewissermaßen von der Notwendigkeit ihrer Bewältigung. Der bloße Gedanke an die Bewältigung einer Krise verursachte mir Übelkeit.

Das führte in meinem Leben zu Chaos. Persönlichem. Zwischenmenschlichem. Beruflichem. Alles.

Am Ende musste ich mich, um mich von der Übelkeit zu kurieren, die mich bei der Bewältigung der Probleme des Lebens überkam, von meinem neu entdeckten Glauben an die Hypnose kurieren. Ich musste mich enthypnotisieren. Um das zu tun, musste ich mir beweisen, dass Horvath ein Scharlatan war, der mich nie wirklich vom Rauchen kuriert hatte. Und um das zu tun, musste ich wieder anfangen zu rauchen. Das war zu Beginn sehr unangenehm, aber schließlich war ich wieder bei zwei Schachteln pro Tag und zog in der ganzen Stadt über Horvath her.

Im Spiegel über dem Waschbecken sah ich mein Gesicht. Statt bis zum nächsten Morgen zu warten, wie Dr. Bickerstaff vorgeschlagen hatte, beschloss ich, mich sofort sorgfältig zu betrachten.

Alles, was er gesagt hatte, schien zu stimmen. Meine Gesichtsfarbe war fahl. Mein Haar sah tatsächlich tot aus.

War ich dick? Oder war ich ein stämmiger Eins-Achtziger, wie ich mich selbst gern sah?

Das Gesicht des Unversicherten Mannes im Spiegel schien sich in nichts sicher zu sein, auch fand sich jetzt keine Spur von jener Verwegenheit, ein Unversicherter zu sein.

Ich trat ein paar Schritte zurück, um mehr von mir zu sehen. Ich zog das Hemd aus der Hose und hob es hoch, um meinen Bauch im Spiegel zu betrachten. Es war kein erfreulicher Anblick. Ich war immer noch ein Eins-Achtziger, aber stämmig war eine zu freundliche Beschreibung für die einen Meter achtzig Fleisch, die ich sah.

Kein Zweifel. Ich war in dem Alter, in dem alles kaputtgeht. Die Wahrscheinlichkeit für jemanden meines Alters, Prostatakrebs zu bekommen, war hoch. Auch andere Krebsarten. Milz. Bauchspeicheldrüse. Lungen, natürlich. Lungen unbedingt. All die Jahre Rauchen. Aber Krebs war nicht die einzige Bedrohung. Die Todesursache Nummer eins unter weißen Männern meiner Altersgruppe waren Erkrankungen der Herzkranzgefäße. All die Jahre Rauchen und Trinken, dazu selbstmörderische Portionen Lammkoteletts mit Bratkartoffeln. Verstopfte Arterien. Wie überlastete Telefonleitungen. Und unablässig, sogar wenn ich alles richtig machte, starben meine Gehirnzellen zu Zehntausenden, also selbst wenn ich es schaffte, verheerende Herzanfälle und diverse Krebsarten zu umgehen, stand mir als Belohnung Senilität bevor.

Aber zumindest für den Augenblick schien die Aussicht auf diese katastrophalen Krankheiten, die Aussicht, ihnen in meinem unversicherten Zustand zu erliegen, von weitaus geringerer Bedeutung als etwas anderes. Etwas anderes stimmte mit mir nicht, etwas, was diese bekannten und belegten Krankheiten so harmlos machte wie Schnupfen. Etwas Grundlegendes war mit mir nicht in Ordnung, und was es auch war, es war durch und durch nicht in Ordnung. Ich wusste nicht, was es war. Ich wusste nicht, ob es etwas war, das ich bekam oder das ich verlor, ich wusste nur, wie Tiere wissen, dass ein Erdbeben kommt, dass etwas Ungeheures in meinem Leben kam oder ging. Es war noch nicht ganz gekommen, falls es kam. Es war noch nicht ganz gegangen, falls es ging.

Daher war mein ungesunder, schlaffer Körper mit den zahlreichen anfälligen Organen darin keine Quelle der Besorgnis, sondern gewissermaßen eine Augenweide. Die Verhärtung meiner Arterien, während alles andere weich wurde, der Kursverfall und die Wertminderung meines Körpers, die Kurzatmigkeit, das Pochen meiner Schläfen nach der leisesten Anstrengung, das schmerzhafte Brennen, wenn ich pinkelte – sie alle waren nahezu ein Segen, willkommene Mahner daran, dass ich nicht vollkommen abnormal war und dass mein Zustand etwas war, was ich mit anderen Partygästen und dem Rest der Menschheit gemein hatte. In dieser Weise krank zu sein, kam mir fast gesund vor.

Ich zog den Bauch ein, stopfte das Hemd in die Hose und schnaufte, als errichtete ich ein Zirkuszelt.

Ich trat dicht vor den Spiegel und warf einen letzten Blick auf mein Gesicht, und das Gesicht, das zurückschaute, hätte jedem gehören können. Wer war ich denn, zu behaupten, dass ich mit dem Rauchen aufgehört hatte, wenn diese guten Menschen da draußen alle vom Gegenteil überzeugt waren? Sie alle kannten mich besser, als ich mich selbst kannte, und in der Sehnsucht nach der anheimelnden Wärme ihres Wissens und ihrer Überzeugung und nach der Zugehörigkeit zu irgendeiner Gemeinschaft fingerte ich die Zigarette aus dem Aschenbecher und steckte sie mir in den Mund. Dann kehrte ich auf die Party zurück und sah mich nach Feuer um.

Ich rauchte den Rest des Abends über, pumpte mir Zigarette um Zigarette von den wenigen Rauchern auf der Party. Alle schienen erlöst und erleichtert, mich wieder rauchen zu sehen. Die Menschen mögen es, sich in anderen Menschen nicht zu irren, und ich genoss es, mich in ihrer Ansicht von mir bestätigt zu fühlen. Sogar Dianah und Dr. Bickerstaff schienen trotz ihrer geradezu opernhaft ausgestellten Missbilligung insgeheim zufrieden, wieder Rauch aus meinem Mund strömen zu sehen.

7

Beethovens Neunte begann. Das war die höfliche, musikalische Art der McNabs, das Ende der Party anzukündigen. Einige, wie Dianah und Dr. Bickerstaff, waren schon gegangen. Andere gingen gerade. Die riesigen Räume entvölkerten sich, noch bevor der erste Satz vorbei war. Wie vereinzelte Vorposten waren kleine Grüppchen alles, was von dem unlängst noch mächtigen Gedränge blieb.

Mein Sohn Billy wartete geduldig auf mich und plauderte mit ein paar älteren Frauen, die er im Laufe des Abends kennengelernt hatte. Sie standen jetzt im Begriff zu gehen, hatten sich aber für letzte Komplimente auf ihn gestürzt. Er tat ihnen den Gefallen.

Sie war zu einem seiner Merkmale geworden, diese Ungezwungenheit gegenüber Frauen, die alt genug waren, um seine Mutter zu sein. Er war mit ihnen weitaus unverkrampfter als mit Mädchen seines Alters. Die Frauen ihrerseits waren von ihm bezaubert, wie die Frau, mit der er gerade redete. Durch Billys Gegenwart, seine Nähe, benahm sie sich ein wenig albern. Sie berührte ihn immer wieder und warf den Kopf zurück, um zu lachen.

Beim Anhören der letzten Symphonie, die Beethoven geschrieben hatte, wurde ich an Billys Kindheit erinnert. Er war mit einem kleinen Hörfehler geboren worden, den eine Operation beseitigte, aber seine Angewohnheit, sich in verzückter Aufmerksamkeit zum Sprecher zu neigen, den Kopf ein ganz klein wenig zur Seite gewandt, um das gute Ohr zu begünstigen, blieb. Sie verlieh ihm jetzt den Vorzug, anscheinend unbedingt hören zu wollen, was jemand zu sagen hatte, und das machte einen bereits schönen jungen Mann vollends unwiderstehlich.

Ich hatte eigene Angewohnheiten, und eine davon war, übertrieben sentimentale Gefühle für Billy zu hegen, unmittelbar bevor ich ihm wehtat. Die Party ging zu Ende, und ich musste ihn loswerden, ihn irgendwie abschütteln. Die Frage war nicht, ob ich es tun würde, sondern wie.

Der beste Ausweg, um ihn heute Abend nicht mit nach Hause nehmen zu müssen, war, jemand anders mitzunehmen. Eine Frau. Irgendeine Frau. Mit Drink in der einen Hand und einer geschnorrten Zigarette in der anderen begab ich mich auf die Jagd nach einem unbegleiteten weiblichen Wesen. Ich suchte den Horizont nach Rauchzeichen ab, wie ein Tourist, der sich in der Wildnis verirrt hat und Spuren menschlicher Besiedlung sucht. In den diversen angrenzenden Räumen waren noch ein paar zusammengeballte Grüppchen übrig, aber außer meinem nur ein einziges weiteres Rauchwölkchen.

Drei Männer standen da und fünf Frauen, und eine der Frauen rauchte. Aber sie war nichts für mich. Sie sah viel zu vital aus. Die Sorte Frau, die Reizgas in der Handtasche trägt und aus den Augen versprüht. Als Frauenjäger hatte ich meine besten Jahre lange hinter mir, wie ein alterndes Raubtier. Eine erfolgreiche Jagd hing jetzt nicht so sehr von meiner Männlichkeit ab als von der zufälligen Begegnung mit einem lahmen oder kranken Beutetier, das der Rest der gesunden Herde aus seinen Reihen ausgemerzt haben wollte. Ich schlich mich an die Gruppe heran und belauschte das Geplauder. Es ging um Gorbatschow.

Ich rauchte, hörte zu, nickte bedeutsam und prüfte die Weibchen auf Anzeichen von Schwäche, geringer Selbstachtung und allgemeinem Mangel an Gruppendominanz. Alle hatten etwas über Gorbatschow zu sagen, aber ich merkte rasch, wenn diese eine junge Frau sprach, dann schien niemand zuzuhören. Das einzige Betatier. Weder die Männer noch die anderen Frauen, alle von ihnen Alphatiere, schienen etwas für sie übrigzuhaben.

»Er ist so anders«, sagte die junge Frau gerade von Gorbatschow. »Es gibt nicht einen Politiker in diesem Land, der es wagen würde, sich mit diesem großen Muttermal auf dem Kopf um das höchste Amt des Staates zu bewerben, aber trotzdem sieht er gerade wegen des Muttermals so … so …«

»Menschlich aus«, sprang ich ihr bei.

»Ja.« Sie sah mich aus schielenden Augen an. »Das ist es. So menschlich. Dadurch sieht er so ungeheuer menschlich aus.«

Die anderen brauchten nicht lange, um die Absicht hinter meinem Interesse für die schieläugige Frau zu begreifen. Sie tauschten verständnisinnige Blicke, was ihr entging, zogen sich dann von dieser amüsanten Pirsch zurück und gaben mir spöttisch zu verstehen, dass ich die Beute haben konnte. Ich schnorrte noch rasch ein paar sehr lange Zigaretten von der Frau mit den Reizgasaugen und wandte dann meine ganze Aufmerksamkeit der verlassenen jungen Frau vor mir zu.

Wir stellten uns vor. Sie hieß Margaret. Margaret Mandel. Ich redete sie mit Peggy an.

»Nur mein Daddy nennt mich immer noch Peggy«, sagte sie und schwankte, als schaukelte der Fußboden.

»Da ich alt genug bin, um Ihr Vater zu sein, werde ich das auch tun«, sagte ich zu ihr.

Ihr Blick verschleierte sich. Sie war sturzbetrunken, gab sich aber die größte Mühe, nüchtern zu wirken.

Bei mir war es genau umgekehrt. Mit einem kleinen Täuschungsmanöver meinerseits konnte ich sie, das wusste ich, dazu kriegen, heute Abend mit zu mir nach Hause zu kommen.

Sie war nicht völlig unattraktiv. Ich mag schieläugige Frauen, und auf ihre schieläugige Art war sie nahezu hübsch. Tatsächlich verspürte ich keinerlei echtes oder eingebildetes Verlangen, sie mit nach Hause zu nehmen und mit ihr zu schlafen. Ich würde mein Bestes tun, sie zu verführen, wie ich sie jetzt verführte, aber es war eine Verführung mit einem Hintergedanken. Um meinen Sohn fernzuhalten. Sie war anderer Leute Kind, und wenn ich heute Nacht schon mit jemandem allein sein musste, dann lieber mit einer völlig Fremden, lieber mit anderer Leute Kind als mit meinem eigenen.

Wir redeten über Politik, Perestroika, Glasnost und den Sturz des Hauses tscha-uh-SCHESS-kuh. Die Qualität der von uns ausgetauschten Nichtigkeiten rutschte nie unter das offiziell angesagte Niveau. Nach und nach steuerte ich das Gespräch auf die Väter zurück. Wenn ich versuche, Frauen unter dreißig zu verführen, fahre ich immer auf der Väterschiene. Wenn sie über dreißig sind, weiß ich inzwischen, dass es weitaus ergiebiger ist, sich nach ihren früheren Ehemännern oder Liebhabern oder manchmal auch nach ihren Geschwistern zu erkundigen.

»Stehen Sie Ihrem Vater nahe?«

»Früher ja. Früher standen wir uns mal sehr nahe.«

»Und jetzt?«

Ihre Augen schwammen in betrunkenen Tränen.

»Jetzt –«, zuckte sie die Achseln und schüttelte den Kopf, »– jetzt, ich weiß nicht. Etwas hat sich verändert, aber ich weiß nicht, was es ist. Er scheint einfach …«

Sie redete weiter. Ich zündete mir noch eine Zigarette an und hörte zu. Ich besaß das Talent, Fremde dazu zu bewegen, sich mir gegenüber zu öffnen. Es war eigentlich weniger ein Talent als ein Trick, der gleiche Trick, den ich in meinem Berufsleben anwandte. Ich stellte meinen Kollegen Fragen nach ihrem Leben, und dann hörte ich zu. Sie verwechselten, genau wie Peggy es jetzt tat, das Vertrauen zur eigenen Stimme, die Nähe zu ihren eigenen Geschichten und Erinnerungen mit einer Nähe zu mir.

Diese Technik hatte ich nicht immer so kaltblütig eingesetzt wie heute Abend. Sie entstammte den Tagen meiner Trunkenheit, ein Notbehelf, wenn ich schlicht zu hinüber war, um selbst viel zu reden, ohne die leiseste Ahnung, was ich da trieb, ohne das geringste Bewusstsein, irgendeine Technik anzuwenden. Die unselige Folge meiner Krankheit war, dass die Technik blieb, auch wenn ich nicht mehr betrunken werden konnte. Völlig nüchtern zu sein und ganz bewusst diese Technik anzuwenden, war nicht angenehm. Aber es war auch nicht unangenehm genug, um mich davon abzuhalten.

Es wurde spät. Das letzte Grüppchen strebte der Tür zu.

»Wollen wir?«, fragte ich Peggy. Die knappe Frage umspannte die nächsten zehn bis zwölf Stunden ihres Lebens. Obschon betrunken, verstand Peggy, was die Frage beinhaltete. Sie holte tief Luft, leerte ihr Glas und sagte: »Ja, gehen wir.«

Billy wartete im Vestibül auf mich, beim Garderobenständer. Er hatte schon seine lange Daunenjacke an. Er war bereit zu gehen und schien keine Zweifel zu haben, wohin er ging. Seine Unschuld war zum Verrücktwerden. Sie brachte mich zur Raserei und gleichzeitig dazu, ihn umso mehr zu lieben. Sie brachte mich zu dem festen Entschluss, eines Tages irgendwie alles wiedergutzumachen. All das Leid, das ich ihm über die Jahre angetan hatte und ihm heute Abend antun würde. Mit einem Schlag. So sah ich mich das wiedergutmachen. Mit einem einzigen, grandiosen Schlag.

»Peggy, das ist mein Sohn Billy. Billy, Peggy.«

Er nickte freundlich und lächelte, schaute auf uns herunter wie eine Straßenlaterne.

Peggy schien verblüfft, entweder von der Schönheit seines Gesichts oder von seinem plötzlichen und rätselhaften Auftauchen als mein Sohn. Fuhren wir alle zusammen zu meiner Wohnung? Und was würden wir tun, wenn wir dort angekommen waren? Schließlich stand der Junge, den sie da sah, ihr im Alter sehr viel näher als ich. Etwas setzte ihr zu. Eine Spur von Widerwille erschien in ihren Augen, aber sie war zu betrunken und zu festgelegt, um jetzt noch etwas zu ändern. Ihr Gesicht nahm den leeren Ausdruck jemandes an, der weitere Anweisungen erwartet.

Und so gingen wir alle hinaus auf den Flur, begleitet vom Chor von Beethovens »Ode an die Freude«.

Der uralte hydraulische Fahrstuhl im Dakota legte den Weg hinunter mit der Langsamkeit radioaktiven Zerfalls zurück. Der Verfall und Untergang des Römischen Reiches war bestimmt rascher vor sich gegangen. Ich hatte keine Ahnung, wie diese hydraulischen Fahrstühle funktionierten, aber wenn dieser Fahrstuhl Wasser benutzte, dann musste, nach seiner Langsamkeit zu urteilen, wahrscheinlich Wasser verdampfen, damit er hinunterfuhr, und kondensieren, damit er hinauffuhr.

Wir waren zu siebt in die kleine Kabine gepfercht, die mit dunkel gebeiztem Holz getäfelt war. Ich stand hinten. Peggy rechts von mir, Billy links. Die anderen beiden Paare standen vor uns. Sie beruhigten einander scherzhaft, dass der Fahrstuhl sich tatsächlich bewegte.

»Woran merkst du das? Ich merke nichts.«

»Doch, er bewegt sich.«

Wir schauten alle zur Anzeigetafel und sahen die Ziffer 6 aufleuchten. Die McNabs wohnten im siebenten Stock. Hier war also der schlagende Beweis, dass wir bereits ein ganzes Stockwerk durchmessen hatten.

»Nur noch fünf«, sagte der Mann vor mir, und wir kicherten alle. Er spürte ein dankbares Publikum und fügte hinzu: »Wer weiß, bis wir unten ankommen, sind vielleicht die Demokraten wieder am Ruder.«

»Ich glaube, die Demokraten haben diesen Fahrstuhl gebaut«, sagte die Frau neben ihm.

Wir kicherten wieder alle. Und dann, wie es so oft nach Witzen, ob guten oder schlechten, geschieht, machte sich Schweigen breit.

Ich gierte nach einer Zigarette. Meine Tabaksucht hatte mich wieder voll im Griff. Darüber hinaus regte sich in mir steigende Feindseligkeit gegen Billy, weil er für die Situation so verdammt blind war. Was oben hätte geklärt sein sollen, war nach wie vor ungeklärt. Ich hatte Angst davor, ihm gleich auf der Straße sagen zu müssen, dass er in eine Richtung ging und ich in eine andere. Ich fühlte mich von seiner Unschuld drangsaliert. Und dann war da noch Peggy. Aus dem rechten Augenwinkel konnte ich sehen, wie sie zu Billy emporstarrte. Verzückt. Wenn es einen einfachen, eleganten Weg gegeben hätte, wie die beiden in Peggys Wohnung fahren konnten und ich allein in meine, ich hätte ihn gefunden.

Draußen war es bitterkalt und kein Taxi zu sehen. Zwei wartende Limousinen entführten unser Quartett. Der livrierte Dakota-Portier verließ sein Wachhäuschen, stellte sich auf die Straße und hielt nach einem Taxi Ausschau.

Ich rauchte. Wir froren alle drei.

Die Kaltfront, die in Chicago ein Dutzend Obdachlose umgebracht, im Süden die Zitrusernte vernichtet und auf dem Mississippi die Lastkähne im Eis eingefroren hatte, blies jetzt durch Manhattan die Seventy-second Street entlang.

Billy schien, da er Billy war, keine Zweifel zu haben, dass er und ich das Ritterliche taten und dieser Peggy im Pelz ein Taxi besorgten, worauf wir uns selbst eins nehmen oder notfalls zu meiner Wohnung laufen würden. Er schien sogar auf sportliche Art zu frieren, kam mit der bitteren Kälte, die Peggy und ich spürten, recht gut zurecht, ohne sie selbst zu spüren.

Was zum Teufel sollte ich bloß mit ihm machen?

Ich rauchte und schwatzte. Ich fragte ihn nach dem College. Ich unterstellte ihm lobend, in der Machomanier, die ich manchmal in seiner Nähe annehme, in Harvard einen Haufen Freundinnen zu haben. Ich fragte ihn, ob er, seit er hier war, sich mit seiner alten Flamme in der Highschool, Laurie, getroffen hatte. Nein, hatte er nicht. Aber sie telefonierten miteinander. Konnte er sich noch erinnern, fragte ich ihn, wie ihre Mutter sie immer in unsere Wohnung brachte, damit sie mir beim Rasieren zusehen konnte?

»Laurie ist ein wundervolles Mädchen. Wundervoll. Ich werde nie vergessen, wie sie mal …«, schwatzte ich weiter.

Ein strahlend gelbes Taxi schoss fast wie eine Erscheinung aus dem Central Park, und der Dakota-Portier hob die mit einem Fäustling geschützte Hand und winkte. Das Taxi hielt. Der Portier öffnete den Schlag. Ich drückte ihm einen Fünf-Dollar-Schein in den Fäustling. Peggy stieg ein. Und als ich ihr ins Taxi folgte, winkte ich Billy, mitzukommen.

In der schneeweißen Weiße seines Gesichts sah ich seinen tief liegenden dunklen Augen an, wie er die auf den ersten Blick rätselhafte Situation erfasste und dann mit Computergeschwindigkeit zur falschen Lösung gelangte. Taxis waren so knapp, dass wir zuerst diese Peggy im Pelz absetzten, und dann würden wir beide zu meiner Wohnung Ecke Eighty-sixth und Riverside Drive fahren.

Stativartig zog er seine langen Gliedmaßen ein und setzte sich neben mich ins Taxi. Er schloss schwungvoll die Autotür, als knallte er mit einer Mischung aus Großmut und Unschuld ein für alle Mal das Buch zu, in dem meine bisherigen Missetaten vollständig verzeichnet standen.

Sein hoher Wuchs bestand ganz aus Beinen. Meiner ganz aus Leib. Nebeneinandersitzend waren wir gleich groß. Ich wartete, bis das Taxi in Fahrt war, und sagte dann, mit einem Arm um seine Schulter: »Wir setzen dich zuerst ab.«

Mein Tonfall hätte nicht liebevoller oder fürsorglicher sein können, aber das Problem mit Sprache ist, dass sie manchmal zusätzlich zum Tonfall einen Inhalt hat, und der Inhalt meiner Worte traf ihn völlig unvorbereitet. Der Wind und die Kälte, gegen die er, als wir draußen standen, so jugendlich immun gewesen zu sein schien, fielen jetzt innerhalb eines Augenblicks über ihn her. Sein Körper versteifte sich unter meinem Arm. Ich spürte, wie er fror.

Ich nannte dem Fahrer Dianahs Adresse. Er hätte wenden können, aber er tat es nicht. Er fuhr weiter die Seventy-second entlang und bog dann links in die Columbus Avenue. Die Heizung im Taxi blies mit voller Kraft. Es war viel zu heiß, aber Billy konnte nicht aufhören zu frieren.

Und ich konnte nicht aufhören zu schwatzen. Es war eine kurze Fahrt, aber ich machte sie lang, indem ich den ganzen Weg über schwatzte.

Nicht nur, dass ich meinen Sohn nicht mit nach Hause nehmen wollte, ich wollte auch die Erinnerung an seine Enttäuschung und Verletztheit nicht mit nach Hause nehmen, ich wollte, wenn möglich, frei von Sohn wie Erinnerung sein. Ich musste ihn irgendwie entwaffnen und den Schmerz, den er empfand, abschwächen, damit ich am nächsten Tag nicht daran zu denken brauchte. Wäre ich doch betrunken gewesen, dann hätte ich dieses Problem nicht gehabt.

Die Berliner Mauer fiel, aber ich richtete sie wieder auf. Ich rief die Gespenster der toten tscha-uh-SCHESS-kuhs wieder ins Leben und setzte den hingerichteten Tyrannen und seine Frau zwischen mich und Billy.

Was hielt er, fragte ich ihn, von tscha-uh-SCHESS-kuhs Hinrichtung? War es unter den Umständen seiner Meinung nach das Richtige, oder war es ein verhängnisvoller Präzedenzfall für die Zukunft Rumäniens? Ich führte Argumente für beide Seiten auf und lobte ihn für seine tiefe Anteilnahme an den neuesten Entwicklungen in Osteuropa. Die Anteilnahme, die ich ihm unterstellte, konnte ein Junge wie Billy unmöglich zurückweisen, es war ihm unmöglich, genug Selbstsucht aufzubringen, um laut auszusprechen, dass seine Bedürfnisse absoluten Vorrang hatten vor denen eines gesamten Volkes. Ihm blieb nichts anderes übrig, als sich mit den Menschen zu identifizieren, die sich, wie ich es zu tun vorgab, lebhaft für das Weltgeschehen interessierten. Ich wusste das. Ich kannte meinen Sohn. Und so schwatzte ich weiter. Über die armen ungewaschenen Waisenkinder, die man wie Tiere in Käfige eingesperrt vorgefunden hatte. Über die endemische Vertrauensseligkeit, mit der sich die Völker Osteuropas politische Ordnung von patriarchalischen Tyrannen erhofften. Weiter und weiter.

Als das Taxi schließlich vor Dianahs Hochhaus am Central Park West hielt, meinem früheren Zuhause, ließ ich Europa fallen wie unerwünschte Reklame.

»Es war gut, dich zu sehen, Großer«, sagte ich zu ihm. Während Peggy und der Fahrer zusahen, stieg ich mit ihm aus dem Taxi, weil sie zusahen, weil ich Publikum hatte. Ich gab ihm auf jede Wange einen Kuss.

»Gute Nacht, Billy. Gute Nacht.«

»Auf Wiedersehen, Dad.«

»Ich rufe dich an«, rief ich und winkte aus dem Taxi.

Das Taxi wendete, und ein paar Minuten später fuhren wir wieder am Dakota vorbei, als wäre der Umweg mit Billy nie geschehen. Der Fahrer hatte nichts dagegen, dass ich rauchte, also rauchte ich. Ich ließ ihn auf dem Broadway halten, damit ich mir eine Schachtel Zigaretten besorgen konnte, und dann fuhren wir weiter.

Als Billy fortging, ging ein Teil von Peggy, wenn vielleicht auch nur ein winziger, mit ihm fort. Es war, als hätten wir einen schönen Traum von ihr abgesetzt und als säße sie nun hinten im Taxi mit der Wirklichkeit.

Ich rauchte und erzählte den Rest des Weges über von Billy. Ich erzählte Peggy – und sprach laut genug, damit auch der Fahrer mich hören konnte –, was für ein wundervoller Junge er war. Wie sehr ich ihn liebte. Wie stolz ich auf ihn war. Was für ein unschätzbares Privileg es war, Vater zu sein. Je weiter wir uns vom realen Billy entfernten, desto näher fühlte ich mich ihm.

Es bestand gewiss keinerlei Notwendigkeit, Peggy und dem Taxifahrer zu erzählen, dass Billy adoptiert war, aber eines der Symptome meiner Wahrheitskrankheit war, völlig Fremde mit unerbetenen Wahrheiten zu traktieren.

»Adoptiert. Ist wahr?« Peggys ganzes Gesicht schielte mich an.

»Ja. Er war noch ein Baby, als wir ihn bekamen.«

»Er ist so schön«, sagte Peggy. »So ungeheuer schön.« Und dann fing sie an zu weinen, schluchzte wie ein gefühlsduseliger Trunkenbold auf eine Weise, die viel älter war als ihre Jahre.

»Aber wer«, schluchzte sie, »wer in aller Welt würde solch einen schönen Jungen weggeben?«

Wir hielten an einer roten Ampel, und der Taxifahrer schaute sich zu mir um, als erwartete er von mir eine Antwort.

ZWEITES KAPITEL

1

Das kalte, der Jahreszeit nicht gemäße Wetter dauerte nicht lange. Es wurde durch warmes, der Jahreszeit nicht gemäßes Wetter abgelöst, und die erste Woche des Jahres 1990 und das letzte Jahrzehnt des zwanzigsten Jahrhunderts begannen auf einem Grundton von Unzeitgemäßheit.

Mein Freund Guido (mein allerletzter Freund) und ich standen, bevor wir auseinandergingen, vor dem Russian Tea Room, in dem wir zu Mittag gegessen hatten. Wir wechselten uns ab mit Kommentaren zu dem un-Januar-gemäßen Januar, den wir hatten.

»Es ist wie Frühling.«

»Es ist wie Nachsommer.«

»Ich musste mein Klimagerät anstellen.«

»Ich auch.«

Guido warf einen Blick auf die riesige Armbanduhr an seinem breiten Handgelenk und seufzte.

»Ich muss los«, sagte er. »Verdammt lästig, diese Maria-Malesche.«

»Du wirst schon jemanden finden«, beruhigte ich ihn.

Ich winkte. Er winkte. Wir gingen auseinander, er nach Osten, ich nach Westen.

Die Maria-Malesche hatte mit Guidos Putzfrau zu tun. Seine vorige, Maria, hatte plötzlich aufgehört, um in ihr Herkunftsland zurückzukehren, und er musste eine andere finden, die seine Wohnung sauber halten würde.

Fast jede Putzfrau von allen Leuten, die ich in Manhattan kannte, hieß Maria. Dianah und ich hatten eine Maria gehabt, als wir zusammenlebten. Sie blieb bei Dianah, als ich auszog, und ich besorgte mir eine eigene Wohnung und eine eigene Maria. Die McNabs, George und Pat, hatten eine Maria. Der Name Maria war für mich kein Name mehr, sondern eine Berufsbezeichnung. Nach der Einstellung sah ich meine Maria kein einziges Mal mehr. Sie putzte freitags bei mir, und selbst wenn ich in meinem Büro überhaupt nichts zu tun hatte, sah ich zu, dass ich nicht zu Hause war, wenn sie kam.

Irgendetwas ist erforderlich, wenn man einen anderen Menschen in seiner Wohnung hat. Ein minimaler menschlicher Austausch ist nötig, den ich zu vermeiden trachte, wenn es sich um nur einen anderen Menschen und mich handelt. Diese Vermeidung von Nähe erstreckte sich sogar auf jemanden wie meine Maria.

Ich bezahlte sie in bar und ließ das Geld auf dem Wohnzimmertisch unter einem schweren Glasaschenbecher. Wenn ich abends zurückkam, war die Wohnung sauber und das Geld fort.

Meine Erinnerung an diese Frau, die seit fast zwei Jahren für mich arbeitete, obwohl ich sie seit ihrer Einstellung nie wieder gesehen hatte, war die einer Frau zwischen dreißig und fünfzig. Sie war für das Vorstellungsgespräch in Schwarz gekleidet, als trüge sie Trauer. Kurze Beine. Ein kräftig wirkender Körper ohne erkennbare Taille. Indianische Gesichtszüge. Ihr Kopf blieb während unseres gesamten Gesprächs eingezogen, als wäre ihrem Volk von der Geschichte, von den spanischen Konquistadoren und der katholischen Kirche beigebracht worden, immer den Kopf einzuziehen.

Mein Telefon klingelte, als ich in mein Büro kam, aber es hörte auf, bevor ich abnehmen konnte.

2

Das Telefon klingelt.

Ich zünde mir eine Zigarette an und nehme ab.

»Hallo.«

»Mr. Karoo?«

Es ist eine Frauenstimme, und obwohl ich sie lange nicht mehr gehört habe, weiß ich, wem sie gehört.

Manche Leute spezialisieren sich darauf, Gesichter zu behalten, andere behalten Namen, bei mir ist es der Klang der Stimme. Wenn ich einmal jemandes Stimme gehört habe, vergesse ich sie nie mehr.

»Hallo, Bobbie«, sage ich.

Sie heißt Roberta, aber alle nennen sie Bobbie, und nicht einfach Bobbie, sondern aus mir unbekannten Gründen »die Busi-Bobbie«.

Sie arbeitet für Jay Cromwell, obwohl ihr kleines Kabuff von einem Büro in Burbank (das ich einmal gesehen habe) keinerlei Verbindung zu Cromwells Büro hat. Es geht ein paar Türen weiter vom Korridor ab.

Sie selbst habe ich nie gesehen. Ich kenne nur ihre Stimme und ihr kurzes wegwerfendes Lachen, das an das Anzünden eines Feuerzeugs erinnert.

»Um diese Jahreszeit ist es mal wieder dran«, teilt mir Bobbie mit. »Ich möchte nur überprüfen, ob mein Rolodex auf dem neuesten Stand ist.«

Sie rasselt meine beiden Telefonnummern herunter, privat und Büro, und meine beiden Adressen, privat und Büro, und ich bestätige, ja, das bin ich. Nein, ich habe immer noch kein Fax, sage ich ihr. Ja, lüge ich, ich habe vor, mir nächstes Jahr eins anzuschaffen.

Sie legt einen anderen Gang ein und erkundigt sich: »Planen Sie, am zweiundzwanzigsten und dreiundzwanzigsten Februar in der Stadt, ich meine, in New York zu sein?«

»Ja«, sage ich ihr, »ich werde, glaube ich, an beiden Tagen in der Stadt sein.«

»Mr Cromwell plant, zur Verleihung des Friedenspreises an Václav Havel nach New York zu kommen, und er möchte wissen, ob er Sie unter Umständen sehen kann, wenn er in der Stadt ist. Anfangs dachte er gar nicht, der Feier beiwohnen zu können, aber eine Änderung in seinem Terminplan …«

Sie redet weiter, erzählt mir, was für ein enorm beschäftigter Mann Mr Cromwell ist und wie sehr er sich darauf freut, mich zu sehen.

Sie ist überzeugt, sagt sie mir, dass Brad mich bald anrufen wird, um das Datum und die Einzelheiten festzuzurren.

»Mir wäre wesentlich lieber, Sie würden meine Einzelheiten festzurren, Bobbie«, sage ich zu ihr.

Sie lacht mir ihr leises Lachen ins Ohr, wünscht mir einen schönen Tag, was ich ihr auch wünsche, und wir legen beide auf.

3

Vielleicht ist es Ironie, aber trotz meiner Krankheiten ist mein Spitzname in der Branche Doc.

Doc Karoo.

Ich bin ein kleines, aber recht gut verdienendes Rädchen in der Unterhaltungsindustrie. Ich flicke Drehbücher, die jemand anders geschrieben hat. Ich schreibe sie um. Ich schneide und poliere. Schneide das Fett raus. Poliere den Rest. Ich bin von Beruf Skriptflicker mit einem gewissen Geschick, das inzwischen als Talent gilt. Leute, die in LA wohnen und meine Art Arbeit tun, heißen »Hollywood-Skriptflicker«. Den Ausdruck »New-York-Skriptflicker« gibt es aus irgendeinem Grunde nicht. Ein Skriptflicker in New York heißt Doc.

Ich habe nie etwas Eigenes geschrieben. Vor langer, langer Zeit habe ich es versucht, aber nach mehreren Anläufen aufgegeben. Ich mag ein Skriptflicker sein, aber ich weiß, was Talent ist, und ich merkte damals, dass ich keins hatte. Es war keine vernichtende Erkenntnis. Es war eher die Bestätigung einer lange gehegten Vermutung. Ich hatte in Vergleichender Literaturwissenschaft promoviert, war also von Haus aus Doktor, wollte aber nicht unterrichten. Dank einiger Leute, die ich kennenlernte, rutschte ich völlig schmerzlos in meine wahre Berufung, wo ich größtenteils Drehbücher umschreibe, deren Verfasser ebenfalls kein Talent haben.

Hin und wieder, sehr selten natürlich, bekomme ich ein Drehbuch zu flicken, das gar nicht geflickt zu werden braucht. Es ist gut so, wie es ist. Es braucht nur noch anständig verfilmt zu werden. Aber die Studiobosse oder die Produzenten oder die Stars oder die Regisseure haben andere Vorstellungen. Ich bin mit einem moralischen Dilemma konfrontiert. Ich bin dazu fähig, in einem moralischen Dilemma zu stecken, denn in mir steckt ein Maskottchen namens der Moralist, und der Moralist in mir will für das, was richtig ist, aufstehen. Er möchte das Drehbuch, das nicht geflickt zu werden braucht, vor Flickwerk bewahren, oder wenigstens möchte er sich weigern, selbst in irgendeiner Weise an dessen Verstümmelung beteiligt zu sein.

Aber er tut weder das eine noch das andere.

Der Moralist in mir fühlt sich zu diesen Zeiten unwohl und anmaßend. Er fühlt wie ich die Last der Präzedenzfälle, die wir uns geschaffen haben. Warum jetzt für das, was richtig ist, aufstehen, wenn wir bei anderen, wesentlich entscheidenderen Gelegenheiten gemütlich sitzen geblieben sind? Auf diese Weise wird das moralische Dilemma abgeschwächt und entschärft, und ich nehme den Auftrag an und auch das damit verbundene Geld, ungeheure Summen, und weiß im Voraus, dass mein Beitrag, mein Umschreiben, mein Schneiden und Polieren das betreffende Werk nur beschädigen oder ruinieren kann.

Diese Fälle, wo ich etwas ruinieren soll, das ich bewundere, sind zum Glück sehr selten. In den letzten zwanzig Jahren habe ich nicht mehr als ein halbes Dutzend solcher Drehbücher verstümmelt, und nur eins davon verfolgt mich immer noch.

Der junge Mann, der das Originaldrehbuch für Cromwell geschrieben hatte, erschien uneingeladen zur Testvorführung des Films in Pittsburgh. Inzwischen erinnere ich mich nur noch an zwei Dinge in Pittsburgh. An die herrliche Aussicht von meiner Hotelsuite auf den Zusammenfluss von Allegheny und Monongahela und an die peinliche Szene, die der junge (ach, so junge) Autor nach der Vorpremiere in der Vorhalle des Kinos machte.

Wie ein glatt rasierter Jeremias schrie er uns an, zitterte vor Wut. Der Regisseur war ein Zuhälter. Der Produzent, Jay Cromwell, war ein beschissenes Scheusal. Die Studiobosse waren kastrierte Piranhas. Ich war eine nichtswürdige Nutte. Persönlich hatte ich nichts gegen irgendeinen dieser Ausdrücke einzuwenden. Sie schienen mir ganz treffend. Aber mich schmerzte zu sehen, wie verletzt er war. Er weinte, während er versuchte, uns zu beleidigen, und merkte wegen seiner Jugend nicht, dass wir gar nicht beleidigt werden konnten. Er war zu jung, und er hatte das, was er geschrieben hatte, zu sehr geliebt. Er schrieb nie wieder etwas. Vielleicht hatte es nichts damit zu tun, es ist schwer, sich in solchen Dingen sicher zu sein, aber ungefähr ein Jahr später beging er Selbstmord. Ich erinnere mich noch an den Klang seiner Stimme. Der Film war, wie alle von Cromwell produzierten Filme, ein Kassenerfolg, und mein Ruf als ein Mann, der schwierige Drehbücher flicken kann, erhielt weiteren Auftrieb.

Meistens jedoch arbeite ich an Drehbüchern, die so schlecht sind, dass ich sie selbst geschrieben haben könnte.

Meine Arbeit besteht größtenteils darin, das Fett rauszuschneiden und Witze einzubauen. In beidem bin ich geschickt. Ich werfe Nebenfiguren raus, Träume und Rückblenden. Ich streiche die Szenen, in denen unser Held oder unsere Heldin seine oder ihre Mutter besucht oder seinen oder ihren Lieblingslehrer. Ich werfe Tanten und Onkel raus, Brüder und Schwestern. Ich habe ganze Kindheitssequenzen aus dem Leben der Figuren rausgestrichen und sie dort oben auf der Leinwand ohne Mutter oder Vater oder irgendeine Vergangenheit gelassen.

Ich richte mein Auge auf die Storyline, den Plot, und merze alles und jeden aus, der nicht dazu beiträgt. Ich vereinfache die menschlichen Umstände der Figuren und kompliziere die Welt, in der sie leben. Mir ist zeitweilig bewusst, dass diese Vorgehensweise im wirklichen Leben praktiziert worden ist, dass Männer wie Adolf Hitler, Joseph Stalin, Pol Pot, Nicolae Ceausescu und andere etliche Techniken der

Drehbuchflickerei in ihre Praktiken aufgenommen haben. Manchmal sehe ich alle Tyrannen als glorifizierte Skriptflicker, die Menschen umschreiben, wie ich es tue.

Zusätzlich zu der Arbeit an Drehbüchern, die ihren ursprünglichen Verfassern weggenommen wurden, bin ich dank dessen, was jemand mal meine »Kunstfertigkeit mit Zelluloid« genannt hat, auch damit betraut worden, fertig gedrehte Filme zu flicken, die ihren Regisseuren weggenommen wurden.

Die Arbeit ist im Wesentlichen die gleiche. Ich sitze im Vorführraum mit einem Produzenten oder mit Studiobossen und schaue mir den Film an. Ich tue, was ich immer tue. Ich verfolge die Storyline. Ich schlage Schnitte vor, die Umstellung von Szenenfolgen. Ich schaue mir die beim Endschnitt ausgemusterten Takes an und durchwühle sie nach Resten und Schnipseln, die wieder hereingenommen werden können. Ich empfehle Musiken, um mit ihnen bestimmte Szenen zu unterlegen, und in extremen Situationen, wenn keine anderen Mittel verfügbar sind, einem Film Zusammenhalt zu geben, empfehle ich einen Off-Kommentar, den ich dann schreibe. Manchmal befolgen die Befehlsgewaltigen meinen Rat und machen die Änderungen, die ich vorschlage. Manchmal nicht. Manchmal holen sie sich einen anderen Skriptflicker. Manchmal holen sie sich ein ganzes Team von Skriptflickern. Wenn der Film, den ich bearbeitet habe, ein kommerzieller Erfolg wird, bekomme ich viel Anerkennung in der sogenannten Filmgemeinde, und mein Ansehen wächst. Wenn der Film, den ich bearbeitet habe, kein kommerzieller Erfolg wird, sogar wenn er völlig durchfällt, bekomme niemals ich die Schuld daran. Dieser Film gesellt sich zu denen, die »nicht mal Doc Karoo flicken konnte«.

Ich werde für das, was ich tue, fürstlich bezahlt. Dank

Arnold, meinem früheren Finanzbuchhalter, der jetzt Dianahs Finanzen regelt, dank Arnold und seiner konservativen, aber unerbittlichen Anlage meines Geldes bin ich ein wohlhabender Mann. Wenn ich schon auf keine andere Weise unabhängig bin, so bin ich doch finanziell unabhängig. Ich muss mir keine Sorgen wegen der horrenden Miete für mein Büro an der West Fiftyseventh Street machen. Ich muss mich nur darum sorgen, was ich mache, wenn ich dort bin.

Kürzlich ist eine andere Sorge aufgetreten. Es kommt mir zuweilen so vor, als ob all das sogenannte Fett, das ich aus diesen Drehbüchern und Filmen herausschneide, sich an mir zu rächen beginnt. Es gibt zunehmend Beweise dafür, dass mein Privatleben sich jetzt fast ausschließlich aus diesen fetten, überflüssigen Szenen zusammensetzt, die ich so geschickt aus den Filmen und Drehbüchern anderer Leute herausoperiert habe.

DRITTES KAPITEL

1

Lieber Dad,

schon bevor ich diesen Brief beginne, habe ich Angst, was damit passieren könnte. Ich habe Dich über die Jahre beobachtet und gesehen, wie wenig Du unterscheidest zwischen dem, was privat und persönlich ist, und dem, was es nicht ist. Ich habe wiederholt mit angesehen, wie Du das Vertrauen Deiner früheren Freunde beim Essen in einem Restaurant verraten hast, indem Du ihre mitunter schmerzlichen Probleme in witzige Geschichten umgewandelt hast, mit denen Du andere unterhältst. Ich weiß nicht, warum Du das tust, aber da ich es immer wieder miterlebt habe, weiß ich, wenn bei einem solchen Essen die Stimmung sinkt und das Geschwätz zu verstummen droht, dann kramst Du alles Mögliche hervor, nur um wieder Schwung hineinzubringen. Ich bitte Dich, dies eine Mal mit diesem Brief eine Ausnahme zu machen. Erzähle anderen nichts davon, nicht einmal Mom. Zitiere mich nicht, karikiere mich nicht vor anderen. Bitte. Wenn wir schon nichts anderes haben können, das streng privat ist, nur zwischen uns beiden, dann lass diesen Brief als unser einziges privates Ereignis gelten. Ich werde diesen Brief fortsetzen als einen Akt des Vertrauens, dass Du meinen Wunsch respektieren und mich nicht verraten wirst, wie Du es in der Ver-

gangenheit so oft getan hast. Wo das nun ausgeräumt ist, lass mich noch einmal beginnen:

Lieber Dad,

ich habe nicht auf die Zeit geachtet, aber wir sind uns sicherlich beide bewusst, dass seit Jahren eine gewisse Lähmung zwischen uns eingesetzt hat. Ich bin nicht sicher, wann sie begonnen hat, denn ich habe sehr lange gebraucht, um allein die Tatsache ihrer Existenz zu akzeptieren. Nein, wir treiben nicht auseinander, um einen Satz zu benutzen, den meine Freunde benutzen, wenn sie über ihre Eltern reden. Es wäre besser, wenn wir das täten, denn dann bestünde die Möglichkeit, dass ich schließlich weit genug von Dir wegtreibe, um den Schmerz einer Nähe ohne Berührung nicht mehr zu spüren.

Aber wir treiben nicht, Dad. Es gibt keinerlei Bewegung. Es gibt nur das traurige Bild von einem Vater und einem Sohn, beide festgefroren in der Zeit.

Ich habe viel darüber nachgedacht, und meiner Meinung nach hat es nichts mit der Tatsache zu tun, dass Du, biologisch gesehen, nicht mein richtiger Vater bist. Es geht hier nicht um Blut und Biologie, Dad. Was zwischen uns fehlt, ist etwas, das es immer zwischen zwei Menschen geben sollte, die einander so lange kennen wie wir. Es gab, oder zumindest bildete ich mir das ein, ein unausgesprochenes Versprechen, das ich mir zu Herzen nahm, als ich noch ganz klein war. Es war das Versprechen künftiger wundervoller Dinge. Eine Prüfung erwartete mich, oder eine Reihe von Prüfungen, und wenn ich sie bestand, dann würde das schließlich zu einer liebevollen Beziehung zwischen uns führen. In gewisser Weise hatte ich eine sehr glückliche Kindheit, weil ich so blind an das Versprechen künftiger Dinge glaubte.

Ich bin jetzt einerseits nicht mehr jung genug, um weiterhin blind zu glauben, andererseits noch nicht alt und zynisch genug, um die Möglichkeit Deiner Liebe abzutun und zu anderem überzugehen.

Sag mir die Wahrheit, Dad. Bitte, wenn Du die Wahrheit weißt, sage sie mir.

Die Wahrheit zu erfahren, dass ich niemals von Dir haben kann, was ich mir wünsche, wäre wahrscheinlich sehr schmerzhaft, aber nicht annähernd so lähmend wie dieses Grübeln und Warten. Ich stehe im Schach, Dad. Während ich auf Deine Liebe warte, bleiben enge Bindungen zu anderen in der Schwebe. Attraktive Mädchen kommen und gehen, Freunde kommen und gehen, Liebe kommt und geht, und ich bitte sie nie zu bleiben, weil ich auf Dich warte.

Auf die Gefahr hin, die Situation zu stark zu vereinfachen, möchte ich Dich daran erinnern, dass das, was ich von Dir brauche, nicht allzu viel ist. Du brauchst nicht zu befürchten, dass ich Dein Leben in die Hand nehmen möchte oder dass ich irgendein düsteres strenges Programm habe.

Bis Du spürtest, dass ich keine Verwendung mehr dafür hatte, warst Du immer bereit, in der Öffentlichkeit mit mir zusammen zu sein. Mich ins Theater oder zu einer Filmpremiere oder einer Testvorführung oder einem anderen öffentlichen Ereignis mitzunehmen und dann hinterher mit anderen zusammen in einem Restaurant zu essen, wo das Ereignis, dem wir gerade beigewohnt hatten, wieder zum Ereignis wurde. Ich sterbe in der Öffentlichkeit wie auf einer Bühne. Ich spiele die Rolle des öffentlichen Sohnes schlecht.

Lass mich, nicht andauernd, aber hin und wieder, lass mich das Ereignis sein. Bitte versteh, dass ich keine bestimmte Szene im Sinn habe, die ich mit Dir spielen möchte. Es ist gerade die Abwesenheit einer Szene, nach der ich mich sehne. Meine Tagträume, mit Dir allein zu sein, handeln alle davon, planlos miteinander Zeit zu verbringen, in Ungezwungenheit und Unabsichtlichkeit zu schwelgen.

Ich weiß, ich gehe mit diesem Brief ein Risiko ein. Ich kenne Dich nicht gut, Dad, aber ich kenne Dich gut genug, um zu wissen, dass Du es leichter finden könntest, alle Bindungen zu mir zu lösen, als Dich dem Gegenstand dieses Briefes zuzuwenden. Wenn Du das tun musst, dann musst Du das tun. Es wird besser sein als die Lage, in der wir beide uns jetzt befinden, wo wir dahinkümmern wie zwei Schachfiguren eines aufgegebenen Spiels.

Dein Dich liebender Sohn

Billy

PS: Ich hoffe, Du findest diese Nachschrift nicht bevormundend, aber bitte, wenn schon nichts anderes, besorge Dir eine Krankenversicherung. Wenn nicht für Deinen, dann für meinen Seelenfrieden.

2

Es war weder warm noch kalt. Die Sonne schien, aber etwas in der Luft verhinderte, dass es ein sonniger Tag war.

Mit der zusammengefalteten *New York Times* unter dem Arm und dem Brief meines Sohnes in der Innentasche meines Sportjacketts wartete ich an der Ecke Eighty-sixth und Broadway auf ein Taxi.

Ein nagelneues gelbes Taxi scherte aus, um mich aufzunehmen. Es hätte nicht neuer oder gelber sein können. Ich machte meine Zigarette aus, stieg ein, und wir fuhren Richtung Downtown.

Das Taxi war überheizt. Zwei große Lufterfrischer baumelten hinten im Auto links und rechts von mir. Sie waren grün und geformt wie Weihnachtsbäume und gaben einen Übelkeit erregenden Tannenduft von sich.

Ich kurbelte das Fenster herunter.

Der Verkehr bewegte sich langsam, aber stetig. Ich liebe Bewegung. Ich liebe das Gefühl, irgendwohin zu gelangen.

Ich schlug die Beine übereinander und dachte wieder über Billys Brief nach. Ich hatte schon am Montag darüber nachgedacht und gestern auch, aber in der väterlichen Stimmung, die mich beherrschte, war mir für meinen Sohn nichts gut genug. Nicht einmal, Überstunden einzulegen und über seinen Brief drei Tage hintereinander nachzudenken.

Sein Brief rührte mich tief, als ich ihn am Montag erhielt. Ich war mit Unterbrechungen fast den ganzen Tag davon gerührt. Am Dienstag beschloss ich, etwas deswegen zu unternehmen, und der Gegenstand seines Briefes, dem ich mich zuzuwenden beschloss, stand in seiner Nachschrift.

Er machte sich Sorgen, weil ich keine Krankenversicherung hatte. Wenn ich mich krankenversicherte, so argumentierte ich, konnte ich ihn anschließend anrufen und ihm sagen, dass er sich keine Sorgen zu machen brauchte. Ich konnte ihm sagen, dass ich wieder versichert war, weil er es mir geraten hatte. Es würde ihm schmeicheln, dass ich seinen Rat angenommen hatte. Dann konnten wir beide am Telefon schön über das Ganze plaudern und dabei alles, was in seinem Brief der Nachschrift vorangegangen war, außer Acht lassen.

Deshalb rief ich gestern früh als Erstes meinen neuen Buchhalter an, Jerry Fry, und beauftragte ihn, mich wieder bei Fidelity Health anzumelden, meiner früheren Versicherung. Jerry gratulierte mir, dass ich endlich zur Vernunft gekommen war. Ich sagte ihm, dass ich es für meinen Sohn tat, den ich, wie er wisse, sehr liebte. Er gratulierte mir zu meinen väterlichen Gefühlen und bat mich, ihm alles zu überlassen.

»Überlassen Sie das mir, Saul«, sagte er. »Morgen sind Sie unter Dach und Fach.«

Heute würde ich Jerry vom Büro aus anrufen, oder er würde mich vom Büro aus anrufen, und ein weiteres der kleinen Probleme des Lebens würde gelöst sein. Ich überlegte mir mehrere Anfangssätze, wenn ich Billy heute Abend anrief, und entschied mich für: »Billy? Hier ist Dad. Weißt du schon das Neueste, Großer? Ich bin wieder versichert ...«

Ich zündete mir eine Zigarette an.

»Nicht rauchen«, sagte der Fahrer. In seiner Stimme lag eine Schärfe, als hätte er mich schon einmal ermahnt, nicht zu rauchen. »Ich habe Asthma«, fügte er mit Nachdruck hinzu.

Ich nahm einen letzten schnellen Zug und drückte die Zigarette in dem blinkenden neuen Aschenbecher aus.

Nach der Zahl der Taxifahrer zu urteilen, die plötzlich behaupteten, Asthma oder eine andere Erkrankung der Atemwege zu haben, konnte man leicht auf den Gedanken kommen, dass die großen Taxiunternehmen es zur Firmenpolitik erhoben hatten, nur Menschen mit Atembeschwerden einzustellen. Sogar Fahrer aus Afghanistan und Pakistan, die kein einziges Wort Englisch sprachen und keine Ahnung hatten, wo sich das Lincoln Center befand, konnten sagen: »Nicht rauchen. Ich habe Asthma.«

Mein Fahrer sah aus wie eine Mischung aus Holzfäller und Abwehrspieler der Chicago Bears. Er nahm drei Viertel des Platzes vorn in dem nagelneuen Peugeot ein, den er fuhr. Die Windschutzscheibe, wäre sie nur ein wenig kleiner und ein wenig krummer gewesen, hätte eine Motorradbrille sein können, die er trug.

Diese Taxifahrt hatte etwas Festliches an sich. Es war meine Abschiedsfahrt als der Unversicherte Mann. Dem zu Ehren beschloss ich, mich mit dem Ungetüm, das mich fuhr, anzufreunden.

»Welche Sorte Asthma haben Sie?«, fragte ich ihn. Ich wusste, dass er log, am Klang seiner Stimme. Der Klang von

Lügen hatte stets eine eigene Melodie, die ich als ein Lied erkannte, das ich selbst sang.

Er bedachte die Frage.

»Was meinen Sie damit, welche Sorte?« Er überprüfte mich im Rückspiegel. »Welche Sorten Asthma gibts denn?«

»Ich weiß nicht. Sie sind der, der's hat.«

»Einfach Asthma«, sagte er und hob die mächtigen Schultern. »Normales Asthma. Haben Sie noch nie von Leuten mit Asthma gehört?«

»Doch, schon.«

»Na ja, das hab ich. Asthma. Ich rieche Rauch und schwupp!« Er schnipste mit den Fingern. »Sofort kriege ich einen Anfall.«

»Ist wahr?«

»Ja, und das ist kein Witz, glauben Sie mir.«

Ich nickte, als glaubte ich ihm.

»Wie ist denn das?«, konnte ich nicht widerstehen, ihn zu fragen.

»Wie ist was?«

»Ein Anfall.«

»Von Asthma?«

»Ja.«

»Furchtbar. Ganz furchtbar«, sagte er und wiegte langsam den Kopf hin und her.

Er hatte einen Hals wie ein Sonntagsschmorbraten. Als er den Kopf hin und her wiegte, schoss mir eine Natursendung auf PBS durch den Kopf. Der Grizzlybär aus der Wildnis Montanas mit einem Sender im Halsband. Jetzt umgesiedelt und umtrainiert zum Taxifahrer in Manhattan.

Es war ein Vergnügen, von ihm gefahren zu werden. Ich konnte in dem Taxi nicht rauchen, aber es war mir wesentlich lieber, von einem Erzlügner wie mir selbst um meine Zigarette gebracht zu werden statt von einem unpersönlichen Behördenschild. Ich hatte eine Vorliebe für Lügner. Da ich selbst ein geborener Lügner war, fühlte ich mich zu anderen mit dem gleichen Leiden hingezogen. Es gab keine Wahrheiten mehr, die ich mit anderen teilte. Lügen waren mein letztes Verbindungsglied zu meinen Mitmenschen. Zumindest im Lügen waren alle Menschen Brüder.

»Es ist furchtbar, hm?«, fragte ich. Ich wollte nicht, dass das Thema starb, das Lügen aufhörte.

»Einen Asthmaanfall zu haben?«

»Ja.«

»Das ist mehr als furchtbar. Glauben Sie mir, Mister, das wollen Sie nicht hören.«

»So schlimm, hm?«

Er sah mich wieder im Rückspiegel an und fragte ein wenig misstrauisch: »Selber je Asthma gehabt?«

»Nein.«

Meine Antwort beruhigte ihn.

»Es ist furchtbar. Entsetzlich. Ganz entsetzlich.« Er wurde mitteilsam, ihn stach der Hafer. »Es ist wie … wie wenn man im Schwimmbad unter Wasser gedrückt wird. So ist das. Sind Sie schon mal im Schwimmbad unter Wasser gedrückt worden?«

»Vor langer Zeit«, log ich.

»Genau so ist das. Nur schlimmer.«

»Schlimmer?«

»Ja, schlimmer. Denn mit Asthma können Sie nicht nach Luft auftauchen. Klar? Denn wenn Sie nach Luft auftauchen, ist da keine Luft. Da ist bloß noch mehr Asthma.«

»Hört sich wirklich ziemlich schlimm an.«

»Schlimm, ach was. Es ist ganz entsetzlich.«

»Wie lange sind Sie schon Asthmatiker?«

»Bin ich was?« Er klang wieder misstrauisch.

»Asthma. Wie lange haben Sie schon Asthma?«

»Ach so«, nickte er. »Seit meiner Geburt.«

»So lange?«

»Ja. Liegt in der Familie.«

Er wechselte ständig die Fahrspur, aber sein mächtiger Körper nahm mir die Sicht auf das Lenkrad. Von meinem Platz sah es aus, als lenkte er mit den Schultern, warf sich nach links, warf sich nach rechts und schleuderte den Peugeot umher wie ein Spielzeug.

»Haben Sie noch andere Krankheiten?«

»Nein, bloß Asthma. Ich dachte, ich hätte noch was anderes, war dann aber doch nichts. Wieso fragen Sie? Sind Sie ein Doktor oder so was?«

»Sozusagen.«

»Ach ja?« Er wurde wieder misstrauisch. »Was für ein Doktor sind Sie?«

»Ein Filmdoktor«, erzählte ich ihm und tippte mir mit dem Finger an die Schläfe, als ich ihn wieder in den Rückspiegel gucken sah. »Wenn Sie schlechte Filme im Kopf gehabt haben, repariere ich die.«

Er dachte ein Weilchen darüber nach, und dann hatte er die Antwort.

»Ein Psychiater? Sie sind also Psychiater?«

»Ja«, log ich aus Gefälligkeit für all die Lügen, die er mit mir geteilt hatte.

»Dann sind Sie in der richtigen Stadt, das ist mal sicher. Kein Mangel an Geisteskranken in diesem Kaff. Mir begegnen alle Sorten.«

»Das glaube ich Ihnen.«

»In dieser Stadt laufen Leute rum mit Cornflakes statt Hirn. Man schaut dem Falschen in die Augen, und man ist tot.«

Er hielt vor dem Gebäude, in dem ich mein Büro hatte.

»War nett, mit Ihnen zu reden«, sagte ich und gab ihm ein großes Trinkgeld.

»Vielen Dank, Doc.«

3

Ich sitze an meinem Schreibtisch, rauche und lese die *New York Times*. Eine alte Stehlampe mit riesigem Schirm, der an Hüte erinnert, wie sie von Damen um die Jahrhundertwende getragen wurden, ist meine Hauptlichtquelle. An der Decke ist eine Lichtschiene, aber ich benutze sie nie.

Auf meinem Schreibtisch befinden sich eine Schreibmaschine, nämlich meine große schwarze Remington, ein Drehbuch, das ich umschreiben soll, ein Telefon, ein Anrufbeantworter und ein großer Aschenbecher.

Links von mir, nach Süden hin, ist ein Fenster mit Jalousie, das auf die West Fifty-seventh Street blickt. Im Fenster ist ein großes Klimagerät. Es ist im Moment auf höchster Stufe an. Ich mag das Geräusch, das es macht. Ich habe mir dieses Modell wegen seines Geräuschs ausgesucht. In den besten Zeiten unserer Ehe mieteten Dianah und ich für den Sommer immer ein Haus in Easthampton. Es stand nahe am Meer, und nachts, durchs offene Fenster, konnte ich hören, wie die Meereswellen den Strand überfielen. Es ist nicht ganz dasselbe, kommt aber dem Geräusch nahe, das mein Klimagerät jetzt macht.

Rechts von mir ist ein Bücherregal mit Büchern aus meiner Studienzeit. Meine Sammlung Vergleichende Literaturwissenschaft.

In der Südostecke meines Büros ist eine Kartonpyramide.

In den Kartons befinden sich mein PC, mein Drucker und ein Zweijahresvorrat Papier.

In einem plötzlichen Anfall von Leidenschaft, auf der Höhe der Zeit zu bleiben, habe ich mir vor etwas über fünf Jahren den PC gekauft. Während ich auf seine Lieferung wartete, predigte ich allen und jedem die Vorzüge eines PCs. Ich überzeugte Guido, dass er sich unbedingt auch einen besorgen musste. Was er tat. Als meiner schließlich geliefert wurde, trieb mich das begleitende dreisprachige Benutzerhandbuch in die Verzweiflung. Je mehr ich darin las, desto mehr verzweifelte ich. Ein paar Tage später packte ich alles mitsamt Benutzerhandbuch wieder in die Kartons und räumte sie in die Südostecke meines Büros, die sie immer noch okkupieren. Zur Zeit meines Kaufs waren die Geräte auf dem allerneuesten Stand der Technik. Jetzt sind sie sowohl für mich als auch für ihren Hersteller Relikte aus der Vergangenheit.

Ich zünde mir eine weitere Zigarette an und schlage eine weitere Seite der *Times* auf.

4

Die Miete für mein Büro ist exorbitant. Die Gegenleistung ist, dass mein Büro sich an einer exorbitanten Adresse befindet. Ich habe kürzlich einen Mietvertrag für zwei weitere Jahre abgeschlossen. Wenn der neue Mietvertrag in Kraft tritt, wird meine Miete fast doppelt so hoch sein, um mit der steigenden Exorbitanz der Adresse Schritt zu halten. Geld ist nicht das Problem. Ich kann mir das leisten. Mein Problem ist, dass ich kein Büro mehr brauche. Ich habe mehr als genug leere Zimmer in meiner Wohnung, wo ich mein Umschreiben machen kann.

Heimweh nach meiner kaputten Ehe überkommt mich. Ich vermisse nicht so sehr, mit Dianah zu leben, als eine Dianah zu haben, die ich an fünf Tagen in der Woche morgens verlasse. Eine Dianah zur Frau zu haben, verlieh nicht nur dem morgendlichen Gang ins Büro einige Dringlichkeit, sondern der Büroaufenthalt selbst erinnerte mich ständig angenehm daran, dass ich nicht zu Hause war.

Als ich Dianah verließ, hatte ich kein Motiv mehr, ins Büro zu gehen. Es war kein Zufluchtsort mehr, es war nur noch ein Büro.

Weiteres über Rumänien in der *Times*. Die Studenten, die die Revolution gemacht und das alte Regime gestürzt haben, wissen nicht, wie man eine neue Regierung bildet. Die Leute, die wissen, wie man eine neue Regierung bildet, sind die Leute aus dem alten Regime, die von den Studenten zu Fall gebracht worden sind. Genau diese Leute gelangen jetzt in Rumänien wieder an die Macht. Die Studenten fühlen sich verraten.

Ich fühle mit ihnen. Ich finde in dem Durcheinander in Rumänien viele Analogien zu meinem eigenen Leben. Die armen Studenten. Wenn sie meinen, sie seien jetzt verraten worden, dann sollen sie mal abwarten, bis sie erwachsen sind und anfangen, sich selbst zu verraten. Es wird schlimm, wenn man sich nur noch selbst stürzen kann, damit das Leben besser wird.

Ich blättere um.

5

Die Obdachlosen werden langsam zur Plage. Es gibt immer mehr davon. Ein neues Jahrzehnt ist angebrochen, und es herrscht eine neue Ungeduld mit diesem alten Problem.

Rassismus nimmt in Colleges zu. Sogenannte Hassverbrechen mit Vorurteilen als einzigem Motiv nehmen zu. Ich lese den Artikel sorgfältig und merke ihn mir als ein nützliches Thema, das ich zwischen mich und meinen Sohn stellen kann, wenn ich ihn heute Abend anrufe. Sollte unser Gespräch mühsam werden, nachdem ich ihm die gute Nachricht von meiner Krankenversicherung mitgeteilt habe, kann ich darauf zurückgreifen.

»Ach, übrigens, Billy, ich wollte dich schon immer etwas fragen. In der Zeitung stehen andauernd Artikel über die Zunahme von Rassismus an Colleges. Was ist deiner Meinung nach der Grund dafür? Hast du eine Vorstellung?«

6

Ich mache eine kurze Pause mit der *Times* und betrachte das Drehbuch, das ich umschreiben soll. Es ist fast ein historischer Anlass. Ich habe eine Umschreibblockade. Die hatte ich noch nie, aber dieses Drehbuch hat sie mir verursacht.

Das Problem mit dem Drehbuch, das ich umschreiben soll, ist, dass ich es schon einmal umgeschrieben habe. Das war vor drei Jahren. Es hatte damals einen anderen Titel und war bei einem anderen Studio. Zu der Zeit war das Problem damit, dass es keinen Plot hatte. Es hatte eine Besetzung, größer als die Abgangsklasse einer Highschool, aber keine Story. Also warf ich alle möglichen Leute raus und gab ihm eine Storyline. Dann zog es weiter, um noch mehrere Male von anderen Umschreibern umgeschrieben zu werden. Jetzt ist es wieder auf meinem Schreibtisch mit einer ganz neuen Reihe von Problemen. Jetzt ist es nur Plot und null Charaktere. In den dazwischenliegenden Jahren ist der Plot nicht nur dicker geworden, er ist geronnen. Er ist zur La-Brea-Erdpechgrube aller Plots geworden. Unser Held, seine Freunde, seine Feinde, seine Liebespartner, alle sind sie gefangen in der Erdpechgrube, und man kann den einen nicht mehr vom anderen unterscheiden. Meine Aufgabe ist es, das zu reparieren und dem Helden und seinen Liebespartnern einen Sinn für Humor zu geben.

Ich erwäge, während ich das 118-Seiten-Drehbuch auf meinem Schreibtisch betrachte, die Möglichkeit, dass in naher Zukunft das Umschreiben eines Drehbuchs einem ganzen Team von Umschreibern wie mir Arbeit fürs Leben schaffen wird, wie es der Bau einer einzigen gotischen Kathedrale für Generationen mittelalterlicher Handwerker tat.

7

Das Telefon klingelt. Ich reiße mich aus meiner Trance. Ich reibe mir die Hände in Vorfreude auf den Anruf von Jerry, der mir mitteilen wird, dass Fidelity Health mich wieder in ihre Familie versicherter Amerikaner aufgenommen hat.

Ich nehme den Hörer ab.

Es ist Guido. Der anruft, um mir zu sagen, dass er unser Mittagessen im Tea Room diesen Freitag absagen muss. Er hat in LA zu tun. Guido Ventura, mein letzter Freund, ist Schauspieleragent.

Wir plaudern. Er erzählt mir von den Klienten, die er verloren hat, und den Klienten, die er gewonnen hat, und dem neuen Klienten, den er in LA an Land zu ziehen hofft, und deutet an, dass die Arithmetik zu seinen Gunsten ausfällt. Ich könnte ihn daran erinnern, dass er die Klienten, die er verloren hat, einmal unersetzlich fand und dass er die

Klienten, die er gewonnen hat, darunter auch der Klient, den er in LA an Land ziehen möchte, einmal unter seiner Würde fand. Aber ich tue es nicht. Er ist mein allerletzter Freund, und ich möchte ihn nicht verlieren. Und außerdem, da ich dazu neige, beim Bilanzziehen die gleiche moralische Arithmetik zu verwenden wie er, wer bin ich, etwas zu sagen? Also stimme ich seinen Resultaten zu und wünsche ihm gute Jagd in LA.

Ich zünde mir noch eine Zigarette an und setze, während ich auf Jerrys Anruf warte, meine Reise durch die *New York Times* fort.

8

Das Feuilleton. Theaterkritiken. Filmkritiken. Musikkritiken. Buchkritiken. Fernsehkritiken. Ich lese sie alle. Ein Ton stellt sich ein, der Ton von Kunst unter Kritik, der wie ein wunderbarer Gin Tonic für mich ist oder wie das, was ein Gin Tonic früher mal war. Ich kann nicht mehr betrunken werden, aber dieser Ton beschwipst mich.

Ich denke an Billys Brief, während ich die Zeitung lese, aber meine Gedanken sind jetzt im Einklang mit dem Ton in der *Times*.

Ich bewundere jetzt den Brief auf einer ganz anderen Ebene. Seine Beherrschung der englischen Sprache. Sein reifer Stil für einen so jungen Menschen. Seine Fähigkeit, emotionales Territorium zu erkunden, ohne in Rührseligkeit zu verfallen. Seine mühelose Alliteration. Seine lebhafte Metaphorik.

Je mehr ich mir den Brief anpreise, desto stärker verblassen sein Sinn und sein Zweck.

Das ist eine neue Krankheit, die ich mir geholt habe. Ich weiß nicht, wie ich sie nennen soll. Sie könnte entweder Objektivitätskrankheit oder Subjektivitätskrankheit genannt werden, je nachdem, wie man sie betrachtet.

Die Symptome sind immer die gleichen.

Obwohl ich mich so lange mit meinem eigenen Ich beschäftige, bis mir schlecht wird, scheint dieses Ich ziemlich leicht zu entschlüpfen. Ich kann es anstellen, wie ich will, ich bin unfähig, über irgendetwas sehr lange subjektiv zu bleiben. Eine Stunde etwa, ein Tag etwa, bestenfalls ein paar Tage, und meine Subjektivität verlässt mich, und ich beginne, das fragliche Ereignis von einem anderen Standpunkt aus zu betrachten.

Ich tue das nicht absichtlich. Meine Gedanken bewegen sich einfach weiter und beginnen, das Ereignis auf einer Umlaufbahn zu umkreisen.

Das Ereignis kann eine Person sein, eine Idee, ein Problem oder ein herzergreifender Brief von meinem Sohn. Ganz egal, was es ist, ausschließlich meines, wahrhaft meines, subjektiv meines ist es nur kurze Zeit. Und dann begebe ich mich in die Umlaufbahn. Ich umkreise das Problem, die Idee, den Brief, den Anruf. Ich sehe es aus vielen verschiedenen Winkeln, von etlichen Standpunkten. Ich tue das, bis ich fast völlig objektiv werde. Was bedeutet, dass ich nicht mehr nachvollziehen kann, was ich anfangs bei dem Brief, dem Anruf, der Idee, dem Problem empfunden habe. Was bedeutet, dass ich überhaupt keine subjektiven Empfindungen für das Ereignis mehr aufbringen kann. Was bedeutet, dass es für mich keinerlei Bedeutung mehr hat.

Ich blättere um.

9

Das Telefon klingelt.

Jerry, denke ich.

»Hallo, Schatz.«

Es ist Dianah.

Ich sage ihr, dass ich jetzt nicht mit ihr reden kann, da ich einen wichtigen Anruf erwarte. Sie lacht und seufzt. Sie lacht und seufzt in einem einzigen Geräusch. Die einzige Frau, der einzig mir bekannte Mensch, ob Mann, Frau oder Kind, der das kann.

»Ach, Saul«, lacht und seufzt sie.

Ich habe den Klang meines Namens noch nie so wirkungsvoll gegen mich eingesetzt gehört.

»Ich mache keine Witze, Dianah«, sage ich und versuche, fest, aber freundlich zu sein. »Ich erwarte einen wichtigen geschäftlichen Anruf, wenn es dir also nichts ausmacht ...«

Sie schneidet mir das Wort ab.

»Vielleicht ist es dieser. Vielleicht bin ich der Anruf, auf den du gewartet hast.«

»Ich hasse es, unhöflich zu sein, Dianah, aber ...«

Sie schneidet mir wieder das Wort ab.

»Ja, ich *weiß*«, sagt sie. Sie spricht jetzt kursiv. »Es ist die *Hölle* für dich, *unhöflich* sein zu müssen.«

Ihre Worte, auf Papier ausgedruckt, würden zu ihrer Wiedergabe mehrere Schriftarten erfordern. Die Monate mühsamer Arbeit, die Mönche im Mittelalter brauchten, um eine einzige Initiale zu zeichnen, kann Dianah innerhalb eines Augenblicks mit dem Klang ihrer Stimme heraufbeschwören.

Wir setzen unseren gegnerischen Weg fort. Ich, indem ich ihr sage, dass ich nicht reden kann, sie, indem sie mir mehr mit Geräuschen als mit Worten sagt, was sie von mir denkt. Ich versuche zu widerstehen, aber schließlich bin ich entzückt vom Glanz ihrer Vorstellung. Ich könnte Hildegard Behrens in einer Wagner-Partie lauschen und nicht meiner Frau Dianah, die mich am Telefon fertigmacht.

Schließlich sagt sie mir, was sie mir sagen wollte, als sie anrief.

»Ich habe alle Sachen deines Vaters weggegeben an eine Kirchengruppe, die für die Obdachlosen sammelte. Ich habe dich gewarnt, dass ich es tun würde, wenn du nicht kommst und sie abholst, und nun habe ich es also getan. Jemand hier muss ja sein Wort halten, und wir wissen beide, nicht wahr, Liebling, dass du nicht derjenige sein wirst. Tschau, Liebling. Hab einen wunderschönen Tag, ja?«

Sie legt auf.

10

Während ich rauche und auf Jerrys Anruf warte, wird mir mehr und mehr zur Gewissheit, dass es ein katastrophaler Fehler meinerseits war, je Arnold, meinen früheren Buchhalter, verlassen zu haben.

Ich hing an Arnold. Ein Buchhalter der alten Schule, wie aus einem Roman von Dickens. Er sah sogar aus wie ein Buchhalter. Sein Vater war bestimmt auch Buchhalter. Hager, bleich, überarbeitet, kurzsichtig. Anders als Jerry Fry mit seiner Sonnenbräune. Es ist etwas Misstrauenerweckendes an einem Buchhalter mit ganzjähriger Sonnenbräune, der immer einen Tennisschläger im Büro hat.

Ich hätte Arnold behalten und Dianah bitten können, sich einen neuen Buchhalter zu besorgen, aber um den Trennungsschmerz zu lindern und ihrem Leben eine gewisse Kontinuität zu geben, beschloss ich, großzügig zu sein und mir selbst einen neuen Buchhalter zu besorgen. Also behielt sie Arnold und Kontinuität, und ich bekam Jerry. Mit seinem Tennisschläger.

Ich habe Jerry erst seit etwas über einem Jahr, und schon bin ich nicht mehr versichert.

Irgendwo hat irgendwer mit meiner Krankenversicherung bei der Fidelity Health Murks gemacht. Laut Jerry hat eine verhuschte Sekretärin bei Fidelity, obwohl sein Büro die Kasse von der Änderung meiner Zahlungsanschrift informierte, meine Zahlungsaufforderungen weiterhin an Arnolds Büro geschickt, genauso, wie sie es in den letzten zwanzig Jahren gemacht hatte. Und laut Jerry hat eine verhuschte Sekretärin in Arnolds Büro sie immer wieder an Fidelity zurückgeschickt mit dem Vermerk, dass ich nicht mehr bei Arnold sei, aber ohne anzugeben, bei wem ich jetzt war.

Als der Murks entdeckt wurde, war meine Krankenversicherung storniert.

Das muss ich Jerry lassen, sobald der Murks entdeckt war, wollte er auf der Stelle ein Wiederaufnahmeverfahren einleiten. Von da an lag der Fehler bei mir. Ich empfand es als ein Novum, einen fast angenehmen Tempowechsel, plötzlich unversichert zu sein. Also wies ich Jerry an, nichts zu unternehmen, bis er von mir gehört hätte. Ich wollte, sagte ich ihm, meine Alternativen abwägen.

»Wovon reden Sie?«, wollte Jerry wissen. »Welche Alternativen? Unversichert zu sein, ist keine Alternative.«

Aber je länger ich unversichert blieb, desto besser fand ich es. Ich hatte so viele persönliche Probleme und Krankheiten, die, so befürchtete ich, unlösbar und unheilbar waren, dass es wahrhaft erfrischend war, ein Problem zu haben, das ich lösen konnte, wann immer ich Lust hatte. Je schneller ich es löste, desto schneller war ich wieder in der Situation, nur Probleme zu haben, die nicht gelöst werden konnten.

Mein Problem verschaffte mir auch zeitweilig eine Rolle, die ich gern spielte. Die Verwegenheit, den sentimentalen Fatalismus, der einzige unversicherte Mann zu sein, den ich kannte. Das Gütesiegel, mir nichts daraus zu machen, dass ich es war. Die Möglichkeit, Dinge zu sagen wie: »Na, und wennschon? Weder Alexander der Große noch Alexander Hamilton noch Thomas Jefferson waren krankenversichert.«

Und da war auch noch etwas anderes. Es schien passend und ehrlich, unversichert zu sein. In Augenblicken seltener Klarheit und greller Einsicht, die ich meistens hatte, wenn ich lange unter der Dusche stand, sah ich, dass es auf der ganzen Welt keine Versicherung gegen das gab, was mit mir nicht stimmte. Ich wusste nicht, was mit mir nicht stimmte, aber ich wusste, es ließ sich nicht versichern.

Hätte Billy das Thema nicht in der Nachschrift zu seinem Brief aufgebracht, ich hätte das Ganze wahrscheinlich endlos schleifen lassen.

Ich zünde mir noch eine Zigarette an und wende mich dem Wirtschaftsteil der *Times* zu. Die Macht der Gewerkschaften nimmt ab.

Das Telefon klingelt.

11

»Saul.«

Es ist Jerry.

»Haben Sie eine Minute Zeit?«, fragt er.

»Immer«, sage ich.

Etwas an der Eröffnung gefällt mir nicht, aber ich halte mit meinem Urteil zurück und höre zu.

Jerry beginnt damit, noch einmal das ganze Versicherungsdebakel mit Fidelity zu referieren. Wieder sind wir bei verhuschten Sekretärinnen, die Murks machen. Ich versuche, ihn zu unterbrechen, denn ich kenne die ganze Geschichte, aber Jerry besteht »der Aktenlage halber«, wie er das nennt, auf dem Referat.

Geschieht mir recht, denke ich, was musste ich Arnold verlassen! Jerry ist überhaupt kein richtiger Name für einen Finanzbuchhalter. Jerry ist ein Name für einen Botenjungen, der Fotokopien macht und Sandwiches holt.

Der Erdrutsch von Jerrys Referat »der Aktenlage halber« ist, dass seine Firma keinerlei Schuld trifft.

»Gut, gut«, sage ich zu ihm. »Ihre Firma trifft keine Schuld. Ich bin nicht daran interessiert, irgendwem die Schuld zu geben. Ich möchte nur meine Mitgliedschaft bei der Fidelity erneuern, das ist alles.«

Eine Pause folgt, und aus der Pause kommt Jerrys Stimme.

»Das ist jetzt zu spät«, sagt er.

»Was ist zu spät?«, schreie ich fast.

»Sie haben zu lange gewartet«, sagt er und fährt fort: »Ihre Frist ist abgelaufen. Schauen Sie, es gibt eine verwaltungstechnische Frist für ordentliche Mitglieder, und in dieser Zeit hätte Ihre Mitgliedschaft ohne Weiteres erneuert werden können. In dieser Zeit war Ihre Versicherung zwar storniert, aber nur auf verwaltungstechnischer Ebene.«

»Und jetzt?«, frage ich.

»Jetzt sind Sie auf gesamtbetriebstechnischer Ebene storniert.«

Ich fange an zu schwitzen. Ich angle mir noch eine Zigarette, und während ich sie anzünde, sehe ich, dass meine

Hand zittert. Ich weiß nicht, was es bedeutet, auf gesamtbetriebstechnischer Ebene storniert zu sein, aber das Wort »storniert« klingt plötzlich anders. Ich weiß nicht, warum, aber es ist so. Meine ganze chevalereske Haltung, unversichert zu sein, mein ganzes byroneskes Rollenspiel als der Unversicherte Mann, mein ganzer Grund zur Erneuerung der Versicherung als einem Mittel, den Kontakt zu meinem Sohn wiederherzustellen – alles ist wie weggeblasen. Ich bin storniert! Mein Gott, ich bin auf gesamtbetriebstechnischer Ebene storniert. Nicht meine Versicherungspolice. Es kommt mir irgendwie so vor, als wäre ich persönlich storniert worden. Ich. Saul Karoo. Das Wort »storniert« erhält einen existenziellen Charakter von Ausgestoßensein, von Untragbarkeit. Was Exkommunikation für einen Erzkatholiken bedeutet, das bedeutet diese Stornierung auf gesamtbetriebstechnischer Ebene jetzt für mich.

Ich schwitze wie ein Pferd.

»Was?«, stammle ich. »Was bedeutet das, Jerry?«

»Das bedeutet, dass Sie bei der Fidelity nicht wiederaufgenommen werden können ohne eine vollständige ärztliche Untersuchung. Und Ihre Einstellung dazu ist mir bekannt. Und dann werden Sie je nach den Untersuchungsergebnissen entweder wiederaufgenommen oder als gesundheitlich ungeeignet abgewiesen. Schauen Sie, Sie fangen bei denen wieder völlig von vorn an.«

»Aber ich war über zwanzig Jahre bei denen!«

»Das ist Schnee von gestern«, sagt er mir. »Sie sind ausgeschlossen worden. Auf gesamtbetriebstechnischer Ebene storniert.«

In meinen Ohren ist ein Sausen, in meiner Brust ein Hämmern.

»Aber haben Sie mit denen geredet? Haben Sie mit Fidelity gesprochen? Haben Sie denen gesagt, dass es nur Murks von verhuschten Sekretärinnen war?«

»Mit Fidelity kann man nicht reden«, sagt mir Jerry, als sage er mir eine der großen Wahrheiten unserer Zeit.

Mein Atem geht jetzt so laut, dass er das Geräusch des Klimageräts in meinem Büro übertönt. Jerry kann mich atmen hören und versucht, mich zu beruhigen.

»Saul, Saul«, sagt er, »hören Sie mir zu. Kein Grund zur Beunruhigung. Das Ganze ist eigentlich ein Segen. Meiner Meinung nach hätten Sie nie bei Fidelity sein dürfen. Ich will nichts gegen Arnold sagen, aber hätte ich Sie beraten, wären Sie dort schon längst ausgetreten. Ich meine, wir können bei einem anderen Versicherungsträger wesentlich besser fahren. Umfassenderen Versicherungsschutz. Eingeschlossen psychiatrische Behandlung und Organtransplantation. Sogar niedrigere Beiträge. Wir sind jetzt in der Lage, uns nach dem günstigsten Angebot umzutun. Verstehen Sie, was ich meine?«

»Sagen Sie mir, Jerry, was soll ich machen?«

»Ich meine, Sie sollten Fidelity vergessen und zu GenMed gehen.«

»GenMed«, schreie ich. »Was ist GenMed?«

»Was ist GenMed?« Jerry kann nicht glauben, dass ich noch nie von GenMed gehört habe. Das ist nur eine der Spitzengesellschaften auf der Fortune-500-Liste, weiter nichts, sagt er mir. Ob ich gesehen habe, wie in letzter Zeit ihre Aktien stehen, möchte er wissen.

Ich erinnere mich, diesen Tonfall der Ungläubigkeit selbst benutzt zu haben. Ich war völlig baff, als ein Mädchen, mit dem ich einmal in meiner Collegezeit ausging, noch nie von Tolstoi gehört hatte. Noch nie von Tolstoi gehört, machte ich das arme Mädchen zur Schnecke. Leo Tolstoi! Graf Leo Tolstoi? GenMed war Jerrys Tolstoi.

»Sagen wir also«, sage ich zu Jerry, während mir der Schweiß übers Gesicht läuft, »sagen wir, ich mache, was Sie vorschlagen, und gehe zu GenMed. Was dann? Brauche ich für die auch eine vollständige ärztliche Untersuchung?«

Ich bin überzeugt, dass ich eine vollständige ärztliche Untersuchung nicht bestehe. Ich bestehe ja nicht mal die Pinkelprobe, ganz zu schweigen von einer gründlichen ärztlichen Untersuchung.

»Doch, ja«, sagt mir Jerry, »aber es ist wesentlich lockerer.«

»Lockerer«, schreie ich. »Wie denn das, Jerry?«

»Schauen Sie«, sagt er, »Fidelity hat so eine Ärzteliste. Sie müssen von einem Arzt untersucht werden, der auf der Liste steht, und die Burschen auf der Liste sind völlig unflexibel. Verstehen keinen Spaß, wenn Sie wissen, was ich meine. Bei GenMed hingegen können wir uns den Arzt selbst aussuchen. Ich kenne da einen tollen Burschen, Dr. Kolodny. Je von ihm gehört?«

»Kolodny?« Ich kann einfach nicht aufhören zu schreien. »Nein. Was ist der, Ungar oder so was?«

»Ja, aber das ist der geringste seiner Vorzüge«, lacht Jerry. »Der Bursche ist toll. Sehr flexibel. Ich nehme ihn andauernd für solche Fälle. Schauen Sie, bei Kolodny wissen Sie schon im Voraus, dass er nichts bei Ihnen finden wird. Er macht alle Untersuchungen, die alle machen. Er misst Ihren Blutdruck. Er nimmt eine Blutprobe und eine Urinprobe. Er schließt Sie an einen Elektrokardiografen an, aber bei Kolodny könnten Sie ebenso gut an einen Toaster angeschlossen sein, er würde auch nicht mehr Probleme finden. Wissen Sie, was ich meine? Wenn die Russen Lenin aus seinem Mausoleum auf dem Roten Platz hieven und zu Kolodny zur Untersuchung verfrachten würden, Lenin würde mit Glanz und Gloria bestehen. Es ist alles sehr locker. Sie gehen rein, Sie sind gesund.

Kolodny unterschreibt die Formulare. Wir schicken die Formulare zusammen mit Ihrem Beitrag an GenMed, und Sie sind wieder mit von der Partie. Von Kopf bis Fuß versichert, eingeschlossen psychiatrische Behandlung und Organtransplantation. Was sagen Sie?«

»Kann ich darüber nachdenken?«, schreie ich.

»Was gibt es da nachzudenken?«, möchte Jerry wissen.

Er hat mich erwischt. Plötzlich fällt mir nichts zum Nachdenken ein.

Also erkläre ich mich einverstanden.

»Prima«, sagt Jerry. »Ich werde Janice sagen, sie soll einen Termin für Sie machen, und dann rufen wir Sie wieder an. Oder noch besser, ich stelle Sie in den Haltemodus, und Janice soll sich sofort darum kümmern. Wozu Zeit verschwenden? Janice!« Ich höre ihn seine Sekretärin rufen, und dann bin ich plötzlich im »Haltemodus«.

12

Es war, als sei ein Vakuum in meinem Kopf. Nicht bloß ein Vakuum in meinem Gehirn, sondern ein Vakuum in meinem Kopf. Als gebe es kein Gehirn in meinem Kopf. Nur Leere. Nichts.

Ich befand mich nicht zum ersten Mal im Haltemodus, aber zum ersten Mal saß ich da, ohne etwas zu haben, worüber ich nachdenken konnte, während ich im Haltemodus war. Mir fiel einfach nichts zum Nachdenken ein. Oder genauer gesagt, ich schien nichts zu haben, womit ich nachdenken konnte.

Ich war storniert.

Auf gesamtbetriebstechnischer Ebene storniert.

Alles war im Haltemodus. Meine Gedanken. Meine Pläne. Meine Erinnerungen. Meine Atmung. Ich hielt den Atem an. Es gibt keine Möglichkeit, das zu sagen, was ich sagen möchte, ohne dass es hochtrabend klingt, also kann ich ebenso gut hochtrabend klingen und es sagen: Mein ganzes Leben schien plötzlich im Haltemodus zu sein.

Ich saß schwitzend da, und mein Schweiß schien nach Tanne zu duften, als hätte mein Körper den ekelhaften Tannenduft aus diesen baumelnden Duftspendern im Taxi aufgesogen und spendete ihn jetzt selbst.

Ich hielt die Hörmuschel so fest an mein Ohr gepresst, dass der Hörer wie ein Saugnapf von allein hätte halten können, ohne dass ich ihn festhielt, aber ich hielt ihn fest. Ich war an niemanden angeschlossen, war aber streng genommen auch von niemandem getrennt. Ich war im Haltemodus. Ich war in einem völlig neuartigen Haltemodus. Der Telefonhörer, den ich hielt und der andererseits mich hielt, kam mir wie ein Bestandteil eines künstlichen Lebenserhaltungssystems vor, an das ich angeschlossen war. Stromkreise und Drähte und Glasfaserkabel spannten sich von meinem Büro in die Büros und Wohnungen und Schlafzimmer aller Menschen, denen ich je begegnet war. In die Wohnungen von Menschen, denen ich noch begegnen sollte. Ich war im Haltemodus mit Janice aus Jerrys Büro, aber mich überkam wachsende Angst, dass ich als nächste Stimme nicht unbedingt ihre hören würde. Es konnte auch jemand anders sein. Ganz jemand anders.

Ein Augenblick stand mir bevor, dessen Eigenart und Zweck ich nicht kannte, aber er war geheimnisvoll und ungeheuer, und er nahte. Ein Augenblick, der etwas Unwiderlegbares enthielt. Wie der erste oder der letzte Augenblick bewussten Lebens.

Und dieser Augenblick oder etwas darin würde wie der Geist von Hamlets Vater zu mir sprechen.

Bis jetzt war die Gefahr, dass etwas Reales passierte, ein Geschehnis, das ich fürchtete und um jeden Preis zu vermeiden trachtete, immer eine Gefahr des Realen von außen gewesen. Eine Gefahr, die mir und meinem Sohn, meinen Freunden, meinem Vater, meiner Mutter, meiner Frau, den Frauen, mit denen ich ins Bett ging, allen und jedem drohen konnte, aber immer von außen her. Jetzt hingegen schien die Gefahr, dass etwas Reales passierte, eine Gefahr von innen zu sein.

Sie würde zu mir aus meinem Innern sprechen. Aus einer Tiefe, die ich nie zu haben vermeint hatte. Aus einem geistigen Zentrum innerhalb meines geistigen Zentrums.

Ich durfte keine Sekunde zögern. Wenn ich diese Stimme hörte, ließ mich meine Angst wissen, dann würde ich verloren sein. Wenn ich den Kontakt zu diesem Ding tief in mir zuließ, dann würde es ein Kontakt sein, von dem es kein Zurück mehr gab.

Aus Verzweiflung und zur Selbstverteidigung griff ich nach meiner *New York Times* und zog sie heran. Ich schlug sie ziellos irgendwo auf und begann zu lesen. Ich las noch einmal, was ich bereits gelesen hatte, aber das machte nichts. Der Bann, die Erstarrung, falls es das war, war gebrochen. Meine panische Angst legte sich. Der leere Ballast meines Gehirns füllte sich mit Informationsträgerflüssigkeiten irgendeiner Art, die ich brauchte, um mein Gleichgewicht zurückzugewinnen und den Kontakt zu mir selbst zu verlieren.

Ich zündete mir eine Zigarette an. Ich war nicht mehr nur im Haltemodus. Ich rauchte, ich las die Zeitung.

Ich blätterte um.

13

Im Lokalteil der *Times* fand ich einen kleinen Artikel, der mir beim ersten Lesen irgendwie entgangen war. Eine halbwüchsige Mutter in der Bronx mit einem Baby auf dem Arm. Beide von verirrten Kugeln getötet. Wieder ein Fall von willkürlicher Gewalt.

Befreit, nun wieder denken zu können, saß ich an meinem Schreibtisch, rauchte und dachte über dieses seltsame neue Phänomen der verirrten Kugeln und der Willkürlichkeit nach.

Mehr und mehr Menschen wurden zufällige Opfer. Die Willkürlichkeit erreichte epidemische Ausmaße. Sie wurde zu einer statistischen Größe.

Nichts in dem Artikel über den Tod der halbwüchsigen Mutter und ihres Kindes ließ irgendeinen Zweifel daran zu, dass die Todesursache nicht völlige Willkürlichkeit war. Soviel ich wusste, gab es inzwischen Gerichtsmediziner, die anhand der Kugeln aus dem Leichnam wissenschaftlich beweisen konnten, dass diese Kugeln echte Irrläufer waren. Kugeln ohne Motiv.

Gewiss, dachte ich, wenn Kugeln in diese Kategorie eingeordnet werden können, warum dann nicht auch Menschen? Ich selbst, dachte ich, habe wahrscheinlich die Rolle einer verirrten Kugel gespielt und werde wahrscheinlich in irgendjemandes Leben wieder die Rolle einer verirrten Kugel spielen. Und andere in meinem Leben. Es schien unausweichlich. Die Gesetze der Wahrscheinlichkeit waren recht akribisch, aber Unwahrscheinlichkeit gehorchte keinen Gesetzen und blieb sich selbst überlassen, um gesetzlos durch die Welt zu irren.

Das Telefon erwachte plötzlich zum Leben. Es war Janice

aus Jerrys Büro. Sie sprach meinen Namen falsch aus, wie immer. Aus irgendeinem Grunde konnte sie sich das »a« in Karoo nicht merken und nannte mich immer Mr Kroo.

»Mr Kroo?«

»Ja, Janice.«

»Dr. Kolodny hat in der nächsten Woche Zeit für Sie. Passt Ihnen Dienstag?«

Ich sagte ihr, dass Dienstag ging.

»Wie ist elf Uhr fünfzehn für Sie?«

Elf Uhr fünfzehn passte mir nicht nur, es war perfekt. Es deutete auf einen Arzt, der sich auf Fließbandbasis durch seine Patienten arbeitete. Jede Viertelstunde eine vollständige Untersuchung. Dieser Kolodny, dachte ich, ist der Richtige für mich.

VIERTES KAPITEL

1

Samstags in die Reinigung zu gehen, kam bei mir einer Religionszugehörigkeit noch am nächsten. Es war eine Pflicht, der ich gerne nachkam. Es gab mir ein Gefühl seelischer Erneuerung, in die Reinigung zu gehen. Mein Gotteshaus war Kwik Kleaners in der Eighty-fourth Street, gleich westlich vom Broadway.

Sie kannten mich dort mit Namen.

»Hallo, Mr Karoo.« Die Frau hinter dem Ladentisch lächelte mich an.

Ich gab ihr meine schmutzigen Sachen und ging wieder, mit zwei Sportjacketts, drei Hosen und sechs Hemden über der Schulter. Alle auf Drahtbügeln. Und alle umschlossen von dünner, durchsichtiger Plastikfolie.

Statt nach Norden und nach Hause wandte ich mich nach Süden, den Broadway hinunter. Ich machte immer einen Samstagsspaziergang, nachdem ich meine Sachen von der Reinigung abgeholt hatte. Ich fühlte mich gut, fast athletisch, wenn ich den Plastiksack voll Kleidung über der Schulter trug.

Es war wieder ein der Jahreszeit nicht gemäßer Tag. Februar und Winter nur dem Namen nach.

Vom milden Wetter hervorgelockt, waren überall Obdachlose, saßen, standen, lagen, redeten miteinander oder mit sich selbst, bettelten oder verkauften Müll.

Manche hatten kahl rasierte Schädel wie die Insassen von Buchenwald. Andere hatten mehr Haare als biblische Propheten und schienen sich auch für solche zu halten.

Ein Telefonfreak war völlig in ein Scheintelefonat verwickelt und brüllte mit Stentorstimme in den Hörer des öffentlichen Fernsprechers: »Was soll ich dir sagen? Ich weiß nicht, was ich dir sagen soll. Ich weiß einfach nicht mehr, was ich dir noch sagen soll. Ich meine, was willst du denn, was soll ich denn noch sagen?«

Die selbst ernannten Händler unter den Obdachlosen saßen auf Apfelsinenkisten, umgeben von Gerümpel, das sie zu verkaufen suchten und das kein vernünftiger Mensch kaufen würde. Alte Ausgaben von *Newsweek*. Eine mit Nicolae Ceausescu als Titelbild. Das Feuilleton aus der letzten Sonntagsausgabe der *New York Times*. Tennisschläger mit gerissenen Saiten und gebrochenen Rahmen. Eingedellte Fahrradfelgen. Nicht zueinanderpassende Schuhe. Enthauptete Puppen. Oxidierte Aluminiumtöpfe und -pfannen. Alte Personenwaagen. Alte Klobrillen. Nuckelflaschen mit spröden, verfärbten Nuckeln.

Der Anblick dieser Obdachlosen hatte früher ein tiefes Gefühl des Mitleids in mir hervorgerufen. Aber daran vermochte ich nicht festzuhalten. Meine Subjektivitäts- oder Objektivitätskrankheit, ich wusste immer noch nicht, wie ich sie nennen sollte, aber diese Krankheit von mir ließ mich die Notlage der Obdachlosen aus so vielen verschiedenen Blickwinkeln sehen, dass ihr Anblick am Ende eine Szenerie wie jede andere wurde.

Was der Anblick dieser Menschen jetzt in mir hervorrief, waren Gefühle anderer Art.

Nichts, dachte ich jetzt, konnte mehr ausrangiert werden. Nicht das Gerümpel, das weggeworfen worden war und das sie aus den Mülltonnen rückgewonnen hatten, um es auf den Bürgersteigen vom Broadway wieder in Umlauf zu bringen. Und auch nicht das Gerümpel dieser Menschen selbst, menschliches Gerümpel, offiziell ausrangiert, aber ohne offizielle Müllhalde, um sie den Blicken zu entziehen. Die privaten und die öffentlichen Kloaken waren voll, stauten sich und flossen über, spien wieder hervor, was ausrangiert worden war.

2

In dem Südwestwind, der mir entgegenblies, flatterte die dünne, durchsichtige Plastikfolie meines Reinigungssacks. Das Geräusch rief viele Bilder wach.

Ein Brief, der einen Postförderschacht hinunterfällt.

Ein Nachtfalter, der mit den Flügeln an eine Fensterscheibe schlägt.

Ein flatterndes Segel, das straff geholt werden muss.

Es war das Bild des Segels, das mich an diesem Tag besonders reizte.

Vor einem Jahr ungefähr hatte ich in der Dienstags-Wissenschaftsbeilage der *New York Times* einen Artikel darüber gelesen, wie die Raumfahrt in der gar nicht so fernen Zukunft aussehen könnte. Menschen würden, so dieser Artikel, in Segelschiffen durch den Weltraum segeln, die mit ungeheuren, mehr als eine Meile hohen Sonnensegeln betakelt waren. Die Wiedergabe des Zeichners von einem solchen Solarsegler war so wunderschön, dass sie mir den Atem raubte.

Etwas in mir sprach auf dieses Bild an. Ich konnte nicht aufhören, daran zu denken. Der Solarsegler und das von ihm aufragende meilenhohe Polyestersegel wurden zu einem Bild, das häufig in meinen Träumen vorkam.

Schließlich, eines Abends, während ich lange unter der heißen Dusche stand, kam mir eine Idee. Meine allereinzigste sogenannte Originalidee für einen Film.

Odysseus. Homers *Odyssee*, aber in der Zukunft angesiedelt.

Es würde immer noch einen Trojanischen Krieg geben, aber er würde irgendwo im Weltraum stattfinden, und nach dem Krieg würden Odysseus und seine Gefährten mit ihrem Solarsegler nach Hause segeln, nach Ithaka.

Solarwinde würden sie vom Kurs abbringen. Sie begegnen großen kosmischen Strömungen namens Zeitströme, die sie forttragen in unerforschte und unbekannte Gegenden von Raum und Zeit. Prüfungen und Plagen folgen. Kosmische Maiden und kosmische Krieger. Aber durch alle Fährnisse bleibt mein Odysseus im Herzen ein Familienvater, der sich nur nach seinem Zuhause sehnt, nach seiner treuen Frau Penelope und seinem geliebten Sohn Telemachos.

Aus meiner Idee wurde nichts. Ich trug sie mehreren Studios an, aber keins war daran interessiert, sie zu verfolgen.

Obwohl nichts daraus geworden war, machte es mich immer noch glücklich, von Zeit zu Zeit daran zu denken, und von Zeit zu Zeit fügte ich meiner Storyline weitere Verwicklungen und Episoden hinzu. Es gab sogar Zeiten, da überkam mich die Gewissheit, dass ich mich eines Tages hinsetzen und sie aufschreiben würde.

3

Die Bettler, die Obdachlosen, die Alkis, Verwahrlosten und Telefonfreaks nahmen nach der Seventy-ninth Street ab und wurden ersetzt von den Samstagnachmittags-Käuferscharen und anderen produktiven Mitgliedern der Gesellschaft.

Mein Spiegelbild im schimmernden Schaufenstermeer, an dem ich vorbeisegelte, sah gar nicht so übel aus, solange ich in Bewegung blieb.

Ich hatte zugenommen, so viel war unbestreitbar, aber ich konnte immer noch als strammer Eins-Achtziger durchgehen, der ein bisschen zum Stämmigen tendierte. Der über die Schulter geworfene Plastiksack von der Reinigung verlieh mir die Erscheinung eines unternehmungslustigen Geschäftsmannes auf Achse.

Passend zu diesem Image, überließ ich mich den Terminen und bevorstehenden Ereignissen des Kalenders in meinem Kopf.

Mein Termin bei Dr. Kolodny am Dienstag um elf Uhr fünfzehn.

Laut Jerry würde ich bis zum Wochenende bei GenMed voll versichert sein.

Billy in Harvard anrufen. Ihm die gute Neuigkeit mitteilen.

Mittagessen mit Guido am Freitag.

Ein weiteres Scheidungsdinner mit Dianah. Wann?

Jay Cromwell kam nach New York und wollte mich laut der Busi-Bobbie sehen. Am zweiundzwanzigsten und dreiundzwanzigsten Februar.

Es sah mir nicht ähnlich, Termine zu behalten, aber diesen hatte ich behalten.

Cromwells Ankunft überschattete wie ein angsteinflößender Berggrat die Landschaft meines gedanklichen Kalenders.

4

Jay Cromwell war von Beruf Filmproduzent, aber er hätte auch ein Staatsoberhaupt oder ein charismatischer Religionsstifter mit messianischen Fähigkeiten sein können.

Es lag an seiner Stimme. Seinen Augen. Seinen Zähnen. Seiner überdimensionierten gigantischen Stirn.

(Wenn man ihm am Tisch gegenübersaß, war es, als hätte man einen Raketensprengkopf mit menschlichen Gesichtszügen vor sich.)

Er war der einzige wahrhaft böse Mensch, den ich persönlich kannte.

Er war böse, wie Gras grün ist. Er war ein Monolith von so bodenloser Niedertracht, dass ich seine Gesellschaft manchmal regelrecht genoss, aus dem einfachen Grunde, weil ich im Vergleich zu ihm der Inbegriff der Moral war.

Die Tendenz, mich in seiner Gesellschaft so zu fühlen, war natürlich das Symptom einer weiteren Krankheit, die ich hatte.

Meine Cromwell-Krankheit.

Ich hatte mit ihm in meiner Eigenschaft als Umschreiber an drei verschiedenen Drehbüchern zusammengearbeitet. Das dritte war das von dem jungen Mann, der uneingeladen zu der Testvorführung seines Films in Pittsburgh erschienen war.

Das Bild von dem jungen Mann in der Vorhalle des Kinos nach der Vorführung, wie er uns vor Wut bebend wüst beschimpft hatte, bis er zusammenbrach und zu weinen anfing, wurde von Cromwell beim Dinner am selben Abend in eine Szene aus einem derben Schwank verwandelt.

Wie Cromwell lachte, während er das theatralische Gebaren des jungen Mannes wiedergab. Wie er den Kopf zurückwarf und lachte, sodass seine sämtlichen Zähne zu sehen waren. Wie ich mitlachte. Wie Cromwell mich prüfend musterte, während ich lachte.

Nach diesem Dinner und lange bevor ich von dem Selbstmord des jungen Mannes erfuhr, beschloss ich, niemals mehr etwas mit Cromwell zu tun zu haben.

Das war nun fast zwei Jahre her.

Aber obwohl ich seitdem keinen Kontakt zu Cromwell gehabt hatte, vermittelte sich mir immer noch das Gefühl, dass ich bei ihm im Haltemodus war. Dass er mich im Haltemodus hielt.

Das Problem bei meinem Entschluss, Cromwell nie wiederzusehen, war, dass es ein privater Entschluss war.

Für Cromwell existierte mein Entschluss nicht. Es stand ihm frei zu denken, dass es keinen Kontakt zwischen uns gegeben hatte, einzig weil er nicht mit einem Angebot oder einer Anfrage an mich herangetreten war.

Mein Entschluss war daher zwar noch intakt, aber bislang nicht auf die Probe gestellt.

Sein Kommen und sein Wunsch, mich zu sehen, gaben mir Gelegenheit, für klare Verhältnisse zu sorgen und die Verbindung zu ihm in aller Öffentlichkeit abzubrechen.

Er war seit unserer Pittsburgh-Testvorführung in den Augen der Welt beträchtlich aufgestiegen. Er war in einer Branche voller Superstars der einen oder anderen Art der erste anerkannte Superproduzent. *Time* und *Newsweek* hatten ausführliche Porträts von ihm gebracht, in denen die Autoren sein Genie im Erahnen des Publikumsgeschmacks gepriesen hatten, seine ununterbrochene Folge von gigantischen Kassenschlagern und »seine Lust am Leben, nicht nur am eigenen, sondern seine Lust am Leben anderer«.

Umso besser, was mich anging. Je größer er in den eigenen Augen und denen der Welt war, desto heldenhafter würde meine Philippika sein.

»Hören Sie mir zu, Cromwell, und hören Sie gut zu«, hörte ich mich ihm ins Gesicht sagen. »Ich bin vielleicht kein Superproduzent oder Supersonstwas, ich bin vielleicht nur ein Mensch, aber in den unsterblichen Worten von e. e. cummings, ›es gibt Scheiße, die fresse ich nun mal nicht‹. Und außerdem …«

Meine stumme Philippika wurde jäh unterbrochen. Ich wollte gerade den Bürgersteig verlassen und die Straße überqueren, da sah ich ihn von der anderen Straßenseite auf mich zuschlurfen, meinen toten Vater.

5

Ich erstarrte, einen Fuß noch auf dem Bordstein, einen Fuß in der Luft.

Er schlurfte langsam auf mich zu wie eine alte, aufrecht gehende Meeresschildkröte. Er schaute beim Überqueren der Straße weder links noch rechts.

Vor lauter Schreck, ihn zu sehen, ließ ich fast meinen Kwik-Kleaners-Sack fallen. Jetzt können nicht mal die Toten mehr ausrangiert werden, dachte ich bei mir.

Er war so schlecht zu Fuß, dass ich, bis er endlich da ankam, wo ich stand, reichlich Zeit hatte, mich wieder zurechtzufinden, zur Vernunft zu kommen und meinen dummen, aber verständlichen Fehler einzusehen.

Er war der falsche Alte im richtigen Kamelhaarmantel. Dianah hatte Wort gehalten und die Sachen meines toten Vaters an eine Upper-West-Side-Kirchengruppe weggegeben zur Verteilung an die Obdachlosen. Dort war ein kleiner alter Mann erschienen, und dieser Mantel passte ihm, wie er einem anderen kleinen alten Mann in Chicago gepasst hatte, einem ehemaligen Richter, meinem Vater.

Ich kannte den Mantel gut. So gut, wie vielleicht ein Kunststudent das Werk eines Meisters kennt. Die geraden, rechteckigen Außentaschen mit Patten. Die Knöpfe, die noch alle dran waren. Der breite Kragen und die ausgefranste Spitze vom rechten Revers, die mein Vater in seinem Wahnsinn in einem seiner Anfälle zerkaut hatte. In einem anderen Anfall hatte er einen Markierstift mit wasserunlöslicher Tinte genommen und ein großes, grobes Abbild eines menschlichen Herzens auf die Außenseite des Mantels gemalt. In seiner wahnsinnigen Unkenntnis oder in seiner wahnsinnigen Negierung der menschlichen Anatomie hatte mein Vater das Herz auf die rechte Seite gemalt. Meine Mutter hatte den Mantel nach seinem Tod reinigen lassen, aber ein schwarzer Tintenfleck war geblieben.

Der Sommer, in dem mein Vater starb, war einer jener unerträglich heißen Sommer in Chicago, aber gegen Ende beklagte er sich ständig, dass er fror. Wir mussten für ihn die Heizung anstellen. Der Thermostat stand auf dreißig Grad, und er saß in diesem Kamelhaarmantel da, seine Zähne klapperten vor Kälte, sein kleiner Körper schlotterte, während ich nur in einem ärmellosen T-Shirt neben ihm vor Schweiß triefte.

Nicht, dass ihm in jenem Sommer das Haar ausfiel, es wurde nur immer feiner und feiner, wie Distelwolle, wie Spinnweben. Wenn die Heizung ansprang und die Warmluft aus den Klappen blies, wehte sie seine Haare in verschiedene Richtungen. Dann war er wie ein bereits Toter, der auf dem Meeresgrund saß, indes unsichtbare Strömungen mit seinem Haar spielten.

»Wo ist dein Herz?«, fragte er mich in jenem Sommer

kategorisch. »Wo ist es? Zeig es mir. Hier ist meins. Genau hier!« Und mit seiner kleinen geballten Faust schlug er auf das Abbild, das er sich auf die Brust gemalt hatte.

Manchmal war ich in Versuchung, ihm zu sagen, dass das Herz auf der falschen Seite war, aber dann, wie in Übereinstimmung mit seiner Anklage, hatte ich nicht das Herz dazu. Die wenigen Male, die ich versuchte, gegen etwas, was er sagte, Einspruch zu erheben, erwachte sofort jäh der Richter in ihm.

»Einspruch abgewiesen! Räumen Sie den Gerichtssaal!«

Während meines Besuchs in jenem Sommer war seine Lieblingsform der Todesstrafe für mich, wenn er mich für den schlechten Sohn Saul hielt, die Enthauptung.

»Morgen bei Sonnenaufgang«, donnerte er. »Da du kein Herz hast, ab mit deinem Kopf. Ab mit deinem Kopf, du elender Hund!«

Wenn er mich für den guten Sohn Paul hielt, versuchte ich manchmal, auf Geistesgestörtheit als Ursache für die zahlreichen Verstöße meines Bruders zu plädieren. Aber mein Vater wollte nichts davon hören. Seine lange Richterlaufbahn hatte ihn gegen diese Verteidigung abgehärtet.

»Geistesgestörtheit ist keine Entschuldigung. Das Urteil bleibt bestehen. Ab mit seinem Kopf!«

Manchmal in jenem Sommer lag ich nachts im Bett mit dem Gefühl, das Urteil wäre schon vollstreckt worden, sodass ich nur noch als Kopf auf einem Kissen existierte, völlig von meinem Körper abgetrennt.

Ich trat beiseite, um den kleinen alten Mann in dem Mantel meines Vaters vorbeizulassen. Die Nahaufnahme seines Gesichts enthüllte, dass die einzige Ähnlichkeit zwischen ihm und meinem Vater die Ähnlichkeit eines verrunzelten alten Mannes mit einem anderen war. Weiter nichts.

6

Warum machte ich dann kehrt und folgte ihm? Diese Frage stellte ich auch mir selbst, gelangte aber zu keiner befriedigenden Antwort. Und doch folgte ich ihm. Das Fischgeschäft Citarella, das Restaurant La Caridad, an allen Läden, an denen ich auf meinem Weg nach Süden vorbeigekommen war, kam ich jetzt auf meinem Weg nach Norden wieder vorbei, im Schildkrötentempo.

Der Alte blieb an der nächsten Kreuzung stehen und stand einfach da, obwohl die Ampel grün war, als versuchte er, sich daran zu erinnern, was ihn dazu veranlasst hatte, sich an diesem Samstag in Bewegung zu setzen.

Dann stieg er vorsichtig vom Bordstein, und wir überquerten in aller Gemächlichkeit den Damm zur Nordseite der Seventy-eighth Street. Die Apthorp-Apotheke lag direkt vor uns, ein Stück nach links. Aha, dachte ich. Dahin geht er also. Um sich seine Medizin zurechtmachen zu lassen. Wie Teens in den Fünfzigerjahren um die Limobar, so lungerten die alten Männer und Frauen vor der Apthorp-Apotheke und warteten auf ihre Medikamente.

Doch nein. Sobald er auf der anderen Seite angelangt war, wandte er sich nach rechts, als hätte er vor, zur Ostseite des Broadways hinüberzugehen.

Er machte auf der Verkehrsinsel halt, die den Uptown-Broadway vom Downtown-Broadway trennt. Dort setzte er sich so langsam, wie er gegangen war, auf das westliche Ende einer langen Parkbank, seinem Ziel.

Ich setzte mich ebenfalls, nicht zu nah und auch nicht zu weit fort. Ich nahm mein Segel herunter, meinen Plastiksack, und legte ihn mir über den Schoß. Ich zündete mir eine Zigarette an. Da saßen wir nun.

7

Und da saßen wir weiter.

Von Zeit zu Zeit nahm ich den alten Mann in mich auf. Er schien nichts in sich aufzunehmen als den Sonnenschein. Er war der Sonne wegen zu dieser Bank gekommen. Seinem Kurort.

Wessen Vater, wenn überhaupt jemandes, mochte er wohl sein, sinnierte ich. Wenn schon sonst nichts, so war er zumindest einmal irgendjemandes Sohn gewesen. Vielleicht sogar der Liebling. Der süße kleine Bub.

Vor Rührseligkeit fühlte ich mich ein wenig beschwipst. Tränenselig. Leute, die mich gut kannten, Freunde, die ich einmal gehabt hatte, bemängelten immer, dass ich in betrunkenem Zustand dazu neigte, sentimental zu werden. Und zwar derart, dass es schon peinlich war. Mein Problem war jetzt, dass mir diese Neigung trotz meiner Unfähigkeit, betrunken zu werden, geblieben war. Alle meine betrunkenen Neigungen waren geblieben, nur die Trunkenheit nicht.

Mein Vater hatte seinen Kamelhaarmantel bei Marshall Field's auf der State Street gekauft, als dieses Geschäft in Chicago *das* Geschäft war. Der Mantel hatte ihm gut gepasst, als er neu und mein Vater gesund gewesen war. Je weiter seine Krankheit fortschritt, desto mehr schien sein Kopf einzuschrumpfen, auszutrocknen, sodass der Mantel, als ich ihn zuletzt darin sah, seinen Kopf überwältigte.

Der alte Mann neben mir hatte ein ähnliches Problem. Einen vertrockneten kleinen Schildkrötenkopf, der aus dem gewaltigen Panzer des Mantels hervorlugte.

Sein dünner Hals ähnelte mehr einem Handgelenk als einem Hals.

Die Füße an seinen kurzen Beinen berührten kaum den Boden. Die Schuhe, die er trug, waren braun und viel zu groß für seine Füße. Die dünnen Knöchel staken daraus hervor wie Harkenstiele. Ein Stückchen haarloses Schienbein war über den heruntergerutschten Socken zu sehen. Auf dem Schienbein irgendein grauer Grind.

Es waren die getragenen Schuhe an seinen Füßen, diese großen braunen Schnürschuhe, die ihn als Armen, als Obdachlosen verrieten. Wenn man nicht auf die Schuhe schaute, hätte man ihn fälschlich für einen pensionierten Beamten halten können, der in einer Sozialwohnung von einer ausreichenden Rente lebte. Aber nicht mit diesen Schuhen.

Mein Vater, pervers bis zum Schluss, starb trotz fortgeschrittenem Krebs und völliger Umnachtung an einem Herzanfall. Meine Mutter fand ihn, wie sie mir später mitteilte, im Wohnzimmer auf dem Boden zusammengebrochen.

Wessen Vater mochte er sein, sinnierte ich wieder, während ich rauchte und den Alten anschaute, der nirgendwohin zu schauen schien. Er hätte jeder sein können, jedermanns Vater, und in diesem Sinn hätte er auch mein Vater sein können.

8

So saßen wir, während Wolken in verschiedenen Gestalten über den Himmel segelten und die Erde um die Sonne segelte.

Ein süßliches Heimweh nach meiner unglücklichen Ehe kehrte zurück, wie es das häufig tat.

Wenn schon sonst nichts, so hatte meine Ehe mir zumindest ein Gefühl von Zuhause gegeben, und da Zuhause für mich per Definition ein Ort war, von dem ich fliehen wollte, hatte meine unglückliche Ehe mir die Hoffnung gegeben, dass Flucht möglich war. Ohne eigenes Zuhause – nicht eine Wohnung, nicht einmal eine so herrlich geräumige Wohnung wie meine, sondern ein Zuhause, ein Gefühl von Zuhause –, ohne das gab es keine Hoffnung auf Flucht.

Die Vorteile einer unglücklichen Ehe ließen sich nicht so leicht abtun.

Meine vielen, vielen Krankheiten.

Alles, was Billy von mir wollte, war, dass ich etwas Zeit nur mit ihm verbrachte, aber was er wollte, konnte ich ihm nicht geben. Ich hatte keine Ahnung, wie ich diese Krankheit korrekt nennen sollte. Die Mittelsmannkrankheit? Die Dritte-Person-Krankheit? Die Beobachterkrankheit? Wie sie auch hieß, die Krankheit hinderte mich daran, mich je mit jemandem wohlzufühlen, ohne dass Zuschauer uns beobachteten.

Das betraf nicht nur Billy. Ich hoffte, er wusste das. Ich hoffte, er wusste, dass das nicht nur ihn betraf. Alle meine Beziehungen zu anderen waren auf die eine oder andere Art zu öffentlichen Schauspielen geworden.

Guido war mein bester Freund, mein letzter mir verbliebener Freund, wir waren seit vielen Jahren Freunde, aber in all den Jahren war ich nie mit ihm allein gewesen. Wenn ich in der Zeit seiner beiden Ehen ein paar Mal in seine Wohnung ging, so geschah es, um eine Party zu besuchen, die er gab. Wenn er in meine Wohnung kam, solange ich noch mit Dianah zusammenlebte, so geschah es, um eine Party zu besuchen, die wir gaben.

So wahnsinnig und unversöhnlich mein Vater war, bevor er starb, trotzdem hielt sein Wahnsinn mich nicht davon ab, meine Eltern in Chicago zu besuchen. Sein Tod und die Aussicht, mit meiner Mutter allein zu sein, taten es. Zum letzten Mal sah ich sie auf seiner Beerdigung.

Wenn ich nie mit einer Frau allein sein müsste, wirklich allein, wenn der Geschlechtsakt, nach dem es mich manchmal heftig verlangte, in der Öffentlichkeit vollzogen werden könnte, mitten im Restaurant, vor dem Kaffee und der Nachspeise, oder im Theaterfoyer in der Pause, dann würden meine Affären mit Frauen länger dauern.

Es war nicht die Angst vor Intimität. In der Öffentlichkeit war ich durchaus willens und bereit zu keineswegs wählerischer Intimität. Mich zu öffnen und die Offenheit eines anderen entgegenzunehmen. Aber mit einer Frau oder meinem Sohn oder meiner Ehefrau oder meiner Mutter in einer Wohnung allein zu sein, gab mir immer das Gefühl, dass wir nur darauf warteten, dass jemand anders kam. Jemand, der weitaus fähiger war als wir beide, zu beurteilen, was wir da taten. Ein Mittelsmann. Eine dritte Person. Ein Überwacher, der in alles Sinn bringen konnte und uns ermöglichte, durch seine Augen selbst Sinn hineinzubringen.

Sogar ein schlichtes Telefongespräch mit Billy war ein Unterfangen, das ich wesentlich leichter über mich brachte, wenn ich jemanden hatte, der mein Gespräch mit ihm belauschte.

Ich habe Billy aus Guidos Büro angerufen, und obwohl er darauf bestand, hinauszugehen, während ich redete, achtete ich darauf, dass die Tür zu seinem Büro offen blieb, damit die Sekretärinnen draußen mithören konnten, was ich sagte.

Ich habe Billy aus meiner Wohnung angerufen, wenn ich eine Frau dahatte. Indem ich mit meinem Sohn am Telefon redete, vermied ich, mit der Frau allein zu sein, und indem ich sie lauschend in meiner Wohnung hatte, vermied ich, mit meinem Sohn am Telefon allein zu sein. Es war ein perfektes Arrangement, denn nichts, absolut nichts Wirkliches konnte vorfallen, solange das Telefongespräch dauerte.

Diese Telefongespräche waren natürlich nie dazu angetan, den Hunger meines Sohnes nach Kontakt zu mir auch nur annähernd zu stillen. Das lag daran, dass ich gar nicht wirklich mit ihm redete, sondern ich spielte einer dritten Person etwas vor. Mein Sohn war lediglich das Medium, durch das ich mit anderen über meine Vaterschaft redete.

Ich wusste, dass das falsch war. Ich wusste, welches Leid uns das beiden bereitete. Das Problem war nicht mangelnde Einsicht meinerseits.

Ich hatte zahlreiche Einsichten. Ich war voller scharfsinniger Einsichten. Aber die führten zu nichts außer zu einer stetig wachsenden privaten Sammlung.

Was ich brauchte, war mehr als eine schlichte Einsicht. Was ich brauchte, war eine Art Übereinsicht, die zur Quelle meiner gesamten Krankheiten vorstoßen konnte.

Diese immer wiederkehrende Vorstellung war jedoch von einer immer wiederkehrenden Furcht überschattet. Übereinsichten führten nicht unbedingt zu der Art Klarsichtigkeit, die wir ertragen konnten. Das Erste, was Ödipus, König von Theben, tat, als er endlich klar sah, war, sich die Augen auszustechen.

Ich saß da und hing meinen Gedanken nach. Der alte Mann in dem Mantel meines Vaters hing vermutlich seinen nach. Busse, Taxis, Autos und Lieferwagen brausten in beiden Richtungen an uns vorbei. U-Bahnen donnerten unter unserer kleinen Verkehrsinsel dahin. Leute gingen zur Ostseite des Broadways an uns vorbei. Andere zur Westseite. Wolken segelten über uns dahin. So auch ein Fuji-Luftschiff.

Niemand anders setzte sich auf die Bank. Wir beide, der alte Mann und ich, saßen da »wie zwei Schachfiguren eines aufgegebenen Spiels«.

FÜNFTES KAPITEL

1

Am Montag begann der Wind zu wehen. Er begann am frühen Morgen und wurde im Laufe des Tages immer stärker. Als ich zum Büro aufbrach, wehte er so heftig, dass der Hausmeister die Markise über dem Hauseingang abnahm, damit sie nicht zerfetzt wurde.

Der Wind stieß mich die Eighty-sixth zum Broadway hoch. Über mir kreischten Möwen vom Hudson River, die vom Kurs abgetrieben worden waren. Die an Laternenmasten angeketteten Zeitungsautomaten klapperten und wackelten im Wind, als enthielten sie ein Pandämonium, das hinauszugelangen versuchte.

Ich ließ das Mittagessen ausfallen, als sportliche Geste an meine ärztliche Untersuchung am nächsten Tag, und blieb in meinem Büro und lauschte dem Wind.

Durchs Fenster sah ich, wie Zeitungen aus Abfallbehältern geweht und in die Luft gewirbelt wurden. Manche flogen tief in Richtung Fifth Avenue. Andere gerieten in Aufwinde und kreisten hoch über der Fifty-seventh Street. Leute, die nach Osten gingen, torkelten wie Betrunkene, die vom Wind Rausschmeißerfußtritte bekamen und gegen ihren Willen hasteten. Die, die nach Westen gingen, gegen den Wind, mühten sich ab und beschirmten die Augen. Einzelne und auch kleine Grüppchen gingen rückwärts, wie Mitglieder einer seltsamen religiösen Sekte. Leute, die in Taxis einstiegen. Die Wagentüren, die ihnen beim Aufmachen aus der Hand flogen. Und dann der Kampf, sie wieder zuzumachen.

Trotz Jerrys Zusicherung, welche Sorte Arzt dieser Kolodny war, hatte ich ein wenig Angst vor meiner Untersuchung. Aber nur eine Spur. Das konnte auch am gesunkenen Luftdruck liegen, der den Wind ausgelöst hatte.

Ich konnte mich nicht erinnern, wann ich zum letzten Mal gründlich untersucht worden war.

Das Telefon klingelte.

2

Der Anruf kam aus Cromwells Büro in Kalifornien, aber er kam mir gar nicht vor wie ein Ferngespräch. Seit der Zerschlagung von AT&T und dem anschließenden Vorstoß anderer Gesellschaften in den Fernbereich war dem Klang von Ferngesprächen nach und nach alles Gefühl von Ferne abhandengekommen. Die Glasfaserkabel, die manche der neuen Gesellschaften benutzen, haben einen so verstörend klaren Empfang geschaffen, dass er jedes Gefühl von räumlicher Trennung zwischen einem und der Person am anderen Ende der Leitung zerstört. Der Klang von deren Stimme ist wie etwas, das einem ins Gehirn implantiert worden ist, oder wie eine winzige CD, die in der Ohrmuschel des Telefonhörers abgespielt wird. Ich halte den Verlust dieses Gefühls von Ferne bei Ferngesprächen für eine Tragödie.

Die Person, die mich anrief, war Cromwells Assistent. Sein Name war Brad. Aber es war nicht der Brad, den ich kannte und der damals Cromwells Assistent gewesen war. Es war ein anderer Brad.

Dieser Brad sagte mir, dass die Busi-Bobbie ihm gesagt habe, wie wunderbar sie sich mit mir unterhalten habe. Brad versicherte mir, wie aufregend es nun für ihn sei, mit mir persönlich zu sprechen. Ich sei seiner Ansicht nach einer der wahren Profis in der Unterhaltungsindustrie.

Er klang sehr jung. Anfang bis Mitte zwanzig.

Ich grübelte über das Geheimnis seines Namens nach, während er mich mit Lob überschüttete. Fast jeder Studioboss oder Produzent, den ich kannte, hatte einen jungen Mann namens Brad als Assistenten. Brads waren die Marias der Filmindustrie.

Dieser Brad hatte wie alle anderen, die ich kannte, eine sehr ungezwungene und wohlklingende Stimme, als wäre er von Kindheit an auf einem Konservatorium dafür ausgebildet worden, zu telefonieren.

»Als jemand, der sich mit Filmen beschäftigt …«, fuhr er fort.

Es war etwas Rührendes an all den Brads, die ich kennengelernt hatte. Alle hatten eine Vorliebe für solche Ausdrücke wie »Brainstorming«. Sie benutzten sie nicht nur, sondern schienen wirklich zu glauben, dass solche Stürme in ihrer Branche tagtäglich stattfanden.

Ich hatte keine Ahnung, was mit diesen jungen Männern geschah, wenn sie älter wurden. Niemand wollte einen alten Brad als Assistenten. Cromwell verschliss Brads fast so rasch wie junge Mädchen. Und keiner der Brads, die ich gekannt hatte, schaffte es, auf der Hierarchieleiter der Filmindustrie emporzuklettern. Ich kannte keinen einzigen Studioboss oder Produzenten namens Brad.

Cromwell kam laut Brad definitiv nach New York und

wollte mich dann wegen eines Projekts sprechen. Wäre ich am Zweiundzwanzigsten frei, um mit ihm zu Abend zu essen?

»Ich bin abkömmlich«, sagte ich zu Brad, »aber ich bin nicht frei.«

Brad lachte. Wenn er lachte, blökte er wie ein Schaf oder ein Lamm. Aber ein Schaf oder Lamm mit durchgeschnittener Kehle. Er blubberte und blökte, lachte aber, als wäre er glücklich über seine durchgeschnittene Kehle.

Wäre mir zehn Uhr im Café Luxembourg recht?

Ja.

Würde es mir etwas ausmachen, mir den nächsten Nachmittag für alle Fälle frei zu halten?

Nein.

Mr Cromwell, teilte mir Brad mit, ließ mir versichern, dass er mich selbst angerufen hätte, wäre sein Terminplan nicht so hektisch. Zusätzlich zu seinen zahlreichen Verpflichtungen war Mr Cromwell gebeten worden – und hatte trotz seines hektischen Terminplans eingewilligt –, als einer der Organisatoren von dieser Václav-Havel-Geschichte zu fungieren.

»Und Sie wissen ja, wie er ist, wenn er sich in ein Projekt stürzt«, sagte Brad und lachte. Das Glasfaserkabel mitsamt der störungsfreien, entfernungsfreien Übertragung verlieh seinem Gelächter den Sinnenreiz einer Halluzination.

3

Ich lag im Bett und konnte nicht schlafen. Ich hörte den Wind draußen wehen und mein Herz klopfen.

Ich brachte einige Zeit damit zu, die Philippika zu verbrämen, mit der ich Jay Cromwell zu überziehen gedachte.

Ich überlegte, was für ein Mädchen ihn zu der Verabredung mit mir begleiten würde. Er erschien stets mit einem sehr schönen, sehr jungen Mädchen. Manche waren fast noch Kinder. Die meisten tendierten dazu, Flüchtlinge aus einem gerade angesagten verwüsteten Land zu sein. Vietnamesinnen. Russische Jüdinnen. Eine Christin aus Beirut. Eine schöne Schwarze aus Soweto.

Draußen Polizeisirenen. Erst eine. Dann noch eine. Dann ein oder zwei Minuten später das Martinshorn eines Notwagens, der in dieselbe Richtung fuhr.

Plötzlich fiel mir ein Kinderreim ein, den Billy als kleiner Junge immer durcheinandergebracht hatte, und ich musste lächeln.

Mäh, mäh, schwarzes Schaf,
Hast du denn auch Wölfe,
Ja, Sir, ja, Sir,
Drei Säcke voll …

Mich überkam (als Mann von zahllosen Einsichten) die Einsicht, dass meine Beziehung zu meinem Sohn die eines Vaters war, zwar eines liebevollen, aber eines, der das Andenken an einen vor Jahren verstorbenen Sohn hochhielt, und nicht eines mit einem lebenden Sohn.

Ich griff zu anderen Gedanken.

Mein Herz klopfte weiterhin hörbar. Wie das Geräusch einer kleinen, einsamen Trommel, die vor sich hin schlug.

4

Mein Termin bei Dr. Kolodny war um Viertel nach elf, aber aufgrund meiner lebenslangen Manie für Pünktlichkeit kam ich zehn Minuten zu früh in seine Praxis. Sie befand sich auf der Fifth Avenue, ein paar Querstraßen südlich vom Metropolitan Museum. Das große Wartezimmer hätte vom selben Innenarchitekten eingerichtet sein können wie die McNab-Wohnung im Dakota. Italienische Lampen. Chrom, Holz, Leder und überall Pflanzen.

»Kann ich Ihnen behilflich sein?« Die Arzthelferin war jung und sah sehr professionell aus.

»Ja, ich habe einen Termin«, sagte ich und hielt es dann für das Beste, sie über den Schmu zu informieren, den ich erwartete. Ich beugte mich zu ihr und senkte die Stimme. »Ich bin für eine dieser Versicherungsuntersuchungen hier.« Ich zwinkerte ihr kurz zu und fügte sicherheitshalber hinzu: »Jerry hat mich geschickt. Jerry Fry.«

»Wie heißen Sie, bitte?«

»Saul Karoo.«

Sie sah in ihr Anmeldungsbuch und fand mich.

»Ja, Mr Karoo. Sie sind ein wenig zu früh, und wir sind ein klein wenig im Rückstand. Es wird zwanzig bis dreißig Minuten dauern, bis Dr. Kolodny Zeit für Sie hat.«

Sie gab mir, da ich ein neuer Patient war, ein Klemmbrett mit einem Fragebogen, den ich ausfüllen sollte.

Ich setzte mich hin und machte mich daran, ihn auszufüllen. Zigaretten sind für eben solche lästigen Tätigkeiten erfunden worden, und ich litt empfindlich unter Nikotinentzug, während ich schrieb. Name. Anschrift. Telefonnummer. Größe. Gewicht. Geburtsdatum. Geburtsort.

Nachdem ich mich halb durch den Fragebogen geackert hatte, bekam ich mein eigenes Leben und die Daten und Fakten, die es ausmachten, satt. Also fing ich an zu lügen und die Antwortzeilen mit erfundenen Einzelheiten auszufüllen. Normalerweise brauchte ich keine Entschuldigung zum Lügen, ich tat es einfach, aber diesmal hatte ich sogar eine. Ich war nicht für eine richtige Untersuchung hergekommen, also warum sollte ich dann auf diese Fragen richtige Antworten geben?

Unter Beruf schrieb ich: Makler für Massengüter.

Ich kreuzte an, dass ich Nichtraucher war.

Ich hatte zwei erwachsene Söhne.

Meine beiden Eltern lebten noch.

Keine Vorgeschichte von Krebs oder Diabetes oder Sonstigem in meiner Familie. Ich hatte eine Familie ohne jegliche medizinische Vorgeschichte.

Ich selbst, schrieb ich, ginge regelmäßig für einen Checkup zum Arzt, alle sechs Monate.

Die Beantwortung einer Frage wurde mir freigestellt. Sie erkundigte sich nach meiner Konfession. Ich log und schrieb, ich sei Jude.

Die Person, die aus meinen Lügen erstand, kam mir in vieler Hinsicht wesentlich greifbarer und erheblich verständlicher vor, als ich es für mich selbst war.

5

Dr. Kolodnys Praxis gehörte zu einer Gemeinschaftspraxis, die er mit drei anderen Ärzten teilte. Das Wartezimmer war zu drei Vierteln voll.

Auf dem langen, niedrigen Glastisch vor meinem Stuhl lag ein Stapel Zeitschriften und Zeitungen. Ich griff zur *New York Times* und nahm mir gleich meinen Lieblingsteil der Woche vor, die Dienstags-Wissenschaftsbeilage.

Auf der Titelseite war ein menschliches Chromosom dargestellt, in vieltausendfacher Vergrößerung, um ein einzelnes Gen hervorzuheben.

Der begleitende Artikel, den ich verschlang, drehte sich um eine möglicherweise revolutionäre neue Sicht auf Psychosen. Wie der Wortführer des für diese Studie verantwortlichen Teams von Wissenschaftlern erklärte, gab es offenbar gewichtige Beweise für die These, dass Patienten, die an verschiedenen Formen neurologischer Störungen litten, nahezu ausnahmslos ein bestimmtes Gen (siehe Darstellung auf der Titelseite) miteinander gemein hatten. Dieses Gen hatte eigenartige Knötchen an seiner länglichen Form, sodass es entfernt dem Buchstaben S ähnelte. Daher sein Name: das S-Gen.

Diese besondere Form, so spekulierten die Wissenschaftler, bestimmte offenbar seine Funktion. Jedes Knötchen löste offenbar eine Reihe von Reaktionen aus, über die der Patient keine Kontrolle besaß. Man war noch weit entfernt von einem Heilverfahren, aber die Entdeckung des S-Gens war ein bedeutender Durchbruch.

Als eifriger Leser der Dienstags-Wissenschaftsbeilage der *Times* hatte ich den Eindruck, dass einige der aufregendsten Forschungsergebnisse der letzten Jahre auf dem Gebiet der Biochemie und der Genforschung erzielt worden waren. Allein im letzten halben Jahr waren Artikel erschienen, die eine Verbindung herstellten zwischen Diabetes und Genen, zwischen Dyslexie und Genen, zwischen Alkoholismus sowie verschiedenen anderen Suchtformen und Genen. In Strafanstalten durchgeführte Studien fanden nahezu schlüssiges Beweismaterial dafür, dass Psychopathen, Mörder und Vergewaltiger Opfer von genetischen Auslösern waren, über die sie keine Kontrolle besaßen. Beweismaterial dafür, dass Verbrechen keineswegs ein soziales Problem, keineswegs ein persönliches Problem waren, sondern ein Problem der Biologie und genetischer Störungen.

Wenn ich auch kein Wissenschaftler war, so begrüßte ich doch als von Krankheiten heimgesuchter Laie diese Erkenntnisse.

Selbst wenn sich für meine genetische Störung nie ein Heilverfahren finden ließ, allein irgendwann genau den wahren Grund meiner zahlreichen Krankheiten zu kennen, war bereits fast ein Heilverfahren. Mit diesem Wissen bewaffnet, konnte ich dann andere, meinen Sohn zum Beispiel, davor warnen, nicht Dinge von mir zu erwarten, die ich nachgewiesenermaßen überhaupt nicht leisten konnte.

Ich blätterte um.

Ein Artikel über die Lemuren auf Madagaskar fiel mir ins Auge, doch da hörte ich, wie die Arzthelferin mich aufrief:

»Mr Karoo.«

Ich ging zu ihrem Informationstisch.

»Raum drei.« Sie wies den Flur hinunter.

6

Der Flur wurde von Neonröhren beleuchtet, die sich hinter einer Deckenverkleidung verbargen.

Ich hatte bislang keinen Grund, Jerrys Versicherungen über den Pro-forma-Charakter meiner Untersuchung anzuzweifeln, aber trotzdem verspürte ich ein klein wenig Angst in der Magengrube.

Als ich die Tür öffnete und in Raum drei trat, war es drinnen so hell, dass ich die Augen abschirmen musste.

Alles war weiß. Die Wände, der Boden, die Schränke, die beiden Stühle, die Jalousien an den Fenstern, sogar die Arztliege, auf die man sich zur Untersuchung legen musste, war weiß unter einer Wegwerfauflage aus weißem Papier.

Inmitten all dieser Weiße stand eine junge Frau in weißem Schwesternkittel mit weißer Hose und hielt das Klemmbrett mit meinem Fragebogen in der Hand.

Sie hatte große blaue Augen und ein weiches Kissen aus dicken glänzenden blonden Haaren. Sie war Anfang zwanzig, ein bisschen übergewichtig und hatte riesige Brüste.

Ich wusste natürlich, dass ich ihre Brüste nicht bestaunen durfte, aber ich konnte nicht anders. Gebannt wie ein Kaninchen im Pythonkäfig, hatte ich nur einen einzigen Gedanken im Kopf: Mein Gott! Nun schau dir das an!

Auf der linken Brust trug sie ein Namensschildchen mit der Aufschrift: E. Höhlenrauch. Das Namensschildchen sah auf ihrem Busen so verloren aus wie ein Rettungsboot im Pazifik.

Als es mir schließlich gelang, meinen Blick von ihrem Busen loszureißen und ihr ins Gesicht zu schauen, entdeckte ich in ihren großen blauen Augen keinerlei Missfallen darüber, dass ich wie ein Blödmann ihre Brüste bestaunt hatte.

Sie verstand. Mit zufriedenem Lächeln schaute sie auf ihre Brüste und dann wieder zu mir, und ihr Gesichtsausdruck verriet träges Mitgefühl. Wer kanns Ihnen verübeln, schien ihr Lächeln zu sagen. Sie sind ja wirklich prächtig, nicht?

»Hallo, mein Name ist Elke. Dr. Kolodny kommt gleich zu Ihnen. Aber vorher müssen wir ein paar Kleinigkeiten erledigen. Reine Routinesache.«

Sie sprach langsam, als wäre sie gedopt oder erholte sich gerade von einem sehr befriedigenden Orgasmus.

Ich meinte, bei ihr den Anflug eines österreichischen oder deutschen Akzents herauszuhören. Völlig verdattert von der Größe ihrer Brüste, stürzte ich mich auf ihren Akzent und ihren Namen als Eröffnungsschachzug meines Angriffs. Ich sah schon alles vor mir. Ich würde diese Elke Höhlenrauch mit meinem Sinn für Humor verführen, und ich würde sie zu meinem Dinner mit Cromwell im Café Luxembourg mitnehmen. Möglich, dass er mit einem jüngeren Mädchen erschien, aber unvorstellbar, dass er eins mit größeren Brüsten fand. Elkes Brüste würden mir eine Machtposition verschaffen, schon bevor ich mit meiner Philippika loslegte.

»Elke Höhlenrauch«, sagte ich. »Was ist das, Französisch?«

Ohne auch nur die Spur eines Lächelns antwortete Elke: »Nein, ich bin Deutsche.« Und dann, während meine humorvolle Eröffnung auf dem Fußboden lag wie ein Lachshäppchen und bevor mir eine andere Eröffnung als Ersatz einfiel, sagte sie zu mir: »Möchten Sie sich bitte bis auf die Unterwäsche ausziehen?«

»Ja, möchte ich. Sehr gern sogar. Möchten Sie?« Ich lachte.

Elke hörte entweder meine Antwort nicht oder überging sie absichtlich. Es war schwer zu sagen.

Ich begann, meine Sachen abzulegen, und versuchte, mich nach Art eines weltläufigen älteren Staatsmannes zu entkleiden, der trotz der Ruine seines Körpers immer noch auf seine eigene, elegante Weise sexy ist.

Je mehr Sachen ich auszog und je öfter ich auf Elkes prächtige Brüste schaute, desto heftiger drohte brustbedingte Hysterie in mir zu explodieren. Während ich auf einem Bein hopste, um aus meiner Hose zu steigen, konnte ich mich gerade noch so weit beherrschen, nicht laut aufzuschreien oder laut aufzulachen oder mit dem Zeigefinger auf meiner Unterlippe herumzutrommeln wie ein Idiot. Mir fiel keine andere Neckerei ein, um Elke zu fesseln, weder eine humorvolle noch eine sonst wie geartetete. Nur Namen von Filmstars, denen ich in meiner Rolle als Umschreiber über die Jahre hinweg begegnet war, kamen mir in den Sinn. Ich konnte mich nur mühsam bezähmen, nicht ihre Namen hinauszuschreien, die Luft mit Filmstars zu zerreißen, um Elke Höhlenrauch zu imponieren.

Dustin Hoffman, Elke. Ich bin Dustin begegnet. Meryl Streep. Robert Redford. Ja! Robert Redford. Drei Begegnungen, Elke. Ich bin ihm dreimal begegnet. Paul Newman. Dinner mit Paul Newman. Lunch mit Richard Gere. Bill Hurt. Robin Williams. Sigourney Weaver. Kevin Costner. Kevin Kline. Willst du Stars, Elke? Ich bin Umschreiber für die Stars. Jay Cromwell, der Superproduzent? Ist ein Freund von mir. Er kennt Václav Havel. Willst du Václav Havel kennenlernen, Elke? Kann ich arrangieren.

Ich hatte nur noch meine Boxershorts, Socken und ein ärmelloses T-Shirt an.

»Bitte«, sagte Elke und wies mit weicher, pummeliger Hand, jeder Finger ein französisches Dessert, auf die medizinische Waage aus Edelstahl, die an der Wand stand.

Sie ging vor. Ich folgte. Beim Gehen rieben ihre Schenkel aneinander, und das Material, aus dem ihre weiße Strumpfhose war, lud sich auf und knisterte unter ihrem Kittel vor statischer Elektrizität. Es hörte sich an wie einer dieser elektrischen Insektenvernichter, der über Nacht Insekten vernichtet.

Ungemein vorsichtig stieg ich auf die Waage, als stiege ich empor zum Galgen. Ich hasste es, auf der Waage zu stehen. Ich hasste es, mich zu wiegen, aber ganz besonders hasste ich es, wenn jemand anders mich wog. Das gab mir immer das Gefühl, ich wäre plötzlich aus einem Land mit demokratischer Verfassung verschleppt und in einem totalitären Staat abgesetzt worden.

Elkes Hand schob die blitzenden Laufgewichte unerbittlich nach rechts.

Zu meinem Entsetzen sah ich, dass ich zweihundertfünfundzwanzig Pfund wog.

Mein Kiefer klappte herunter.

Was!

Ich hatte noch nie in meinem ganzen Leben zweihundertfünfundzwanzig Pfund gewogen. Sogar voll angezogen und in schweren Schuhen, mit viel Kleingeld in den Taschen, hatte ich es noch nie über zweihundertfünf Pfund hinausgebracht.

Sprachlos starrte ich auf die Endsumme. Es war, als starrte ich auf eine Anklageschrift mit erfundenen Verbrechen, die ich nie begangen hatte.

Ich wollte protestieren, aber bevor ich den Schock überwinden konnte, kicherte Elke Höhlenrauch.

»Sie sind ein böser Junge, Mr Karoo.« Sie drohte mir mit dem sahnegefüllten Zeigefinger. »Es ist nicht nett, zu flunkern.«

Brüste hin, Brüste her, ich war plötzlich grimmig und nicht in der Stimmung für Spielchen.

»Flunkern? Was meinen Sie mit flunkern?«

Sie zeigte mit dem Kugelschreiber auf die Stelle im Fragebogen, wo ich mein Gewicht eingetragen hatte. Wie in einem Albtraum von einem stalinistischen oder Nazi-Schauprozess strich sie die Zahl aus, die ich eingetragen hatte, 198 Pfd., und schrieb dann, bevor ich sie daran hindern konnte, in großen grässlichen Zahlen darüber 225 Pfd.

Ihre Vermutung, ohne mich überhaupt zu kennen, dass ich über etwas so Geringfügiges wie mein Gewicht lügen könnte, erboste mich. Ich wusste natürlich, dass ich ohne Weiteres fähig war, über alles zu lügen, und dass ich sogar auf ebendiesem Fragebogen über alles Mögliche gelogen hatte. Aber nicht über mein Gewicht!

»Hören Sie, Ms Höhlenrauch«, sagte ich mit starker und halb sarkastischer Betonung auf Ms und genauso starker und leicht abfälliger Betonung auf dem Umlaut in ihrem Namen, »ich lege Wert auf die Feststellung, dass ich noch nie in meinem Leben über zweihundertfünf Pfund gewogen habe, nur ein einziges Mal, und da war ich voll angezogen und trug Timberland-Stiefel, denn es war Winter.«

In ihrer trägen, distanzierten Art schnitt sie mir das Wort ab und sagte: »Diese Dinge passieren.«

»Diese Dinge? Was soll das heißen? Diese Dinge passieren. Welche Dinge?« Ich wollte schon von der Waage heruntersteigen, aber mit einem festen kleinen Stoß ihrer weichen kleinen Hand gegen meine Brust wies sie mich an, zu bleiben, wo ich war, mich aber mit dem Rücken zur Wand zu drehen. Sie ging hinter mich, ihr Kittel raschelte, der Insektenvernichter ihrer Schenkel knisterte.

»Steif, bitte«, sagte sie.

»Was!«

»Gerade stehen, bitte.«

Ich meinte, gerade zu stehen, aber ich versuchte, ihrer Bitte nachzukommen und für mich eine neue übergerade Haltung zu finden. Ich hörte hinter mir ein Geräusch, als würde ein Samuraischwert aus seiner Scheide gezogen, und dann spürte ich einen flachen Metallgegenstand auf meinem Kopf landen.

Sie maß meine Körpergröße.

Noch nie zuvor hatte ich versucht, derart gerade zu stehen. Ich atmete kaum. Ich kam mir vor wie in einem Gulag oder einem KZ.

»Sie sind aber ein böser Junge«, kicherte Elke hinter mir. »Also wirklich.«

»Was!«, schrie ich. »Was denn jetzt!«

Sie trat neben mich, hielt mir meinen Fragebogen vor und zeigte mit ihrem teuflischen Kugelschreiber dahin, wo ich meine Körpergröße eingetragen hatte. Bevor ich auch nur Piep sagen konnte, wiederholte sich der Albtraum. Sie strich durch, was ich geschrieben hatte, 1,80 m, und schrieb darüber 1,77 m.

Was mir noch an Beherrschung verblieben war, verschwand. Ich schrie sie an.

»Nun mal langsam, Elke! Nun mal ganz langsam! Was treiben Sie da überhaupt?«

»Ich bringe Sie auf den neuesten Stand«, lächelte sie, wobei sich ihre Grübchen vertieften.

Mir war danach, ihr mit der Faust auf den Mund zu schlagen. Direkt auf ihren sinnlichen kleinen Mund.

»Ach ja!«, kreischte ich. »Das werden wir ja sehen.«

Ich sprang von der Waage und rannte zu meiner Hose, die über der Lehne eines der weißen Stühle lag. Ich riss meine Brieftasche heraus, und dann riss ich meinen Führerschein aus der Brieftasche. Ich stürmte zurück und fuchtelte ihr mit dem Führerschein vor der Nase herum.

»Sehen Sie das, Elke? Wissen Sie, was das ist? Das ist ein amtliches Dokument des Staates New York. Und hier« – ich zeigte –, »falls Sie so viel Zeit haben, einen Blick darauf zu werfen, dann wird Ihnen auffallen, dass da steht, dass ich einen Meter achtzig groß bin! Ich bin einen Meter achtzig groß gewesen, seit ich die Highschool abgeschlossen habe.«

»Davon bin ich überzeugt, Mr Karoo. Nur jetzt sind Sie nicht mehr einen Meter achtzig groß und werden es auch nie wieder sein. Jetzt sind Sie eins siebenundsiebzig. Diese Dinge passieren.«

»Wieder diese *Dinge*, Elke. Diese verdammten *Dinge*, von denen Sie andauernd reden. Was für *Dinge?*«

»Der Mensch schrumpft eben«, sagte Elke.

»Der Mensch schrumpft eben!«

»Ja. Die Wirbelsäule zieht sich zusammen.«

»Die Wirbelsäule zieht sich zusammen!«

»O ja. Unbedingt. Die Wirbelsäule, Mr Karoo, die ist wie ein Akkordeon.«

Sie tat, als spielte sie auf einem.

»Anfangs wachsen Sie und wachsen« – sie breitete die Arme aus –, »und dann rücken die kleinen Wirbel in Ihrem Rückgrat immer enger und enger zusammen, und Sie schrumpfen und schrumpfen.«

Sie schien sehr angetan von ihrer kleinen Vorführung. Ich hyperventilierte, oder vielleicht ventilierte ich auch überhaupt nicht, es ließ sich schwer sagen. Wie diese doppelbrüstige Brunhilde da vor mir stand und mit meiner Wirbelsäule fröhlich Akkordeon spielte, das war wie ein zu Leben erwachtes Bild aus Dantes Inferno.

Aber dabei immer noch von ihren Brüsten gefesselt zu sein, immer noch von diesem weiß bekittelten Mädchen, das mich so heiter zunichtemachte, erotisch erregt zu sein, verdiente gewiss eine eigene Ecke im Inferno.

Ich spürte, wie mich eine Philippika überkam.

»Das ist mir alles ein bisschen zu teutonisch, Ms Höhlenrauch«, bellte ich sie an. »Wir sind hier in Amerika, nicht in Deutschland. In diesem Land stufen wir Menschen nicht einfach so ein. Genauer gesagt, Elke, stufen wir Menschen überhaupt nicht ein, zumindest nicht nach ihren physisch-rassischen Merkmalen. Wieso messen Sie nicht gleich meinen Schädel aus, wo Sie schon mal dabei sind, wie Ihre Vorfahren es mit meinem Volk getan haben? Nur weil ich Jude bin …«

Ich war natürlich keiner, aber diese blonde Elke vor mir

gab mir das Gefühl, einer zu sein. Und nicht bloß ein Jude, sondern ein selbsthasserischer antisemitischer Jude, der sich einzig danach sehnte, die arische Elke zum Abendessen auszuführen.

Meine Philippika (»Deutschland ist der Blutsauger Europas usw. usw.«) ging noch ein Weilchen weiter. Elke hörte zu, schloss hin und wieder kurz die Lider und wankte nicht in ihrem Bewusstsein, dass ich jeden Kubikzentimeter ihrer Brüste anbetete und dass ich ungeachtet meiner Philippika immer noch mein Bestes tat, um mich ihr zu verkaufen. Ihr Verbrechen, ihr großes Verbrechen, ihr unverzeihliches Verbrechen war, dass sie kein Interesse hatte.

»Dr. Kolodny wird gleich zu Ihnen kommen«, sagte sie zu mir, als ich kurz schwieg, um Luft zu holen.

Mit raschelndem Kittel, reibenden Schenkeln und knisternder Strumpfhose verließ sie mitsamt ihren Brüsten den Raum.

Ich stand in Boxershorts, Socken und ärmellosem T-Shirt da, immer noch mit meinem Führerschein in der Hand, immer noch unter Schock.

Wenn man Elke glauben wollte, hatte ich mich nicht nur in der Horizontalen ausgedehnt, sondern auch in der Vertikalen zusammengezogen.

Die Wirbelsäule zieht sich zusammen.

Solche Dinge passieren.

Es war nicht so sehr das Gewicht; obwohl zweihundertfünfundzwanzig Pfund ein ziemlicher Schlag waren, konnte ich immer noch abnehmen. Aber die drei Zentimeter, die ich eingebüßt hatte, ließen sich nicht zurückholen.

Ich war wieder eins siebenundsiebzig. Eins siebenundsiebzig war ich zum letzten Mal in der vorletzten Klasse der Highschool gewesen. Als ich noch Lucky Strikes rauchte.

Wann, überlegte ich, war ich zum letzten Mal eins achtzig gewesen? Und wie kam es, dass ich ganze drei Zentimeter eingebüßt hatte, ohne es zu merken? Womit war ich so beschäftigt gewesen, dass ich gar nicht wahrgenommen hatte, wie ich schrumpfte?

Ich setzte mich mit meiner Hose über dem Schoß auf den weißen Stuhl und wartete auf Dr. Kolodny.

Es war zu spät für eine vollständige Untersuchung. Ich war nicht mehr vollständig. Drei Zentimeter fehlten.

Andererseits waren fünfundzwanzig neue Pfunde vorhanden.

Abwärts und seitwärts, die beiden simultanen Richtungen der Reise meines Körpers.

Und dann zu denken, was der Auslöser für all das war: der Verlust meiner Krankenversicherung und mein Wunsch, wieder versichert zu sein.

Versichert gegen was?

Mein ganzes Leben lang war ich versichert gewesen, und was war das Ergebnis? Ich war von Krankheiten durchsiebt. Ich hatte volle drei Zentimeter verloren, obwohl ich versichert war. Und trotz allem hockte ich nun jämmerlich hier auf meinem Stuhl, mit der Hose über dem Schoß, und bat darum, wieder versichert zu sein.

Nur diesmal musste zusätzlich zu den Beiträgen noch ein anderer Preis gezahlt werden. Ein schrecklicher Preis. Ich war in diesen Raum, diesen Gulag Nummer drei, als strammer Eins-Achtziger hineinspaziert, und wenn ich als versicherter Mann hinausspazieren wollte, dann musste ich meine neue Einstufung als dicker Mann mittlerer Größe akzeptieren.

Die Wahl, so kam es mir plötzlich vor, blieb mir überlassen. Draußen vor der Tür standen keine bewaffneten Wachposten. Wenn ich in diesen Raum eingesperrt war, so war es eine freiwillige Einsperrung. Freiwillige Unterwerfung. Freiwilliges Einverständnis mit meiner Rückstufung.

Wollte ich aber nicht bei GenMed versichert sein, dann brauchte ich auch meine Rückstufung nicht zu akzeptieren. Ich zog Elkes Zahlen nicht unbedingt in Zweifel. Als freier Mann brauchte ich sie einfach nicht zu akzeptieren.

Frei zu sein, dachte ich und spürte, wie mein Blut sich erhitzte, frei zu sein ist besser, als versichert zu sein. Wahrhaft frei zu sein ist, unversichert zu sein!

Ich erhob mich – so sah ich es, ich stand nicht einfach auf, ich erhob mich – und zog mich so schnell wie möglich an. Schon fühlte ich mich besser. Größer. Herausfordernd. Frei. Frei im Dostojewski- und Hannah-Arendt-Sinn des Wortes. Rebellisch. Ein Rebell im Camus-Sinn des Wortes.

Ich stürmte aus dem Raum, ich ging nicht, nein, ich stürmte hinaus, und als ich durchs Wartezimmer stürmte, wo einige dieser armen, hilflosen Seelen immer noch saßen und warteten, konnte ich nicht umhin, von mir in der dritten Person zu denken.

Er war ein Mann, der keinen Zentimeter nachgab. Er war als strammer Eins-Achtziger hineinspaziert, und bei Gott, er spazierte als strammer Eins-Achtziger hinaus.

SECHSTES KAPITEL

1

Drei Tage später, am Freitag, bin ich mit Guido im Russian Tea Room zum Lunch verabredet.

Ich bin zu früh da, wie immer. Ich sitze in seiner Nische (wenn man reinkommt, ist es die dritte rechts), rauche meine Zigarette, trinke meine Bloody Mary und warte auf ihn. Weder der Drink, den ich trinke, noch die Drinks, die, wie ich weiß, folgen werden, haben irgendeine Wirkung auf mich, aber es wird Guido, meinem letzten Freund und einem eingefleischten Alkoholiker, gefallen, wenn er kommt und sieht, dass ich schon zu trinken angefangen habe.

Es ist seltsam, nur noch einen letzten Freund zu haben. Es ist schwer zu entscheiden, während ich dasitze, ob diese Notlage etwas ist, was ich genieße oder nicht. Es ist schwer, auch nur eine Grundlage für die Entscheidung zu finden. Meine Gedanken pendeln zwischen zwei diametralen Gegensätzen. Ich genieße es. Ich genieße es nicht. Sie pendeln weiter wie ein Metronom, die Pendelbewegung verhindert eine Entscheidung in der einen oder anderen Richtung.

Aber etwas an dem Ausdruck »mein letzter Freund«, etwas allein schon am Klang dieser Worte ist bezwingend. Es ist, als besäße ich eine komplette, ständig wachsende Liste letzter

Dinge, und das letzte verbliebene Maß meines persönlichen Wachstums als Mensch stünde auf dieser immer umfangreicheren Liste meiner Verluste.

Ich zünde mir noch eine Zigarette an und wende mich dringenderen Fragen zu. Wo in aller Welt soll ich eine Begleitung für mein Dinner mit Cromwell hernehmen? Ich muss mit einer schönen Frau bewaffnet zu meinem Dinner mit ihm kommen.

2

Jedes Restaurant in New York, in das ich öfter gehe, hat seinen eigenen Klang, den ich, würde man mir die Augen verbinden und mich hineinführen, erkennen würde. Die Tonhöhe der Teller und Bestecke ist in jedem anders, genauso das Tempo, der Umgangston, der Lärm der Menge. Ich glaube, ich könnte den Lärm im Russian Tea Room vom Lärm im Orso's unterscheiden, wie empfindliche Ohren unterscheiden können, ob ein Musikstück live in der Carnegie oder in der Avery Fisher Hall aufgenommen worden ist.

Ich sehe Guido auf mich zukommen.

Er ist ein hochgewachsener Mann, fast so groß wie mein Billy, aber vierschrötig. Eine Sportskanone mit starkem Wurfarm, wurde er aus der Highschool von den Chicago White Sox rekrutiert und ruinierte sich den Arm in der Jugendmannschaft. Die Rotatorenmanschette oder so was Ähnliches. Stets todschick in Schale geworfen, wie es frühere Sportskanonen gerne sind, wenn sie in einer anderen Branche erfolgreich werden, besitzt er immer noch, trotz des Suffs und der Jahre und des Übergewichts, eine geschmeidige athletische Beweglichkeit und Leichtfüßigkeit, sodass er durch den Tea Room auf mich zuzutanzen scheint. Er kennt viele Leute und berührt auf dem Weg viele Schultern, ohne je stehen zu bleiben, streut Bemerkungen aus wie Silvesterkonfetti. Er trägt ein breites Grinsen. Es teilt sein Gesicht wie das Grinsen eines Delfins.

»Schön, dich zu sehen, alter Gauner«, sagt er und packt mir eine große Pranke auf die Schulter. Er schüttelt mich. Schüttelt mich heftig.

3

Wir rauchen und trinken jetzt beide. Guido erzählt mir von irgendwelchen Probeaufnahmen, die er in LA gesehen hat.

Seit wir uns kennen, waren wir beide immer aktive Alkoholiker und starke Raucher. Von Zeit zu Zeit gaben wir uns abwechselnd Ratschläge über die Notwendigkeit, uns zu bessern und uns von unseren Lastern zu befreien. Nichts lag uns natürlich ferner. Unsere Freundschaft wurde von dem unausgesprochenen Gelübde zementiert, dass keiner von uns sich je ändern würde. Das Reden über eine Änderung war bewundernswert. Der Versuch, sich zu ändern, war heldenhaft. Aber hätte einer von uns sich tatsächlich geändert, der andere hätte es ihm geradezu als Verrat ausgelegt. So wagte ich während Guidos kurzlebigen Experiments, nach LA zu ziehen, den Versuch, mit dem Rauchen aufzuhören, und schaffte es dank jenes ungarischen Hypnotiseurs tatsächlich für mehrere Wochen. Als Guido dann zurück war, rauchte ich wieder, und mein Flirt mit dem Aufhören war eine Geschichte, die ich ihm erzählte. Er liebte die Geschichte. Er erzählte sie weiter. Versuche, sich zu ändern, zumindest, solange sie als völlige Fehlschläge endeten, festigten sogar die Bande unserer Freundschaft.

Das machte es seit dem Einsetzen meiner Trinkerkrankheit so schwierig, mit Guido zusammen zu sein. Guido war nicht nur ein aktiver Alkoholiker, er war auf seine Weise ein brillanter Alkoholiker.

Ich tue mein Bestes, ich heuchle die Symptome eines Rauschs, den ich nicht habe, aber es kommt mir wie Verrat vor, einen Mann zu täuschen, der mein bester, letzter Freund ist.

Würde ich ihm sagen, dass eine geheimnisvolle Krankheit mich zu permanenter Nüchternheit verurteilt hat, ich fürchte, unsere Freundschaft würde enden. Und ich fürchte, sie würde vor ihrem Ende leiden. Er würde sich durch meine Enthüllung gehemmt fühlen, jedes Wort auf die Goldwaage legen, würde übereifrig, aber gekünstelt demonstrieren, dass er immer noch an mir hängt und dass wir immer noch die besten Freunde sind. Kurzum, es würde ihm so gehen, wie es mir jetzt geht. Aber zwischen uns beiden besteht ein Riesenunterschied. Guido hat noch viele andere Freunde. Ich habe keinen mehr außer Guido. Also halte ich meine Krankheit geheim und spiele betrunken.

4

Als wir uns vor Jahren kennenlernten, war ich noch ein aufstrebender Umschreiber. Wir lernten uns auf einer Party kennen, wo wir beide grottenvoll waren und uns selber und gegenseitig wahnsinnig toll fanden. Als Folge davon verließ ich den Agenten, den ich damals hatte, und Guido wurde mein Agent.

Das erwies sich als Katastrophe.

Ob er nun wirklich an mich glaubte oder ob er sich verpflichtet fühlte, mich von seinem angeblichen Glauben an mich zu überzeugen, jedenfalls sagte er mir immer wieder, dass ich fürs bloße Umschreiben zu talentiert sei und etwas Eigenes schreiben müsse. Ein Originaldrehbuch. Oder wenigstens eine Originaladaption.

Ich versuchte, ihm zu erklären, dass ich ein Skriptflicker war, ein glücklicher Skriptflicker, ein Umschreiber, der nichts anderes konnte als umschreiben. Dass ich keine zwingende Sichtweise hatte und dass eine Sichtweise die Mindestanforderung an jemanden war, der einen leeren Bogen in die Schreibmaschine spannte, um etwas Eigenes zu schreiben.

Aber Guido gab nicht nach. Er bedrängte mich weiter, bis ich schließlich, abgekämpft davon, mich gegen seinen Glauben an mich verteidigen zu müssen, beschloss, ein Ende zu machen. Ich verließ ihn und seine Agentur und besorgte mir danach auch nie wieder einen Agenten. Wie sich herausstellte, brauchte ich gar keinen Agenten für meine Art Arbeit. Mein Ruf eilte mir voraus. Wenn überhaupt, dann wuchs die Nachfrage nach meinen Diensten, nachdem ich Guido verlassen hatte.

Die Tatsache, dass wir trotz der Aufkündigung unserer beruflichen Beziehung Freunde blieben, überzeugte uns, denke ich, beide, dass wir viel engere Freunde waren, als wir dachten. Sie hob, was bis dahin eine ziemlich gute Freundschaft gewesen war, auf eine völlig neue Ebene. Eine Zeit lang wurden wir unzertrennlich. Wir gingen jeden Abend zusammen weg. Wir betrogen gemeinsam unsere Frauen. Wir fuhren zusammen an fremde Orte mit fremden Frauen in Urlaub. Ich tat mit Guido Dinge, die ich mit keinem anderen Mann getan habe.

Aus diesem Gefühl der Zusammengehörigkeit und vielleicht von Visionen inspiriert, die nur Betrunkene wahrnehmen können, entstand zwischen uns eine neue Religion, der wir so leidenschaftlich anhingen, wie nur zwei berauschte Seelen sich an einen gemeinsamen Traum klammern können. Unser Glaube hatte als solcher keinen Namen, der Gegenstand unserer Anbetung hingegen schon. Es war die Familie.

Wir wurden – oder hielten uns zumindest für – Familienväter der Extraklasse. Väter, die ihre Kinder nicht nur liebten, sondern für ihre Kinder lebten. Falls es so etwas wie eine fundamentalistische Familienvaterreligion gibt, dann waren Guido und ich ihre Gründungsväter.

Wahrer Glaube ist, wie jedermann weiß, immun gegen Vernunft und empirische Beweise. Dergleichen bleibt Zynikern und Ungläubigen vorbehalten. Dementsprechend ließ sich, obwohl Guido und ich unsere Familien nur selten sahen, obwohl unsere Familien nie die Nutznießer unseres neu entdeckten religiösen Eifers waren, unser Glaube an uns selbst und aneinander als Familienväter von solchen Kinkerlitzchen der Wirklichkeit nicht erschüttern. Und als sich unsere Frauen von uns trennten und unsere Kinder sich uns in mehr als einer Hinsicht entfremdeten, wurde unser Glaube an die Familie stärker denn je. Befreit von der Alltagslast und dem Kleinkram unserer irdischen Familien, schwang sich unser Glaube in schwindelnde Höhen, um rein geistig zu werden, wie es alle großen Religionen sind.

Ich klammerte mich also nicht nur aus bloßer Freundschaft an Guido, meinen letzten Freund. Wir hatten zusammen eine Religion gegründet.

5

Er ist jetzt sterngranatenvoll und brüllt vor Lachen.

Die beiden Geschichten, die ich ihm erzählt habe, in der Reihenfolge, in der sie sich zutrugen, sind beide riesig angekommen. Guidos Reaktion auf sie war so ansteckend, dass sogar ich lachte, als ich die zweite zu Ende erzählte.

Ich begann mit der Geschichte von dem alten Mann im Mantel meines Vaters. Sogar zum Erzählen einer Geschichte braucht man eine Sichtweise. Ich wählte eine rührende Sichtweise, weil ich eine rührende Geschichte erzählen wollte. Aber sobald ich zu der Stelle kam, wo ich den alten Mann für meinen toten Vater gehalten hatte, fing Guido an zu lachen. Die Erklärung für meinen Irrtum, der Mantel, verstärkte nur sein Gelächter. Und als ich sagte, dass es ein Kamelhaarmantel gewesen war, fand Guido das so komisch, dass er Erstickungsanfälle bekam und mit der Faust auf den Tisch schlug.

»Kamelhaar!«, brüllte er. »Aus Kamelhaar!«

Da ich sah, wie es lief, ließ ich meine rührende Sichtweise fallen und hielt es für den Rest der Geschichte mit Guidos Heiterkeit.

Die Geschichte von meiner ärztlichen Untersuchung kam sogar noch besser an. Allein die Erwähnung von GenMed brachte Guido zum Lachen. Der Name des Arztes war noch komischer.

»Kolodny, er hieß Kolodny!«

Inzwischen wusste ich, dass ich noch ein Ass im Ärmel hatte namens Elke Höhlenrauch. Und tatsächlich, als ich zu ihr gelangte, explodierte Guido.

»Elke was?«

Je korrekter ich ihren Namen aussprach, mit Umlaut und allem, desto mehr lachte er.

Sogar die Auflösung war komisch, sogar die Tatsache, dass ich jetzt völlig unversichert dasaß, war erheiternd.

»Nix mit GenMed für dich«, rät mir Guido, voll wie ein Grottenolm. »Ist zu spät, Alter. Für eine Versicherung, mein Freund, ist es zu spät.«

6

Unser Essen kommt. Zweimal Salat. Caesar für Guido, Chef für mich. Und ein dringendes V-Zeichen von Guido an unseren Kellner um eine weitere Runde für uns beide.

»Ich wusste doch, ich hatte dir was zu erzählen.« Guido haut mit der Hand auf den Tisch, verärgert, dass es ihm fast entfallen wäre. »Ich werde langsam alt«, sagt er, und er sagt es genau in dem Tonfall von jemandem, der denkt, wenn er etwas eingesteht, dann entgeht er automatisch den Folgen dieses Eingeständnisses.

»Das wird dir gefallen«, versichert er mir, schiebt seinen Salat weg und zündet sich eine Zigarette an.

Ich tue es ihm nach.

»Hast du schon gehört, was dein Freund, der Drecksack, neulich gemacht hat?«

»Dein Freund, der Drecksack« ist Guidos amtliche Bezeichnung für Jay Cromwell. Er weiß natürlich, dass ich für Jay gearbeitet habe, und er weiß ebenfalls, weil ich so etwas gern an die große Glocke hänge, dass ich nie wieder für ihn arbeiten werde. Guido ist ein wählerischer Verbreiter von Hollywood-Schmutz. Er ist sich durchaus bewusst, dass Beispiele für Cromwells Niedertracht so alltäglich sind, dass niemand sie mehr für erwähnenswert hält, außer es handelt sich um etwas wirklich Teuflisches.

Beide rauchen wir. Guido redet. Ich höre zu. Ferner hören drei Männer und eine Frau am Tisch gegenüber zu.

Cromwell hat, so stellt sich heraus, für seine Verhältnisse nichts Außergewöhnliches getan. Es ist die Wahl des Opfers, die die Geschichte so ekelerregend macht.

Unter Benutzung einer kleingedruckten Klausel im Vertrag hat Cromwell als Produzent einem Regisseur seinen fertigen Film weggenommen. Aber der Regisseur war in diesem Fall nicht irgendein Regisseur. Er war Teil der Geschichte des amerikanischen Films. Arthur Houseman. Der große alte Mann des Kinos wurde so verehrt und geliebt, dass alle ihn schlicht den Alten Herrn nannten.

Er hatte sich vor einigen Jahren zur Ruhe gesetzt, und dann, so erinnerte ich mich, gelesen zu haben, hatte er beschlossen, den Ruhestand zu unterbrechen und einen letzten Film zu drehen, damit er, wie er sich ausdrückte, »so Gott will, mit Anstand« abtreten konnte.

Das war das Letzte, was ich bisher von ihm gehört hatte. Laut Guido war ihm nicht nur sein Film weggenommen worden, sondern der Alte Herr war auch sehr krank.

Guido ist empört. »Ich meine, so was bloß zu denken, wäre schon kriminell, aber es tatsächlich zu tun, wenn es der letzte Film des Alten Herrn ist, der womöglich im Sterben liegt, das ist … das ist …« Er grapscht mit der Hand in die Luft auf der Suche nach einem verdammenden Wort.

»Das ist ungeheuerlich«, sage ich.

»Jawohl, das ist es.« Guido haut ein paar Mal rasch hintereinander auf den Tisch. »Genau das ist es. Es ist ungeheuerlich. Was er getan hat, ist absolut ungeheuerlich.«

»Er ist böse«, sage ich zu ihm, »er ist durch und durch böse. Ich bin schon Menschen im Leben begegnet, die einen bösen Zug an sich hatten, aber Cromwell …«

Ich fahre fort.

Dann setzt Guido ein.

Dann bin ich wieder dran.

Dann wird unser Tisch zur Feuerzone, wo wir beide abwechselnd auf Cromwell einschießen, wie zwei Freiheitskämpfer mit Uzis. Wir lassen kein gutes Haar an dem Scheißdrecksack.

Ich sage, oder Guido sagt – es ist nach einer Weile schwer zu sagen, wer was sagt –, aber einer von uns sagt: »Jemand sollte ihm eine Kugel in den Kopf schießen.«

Ich erzähle Guido nicht, dass ich vorhabe, mit ebendiesem Jay Cromwell, den wir in Stücke reißen, essen zu gehen. Der Zeitpunkt für solch eine Information ist völlig falsch. Das würde unserer Empörung einen Dämpfer aufsetzen, und unsere Empörung ist so lebhaft und so gut in Fahrt, dass es ein Jammer wäre, sie kaputt zu machen. Es scheint viel besser, damit zu warten. Dann wird es auch eine viel bessere Geschichte abgeben. Die Geschichte meiner Philippika, die ich dem Ungeheuer an den Kopf geschleudert habe.

Wir sind auf Touren. Also touren wir einfach weiter auf unserer Empörung, fühlen uns in wachsendem Maße belebt, verjüngt, erfrischt und moralisch gekräftigt von unserer Entrüstung über diesen bösen Mann.

7

Meine Lunchs mit Guido im Tea Room – und über die Jahre hat es viele davon gegeben – sind so von Tradition geprägt wie ein Drama in drei Akten. Bei Drinks erzählt er Geschichten oder erzähle ich Geschichten; Witze sind erlaubt. Wir lachen und rauchen und machen abschätzige männerspezifische Bemerkungen über unser gegenseitiges Aussehen, und das ist ungefähr der erste Akt. Beim Essen selbst, das wechselt, aber meistens irgendein Salat ist, versuchen wir, engagierte Bürger unserer Stadt, unseres Staates, unseres Landes, der Welt zu sein und einen Anlass zu finden, der unsere Empörung oder moralische Entrüstung in Gang setzt, und das ist der zweite Akt. Der dritte Akt ist seit der Gründung unserer Religion der Glorifizierung der Familie und des Familienlebens vorbehalten.

Der Kellner räumt die Lunchtrümmer ab und fegt die Crackerkrümel von unserer Tischdecke. Wir haben alles gesagt, was wir über Cromwell sagen konnten. Wir haben uns ausführlich unserer Empörung entledigt, und unsere Stimmung ist jetzt nachdenklich.

Unser Kellner kennt uns gut, und weil er uns gut kennt und weil er weiß, welch ein Vergnügen es uns bereitet, Nein zu sagen, fragt er:

»Einen Nachtisch heute für Sie beide?«

Wir schlagen das Angebot aus. Nachtisch? Für uns? Wir würdigen sein Angebot nicht mal einer verbalen Zurückweisung. Wir schütteln lediglich die Köpfe in der ernsten, geistesabwesenden Manier zweier Männer mit einem schweren Auftrag. Nur Kaffee.

Der Kellner nickt und entfernt sich.

Beim Kaffee, koffeinfreier für Guido, richtiger für mich, zünden wir uns Zigaretten an und fangen an.

Manchmal fange ich an. Manchmal er. Soweit ich weiß, gibt es dafür ein festes Muster, wonach wir uns von Lunch zu Lunch abwechseln mit der Anrufung des Gegenstandes, der uns so am Herzen liegt.

Diesmal fängt Guido an.

»Was macht Billy?«, fragt er.

»Ah.« Ich lasse die Zigarette im Mund, denn ich brauche für die Geste, die ich mache, beide Hände. Ich hebe halb die Arme, spreize die Hände und zucke vor Freude die Achseln. »Er ist wunderbar. Einfach wunderbar. Ich glaube, er hat sich in Harvard wirklich gefunden. Während du in LA warst, bin ich hochgefahren, um ihn zu besuchen«, lüge ich, »aber ich habe ihm nichts davon gesagt, dass ich komme. Du weißt schon, wollte nicht, dass er seinen Stundenplan ändert. Und dann ist ein Ding passiert. Ich klopfe an seine Tür, und er ruft: ›Herein, Tür ist offen.‹ Also gehe ich hinein, und er sitzt da mit dem Telefon in der Hand. ›Dad‹, ruft er, als könnte er gar nicht glauben, dass ich es bin. Und weißt du, was er gerade gemacht hat?«

»Was denn?« Guido lächelt vor Vorfreude auf etwas Wundervolles.

»Er hat mich gerade angerufen. Kannst du das glauben? Ich meine, er ruft mich gerade in New York an, und die Tür geht auf, und da bin ich.«

Guido klatscht in die Hände, sonnt sich in der Wärme meiner Geschichte.

»Manche Menschen glauben nicht an so was«, rede ich weiter, »aber ich hatte einfach so ein Gefühl, dass er mich sehen wollte. Es war bloß so ein Gefühl, aber wenn es dein eigenes Kind ist, dann weißt du es einfach.«

»Natürlich weißt du es, was redest du denn? Das ist der Elterninstinkt in dir«, sagt mir Guido.

»Vielleicht ist es das.«

»Kein Vielleicht. Der Elterninstinkt ist älter als die Pyramiden. Der ist älter als die Zivilisation. Der ist älter als die Geschichte. Der ist vorgeschichtlich.« Er zeigt betrunken zum rückwärtigen Teil vom Tea Room, als wäre dort die Vorgeschichte zu finden, und fährt fort:

»Das ist die Natur.« Er fängt an zu schreien, zu brüllen. Er fühlt sich inspiriert. »Jedes Lebewesen auf diesem unserem Planeten, den wir Erde nennen, jedes lebende, atmende Wesen darauf hält an den Seinen fest.« Seine langen Arme wickeln sich um ihn, um lebhaft zu demonstrieren, wovon er redet. Sich in den eigenen Armen wiegend, fährt er fort: »Hunde halten an den Ihren fest. Katzen tun es. Kängurus in Australien. Wölfe in der Tundra. Eisbären in Alaska. Eichhörnchen im Central Park. Sie alle tragen dieses Bedürfnis in sich. Dieses Familienbedürfnis. Sogar Bäume! Sogar simple Bäume wachsen in Baumgruppen, und was ist eine Baumgruppe anderes als eine Familie?«

»Was sonst«, erwidere ich.

»Man sagt, dass kein Mensch eine Insel ist, aber ich sage, was ist eine Insel? Das sage ich, Saul. Was ist eine Insel? Denk mal drüber nach. Sogar eine Insel, ein unbelebter Gegenstand, wenn du drüber nachdenkst, aber selbst diese unbelebte Insel ist nicht bloß eine Insel. Sie schwimmt nicht einfach auf dem Wasser wie ein Klumpen Schaum. Sie ist verbunden, hab ich recht? Sie ist in der Erde verankert. Sie hält daran fest, das macht sie. Mitten im stürmischen Meer hält sie an der Erde fest, wie du und ich an unseren lieben Kindern, unseren Familien festhalten.«

Was all die Bloody Marys, die ich getrunken habe, nicht zu bewirken vermochten, erreiche ich jetzt beinahe auf andere Art. Ich beginne, die Symptome eines virtuellen Rauschs zu spüren. Ich berausche mich an unseren Märchen von Familie und Vaterschaft. Mein Glaube schwingt sich empor und nimmt mich mit.

Was hat es schon zu sagen, dass Guido und ich allein leben, dass er seine Tochter Francesca fast so selten sieht wie ich meinen Sohn, und auch dann, meinem Beispiel folgend, niemals allein. Das sind lediglich Tatsachen, und Glaube wird nicht von Tatsachen genährt.

»Meine Tochter Francesca hat mich gestern Abend angerufen«, erzählt mir Guido. Er langt über den Tisch und legt das volle Gewicht seiner linken Hand auf meine. »Es war spät, als sie anrief. Ich lag schon im Bett, hab aber noch nicht geschlafen. Weißt du, was sie gesagt hat?«

»Nein.«

»›Papa‹, hat sie gesagt, ›ich rufe nur an, um zu hören, wie es dir geht, und um dir zu sagen, dass ich dich lieb habe.‹«

Sein ausladendes Kinn fängt an zu zittern. Tränen steigen ihm in die betrunkenen Augen. Ein Schluchzer entschlüpft ihm.

»Wie findest du das, Saul? Was für ein Mädchen, hab ich recht? Mein Engel. Mein süßer Engel. Meine Franny.« Er drückt weinend meine Hand.

Weil ich Guido kenne, weiß ich, dass kein derartiger Anruf stattgefunden hat, aber das zu wissen, hindert mich nicht daran, von seiner Lüge gerührt zu sein. Ich finde sein Bedürfnis, diesen Anruf zu erfinden, wahrscheinlich weitaus rührender, als wenn der Anruf tatsächlich so erfolgt wäre. Die Wahrheit, so kommt es mir wieder einmal vor, hat ihre Fähigkeit verloren, oder die Fähigkeit, die sie einmal hatte, die menschliche Beschaffenheit zu beschreiben. Jetzt sind es allein unsere Lügen, die enthüllen können, wer wir sind.

»Ach, Saul«, ruft Guido aus, »welch ein Glück für uns, dass wir die Kinder haben, die wir haben. Welch ein Glück für uns, dass wir klug genug sind, um zu wissen, worauf es im Leben wirklich ankommt.«

»Ja, mein Freund«, stimme ich in den Lobgesang ein, »welch ein Glück! Wie glücklich können wir uns schätzen, liebende Väter liebender Kinder zu sein. Denn wenn man es bedenkt, was ist das Leben ohne Liebe, und was ist die Liebe ohne Kinder und Familie? Was hätte es für einen Sinn, überhaupt morgens aufzustehen, wären da nicht …«

Ich bin auf Hochtouren.

SIEBENTES KAPITEL

1

Eine Begleiterin für mein Dinner mit Cromwell zu finden, ein Gedanke, der mir beim Anblick von Elke Höhlenrauchs Brüsten gekommen war, wurde zur Vollzeitbeschäftigung, während der Tag von Cromwells Ankunft näher rückte.

Ich war entschlossen, es mit ihm in der Öffentlichkeit auszutragen, ihm vor Zeugen ins Gesicht zu sagen, was ich von ihm hielt und dass ich ihn nie wieder sehen wollte.

Mein Monolog des Moralisten kam prächtig voran. »Hören Sie mir zu, Cromwell, und hören Sie gut zu«, begann er und prangerte dann Punkt für Punkt das Böse in ihm an.

Aber zu meinem Dinner mit ihm allein zu erscheinen, während er bestimmt von einer schönen jungen Frau begleitet sein würde, das würde meine Position augenblicklich untergraben. In allem, was ich sagte, würde die vernichtende Tatsache mitschwingen, dass ich allein war. Dass ich trotz wochenlanger Vorauswarnung unfähig gewesen war, eine passende Dinnerbegleiterin aufzutreiben.

Mein Monolog des Moralisten, meine ganze Philippika, gleichgültig, wie verheerend und niederschmetternd sie war, konnte von Cromwell ohne Weiteres als das wütende Gebelfer eines einsamen, neidischen Verlierers mit fetter Wampe und schlaffem Schwanz abgetan werden. Die Episode würde nach meinem Abgang in einen derben Schwank verwandelt werden. Ich würde eine Geschichte sein, die Cromwell rumerzählte, und nicht eine Geschichte, die ich rumerzählte.

Eine Begleiterin zu finden, war deshalb in dem Fall nicht nur eine gesellschaftliche Konvention, sondern gehörte zu einem hochgesinnten moralischen Ziel. Einem Kreuzzug gegen das Böse.

Aber den Frauen, die ich anrief, schien mein Ziel schnurz zu sein. Die meisten hörten nicht einmal lange genug zu, um zu erfahren, dass ich sie zum Essen einlud. Manche hängten auf, sobald ich meinen Namen sagte. Andere lachten und sagten: »Nein, danke.« Ein paar schienen sich auf einem eigenen Kreuzzug gegen mich und Männer wie mich zu befinden. Sie sagten mir, ich solle mich selbst ins Knie ficken und nicht sie. Wofür hielt ich sie eigentlich, wollten sie wissen. Dachte ich etwa, sie hätten vergessen, was für eine Sorte Mann ich war?

Was mich bei diesen Frauen bass erstaunte, war nicht, dass sie zwiespältige oder unangenehme oder sogar üble Erinnerungen an mich hatten. Das konnte ich verstehen. Ihre Haltung war in den allermeisten Fällen vollkommen gerechtfertigt. Was mich erstaunte, war, welch lebhafte Erinnerungen sie an mich hatten im Vergleich zu meinen eigenen blassen Erinnerungen an sie und noch blasseren Erinnerungen an mich selbst.

Sogar die schielende Peggy schmetterte mich ab, als ich sie anrief.

»Warum soll ich mit dir ausgehen«, wollte sie wissen, »wenn ich schon mal mit dir ausgegangen bin?«

Das saß. Mir fiel kein überzeugendes Gegenargument ein.

2

Eine weitere Erschwerung meines Lebens und eine Ablenkung von meiner Konzentration darauf, eine Begleiterin für mein Dinner mit Cromwell zu finden, war das unerwartete Verhalten meines Buchhalters Jerry Fry. Aus irgendeinem Grund nahm Jerry es sehr persönlich, dass ich aus der ärztlichen Untersuchung ausgestiegen war und damit auch aus dem Vorhaben, von GenMed versichert zu werden. Jemand aus Dr. Kolodnys Praxis musste ihn angerufen haben. Ich war es bestimmt nicht. Ich war viel zu beschäftigt damit, Frauen anzurufen.

»Sie sind gegangen? Einfach gegangen? Einfach so?« Jerry war außer sich.

Ich saß in meinem Büro, aber unser Ortsgespräch drohte, wie es seit dem Zusammenbruch von AT&T immer häufiger geschah, selbst zusammenzubrechen. Es war voll von dem Rauschen und Zirpen und all den nostalgischen Geräuschen der Ferngespräche einer vergangenen Ära. Dieses Gefühl großer Ferne, auch wenn ich wusste, dass er nur wenige Querstraßen weiter saß, verlieh jedem seiner Worte eine erhöhte Dringlichkeit.

»Wie konnten Sie das tun, Saul? Wie konnten Sie einfach gehen, wo doch alles verabredet war? Alles festgemacht? Warum? Warum haben Sie das getan?«

In der Hoffnung, Jerry zu besänftigen, sagte ich ihm, dass ich gegangen war, »weil ich zu dem Zeitpunkt einfach nicht daran interessiert war, versichert zu sein«.

Das hatte die Wirkung von Feuerzeugbenzin auf einen bereits überhitzten Holzkohlengrill.

»Sie sind was? Was haben Sie gesagt? Nicht interessiert, haben Sie das gesagt? Sie sind einfach nicht daran interessiert, zu diesem Zeitpunkt versichert zu sein! Haben Sie das gesagt?«

Er war in Rage, er kochte, er kreischte, und die Mischung aus seiner Stimme und dem prasselnden Rauschen in der Verbindung erweckte den Eindruck, dass er mich aus einem brennenden Hotel in einem tropischen Inselparadies auf der anderen Seite des Globus anrief.

»Das ist Ihre Erklärung! Das ist sie? Sie waren nicht interessiert! Darf ich Sie zitieren, Saul? Ist Ihnen klar, dass eine Niederschrift dieses Gesprächs Sie nach Bellevue oder in eine weniger renommierte Nervenklinik bringen kann? Was zum Teufel soll das heißen? Sie sind nicht interessiert. Keiner hat Sie gefragt, ob Sie interessiert sind oder nicht. Das ist eine Versicherung, Saul. Krankenversicherung. Das ist nicht jemand, der Sie fragt, ob Sie Ihre Teppiche reinigen lassen wollen, worauf Sie dann antworten können, nein, ich bin im Moment nicht daran interessiert, sie reinigen zu lassen. Das ist eine Versicherung! Krankenversicherung! Sie fragen sich nicht, ob Sie daran interessiert sind oder nicht daran interessiert sind, krankenversichert zu sein. Sie machen es einfach. Sie versichern sich einfach. Hören Sie mir überhaupt zu?«

Doch. Ich hörte wirklich zu. Aber ich verstand nicht, warum es ihn so aufregte, dass ich als Ergebnis einer von mir getroffenen Wahl unversichert war, wo er sich doch, falls mein Gedächtnis mich nicht trog, nicht annähernd so aufgeregt hatte, als Fidelity mich aus dem Register strich und ich genauso unversichert war wie jetzt, nur ohne dass mir irgendeine Wahl blieb.

Opfer, die die Segnungen der Krankenversicherung eingebüßt hatten, konnte er verstehen. Segnungen jedweder Art verloren ihre Bedeutung, wenn alle gesegnet waren. Aber sich aus irgendwelchen Gründen auszusuchen, sich sogar dafür zu entscheiden, nicht gesegnet zu sein, war Merkmal einer geistesgestörten oder subversiven Persönlichkeit.

Er rief mich jeden Tag einmal, manchmal sogar zweimal an und überzog mich mit frischen Argumenten und Angriffen gegen den Standpunkt, den ich eingenommen hatte. Und da der fragliche Zeitraum mit meinen verzweifelten Bemühungen um eine Begleiterin zusammenfiel, musste ich mir nicht nur die Beleidigungen und sarkastischen Bemerkungen der Frauen, die ich anrief, gefallen lassen, ich musste mir auch die Beleidigungen und sarkastischen Bemerkungen von Jerry gefallen lassen, der mich immer wieder anrief.

»Sie halten sich für einen reichen Mann, wie, Saul? Wie, Saul? Sie meinen, Sie brauchen sich nicht um eine Krankenversicherung zu kümmern, weil Sie so ungeheuer reich sind. Stimmt's? Dann will ich Ihnen mal was sagen, Saul, reiche Männer sind mein täglich Brot. Ich kenne reiche Männer. Ich habe nur mit reichen Männern zu tun, und wissen Sie was? Sie sind nicht so reich, Saul. Nicht reich genug, um ohne Krankenversicherung auszukommen, das steht mal fest. Das steht bombenfest. Da draußen gibt es Krankheiten, von denen Sie und ich keine Ahnung haben, von denen jede Ihr flüssiges Kapital in null Komma nichts aufschlürft.«

Er war so aufgeregt, dass er tatsächlich das Schlürfgeräusch irgendeiner Krankheit von sich gab, die mein flüssiges Kapital aufsog.

Er fuhr fort, ausführlich von Krankheiten (Kinderlähmung feierte ein Comeback) zu reden, und erweckte den Eindruck, dass Krankheiten irgendwie wussten, wenn jemand dumm genug war, unversichert zu sein, und sich den zuerst vornahmen. Jerry deutete an, dass Krankheiten in Wahrheit für Versicherungsgesellschaften arbeiteten wie Mafiakiller und paarweise ausgeschickt wurden, um das Leben und das flüssige Kapital von Männern wie mir zu vernichten, die »im Moment nicht daran interessiert waren, versichert zu sein«.

Auch sollte ich mir, warnte er mich, keine Hoffnungen auf die Aussicht eines raschen Todes machen, wenn es zu diesen Krankheiten kam. Nein, nein. Nein, Sir. Monate, Jahre, wahrscheinlich Jahrzehnte voller Qual und Leid standen mir bevor.

Da gab es verschiedene Blutgerinnsel, die zu zahllosen Kombinationen körperlicher und geistiger Behinderungen führten. Da gab es seltene tropische und subtropische Viren, hereingetragen vom Zustrom der Einwanderer aus jenen Teilen der Welt, die Blindheit verursachten, Entstellungen, den Verlust von Gesichts-, Geschlechts- und Körperteilen und in manchen Fällen vollständige Häutung. Alle diese Krankheiten würden ausgedehnte Krankenhausaufenthalte und häusliche Pflege erfordern.

»Und wer wird das alles bezahlen? Sie ganz allein. Sie, Mr Reicher Mann. Während diese Krankheiten Ihr Leben auffressen, werden die Rechnungen Ihr Kapital auffressen. Auffressen, Saul. Hören Sie mir zu?«

Doch. Ich hörte wirklich zu. Allein, kaum änderte sich sein Angriff auf meinen Standpunkt, schon änderte sich auch mein Motiv für meinen Standpunkt. Unsere Gespräche wurden nie völlig angenehm, aber nach und nach genoss ich sie trotzdem. Sie nahmen den Charakter einer theoretischen Diskussion an, ein hypothetischer Fall jemandes, der eine Krankenversicherung ablehnte, und während wir uns stritten, sah ich Motive, die ich bis dahin nicht gesehen hatte. Offen für das Leben zu sein, statt geschützt und »gedeckt« von Versicherungen irgendwelcher Art. »Gedeckt« zu sein, sagte ich Jerry, war nicht die richtige Art zu leben.

»Sie wollens offen!«, kreischte Jerry. »Ich gebs Ihnen offen. Offene Herzchirurgie. Offene Hirnchirurgie. Offene Wunden. Offene Bankkonten und Aktiendepots. Offene Krankenhausfenster, durch die Ihre Wertpapiere rausfliegen, während Sie gelähmt und sabbernd im Bett liegen. Wollen Sie noch mehr Offenes? Ich gebs Ihnen.«

Und er tat es.

»Ich weiß, welches Problem Sie haben«, rief er eines Tages an und legte los, ohne auch nur Hallo gesagt zu haben. »Sie denken, Sie sind besser als ich. Das denken Sie doch?«

Das stimmte nicht, aber ich bekam keine Chance, das zu sagen. Seine Stimme war halb erstickt vor Wut.

»Sie denken, Sie sind besser. Sensibler. Das denken Sie. Sie denken, Sie sind zu sensibel, zu künstlerisch, um sich mit solchen prosaischen Dingen wie Krankenversicherung abzugeben. Sie sind ein Künstler, der keinen Kopf hat für solchen Quatsch wie Beiträge und Policen. Haben Sie schon mal was von Hybris gehört? Das ist Hybris, Saul. Das heißt, Hybris am Hobel blasen. Das heißt, Zeus eine lange Nase machen!«

Ich lachte, und es ist wahr, vielleicht habe ich auf die falsche Art gelacht und so was Ähnliches gesagt wie, ich hätte keine Ahnung gehabt, dass Buchhalter sich Gedanken über Hybris machen. Was es auch war, mein Gelächter oder meine Worte, Jerry bekam es in den falschen Hals. Er hielt es für eine höhnische Bemerkung über seine Ausbildung und seinen Magister in Betriebswirtschaft. Nichts lag meinen Gedankengängen ferner als seine Ausbildung und sein Magister in Betriebswirtschaft, aber das spielte für Jerry keine Rolle.

»Hören Sie, Sie Doktor der Vergleichenden Literaturwissenschaft, Sie sind hier nicht der Einzige mit einer guten Ausbildung. Bloß weil ich einen Magister in Betriebswirtschaft habe, heißt das noch lange nicht, dass mir die Klassiker kein Begriff sind, griechische und andere. Ich habe an der

Yale studiert. Wenn ich also Hybris sage, dann weiß ich, wovon ich rede, und wenn ich Zeus sage, dann weiß ich, wer Zeus ist.«

Und als müsste er meine Zweifel ausräumen, fuhr er fort, mir genau zu erklären, wer Zeus war. Zeus war (so erfuhr ich dank Jerry) der Sohn von Chronos und Rhea, der Ehemann von Hera und der Vater von Athene und Hermes usw., usw. Jerry führte nicht nur die gesamte Familie von Zeus auf, er ratterte auch fast alle Götter des alten Griechenland und dazu noch die Namen ihrer römischen Pendants herunter. Und irgendwie hörte es sich bei ihm so an, als seien alle diese Gottheiten gegen mich angetreten, weil ich ein hybrisverseuchter Dummbeutel war, dem eine Lektion erteilt werden musste.

Am nächsten Tag attackierte er mich aus rein sozialpolitischen Gründen. Schön und gut, für mich, einen solventen Sack, war es schön und gut, wenn ich nicht versichert sein wollte. Aber was war mit all den Leuten mit Teilzeitjobs im Dienstleistungsbereich ohne Arbeitgeberanteil zur Krankenkasse? Was war mit denen? Und was war mit den Millionen von Mittellosen, die sich keine Krankenversicherung leisten konnten? Männer besten Willens (sein Ausdruck) rissen sich den Arsch auf, um ein Gesetz über eine Landeskrankenkasse durch den Kongress zu bringen, und da machte ich mich über das Ganze lustig. Was für eine Botschaft sandte das an all die unterprivilegierten Millionen unseres Volkes? Oder war mir das scheißegal?

Ich sagte ihm oder versuchte, ihm zu sagen, dass ich ein privater Bürger und kein politischer Wahlkämpfer war und deshalb keinerlei Botschaften an irgendwen sandte.

»Was?« Jerry ging auf mich los, als hätte er gehofft, ich würde mich mit diesem Argument verteidigen. »Was? Was war das? Ein privater Bürger! Haben Sie das gesagt? Sind Sie das jetzt, ein privater Bürger? So etwas gibt es nicht! Wir sind entweder eine Gesellschaft und ein Volk, oder wir sind es nicht, und als ich letztes Mal nachgesehen habe, waren wir es noch. Die Vereinigten Staaten von Amerika. Schon mal davon gehört, Saul? Privater Bürger! Privater Bürger ist ein Oxymoron, Sie Armleuchter. Sie können nicht beides sein. Sie können nicht gleichzeitig sowohl ›privat‹ als auch ›Bürger‹ sein. Bürger wovon? Haben Sie ein privates Land, eine private Welt, von der Sie Bürger sind, wo das, was Sie tun, keinerlei Wirkung auf andere hat? Die einzigen privaten Bürger, die ich kenne, leben in privaten Gummizellen und tragen Zwangsjacken mit langen Ärmeln, die sich hinten zusammenbinden lassen. Privater Bürger! Wissen Sie, was das ist, meinen Sie, Sie können ein privater Bürger sein, besitzen Sie die Frechheit, sich für einen privaten Bürger zu halten? Das ist Hybris, weiter nichts. Das ist Hybris!«

Und so war ich, wenn auch auf anderem Wege, wieder bei den rachgierigen Göttern des alten Griechenland angelangt.

Schließlich gab Jerry mich auf. Ich erhielt einen Obstkorb von ihm, ob als Friedensopfer oder als Symbol, war mir nicht ganz klar. Der Korb wurde von einem Boten in mein Büro gebracht, und kurz nach seinem Eintreffen kam der letzte Anruf von Jerry zu diesem Thema. Er sei der Ansicht, teilte er mir mit, dass ich ein selbstzerstörerischer Irrer war, und als mein Buchhalter sei es seine Aufgabe, mein Geld so anzulegen, dass ich wenigstens auf etwas zurückgreifen konnte, wenn ich mich zerstört hatte. Das werde er tun. Aber eines solle ich nicht vergessen. Es seien nicht nur die Finanzbuchhalter dieser Welt, die für ihre Taten Rechenschaft ablegen mussten. Er hoffe, mir werde das Obst schmecken.

3

Das Endergebnis meiner Anrufe bei allen Frauen, die ich kannte, war, dass keine Frau, die mich kannte, mich noch kennen wollte. Meine einzige Hoffnung, eine Begleiterin für mein Dinner mit Cromwell zu finden, war eine Frau, die noch nie von mir gehört hatte.

Mir blieben drei Möglichkeiten.

Das Dinner ganz absagen, unter irgendeinem Vorwand verreisen und erst zurückkommen, wenn Cromwell wieder fort war.

Eine Begleiterin über einen Hostessendienst besorgen.

Oder aufs Undenkbare zurückgreifen und meine eigene Frau fragen.

Ich verwarf die erste Möglichkeit als feige.

Alle Elitehostessendienste, die ich anrief, nahmen nur Firmenaufträge an. Das machte mir Angst, welche Art Begleiterin mir ein Hostessendienst schicken würde, der von mir einen Auftrag annahm.

Mir verblieb nur noch das Undenkbare. Aber je länger ich darüber nachdachte, desto besser fand ich es. Da ich trotz all meiner Anstrengungen immer noch mit Dianah verheiratet war, stand mir schließlich aus unserer Ehe noch etwas zu, bevor sie endete. Dianah war zwar nicht mehr jung, galt aber allgemein als schön. Sich mit der getrennt lebenden Ehefrau zu zeigen, hatte etwas, fand ich, das vielleicht sogar ihr Alter wettmachte.

Ich zündete mir eine Zigarette an und rief sie an.

»Hallo«, meldete sie sich atemlos, wie sie es manchmal ohne jeglichen Grund tat. Solange wir noch zusammenlebten, hatte mich das immer rasend gemacht. Wir saßen im Wohnzimmer, zu Tode gelangweilt, und blätterten in alten Ausgaben vom *New Yorker*, aber wenn das Telefon klingelte, meldete sie sich in ihrer atemlosen Art, als wäre sie den ganzen Tag über keinen Augenblick zur Ruhe gekommen.

Um diese meine allerletzte Hoffnung auf eine Begleiterin nicht zu verderben und um sie von Anfang an für mich einzunehmen, steuerte ich das Gespräch auf unsere Scheidung.

Ja, stimmte sie zu, wir mussten wirklich etwas wegen der Scheidung unternehmen. Wir hatten das schleifenlassen.

Also redeten wir über die Scheidung.

Über die Scheidung zu reden, bewirkte seltsamerweise immer, dass wir uns einander näher fühlten als je in unserer Ehe, abgesehen von dem kurzen Zeitraum, als Billy in unser Leben trat. Über die Scheidung zu reden, brachte unsere besten Seiten zur Geltung. Wir legten es darauf an, einander in Zugetanheit, Großzügigkeit und Rücksicht zu übertreffen. Wir waren uns einig über die Art der Scheidung, die wir beide wollten. Freundschaftlich, ja, aber mehr als freundschaftlich. Viel mehr. Zärtlich, tief empfunden, voller Liebe, das war die Scheidung, die uns vorschwebte. Eine Viertelstunde und drei Zigaretten später redeten wir immer noch darüber. Je länger wir über die Scheidung redeten, desto verheirateter kamen wir uns vor. Nicht nur verheiratet, sondern glücklich verheiratet.

Als ich mir die vierte Zigarette anzündete, fand ich es an der Zeit, auf den Zweck meines Anrufs zu sprechen zu kommen.

Sie fand den abrupten Themenwechsel kränkend und rücksichtslos und sagte es mir. Und nicht nur das, sie sagte mir auch, dass sie mit Jessica Dohrn zur Kur fuhr und die ganze nächste Woche sowieso nicht da war.

Es war Samstag. Sie fuhr morgen ab, Sonntag. Mein Dinner mit Cromwell war am Donnerstag.

»Kannst du's nicht um eine Woche verschieben?«, flehte ich.

»Deinetwegen? Nein. Die arme Jessica freut sich seit Wochen darauf, und ich will sie nicht enttäuschen.«

»Willst du mich enttäuschen?«

»Ach, Liebling, wenn ich sicher wäre, dich zu enttäuschen, würde ich in der Stadt bleiben und es verschieben, aber ich bin überzeugt, du bist gar nicht fähig, enttäuscht zu sein, du weißt ja nicht mal, was das Wort bedeutet. Wann hast du das letzte Mal mit Billy geredet?«

»Mit Billy? Wie meinst du das? Ich rede fast jeden zweiten Tag mit ihm«, log ich.

»Ach, Saul«, seufzte sie, »warum lügst du?«

»Ich weiß es nicht.«

»Ich habe gestern mit Billy gesprochen, und er hat mir gesagt, dass er seit der Party bei den McNabs nichts mehr von dir gehört hat.«

»Wie geht es ihm?«, fragte ich.

Sie fand meine Frage ungeheuerlich und sagte es mir auch. Wenn ich wirklich wissen wollte, wie es ihm ging, brauchte ich nicht sie zu fragen. Was für ein Mann war ich? Was für ein Vater war ich? Was für ein Wesen war ich? Ihre Fragen steigerten sich rhythmisch und stilistisch, wie ein Musikstück mit dem Höhepunkt:

»Ach, Saul«, klagte sie und machte aus meinem bloßen Namen ein Klagelied, »was *fehlt* dir nur?«

»Was nicht«, erwiderte ich und versuchte, sie dann noch einmal dazu zu überreden, ihre Pläne zu ändern und mich am Donnerstag ins Café Luxembourg zum Dinner mit Cromwell zu begleiten.

»Du kannst einem leidtun, Schatz. Wirklich. Hast du mir nicht vor ein paar Jahren gesagt, dass du Cromwell nicht magst und dass du nie wieder für ihn arbeiten würdest?«

»Wer hat irgendwas davon gesagt, wieder für ihn zu arbeiten? Was redest du? Und ich habe nicht gesagt, dass ich ihn nicht mag. Ich habe dir gesagt, dass ich ihn hasse, und das tue ich immer noch. Ich hasse den Dreckskerl.«

»Wenn du ihn so sehr hasst, warum gehst du dann mit ihm essen?«

»Er hat mich angerufen. Er kommt nach New York.«

»Was soll denn das heißen? Er kommt nach New York. Was heißt das, Saul? Wenn Hitler noch am Leben wäre und dich anriefe und nach New York käme, würdest du dann mit ihm essen gehen?«

»Ich suche nur eine Gelegenheit, um ihm ins Gesicht zu sagen, was ich wirklich von ihm halte.«

»Davon bin ich überzeugt, Liebling. Und ich bin überzeugt, du wirst großartig sein, wie immer. Wirklich Pech, dass ich nicht hier bin, um deinen Triumph zu teilen. Vergiss nicht, mir alles darüber zu erzählen, wenn ich zurück bin. Tschau.«

ACHTES KAPITEL

1

Das Café Luxembourg war bis auf den letzten Platz besetzt, und um uns herum herrschte lebhafter Betrieb. Der Tisch, an dem Laurie und ich saßen und auf Cromwell und sein Gefolge warteten, bestand eigentlich aus drei zusammengestellten Tischen unter einer großen weißen Tischdecke. Er war für zehn Personen gedeckt. In der drangvollen Enge war unser Tisch für zehn, an dem im Moment nur wir zwei saßen, wie ein letztes unbebautes Grundstück.

Unsere kleine, anämisch aussehende Kellnerin, deren Make-up und Frisur zum Art-déco-Interieur passten, blieb bei unserem Tisch stehen und erkundigte sich, ob wir noch etwas zu trinken haben wollten.

Lauries Colaglas war noch halb voll, und sie deckte es mit der Hand zu.

»Ich habe noch«, sagte sie.

Ich bestellte noch einen Gin Tonic, meinen dritten. Laurie schaute mich stirnrunzelnd an und lächelte dann, ermahnte mich, weil ich so rasch so viel trank, und gefiel sich zugleich darin, zu zeigen, wie lange sie mich kannte und wie gut.

Ich zündete mir eine Zigarette an und weidete mich an unserer seltsamen, erst kürzlich erneuerten Beziehung.

2

Laurie war siebzehn und besuchte die letzte Klasse der Hunter Highschool, aber trotz ihrer Jugend kannte ich sie länger als fast jeden anderen Menschen in meinem Leben, ausgenommen Billy und Dianah. Sogar länger, als ich Guido kannte. Ich habe nur zwei Kinder vor meinen Augen aufwachsen sehen: meinen Sohn Billy und Laurie Dohrn.

Lange vor Lauries Geburt, lange bevor ihre Eltern heirateten, waren sie Dianahs Freunde, und als ich Dianah kennenlernte, wurden sie auch meine Freunde. Etwas über neun Monate, nachdem wir Billy adoptiert hatten, wurde Laurie geboren. Zwei Jahre später ließen ihre Eltern sich scheiden. Nicht allein, dass ihre Mutter Jessica nicht wieder heiratete, sie hatte auch nach der Scheidung nie wieder etwas mit Männern zu tun. Aus Sorge um Lauries Wohlergehen und dem Wunsch, ihrer Tochter nicht das vorzuenthalten, was sie »die männliche Seite des Lebens« nannte, suchte Jessica mit Dianahs Segen mich als Vaterfigur im Leben der kleinen Laurie aus.

Von mir wurde verlangt, die Dinge zu tun, die Papis taten. Auf allen vieren auf dem Boden krabbeln mit Laurie auf dem Rücken. Sie in die Luft werfen. Mit einem weichen Stoffball spielen. Ganz oben auf der Liste der »männlichen Seite des Lebens« stand, dass Laurie mir beim Rasieren zusah.

»Sie war erst zwei, als ihr Vater verschwand, und der stellte sich so an und musste im Badezimmer unbedingt allein sein, deshalb hat sie nie einen Mann beim Rasieren gesehen«, erklärte Jessica. »Wenn du also nichts dagegen hast, Saul, dann wäre es meiner Meinung nach sehr gesund für sie, das von Zeit zu Zeit zu sehen.«

Ich hatte nichts dagegen. Ich rasierte mich gern. Ich hatte

es nie für ein Zuschauerspektakel gehalten, aber ich hatte nichts dagegen, es zu versuchen. Gar nicht lange, und ich fand Gefallen an dem Ganzen. Entweder dazu geboren oder genetisch dazu prädisponiert, eine wesentlich bessere Vaterfigur als ein echter Vater zu sein, liebte ich allmählich das Rollenspiel, das von mir verlangt wurde, und stellte fest, dass die Unnatürlichkeit, die mir in der Theorie solche Probleme bereitet hatte, in der Praxis recht angenehm war.

Bis das Ritual sie irgendwann langweilte, nahm ich fast jeden Samstag oder Sonntag zwischen zehn und elf Uhr morgens Billy und Laurie mit ins Badezimmer, damit sie »der Rasur des Papas« beiwohnten.

Billy hatte keine Lust, mir beim Rasieren zuzuschauen, wenn Laurie nicht da war, aber zu zweit, wenn sie neben ihm auf dem Bezug des Klodeckels saß, schauten sie mir mit der gespannten Aufmerksamkeit wahrer Theaterliebhaber zu. Ihre Gesichter im Spiegel zu sehen, während ich mich rasierte, war etwas, auf das ich mich allmählich freute und das ich vermisste, als ich mich schließlich wieder allein rasieren musste.

Trotz fast eines ganzen Jahres Altersunterschied, was bei Drei- und Vierjährigen manchmal einem Generationsunterschied gleichkommt, verstanden sich die beiden prächtig. Sogar als Billy älter wurde und, anderen kleinen Jungen nacheifernd, verkündete, mit kleinen Mädchen nichts anfangen zu können, war Laurie von dieser Verdammung ausgenommen. Je älter sie wurden, desto näher standen sie sich.

Laurie war es, die Billy und mich ins Schachspiel einführte. Rasch wurde deutlich, dass sie eine echte Begabung für das Spiel besaß. Billy und ich wurden mit der Zeit besser, aber niemals mehr als ganz ordentliche Spieler. Wir stoppelten uns voran, Zug um Zug, als spielten wir einzelne Töne auf dem Klavier, während Laurie Akkorde anschlug. An zwei

Brettern spielte sie gegen uns beide gleichzeitig, und Billy hing so sehr an ihr, dass er ungeheuer stolz darauf war, mit welcher Geschwindigkeit sie uns beide abfertigte. Laurie war es, obwohl ich das nie jemandem gestand, die mir beibrachte, dass das Wort »Endspiel« ein Schachausdruck war und nicht, wie ich gedacht hatte, eine Erfindung von Samuel Beckett. Ich benutzte diese Information, um andere so oft wie möglich zu korrigieren.

Laurie und Billy verliebten sich nicht so sehr, als dass sie es müde wurden, dem zu widerstehen. Sie wurden ein Liebespaar, als er in der letzten Klasse der Dalton Highschool war und sie in der vorletzten Klasse der Hunter, aber aus irgendeinem Grund endete das abrupt.

Als ich Dianah verließ, endeten auch alle Kontakte zwischen Laurie und mir. Eine Weile lang fehlte sie mir. Von Zeit zu Zeit dachte ich daran, sie anzurufen. Aber dann machten sich andere Dinge und andere Krankheiten breit, und ich vergaß sie völlig.

Ich hätte vielleicht nie wieder an sie gedacht, wenn Dianah nicht den Namen ihrer Mutter erwähnt hätte. Als ich »Jessica Dohrn« hörte, fiel mir Laurie wieder ein.

Belastet von meinem Motiv für den Anruf, widerstand ich, solange ich konnte.

Erst am Mittwochabend, dem Vorabend meines Dinners mit Cromwell, griff ich schließlich zum Telefon.

Ich tat so, als riefe ich nur an, um zu hören, wie es ihr ging. Um zu plaudern. Um nachzuholen.

Ich tat so, als überraschte es mich, dass ihre Mutter mit Dianah zur Kur gefahren war.

Als ich sie fragte und so tat, als wäre es mir gerade spontan eingefallen, ob sie mit mir und ein paar Leuten aus LA am nächsten Abend essen gehen wollte, sagte sie: »Ja, gern.«

3

Statt Laurie mit dem Taxi abzuholen, mietete ich eine Limousine. Ich wollte rauchen dürfen, und ich fand es auch von Vorteil, wenn eine Limousine vor dem Café Luxembourg auf uns wartete, sodass wir nach meiner Philippika gegen Cromwell in einer Limousine davonrauschen konnten. Das schien der saubere und ordentliche Weg.

Ich hatte Laurie gesagt, ich würde sie um halb acht abholen, aber ich kam eine Viertelstunde zu früh. Wie sich herausstellte, freute sie sich so sehr darauf, mich zu sehen, dass sie trotzdem schon aufbruchbereit war.

Sie hatte sich die Haare wachsen lassen. Sie fielen ihr über die Schultern wie schwarze Samtvorhänge. Ihre Stimme war tiefer. Ihr Hals schien länger. Sie war immer hübsch gewesen, aber jetzt war sie eine schmerzlich schöne junge Frau. Wenn sie lächelte, hatte ihr Lächeln die Flügelspanne eines fliegenden Vogels.

Wie sie strahlte, als sie mich sah. Wie sie für den Bruchteil einer Sekunde zögerte, als überlegte sie sich die angemessene Form der Begrüßung zwischen uns. Wie sie dann die Angemessenheit über den Haufen warf und mir die Arme um den Hals legte und mir einen Kuss auf die Wange drückte. Ihre Worte, wie sie diese schlichten, wunderbaren Worte sagte: »Schön, dich zu sehen, Saul.«

»Ist auch schön, dich zu sehen, Laurie«, erwiderte ich.

Laurie wohnte Thirty-second Ecke Third Avenue, wo sie seit ihrer Geburt gewohnt hatte, und so fuhren wir gemächlich in der Limousine nach Norden zum Café Luxembourg.

Auf dem Weg dorthin tauschten wir kurz aus, gewissermaßen in Kapitelüberschriften, was wir gerade machten, was wir vorhatten und was wir seit unserer letzten Begegnung mit unserem Leben angefangen hatten. Sie ging im Herbst nach Stanford, um Informatik zu studieren. Sie wurde inzwischen auf der Landesliste der Nachwuchsschachspieler geführt. Ihre Heldinnen waren die alle Männer schlagenden und schachmatt setzenden Polgar-Schwestern aus Ungarn. Sie war froh, dass ihre Mutter verreist war. Es war eine Wohltat, allein zu sein, eine Woche lang ganz allein zu sein. Es machte ihr Sorgen, dass ihre Mutter langsam von Berufs wegen die »arme Freundin« reicher Frauen wurde. Laurie machte sich Sorgen, was aus Jessica werden sollte, wenn Laurie nach Stanford ging.

Ich rauchte meine Zigaretten und grub lange vergangene Ereignisse und Erinnerungen aus. Natürlich erinnerte sie sich daran, wie sie mir beim Rasieren zugeschaut hatte, was dachte ich denn? Die Ballettaufführungen, in die ich sie und Billy mitgenommen hatte. Die Filme. Die Konzerte. Die Oper, das eine Mal.

Während wir redeten, der Chauffeur langsam fuhr, manchmal unserem Gespräch lauschte und mit einem stillen Lächeln reagierte, spürte ich, wie mir etwas widerfuhr. Meine Vaterfigurgefühle lebten wieder auf, schlossen sich um sie zusammen. Ich fühlte mich nicht nur wunderbar, mir wurde plötzlich auch klar, warum.

Von allen Menschen, die ich im ganzen Leben gekannt hatte, war Laurie die Einzige, die ich nie belogen hatte, die ich nie unnötig verletzt hatte, nie in Wort oder Tat betrogen hatte. Sie war die letzte lebende Zeugin auf diesem Planeten, die zu meinen Gunsten aussagen konnte, ohne einen Meineid begehen zu müssen. Ich war in all den Jahren liebevoll und anständig zu ihr gewesen, und durch ein Wunder hatte ich nicht alles völlig ruiniert, wie ich es bei allen anderen Männern, Frauen und Kindern getan hatte. Ihr gegenüber hatte ich immer noch eine reine Weste, und das erinnerte mich daran, dass ich trotz all meiner Krankheiten immer noch ein Stückchen makelloses Gutes in mir trug.

Etwas, von dem ich gar nicht wusste, dass ich es hatte.

Die Freude, die überwältigende Freude dieser Entdeckung.

Die Hoffnung, die sie bot.

Die Möglichkeit der Erneuerung. Der Wiedergeburt. Die Aussicht, den Rest meines Lebens anders zu gestalten als bisher.

4

Die Kellnerin brachte meinen Drink. Ich trank ein paar Schlucke und spürte, wie Laurie mich aufmerksam beobachtete.

»Inzwischen ist wesentlich mehr Schnaps nötig, wie?«, fragte sie.

»Wie meinst du das?«

»Um dich in die Umlaufbahn zu schießen. Das ist dein Dritter, und du bist offenbar immer noch vollkommen nüchtern.«

»Ich wusste gar nicht, dass du zählst.«

»Alte Angewohnheit«, lächelte sie. »Billy und ich haben immer mitgezählt.«

»Wir drei sind viel ausgegangen.«

»Ja«, nickte sie, »sind wir. Öffentliche Ereignisse nannte Billy sie. Und nach jedem Ereignis sind wir essen gegangen, und Billy und ich sahen dir beim Trinken zu und haben uns gestupst, wenn einer von uns das erste verräterische Anzeichen entdeckt hat, dass du davonsegeltest ins Land der Räusche.«

Ich zuckte die Achseln und zündete mir eine Zigarette an.

»Wenn ich mich richtig erinnere, waren lediglich zwei Kurze nötig, um deinen Raketenantrieb zu zünden. Beim dritten warst du im Countdown. Beim vierten warst du in der Umlaufbahn.«

Ich beschloss zu gestehen. Es schien mir angemessen, dass Laurie als Allererste von meiner Trinkerkrankheit erfuhr.

»Ich weiß nicht genau, woran es liegt, aber irgendwas ist mit mir. Ich kann nicht mehr betrunken werden, egal wie viel ich trinke.«

»Deswegen brauchst du doch nicht so traurig zu klingen.«

»Habe ich traurig geklungen?«

»Ja, sehr. Ist doch nicht gerade eine Tragödie, wenn es stimmt.«

»Doch, es stimmt. Da, schau.« Ich hielt meinen Gin Tonic hoch und trank ihn in einem Schluck aus. »Siehst du? Nichts.«

Ich zeigte mein leeres Glas unserer Kellnerin zum Zeichen, dass ich noch einen wollte.

»Ich habe Angst«, fuhr ich fort. »Es ist schlimm genug, freiwillig Abstinenzler zu sein, aber es ist die Härte, überhaupt keine Wahl zu haben und unfreiwillig zur Nüchternheit verdammt zu sein. Ich weiß es nicht. Ich habe von Körpern gehört, die transplantierte Organe abgestoßen haben, aber ich habe noch nie von einem Körper gehört, der Alkohol abstößt.«

Halb runzelte sie die Stirn, halb lächelte sie und war sich nicht sicher, ob sie meine Bemerkungen komisch finden oder ernst nehmen sollte. Ich war bereit, beides mitzumachen.

»Wenn das so ist«, sagte sie, »dann solltest du vielleicht auf deinen Körper hören.«

»Wenn du einen Körper wie meinen hättest, würdest du darauf hören?«

Sie musste lachen.

Ich mochte ihre Art zu lachen.

Ich mochte das Gefühl, so viel Freude auf ihr Gesicht rufen zu können.

Als ihr Gelächter abebbte, setzte ich auf meine letzte Pointe noch eine drauf:

»Die Wahrheit ist, dass mein Körper und ich seit Jahren miteinander verkracht sind.«

Sie lachte wieder, diesmal mir zu Gefallen, aus Achtung vor mir. Aber obwohl sie lachte, gab sie mir zu verstehen, dass es ihr lieber wäre, dieser Abend würde nicht zur reinen Belustigung verkommen. In ihren lachenden Augen stand die höfliche Bitte, zu anderen Themen überzugehen, falls ich nichts dagegen hatte.

Wir schwiegen. Ich zündete mir eine Zigarette an. Mein Drink kam. Um uns ging das Stimmengewirr weiter, und über dem Stimmengewirr hörte ich einen sterbenden schwarzen Schwan, Billy Holliday, die sich in den Blues stürzte. Mit gesenktem Kopf, tief in Gedanken, bewegte Laurie den Salz- und den Pfefferstreuer, als wären es Schachfiguren. Dann schaute sie zu mir auf.

»Ich habe Billy sehr geliebt«, sagte sie.

Wie ihr Gesicht beschreiben, als sie diese Worte sagte? Wie jede Einzelheit ihres Gesichts, jeder Quadratzentimeter davon, mit ihren Worten übereinstimmte.

Eine Formulierung, nicht meine eigene, kam mir in den Sinn, um ihren Gesichtsausdruck zu beschreiben. »Den süßen Ernst des Lebens« hatte jemand es genannt.

»Ja«, nickte ich, »ich weiß. Und er hat dich auch geliebt.«

»Mich quält, wie es geendet hat. Wie es einfach geendet hat. Das ist von unserer Freundschaft vielleicht ein bisschen zu viel verlangt, Saul. Er ist schließlich dein Sohn, und ich möchte nicht, dass du sein Vertrauen brichst, aber wenn du weißt, warum es so geendet hat, und frei darüber reden kannst, dann tu es bitte. Er hat mir sein Herz geöffnet und mich darin aufgenommen, und dann plötzlich …« Sie zuckte die Achseln.

»Es wird andere geben«, sagte ich.

Sie zuckte zusammen und schüttelte den Kopf.

»Ich wollte nicht getröstet werden. Natürlich wird es andere geben. Es gibt sie schon. Aber darum geht es nicht. Es geht um diesen einen. Warum hat er mir das angetan, Saul? Kannst du mir das sagen?«

Ich rief mir einen Satz aus Billys Brief ins Gedächtnis und holte ihn mir auf den Bildschirm: »Reizvolle Mädchen kommen und gehen, Freunde kommen und gehen, Liebe kommt und geht, und ich bitte sie nie zu bleiben, weil ich auf Dich warte.«

Laurie saß da und wartete auf meine Antwort.

Der feste Blick ihrer Augen, der Ausdruck ihres Gesichts ließen mir keinen Raum für Ausweichmanöver.

Ich sah mich der Frage einer Siebzehnjährigen gegenüber, aber ihre Fragestellung und ihre Gesichtszüge machten mir deutlich, dass ich trotz meines Alters und des Alters derer, mit denen ich Umgang hatte, bis jetzt keine Verbindung zur Welt der Erwachsenen gehabt hatte. Ich hatte mit alten Kindern, dreißig oder vierzig Jahre alten Kindern herumgetollt, und um ihre Frage angemessen zu beantworten, musste ich erwachsen werden.

Sie ihrerseits trug die Süße und auch den Ernst des Lebens mit Gelassenheit, war weder verlegen noch stolz ob ihrer Reife und wartete auf meine Antwort.

Ich weiß nicht, was ich ihr gesagt hätte, wäre nicht in diesem Augenblick Cromwell mit seinem Gefolge erschienen.

Er kam an der Spitze seines Trosses, der sich zu seinen beiden Seiten fächerförmig ausbreitete, sodass die ganze Prozession die Form des Buchstabens V hatte. Obwohl er sich der prüfenden Blicke, die er auf sich zog, durchaus bewusst war, sah Cromwell weder nach links noch nach rechts, hatte nur Verachtung und Gleichgültigkeit dafür übrig, der Bug seiner Stirn schnitt durch all die Aufmerksamkeit wie ein Klipper durch schwimmende Wrackteile. Alle in seinem Gefolge hatten kleine Glöckchen in den Händen, die sie fröhlich schlenkerten, während sie auf uns zukamen.

NEUNTES KAPITEL

1

Wie den Rest jenes Abends beschreiben, wie und mit welcher Geschwindigkeit sich alles mit Cromwells Ankunft veränderte?

Im einen Augenblick war ich, wer ich war, saß mit Laurie da, und im nächsten Augenblick war ich jemand anders, stand auf, um ihn zu umarmen und von ihm umarmt zu werden.

Wie wir uns umarmten. Wie ich den Bauch einzog, als ich den Druck seines Leibes gegen meinen spürte. Meine Erkenntnis oder seine, die ich wahrnahm, dass sich unser Größenverhältnis um meine verlorenen drei Zentimeter geändert hatte.

Die Stellung nach der Umarmung. Wie er mich von sich wegstieß, um mich auf Armeslänge zu betrachten. Wie er mich betrachtete. Wie er mich musterte, als wollte er sagen, was er dann auch sagte: »Lassen Sie sich anschauen, Saul. Es ist lange her. Zu lange, richtig?«

»Richtig«, sagte ich.

Wie ich es sagte.

Seine Stirn. Die Größe seiner Stirn. Die schiere Größe.

Das junge asiatische Mädchen an seiner Seite, seine Begleiterin, seine Konkubine. Die freudlose Glut ihrer Puppenaugen.

Ich stellte Laurie als »meine alte junge Freundin« vor.

Cromwell gab ihr die rechte Hand, mit der linken drückte er meine Schulter, als wäre mein Fleisch ein Ersatz für Lauries, und seine Geste, dieses wiederholte Kneten meiner Schulter, war ein Männersignal der Gratulation zu meiner Wahl der Begleiterin.

Er zwinkerte mir zu, und mit der linken Hand zog er mich wieder an sich, um mir ins Ohr zu flüstern: »Niedlich, sehr niedlich, Saul. Aus der Wiege geraubt, aber niedlich.«

Das Geräusch seiner Stimme, die Wärme seines Atems, als er mir diese Worte ins Ohr hauchte. Die körperliche Empfindung, dass er diese Worte nicht nur sagte, sondern darauf achtete, dass jedes davon in die Öffnung meines Ohres drang, ohne danebenzugehen.

Es waren noch drei andere Männer da. Vielleicht waren es ältere Männer, die für ihr Alter gut aussahen, vielleicht waren es aber auch vorzeitig gealterte Brads. Sie hatten wunderbar weiße Zähne. Vielleicht waren die Zähne ihre eigenen, vielleicht nicht. Alle drei hatten kleine Glöckchen in der Hand, wie auch die jungen Frauen an ihrer Seite. Cromwell stellte sie vor, aber die Namen, die ich hörte, blieben nicht haften. Ich hörte sie alle, aber dann, als würde ein Gedächtnismagnet plötzlich entmagnetisiert, glitten die Namen von der Tafel meiner Erinnerung und fielen auf einen Haufen.

2

Die Drinks kamen. Wir tranken, entzückt von uns selber, gratulierten einander dazu, wer wir waren und wie wunderbar es war, einen Abend so zu verbringen. Wir mussten schreien, um gehört zu werden, aber es war so schön, zu sein, wer wir waren, dass uns das Schreien Spaß machte.

Die drei Männer und in geringerem Maße auch die drei Frauen mit ihnen kannten meine Arbeit und drückten alle ihre Hochachtung davor aus.

Ein Profi, so nannte mich Cromwell.

»Einen Toast«, sagte er. »Auf einen der wahren Profis in der Unterhaltungsindustrie.« Er prostete mir zu, und wie ein wahrer Profi prostete ich zurück.

Beim Austrinken warf er über den Rand seines Glases einen Blick auf Laurie und zwinkerte mir wieder zu (»Niedlich, sehr niedlich«) und lächelte.

Wie er lächelte. Wie die Anzüglichkeit dieses Lächelns beschreiben, die geteilten Lippen, die blitzenden Zähne, die Augen, die beredt kommentierten, was Lippen und Zähne taten.

Wie seine Höflinge sein Lächeln mit einem eigenen kleinen Lächeln beantworteten. Die Abstimmung, die stattfand, während wir mit Stentorstimmen über den Lärm im Restaurant hinwegflachsten.

Es war eine Geheimwahl per Lächeln, aber geheim blieb sie nur für Laurie. Sie spürte, es geschah etwas, das mit ihr zu tun hatte, aber da sie nicht wusste, was es war, hielt sie die Augen gesenkt. In ihrer Verwirrung rückte sie sogar ihren Stuhl ein Stückchen näher an meinen, als wäre ich immer noch ihre Vaterfigur, ihr Beschützer.

Alle Mädchen an dem Tisch waren jung. Die Asiatin, Cromwells Mädchen, war jünger als die anderen drei, aber Laurie war sogar noch jünger als die Asiatin.

Ich hatte die Jüngste am Tisch.

Lauries Jugend wurde zu einem Konsumartikel, den ich besaß.

Ich war es, der ihre Jugend besaß, nicht sie.

Mein Ansehen am Tisch stieg rapide.

Die Leichtigkeit und die Geschwindigkeit, mit der meine Beziehung zu Laurie, der eben erst erneuerten, der eben noch als mögliche Quelle meiner Rettung gepriesenen Beziehung, die Leichtigkeit und die Geschwindigkeit, mit der ihr Charakter durch das Aperitif-Plebiszit uminterpretiert wurde.

Das Wahlergebnis war einstimmig: Ich schlief mit der Jüngsten am Tisch.

Ich wurde einstimmig zum Sieger dieses Abends erklärt.

Und all das geschah mit Lächeln und Blicken, das gesamte Plebiszit dauerte kürzer, als es dauert, ein paar Schlückchen Wein zu trinken.

Warum konnte ich, wo ich doch deutlich sah, was geschah, das Ergebnis der Abstimmung nicht zurückweisen?

Cromwells Überzeugung und die von ihm beeinflusste einmütige Überzeugung seiner Höflinge und ihrer Begleiterinnen, wer ich war und wer Laurie war und welcherart unsere Beziehung war, die Einmütigkeit all dieser Überzeugungen war wesentlich stärker als alles, was ich besaß, und ich hatte dem nichts entgegenzusetzen.

Ich war unfähig, an meinen Überzeugungen festzuhalten, denn ich war unfähig, für längere Zeit an irgendetwas Eigenem festzuhalten.

Ich schloss mich der neuen Richtung an. Sollten sie doch denken, was sie wollten, dachte ich. Ich werde meine Stimmung von vorhin, meine Hoffnung auf Rettung, wieder einfangen.

Wie Laurie aussah, die die genauen Einzelheiten dessen, was um sie herum vorging, nicht begreifen konnte, aber spürte, dass ein anzügliches Plebiszit über sie gefällt wurde.

Wie sie mich immer wieder Rat suchend anschaute.

Wie Cromwell sie anschaute. Seine Lust, wie sie genannt worden ist, »nicht nur am eigenen Leben, sondern auch am Leben anderer«. Die Größe seiner Stirn. Die Kissinger-Form und -Größe seiner Stirn und die erschreckende Macht der dahinter aufgestauten Gedanken.

3

Betrunken, das wäre ich gern gewesen, sinnlos betrunken oder sogar tot, aber da mir keine dieser Möglichkeiten offenstand, schlüpfte ich in die Rolle des Betrunkenen, eine Rolle, die Laurie und Cromwell aus der Zeit, als ich mich noch nicht betrunken stellen musste, vertraut war.

Entweder war mir mein Ruf als legendärer trunksüchtiger Umschreiber vorausgeeilt, oder Cromwell hatte seine Höflinge ausdrücklich darüber informiert, denn je mehr ich trank und je betrunkener ich mich stellte, desto mehr schien ich ihre Erwartungen zu bestätigen.

Wie ich mir vormachte, dass ich mit meiner Parodie meiner selbst Cromwell täuschte und manipulierte. Schließlich kannte ich die Wahrheit, dass ich stocknüchtern war, und er kannte sie nicht. Wie ich mir vormachte, dass der Besitz der Wahrheit mir einen Vorteil gab.

Die Asiatin, die mir gegenübersaß, neben Cromwell, war die Einzige, die mit mir Schritt hielt. Bestellte ich mir einen Drink, tat sie es auch. Sah sie, dass ihr Glas leer war, hob sie den Arm und läutete mit ihrem kleinen Glöckchen unserer Kellnerin. Je betrunkener sie wurde, desto mehr lachte sie. Wenn sie lachte, verschwanden ihre Augen völlig, und sie schien zu lachen, weil es ihr Genuss bereitete, vorübergehend blind zu sein. Ich hatte noch nie gesehen, wie Lachen als Augenbinde benutzt wurde.

4

Wir bestellten das Essen, alle außer Laurie. Sie konnte nichts essen, sagte sie mir. Nicht mal eine Kleinigkeit? Sie schüttelte den Kopf. Ich bestellte einen Bauernsalat als Vorspeise und Lammkoteletts, medium, als Hauptgericht.

Und dann erklärte Cromwell das mit den Glöckchen.

Er sprach mit mir, aber er sah Laurie an, während er sprach.

Sie waren vorher alle in der Kathedrale St. John the Divine gewesen, um der Auszeichnung von Václav Havel und der Feier der Demokratie in der Tschechoslowakei beizuwohnen. (Die Asiatin brüllte vor Lachen.) Als Teil des Programms, fuhr Cromwell fort, waren Hunderte kleiner Glöckchen an die Besucher verteilt worden, damit Havel beim Betreten der Kathedrale mit dem Gebimmel der vielen kleinen Glöckchen begrüßt werden konnte, die zu seinen Ehren geläutet wurden. Dieser Teil des Programms nannte sich »das Glockenläuten für die Freiheit«.

Das Essen kam wie bestellt.

Während des gesamten Dinners läutete jemand am Tisch eins dieser kleinen Glöckchen.

Als Laurie sich entschuldigte, um zur Toilette zu gehen, läutete jemand ein Glöckchen. Als sie zurückkam, läutete jemand ein Glöckchen. Als eine Kellnerin, nicht unsere, Geschirr fallen ließ und es zerbrach, läuteten fast alle am Tisch ihre Glöckchen. Es wurde zum Zwang, und der Zwang führte schließlich zu einer Art Crescendo.

Die Asiatin hatte einen Einfall. Sie sammelte alle Glöckchen am Tisch ein. An den Glöckchen waren kleine Karabinerhaken, und sie hakte sie zusammen zu zwei Ketten von jeweils vier Glöckchen. Sie hing sich die Ketten über ihre Ohrringe. Eine Glöckchenkette an den linken Ohrring, eine an den rechten. Und dann schüttelte sie den Kopf, sodass die Glöckchen läuteten. Bis auf Laurie brachen wir alle in Gelächter und Jubel aus.

Laurie entschuldigte sich, um zur Toilette zu gehen. Ich weiß nicht, wie oft sie ging. Ich kam mit dem Zählen nicht hinterher.

In ihrer Abwesenheit spielten wir mit ihr und meiner Beziehung zu ihr ein Gesellschaftsspiel.

Wo hatte ich sie nur aufgetrieben, wollte Cromwell wissen. Sie war entzückend, fand er. Ganz entzückend.

In Lauries Abwesenheit machte ich viel Aufhebens davon, alle Anzüglichkeiten und Anspielungen zurückzuweisen. Laurie, sagte ich ihnen, war für mich wie eine Tochter.

Wie ich das sagte. Wie ich lächelte, als ich es sagte. Die inzestuösen Nebenbedeutungen meiner Verteidigung unserer Beziehung. Die Bemerkungen, mit denen sie begrüßt wurde. Wie die Asiatin den Kopf schüttelte und die Glöckchen läutete, die von ihren Ohren baumelten, wie sie immer wieder den Kopf schüttelte und mit augenlosem Gesicht lachte.

»Wirklich, wirklich«, beharrte ich. »Als sie ein kleines Mädchen war, ist sie immer gekommen und hat mir beim Rasieren zugeschaut.«

»Und das tut sie bestimmt heute noch«, sagte jemand.

Wie wir alle diese Bemerkung bejubelten und belachten. Wie ich lachte. Wie Cromwell lachte. Wie er den Kopf zurückwarf und lachte, sodass seine sämtlichen Zähne blitzten.

Lauries Rückkehr.

Wie sie aussah auf dem Weg zu uns, wie ihr langer Hals nicht mehr so lang zu sein schien. Wie und in welcher Geschwindigkeit unser Gelächter abebbte, als sie wieder neben mir Platz nahm. Wie sie aussah, als sie nicht umhinkonnte, die Reste der anzüglichen Unterhaltung mitzubekommen, die in ihrer Abwesenheit stattgefunden hatte.

Ihre Augen. Wie sie nicht wusste, was mit ihnen anfangen. Wohin schauen.

5

Nach dem Dinner, bei Drinks nach dem Essen, begann ein weiteres Gesellschaftsspiel.

Konnte jemand raten, aus welchem Land seine asiatische Freundin kam, wollte Cromwell wissen.

Wir spielten alle mit, alle außer Laurie.

Cromwell gab uns einen Hinweis. Es war Südostasien.

Thailand?

Nein.

Laos?

Nein.

Vietnam?

Nein.

Kambodscha, riet schließlich jemand. Ja, sie kam aus Kambodscha. Wir jubelten alle.

Wie und mit welcher Geschwindigkeit unsere Flachsereien von ihrem Herkunftsland zu Filmen wanderten. Jemand wollte wissen, vielleicht war ich es, ob sie *The Killing Fields* gesehen hatte.

6

Später und erst, als er darum gebeten wurde, unterhielt uns Cromwell mit Einzelheiten über die verschiedenen Filme, die er machen wollte, und die verschiedenen Entwicklungsstadien jedes seiner Projekte.

Der gierige, leere Hunger nach einem Auftrag, den er in mir weckte, nach einem Umschreibejob bei einem der Projekte. Ein Hunger nach etwas, für das ich keinen Bedarf und keine Verwendung und wonach ich kein Verlangen hatte, aber trotzdem ein echter Hunger.

Als unterhaltsames Finale unseres Dinners erzählte Cromwell die Geschichte unserer letzten Zusammenarbeit und unserer letzten Begegnung. Seine plastische Schilderung vom Angriff des jungen Autors auf uns in der Vorhalle des Kinos in Pittsburgh. Wie der Autor weinte und fluchte und uns beschimpfte. Cromwells Interpretation dieses Ereignisses als Schwank. Wie alle lachten und seine Vorstellung bejubelten. Wie ich lachte und mit den anderen jubelte.

7

Der Abschied vor dem Café Luxembourg. Die wartenden Limousinen. Wie ich torkelte, als wäre ich betrunken. Wie Cromwell mich beiseitenahm und bat, am nächsten Tag um zwei zum Essen in sein Hotel zu kommen. Wie er Laurie sagte, wie gut sie ihm gefallen habe. Die Kambodschanerin mit den Glöckchen, die immer noch an ihren Ohrringen baumelten. Wie sie lachte und lachte, als sie sich dabei ertappte, dass sie auf die falsche Limousine zutorkelte.

Die beinahe milde Februarnacht.

8

Die scheinbar endlose Limousinenfahrt mit Laurie zurück zu ihrer Wohnung auf der East Side.

Wie sie es ablehnte oder nicht über sich brachte, mich anzusehen.

Das Schweigen zwischen uns.

Meine Erinnerung an unsere Limousinenfahrt zum Café Luxembourg. Unser Limousinengespräch. Meine Erinnerung an Laurie als mein Schutzengel. Der letzte Mensch auf Erden, der für mich sprechen konnte. Wie lange das alles her schien. Derselbe Abend, aber so lange her.

Die Erinnerung an jenen süßen Ernst des Lebens, den ich in ihrem Gesicht gesehen hatte.

Meine wachsende Verzweiflung, je näher wir ihrer Wohnung kamen, eine Art des Abschieds zu finden, die mir erlauben würde, sie wieder anzurufen.

Als die Limousine schließlich vor ihrem Haus hielt, wich sie entsetzt zurück, als ich versuchte, ihr einen Gute-Nacht-Kuss auf die Wange zu geben.

Wie sie vor mir floh, aus der Limousine, als renne sie um ihr Leben.

Wie der Chauffeur alles wahrnahm, sich aber als Profi den Anschein gab, für alles blind zu sein.

Wie ich versuchte, mich bei ihm anzubiedern.

Der Geschmack in meinem Mund. Wie mein Speichel schmeckte, als gehörte er jemand anders.

Stimmungen, dachte ich, mir waren nur noch Stimmungen geblieben. Zunehmende Stimmungen. Abnehmende Stimmungen.

Ich konnte an nichts festhalten.

Ich war, so wurde mir klar, kein Mensch mehr, und wahrscheinlich war ich schon seit einiger Zeit keiner mehr gewesen. Ich war stattdessen ein neues Isotop der Menschheit, das noch nicht isoliert und identifiziert worden war. Ich war ein freies Elektron, dessen Spin und Ladung und Richtung in jedem Augenblick von willkürlichen Kräften außerhalb meiner selbst umgekehrt werden konnten. Ich war eine dieser verirrten Kugeln unserer Zeit.

ZEHNTES KAPITEL

1

Meine Lunch-Verabredung mit Cromwell ist um zwei, aber ich bin früher da als gewöhnlich, sogar für meine Verhältnisse zu früh. Auf der großen alten Uhr in der Hotelhalle ist es halb zwei. Mir bleibt eine halbe Stunde, bevor ich zum Haustelefon gehe und ihn anrufe, um ihm zu sagen, dass ich da bin.

In der Halle viel Holz und viele Ohrensessel. Neben den Sesseln große Aschenbecher auf Ständern. Ich setze mich in einen der ledernen, mit blinkenden Polsternägeln beschlagenen Ohrensessel und zünde mir eine Zigarette an. Ausnahmsweise einmal bin ich nicht der Einzige, der raucht. Die Wohlhabenden Europas lieben dieses Hotel, und die Wohlhabenden Europas rauchen noch. Die Halle wimmelt geradezu von ihnen. Ich höre, wie um mich herum Italienisch, Deutsch und Spanisch gesprochen wird. Das Englisch, das ich höre, hat einen starken britischen Akzent. Ich rauche und lasse die freie Hand über die blinkenden Messingnägel in meinem Sessel gleiten, deren Köpfe so groß sind wie die von Schuhnägeln in Nagelstiefeln. Ich bezähme den Drang, sie zu zählen.

Der Fahrstuhl ist direkt vor mir, und die Fahrstuhltür geht

auf und zu, bringt neue Leute herunter und andere, die ich schon gesehen habe, hinauf. Die Parfüms der entschwundenen Frauen schweben noch ein Weilchen in der Luft und werden dann von den Parfüms anderer abgelöst.

2

Ich bin nicht nur zu früh, ich bin Cromwell in jeder Hinsicht voraus.

Er wird, so weiß ich, mit einem gelben Manilaumschlag in der Hand kommen. In dem Umschlag wird entweder ein Drehbuch stecken, das umgeschrieben werden muss, oder die Videokassette eines Films, der umgeschnitten werden muss. Der Manilaumschlag wird dort liegen, während wir von anderen Dingen reden.

Ich brauche nichts von ihm. Ich brauche weder Geld noch einen Auftrag. Ich habe keinen Ehrgeiz. Mir ist nicht zu schmeicheln, denn ich kenne die engen Grenzen meines sogenannten Talents, und wenn überhaupt, dann verüble ich es anderen, wie ich es Guido verübelt habe, wenn sie mich überzeugen wollen, dass ich besser bin, als ich denke. Ich bin es nicht. Ich bin so gut, wie ich kann, besser kann ich nicht. Ich weiß das alles.

Wenn irgendwer irgendwem etwas vormacht, dann bin ich es, der Cromwell etwas vormacht, indem ich hier bin, obwohl ich nicht die geringste Absicht habe, je wieder mit ihm zusammenzuarbeiten.

Mein Maskottchen, der Moralist in mir, ist eifrig dabei, seiner Philippika den letzten Schliff zu geben, dem moralischen Monolog, den er Cromwell ins Gesicht speien wird.

»Hören Sie mir zu, Cromwell, und hören Sie gut zu …«

3

Um genau zwei Uhr gehe ich zum Haustelefon und rufe ihn an. Er entschuldigt sich überschwänglich und teilt mir mit, dass er ein bisschen spät dran ist, und schlägt, da er nicht weiß, dass ich schon eine halbe Stunde auf ihn gewartet habe, vor, dass ich im Restaurant neben der Halle auf ihn warte. Der Tisch ist auf seinen Namen reserviert. Er wird bald da sein.

»Bestellen Sie sich einen Drink, entspannen Sie sich, ich komme runter, sobald ich kann. Und tut mir leid wegen der Verspätung. Tut mir wirklich leid.«

Und er hört sich an, als ob er es ehrlich meint.

4

Das Hotelrestaurant ist ganz Alte-Welt-Eleganz. Es ist kaum zu einem Drittel besetzt, und den Gästen stehen ungleich mehr Kellner gegenüber. Cromwell raucht nicht, aber aus Rücksicht auf meine Angewohnheit hat er einen Tisch im Raucherbereich reserviert.

Die Alte-Welt-Atmosphäre von Eleganz und Würde gibt mir, während ich meine Zigarette anzünde, das Gefühl, dass ich nicht aus privatem Anlass hier bin, sondern als Vertreter eines Landes oder einer Sache und in Kürze einen wichtigen Staatsvertrag in Den Haag unterzeichnen werde, das sich gleich auf der anderen Straßenseite befindet.

Mein Kellner kommt und erkundigt sich in der Manier eines Weltklassediplomaten zum anderen, ob ich einen Drink wünsche. Es ist eine wichtige Frage, und er gibt mir Zeit zum Nachdenken. Nachdenklich antworte ich mit Ja. Eine

Bloody Mary. In seiner würdevollen Art scheint er von meiner Wahl angetan und begibt sich zum Barkeeper, um ihm die gute Neuigkeit zu übermitteln.

Die Wände des Restaurants sind mit Lithografien alter Segelschiffe geschmückt. Schoner. Fregatten. Kriegsschiffe. Einige davon sind offenbar das Werk primitiver Autodidakten mit bizarren Vorstellungen von Perspektive. So ragt der Rumpf eines Klippers zur Gänze aus dem Wasser, als könnte das Gewicht des Schiffes dem Meer nicht mal eine Delle beibringen.

Mein Kellner bringt meine Bloody Mary, verbeugt sich und geht. Ich zünde mir eine Zigarette an.

5

Cromwell erscheint. Mit dem Rücken zu mir winkt er jemandem in der Halle zu. Dann dreht er sich um und sucht das Restaurant ab. Er sieht mich. Er lächelt. In der linken Hand hält er einen gelben Manilaumschlag.

Ich stehe auf. Wir geben uns die Hand. Klopfen uns den Rücken. Schwatzen unser Schwätzchen.

»Tut mir wirklich leid …« Er entschuldigt sich noch einmal für seine Verspätung. Was soll er machen? Er ist nur für ein paar Tage hier, und es gibt so vieles zu erledigen, bevor er nach Europa abreist. Ach, hat er mir das nicht gesagt. Am Montag fliegt er nach Europa. Er möchte selbst sehen, was dort drüben passiert. Rumänien, Ungarn, Bulgarien, Polen, die Tschechoslowakei. Das Ganze. Dann weiter nach Moskau. Die Welt verändert sich, und er möchte die Veränderungen selbst sehen. Es ist eine aufregende Zeit zu leben, meine ich nicht auch?

Ja.

Er hält den gelben Manilaumschlag eine Weile lang vor sich und legt ihn dann unauffällig beiseite, wo er bleibt. Was in diesem Umschlag steckt, ist zwar für mich bestimmt, aber wir werden es auf keinen Fall sofort besprechen. Was in diesem Umschlag steckt, wird jemandem großen Schaden zufügen, denn alles, was Cromwell tut, fügt jemandem großen Schaden zu. Als alter Profi für Manilaumschläge kann ich an seiner äußeren Form erkennen, dass der Gegenstand darin kein Drehbuch ist, sondern eine Videokassette.

Wieder einmal bin ich ihm voraus. Dank Guidos Fahrt nach LA und des Klatsches, den er mitgebracht hat, bin ich ziemlich sicher, fast überzeugt, dass die Kassette in dem Umschlag eine Videoüberspielung von dem Film ist, den Cromwell seinem Regisseur Arthur Houseman weggenommen hat. Dem Alten Herrn. Dem nationalen Schatz des amerikanischen Kinos.

Inzwischen flachsen wir über den Abend zuvor, das Dinner im Café Luxembourg. Wie nett es war. Wie nett, einander nach so langer Zeit wiederzusehen. Wie toll es für Cromwell ist, wieder in New York zu sein. Das Café Luxembourg ist sein Lieblingsrestaurant. In LA gibt es einfach keine solchen Restaurants, klagt er. Er würde liebend gern in New York leben, aber sein Job macht das unmöglich. Ich äußere Mitgefühl. Er beglückwünscht mich dazu, hier zu leben und anders als viele andere Drehbuchautoren dem Konkurrenzkampf in LA fernzubleiben. Er findet das sehr klug von mir.

Unsere Flachserei ist wie ein Verschnaufpausenwalzer. Der Rhythmus ist vertraut. Die Tanzschritte sind in Fleisch und Blut übergegangen. Wir schwatzen unser Schwätzchen im Dreivierteltakt, und meinem Gefühl nach bin ich es, der führt.

Wir schwatzen weiter. Unsere Bemerkungen werden austauschbar. Er sagt mir, oder ich sage ihm, wie gut er aussehe. Wie er in meinen Augen oder ich in seinen Augen noch nie so gut ausgesehen habe. Und ich antworte, oder er antwortet, dass er sich gut fühle. Das ganze Geheimnis des guten Aussehens sei, wie man sich fühle.

Ich habe eine große Vorliebe für diese Art hirnlosen Geplappers. Nur mein Mund ist beteiligt, mein Hirn bleibt frei, um seine Gedanken zu denken.

Ich denke über die Natur des Bösen nach, während wir Walzer tanzen. Die Natur von Cromwells monolithischem Bösen. Was macht es so attraktiv?

Nein, es ist nicht nur, dass ich aus dem Vergleich mit ihm für mein Gefühl halbwegs anständig, nahezu tugendhaft hervorgehe, obwohl das eine der Lohnnebenleistungen ist, wenn man Umgang mit dem Bösen pflegt.

Da ist noch etwas anderes am Werk.

Ich konzentriere mich (während ich weiterplappere) auf das Problem wie Einstein bei einem seiner gedanklichen Experimente. Ich suche den größeren theoretischen Rahmen für Cromwells Unwiderstehlichkeit.

Ich gelange zu folgender Antwort: Das monolithische Böse ist unwiderstehlich, denn es schafft die Möglichkeit der Existenz des monolithischen Guten als ausgleichender Kraft. Ich werde mir dessen nur bewusst, wenn ich mich in Cromwells Gesellschaft befinde. Sein Böses ruft einem das Gute ins Gedächtnis.

Das gleiche Prinzip gilt für mein chronisches Lügen. Ich lüge nicht, weil ich Angst vor der Wahrheit habe, sondern eher aus dem verzweifelten Bemühen, mir den Glauben an ihre Existenz zu bewahren. Wenn ich lüge, habe ich das Gefühl, mich vor der Wahrheit zu verstecken. Meine große

Angst ist, sollte ich je aufhören, mich davor zu verstecken, könnte ich entdecken, dass die Wahrheit gar nicht existiert.

Das gleiche Prinzip gilt wiederum für meine Vorliebe für hirnloses Geplapper. Indem ich in endlosen Wiederholungen und den verschiedensten Spielarten nichts sage, gebe ich der Hoffnung Auftrieb, dass ich bei der richtigen Gelegenheit etwas Wesentliches zu sagen haben werde. Das eine bestärkt das andere.

Und während ich so mit Cromwell Walzer tanze und seine Nichtigkeiten mit eigenen Nichtigkeiten erwidere, bin ich überzeugt, dass ich bei meiner nächsten Begegnung mit meinem Sohn ihm etwas tief Empfundenes und Ehrliches zu sagen haben werde. Dieser Mann, Cromwell, den ich nur allzu gern hassen würde, ruft mir meinen Sohn ins Gedächtnis, den ich nur allzu gern lieben würde.

6

Wir bestellen ein leichtes Essen. Die Tagessuppe ist Muschelsuppe à la Manhattan. Wir bleiben beide bei der Tagessuppe. Suppe und Salat.

Cromwell bleibt bei Mineralwasser.

Ich bestelle noch eine Bloody Mary.

»Ihr Autoren.« Beeindruckt von meinem Alkoholkonsum, seufzt Cromwell und schüttelt den Kopf. »Ich weiß nicht, wie Sie das machen, Saul. Ich weiß es wirklich nicht. Nach dem, was Sie gestern Abend getrunken haben, wäre ich immer noch im Bett. Bestimmt. Und hier sitzen Sie, machen da weiter, wo Sie gestern Abend aufgehört haben, während ich immer noch mit meinem Kater kämpfe. Ihr Künstler«, seufzt er und wirft bewundernd die Arme hoch. »Ihr seid anders gemacht als wir Übrigen, ja, wirklich.«

Ich lasse mich stillschweigend einen Künstler nennen, damit er denkt, er mache mir etwas vor. Nichts, was er tut oder sagt, kann mich überrumpeln. Ich bin ihm weit voraus.

Das Gespräch wendet sich, oder er wendet es, der Kunst zu. Der Literatur.

Er dankt mir dafür, dass ich ihm *Die Asiaten* empfohlen habe. Das ist ein Roman, den ich ihm vor über zwei Jahren empfohlen habe und für dessen Lektüre er endlich Zeit gefunden hat.

»Genial«, sagt er, »absolut genial. So etwas habe ich noch nicht gelesen.«

Meine ich, *Die Asiaten* könne man verfilmen? Wie er die Frage stellt, erweckt den Anschein, dass alles von meiner Antwort abhängt. Wenn ich Ja sage, wird ein Film daraus. Wenn ich Nein sage, nicht.

Wir diskutieren das Für und Wider von Prokoschs Roman, dem ultimativen Road-Roman, und die Probleme, daraus das ultimative Road-Movie zu machen.

Cromwell ist ein sehr belesener Mann, ein Mann, der ebenso viel, wenn nicht sogar mehr gelesen hat als ich, trotz meiner vielen Studienjahre und meines Doktorgrads in Vergleichender Literaturwissenschaft. Er hat die großen griechischen und römischen Autoren des klassischen Altertums gelesen. Er hat die Russen gelesen, und nicht nur die russische Dreieinigkeit Tolstoi, Tschechow und Dostojewski, sondern auch Andrei Bely und Sologub und Kuprin und die Lyrik von Blok und Achmatowa.

Er kennt die klassische Musik. Sein Ohr kann den Unterschied zwischen einer guten Aufnahme eines Beethoven-Klavierkonzerts und einer überragenden Aufnahme heraushören. Er kann stundenlang über Wagners Einfluss auf Thomas Mann reden. Er liebt die Lyrik von Elizabeth Bishop und hat nachweislich längere Passagen aus ihrem Werk zitiert. Da ich ihn so gut kenne, weiß ich, dass er bei seinem Aufenthalt in den osteuropäischen Ländern ein gut Teil seiner Zeit in Museen, Theatern, Konzerten und Ballettabenden verbringen wird.

Er ist ein gebildeter Mann. Kultiviert, wohlerzogen. Belesen. Zivilisiert. Aber böse. Er ist weder aus Mangel an Bildung noch wegen seiner Bildung böse. Er ist zusätzlich dazu böse.

7

»Dies«, sagt er mit Bezug auf den gelben Manilaumschlag zu meiner Linken und seiner Rechten, »ist eine echte Tragödie. Es passiert nicht oft, aber hin und wieder ergibt sich ein Projekt, das mir sehr am Herzen liegt, und wenn es schiefgeht, schmerzt mich das, als würde mir das Herz gebrochen.«

Er lügt mich natürlich an. Aber er tut es auf seine Weise. Er will, dass ich weiß, er lügt. Er will, dass ich weiß, jedes einzelne seiner Worte ist eine schreiende Lüge. Ich sitze ihm gegenüber und komme mir hoffnungslos altmodisch vor, nicht mehr auf der Höhe der aktuellen Trends. Wenn ich lüge, versuche ich immer noch, andere glauben zu machen, dass ich die Wahrheit sage. Wenn Cromwell lügt, behauptet er, dass es keine Wahrheit gibt.

Der Kellner hat unsere Lunchreste abgeräumt und den bestellten Kaffee gebracht. Ich trinke meinen und zünde mir eine weitere Zigarette an, während Cromwell weiterredet.

»Ich habe diesen Film nicht nur produziert«, spielt er wieder auf den gelben Manilaumschlag an, »ich habe ihn mit meinem eigenen Geld finanziert. Ich tue das fast nie, aber das war ein besonderer Fall und ein besonderer Film. Das war schließlich nicht irgendein Film von irgendeinem Regisseur, sondern ein Film von Arthur Houseman.«

Er macht eine Pause, wie aus Achtung vor dem Namen, den er gerade ausgesprochen hat. Schaut mich an. Liest mich. Kalkuliert meine Reaktion. Ich gratuliere mir dazu, den Inhalt des Umschlags richtig erraten zu haben, und hebe eine Augenbraue in gespieltem Erstaunen über Cromwells Enthüllung.

»*Der* Arthur Houseman«, sage ich.

»Der unvergleichliche.« Cromwell seufzt. »Der Alte Herr höchstpersönlich. Der letzte lebende Gigant unserer Branche. Wenn ich mein eigenes Geld nicht in einen seiner Filme investieren kann, was hat es dann für einen Sinn, dass ich mich Produzent nenne? Der Mann ist nicht nur ein Genie, sondern ein zukunftsweisendes Genie. Ich bin nicht fromm, Saul. Ich glaube nicht an Gott, aber ich habe an Arthur Houseman geglaubt.«

(Vielleicht liegt es an dem Licht im Restaurant oder an der Abwesenheit irgendeiner kräftigen Farbe, die damit konkurrieren könnte, aber das Gelb dieses gelben Manilaumschlags kommt mir gelber vor als jeder Manilaumschlag, den ich je gesehen habe. Es ist so gelb wie ein Autobahnwarnschild, das in tiefster Nacht plötzlich von den Scheinwerfern erfasst wird.)

»Aber«, fährt Cromwell fort, »ich musste mich schützen. Das Alter des Alten Herrn. Seine Gesundheit. Er war schon vor Drehbeginn ein bisschen wackelig. Die Klausel, die wir vereinbart haben, war eigentlich eine reine Formsache. Etwas, um die Jungs von der Versicherung zufriedenzustellen.

Wie Sie ja wissen, muss jeder Film gegen unvorhergesehene Ereignisse versichert werden. Also haben wir ein Dokument unterschrieben, das besagt, sollte das Unvorhergesehene eintreten und er entweder körperlich oder geistig nicht in der Lage sein, eine zufriedenstellende erste Schnittfassung abzuliefern, denn geht der Film wieder in meinen Besitz über, und dann muss ich als Produzent das tun, was meiner Meinung nach das Beste für den Film ist.«

Er macht eine Pause. Er schüttelt den Kopf.

»Hat mir je geträumt, dass so etwas passieren könnte? Nein. Genieße ich die schmerzliche Situation, einem Mann, den ich verehre, einen Film wegnehmen zu müssen? Sie kennen die Antwort, Doc. Es zerreißt mich. Es zerreißt mich buchstäblich.«

Er trinkt seinen Kaffee. Ich trinke meinen.

»Aber was soll ich machen?« Er fährt fort: »Dieses Ding« – er deutet mit der Hand auf den Manilaumschlag –, »dieses chaotische Ding, das er seinen Endschnitt nennt, nicht seinen Rohschnitt wohlgemerkt, sondern seinen fertigen Endschnitt, ist nicht mal ein achtbarer Vorschnitt. Es ist wie Konfetti, Doc. Ich schwöre Ihnen, so ist es. Zelluloidkonfetti, willkürlich aneinandergeklebt. Ich habe versucht, mit ihm zu reden, aber mit dem Alten Herrn ist nicht mehr zu reden. Eine Mischung aus Alter und Krankheit, ich weiß es nicht. Als Einziges weiß ich, dass er den Touch, fürchte ich, verloren hat, aber bitte kein Wort darüber zu irgendjemandem.«

Ich nicke und gelobe damit Verschwiegenheit. Und dann, wie zur Lobpreisung des Alten Herrn, der den Touch verloren hat, folgt eine respektvolle und lange Schweigepause. Und dann fährt Cromwell wieder fort:

»Wie ich Ihnen schon sagte, habe ich mein eigenes Geld in diesen Film gesteckt, aber Sie kennen mich, Doc. Sie kennen mich wahrscheinlich so gut wie nur irgendjemand, und Sie wissen bestimmt, dass mir Geld völlig gleichgültig ist. Ich habe in der Vergangenheit Geld verloren, und ich werde in Zukunft Geld verlieren. Das ist keine Frage des Geldes. Dieser Mann –«, er zeigt mit dem Zeigefinger auf den gelben Manilaumschlag, »– war eines meiner Idole. Er ist der Grund, warum ich überhaupt in diesem Geschäft bin. Ich bin wie so viele von uns mit seinen Filmen aufgewachsen, und jetzt fühle ich mich als der Wahrer seines Namens und seines Rufs und seines Platzes in der Geschichte. Dies wird sein letzter Film sein. Er hat nicht mehr lange zu leben. Ein halbes, höchstens noch ein Jahr. Ich kann ihn einfach nicht so abtreten lassen. Er verdient Besseres. Das ist ein Fall, bei dem ich ihn vor sich selber bewahren muss.

Ich will Ihnen nichts vormachen, Doc. Das hier ist nicht einfach eine weitere leichte Flickarbeit. Soweit ich weiß, und ich bin weiß Gott kein Künstler wie Sie, aber soweit ich weiß, kann es gut sein, dass der Film sich nicht flicken lässt. Aber wenn es irgendjemanden gibt, der dieses letzte Werk des großen Mannes, und möge er in Frieden ins Pantheon einziehen, retten kann, dann sind Sie es. Sie haben eine unheimliche Kunstfertigkeit mit Zelluloid und ein geniales Talent für das Rückgrat, die Storyline. Jawohl. Sie wissen das auch, also ersparen Sie mir Ihre Bescheidenheit. Wenn es in diesem ganzen Konfetti eine Story gibt, dann können nur Sie sie finden und zum Leben erwecken. Der Plot ist nicht besonders …«

Er erzählt mir ein wenig vom Plot des Films, aber ich tue nur so, als hörte ich zu. Ich bin ihm so weit voraus, dass ich weiß, bei jedem Projekt, an dem Cromwell beteiligt ist, gibt es immer zwei Plots. Den Plot vom Film selbst und dann den Plot, das Komplott, aus Cromwells Motiven und Manövern als Produzent dieses Films. Wenn ich den Auftrag annehme, werde ich den ersten Plot in die Mangel nehmen. Der andere Plot, das Komplott, wird mich in die Mangel nehmen.

Ich bin ihm weit voraus, aber ihm weit voraus zu sein, ist in sich ein Problem. Ich bin wie hypnotisiert von meiner eigenen Voraussicht. Alles, was geschieht, entspricht meinen Voraussagen und meiner prophetischen Fähigkeit, alles vorauszusehen.

»Ich habe den Film auf eine Videokassette überspielt«, sagt er und schiebt den gelben Manilaumschlag in die Mitte des Tisches. »Zusätzlich zu dem, was auf der Kassette ist, gibt es noch Hunderte von Metern belichtetes Filmmaterial, das der Alte Herr nicht mal geschnitten hat. Er wollte es vernichten lassen, als er erfuhr, was ich tue, aber zum Glück ist es uns gelungen, es gerade noch zu retten. Wenn Sie sich irgendwas davon ansehen möchten, rufen Sie einfach Brad an, und er wird sich darum kümmern. Aber erst mal nehmen Sie die Kassette mit und werfen Sie einen Blick hinein. Vielleicht ist es hoffnungslos. Vielleicht werden nicht mal Sie diesen Film flicken können. Überdenken Sie es. Es hat keine Eile. Ich werde vier bis fünf Wochen lang in Europa sein. Wir können reden, wenn ich zurück bin, oder wenn Sie mich erreichen wollen, rufen Sie einfach Brad an. Er weiß, wo ich zu erreichen bin.«

Er winkt dem Kellner für die Rechnung.

Er zwinkert mir zu, während er sie unterschreibt.

»Das *war* aber ein Mädchen, das Sie gestern Abend dabeihatten, Sie alter Bock«, gratuliert er mir.

Ich zucke die Achseln.

Er lächelt.

Ich lächle.

Er schaut auf die Uhr und gibt zu verstehen, dass uns

noch ein paar Minuten bleiben. Keine Veranlassung, meinen Kaffee hinunterzustürzen.

Ich zünde mir noch eine Zigarette an. Ich sitze da und warte darauf, dass etwas geschieht. Dass ein Mensch oder Gott mich davon abhält, wiederum einen Pakt mit Cromwell zu schließen. Dass jemand oder etwas eingreift.

Wenn Wissen Macht ist, dann ist alle Macht auf meiner Seite. Ich kenne Cromwell so gut, dass ein Bruchteil meines Wissens über ihn genügen müsste, um mich von dem Angebot auf dem Tisch abzuschrecken.

Und dennoch geschieht nichts.

Vollständig informiert zu sein, hat etwas so Befriedigendes an sich, dass es zum Selbstzweck wird. Statt eine Erwiderung auszulösen, verhindert vollständiges Informiertsein eine Erwiderung.

Wir gehen zusammen hinaus. Ich habe den gelben Manilaumschlag in der Hand.

Wir trennen uns in der Halle.

Als ich aus dem Hotel komme, ist es kurz nach vier. Die Park Avenue ist in beiden Richtungen mit Taxis verstopft. Das Gelb des Manilaumschlags in meiner Hand ist gelber als das Gelb aller Taxis, die ich sehe.

ELFTES KAPITEL

1

Von dem Augenblick an, als ich am Freitagnachmittag in meine Wohnung zurückkehrte, bis Sonntagabend, als ich mir schließlich Arthur Housemans Film ansah, blieb die aus dem Umschlag genommene Videokassette auf meinem Esszimmertisch liegen.

Beide blieben die ganze Zeit da liegen, eines auf dem anderen. Eine Videokassette. Ein gelber Manilaumschlag. Zwei ganz gewöhnliche Massenartikel. So gewöhnlich und gewohnt wie Pappbecher oder Einwegrasierer. Es mussten Hunderttausende, wenn nicht Millionen von Manilaumschlägen und Videokassetten in Umlauf sein, die absolut identisch mit denen auf meinem Esszimmertisch waren.

Aber nachdem ich zwei Tage lang mit ihnen gelebt hatte, sie betrachtet, in die Hand genommen und wieder hingelegt hatte, begann ebendiese Massenfabrikationsgewöhnlichkeit, sie mit einer Vorahnung auszustatten. Keiner bestimmten Vorahnung, sondern einer Art allgemeiner Massenfabrikationsvorahnung.

Mein eigenes Unbehagen gegenüber Videokassetten war dabei ein Kapitel für sich. Ihre unterwürfige Hinnahme aller Bilder und Eindrücke, denen sie ausgesetzt wurden, war eine

Eigenschaft, die ich auch besaß. Es gab sie in verschiedenen Qualitätsstufen, aber soweit ich wusste, gab es keine Videokassette mit einem Gewissen, das sich aus Prinzip weigerte, diese oder jene Scheußlichkeit aufzunehmen. Vom völlig Trivialen bis zum wahrhaft Erhabenen, das machte bei keiner von ihnen einen Unterschied. Ihre Wiederbenutzbarkeit war besonders beunruhigend. Wie man sie löschen konnte, indem man einfach etwas anderes darüber aufnahm. Was da war, war plötzlich nicht mehr da. Verdrängt von dem, was jetzt da war. Ich empfand Unbehagen, weil ich so viel mit diesen unbelebten Gegenständen gemein hatte.

2

Sonntagabend.

Ich zog das Telefon raus, damit ich beim Anschauen des Films nicht unterbrochen werden konnte. Ich holte einen sauberen Aschenbecher und eine Schachtel Zigaretten und packte beides auf den Beistelltisch neben der Couch. Dann legte ich die Kassette in meinen Videorekorder.

Es gab keinen Vorspann. Keine Musik. Nichts, um mir auch nur mitzuteilen, welchen Titel der Film hatte. Der Film fing einfach an.

Ein Mann Mitte dreißig sitzt am Steuer eines Autos. Er fährt langsam, beide Hände am Lenkrad. Es ist eine schmale Straße in einer Wohngegend mit Einfamilienhäusern, Rasenflächen und Bäumen. Den Bäumen nach zu urteilen, könnte es eine Kleinstadt im Mittelwesten sein. Dem Licht nach zu urteilen, ist es früher Morgen.

Er hält an einem Stoppschild und bleibt dort ein wenig zu lange stehen. Wir sind nah auf seinem Gesicht, und er scheint Gedanken zu denken, die er, wie er weiß, nicht denken dürfte.

Das Tempo des Films ist verhalten und bedächtig, aber so hypnotisch und unaufdringlich wie ein strömender Fluss. Es ist die Geschichte einer Liebesaffäre zwischen einem Mann und einer Frau, die beide mit anderen verheiratet sind.

Nach einer Viertelstunde ist in dem Film zum ersten Mal ein Szenenwechsel, zu einem örtlichen Restaurant.

Unser Liebespaar *in spe*, das noch kein Liebespaar ist, geht dorthin auf eine Tasse Kaffee.

Es scheint ihnen sehr wichtig zu sein, anderen und auch sich selbst zu demonstrieren, dass sie zusammen einen öffentlichen Ort aufsuchen, weil sie nichts zu verbergen haben.

Sie setzen sich in eine Nische.

Eine Kellnerin, gespielt von einer Schauspielerin, die ich noch nie gesehen habe, schaut von ferne zu. Sie hat nichts sichtlich Attraktives oder gar Besonderes an sich, es sei denn die ungewöhnliche Weiße ihres Gesichts. Das Gesicht selbst ist so alltäglich wie die Ausstattung des Restaurants.

Sie schaut ihnen zu. Sie mag beide. Sie geht zu ihrer Nische, um ihre Bestellung aufzunehmen.

»Hi«, sagt sie. »Und wie gehts und stehts so bei euch beiden?« Und ohne eine Antwort abzuwarten, erkundigt sie sich in gespielt vornehmem Ton: »Soll ich Ihnen unsere Tagesspezialitäten aufzählen?«

Sie kannte das Paar. Das Paar kannte sie. Es war die Art Stadt, wo fast jeder jeden kennt, und es gab niemanden, der nicht wusste, dass dieses Restaurant keine Tagesspezialitäten hatte.

Die Kellnerin schien ihren Satz selbst komisch zu finden und lachte.

Alles stand still. Die Videokassette lief weiter, die Szene

in dem Restaurant ging weiter, aber ich war taub und blind für alles, benommen und verwirrt von dem Lachen, das ich gehört hatte.

Ich kannte diese Frau. Ich hatte sie noch nie zuvor gesehen, aber ich kannte sie. Ich kannte ihren Namen nicht, und sie kannte meinen nicht, aber ich kannte sie.

3

Dianah und ich lernten uns kennen und heirateten, als wir noch ziemlich jung waren. Ich studierte zu der Zeit an der Columbia. Sie besuchte das Barnard College auf der anderen Straßenseite. Wir begegneten uns auf einer Party, und es war Liebe auf den ersten Blick, wie wir es später anderen beschrieben. Ich war Doktorand. Sie war im dritten Studienjahr. Ich studierte Vergleichende Literaturwissenschaft. Sie Politische Wissenschaft. Sie war blond und zierlich. Ich war eher dunkel und stämmig. Sie war makellos in ihrer Erscheinung. Ich zog mich zu der Zeit nicht ohne Affektiertheit an wie ein zerfledderter Buchumschlag. Ihre Eltern wohnten in Santa Barbara, Kalifornien, meine in Chicago, Illinois. Wie demografisch korrekte Präsidentschaftskandidaten schienen Dianah und ich zusammen in der Lage zu sein, alles zu erreichen.

Sie schloss das Barnard zur selben Zeit mit dem B. A. ab, als ich von der Columbia meinen Doktorgrad bekam. Kurz darauf heirateten wir. Ihre Eltern waren sehr reich. Sie waren entzückt, dass ihre Tochter ein beglaubigtes Mitglied »der Intelligenz«, wie sie es nannten, heiratete. Sie kauften uns eine große Wohnung am Central Park West und statteten uns mit genügend Geld aus, sodass keiner von uns für den Lebensunterhalt arbeiten musste. Sie waren beide ziemlich alt, und als sie starben, erbte Dianah ein beträchtliches Vermögen.

Und da waren wir nun. Wir waren jung, sie war schön, ich war ein Intellektueller, wir waren reich, wir hatten alles außer einem Baby.

Dianah wollte gleich ein Baby haben. Sie wollte nicht nur eine Mutter sein. Sie wollte eine junge Mutter sein. Ihre eigenen Eltern waren bei Dianahs Geburt schon ziemlich alt gewesen, und sie hatte sich betrogen gefühlt, weil sie sie ihr Leben lang nicht anders als alt gekannt hatte. Sie wollte nicht, dass ihr Kind diese Erfahrung wiederholte.

Sie würde eine junge Mutter sein. Sie liebte diese Vorstellung von sich.

»Wir werden unser Baby überallhin mitnehmen«, sagte sie immer wieder zu mir.

Dianahs Reichtum hatte mich von der Notwendigkeit befreit, eine akademische Laufbahn einzuschlagen, und so versuchte ich damals, etwas Eigenes zu schreiben. Obwohl ich als witziger und amüsanter Unterhalter galt, ein Talent, das in den Gesellschaftskreisen, in denen wir uns bewegten, viel bewundert wurde, entdeckte ich bald, dass ich eigentlich nichts zu sagen hatte. Sogar mein Talent als Unterhalter war das eines, der fähig war, auf die Ideen anderer Leute zu antworten, jedoch kaum eigene einzubringen vermochte. Es hatte den Anschein, dass mir sowohl das Talent als auch der Schaffensdrang fehlten, je Schriftsteller zu werden.

Vater zu werden, ein Baby zu erschaffen, schien damals ein künstlerisches Streben, zu dem ich fähig war. Ich widmete mich der Idee mit ganzem Herzen. Dianah würde eine junge Mutter sein. Ich würde ein fast noch junger Vater sein. Wir würden unser Baby überallhin mitnehmen. Wir entwickelten für dieses Thema Leidenschaft.

Leidenschaft produzierte Schwangerschaft um Schwangerschaft, aber kein Baby. Eine Fehlgeburt folgte der anderen, und jeder folgte erst eine tiefe Depression und dann der neuerliche und nahezu fanatische Wunsch nach einem Kind.

Nach ihrer fünften Fehlgeburt geriet Dianah in Panik. Wir konsultierten mehrere Spezialisten, die ihr alle versicherten, dass ihr körperlich nichts fehlte, dass sie sich nur zu sehr unter Druck setzte, ein Baby zu bekommen, und wenn sie sich einfach entspannte, ein oder zwei Jahre wartete, bevor sie wieder versuchte, ein Kind zu bekommen, dann würde wahrscheinlich alles gutgehen.

Aber Dianah konnte nicht warten. Sie fühlte, wie ihr die Zeit davonlief. Sie sah sich das Muster ihrer Eltern wiederholen und Mutter werden, wenn ihre Jugend weit hinter ihr lag.

Sie wollte eine junge Mutter sein.

Wir beschlossen, ein Baby zu adoptieren.

Wir stellten jedoch rasch fest, wenn wir ein Baby durch die normalen Kanäle adoptieren wollten, würde es lange dauern. Vielleicht mehrere Jahre. Jede Adoptionsagentur, an die wir uns wandten, hatte eine lange Warteliste, und Dianah konnte einfach nicht warten.

Es gab, so erfuhren wir, andere Wege, zu einem Baby zu kommen, und das rasch. Es gab Rechtsanwälte, die auf so etwas spezialisiert waren, und da sie bei der New Yorker Anwaltskammer zugelassen waren und da sie Diplome der altehrwürdigsten Universitäten an den Wänden ihrer Büros hängen hatten, fiel es uns wesentlich leichter, den halb legalen Aspekt ihrer Arbeit zu übersehen.

Wir beauftragten einen dieser Anwälte. Sein Honorar war astronomisch, stellte für uns aber keine Schwierigkeit dar.

Binnen eines Monats rief er uns an mit der freudigen Nachricht.

Ich hatte den Anruf am Telefon im Wohnzimmer entgegengenommen, und sobald Dianah merkte, worum es ging, lief sie zum Telefon in unserem Schlafzimmer und hörte mit.

Unser Baby. Es war bereits unseres. Der Anwalt redete immer wieder von »unserem Baby«. Unser Baby war noch nicht geboren. Es befand sich immer noch im Leib seiner Mutter. Das Mädchen, das es in ein paar Tagen zur Welt bringen sollte, war erst vierzehn Jahre alt. Sie war aus Charleston, South Carolina. Ihr Freund, der Vater des Kindes, war erst siebzehn. Er war vor zwei Monaten bei einem Autounfall ums Leben gekommen. Trunkenheit am Steuer. Die Eltern des Mädchens waren sehr arm, aber sehr fromm und wollten von einer Abtreibung nichts wissen.

Unser Anwalt redete immer weiter.

Vertraulichkeit, sagte er uns, war in solchen Dingen ganz entscheidend. Wir würden nie den Namen der biologischen Mutter erfahren, und sie würde nie unseren erfahren. Denn würden die Namen enthüllt, musste mit unangenehmen gerichtlichen Nachspielen und herzzerreißenden emotionalen Belastungen gerechnet werden. Deshalb würde er, unser Anwalt, uns vertreten. Er würde nach Charleston fahren. Er würde dort warten, bis das Baby geboren war. Er würde es abholen und uns überbringen und uns den notwendigen Papierkram abnehmen.

Wir würden die Krankenhauskosten des jungen Mädchens übernehmen müssen, die Reisekosten unseres Anwalts von und nach Charleston sowie sämtliche Unkosten, die ihm dort entstanden, während er auf die Geburt des Babys wartete, und dazu, bei Ablieferung des Babys, den Rest des vereinbarten Honorars für seine Dienste.

»Glückwunsch«, sagte er uns.

Ich hörte Dianah am Nebenanschluss einen Freudenschrei ausstoßen. Ich lief aus dem Wohnzimmer zu ihr, und sie lief aus dem Schlafzimmer zu mir. Wir begegneten uns im Flur und fielen uns in die Arme.

Am nächsten Tag fiel sie in einen Kaufrausch. Alle paar Stunden, so schien es, ging die Tür auf, und Dianah stand da, überhäuft mit Paketen voller Babysachen. Spielzeug. Decken. Windeln. Nuckelflaschen. Stofftiere, zu groß zum Einpacken. Und schon verschwand sie zu weiteren Einkäufen. Ausfahrer brachten ein schönes Kinderbettchen. Dianah hing Mobiles darüber auf. Sie war so glücklich, wie ich sie nur je gesehen hatte.

Drei Tage später rief unser Anwalt wieder an. Dianah war gerade unterwegs, um weitere Babysachen einzukaufen.

Unser Anwalt sagte mir, dass er aus dem Krankenzimmer anrief, in dem das junge Mädchen sich jetzt erholte. Seine Stimme war sehr leise. Er flüsterte fast. Nein, nein, sagte er, nichts schiefgegangen. Keinerlei Probleme. Alles bestens. Das Mädchen hatte vor kurzer Zeit entbunden. Dem Baby ging es gut. Es war rasch weggebracht worden, damit das Mädchen gar keine Gelegenheit bekam, es zu halten oder zu sehen, was das Risiko einer emotionalen Bindung verringerte. Sie wusste nicht einmal, ob sie einen Jungen oder ein Mädchen geboren hatte.

»Es ist ein Junge«, flüsterte er.

Da war nur noch eines, sagte er, und ich konnte es ablehnen, falls es mir unangenehm war. Das junge Mädchen hatte ihn angefleht, die Stimme des Paares hören zu dürfen, das ihr Baby adoptierte. Nur die Stimmen. Um zu hören, wie sie sich anhörten.

Wäre Dianah da gewesen, hätte ich ihr den Hörer gegeben

und sie als eine Mutter zur anderen mit dem Mädchen reden lassen. Aber da sie nicht zu Hause war, willigte ich ein, es selbst zu tun.

»Sie müssen das nicht tun, wenn Sie nicht wollen«, riet mir mein Anwalt.

»Ich weiß.«

»Denken Sie dran«, flüsterte er, »keine Namen.«

»Ja. Ich weiß.«

Eine lange Pause folgte, dann meldete sich eine sehr schläfrige, sehr junge Stimme und sagte in weichem Südstaatentonfall: »Hi.«

»Hallo«, erwiderte ich.

Eine weitere lange Pause entstand, und da ich nicht wusste, was ich sonst sagen sollte, fragte ich sie schließlich, wie sie sich fühle.

»Müde«, sagte sie. »Ich dachte, es würde schlimmer wehtun, ein Baby zu kriegen. Aber es hat nicht wehgetan. Längst nicht so, wie ich dachte. Es hat mich bloß müde gemacht. Ich könnte schlafen und schlafen. Ich habe hier ein richtig hübsches Zimmer bekommen.«

»Meine Frau ist gerade nicht zu Hause«, fühlte ich mich verpflichtet, ihr zu sagen, damit sie sich nicht wunderte, warum sie nicht mit der zukünftigen Mutter ihres Kindes redete. »Sie ist unterwegs und kauft Babysachen. Seit wir davon gehört haben, kauft sie ununterbrochen ein.«

»Sagen Sie, Mister, falls ich das wissen darf, seid ihr reich?«

»Ja, sind wir.«

»Wirklich?«

»Ja.«

»Richtig reich?«

»Richtig stinkreich«, sagte ich ihr.

Vielleicht lag es an der Art, wie ich es sagte. Jedenfalls

sprudelte als Antwort Gelächter aus ihr heraus. Ihr Lachen hatte eine Kloß-im-Hals-Heiserkeit, die nicht nur ungewöhnlich für ihr Alter und unter den Umständen befremdend war, sondern auch dazu führte, dass ihr Lachen abbrach, scheinbar erstarb, und dann eine Oktave höher wieder ausbrach. Am Ende verlor es sich, wurde leiser und leiser, blieb aber rau wie das Geräusch eines Stepptänzers ohne Steppeisen an den Schuhen.

Wir redeten noch weiter. Sie redete mich immer mit Mister an. Ich wusste nicht, wie ich sie anreden sollte. Sie bat mich, ihr zu versprechen, dass ich ihr Baby lieben würde, dass es alles haben würde. Ich versprach es. Ich bedankte mich bei ihr dafür, dass sie uns ihr Baby gab.

»Keine Ursache, Mister«, sagte sie zu mir.

Und dann sagte sie müde und schläfrig: »Tschau.«

Als Dianah nach Hause kam, erzählte ich ihr alles über das Telefongespräch. Die Beschreibung des Lachens der Mutter ließ ich aus.

4

Ich verachte von jeher den Ausdruck »kleines Meisterwerk«. Das ist eine Lieblingskategorie der Filmkritiker für bestimmte ausländische Filme. Der Ausdruck »kleines Meisterwerk« deutet darauf hin, dass es ein ganzes Spektrum von Meisterwerken unterschiedlichster Größen gibt, wie Produkte in Supermarktregalen, von kleinen über mittelgroße und große bis zu extragroßen Meisterwerken. Und obwohl mir dieser Ausdruck ein Gräuel war, fiel mir kein passenderer ein, um den Film des Alten Herrn zu beschreiben. Es ist beschämend, wenn nicht sogar demütigend, dass es Anlässe gibt, wo wir alle ebenso unbedarft sind wie irgendein Filmkritiker.

Der Film war ein Meisterwerk, weil er perfekt war. Er war »klein«, weil sein Thema die Liebe war.

Ein Mann und eine Frau. Beide waren laut eigener Aussage glücklich verheiratet. Dann begegneten sie sich zufällig. Eine Vision von einer anderen Art Leben, von einer anderen Art Liebe nahm zwischen ihnen Gestalt an. Es war, als wären ihre Seelen zu irgendeinem Zeitpunkt ihres Lebens in zwei Hälften zerrissen worden. Erst als sie sich daran gewöhnt und einen Weg gefunden hatten, mit einer halben Seele glücklich zu leben, begegneten sie ebender Person, die die andere Hälfte besaß. Die Reißkanten ihrer Seelen passten wie die zwei Hälften einer Schatzsucherkarte perfekt zusammen.

Sobald sie sich begegnet waren, konnten sie die Begegnung nicht rückgängig machen. Sobald sie das Gefühl, ganz zu sein, erlebt hatten, konnten sie nicht so tun, als wäre es nicht geschehen.

Also setzten sie die Begegnungen fort, und die Affäre begann.

Das bloße Zusammensein, in einem Auto, einem Coffeeshop, einem Motelzimmer, erhöhte die Wattzahl ihres Lebens, ließ beide mit anderem Licht brennen. Ihr ganzes Gesicht veränderte sich, wurde schöner, wenn er bei ihr war. Ebenso veränderte er sich, wenn sie bei ihm war. Ein drittes Wesen lebte auf, wenn sie zusammen waren. Ein Geist. Der heilige Geist der Liebe selbst.

Aber diese Art Liebe am Leben zu erhalten, erforderte ein Unmaß an seelischer Energie, denn es war eine unmäßige Art Liebe, die sie füreinander empfanden. Jede Begegnung zwischen ihnen war fast ein beiderseitiger Akt der Selbstverbrennung. Beide waren ganz gewöhnliche Menschen, ein ganz gewöhnlicher Mann und eine ganz gewöhnliche Frau, verfangen in einer außergewöhnlichen Liebesaffäre, die erschreckende Mengen innerer Kraft benötigte, um das Feuer dieser Liebe zu speisen.

Es war nicht die Untreue, die sie belastete, oder das, was die Leute in der Stadt über sie sagten. Es war die schiere Menge an Energie, die sie brauchten, wenn sie einander weiterhin lieben wollten.

Sie stellten im Laufe des Films fest, dass die Anforderungen dieser Art Liebe zu viel für sie waren. Sie versuchten, mit weniger auszukommen. Sie versuchten, sich selbst zu rationieren. Beide merkten, dass als Resultat dieser Rationierung etwas Göttliches verlosch und zwischen ihnen erstarb. Aber sie konnten die Entropie nicht abschütteln. Am Ende waren es nur sie beide, die in dem Restaurant saßen, in dem wir sie gegen Anfang des Films gesehen hatten. Nur sie beide. Der Geist, der heilige Geist der Liebe, war nicht mehr bei ihnen.

Unfähig, zu begreifen, was geschehen war, unfähig, die Verantwortung dafür zu übernehmen, was sie hatten geschehen lassen, benutzten beide ihre Ehen als Vorwand, ihre Liebesaffäre zu beenden. Beide sagten, dass die Schuld, die sie empfanden, sie gegenüber ihrem Mann, er gegenüber seiner Frau, der Grund für ihre Trennung war. Sie sagten das, um sich nicht die viel größere Schuld eingestehen zu müssen, die wesentlich schwerere Untreue gegenüber ihren eigenen Seelen, die nun wieder in zwei Hälften zerrissen waren.

Wir sehen sie ein paar Jahre später, auf einer Feier zum Vierten Juli in dem Park im Stadtzentrum. Ihr Mann ist da. Seine Frau ist da. Ihre Kinder sind da. In einer Szene von herzzerreißender Gewöhnlichkeit schauen wir uns das Feuerwerk an.

Beide sind in den Schoß ihrer Familien und ihres früheren Lebens zurückgekehrt, aber es ist klar, dass die Vision der Liebe, die sie haben sterben lassen, sie niemals loslassen wird. Und da die Erinnerung an diese Vision und an die Rolle, die sie bei ihrem Ableben gespielt haben, ihnen noch im Kopf ist, scheinen beide in dieser letzten Szene im Park trotz des Feuerwerks und des Volksfestes und ihrer Freunde und Familien um sie herum so einsam zu sein wie nur je die Insassen von Todeszellen.

Der Film war eine Liebesgeschichte, aber es wäre zutreffender, ihn eine Geschichte über die Liebe zu nennen, eine Geschichte, die das Ersterben der Liebe in uns allen erkundete. Die Tragödie von der begrenzten Kraft des Menschen.

Die Kellnerin in dem Restaurant, jene Frau, von der ich wusste, dass sie Billys Mutter war, erschien noch mehrere Male in dem Film, aber nur als Teil des Hintergrundes in einer Szene, die jemand anders gehörte. Sie hatte auch keinen Satz mehr zu sagen.

Der Film endete, wie er begann. Kein Abspann. Keine Musik. Kein ENDE am Ende. Nichts. Er endete einfach.

5

Vier Tage später. Es ist kurz nach drei Uhr nachmittags. Ich sitze auf der Couch im Wohnzimmer mit einem Aschenbecher auf dem Schoß und rauche. Ich habe eins dieser Fernbedienungsdinger in der Hand. Auf dem Fernseher steht ein von mir dorthin gestelltes gerahmtes Foto von Billy. Sein Highschool-Abschlussbild. Auf dem Bildschirm schaue ich mir wieder einmal die Szene im Restaurant an. Die Kellnerin erscheint. Sie geht zur Nische. Sie sagt ihre Sätze. Sie lacht.

Das Gelächter sprudelt einfach aus ihr heraus. Dasselbe heisere Kloß-im-Hals-Lachen jenes vierzehnjährigen Mädchens am Telefon vor zwanzig Jahren.

Und dann spule ich zurück und lasse die Szene abermals ablaufen.

Ich tue das seit Stunden.

Ich denke meine Gedanken, oder sie denken sich selbst, es lässt sich schwer sagen. Ich denke die Art Gedanken, die nur Gott denken sollte, aber durch das Fernbedienungsding in meiner Hand fühle ich mich gottähnlich.

Wir drei, Billy, seine Mutter unter ihm auf dem Bildschirm und ich auf der Couch ihnen gegenüber, wir drei sind wie drei parallele Flüsse, drei parallele Linien, die sich in der alten euklidischen Geometrie niemals treffen und kreuzen konnten, was sie aber im modernen Universum der gekrümmten Zeit und des gekrümmten Raums können. Mit ein oder zwei Telefonanrufen (ein weiteres Fernbedienungsding) kann ich die Lebenslandschaft von uns dreien verändern. Ich kann den Lauf der Flüsse ändern. Ich kann einen Zusammenfluss herbeiführen. Ich kann wie Gott Mutter und Sohn zusammenbringen. Es hat etwas Erschreckendes an sich, das zu tun, so in ihr Leben einzugreifen, aber ich weiß, dass ich es tun kann.

Was würde geschehen, frage ich mich, wenn es mir gelänge, Mutter und Sohn zusammenzubringen, ohne dass sie wüssten, dass sie Mutter und Sohn sind?

Würde etwas in ihnen aufeinander ansprechen?

Würden sie irgendwie wissen, dass sie Fleisch vom selben Fleisch sind?

Meine Gedanken eilen weiter, während ich die Szene wieder und wieder über den Bildschirm laufen lasse.

Trotz meines häufigen Versagens als Vater habe ich jetzt

(oder etwa nicht?) etwas Gewaltiges und Wesentliches in meinem Besitz, das ich Billy geben kann und das (oder etwa nicht?) auf einen Schlag meine sämtlichen Versäumnisse wiedergutmachen wird. Wenn ich ihm seine Mutter zurückgebe, wird das (oder etwa nicht?) schwerer wiegen als alles andere.

Welches größere Geschenk könnte ich ihm machen?

Und würde durch dieses Geschenk nicht eine Bindung zwischen uns entstehen, eine ganz neue, auf ihre eigene Art liebevolle Bindung? Würde er nicht danach in mir einen wahren Vater sehen, denn wer anders als ein wahrer Vater gibt einem Kind die Mutter zurück?

Und sie, würde sie nicht in mir einen Erlöser sehen, der ihr etwas zurückgibt, was sie törichterweise als Kind fortgab?

Es kann gut sein (oder etwa nicht?), dass ich danach ein unentbehrlicher und von Herzen geliebter Bestandteil ihres Lebens sein werde. Saul war es, werden sie sagen (oder etwa nicht?), der uns zusammengeführt hat. Ihm verdanken wir das alles, und wir werden ihn immer dafür lieben. Und als Folge davon werde ich (oder etwa nicht?) schließlich ein eigenes Zuhause in ihren Herzen haben.

Ich denke meine Gedanken, oder sie denken mich, es lässt sich schwer sagen, und weil ich in der Stimmung dazu bin, warne ich mich selbst davor, solche Gedanken in Bewegung zu setzen.

Es ist etwas, sage ich mir, entsetzlich Falsches an meiner gottähnlichen Erwägung, in ihr Leben einzugreifen. Ein Mann wie ich, der unfähig ist, die Rolle eines Mannes richtig zu spielen, sollte nicht versuchen, mit dem Leben anderer Gott zu spielen.

Meine Stimmung ist ganz kluge Beschränkung und Besorgnis um das Wohlergehen von Billy und seiner Mutter.

Aber ich kenne mich. Ich weiß, dass meine Gedanken sich auf einer Kreisbahn bewegen. Ich weiß, dass meine Stimmungen wie Mondphasen sind. Ich weiß alles, nur nicht, wie ich aufhören soll, so zu sein, wie ich bin.

ZWÖLFTES KAPITEL

1

Ihr Gesicht wurde mir immer vertrauter. Entweder weil ich wusste, wer sie war, oder weil es wirklich gemeinsame Züge gab, sah ich allmählich viele Ähnlichkeiten zwischen dem sich bewegenden Bild ihres Gesichts und dem gerahmten Foto von Billy auf dem Fernseher.

Billy war auf dem Foto sechzehn.

Als sie sechzehn war, war Billy zwei.

Ich wusste ihren Namen nicht. Ich wusste nicht, wo sie wohnte. Ich wusste nicht, ob sie verheiratet war oder nicht, eigene Kinder hatte oder nicht. Ich wusste nicht einmal, ob sie noch lebte. Menschen sterben. Und manchmal sterben sie sinnlose, willkürliche Tode. Die Seiten der *New York Times* waren voll von Geschichten über willkürliche Kugeln und willkürliche Opfer, und es gab keine Garantie, dass nicht auch sie dieser Epidemie der Willkürlichkeit zum Opfer gefallen war.

Ich musste alle Kraft aufbieten, um nicht Cromwells Brad in LA anzurufen und alle Informationen über sie einzuholen, die ich brauchte, oder zumindest genug, um den Rest selbst herausbekommen zu können.

Während die Krise meiner Vorgehensweise sich verschärfte, war meine Antwort darauf, mir einen Bart wachsen zu lassen. Wenn das auch die Krise nicht eben anpackte, so war der morgendliche Anblick meines behaarten Gesichts im Spiegel doch eine nützliche Erinnerung daran, dass ich es mit einer Krise zu tun hatte.

Als Dianah mich anrief, stand mein schütterer Bart kurz davor, die erste Woche seiner Existenz zu vollenden.

Sie war gerade aus ihrem Kurort zurückgekehrt. Es war wundervoll. Wirklich wundervoll. Der Aufenthalt war für beide wundervoll gewesen, besonders für die »arme Jessica«, die selten Gelegenheit bekam, solche Orte aufzusuchen.

Wir beschlossen, uns am kommenden Samstag zum Dinner zu treffen. Mir war eigentlich nicht danach, sie zu sehen, aber ich fand es eine gute Idee, die Einzelheiten meines Dilemmas mit ihr direkt zu besprechen. Das Mindeste, was ich tun konnte, bevor ich irgendetwas wegen Billys Mutter unternahm, war, Dianah von ihrer Existenz zu informieren. Von meinen persönlichen Gefühlen gegenüber Dianah einmal abgesehen, war sie Billy eine gute Mutter gewesen und verdiente es, hinzugezogen zu werden.

2

Das französische Restaurant, in das Dianah und ich immer gehen, um unsere Scheidung zu besprechen, befindet sich auf der Fifty-eighth Street, unweit von meinem Büro.

Das Restaurant ist bei meinem Eintreffen rappelvoll. Der Lärm ist angenehm ohrenbetäubend. Wir sind um acht verabredet, aber ich bin wie üblich zu früh da. Dianah, so weiß ich, wird wie immer zu spät kommen.

Der Oberkellner ist ein Mann namens Claude, der mich

herzlich begrüßt, da ich ein alter Kunde bin, und sich dann entschuldigt, dass mein Tisch noch nicht frei ist. Er erkundigt sich wie immer nach Dianah, und ich sage ihm, wie ich es immer tue, dass es ihr gutgeht und sie bald da sein wird. Claude nimmt meinen schütteren Bart wahr, aber in bester Oberkellnermanier gelingt es ihm, mir ohne Worte zu vermitteln, dass ein schütterer Bart just das ist, was mir gefehlt hat.

Er verlässt mich, um andere Kunden zu begrüßen. Ich gehe an die Bar und bestelle mir einen Drink, um mir die Zeit zu vertreiben, bis Dianah kommt. Ich trinke drei Bourbon hintereinander. Die ersten beiden kippe ich. Den dritten trinke ich in kleinen Schlückchen. Aber die Drinks hinterlassen bei mir überhaupt keine Wirkung. Es ist, als habe ich Feuerzeugbenzin über mich gegossen und zünde ein Streichholz nach dem anderen an, nur um festzustellen, dass ich vollkommen feuerfest bin.

3

Dianah erscheint schließlich. Sie trägt ein auffallendes blaues Kleid, das mit naturgetreuen Abbildungen kleiner gefährdeter Elefanten übersät ist. Ob afrikanische oder indische, vermag ich nicht zu sagen, aber sie tummeln sich zu Dutzenden auf ihrem blauen Kleid, getreulich abgebildet, mit Stoßzähnen und allem.

Wir haben zwar inzwischen miteinander telefoniert, aber wir haben uns seit der Am-Tag-nach-Weihnachten-Party der McNabs im Dakota nicht mehr gesehen. Sie sieht mich an, sieht mich noch einmal an und bricht dann in Gelächter aus.

»Ein Bart!«, ruft sie aus und klatscht in die Hände. »Mein

armer Liebling«, sagt sie, »du siehst aus, als wäre ein Fliegenschwarm auf deinem Gesicht gelandet.«

Wir küssen uns. Sie tritt zurück. Sie stellt sich in Positur. Wie sie mir schon am Telefon gesagt hat, ist sie überzeugt, dass ihr Aufenthalt in diesem Kurort ihr unendlich gutgetan hat und dass sie infolgedessen jetzt völlig anders aussieht, jünger, schöner, strahlender. Sie sieht für mich genauso aus wie immer, aber die schiere Kraft ihrer Überzeugung, sie habe sich verjüngt, ist stärker als meine Wahrnehmung. Wer bin ich schon, zu sagen, dass sie nicht strahlender aussieht?

»Du siehst wundervoll aus«, sage ich zu ihr. »Du hast noch nie so gut ausgesehen.«

»Ich fühle mich auch gut«, sagt sie.

Claude erscheint. Er führt uns zu unserem Tisch. Dianah folgt ihm. Ich folge ihr. Wenn es eines gibt, in dem sie glänzt, dann ist es ihre Art, durch einen Raum voller Menschen zu gehen. Ich bewundere ehrlich, wie sie es tut. Eine Art Laufsteg-Gang.

Auf dem Rücken ihres blauen Kleides sind auch kleine, vom Tode bedrohte Dickhäuter. Dianahs glänzendes platinblondes Haar scheint über ihnen wie die gnadenlose Sonne über den entlaubten, dürregeplagten Ebenen der Serengeti.

Wir setzen uns an unseren Tisch und mustern die Leute an den Tischen um uns herum. Sie erwidern unsere Blicke. Wir bestellen Drinks. Dianah, überzeugt von ihrer Strahlkraft, strahlt. Ich zünde mir eine Zigarette an.

Die Drinks kommen. Wir prosten einander zu. Ich kippe meinen und zünde mir noch eine Zigarette an. Sie nippt an ihrem und erzählt mir von der Naturschutzkonferenz, an der sie in dem Kurort teilgenommen hat.

Der natürliche Lebensraum zahlloser Arten, erzählt sie mir, wird systematisch zerstört.

»Wenigstens hat es System«, sage ich zu ihr.

Sie runzelt die Stirn.

»Dieser Naturschutzexperte aus Seattle hat uns darauf hingewiesen, sobald der natürliche Lebensraum einer bestimmten Art zerstört ist …«

Ich trinke meinen Drink und rauche meine Zigarette und frage mich, während sie weiterredet, ob ich selbst je so etwas hatte, einen natürlichen Lebensraum.

Die Eskimos haben die Arktis. Die Pygmäen haben ihren Urwald. Die Regenwald-Indianer haben oder hatten ihren Regenwald.

Meine Eigentumswohnung auf dem Riverside Drive ist sehr hübsch, sehr geräumig, das Wohngeld ist annehmbar und die Aussicht ganz schön, aber nein, ein Zuhause würde ich sie nicht nennen, und meinen natürlichen Lebensraum würde ich sie schon gar nicht nennen.

Vielleicht haben Weiße keine natürlichen Lebensräume mehr.

»Es gibt über achthundertfünfzig gefährdete und bedrohte Arten«, erzählt mir Dianah, »die Pflanzen nicht eingeschlossen. Wenn die Liste auch Pflanzen umfasste, wären es über eintausendsiebzig. Allein in den letzten zwanzig Jahren wurden über dreihundert Arten für ausgestorben erklärt, während sie auf die Zustimmung der Regierungen warteten, in die Liste der gefährdeten Arten aufgenommen zu werden. Wenn das so weitergeht …«

Unser Kellner kommt, um unsere Bestellung aufzunehmen. Dianah verstummt und hört sich die Tagesspezialitäten an. Einige Posten auf der Speisekarte sind anscheinend ebenfalls gefährdet. Es ist nur noch ein Rotbarsch übrig. Ein paar andere Bestände sind heute Abend bedauerlicherweise ausgestorben. Keine Seezunge mehr. Auch keine Bachforelle.

Wir geben unsere Bestellung auf. Es ist absolut sinnlos, dass ich weitertrinke, aber ich bestelle noch einen Bourbon und eine Flasche Wein.

Der Kellner nimmt unsere Speisekarten und geht.

Dianah ermahnt mich tief besorgt, nicht so viel zu trinken. Sie legt ihre beringte Hand auf meine.

»Du musst besser auf dich aufpassen, Liebling. Wirklich.«

»Warum das?«

»Ach, Saul«, seufzt sie.

Mein Bourbon kommt.

Ich brauche diesen Drink nicht. Was ich dringend brauche, ist ein Rausch, aber da ich keinen Rausch mehr kriegen kann, wäre es mir ein Leichtes, mit dem Trinken ganz aufzuhören. Obwohl ich Dianah nicht mehr liebe, habe ich nicht das Herz, ihr wehzutun. Und es würde ihr wehtun, wenn ich mit dem Trinken aufhörte. Sie hat so viel Zeit und Energie in die Verbreitung des Mythos investiert, meine Trunksucht sei an der Zerrüttung unserer Ehe schuld gewesen, dass es fast wie Rachsucht anmuten würde, jetzt mit dem Trinken aufzuhören. Nach unserer gescheiterten Ehe irgendeine persönliche Besserung an den Tag zu legen, würde an Schadenfreude grenzen. Obwohl ich mit Krankheiten und verwerflichen Eigenschaften durchsetzt bin, gehört Schadenfreude nicht dazu. Daher weiß ich, das Beste, was ich für sie tun kann, ist, den Mythos zu wahren, dass ich ein hoffnungsloser Trinker bin. Ich meine, ihr das schuldig zu sein.

Also trinke ich meinen Drink. Sie ist besorgt und zugleich beruhigt.

Unser Wein kommt.

Ich mache mich an den Wein.

Unsere Salate kommen.

4

Beim Salat, während ich überlege, wann ich das Thema von Billys Mutter zur Sprache bringen soll, legt Dianah mit ihrem Klagelied los. Ihr Klagelied läuft vom Salat auf den Hauptgang über, der für mich Lammkoteletts ist, für sie Rotbarsch, mit Rahmspinat als Beilage.

Sie unterbricht ihr Klagelied, um sich zu erkundigen, wie mir meine Lammkoteletts schmecken. Ich meinerseits erkundige mich nach ihrem Rotbarsch. Wir sind beide hochzufrieden mit unserer Wahl, und dann geht ihr Klagelied weiter.

»Klagelied« ist eigentlich nicht das richtige Wort dafür. Es ist eine neue Kunstform. Ein Scheidungsgrabgesang? Ein Oratorium für eine längst zugrunde gegangene Ehe? Ich weiß nicht, wie ich es nennen soll.

Sie staunt über sich selbst, staunt, dass sie unsere Ehe heil überlebt hat. Andere Frauen, davon ist sie überzeugt, wären völlig davon zerstört worden, mit einem Mann wie mir verheiratet zu sein.

»Wenn ich daran denke, was ich durchgemacht habe«, sagt sie, schüttelt den Kopf und fährt fort.

Ich trinke meinen Wein und esse meine Lammkoteletts und höre mir ihre Version von unserer Ehe an. Sie ist glänzend bei Stimme, absolut glänzend. Die Geschichte unserer Ehe wird auch an Speisegäste außerhalb unseres unmittelbaren Umkreises verlautbart. Diese werden von ihrer Erzählung ebenso in Bann geschlagen wie ich. Obwohl ich all die Jahre mit Dianah verheiratet war, erinnere ich mich an keine derartige Ehe wie die, die sie mit Stentorstimme beschreibt.

»Versteh mich bitte nicht falsch«, sagt sie, »es gab Augenblicke der Glückseligkeit. Ehelicher Glückseligkeit. Wir hatten mehr als unseren Teil der Glückseligkeit, nehme ich an, aber zum größten Teil, korrigiere mich, wenn ich unrecht habe, zum größten Teil war unsere Ehe ein einziges langes Blutbad, in dem wir uns gegenseitig zerfleischt haben. Wir haben uns gegenseitig immer wieder in Stücke gerissen, und erst dann ...«

Ich erinnere mich weder an die Glückseligkeit noch an das Blutbad, und obwohl ich aufgefordert bin, sie zu korrigieren, tue ich es nicht. Es wäre unnötig grausam von mir, jetzt, bei Lammkoteletts und Rotbarsch, auf der Wahrheit zu bestehen, dass unsere Ehe weder glückselig noch blutig war, sondern lediglich langweilig.

In mir ist ein angeborener Sinn für Fair Play. Da ich ihr all die Jahre etwas vorgelogen habe, ist das Mindeste, was ich jetzt tun kann, ihr nicht zu widersprechen und mir von ihr etwas vorlügen zu lassen. Da ist auch noch etwas anderes. Ihr Bedürfnis, zu lügen, rührt mich.

»Ich nehme an«, fährt sie fort, »wir waren immer näher daran, zwei wilde Tiere zu sein als Mann und Frau. Mit scharfen Klauen, mit gebleckten Zähnen ...«

Wenn eine Frau mich belügt, wie Dianah es tut, komme ich dem Gefühl, geliebt zu werden, am nächsten. Jedes Mal, wenn eine der Frauen in einer meiner zahlreichen kurzlebigen Affären einen Orgasmus vortäuschte, war ich tief gerührt von solch einem Akt selbstloser Großzügigkeit, wahrhaft bewegt von dem Gedanken, dass ihnen meine Gefühle wichtig genug waren, um sich die Mühe der Vortäuschung zu machen. Ihre gelegentlichen echten Orgasmen waren nicht annähernd so rührend.

Dianahs Beschreibung unserer Ehe ist nicht nur ein vorgetäuschter Orgasmus, sondern ein öffentlich vorgetäuschter Orgasmus und als solcher noch wohltuender. Mich als wildes

Tier mit scharfen Klauen und gebleckten Zähnen beschrieben zu hören und zu wissen, dass die Umsitzenden die Beschreibung hören können, hilft mir, mich wieder wie ein strammer Eins-Achtziger mit stattlichem Bart zu fühlen und nicht wie jemand, dessen Wirbelsäule schrumpft und dessen Bauch zulegt, während er dasitzt und an seinem Lammkotelett kaut.

Eine Torte mit Kerzen wandert an uns vorbei, getragen von einem Kellner, und einen Augenblick später hören wir das »Happy Birthday«-Lied.

5

Unser Kellner bringt uns die Dessertkarten. Während ich überlege, welches Dessert ich nehme, und während Dianah überlegt, welches sie nimmt, während wir immer wieder die in Französisch und Englisch aufgeführten Angebote auf der Karte lesen, lausche ich dem Gespräch der vier Leute, der zwei Paare am Nebentisch.

Sie reden über ein kürzliches Ereignis, das mir Jahre zurückzuliegen scheint. Der Fall der Berliner Mauer. Eine Frau erzählt ihren drei Tischgenossen, dass sie an der Mauer war, um selbst Zeugin des Ereignisses zu sein. Wie die Menschen sich umarmten. Vor Freude weinten. Ein historischer Augenblick. Wie ein multinationales Publikum lauschte, wie Leonard Bernstein eine multiorchestrale Aufführung von Beethovens Neunter dirigierte. Der Mann ihr gegenüber bemerkt, welch ein sonderbares Gefühl es für ihn ist, obwohl er nicht dabei war, dass eine ganze Stadt, die früher Ost-Berlin hieß, nicht mehr Osten ist. Seiner Meinung nach ist auf der Welt kaum noch Osten übrig. Ein bisschen Süden, sicher, und ein bisschen Norden, aber im Großen und Ganzen »gibt es jetzt nur noch den Westen. Den Westen und den Rest«, sagt er.

Bei Kaffee und Dessert, das für Dianah Pfirsich-*tarte* ist und für mich ein heldenhaftes Stück *gâteau au chocolat*, habe ich die Absicht, das Thema von Billys Mutter zur Sprache zu bringen, aber in letzter Sekunde besinne ich mich anders und bringe stattdessen das Thema vom Kamelhaarmantel meines Vaters zur Sprache.

Ich erzähle Dianah, wie ich vor mehreren Samstagen einen alten obdachlosen Mann im Mantel meines Vaters gesehen habe.

»Ich habe dir gesagt«, sagt sie mir, »ich habe dich wiederholt gewarnt, dass ich die Sachen deines Vaters weggebe, wenn du sie nicht abholst. Ich bin kein Lagerhaus für die Lebenden oder die Toten, Liebling. Ich habe mein eigenes Leben zu leben.«

Ich weiß nicht, warum ich ihr diese Geschichte erzähle, außer dass ich vermeiden will, ihr eine andere, dringendere zu erzählen. Ich fahre fort. Ich erzähle ihr, wie ich dem alten Mann gefolgt bin. Das Schildkrötentempo, in dem er ging. Seine ganze Schildkrötenerscheinung. Ich erzähle ihr, wie ich etwa eine Stunde damit zugebracht habe, neben ihm auf einer Bank zu sitzen, mit meinem Reinigungssack auf dem Schoß.

»Du bist krank, Liebling«, sagt Dianah zu mir. »Du bist ein sehr kranker Mann. Ein kompletter Neurotiker.«

»Ich mag krank sein, aber ich halte mich nicht für neurotisch.«

»Natürlich hältst *du* dich nicht dafür. Und zwar, weil du neurotisch bist. Neurotische Menschen halten sich nie für neurotisch. Das ist eine der Nebenwirkungen. Verstehst du nicht, dass ein Mann, der quer durch die City den Kleidern seines Vaters nachläuft, jemand ist, der völlig die Kontrolle über sich verloren hat?«

»Ich hatte überhaupt nicht die Kontrolle verloren. Ich wusste genau, was ich tat.«

»Du meinst *immer* zu wissen, was du tust. Du hast diese Vorstellung von dir als jemand, der immer das Kommando hat. Aber das hast du nicht. Du bist nur eine Marionette, Schatz, weiter nichts, du zappelst an den Fäden, die dein Unterbewusstsein zieht. Wie oft habe ich dich gedrängt, dich angefleht, geh zu einem …«

Sie legt wieder los. Die Leute an dem Berliner-Mauer-Tisch sind ganz Ohr, und zwar erstaunlich unverhohlen. Meine Art Publikum.

»Das Unterbewusstsein …«, fährt Dianah fort.

Sie glaubt an das Unterbewusstsein, wie Erzkatholiken an die Dreieinigkeit und an das Dogma von der Transsubstantiation glauben. Für sie erklärt das Unterbewusstsein alles, und es erlaubt ihr, aus unbewussten Gründen Schuldsprüche zu fällen und Dispense zu erteilen. Man kann aus ein und derselben Quelle sowohl verdammt als auch erlöst werden, je nach Laune.

»Alle deine Probleme, Liebling, jedes einzelne davon …«

In ihren Augen sind alle meine Probleme, jedes einzelne davon, eine Folge des Tohuwabohus in meinem Unterbewusstsein. Meine Trinkerei. Meine Treulosigkeit in der Ehe. Meine traurige Bilanz als Vater. Mein permanentes Lügen mir selbst und anderen gegenüber. Mein jämmerlicher schütterer Bart. Meine mangelnde Rücksicht auf die Gefühle anderer. Meine Achtlosigkeit gegenüber meinem Aussehen.

»Schau dich doch an«, ruft sie aus, und ich spüre die Augen der beiden Paare am Berliner-Mauer-Tisch auf mir. »Du wirst dick, Liebling. Doch, wirklich. Das ist nicht mehr nur Übergewicht. Du bist dick, Schatz. Ich kann nicht mal den Stuhl sehen, auf dem du sitzt. Wer weiß, vielleicht ist da gar kein Stuhl. Wer weiß, vielleicht bist du bloß in der Hocke und hast die Ellbogen auf dem Tisch. Und dieser erbärmliche Bart, den du dir wachsen lässt, macht niemandem etwas vor. Alle Männer, die sich für ihr Aussehen schämen, lassen sich einen Bart stehen. Besonders dicke Männer. Gott bewahre, wenn das so weitergeht, trägst du demnächst schwarze Rollkragenpullover. Und warum? Weißt du, warum? Willst du es wissen?«

Sie weiß es. Und sie sagt es mir. Tief in meinem Unterbewusstsein sitzt ein verzweifeltes Bedürfnis nach Selbstverwirklichung, das ständig frustriert wird und ständig schlimmer wird, weil ich immer die Drehbücher anderer Leute umschreibe. Dieser ständige Frust führt zu Wut und Hass. In ihren Augen stecke ich voll von beidem.

»Doch, Liebling. Du fließt wirklich über vor Wut und Hass. Du bist ein potenzieller Irrer mit einem Gewehr, der in einen durchgehend geöffneten Supermarkt stürmt und in einem Anfall von Raserei ein Dutzend Menschen niederschießt. Du brauchst unbedingt professionelle Hilfe, die dir hilft, mit dir selbst ins Reine zu kommen. Denn wenn du nicht …«

Ihre Analyse meiner Probleme ist so lieb, so meilenweit entfernt von der wahren und schrecklichen Natur meiner zahlreichen Krankheiten, dass ich mir nur wünschen kann, sie hätte recht. Ich könnte mich selbst innerhalb von wenigen Tagen völlig heilen, wenn als Einziges dazu erforderlich wäre, mit mir selbst ins Reine zu kommen.

Wenn ich ein Irrer bin, was sehr wohl sein kann, dann bin ich eine Art neuer, verbesserter Irrer, mit einem neuen und verbesserten Irresein, das mir fortwährend erlaubt, mit mir selbst ins Reine zu kommen. Die Mühlsteine meiner Gedanken zermahlen unablässig zu Mehl, was an Verstörendem in ihr Territorium eindringt.

Die Angelegenheit mit Laurie Dohrn ist ein gutes Beispiel. Innerhalb weniger Tage nach jenem Dinner mit Cromwell kam ich ins Reine mit dem, was ich ihr angetan hatte und ihr hatte antun lassen.

Es war das Beste so. Es war gut, dass ich das getan hatte. Ihre Gefühlsbindung an mich hätte, wäre sie weitergegangen, ihre emotionale Entwicklung hemmen und sie für den Rest ihres Lebens in eine übergroße Abhängigkeit von mir treiben können. Diese Gefühlsbindung war zwar für mich sehr schmeichelhaft, aber nicht in ihrem wohlverstandenen Interesse. Als ihre Vaterfigur hatte ich einen letzten Akt selbstloser Liebe vollzogen und sie von meinem Einfluss befreit. Eines Tages, wenn sie alt genug war, würde sie erkennen … usw., usw., usw.

Das Allerletzte, was ich brauchte, war professionelle Hilfe, die mir half, mit mir selbst ins Reine zu kommen. Ich habe eine nostalgische Sehnsucht nach der Zeit in meinem Leben, als es noch Dinge gab, mit denen ich unmöglich ins Reine kommen konnte.

6

»Hör mal«, fange ich schließlich an, als unser Dinner sich dem Ende nähert, »ich muss dir etwas erzählen. Ich muss deine Meinung dazu hören. Es geht um …«

Und so fange ich an.

»Es geht um Billys Mutter.« Ich begehe den Fehler, die

Pointe der Geschichte vorwegzunehmen und damit zu vermasseln, woraufhin ich blöde mit den Händen wedle, als wollte ich alles auswischen. Ich fange von vorn an.

»Ich bin gebeten worden, jemand, den ich kenne, hat mich gebeten, einen Blick auf den Rohschnitt eines von ihm produzierten Films zu werfen, um zu schauen, ob ich irgendwas daraus machen kann …«

Wieder begehe ich einen Fehler, schweife vom Thema ab und erzähle ihr von dem Film. Wie wunderbar er ist. Ich rede nicht nur über etwas, das gar nicht zum Thema gehört, ich liefere auch eine äußerst schlechte Beschreibung des Films. Bei mir hört er sich an wie jeder andere Film. Also zünde ich mir noch eine Zigarette an und fange von vorn an.

Ich erzähle ihr von dem Video.

Von der Kellnerin.

Von ihrem Lachen.

»Sowie sie lachte, wusste ich, ich meine, ich wusste ganz genau, dass sie …«

Ich verstumme mitten im Satz, weil mir plötzlich bewusst wird, dass ich Dianah damals zwar von meinem Telefongespräch mit der Vierzehnjährigen erzählt, ihr aber nichts von dem Lachen des Mädchens am Telefon gesagt habe. Also mache ich hastig einen Sprung zurück und blende diese Information in meine Erzählung ein. Ich versuche ebenfalls, weil es für die Geschichte, die ich erzähle, entscheidend ist, die Eigenart ihres Lachens zu beschreiben, die es unvergesslich machte. Aber sosehr ich mich bemühe, meine Beschreibung ihres Lachens ist kein Erfolg. Ich vermassle sie. Ich fühle mich wie ein Nachtklubunterhalter, der sein Publikum verliert. Aus lauter Verzweiflung bringe ich Beispiele von Schauspielerinnen, deren Lachen dem des Mädchens ähnelt.

Als ich dann wieder auf das Thema von Billys Mutter zu

sprechen komme, stelle ich fest, dass ich nichts mehr dazu zu sagen habe. Dass ich alles gesagt habe, es aber irgendwie geschafft habe, alles auszulassen.

Ich habe mir den ganzen Abend über den Kopf zerbrochen, welche Wirkung meine Geschichte von Billys Mutter auf Dianah haben würde, und jetzt, wo die Geschichte vorbei ist, merke ich, dass sie offenbar auf keinen von uns beiden Wirkung hat. Weder auf mich, der ich sie erzählt habe, noch auf Dianah, die sie gehört hat. Die Geschichte hat keine größere oder geringere Bedeutung als alles andere, was wir beim Dinner zueinander gesagt haben.

Ich sitze verwirrt da und vermag nicht zu sagen, ob die mangelnde Wirkung der Geschichte darauf beruht, dass ich sie schlecht erzählt habe, oder ob ihre mangelnde Wirkung und Bedeutung meine gegenwärtige Geistesverfassung treffend wiedergeben. Vielleicht habe ich zu lange damit gewartet, sie zu erzählen. Vielleicht habe ich, als ich mir die Szene im Restaurant wieder und wieder ansah, jedwede Bedeutung, die sie besaß, verbraucht. Ich fühle mich genauso, wie ich mich fühlte, als ich meinen »Odysseus im Weltraum«-Film einem Studioboss vortrug und es im Laufe des Vortrags schaffte, nicht nur ihn mit meiner Geschichte zu langweilen, sondern auch mich selbst.

Ich zünde mir noch eine Zigarette an. Dianah sitzt mir gegenüber und schaut mir beim Rauchen zu. Sie mustert mich schweigend, als wartete sie auf nähere Ausführungen. Ich habe keine zu bieten.

»Du bist schlimmer, als ich dachte«, sagt sie schließlich. »Ja, wirklich. Du erinnerst dich an ihr Lachen? Du? Nach zwanzig Jahren hast du dich an den Klang ihres Lachens erinnert? Hast du das gesagt?«

Ich nicke, aber ohne Überzeugung.

»Du vergisst sogar, wenigstens hin und wieder deinen eigenen Sohn anzurufen, und du erwartest von mir, dir zu glauben …« Sie lässt den Satz unbeendet und seufzt.

»Ach, Saul«, sagt sie und schüttelt den Kopf. »Du bist ein kranker Mann. Wesentlich kränker, als ich dir zugestanden habe. Es kommt gar nicht darauf an, ob du wirklich an dieses Märchen glaubst, das du mir erzählt hast, oder ob du es nur erfunden hast, um mich zu verletzen. Was es zeigt, das Einzige, was es zeigt, ist das Ausmaß deines Abgleitens in eine Geisteskrankheit, für deren Behandlung ich nicht ausgebildet bin. Es quält mich, dich so zu sehen. Wirklich.«

Sie seufzt. Ihre schöne Hand mit den schönen langen Fingern flattert empor und senkt sich sanft auf ihren Busen.

»Du weißt, wie ich bin. Du unter allen Menschen musst doch wissen, wenn ich irgendetwas bin, dann fürsorglich. Sogar überfürsorglich. Es quält mich, Leiden jeglicher Art zu sehen, aber ganz besonders quält mich Leid, das nicht einmal ich lindern kann. Erinnere dich, wie es mir zugesetzt hat, wie niedergeschmettert ich war, als uns auf dem Weg nach Sag Harbor in jenem Sommer die Möwe in die Windschutzscheibe gekracht ist. Wir haben hinterher bei dem Fischrestaurant gehalten, und du, dir ging es gut …«

Die Leute am Berliner-Mauer-Tisch, die während meiner Geschichte weggedriftet waren, sind wieder dabei. Sie lauschen jedem Wort, das Dianah sagt. Sie scheinen das Restaurant in Sag Harbor zu kennen. Vielleicht haben sie selbst dort gegessen.

»Dir ging es bestens. Die arme tote Möwe bedeutete dir nichts. Du hast dagesessen, diese Krabbenpfannkuchen und deine Venusmuschelsuppe gegessen, und ich, falls du dich erinnerst, ich war so fertig, so niedergeschmettert von ihrem Tod, dass ich keinen Bissen herunterbekommen habe. Keinen einzigen Bissen. Und dann später, abends auf der Party bei den McNabs, es war ihr fünfundzwanzigster Hochzeitstag, und wir sind extra deswegen nach Southampton gefahren. Erinnerst du dich, wie George und Pat beide dachten, ich sei krank? Beiden ist aufgefallen, wie blass ich aussah. Wie bekümmert ich war. Und das war wegen einer Möwe. Ich kann Möwen nicht mal leiden, und trotzdem war ich von dem Vorfall niedergeschmettert, völlig niedergeschmettert. Rauch sie nicht. Steck sie weg. Tu es für mich. Bitte. Ich will damit sagen, es kommt eine Zeit, da muss selbst ich mich geschlagen geben. Nicht, dass ich dich aufgebe, Saul, mir bleibt nur keine Wahl. Ich wünschte, ich könnte dich gesund pflegen. Ich habe es versucht. Gott weiß, dass ich es versucht habe. Ich habe die letzten Jahre unserer Ehe, als wir noch zusammenlebten, mit nichts anderem zugebracht …«

Ich bin bezaubert von der Fabel, die sie erfindet, bewegt von dem, was sie dazu bewegt, mir die Lügen aufzutischen, die sie mir auftischt. In gewisser Weise fühle ich mich dessen nicht wert. Verdiene ich wirklich derart gute Lügen?

»Und ich hätte es weiterhin versucht, wenn du mich nicht verlassen hättest. Jawohl, du hast mich verlassen, Saul. Du bist ausgezogen, und jetzt schau dich an. Du bist schlimmer denn je. Statt einen positiven Schritt nach vorn zu tun und zu versuchen, mit dir ins Reine zu kommen, rennst du mit diesem unattraktiven Bart im Gesicht herum, läufst dem Mantel deines Vaters quer durch New York hinterher, und jetzt das. Entweder du erfindest ein Märchen über ein Mädchen, das am Telefon gelacht hat, oder du glaubst selbst an das Märchen. Ich weiß nicht, was schlimmer ist. Ich weiß nur, wenn ich bei all meiner Fürsorglichkeit dich nicht gesund pflegen konnte, dann ist Fürsorglichkeit nicht die Antwort. Das ist eine Aufgabe für Profis. Du solltest dich ihnen überantworten. Es gibt viele gute, angesehene psychiatrische Anstalten in dieser Stadt, und du gehörst in eine davon. Und glaube nicht, dass ich dich dort nicht besuchen würde. Doch. Jeden Tag. Aber ich kann es einfach nicht ertragen, dich weiter so zu sehen, hilflos von der Seitenlinie zusehen zu müssen, wie du mehr und mehr zerfällst. Verstehst du nicht, wie mir das zusetzt, dich so zu sehen? Ich kann nicht … ich kann einfach nicht … Entschuldige mich.«

Tränen steigen ihr in die Augen, sie steht auf und entfernt sich mit großer Würde zur Damentoilette.

Ich drehe mich auf meinem Stuhl um, um ihr hinterherzuschauen und einmal mehr die tänzerische Art zu bewundern, mit der sie einen Raum voller Menschen durchquert. Den gemessenen Schwung ihrer Schultern als Gegenbewegung zum Schwung ihrer Hüften.

7

Jetzt zünde ich mir die Zigarette an, die ich vorhin anzünden wollte, aber auf ihre Bitte hin nicht angezündet habe.

Meine Überzeugung, dass die Schauspielerin in der Szene im Restaurant Billys Mutter war, ist nicht mehr da. Vielleicht, denke ich, hat Dianah recht. Eine Art Märchen von mir. Die Chancen, das Lachen jenes vierzehnjährigen Mädchens im Gedächtnis bewahrt zu haben, scheinen minimal. Wir spielen anderen einen Streich, das Gedächtnis spielt uns einen Streich. Es kommt mir jetzt höchst unwahrscheinlich vor, dass die Kellnerin in dem Film irgendetwas anderes war als eine kleine Schauspielerin in einer winzigen Nebenrolle. In dieser Altersklasse gibt es so viele davon. Mitte dreißig bis Anfang vierzig. Allgemein herrscht die Ansicht, wenn sie es bis Mitte dreißig nicht geschafft haben, schaffen sie es nie. Entweder ist sie bis dahin eine Hauptdarstellerin, oder sie spielt für den Rest ihres Lebens oder ihrer Karriere, was immer zuerst endet, winzige Nebenrollen in Szenen, die anderen gehören.

Es ist wahr, ich habe in das Nachdenken über sie viel Hoffnung und Zeit investiert und durch sie, als Billys Mutter, in die Aussicht auf meine eigene Erlösung. Jetzt, wo die ganze zentrale Voraussetzung infrage steht, habe ich keine Ahnung, was ich denken soll. Ich bin vorübergehend zwischen allen Gedanken, bis eine neue Stimmung daherkommt, um einen Gedanken ins Leben zu rufen.

Ich wende meine Aufmerksamkeit meinen Kollegen am Berliner-Mauer-Tisch zu. Sie waren so freundlich, mit ein paar verständlichen Unterbrechungen, dem Melodrama an meinem Tisch zu lauschen, und mein Sinn für gesellschaftliche Verpflichtungen verlangt von mir, die Freundlichkeit zu erwidern.

Sie reden gerade über Hassverbrechen.

Eine Frau an dem Tisch sagt, dass Hassverbrechen im Zunehmen begriffen sind. Sie bietet Statistik an. Rassenverbrechen sind um sechzig Prozent gestiegen. Religiöse insgesamt um vierzig Prozent, aber Hassverbrechen an Juden um satte zweiundneunzig Prozent. Verbrechen an Kindern sind noch schlimmer. Verbrechen an Kindern sind um über zweihundert Prozent gestiegen. Sie will fortfahren, aber der Mann ihr gegenüber unterbricht sie. Er glaubt nicht, dass Verbrechen an Kindern den Hassverbrechen zugerechnet werden können. Und warum nicht, möchte sie wissen. Weil, antwortet der Mann, Verbrechen an Kindern eine Kategorie für sich sind. Das heißt nicht, dass er solche Verbrechen nicht beklagt, es heißt nur, dass als Kategorie … Diesmal unterbricht die Frau ihn. Was anderes als Hass, möchte sie wissen, kann Verbrechen an Kindern erklären? Ist er sich auch der Tatsache bewusst, dass Kinder zu den bevorzugten Opfern der meisten Amerikaner geworden sind? Ja, er ist sich dieser Tatsache bewusst, er ist sich auch der Tatsache bewusst, dass Kinder außerdem zu den bevorzugten Opfern anderer Kinder geworden sind, aber das heißt immer noch nicht, dass solche Verbrechen in die Kategorie der Hassverbrechen einbezogen werden sollten. Hassverbrechen sind seiner und nicht nur seiner Meinung nach Verbrechen, die …

Mein Kellner kommt. Er bringt mir die Rechnung, verbeugt sich und geht.

Ich habe hier ein Kundenkonto und brauche die Rechnung lediglich zu unterschreiben. Ich lasse riesige Trinkgelder für jeden vom Personal da, der auch nur in meine Nähe gekommen ist.

Dianah kehrt zurück, völlig gefasst, die Tränen verschwunden, das Haar gebürstet. Sie ist die leibhaftige Ms Sisyphos. Bereit, sich wieder ihrer nie endenden Fron zu widmen und zu versuchen, mich den steilen Abhang zum Gipfel von Gesundheit und Glück hinaufzurollen. Sie weiß, dass sie sich eine hoffnungslose und undankbare Aufgabe gestellt hat, aber sie kann sich ebenso wenig von mir abwenden wie von den zum Untergang verurteilten Elefanten, die ihr schönes blaues Kleid schmücken. So ist sie eben. Aus Herzensgrund Fürsorgerin.

Wir brechen zusammen auf. Ich torkele ein bisschen, um den Schein zu wahren. Ich stütze mich auf sie und liefere eine meiner besseren Vorstellungen eines hoffnungslos Betrunkenen.

Wir hegen keinen Groll gegeneinander. Überhaupt keinen.

Draußen ist es weder warm noch kalt. Es ist März, aber es mutet an wie Mai. Seit Januar ist es Mai.

Einem riesigen, beleuchteten Aquarium gleich, ist die Sixth Avenue voller Taxis, die an uns vorbeigleiten wie Goldfischschwärme.

Ich rufe eins davon.

Ich öffne die Tür und halte sie ihr auf. Sie rutscht durch und macht für mich Platz.

»Mir ist nach Laufen«, sage ich zu ihr.

Ich zünde mir eine Zigarette an und mache mich auf den Weg. Mein Bart kommt mir vor wie ein Hund, mit dem ich eine Runde mache. Er läuft mir voraus, als kenne er den Weg zu meiner Wohnung.

8

Das Lincoln Center entlässt gerade sein Publikum. Hunderte von Menschen mit Programmheften in der Hand. Sie hasten, stoßen sich vom Bürgersteig, winken verzweifelt nach Taxis. Es ist wie eine Szene aus einem dieser Schiffskatastrophenfilme. Nur soundso viele Rettungsboote für alle. Die körperlich tüchtigen Männer rennen voraus, um ein Taxi zu ergattern, während die Frauen und Kinder und Gebrechlichen hintanbleiben, sich zu kleinen Grüppchen scharen. Sie können nur noch hoffen und beten.

Eine neue Stimmung beginnt sich langsam in meinem Kopf breitzumachen.

Dianahs Behauptung, die Frau, die ich für Billys Mutter hielt, wäre nichts als ein Märchen oder ein Hirngespinst, enttäuscht mich nicht mehr. Der Zweifel, den ich jetzt an der Identität der Frau habe, scheint befreiend. Während ich ernsthafte moralische Bedenken hatte, ihren Spuren zu folgen, solange ich sicher war, dass sie Billys Mutter war, habe ich jetzt keine mehr. Ich bin jetzt frei, um die Dinge in Bewegung zu setzen, sollte ich mich dafür entscheiden. Meine Anrufe zu machen. Ihren Namen in Erfahrung zu bringen. Ihre Adresse. Mich mit ihr anzufreunden. Mich in ihr Leben einzuschleichen. Herauszufinden, wer sie ist.

Feiner Nieselregen, so fein, dass er fast wie Nebel wirkt, setzt ein.

9

Seventy-second Ecke Broadway. Die morgige Sonntagsausgabe der *Times* ist vor dem Zeitungsladen an der Ecke gestapelt. Menschen strömen unablässig, um sie zu kaufen, und entfernen sich mit der Zeitung unter dem Arm.

Die Bürgersteige sind voller Menschen. Auf dem Weg nach Hause. Auf dem Weg von zu Hause. Ohne Zuhause. Alle Sorten.

Der alte Mann in dem Mantel meines Vaters ist nirgendwo zu sehen. Ich gehe an der Ecke vorbei, wo ich ihn zum ersten Mal erblickt habe, und an der Bank, wo wir gesessen haben. Ich habe nicht direkt nach ihm Ausschau gehalten, aber ich habe erwartet, ihn wiederzusehen, als hätten wir das vereinbart. Ich erkenne jetzt, was dahintersteckt. Der Hollywood-Skriptflicker in mir ist am Werk. Der Umschreiber, der Nebenfiguren früh etabliert, damit sie dann noch einmal für den Knalleffekt erscheinen können. Niemand in den Drehbüchern, die ich umgeschrieben habe, erscheint nur einmal. Der einzige Grund, warum sie überhaupt vorkommen, ist ihr nochmaliges Erscheinen für den Knalleffekt. Ihr ganzer Daseinsgrund ist, anderen den Knalleffekt zu liefern.

Ich weiß natürlich, dass es einen großen Unterschied zwischen dem wirklichen Leben und den Drehbüchern gibt, die ich umschreibe. Das Leben der meisten Menschen ist weder vom Charakter noch vom Plot bestimmt, sondern von willkürlichen Strömungen, Trends und Stimmungen. Ein stimmungsbestimmtes, kein schicksalsbestimmtes Leben. Ich bin mir dessen voll bewusst, aber der Umschreiber in mir wünscht sich, auch das Leben könnte manchmal umgeschrieben werden.

Es fängt richtig an zu regnen.

Trotz des Regens steht eine Schlange an der Ecke Eightysixth Street, um die Sonntags-*Times* zu kaufen. Die Käufer drücken ihre Zeitungen fest an die Brust, um sie vor dem Regen zu schützen. Das Bild ist fast mütterlich oder väterlich, je nach Geschlecht. Das ruft ein Bild aus einem alten Film ins Gedächtnis, jedenfalls in mein Gedächtnis. Die Stadtbewohner in *Die Dämonischen* verlassen die Ausgabestelle, wo sie ihre Kapseln abgeholt haben, und eilen davon, jeder hält die Kapsel mit seiner Nachbildung fest umklammert.

Ich bezahle meine *Times*, drücke sie an die Brust wie alle anderen und stiefle nach Westen zum Riverside Drive.

10

Kurz nach Mitternacht gelange ich in meine Wohnung.

Ich stecke die Kassette in meinen Videorekorder und spule rasch vor zu der Szene im Restaurant. Ich zünde mir eine Zigarette an und schaue mir noch einmal die Szene an. Meine Augen wandern von ihrem Gesicht zu Billys Foto auf dem Fernseher. Was ich an Ähnlichkeit vorher zwischen den beiden sah, sehe ich jetzt entweder nicht mehr, oder ich sehe sie noch, aber sie hat nicht mehr dieselbe Bedeutung. Ich höre ihr Lachen. Es ist entweder genau dasselbe Lachen wie das Lachen jenes vierzehnjährigen Mädchens am Telefon oder nicht. Meine Krise, was ich mit der Frau auf meinem Fernsehbildschirm machen soll, ist weg. Ich bin mir keiner Krise mehr bewusst.

Ich ziehe mich aus und gehe ins Badezimmer, treffe, während ich in die Duschkabine steige, eine plötzliche Vorstandsentscheidung, mir den Bart abzunehmen.

Das warme Wasser, das mir auf die Schultern rieselt, wirkt wunderbar beruhigend auf Tast- und Hörsinn. Dampf steigt in der Kabine auf. Der Dampf beschlägt die Glastür. Was durchsichtig war, wird undurchsichtig.

Ich habe ein Büro auf der West Fifty-seventh Street, aber in vieler Hinsicht ist dies hier mein Büro. Unter der Dusche löse ich Konflikte, gewinne Einsichten, komme mit allem ins Reine, womit ich noch ins Reine kommen muss. Unter dieser Dusche kam mir die Idee zu meinem »Odysseus im Weltraum«-Film, und unter dieser Dusche kehre ich von Zeit zu Zeit zu diesem Thema zurück, um die Idee auszuschmücken.

Das tue ich jetzt.

Ich sehe den Solarsegler mit dem meilenhohen Solarsegel durch Raum und Zeit segeln. Ich sehe die Szene mit den Sirenen wie etwas bei MTV. Odysseus, an den Mast gefesselt, bekommt Videos davon zu sehen, was er in all den Jahren, die er von zu Hause fort ist, versäumt hat. Er sieht die Szenen, die er mit seinem Sohn Telemachos hätte erleben können, aber jetzt nie mehr erleben kann. Oder kann er es doch? Die verlockenden, von den Sirenengesängen ins

Leben gerufenen Bilder peinigen ihn mit dem, was hätte sein können. Er zerrt an den Seilen, die ihn an den Mast fesseln.

Ich rasiere mich.

Nach dem Rasieren seife ich mir die Haare ein. Ich benutze ein Shampoo, das speziell für häufige Benutzer wie mich hergestellt ist.

Ich fühle mich so entspannt, dass sich sogar der eiserne Griff meiner Prostata lockert und ich zum ersten Mal seit langer Zeit frei pinkeln kann. Ich denke an Dianah.

Sie hatte unrecht, mich einen potenziellen Killer zu nennen, der voller Wut und Hass steckt. Ich bin auf niemanden wütend. Ich hasse niemanden, nicht einmal Cromwell, den ich hassen möchte. Ich habe niemals vorsätzlich jemandem Schaden zugefügt.

Andererseits fehlt mir die Willenskraft, die mich daran hindert, andere im Vorbeigehen zu verletzen, durch den tagtäglichen Lauf meines Lebens, allein dadurch, dass ich der bin, der ich bin.

Meine Fähigkeit, Schaden zuzufügen, ist bislang nur davon eingeschränkt worden, dass ich wenig Gelegenheit dazu bekam. Weil ich mich kenne, weiß ich, dass ich fähig bin, wesentlich größeren Schaden anzurichten, als ich es bisher getan habe, vielleicht sogar dazu, jemanden zu töten, sollte sich die Gelegenheit ergeben. Nicht, dass ich jemandes Blut an den Händen haben möchte, ich wäre nur unfähig, mich daran zu hindern, es zu vergießen.

Diese Charaktereigenschaft von mir ist ein Grund zur Sorge, und ich sorge mich deswegen. Die Sorge poltert in meinem Kopf herum wie ein Stück Mohrrübe in einer Küchenmaschine. Aber beim Herumpoltern wird sie kleiner und kleiner, bis sie schließlich alle Bedeutung einbüßt. Sie gesellt sich zu den übrigen Sorgen, Gedanken und Einsichten in der psychischen Suppe in meinem Kopf.

Meine früheren Krisen und Sorgen sind jetzt nicht mehr voneinander zu unterscheiden. Es steckt ein starkes Gefühl von Frieden und Freiheit in dem Wissen, dass ich weder recht noch unrecht tun kann, denn in der einheitlichen Brühe in meinem Kopf gibt es keinen Unterschied zwischen Recht und Unrecht.

Das warme Wasser rieselt weiterhin aus dem Duschkopf. Der Dampf steigt und wird dichter. In der egalitären Demokratie meiner Gedanken herrscht Ruhe und völlige Gleichheit. Alles ist Suppe.

ZWEITER TEIL

LOS ANGELES

ERSTES KAPITEL

1

Ihr Name war Leila Millar. Millar mit einem a, aber ausgesprochen, so beeilte sich der stets hilfsbereite Brad in Cromwells Büro mir mitzuteilen, wie »Miller«.

Ich flog nach LA, um sie zu treffen.

Als ich Brad anrief, war meine Absicht, lediglich ihren Namen und ihre Telefonnummer zu erfahren. Der Rest, dachte ich, würde mit der Zeit folgen. Aber der Rest folgte sofort.

Brad erzählte mir, dass es etliche Szenen »mit der fraglichen jungen Dame« gab, die aus der Kopie, die ich gesehen hatte, herausgeschnitten worden waren. Falls ich einige dieser Szenen oder einige der anderen Szenen, die Mr Houseman herausgeschnitten hatte, sehen wollte, brauchte ich nur zu sagen, wann.

»Sie wohnt in Venice«, sagte Brad und lachte dann auf seine blökende Art. »Das amerikanische Venedig, das in Kalifornien.«

Er gab mir ihre Adresse. Ich notierte sie mir.

Ich wollte ihm schon danken und auflegen, da fragte er: »Möchten Sie, dass ich mich um die Reisebuchungen kümmere?«

Warum nicht, dachte ich. Wenn ich jetzt tun werde, was ich früher oder später ohnehin tun werde.

»Warum nicht?«, sagte ich zu Brad.

Brad kümmerte sich um alles, den Flug, die Limousine in New York zum Kennedy, die am Flughafen in LA, das Hotel und den Mietwagen, der mich auf dem Hotelparkplatz erwartete.

Mit der Arie der Unterbringungsmöglichkeiten versetzte seine wohlklingende, beflissene Stimme mich fast in eine hypnotische Trance. Ihn reden zu hören, war, als bekäme ich gleichzeitig die Haare geschnitten, die Nägel manikürt und die Schuhe geputzt. Die Einzelheiten meiner Reise wurden durch seine Stimme zu Angelegenheiten von höchster Wichtigkeit. Das weckte in mir den Wunsch nach einem eigenen Brad.

2

Ich döste vor mich hin, als unser Pilot durchsagte, dass wir gerade Chicago überflogen.

Er hörte sich an wie ein ehrlicher Mann, und ich verließ mich auf ihn, denn als ich die Augen aufmachte und hinunterschaute, sah ich nichts als Wolken.

Chicago diente mir auf meinen Flügen nach LA als Wegmarke, die anzeigte, dass wir ein Drittel des Weges hinter uns hatten.

Ein kurzer Wehlaut für meine Mutter, wie das Geräusch eines dieser Unterwassersonargeräte, prallte von meinem Herz ab.

Ich war sehr vertraut, allzu vertraut mit dem Haus unten, in dem sie jetzt allein wohnte. Vielleicht wanderte sie gerade in diesem Augenblick ziellos hindurch, von Ost nach West, und vielleicht waren wir beide, während das Flugzeug über das Haus flog, für den Bruchteil einer Sekunde synchron, ziellos in der gleichen Richtung unterwegs.

Ich hatte sie seit der Beerdigung meines Vaters nicht mehr gesehen.

Es gab keine ungelösten Probleme zwischen uns. Wir hatten sie beide vor langer Zeit gelöst. Wir waren in einer Weise miteinander ins Reine gekommen, die gemeinhin als sehr gesund gilt. Es gab keine Feindseligkeit zwischen uns. Keine offenen Rechnungen. Alles quitt. Meine Beziehung zu meiner Mutter war in vieler Hinsicht genau die gleiche wie meine Beziehung zu Dianah. Wir waren getrennt, aber noch nicht völlig geschieden. Auf beiden Seiten kein Groll.

Das einzig Lebendige, was es noch zwischen meiner Mutter und mir gab, war die Erinnerung an einen einzigen Augenblick. Aller Wahrscheinlichkeit nach hatte sie ihn völlig vergessen.

Auf meinem Weg nach LA hatte ich Zwischenstation gemacht, um meinen Dad und sie zu besuchen. Er war zu der Zeit noch gesund und bei Verstand und hatte an dem Nachmittag im Gericht zu tun. Ich saß in der Küche, rauchte, trank Tee und sah meiner Mutter zu, die den Staub vom hölzernen Fensterbrett über dem Spülbecken abwischte.

Unser gemeinsames Teetrinken war immer so. Sie pflegte mich zu fragen, ob ich eine Tasse Tee wollte. Wenn ich Ja sagte, machte sie eine Tasse für mich, aber nicht für sich. Wenn ich Nein sagte, war es umgekehrt. Einer von uns sah immer dem anderen beim Teetrinken zu.

Sie hatte mir zugeschaut, wie ich meinen trank, und dann begann sie, getrieben von einer Sucht, in meiner Gegenwart sinnlose Hausarbeiten zu verrichten, mit einem feuchten Lappen den Staub vom Fensterbrett abzuwischen.

Das Küchenfenster ging nach Westen, und im Licht der Nachmittagssonne, die sie wie ein Spot anstrahlte, sah ich, wie alt sie geworden war. Der Gedanke, dass diese alte Frau mich geboren hatte, ließ mein eigenes Leben so uralt erscheinen wie etwas auf Tontafeln in Keilschrift Geschriebenes.

Plötzlich, während sie mit der Hand über das hölzerne Fensterbrett fuhr, schrie sie vor Schmerz auf und zog die Hand zurück.

Ich stand auf und sagte: »Mom, was hast du denn?«

Sie schlurfte heran und hielt mir den rechten Zeigefinger hin.

Da, in dem alten Zeigefinger, den sie mir zur Untersuchung brachte, sah ich einen dünnen Holzsplitter und ein Blutströpfchen.

Was ich sah, sah überhaupt nicht wie ein lebendiger menschlicher Finger aus, sondern wie ein totes Stück Holz, in das der Splitter, auch aus Holz, eingedrungen war. Der Gedanke, dass dieses alte Stück Holz Schmerz empfinden und bluten konnte, entsetzte mich.

Ich wich vor ihr zurück. Vor dieser Fingerkuppe und dem zitternden Blutströpfchen. Ich brachte es nicht über mich, das anzufassen.

Meine Mutter erkannte den Fehler, ihr Wehwehchen zu mir zu tragen, kam zur Vernunft und entschuldigte sich fast für ihren Schnitzer. Zerknirscht und verlegen drehte sie sich um und schlurfte zurück zum Spülbecken, wo sie aus dem Hahn etwas Wasser über ihre Fingerkuppe laufen ließ.

Am nächsten Tag flog ich wie geplant nach LA weiter.

Der winzige Splitter, so wusste ich, war längst aus ihrem Fleisch geschieden. Die beschädigten Hautzellen hatten sich sogar in ihrem Alter schon längst erneuert und den Riss in der Haut geschlossen, sodass kein sichtbares Zeichen von diesem Vorfall blieb.

Wie ein Geizhals hielt ich jedoch an der Erinnerung an diesen Nachmittag fest, als wäre sie ein Edelstein.

Es bedurfte einer bewussten Anstrengung, meine Gedanken daran zu hindern, die Erinnerung an jenen Augenblick mit meiner Mutter in der Küche auszulöschen. Es brauchte Arbeit, um diesen Splitter in meinem Kopf zu behalten. Als Gegengabe erhielt ich dafür jedes Mal, wenn ich Chicago überflog, die Befriedigung, ein wenig Unbehagen zu empfinden wegen meines Benehmens an jenem Tag. Dieses Unbehagen war weder intensiv noch lang anhaltend, aber es genügte, um mich davon zu überzeugen, dass ich immer noch ein aktives Mitglied der Menschheit war.

3

Es war fast acht Uhr abends, als wir in LA ankamen. Ein baumlanger Limousinenchauffeur holte mich bei der Gepäckausgabe ab, hielt ein Schild mit meinem Namen hoch.

Das Kofferkarussell begann, sich zu drehen. Zum ersten Mal in meinem Leben war mein Koffer der erste, der erschien. Ich nahm es als gutes Omen.

Die Limousine, die Brad für mich bestellt hatte, war eine Stretchlimousine, aber soviel ich mich auch mühte, ich konnte mich bei Weitem nicht lang genug ausstrecken, um den Komfort und den Raum, den sie bot, voll auszunutzen.

Es war dunkel draußen und wirkte noch dunkler durch die getönten Scheiben der Limousine. Ich öffnete ein Fenster und zündete mir eine Zigarette an.

Venice lag dicht beim Flughafen, und als wir an mehreren

Ausfahrten vorbeifuhren, die uns dorthin gebracht hätten, konnte ich nicht umhin, an Leila zu denken. Aber da ich sie eigentlich gar nicht kannte, wusste ich auch eigentlich nicht, was ich über sie denken sollte. Mangels jeglicher Einzelheiten oder befreit von der Last aller Einzelheiten, gestattete ich mir, alles zu denken, was ich über sie denken wollte, was vermutlich heißt, dass ich über mich selbst nachdachte.

4

Meine hummerrosa Suite im sechsten Stock war riesig, aber ich hatte nichts Geringeres erwartet. Ich bin oft genug nach LA eingeflogen worden, um die Prächtigkeit meiner Unterkünfte anhand der Größe der Limousinen, die mich am Flughafen abholen, voraussagen zu können. Keine Limousine bedeutet ein Einzelzimmer. Ein Viertürer mit Trennscheibe bedeutet eine kleine Suite. Eine Stretchlimousine bedeutet eine Stretchsuite.

Mich erwarteten zwei Flaschen Champagner und zwei Obstkörbe. Der kleinere Obstkorb und die kleinere, weniger teure Flasche Champagner waren von der Hoteldirektion, zum Zeichen ihrer Dankbarkeit für einen treuen Kunden. Der andere, wesentlich größere Korb und die andere, wesentlich größere Flasche Champagner waren von Cromwell. Ein Fax war dabei, mit der Hand geschrieben und in Leningrad aufgegeben.

»Saul, Sie verdammtes Genie, willkommen an Bord. Wenn Sie irgendwas brauchen, rufen Sie einfach Brad an.

Freue mich, Sie nächsten Samstag persönlich willkommen zu heißen. Grüße, Jay.«

Es war spät. Ich war müde, aber nicht schläfrig, und ich

konnte nirgendwohin, also packte ich langsam, methodisch aus und versuchte, diese Tätigkeit so weit wie möglich in die Länge zu ziehen.

Es gefiel mir, dass Cromwell über meinen Besuch in LA informiert worden war.

Nachdem Brad sich um meine Buchungen gekümmert hatte, war er zu dem Thema des aus dem Film herausgeschnittenen Materials zurückgekehrt. Wann war ich interessiert, es zu sehen? Ich war überhaupt nicht daran interessiert, es zu sehen, aber ich musste meinen Aufenthalt in LA irgendwie rechtfertigen, deshalb willigte ich ein, es am Montag zu sehen. Brad sagte mir, dass er mir einen Vorführraum reservieren würde.

Cromwell, da war ich sicher, wusste alles darüber und interpretierte wahrscheinlich meine Ankunft und meine Verabredung zur Sichtung des herausgeschnittenen Materials als Zeichen, dass ich ernsthaft erwog, den Auftrag anzunehmen. Ich war nicht oft in der wunderbaren, narrensicheren Lage, auf so angenehme Weise Cromwells Erwartungen erst wecken und dann zerschlagen zu können. Mir gefiel die Vorstellung, dass er irgendwo in Leningrad war und fest mit mir rechnete.

Es war Freitag. Laut seinem Fax würde er am nächsten Samstag in LA eintreffen. Bis dahin war ich wieder in New York. Mir gefiel die Vorstellung, dass er mein Hotel anrufen würde, nur um zu erfahren, dass ich am Abend zuvor abgereist war.

Wenn ich mir in einem ganz sicher war, dann darin, dass ich nichts tun konnte, um den meisterlichen Film, den ich gesehen hatte, zu beschädigen. Seine Integrität war vor mir sicher, nicht aufgrund irgendeiner persönlichen Integrität meinerseits, sondern weil der Film in sich so vollkommen war. Selbst wenn ich den Ehrgeiz gehabt hätte, ihn zu ändern, ich hätte nichts finden können, was sich ändern ließ.

Es ist wahr, ich hatte mich schon öfter daran beteiligt, Filme zu zerstören, aber diese Filme waren alle von anderer Art. Sie alle waren auf die eine oder andere Weise bereits in ihrer Konzeption Kompromisse eingegangen, bevor ich sie überhaupt in die Finger bekam. Die allerbesten dieser Filme wie zum Beispiel der Film des jungen Mannes in Pittsburgh hatten einen gewissen kommerziellen Standard zum Ziel, und obwohl meine Mitwirkung diesen Standard um ein oder zwei Stufen senkte, beraubte sie die Welt nicht um ein großes Kunstwerk.

Arthur Housemans Film war etwas anderes. Er war ein Meisterwerk. Er verlangte mir mein Bestes ab, um ihn überhaupt richtig würdigen zu können, und selbst in dieser Hinsicht fühlte ich mich ein wenig überfordert. Ich war ein Skriptflicker, aber ich war kein Vandale. Ich konnte ebenso gut ins Art Institute in Chicago gehen und über mein Lieblingsbild von van Gogh mit einem Fleischermesser herfallen, wie auch nur die kleinste Änderung in diesem Film zu veranlassen. Ausnahmsweise einmal war ich vor meiner eigenen launischen und unzuverlässigen Natur durch die künstlerische Integrität des Werkes selbst geschützt.

Cromwell bezahlte lediglich meinen kleinen Ausflug von New York. Obwohl ich wusste, dass er sich das leisten konnte, dass die Kosten, die ich verursachte, für jemanden von seiner Finanzkraft geringfügig waren, gefiel es mir, dass ich von ihm ausnahmsweise einmal etwas ohne jede Gegenleistung erhielt.

5

Als ich ausgepackt hatte, entkorkte ich meine Flasche Champagner.

In meinem Hinterkopf lauerte die leise Hoffnung, dass meine Unfähigkeit, betrunken zu werden, vielleicht eine ortsgebundene, auf die Ostküste beschränkte Krankheit war. Vielleicht würde es hier in LA, wo ich seit dem Ausbruch meiner Trinkerkrankheit nicht mehr gewesen war, anders sein.

Ich trank, bis beide Champagnerflaschen leer waren, was mir nur wieder einmal bestätigte, dass mein Gehirn eine für Alkohol uneinnehmbare Festung war.

Auf der positiven Seite jedoch verbrauchte mein Trinken Zeit. Es war inzwischen fast zwei Stunden später als beim ersten Schluck. Fast Mitternacht. Zeit, sogar nach LA-Zeit, schlafen zu gehen.

Ich lag in einem Bett, das so groß war wie eine kleine Insel. Ich lag und wartete auf den Schlaf. Der Freitag war vorüber, aber der Rest des LA-Wochenendes lag vor mir wie ein Meer, das ich durchqueren musste.

Das Motiv, das mich nach LA gebracht hatte, erschien mir in all seiner Absurdität.

Was in aller Welt tat ich hier?

Einsamkeit begann wie ausströmendes Gas, in die Dunkelheit meiner Suite einzudringen.

ZWEITES KAPITEL

1

Als ich am nächsten Morgen aufwachte, fühlte ich mich besser, ob nun von etwas geheilt oder mit etwas anderem infiziert, das ließ sich schwer sagen, aber jedenfalls in besserer Stimmung.

Ich duschte lange. Ich rasierte mich. Ich bestellte mir Frühstück aufs Zimmer. Ich bedankte mich mit einem zu großen Trinkgeld bei dem jungen Asiaten, der es brachte. Ich bedankte mich mit einem zu großen Trinkgeld bei dem jungen Latino, der das schmutzige Geschirr abholte. Ich zündete mir noch eine Zigarette an und nahm den Hörer ab.

Leilas Nummer auf dem Tastentelefon zu wählen, fühlte sich an wie Maschineschreiben. Ich hatte nicht die Absicht, mit ihr zu reden. Ich wollte nur ihre Stimme hören und dann auflegen.

Ihre Nummer war besetzt.

Fünf Minuten später war sie immer noch besetzt.

Sie war auch noch besetzt, als ich vom Swimmingpool anrief. Aber allein durch den Vorgang, dreimal ihre Nummer zu wählen, kam sie mir wesentlich vertrauter vor. Wie jemand, den ich mit Fug und Recht anrief.

Die Sonne schien. Der Himmel war blau. Das Geräusch

des Wassers, das aus dem Zulauf in den Pool fiel, war sehr beruhigend. In Kalifornien herrschte Dürre, und ein Schild neben dem Zulauf teilte mir mit, dass das Wasser für den Pool recycelt wurde.

Ich saß an meinem Tisch unter einem riesigen Sonnenschirm, rauchte und dachte meine Gedanken, die wie das Wasser im Pool recycelt waren.

Die Luft begann, sich aufzuheizen, die Mittagssonne brannte herab. Ein junges Mädchen in weißen Shorts und weißer Bluse mit einem Namensschildchen am Busen und einem strahlenden Lächeln auf dem Gesicht näherte sich, um sich zu erkundigen, ob ich etwas zu essen oder zu trinken bestellen wollte. Ich dankte ihr für die Nachfrage, ich dankte ihr so aufrichtig, als hätte sie meine ganze Familie aus einem brennenden Gebäude gerettet, aber nein, ich wollte nichts bestellen. Eine der Nebenwirkungen des Aufenthalts in einem luxuriösen Hotel ist, man bedankt sich derart viele Male bei derart vielen Leuten für derart viele Kleinigkeiten, dass man nach einer Weile durch dieses Mantra der Dankeschöns schon Dankbarkeit dafür empfindet, einfach da zu sein. Man empfindet sich als großzügig in einer trägen LA-Manier.

Leilas Telefonnummer stand auf demselben Zettel wie ihre Adresse, Crescent Place Nr. 1631, Venice. Ich dachte daran, sie wieder anzurufen, beschloss dann aber, stattdessen etwas anderes zu tun.

2

Ein junger Asiat fuhr meinen Mietwagen für mich vom Parkplatz und hielt mir die Tür auf. Ich dankte ihm und drückte ihm einen Fünf-Dollar-Schein in die Hand.

Ich war seit langer Zeit nicht mehr selbst Auto gefahren, und es war ein wunderbares Gefühl, wieder selbst zu fahren. Den Zigarettenanzünder zu drücken. Mit einer Hand zu lenken und mit der anderen zu rauchen. Einen Rückspiegel und Seitenspiegel zu haben und den Wind in den Haaren zu spüren. Je schneller ich fuhr, desto mehr Haare schien ich für den Wind zu haben. Wieder selbst Auto zu fahren, gab mir das Gefühl, jung zu sein oder zumindest jünger, als wäre Jugend ein Freizeitsport, den man in LA mieten konnte.

Sobald ich auf dem San-Diego-Freeway war, fing ich an zu rasen. Ich raste an Autos vorbei, die ihrerseits rasten. Ich überschritt die Geschwindigkeitsbeschränkung nicht nur, ich überflog sie. Manchmal fuhr ich so schnell, dass ich vergaß, wo ich war und wohin ich wollte. Die Raserei erzeugte eine Eigendynamik, die wiederum eine Rechtfertigung für jedwedes Fahrtziel erzeugte.

Ich hatte immer noch keine Krankenversicherung, aber solange ich in meinem Mietwagen blieb, war ich voll versichert. Ich war haftpflichtversichert, und ich war vollkaskoversichert. Diese Ironie steigerte nur mein fahrlässiges Vergnügen. Ich war versichert. Falls ich in einen meiner Mitraser donnerte, war das anschließende Blutbad voll gedeckt.

Es kam fast dazu. Eine Massenkarambolage wurde nur durch die Reaktionsschnelligkeit der Fahrer um mich herum vermieden, als ich aus meiner Spur links außen jäh ausscherte und auf die Spur rechts außen wechselte, um die Ausfahrt Venice Boulevard zu erwischen.

3

Ich umkurvte und durchkurvte Venice fast eine Stunde lang, wie in einem Strudel gefangen, der mich immer wieder auf der Lincoln Avenue ausspie.

Im Auto fand sich eine ausgezeichnete Karte von LA und seiner Umgebung, und ich konsultierte sie jedes Mal, wenn ich wieder auf der Lincoln Avenue landete.

Ich hatte überhaupt keine Probleme damit, auf der Karte ihre Straße oder eine Wegroute zu ihrer Straße zu finden. Aber dann mit dem Auto dorthin zu gelangen, erwies sich als ein viele Zigaretten verzehrendes Martyrium.
Ich fuhr immer wieder im Kreis, landete in verkehrter Richtung in Einbahnstraßen oder in Sackgassen, die ohne Vorankündigung vor hohen Drahtzäunen endeten, hinter denen sich Lagerhäuser oder Holzlager oder Schrottplätze befanden, bewacht von großen bellenden Schrottplatzhunden.

Schließlich geriet ich mehr durch Zufall als durch irgendwelche navigatorischen Künste meinerseits auf einen kleinen Halbkreis, von dem mehrere Straßen wie Radspeichen abgingen.

Eines der Straßenschilder trug den Namen Crescent Place.

4

Eine einzelne, sehr hohe Palme stand in der Mitte des Halbkreises.

Nicht weit von der Palme war ein großes Baumhaus, das aber nur dem Namen nach ein Baumhaus war. Es ruhte frei stehend auf vier mächtigen Holzbalken. An den Balken war eine Holzleiter befestigt, die hinaufführte.

Im Vorbeigehen hörte ich Kindergelächter aus dem Baumhaus. Nach den verschiedenen Stimmen zu urteilen, die ich heraushörte, war das Kabäuschen mit Kindern vollgestopft.

Wie das Baumhaus war Crescent Place nur dem Namen nach eine Straße. Wäre nicht das Straßenschild gewesen, ich hätte sie wohl für einen Fußweg gehalten und einen schmalen noch dazu. Crescent Place war von alten eingeschossigen Häusern gesäumt. Kleine, von Zäunen umschlossene Rasengevierte. Kleine Blumenbeete in den Rasengevierten. Die Armeslängennähe der Häuser zueinander erinnerte mich an die Hausboote an der Seventy-ninth-Street-Marina.

Die Rasengevierte, die Häuser und die kleine schmale Straße selbst lagen völlig verlassen. Oder es schien zumindest so. Das einzige Geräusch, das ich hörte, kam von jemandem, der hämmerte. Und dann hörte auch das abrupt auf.

Es versprach sehr heiß zu werden, und ein heißer Wind blies durch den Schlot der schmalen Straße in meinem Rücken.

Ich war zuvor einige Male am Venice Beach gewesen, hatte mich aber noch nie nach Venice selbst hineingewagt.

Ein Artikel im Magazin der *LA Times* kam mir in den Sinn, während ich mit dem Wind im Rücken dahinschlich. Er war über den Mann, der um die Jahrhundertwende die Vision hatte, ein Venedig des Westens zu erbauen, nach dem Vorbild des Venedigs am Mittelmeer. Es sollte alles haben, was die europäische Stadt hatte. Kanäle statt Straßen. Gondeln als Verkehrsmittel. Anmutige Brücken, die die Kanäle überspannten. Seine Vision wurde jedoch von anderen abgeändert, bis von der ursprünglichen Idee nichts blieb als ein paar Brücken, die jetzt nichts überspannten. Und natürlich der Name selbst. Venice.

Ich folgte den Hausnummern, bis ich zu der Adresse kam,

derentwegen ich aus New York hergeflogen war. Crescent Place Nr. 1631.

Es sah nicht anders aus als die übrigen alten Häuser, die ich gesehen hatte. Ein Drahtzaun. Ein Stückchen Rasen. Ein kleines Blumenbeet. Eine Veranda voller Kram.

Die Fenster standen weit offen, und ein Luftzug aus dem Haus füllte die weißen, gazeartigen Vorhänge mit Wind, sodass sie sich aufblähten und dann, wenn der Wind aussetzte, zusammensanken. Ich stand da und sah zu, wie Leilas Haus ein- und ausatmete, sah zu, wie es atmete, als wäre es ein lebendes Wesen, das friedlich schlief und träumte, völlig ahnungslos von meiner Anwesenheit und Absicht dort.

Da war ich nun und hatte keine Ahnung, was ich anfangen sollte. Mein üblicher Vorrat an banalen Eröffnungsbemerkungen schien der Situation nicht angemessen. Ferner besaß ich überhaupt keinen Schlüssel dazu, welche Situation das eigentlich war. Wer Leila eigentlich war.

Ihr Telefon klingelte plötzlich. Ich hörte es durch die offenen Fenster klingeln. In der Stille der Straße hörte ich ihren Anrufbeantworter.

»Ich bin gerade nicht zu Hause, aber wenn Sie eine Nachricht hinterlassen, werde ich Sie zurückrufen, sobald ich kann. Versprochen.«

»Leila, ich bins wieder. Das Ganze wird langsam lächerlich, findest du nicht? Ich weiß nicht mehr, was mit uns los ist. Also bitte, ruf mich wenigstens an und sag mir Bescheid. Das ist doch wohl nicht zu viel verlangt, oder? Tschau.«

Obwohl ich außerhalb ihres Hauses stand und obwohl die Nachricht, die ich gehört hatte, nicht sonderlich intim war, kam ich mir vor wie ein Einbrecher, der ihre Privatsachen durchwühlt hatte. Die Nachricht, die ich mitgehört hatte, steckte mich in die Kategorie derer, die anderer Leute Post aufmachen, und ich schrak beschämt vor dieser kleinlichen Ungehörigkeit zurück.

Das erinnerte mich an die wesentlich größere Ungehörigkeit des Motivs für mein Hiersein. Der Mann, der sie angerufen hatte, klang zumindest so, als hätte er ein Recht, sie anzurufen. Ich hatte nicht mehr das Gefühl, dass ich dieses Recht hatte.

Lass sie in Ruhe, sagte ich mir. Lass sie in Frieden. Kein Mensch hat je davon profitiert, dich zu kennen, warum also die Liste verlängern? Vertreibe dir deine Zeit in LA mit etwas anderem. Lass sie in Ruhe.

Es kam mir so gut und richtig vor, meinen eigenen Rat zu befolgen, dass ich auf dem Rückweg von ihrem Haus von mir und meinen Handlungen in der dritten Person dachte.

Da er sich seiner unberechenbaren und unzuverlässigen Natur bewusst war und sehr wohl wusste, dass es besser für sie war, nie mit ihm in Kontakt zu kommen, beschloss er aus weiter nichts als simpler menschlicher Anständigkeit, sie in Ruhe zu lassen.

5

Die Luft war erfüllt von Gekreisch, Gelächter und schaurigen Schreien. Was ich sah, als ich aus ihrer Straße kam, war eine Schlacht. Kleine mit Gummischwertern und Wasserpistolen bewaffnete Jungen und Mädchen krabbelten die Holzleiter hinauf, schwangen ihre Waffen wie Piraten und stürmten das Baumhaus. Die Verteidiger drinnen fanden es herrlich, angegriffen zu werden, kreischten und lachten und versuchten ihrerseits, die Angreifer mit Gummischwertern und Wasserpistolen zurückzuwerfen.

Die Energie der Kinder stand in starkem Kontrast zu meiner eigenen. Vielleicht war es die Hitze oder mein normaler Energieknick um diese Tageszeit oder der Umstand, dass meine Pläne für meine Reise nach LA sich in nichts aufgelöst hatten, aber was es auch war, ich war gerade noch fähig, zu meinem Auto zurückzugehen.

Als ich mich hinters Lenkrad setzte, hatte ich automatisch den Impuls, in meine rechte Hosentasche zu greifen, die Autoschlüssel herauszuholen, den Motor anzulassen und wegzufahren. Aber ich konnte mich nicht dazu aufraffen. Ich saß einfach da, und je länger ich dasaß, desto heißer wurde mir, und je heißer mir wurde, desto schwerer wurde es, irgendetwas zu tun.

Hätte ich eine Fernbedienung aus dem Weltraumzeitalter gehabt, die mich per Schnellvorlauf in mein Hotel gebracht hätte, ich hätte auf den richtigen Knopf gedrückt und mich dorthin transportiert. Aber der Gedanke, die Autoschlüssel aus der Tasche zu angeln, das Auto in Gang zu setzen, mir den Weg zurück zur Lincoln Avenue zu suchen, zum San-Diego-Freeway zurückzufahren, in einer anderen Stimmung als der, die mich hergebracht hatte, und dann den Rest des Abends mit irgendwelchen Aktivitäten füllen zu müssen, der Gedanke an all die Zeit, die ich herumbringen oder totschlagen musste, erwies sich für mich in meinem derzeitigen Geisteszustand als zu entmutigend.

Ich überprüfte meinen Zigarettenvorrat. Ich zündete mir eine an und beobachtete die Schlacht um das Baumhaus.

Es ließ sich schwer sagen, welche Regeln das Kriegsspiel der Kinder hatte. Die Angreifer kletterten die Leiter hoch, erstürmten trotz heftiger Gegenwehr das Baumhaus und verschwanden darin. Obwohl das Schreien und Kreischen und Lachen keinen Moment lang aufhörten, mussten sie zu einer

Regelung gelangt sein, die Seiten wurden gewechselt, und Kinder, die ich bis dahin noch nicht gesehen hatte, vermutlich die bisherigen Verteidiger des Baumhauses, purzelten heraus wie Murmeln aus einem Beutel und polterten in wildem Durcheinander die Leiter hinunter. Sobald sie auf dem Boden angekommen waren, stürmten sie ohne die geringste Atempause johlend und heulend wie Wölfe vor der Jagd die Leiter empor, um das Baumhaus zu stürmen, das sie erst vor wenigen Momenten verteidigt hatten. Die früheren Eroberer und jetzigen Verteidiger des Baumhauses versuchten, sie mit Gummischwertern und aus nächster Nähe abgefeuerten Wasserpistolen abzuwehren, doch vergeblich. Die früheren Verteidiger und jetzigen Eroberer stürmten das Baumhaus und verschwanden darin. Die neuen Verteidiger, hinausgejagt von den alten Verteidigern, purzelten in wildem Durcheinander die Leiter hinunter, nur um sich zu sammeln und wiederum zu Barbaren zu werden, zu Eroberern, sobald sie den Boden erreicht hatten.

Der Krieg ging weiter. Obwohl ich interessiert zuschaute, verlor ich irgendwann den Faden, wer nun die ursprünglichen Verteidiger des Baumhauses und wer die ursprünglichen Eroberer gewesen waren. Ich vermutete, dass die kämpfenden Parteien es selbst nicht mehr wussten.

Und dann tauchte in der rechten Ecke meiner Windschutzscheibe ein gelbes Taxi auf. Es bog auf der anderen Seite der Palme in den Halbkreis, fuhr um sie herum und hielt am Anfang von Crescent Place.

Nicht, dass ich ihr plötzliches Erscheinen erwartet hätte, aber andererseits überraschte es mich auch überhaupt nicht. Sobald ich sie sah, war das für mich wie eine Fortsetzung von etwas, das schon begonnen hatte.

Sie stieg aus dem Taxi und drehte sich um. Als die Autotür

sich auf sie zubewegte, versetzte sie ihr einen raschen Stoß mit der Hüfte, sodass sie wieder aufflog. Dann beugte sie sich vor und griff mit ausgestreckten Armen ins Auto.

Die Geste an sich war nicht unbedingt mütterlich, aber auf mich wirkte sie sehr mütterlich. Ein Baby, dachte ich. Ein Baby in einer Kindertrage. Sie holt ihr Kind aus dem Auto.

Statt dessen kam sie mit zwei großen Einkaufstüten in den Armen zum Vorschein. Die Tüten waren voll und, nach der Art zu urteilen, wie sie sie hielt, ein bisschen zu schwer für sie. Auf einer der Tüten lag ein blauer Hut.

Ich beobachtete sie aus meinem Auto, filmtechnisch ausgedrückt, in einer Totalen. Die unangestrengte, aber uneingeschränkte Konzentration, mit der ich sie beobachtete, brachte mich auf den Gedanken, dass ich vielleicht mehr als ein Umschreiber hätte werden können, wenn ich fähig gewesen wäre, solche Konzentration für meine Arbeit aufzubringen.

Sie stieg über die Bordsteinkante und ging auf ihre Tür zu. Sie blieb einmal stehen, trotz des Gewichts der Einkaufstüten in ihren Armen, um das Schlachtengetümmel ums Baumhaus zu betrachten.

Sie sah die Kinder an, die die Leiter hinunterstolperten, während ich sie ansah. Sie dachte ihre Gedanken, und ich versuchte, mir vorzustellen, was für Gedanken das sein mochten.

6

Die Kinder setzten ihr Spiel von Eroberung und Rückeroberung fort, aber kurz nach Leilas Weggang ging dem Spiel merklich die Luft aus. Schlachtenmüdigkeit machte sich in den Reihen breit. Die schaurigen Schreie der Angreifer und die trotzigen Schreie der Verteidiger verloren langsam ihren früheren Kampfeswillen. Und dann war es vorbei. Alle wussten es. Sie zogen in kleinen Grüppchen in verschiedene Richtungen davon, ganz wie eine entlassene Armee Erwachsener es nach einem Krieg getan haben könnte: ein wenig erschöpft, ein wenig gelangweilt, aber überhaupt nicht erpicht auf das strenge Friedensregiment, das sie zu Hause erwartete.

7

Die Schatten der Palme und des Baumhauses wurden immer länger, bis sie sich überschnitten. Der Wind legte sich. Die Sonnenkugel sank und verschwand aus meinem Gesichtsfeld, aber es wäre unzutreffend, zu behaupten, dass ich sie untergehen sah. Schatten wichen der Dämmerung, die sie verschlang, die Dämmerung wich der Dunkelheit. Der Mond ging auf, ein wenig links von der einzelnen Palme in der Mitte des Halbkreises.

Ich hatte nur noch fünf Zigaretten und zündete mir eine an.

Da, wo ich saß, hinter dem Lenkrad meines geparkten Autos, fühlte ich mich inzwischen weitaus mehr zu Hause als in meiner Suite im Beverly Wilshire.

Ein Taxi bog in den Halbkreis, seine Scheinwerfer streiften kurz meine Windschutzscheibe. Es hielt fast dort, wo das andere Taxi gehalten hatte. Der Motor lief weiter, die Scheinwerfer blieben an. Etwa eine Minute später erschien Leila. Sie rannte, als hätte sie sich verspätet. Sie schützte die Augen vor dem grellen Licht der Scheinwerfer und stieg ins Taxi. Das Taxi fuhr ab.

8

Ich hatte mich so gut gefühlt, als ich vor Stunden beschlossen hatte, Leila in Ruhe zu lassen. Die Erinnerung an diesen hochmoralischen Entschluss war noch in mir lebendig, während ich ihrem Taxi folgte, nur dass die Erinnerung jetzt umgearbeitet wurde, um einem vollständigen Widerruf Platz zu machen.

Es kam, so argumentierte ich, sehr selten vor, dass ich mich gut und moralisch fühlte, und doch war die Frau, die mich zu so edlem Verhalten inspiriert hatte und in deren Namen ich mich für das Gute und Moralische entschieden hatte, eine Frau, der ich nie begegnet war. Wenn ich zu so hochherzigem Verhalten inspiriert werden konnte, ohne sie überhaupt zu kennen, dann eröffneten sich mir vielleicht ganz neue Horizonte moralischen Verhaltens, wenn ich mich mit ihr anfreundete. Sie in Ruhe zu lassen, lief folglich darauf hinaus, diese Möglichkeit auszuschlagen.

Ich hatte keine Ahnung, wohin das Taxi sie brachte, und so auch überhaupt keine, wohin ich ihr durch die Straßen von Venice folgte, aber ich folgte ihr, wie einer Storyline, die ich während der Fahrt schrieb.

DRITTES KAPITEL

1

Das Lokal nennt sich The Cove. Es ist eine Art Klub, wo man essen und trinken und tanzen kann, und alle, die ich sehe, tun zumindest eins davon. Die, die nicht tanzen, sitzen an ihren Tischen und bewegen zumindest einen Teil ihres Körpers, Kopf, Fuß, Hand, Schulter, im Rhythmus.

Ich bin mit Abstand der älteste, dickste Gast.

Ich sitze an einer Ecke der Bar, von wo aus ich das ganze Lokal überblicken und Leila mit den Augen folgen kann, ohne mich auf meinem Barhocker verrenken zu müssen. Ich kann sie betrachten, ohne aufzufallen. Ich betrachte sie gerade. Sie bewegt sich durch die Menge, eine Schulter voran, zwängt sich durch die Tänzer, die an ihre Tische zurückkehren. In rascher Folge sehe ich sie im Profil, dann von vorn und schließlich von hinten, als sie eine Kehrtwendung macht und im Gedränge verschwindet.

2

Meine Verfolgung ihres Taxis durch die nächtlichen Straßen von Venice war weder hektisch noch rasant. Ihr Taxi hielt sich an das Tempolimit und fuhr selten schneller als 35 Meilen in der Stunde.

Als das Taxi vor The Cove hielt, war ich sicher, dass sie sich dort mit jemandem treffen wollte, einem Mann, vielleicht mit dem Mann, dessen Stimme ich auf den Anrufbeantworter sprechen gehört hatte.

Stattdessen stellte ich, als ich das Lokal betrat und meinen Platz an der Bar einnahm, fest, dass sie dort als Kellnerin arbeitete. Das nahm etwas weg, schwer zu sagen, was, schwer zu sagen, wem, ihr oder mir, aber etwas wurde weggenommen, als ich sie mit Notizblock und Stift in der Hand an den Tischen bedienen sah. Nicht, dass es ihr in meinen Augen Abbruch tat, Kellnerin zu sein. Nur, dass eine bequeme Vermutung, wer sie war, weggenommen wurde.

3

Ich bestelle mir noch einen Drink und zünde mir noch eine Zigarette an. Ich habe jetzt eine ganze Schachtel in der Tasche und eine angebrochene Schachtel auf der Bar. Da mich hier niemand kennt, verspüre ich keine Notwendigkeit, betrunken zu spielen. Ich trinke einfach weiter als eine Methode, für meinen Platz an der Bar zu bezahlen. Der Barkeeper, der nichts von meiner Trinkerkrankheit weiß, wird langsam ein wenig gereizt angesichts der Anzahl der Bourbons, die ich konsumiere, ohne die leisesten Anzeichen von Alkoholisierung zu zeigen. Meine Nüchternheit ist ihm nicht geheuer. Für ihn bin ich ein altes Klischee, das dickste, älteste Klischee im Lokal, und er hätte gern, dass ich das Bild vervollständige und ein dickes, altes und betrunkenes Klischee werde. Er bringt mir noch einen Bourbon, ich danke ihm, er lächelt, aber er hat mich satt. Wenn ich nicht mitspielen und betrunken werden kann, dann sollte ich gehen. Er hat etwas Boshaftes an sich, was ein boshaftes Gefühl in mir weckt. Meine Rache wird sein, ihm ein so großes Trinkgeld dazulassen, dass ihm der hübsche Kopf schwirrt. Ein Monstertrinkgeld, damit er sich an mich erinnert, lange nachdem die Erinnerung an ihn und seine Zähne und seine Wangenknochen und seine Haare aus meinem Kopf geschwunden ist. Ich werde mir mit Geld ein Denkmal in seinem Kopf errichten.

Die Tänzer tanzen, die Esser essen, die Kellnerinnen machen ihre Runden, da ist wieder Leila, und der Schlagzeug-Beat schlägt weiter. Die musikalische Auswahl ändert sich, die Paare, die tanzen, und die Tänze, die sie tanzen, scheinen sich zu ändern, aber derselbe Schlagzeug-Beat schlägt weiter. Er wird nach einer Weile eine akustische Version von pulsierender Stroboskopbeleuchtung, sodass Sehen und Hören, Lichtwellen und Schallwellen und Gehirnwellen entweder austauschbar oder voneinander ununterscheidbar werden.

Die Gedanken, die ich denke, sind nicht unbedingt meine Gedanken. Sie könnten jedermanns Gedanken sein. Ich könnte jedermann sein. Eine Einheitsperson.

4

Jetzt ist alles vorbei. Der Stecker ist rausgezogen worden. Die Musik hat aufgehört. Die Tanzfläche ist leergefegt.

Es ist noch nicht Mitternacht, aber es ist schon Schlafenszeit in The Cove, Schlafenszeit in Venice, Schlafenszeit in LA und Umgebung.

Die Bar ist geschlossen. Ich habe meine Rechnung bezahlt. Mir bleibt nur noch, mein Monstertrinkgeld auf dem Tresen zu lassen und Leila hinauszufolgen.

The Cove ist geschlossen. Ich komme nur noch hinaus. Ich komme nicht mehr hinein. Und wenn man hinauswill, wie einige Nachzügler es jetzt tun, begleitet einen der Geschäftsführer zur Tür, hält einem die Tür auf und schließt sie dann mit einer raschen Drehung seines Handgelenks wieder ab.

Ein paar hartnäckige Gäste bleiben noch, aber die Kellnerinnen sind jetzt gegenüber den Kunden in der Überzahl. Ich sehe Leila mit einer anderen Kellnerin am anderen Ende des Raums plaudern. Ich höre kein Wort von dem, was sie sagen, aber sie lehnen an der Wand in dieser Am-Ende-des-Arbeitstages-Art von arbeitenden Menschen.

Mein Problem ist folgendes. Ich weiß, sobald Leila auf die Tür zugeht, werde ich ihr hinaus auf die Straße folgen, aber da mich der Schlagzeug-Beat besinnungslos geschlagen hat, habe ich nur einen Eröffnungssatz im Kopf: »Entschuldigen Sie bitte, aber habe ich Sie nicht neulich in einem Film gesehen?«

Dieser Satz bringt ein großes Problem mit sich, neben seiner trostlosen Abgegriffenheit. Der Film, in dem ich sie gesehen habe, kommt erst – wenn überhaupt – in einiger Zeit in die Kinos, und die Benutzung des Satzes würde mir eine Erklärung abverlangen, wie ich es fertiggebracht habe, den Film schon zu sehen. Ich zöge es vor, nichts erklären zu müssen, weder meinen Beruf noch meine Verbindung zu dem Film. Aber ich bin an diesen Satz gefesselt, und mir fällt beim besten Willen kein anderer ein.

Die einzige Alternative wäre, die Wahrheit zu sagen. Entschuldigen Sie bitte, aber sind Sie nicht die Person, die als vierzehnjähriges Mädchen am Telefon in einem Krankenhauszimmer in Charleston, South Carolina, mit mir gesprochen hat? Sind Sie nicht die, die mir ihr Baby gegeben hat? Sind Sie nicht die Mutter von meinem Billy?

Der Geschäftsführer des Restaurants schickt alle bis auf eine Rumpfbelegschaft nach Hause. Eine nach der anderen gehen die Kellnerinnen. Abschiedsgesten. Abschiedsbemerkungen. Auf ihrem Weg hinaus bleibt Leila am anderen Ende der Bar stehen und benutzt das Telefon, das ihr der Barkeeper reicht. Sie telefoniert kurz mit jemandem und legt auf. Sie winkt, lächelt dem Barkeeper zu und geht zur Tür. Der Geschäftsführer wartet, um sie hinauszulassen.

Ich stehe langsam auf, lege mein Monstertrinkgeld auf die Bar und folge ihr hinaus.

5

Als ich herauskomme, steht sie am Rinnstein, als warte sie auf jemanden. Ihr Rücken ist mir zugekehrt. Ihr Kopf ist dem entgegenkommenden Verkehr zugewandt. In ihrer Haltung ist etwas Steifes, als wisse sie, dass jemand hinter ihr ist, und beachte ihn absichtlich nicht.

»Entschuldigen Sie bitte.«

Meine Worte bewirken, dass ihr Rückgrat noch steifer wird. Ich warte, aber sie zeigt nicht die leiseste Bereitschaft, von mir Notiz zu nehmen. Ich gehe zu ihr.

»Ich belästige Sie höchst ungern, glauben Sie mir«, sage ich.

»Gut«, antwortet sie und schaut mich immer noch nicht an. »Dann haben wir was gemeinsam. Ich werde höchst ungern von Ihnen belästigt. Also warum traben Sie dann nicht einfach ab.«

»Ich fürchte, die Zeiten des Trabens liegen lange hinter mir.«

Teilweise, aber nur teilweise von meiner Antwort entwaffnet, wendet sie den Kopf, und plötzlich ist ihr Gesicht vor meinem, in einer Nahaufnahme.

Ihr Teint ist weiß. Nicht blass, sondern weiß. Ihre Haut hat eine Weichheit, die zu spüren ist, ohne berührt werden zu müssen. Ein Gesicht, so weich und weiß wie die Möwenfedern, die man im Sand am Strand findet und aufhebt und mitnimmt und eine Weile mit den Fingern streichelt, bevor man sie wieder in den Sand fallen lässt.

»Sie haben den ganzen Abend an der Bar gesessen, getrunken und mich angestarrt, stimmts? Und als ich gegangen bin, sind Sie mir gefolgt, stimmts?«

Ich nicke zu beiden Anklagen.

»Versuchen Sie, mich anzumachen, Mister?« Sie stellt diese Frage mit aller Strenge, die ihr zu Gebote steht, aber irgendwie ist es die Strenge eines Kindes, das erwachsen spielt, statt es zu sein.

»Nein«, lüge ich, »ich versuche nicht, Sie anzumachen.«

»Was wollen Sie dann von mir?«

»Ich habe das Gefühl, ich kenne Sie.«

»Ach Gott.« Sie seufzt und schüttelt den Kopf. »Sie versuchen doch, mich anzumachen. Lassen Sie das. Mein Taxi muss jeden Moment hier sein, und wenn ich ins Taxi steige und wegfahre, werden Sie sich vorkommen wie ein Idiot.«

»Ich komme mir meistens vor wie ein Idiot«, sage ich zu ihr, aber sie interessiert sich nicht für meinen Humor. »Sagen Sie mir nur eins«, fahre ich fort. »Das ist alles. Sagen Sie mir nur das eine, und ich gehe weg.«

»Welches eine?«

»Habe ich Sie nicht in einem Film gesehen?«

Sie scheint plötzlich sehr müde zu werden. Ihre Schultern sacken herunter, ihr Gesicht erschlafft, sie scheint um zehn Jahre zu altern. Nur ihre Augen bleiben jung, die Augen eines Kindes, das von einem Erwachsenen reingelegt worden ist. Sie starrt mich mit offenem Abscheu an. Dann verwandelt sich ihr Abscheu in Wut.

Ich kann ihrem Gesicht ablesen, was sie denkt. Ich könnte ebenso gut ein Gesicht mit Untertiteln betrachten.

Du Schwein, denkt sie.

»Wenn Sie schon keine Achtung vor sich selbst haben«, sagt sie wütend, »dann haben Sie wenigstens ein bisschen Achtung vor jemandem, der den ganzen Abend gearbeitet hat.«

Worte genügen nicht für ihren Zorn. Nur bei Frauen, die mich kennen, habe ich schon solchen Zorn gesehen, und so sind mir auf seltsame Weise ihr Abscheu und ihre Wut so vertraut, als hätten wir bereits eine Beziehung miteinander.

Ihr Taxi kommt. Sie eilt darauf zu. Ich folge und versuche, ein letztes Wort anzubringen.

»Es tut mir wirklich leid, wenn meine Motive Ihnen verdächtig vorgekommen sind. Ich war ehrlich überzeugt, Sie in einem Film von Arthur Houseman gesehen zu haben, einem Regisseur, den ich sehr verehre.«

Sie hat die Taxitür aufgemacht und will gerade einsteigen, als sie das Ende meines Satzes hört, dann, wie vom Haken am Ende einer Angelleine aufgespießt, hält sie inne. Sie schaut sich zu mir um.

»Sie haben eine Kellnerin gespielt«, sage ich zu ihr. »Ihr Haar war in dem Film anders, und Sie haben auch wesentlich mehr Make-up getragen, aber Sie waren es, nicht wahr?«

»Sie haben mich gesehen?«, fragt sie, als stecke ihr ganzes Leben in dieser Frage. »Sie haben mich tatsächlich gesehen?«

»Ja.«

Nachdem sie mich für einen miesen Schweinehund gehalten hat, stellt sie sich jetzt völlig um und bedenkt mich mit einem Blick voll so unverhohlener Dankbarkeit (ihr stehen Tränen in den Augen), dass ich, ohne genau zu wissen, warum, das Gefühl bekomme, nicht nur der Überbringer einer Heilsbotschaft zu sein, sondern der Heilsbringer selbst.

»Ach Gott«, stöhnt sie. Sie stößt sich von dem Taxi ab und kommt auf mich zu. Dann bleibt sie stehen und dreht sich wieder zum Taxi um, steckt den Kopf hinein und sagt dem Fahrer, er solle die Uhr anstellen, aber warten, und dann eilt sie wieder auf mich zu. Sie umarmt mich nicht, aber ich fühle mich von der Art, wie sie mich ansieht, umarmt und geküsst. Sie fängt an, sich überstürzt und wirr zu entschuldigen. Ich verstehe bislang nichts, nur, dass etwas ihr zu viel bedeutet. Die Tiefe ihres Gefühls ist derart, dass ein Mensch darin ertrinken kann. Tränen stehen ihr in den Augen, und es sind die Art Augen und die Art Tränen, die noch viele weitere Tränen ankündigen.

»Wir müssen reden«, sagt sie zu mir. »Sie wissen nicht, was mir das bedeutet. Ich möchte mehr erfahren. Ich möchte alles erfahren.«

Ich fühle mich in ihrem Glückstaumel gefangen, von ihrer Dankbarkeit verschlungen, von ihr zu einem Wohltäter geadelt, der mit einer einzigen läppischen Äußerung wieder Bedeutung in ihr Leben gebracht hat. Ich scheine ihr viel Gutes zu tun, aber die Natur und das Wesen des Guten, das ich tue, ist mir unbegreiflich.

Sie denkt und sie redet, aber es scheint keinen Unterschied zwischen ihrem inneren und ihrem äußeren Monolog zu geben. Sie schaut auf die Uhr und bedenkt die Tageszeit. Vielleicht ist es zu spät. Vielleicht sollten wir uns morgen treffen.

»Gern«, sage ich.

»Aber, nein, nein.« Nein, sie kann unmöglich bis morgen warten, um den Rest zu hören. Welchen Rest, weiß ich nicht, aber sie ist fest überzeugt, dass es noch viel mehr zu hören gibt, und sie kann unmöglich bis morgen warten, um es zu hören. Sie könnte nicht schlafen. Sie kann unmöglich heute Nacht schlafen. Bin ich beim Film?

»Ja, dadurch habe ich Ihren Film gesehen.«

Nein, nein, nein, sie will kein Wort mehr davon hören, kein einziges Wort, nicht, bis wir uns irgendwo hingesetzt haben, sodass sie dasitzen und zuhören kann, einfach dasitzen und zuhören, während ich erzähle. Bin ich müde? Bin ich schläfrig? Muss ich irgendwohin? Nein? Wunderbar! Dann muss ich mit zu ihr kommen. Ich muss einfach. Gern, willige ich ein. Ich komme.

Sie bedenkt die Logistik.

Habe ich ein Auto?

Ja. Ich zeige über die Straße zu meinem geparkten Auto.

Ich biete ihr an, sie nach Hause zu fahren, aber nein, nein, nein, sie kann unmöglich mit mir fahren. Der Barkeeper Larry hat ihr erzählt, dass ich mehr Alkohol konsumiert habe, als er je gesehen hat. Sie hat Angst vor betrunkenen Autofahrern und Angst um sie. Ich sollte wirklich nicht selbst fahren. Ich bin zu betrunken, um zu fahren. Ich sollte mit ihr im Taxi fahren. Ich versichere, dass ich nicht betrunken bin, aber sie hat noch ein Argument dagegen, bei mir mitzufahren. Sie hat sich schon ein Taxi gerufen, und das Taxi ist gekommen, und der arme Fahrer sitzt jetzt da und wartet auf sie, und obwohl sie ihm gesagt hat, die Uhr laufen zu lassen, hat sie trotzdem das Gefühl, sie muss im Taxi nach Hause fahren. Sie verdienen nicht viel, diese armen Fahrer, und sie arbeiten so hart.

»Ich weiß was«, kündigt sie eine Lösung an.

Ich soll in mein Auto steigen und ihr folgen. So machen wir das. Sie nimmt das Taxi, und ich folge ihr.

6

Und so sitze ich wieder einmal hinterm Lenkrad meines Mietwagens und folge nach einer rasanten Kehrtwendung ihrem Taxi durch Venice, nur diesmal tue ich es auf ihre ausdrückliche Aufforderung.

Ich fühle mich wie ein Spionageagent, der umgedreht, in das Leben des Gegenstands seiner Spionage integriert worden ist.

VIERTES KAPITEL

1

Ich folgte dem Taxi zurück zu dem Halbkreis, den ich beim ersten Mal so lange nicht gefunden hatte. Jetzt war es fast Routine, als wohnte ich hier. Das Taxi hielt, und ich stellte mich, ohne nachzudenken, wieder auf meinen alten Parkplatz, als wohnte ich hier.

Es lag etwas Charmantes und Anmutiges, wenn auch ein wenig Theatralisches in der Art, wie sie sich à la *Vom Winde verweht* bei mir unterhakte und mich dann durch das Mondlicht auf diesem schmalen Fußweg von einer Straße zu ihrem Haus führte. Wir wollten nicht von »ihrem Film« reden, bevor wir es uns drinnen gemütlich gemacht hatten. Wir plauderten stattdessen darüber, wie heiß es tagsüber gewesen war und wie viel kühler es jetzt war. In Venice wehe nachts immer ein kühler Wind, erzählte sie mir. Als sie den Riegel an der Zaunpforte zurückschob und die Pforte aufstieß, fiel mir ein, dass wir uns noch gar nicht vorgestellt hatten und dass sie meinen Namen nicht kannte, aber ich wollte die Ungezwungenheit und Vertrautheit zwischen uns nicht damit verderben.

2

Sobald wir im Haus waren, schien sie ihre Meinung über etwas, über alles geändert zu haben. Über meine Anwesenheit. Über »ihren Film«. Über die Unwahrscheinlichkeit, dass ihr eine so frohe Botschaft zuteilwurde. Ich konnte ihre Sorgen und Ängste und ihre Anstrengungen, sie zu vertreiben, so deutlich sehen, als wäre ihr Gesicht eine Diaserie mit Bildunterschriften über ihre Gefühle. Ich musste immer wieder den Blick von ihr abwenden, den Blickkontakt abbrechen, und das trug nur zu ihrem Unbehagen bei.

Aber ich musste den Blick immer wieder abwenden. Das weit offen stehende Fenster ihres Gesichts machte mich zum Voyeur ihres entblößten Innenlebens. Niemand sollte so offen sein, dachte ich. Niemand.

Sie lief herum und knipste sämtliche Lampen im Wohnzimmer an, kleine Lampen mit kleinen Schirmen in verschiedenen Farben, hellgelb, hellblau, kürbisorange, als könnte die Beleuchtung ihre Angst vertreiben. Sie redete ununterbrochen, erzählte mir Dinge über Venice, die ich schon wusste, und währenddessen war deutlich zu spüren, dass sie eigentlich über »ihren Film« reden wollte, aber schon einmal hereingefallen war, und das hielt sie davon ab, das Thema zur Sprache zu bringen, vor Angst, wieder hereinzufallen.

»Ich sage Ihnen was«, kündigte sie an, als es keine Lampen mehr anzuknipsen gab und sie nichts mehr über Venice zu erzählen hatte, »ich muss aus diesem Kleid raus. Ich trage es nur zur Arbeit, und ich habe das Gefühl, ich arbeite immer noch, wenn ich es anhabe, also gehe ich mir was anderes anziehen, und dann bin ich gleich zurück. Und dann –«, sie hielt inne und nahm ihren ganzen Mut zusammen, »– erzählen Sie mir alles über meinen Film, einverstanden?«

»Einverstanden.«

Ich hörte sie in mehreren Zimmern herumlaufen, ein Liedchen summen, mit mir in Kontakt bleiben durch die Geräusche, die sie machte. Ich hörte Wasserhähne laufen. Ich hörte die Toilettenspülung. Ich hörte sie Schranktüren und Schubladen öffnen. Ich hörte das Klackern von Eiswürfeln, die ins Küchenspülbecken fielen, und das Klirren eines Flaschenhalses gegen ein Glas und wusste, sowohl durch den Zustand, in dem sie war, als auch durch das Geräusch, dass sie sich in der Küche einen Drink genehmigte, um sich zu fassen. Was schön für sie war. Aber was konnte ich, belastet mit meiner Krankheit, trinken, um mich zu fassen?

Brisen wehten aus verschiedenen Richtungen und in verschiedenen Höhen durchs Wohnzimmer. Manche trugen meinen Zigarettenrauch fort und trieben ihn zu den offenen Fenstern hinaus, andere aus der entgegengesetzten Richtung streiften meine Fußgelenke.

Das Wohnzimmer war mit Fülle eingerichtet. Eine Fülle von Sofas, darauf eine Fülle kleiner Kissen. Eine Fülle von Couchtischen, drei davon, darauf eine Fülle von Zeitschriften. Mode. Fitness. Inneneinrichtung. Auf dem Boden um das Sofa, auf dem ich saß, lag eine Fülle von Romanen. Liebesromane. Mit romantischen Titeln. Geschrieben von Autoren mit romantischen Pseudonymen.

Unter der Fülle auf dem Beistelltischchen rechts von mir erblickte ich eine Schachtel English Ovals, eine Sorte, die ich früher geraucht hatte.

Ich beugte mich vor und griff nach der Schachtel. Ich machte sie auf. Es waren noch zwei Zigaretten drin. Ich nahm eine heraus, stukte das eine Ende ein paar Mal auf der harten Oberfläche der Schachtel zurecht, genau wie ich es früher getan hatte, und zündete sie an.

Was der Geschmack von *madeleines* für Marcel Proust war, das waren der Duft und der Geschmack der verschiedenen Zigarettensorten für mich.

Der Campus von Columbia kam schon mit dem ersten Zug in Sicht. Wie ich mich kleidete, wie ich ging, wie ich redete und dachte, denn ich ging und redete und dachte und kleidete mich damals anders.

Dianah kam zurück, wie sie war, als wir uns kennenlernten, denn ich rauchte English Ovals, als wir uns damals verliebten. Als wir heirateten und als ich mir eine Zigarette ansteckte, nachdem wir miteinander geschlafen hatten, rauchte ich immer noch English Ovals. Ich rauchte sie bei meinen ersten Schreibversuchen. Ich rauchte sie, als ich das Schreiben aufgab. Ich rauchte sie, als wir beschlossen, ein Kind zu adoptieren.

Leila kam zurück. Sie trug ein trägerloses schwarzes Abendkleid und hochhackige schwarze Schuhe, in den Armen hielt sie Schnapsflaschen. Sie kündigte sich selbst an, indem sie den Kopf zurückwarf und »Ta-taa!« sagte. Zusätzlich zu den an die Brust gedrückten Flaschen hielt sie zwei hohe Gläser in den Händen. Sie war ein wenig entspannter und ein wenig gefasster, wie Menschen, die ein wenig angetrunken sind, anfangs zu sein scheinen. Selbst so bekam sie das »Ta-taa!« nicht ganz hin. Dianah beherrschte es perfekt. Dianah konnte es im »Ta-taa!« mit den Besten aufnehmen. Nicht so Leila.

»Das sollte mein Kleid für die Premiere von dem Film sein, aber die Premiere fand ohne mich statt, also habe ich gedacht, warum soll das Kleid nicht heute Abend Premiere haben? Was meinen Sie?«

»Ich finde das eine wunderbare Idee und ein schönes Kleid.«

»Wirklich?«

»Ja.«

Sie stellte die Flaschen und die Gläser auf die Zeitschriften auf dem Couchtisch vor mir.

»Ich habe Wodka, und ich habe Gin, und ich habe Scotch.«

Ich wollte lächeln, aber es wurde ein Lachen daraus. Das lag an der Art, wie sie »Scotch« sagte. Sie tschilpte das Wort wie ein kleiner Vogel. Das Geräusch ihrer Stimme kitzelte.

»Was ist so komisch?«

»Was ist nicht komisch?«, erwiderte ich.

Sie goss sich einen Scotch ein. Da ich keine Vorliebe hatte und wusste, dass mein Trinken reine Zeitverschwendung war, beschloss ich, in alphabetischer Reihenfolge vorzugehen, und fing deshalb mit Gin an.

3

Sie war es, die das Reden besorgte.

Sie erzählte mir alles über den Film, in dem sie mitwirkte und den sie nicht gesehen hatte, aber ich. Und da ich nicht betrunken werden konnte, wurde sie im Laufe der Nacht immer betrunkener.

Es war die längste, nicht im Bett verbrachte Nacht meines Lebens.

Die Lügen, die ich ihr erzählte, oder vielmehr die Lügen, die sie von mir bestätigt hören wollte, waren die leichtesten und die katastrophalsten Lügen, die ich je erzählt hatte.

Nebenbei, nur ein klein wenig von mir angespornt, erzählte sie mir die Geschichte ihres Lebens. Es war, um einen Satz auszuborgen, die traurigste Geschichte, die ich je gehört hatte. Und so fing sie an.

»Wissen Sie, was eine meiner Lieblingsszenen in dem Film ist?«, fragte sie. Der Umstand, dass ihre Frage »Szenen« im Plural gebrauchte, brachte mich zur Verzweiflung.

»Nein.«

»Eigentlich sollte ich ja nicht sagen, dass es meine Lieblingsszene ist. Alle waren ganz wundervoll. Aber andererseits, warum soll ich es nicht sagen? Ich meine, es ist meine Lieblingsszene, also was ist schon groß dabei, es zu sagen, stimmts?«

»Stimmt.«

»Cheers.« Sie trank ihr Glas aus, schenkte sich nach und redete weiter. »Wissen Sie, das ist die Szene, wo ich spätabends von der Arbeit nach Hause komme, immer noch in meiner Kellnerinnenkluft, und ich gehe in das Haus, wo meine kleine Tochter fest schläft, immer noch mit dem komischen Stoffhund, den ich ihr gekauft habe, im Arm, und ich sitze einfach an ihrem Bett und erzähle ihr von meinem Tag. Was ich gemacht habe. Was passiert ist. Wer alles ins Restaurant gekommen ist. Wie sie aussahen. Wer was zu wem gesagt hat. Ich hab diese Szene wahnsinnig gern gespielt. Hat sie Ihnen gefallen?«

»Ja«, log ich.

»Ehrlich?«

»Sie ist wunderbar.«

Es gab natürlich in dem Film, den ich gesehen hatte, keine derartige Szene, aber das konnte ich ihr unmöglich sagen. Schließlich feierten wir, und sie sah bei der Schilderung so glücklich, so begeistert aus, ich brachte es einfach nicht fertig, ihr zu sagen, dass die Szene raus war, herausgeschnitten, wie so viele Szenen aus Filmen herausgeschnitten werden.

»Sie ist wirklich wunderbar, nicht?«, fragte sie.

Eine Bestätigung war Leila nie genug, also musste ich

im Laufe der Nacht alles doppelt, ja dreifach bestätigen und leugnen.

»Ja, ist sie. Ich kanns Ihnen nicht verübeln, dass Sie die Szene so lieben.«

»Das ist meine Lieblingsszene«, sagte sie, hielt dabei ihren Drink mit beiden Händen umklammert und drückte das Glas an die Brust, »meine absolute Lieblingsszene.« Ihr weißes, nacktes Gesicht strahlte vor Stolz, während sie an diese Szene dachte. Sie sah so zerbrechlich, so schutzlos aus. Ich konnte beinahe die perforierten Reißlinien in ihren Gesichtszügen sehen, wie feine Haarrisse in einer schönen antiken Vase. Ein falsches Wort, ein einziger Stupser mit einer harten Wahrheit, und das Ganze zersprang in tausend Scherben.

Sie trank aus und schenkte sich nach und erzählte mir von zwei anderen Szenen. Beide waren natürlich raus, aber ich mochte beide so, wie sie es sich von mir wünschte. Sie redete über Mr Houseman, was für ein Gentleman er war, der netteste Regisseur, mit dem sie je gearbeitet hatte, »ein Gentleman der alten Schule« nannte sie ihn, wie geduldig er mit ihr gewesen war und wie ermutigend und väterlich und welch ein Jammer es war, dass er, wie sie gehört hatte, so krank war.

»Da ist die Szene, wissen Sie noch, wo ich einfach im Restaurant stehe, den Tisch mit einem Lappen abwische und zum Fenster raus dem Liebespaar nachschaue, wie die beiden zu seinem Auto gehen. Erinnern Sie sich an die Szene?« Ich nickte. »Diese Szene haben wir, ich weiß nicht mehr, wie oft, gedreht, weil Mr Houseman eine bestimmte Nahaufnahme haben wollte, wo er alle Gedanken in meinem Gesicht lesen konnte, wissen Sie, wie ich über die Liebesgeschichte von den beiden dachte und welche Erinnerungen sie in mir weckte. Und es war eine so endlos lange Nahaufnahme, dass ich sie einfach nicht hinbekam, weil mir das Selbstvertrauen fehlte, dass ich genug Leben in mir hatte, um den stummen Moment zu füllen. Also drehten wir sie immer wieder, ein Take nach dem anderen. Schließlich, ich weiß nicht, warum, vielleicht, weil ich so fertig war und es leid war, mich wegen meines Innenlebens rumzuquälen, aber schließlich hab ich's einfach gemacht. Ich hab sogar vergessen, dass die Kamera lief. Ich hab alles vergessen. Ich hab einfach aus dem Fenster gesehen und dabei den Tisch mit dem Lappen abgewischt und meine eigenen Gedanken gedacht. An die Leute, die ich gekannt habe, an die Freunde, die ich gehabt habe, an meine Kindheit, an meine Eltern, an mein kleines … einfach an alles. Ich hab an alles gedacht. Und weil die Nahaufnahme diesmal fast eine Ewigkeit gedauert hat, war das, wie wenn man aus einem Traum aufwacht, oder wie im Krankenhaus, wissen Sie, wenn man aus der Narkose aufwacht und nicht genau weiß, wo man ist oder warum einen alle so komisch anlächeln. Genauso wars. Das ganze Team hat spontan geklatscht. Ist wahr. Ist wirklich wahr. Sie haben alle spontan geklatscht. Und Mr Houseman, dieser liebe, reizende Mann, es ging ihm damals schon nicht gut, wissen Sie, aber trotz allem und trotz seines Alters ist er völlig aus dem Häuschen geraten. Er sah wieder aus wie ein junger Mann, als er von seinem Stuhl aufgesprungen ist, ›Kopieren!‹ gerufen hat, auf mich zugelaufen ist und mich so fest in die Arme genommen hat wie lange niemand. Hat, hat die Szene Ihnen gefallen?«

»Oh, ja.«

»Wirklich?«

»Sie ist unvergesslich.«

Meine Beschreibung gefiel ihr, aber ihr Gesichtsausdruck flehte mich an, ausführlicher zu werden.

»Sie ist herzzerreißend«, sagte ich ihr zuliebe. »Es ist, als versuchten Sie, dem Liebespaar wie ein Schutzengel nachzuschauen, Sie beschwören beide, an ihrer Liebe festzuhalten, als wüssten Sie instinktiv …«

Ich schwafelte weiter. Ihr Gesicht spiegelte jedes Wort, das ich sagte. Freudenwellen erschienen und breiteten sich in konzentrischen Kreisen aus, bis ihr ganzes Gesicht davon ergriffen war.

»Die Schlussszene von dem Film habe ich geliebt, Sie nicht auch? Einfach geliebt. Sie ist richtig melancholisch, ich weiß, aber ich habe sie einfach geliebt. Wie ich da im Park stehe mit dem Feuerwerk über uns am Nachthimmel, wie ich mich umschaue und im Licht des Feuerwerks Blicke von meinen Freunden und Nachbarn auffange und wie ich das Leben der Stadt durch mich strömen fühle, wie es mich irgendwie überflutet. Ich habe fast geweint, als wir die Szene gedreht haben. Teilweise natürlich, weil es der Schluss vom Film war und wir am nächsten Tag wieder alle unserer Wege gehen würden, aber teilweise auch wegen der Szene selbst. Das Liebespaar ist keins mehr. Irgendetwas, was nicht Liebe ist, hat triumphiert, aber das Leben geht trotzdem weiter, und bei allem Ärger und aller Mühsal und allem Leid und allem Unglück hat das Leben trotzdem etwas Glorreiches an sich. Selbst wenn es tragisch ist, ist es trotzdem eine glorreiche Tragödie. Am Abend war unsere Abschlussparty. Alle haben getanzt. Sie hätten Mr Houseman sehen sollen …«

Sie erzählte es mir. Wie er tanzte wie ein junger Mann. Wie sie mit ihm tanzte. Er nahm den Hut ab, den er trug, er trug immer einen Hut, und setzte ihr den Hut auf und sagte ihr, dass er noch nie eine Frau gesehen hatte, die mit einem Hut so gut aussah wie sie.

Ich konnte ihr nicht sagen, dass sie aus der Schlussszene des Films, den sie so sehr liebte, herausgeschnitten worden war.

Was von ihr im Film geblieben war, ihr einer Satz im Restaurant und ihr Lachen, ihr Auftauchen im Hintergrund zweier weiterer Szenen, die jemand anderem gehörten, das war für sie so belanglos, dass sie es nicht einmal erwähnte. Und doch war das alles, was von ihr übrig war. Der Rest war raus.

Sie schenkte sich wieder ein, das meiste ging ins Glas, aber ziemlich viel floss auf den Boden, auf dem sie inzwischen saß.

»Cheers!« Sie hob ihr Glas.

»Cheers.« Ich hob meins.

»Sie wissen gar nicht, was mir das bedeutet. Wissen Sie, ich bin schon in so vielen Filmen drin gewesen.« Sie versuchte, sie an den Fingern abzuzählen, gab es aber auf und wischte sie mit einer Handbewegung fort. »Vielen, vielen. Ungeheuer vielen. Vielen, vielen Filmen. Und aus irgendeinem Grund bin ich immer rausgeschnitten worden. Aus allen. Oder jedenfalls bisher. Cheers!«

Wir stießen wieder an.

»In so vielen Filmen war ich drin, und aus allen bin ich rausgeschnitten worden. Weg. Aus allen. Einfach weg, als wär ich nie drin gewesen. So viele Filme. So viele Rollen. Kleine Rollen, ja. Meistens waren es kleine Rollen, aber trotzdem war ich da. Ich hab was gesagt. Ich hab was gefühlt. Ich hab Kostüme angehabt. Meine Figuren hatten Namen. Weg. Futsch. Und wissen Sie, die halten es nicht mal für nötig, einem zu sagen, dass man raus ist. Nicht, wenn man so unbekannt ist wie ich. Die haben es nie für nötig gehalten, es mir zu sagen. Also ging ich und kaufte mir eine Karte für den Film, in dem ich drin war, und dann saß ich im Kino und wartete auf meine Szenen, nur um erleben zu müssen, wie der Film ohne mich lief. Alle meine Filme. Sie sind einfach ohne mich gelaufen.

Und nicht bloß die Filme. Ich meine, das wäre schon schlimm genug, nicht? Schlimm genug, wenn's bloß die Filme wären, aber es waren nicht bloß die Filme. Da ist oder vielmehr war, auf Holz klopfen« – sie klopfte mit den Fingerknöcheln auf den Boden –, »da war was an mir, ich weiß nicht, welche andere Erklärung es geben könnte außer, dass da was an mir war, was mich seit meiner Kindheit verfolgt hat. Ich schwöre bei Gott, Mister, diese Sachen sind mir immer wieder passiert, seit ich wie alt war? Vierzehn. Teile von meinem Leben werden einfach rausgeschnitten. Weggenommen. Einfach rausgenommen. Ganze Abschnitte. Richtig große Stücke. Und was soll man dann tun? Wieder verknüpfen, was übrig ist. Einfach wieder verknüpfen, was übrig ist, und weitermachen, als wär nichts passiert. Ich habs weiß Gott versucht. Aber wenn einem ständig Teile des Lebens entfernt werden und man ständig wieder verknüpft, was übrig ist, kommt man sich nach einer Weile absurd vor. Man wird älter und älter, und trotzdem scheint das Leben, das man gelebt hat, kürzer und kürzer zu werden. Wissen Sie, was ich meine?«

»Ja«, sagte ich.

Sie runzelte die Stirn.

»Tut mir schrecklich leid, Mister, aber ich weiß Ihren Namen nicht mehr.«

»Saul. Saul Karoo.«

»Und ich heiße Leila Millar.«

»Ich weiß.«

»Sie sind beim Film? Das haben Sie mir doch erzählt?«

»Ja.«

»Hab ich mir gedacht. Was machen Sie genau?«

Ich erklärte, was ich machte, dass ich ein Umschreiber war, ein Filmdoktor, und wie ich in diesem Fall von dem

Produzenten gebeten worden war, ihm bei Arbeiten an dem Film zu helfen, die Mr Houseman aufgrund seiner angeschlagenen Gesundheit nicht mehr selbst tun konnte. Sie lauschte mit dem lächelnden, betrunkenen Wohlwollen von Menschen, die kein Wort von dem, was man sagt, hören, weil sie nur ihrer eigenen Stimme im eigenen Kopf lauschen.

Und dann, aus dem Nichts heraus, aber völlig in Einklang mit ihren eigenen betrunkenen Gedankengängen, rief sie aus:

»Nehmen Sie zum Beispiel meinen Vater. Er ist inzwischen tot. Er ist gestorben, ich weiß nicht mehr, wann, aber er ist gestorben. Und wissen Sie, was er mir gesagt hat, kurz bevor er gestorben ist? Er hat mir gesagt, wie leid es ihm tut, dass er mich nicht geliebt hat. Er hat mich gebeten, ihm auf dem Sterbebett zu verzeihen, dass er mich nicht geliebt hat. Verstehen Sie, was ich meine?« Sie streckte die Arme aus in einer dieser betrunkenen Gesten, die das ganze Leben umschließen sollen.

»Ich hatte nämlich keine Ahnung. Ich hatte bis dahin keine Ahnung, dass er mich nicht geliebt hat. Ich wuchs in dem Glauben auf, dass er mich liebte. Ich war mir dessen sicher. Gott weiß, dass ich ihn geliebt habe, und es ist mir nie in den Sinn gekommen, dass er mich nicht geliebt hat. Warum konnte er nicht in Ruhe sterben und den Mund halten? Warum musste er es mir sagen? Damit er in Frieden sterben konnte? Und was ist mit mir?

Ich bin sofort nach Charleston geflogen, als meine Mutter mich angerufen und mir gesagt hat, dass er im Sterben liegt. Es war spätabends, und ich musste einen Nachtflug nach Chicago nehmen und dann auf dem O'Hare rumsitzen und auf meinen Anschluss warten. Die ganze Zeit hab ich mich verrückt gemacht, dass ich vielleicht zu spät komme. Bin ich aber nicht. Ich bin im letzten Moment hingekommen, wie eine Blöde den Krankenhausflur langgerannt, im letzten Moment, damit er mir, bevor er gestorben ist, sagen konnte, dass er mich nicht geliebt hat.

All die Jahre, Mister, was sollte ich mit all den Jahren anfangen, die ich in dem Glauben verbracht hatte, geliebt zu werden?

Und als ich an dem Tag aus dem Krankenhaus gekommen bin, erschöpft von der Reise und dem Schlafmangel und völlig fertig von dem, was mein Vater mir gesagt hatte, da kam ich mir vor wie ein Patient nach einer Amputation. Ich war eine erwachsene Frau, aber es war, als wäre mir mein ganzes Wachstum weggenommen worden und ich wäre wieder ein vierzehnjähriges Mädchen. Genauso wars. Ich kam mir wieder vor wie mit vierzehn, als ich aus dem Krankenhaus nach Hause kam.«

Es brauchte nicht viel Nachhilfe, ein paar beiläufige Fragen genügten, damit sie mir erzählte, was ihr mit vierzehn widerfahren war. Ich hätte wahrscheinlich gar nicht zu fragen brauchen. Auch ohne Nachhilfe hätte mir Leila alles erzählt.

4

»Ich habe mit vierzehn ein Kind bekommen. Wenn es je ein Kind der Liebe gegeben hat, dann war das eins. Die Geschichten, die man über Mädchen in dem Alter hört, wissen Sie, wie sie mit vierzehn eigentlich noch gar nicht wissen, was Liebe ist, wie sie Sex eigentlich gar nicht mögen, aber aus anderen Gründen machen, wie sie in dem Alter noch nicht mal einen richtigen Orgasmus kriegen können, falsch, falsch, falsch. Ich habe den Jungen geliebt. Ich habe den Sex geliebt. Ich habe es geliebt, schwanger zu werden und dieses verborgene Wachstum in mir zu haben.«

Sie erzählte mir ein bisschen über ihren Freund, ihre erste Liebe, Billys Vater. Er hieß Jaimie Ballou. Er war siebzehn. Sehr groß, mit einem Haarschopf, der auf und nieder wippte, wenn er rannte. Ein Basketballstar. Jedes College im Land war hinter ihm her.

»Die ersten beiden Monate lang wusste niemand, dass ich schwanger war. Niemand. Nicht Jaimie. Nicht meine Eltern. Niemand außer mir. Es war mein Geheimnis, und es waren die glücklichsten zwei Monate meines Lebens. Es war Frühling, und um mich herum und in mir wuchs Leben. Alles war Leben, und alles wuchs.

Meine Eltern waren sehr fromme Leute. Als sie es erfuhren, waren sie entsetzt. Sie hatten eine Hure zur Tochter, eine Sünderin. Aber zum Beweis ihrer Frömmigkeit versuchten sie, die Sünderin in ihrer Mitte zu lieben. Sie sahen es als eine Prüfung an. Mein Dad strengte sich so an, mich zu lieben, dass ich es für echt hielt. Ja, ist wahr. Ich dachte, er liebt mich wahnsinnig.

Sogar wenn ich dazu bereit gewesen wäre – was ich nicht war –, sie wollten nichts von einer Abtreibung hören. Oder mich mein Baby behalten lassen. Sie haben immer abwechselnd auf mich eingeredet, wie Detectives in Gangsterfilmen. Sie zogen den Gemeindepfarrer hinzu, der auch auf mich eingeredet hat. Es wäre ganz schlecht, sagten sie mir alle immer wieder. Mein ganzes Leben lag noch vor mir. Wenn ich das Baby behielt, würde mein ganzes Leben vorbei sein. Schließlich sah ich es so wie sie. Der Gedanke, dass mein ganzes Leben vorbei war, machte mir Angst. Ich fühlte mich so voller Leben, und der Gedanke, dass irgendwie alles vorbei sein würde …

Also wurde arrangiert, dass so ein Rechtsanwalt mein Baby sofort nach der Geburt nahm. Er vertrat ein Ehepaar, das adoptieren wollte. Sie bezahlten dafür alles, wissen Sie, Krankenhausrechnungen und so was.

Obwohl ich eingewilligt habe, es zur Adoption freizugeben, wollte mein Körper es nicht hergeben. Die Zeit zur Entbindung kam und ging vorbei, und mein Körper hielt an dem Kind fest, solange er konnte. Schließlich mussten sie es aus mir rausschneiden. Ein Kaiserschnitt. Mein Baby wurde mir rausgenommen wie ein Blinddarm. Ich habs nicht mal gesehen. Ich weiß nicht mal, ob es ein Junge oder ein Mädchen war, aber ich hab so eine Ahnung, dass es ein Mädchen war. Es ist nur eine Ahnung, aber ich traue meinem Instinkt.«

»Wissen Sie, wer es adoptiert hat?«, fragte ich sie.

»Nein. Irgendwelche reichen Leute. Sie wussten meinen Namen nicht, und ich wusste ihren nicht.«

»Woher wissen Sie, dass sie reich waren?«

»Ich hab den Rechtsanwalt beschworen, mich mit ihnen reden zu lassen, damit ich wenigstens hören konnte, wie sie sich anhören.«

»Und wie haben sie sich angehört?«

»Die Frau war nicht zu Hause. Sie war unterwegs, Babysachen kaufen. Ich hab nur mit dem Mann reden können.«

»Wie war er?«

»Ich weiß nicht. Kann mich nicht mehr erinnern. Ich weiß nur noch, dass er gesagt hat, sie wären stinkreich. Ich war immer noch ein bisschen benommen. Es war alles wie ein Traum. Noch bevor ich ins Krankenhaus kam, hat Jaimie sich betrunken. Er hat sonst nie getrunken, aber diesmal hat er sich betrunken und ist bei einem Autounfall ums Leben gekommen. Er war weg. Das Baby war weg. Alles war weg, aber irgendwie lag mein ganzes Leben angeblich noch vor mir.

Niemand hat mich davor gewarnt, wie es hinterher sein würde. Wie es war, weiterzuleben, nachdem ich so viel verloren hatte. Den Jungen, den ich geliebt habe. Das Baby, das ich geliebt habe. Niemand hat mich darauf vorbereitet. Der Rest meines Lebens, was immer das hieß, gehörte wieder mir, aber ich hatte nicht mehr das Gefühl, dass ich es einfach so leben konnte. Ich musste etwas Besonderes tun. Sodass ich eines Tages zurückschauen und sagen konnte: ›Doch, das war es wert.‹ Ich sah nur zwei Alternativen. Ich konnte eine Heilige oder ein Filmstar werden.«

»Cheers«, tschilpte sie, hob ihr Glas und fing plötzlich an zu weinen.

»Nein, nein, nein«, winkte sie mich weg. »Ist schon gut. Mir gehts gut. Doch, wirklich. Nicht, was Sie denken. Ich weine nur, weil all das endlich hinter mir liegt. Mein ganzes Leben lang ist mir was weggenommen worden. Bis heute Abend. Da tauchen Sie heute Abend auf und sagen mir, dass Sie meinen Film gesehen haben und dass ich drin war. Ausnahmsweise hab ich mal überlebt. Also ich zerbreche hier nicht. Ich feiere, das sehen Sie doch. Und wie.«

Sie wischte sich mit dem Handrücken die Tränen ab.

»Sehen Sie?« Sie zeigte auf ihr neues Gesicht. »Sehen Sie, wie gut ich mich fühle? Ich werde gut schlafen heute Nacht.«

Sie meinte es nicht als Signal zu meinem Aufbruch, aber ich nahm es dafür. Ich stand auf.

»Ich gehe besser auch zu Bett.«

Sie brachte mich zur Tür.

»Werden wir uns wiedersehen?«, fragte sie und hielt mir die Fliegentür auf. »Ich bitte Sie nicht darum, verstehen Sie. Ich frage nur.«

»Ich finde, wir sollten«, sagte ich zu ihr.

»So ein Zufall.« Sie klatschte in die Hände. »Ich mache

gerade mit einem Mann Schluss, also bin ich zurzeit frei, Sie Glückspilz.«

Sie lachte, als machte sie sich über sich selbst lustig.

»Ich danke Ihnen. Ich danke Ihnen sehr, für alles.«

»Keine Ursache.« Ich zuckte die Achseln.

»Doch, ich danke Ihnen.«

»Gute Nacht, Leila.«

»Gute Nacht.«

Sie blieb in der Tür stehen und schaute mir nach, wie ich die Gartenpforte auf- und zumachte.

»Ich stehe im Telefonbuch«, rief sie mir nach. »Mein Nachname ist Millar, aber mit einem a. Fahren Sie vorsichtig.«

FÜNFTES KAPITEL

1

Er war alles, was man sich von einem Brad nur wünschen konnte: freundlich, sympathisch, höflich, ehrerbietig. Er trug ein strahlendes Lächeln und einen dieser Weißen-Afros. Er war unterwürfig auf eine engagierte Art, sodass es wie eine Berufung wirkte. Er erweckte den Eindruck, mir gerade in die Augen schauen und gleichzeitig den Hintern küssen zu können, ohne sich dafür übermäßig verrenken oder verausgaben zu müssen.

Er war Brad. Ein junger Brad. Cromwells Brad.

»Es ist mir eine Ehre. Wirklich eine Ehre, Sie endlich persönlich kennenzulernen«, sagte er zu mir, als er mir die Hand schüttelte.

Wir befanden uns in Cromwells Büro in den Burbank-Studios, aber da Cromwell in Europa weilte, spielte Brad die Rolle des Zauberlehrlings.

Ich war schon früher in Cromwells Büro gewesen, als ein anderer junger Brad für ihn arbeitete, und es störte mich damals geradeso wie jetzt, dass sein Büro nach Hollywood-Maßstäben äußerst bescheiden war. Man wollte, ich wollte, dass Cromwell eines dieser riesigen, protzigen Büros hatte, damit ich ihn allein schon wegen seines Büros verachten konnte. Es war immer dasselbe Problem mit Cromwell. Wenn man ihn hassen wollte, konnte man das nicht wegen des von ihm zur Schau gestellten Machtgepränges tun, denn in dieser Hinsicht war er nach Hollywood-Maßstäben fast ein buddhistischer Mönch. Wenn man Cromwell wirklich hassen wollte, musste man etwas im Kern seiner Persönlichkeit finden und definieren. Man ging dabei das Risiko ein, dass das, was man an Hassenswertem im Kern von Cromwell fand, unter Umständen identisch mit dem war, was den Kern des eigenen Wesens ausmachte. Cromwell war irgendwo in Europa, aber seine Gegenwart *in absentia* war mächtiger als Brad und ich zusammengenommen.

Brad, eine perfekte Mischung aus Hure und Hostess, übernahm es, genug für uns beide zu reden. Er erzählte mir Sachen über mich, er erzählte mir Sachen über sich. In seiner Rolle als Dienstleister vermittelte er mir, während er redete, dass ich in keiner Weise verpflichtet war, ihm zuzuhören. Hin und wieder lachte er laut auf. Das Gurgeln seiner Stimme beim Lachen, das sich anhörte wie jemand, der an seinem eigenen Blut erstickt, hatte etwas Fröhliches, vor Tatkraft Überschäumendes.

»Sollen wir?«, fragte Brad schließlich und sprang von der Ecke von Cromwells Schreibtisch auf, wo er gesessen hatte.

»Dann los«, antwortete ich.

Ich war schon oft hier gewesen, im Dienste von Cromwell und anderen, und ich wusste, wo sich der für mich reservierte Vorführraum befand, aber Brad bestand darauf, mich hinzubringen.

Wir mussten das Gebäude verlassen und das weitläufige Burbank-Gelände überqueren. Es war kurz vor drei Uhr nachmittags. Kurz vor der größten Tageshitze. Durch die Hitzeschleier schimmerten die sandfarbenen Gebäude auf dem Studiogelände wie die Trugbilder, die in ihnen hergestellt wurden. Brad redete ununterbrochen.

Wir begegneten erstaunlich schönen Mädchen, jungen Filmsternchen oder zukünftigen Filmsternchen, schön wie Geistererscheinungen. Alle waren gerade, so schien es zumindest, zwischen Vorsprechterminen oder Interviewterminen bei Besetzungsagenten auf dem Gelände unterwegs. Zwischen Jobs. Zwischen allem Möglichen. Alle schienen von Biogenetikern erschaffen zu sein, von Spezialisten für derzeit äußerst gefragte Körperteile.

Jung. So jung. Alle.

Sogar jetzt, in meinem Zustand, verschlangen sie mit den Augen nicht den jungen, überaus attraktiven Brad an meiner Seite, sondern mich. Ich verkörperte für sie den Typus Mann, der Macht und Einfluss besitzt. Brad besaß lediglich Jugend und gutes Aussehen. Er war nicht besser dran als sie, und das wussten sie. Ich aber war dick, verschwitzt und alt. Ich war das Inbild eines reichen, zum Studioboss avancierten Industriellen und deswegen in ihren jungen, gewitzten Augen der Mann, an den sie sich halten mussten.

Der Vorführraum war kühl, sehr feudal, intim, die Sitze breit und bequem. Die Anordnung und die Machart der Sitze erinnerten an die erste Klasse einer Boeing 747.

Brad verließ mich, nachdem er mir eindringlich viel Vergnügen gewünscht hatte. Ich nahm meine Zigaretten heraus. Ich hatte mich vorbereitet. Zwei Schachteln.

Ich zündete mir eine an, während der Vorführer es langsam dunkel werden ließ. Ich bekam am ganzen Körper Gänsehaut, wie immer in diesen Momenten. Ich war zwar eigentlich nicht da, um irgendetwas zu flicken, sah mir nur pro forma das herausgeschnittene Material an, aber Gewohnheit blieb Gewohnheit, und aus jahrelanger Gewohnheit gewann der Skriptflicker in mir die Oberhand und heftete gebannt die Augen auf die Leinwand. Wenn ich in einem dunklen Vorführraum saß und auf das Abspulen der Filmrollen wartete, befand ich mich in einem Dunkel, das nicht seinesgleichen hatte. Alles konnte passieren, wenn der Projektor zu laufen begann. Es war, als säße ich im Dunkeln und wartete darauf, geboren zu werden oder zu sterben, oder auf etwas, das weniger endgültig war, aber mehr ängstigte und beschwingte als Geburt oder Tod.

2

Die Räder des Projektors drehten und drehten sich. Die Filmrollen wurden eine nach der anderen abgespult.

Ich saß allein im Vorführraum, sah mir Szene um Szene an und Take um Take von Szenen, die aus dem Film entfernt worden waren.

Normalerweise war bei solchen Anlässen ein Cutter oder sein Assistent in der Vorführkabine, um sicherzustellen, dass das herausgeschnittene Material, das ich sah, in der richtigen chronologischen Reihenfolge gezeigt wurde. Diesmal war niemand außer dem diensthabenden Filmvorführer in der Kabine. Der Cutter des Films und seine Assistenten, so erfuhr ich später, hatten alle aus Hochachtung vor Mr Houseman fristlos gekündigt. So legte der Vorführer, der keine Ahnung hatte, welche Szene welcher folgte, die Filmrollen ungeordnet in den Projektor ein. Wir fingen irgendwo in der Mitte an und sprangen von da aus hin und her, vorwärts und rückwärts.

Zum Glück hatte ich den fertigen Film in meiner New Yorker Wohnung so oft gesehen, dass ich ihn fast auswendig kannte, Einstellung für Einstellung und Satz für Satz, und so konnte ich mir denken, wo die verschiedenen Szenen in dem Film hätten sein sollen, bevor Mr Houseman sie aus der endgültigen Fassung entfernte.

Leilas Szenen waren nicht die einzigen, die dem Schnitt zum Opfer gefallen waren. Alle in dem Film hatten im Schneideraum etwas verloren, aber niemand hatte so viel verloren wie sie.

Im ursprünglichen Entwurf war, wie die hinausgeworfenen Szenen deutlich bewiesen, ihrer Figur eine Schlüsselrolle in dem Film zugekommen. Danach hatte sie die Stadtbeobachterin sein sollen, die den erblühenden Traum der beiden Liebenden und ihre Geschichte kommentierte. Ursprünglich sollte der ganze Film eine Rückblende von Leilas Figur sein, was ihr erlaubte, zwischendurch immer wieder die Handlung, die wir sahen, zu kommentieren.

Es war, als hätte Mr Houseman, der nicht nur Regisseur, sondern auch einziger Drehbuchautor war, in diesem ursprünglichen Entwurf nicht genug Vertrauen zu der zentralen Liebesgeschichte gehabt oder hätte vor dem Zusammenschneiden des Films nicht vorausgesehen, welche Kraft von der kleinen Liebesgeschichte ausgehen würde. Der Kunstgriff mit der Kellnerin-Erzählerin, einer Art liebenswerter Klatschbase, hatte dazu dienen sollen, an kritischen Stellen des Films seinen Ernst und Schmerz zu verlassen, indem auf sie zurückgeschnitten und dem Publikum eine kleine Atempause und der eine oder andere Lacher gegönnt wurde, bevor die Tragödie der Liebesgeschichte wieder ihren Lauf nahm.

Aber als er im Schneideraum an dem Film arbeitete und als ihm auffiel, was ihm aufgefallen sein musste, nämlich welche Kraft von der kleinen Liebesgeschichte ausging, da entfernte er gnadenlos alles, was ihr im Weg stand. Er wollte keine komischen Einlagen mehr, die von der Liebesgeschichte ablenkten. Er brauchte und duldete keine Beobachterin oder Kommentatorin mehr. Deswegen hatte er keine Verwendung mehr für die Kellnerin und damit für die Schauspielerin, die sie spielte.

Ihr einziger winziger Moment in dem Film, die Szene im Restaurant, war dringeblieben, weil Mr Houseman die Szene der beiden Liebenden so aufgenommen hatte, dass er die Kellnerin nicht aus der Szene und damit aus dem gesamten Film herausschneiden konnte. Hätte er davon eine zweite Einstellung aus einem anderen Blickwinkel gedreht, es hätte überhaupt keine Leila in dem Film gegeben. Und somit überhaupt keine Leila in meinem Leben.

Leila wirkte auf der Leinwand (während sich die Räder des Projektors drehten und die Rollen mit den ausgesonderten Szenen abspulten) nicht so, wie ich erwartet hatte. Sie war keine möglicherweise große und bislang unentdeckte Schauspielerin. In Wahrheit hatte sie den falschen Beruf, denn sie war eigentlich überhaupt keine Schauspielerin.

Aber ich verstand nur allzu gut, warum jeder Regisseur, warum sämtliche ihrer bisherigen Regisseure von Leila im wirklichen Leben so hingerissen gewesen waren. Ihr Innenleben im wirklichen Leben war so reich und vielgestaltig und trat in jedem Augenblick so überwältigend deutlich zutage, dass jeder Regisseur annehmen musste, so viel nackte Wahrheit käme auf der Leinwand großartig.

Sie tat es nicht.

Was im dreidimensionalen Reich des wirklichen Lebens so echt und überzeugend und manchmal herzergreifend war, wirkte auf der Leinwand völlig unecht und übertrieben. Leilas Tragödie als Schauspielerin war, überzeugend und echt war sie nur im wirklichen Leben.

Schauspieler zu sein, heißt nicht, trotz beharrlicher Ge-

genrede, ganz man selbst zu sein. Schauspieler zu sein, heißt, sich die Last aufzubürden, ganz und mit all dessen Beschränkungen jemand anders zu sein, und Leila besaß nicht die Fähigkeit, irgendjemand anders zu sein als sie selbst.

Jede Szene, in der sie auftrat, bedeutete ihr zu viel. Es hätte der Frau, die sie spielte, nicht so viel bedeuten dürfen, nach Hause zu kommen, ihre kleine Tochter in die Arme zu nehmen und ihr von den Dingen zu erzählen, die sie am Tage gehört und gesehen hatte. Aber Leila spielte diese Frau nicht. Sie spielte überhaupt nicht. Sie stürzte sich selbst hinein. Das kleine Mädchen in den Armen zu halten, bedeutete ihr zu viel, viel zu viel, und auf der Leinwand wirkte es peinlich übertrieben. Im wirklichen Leben wäre dieselbe Szene sehr rührend und ergreifend gewesen. Nicht so auf der Leinwand. Das Gleiche galt für jede andere Szene, in der sie auftrat. Mit anzuschauen, wie die Liebesgeschichte des Films allmählich zerfiel, schien sie mehr zu schmerzen als die beiden Liebenden. Ihr Herz schien für Menschen zu brechen, deren Herzen ganz und gar nicht brachen.

Es musste ein Schock für Mr Houseman gewesen sein, zu sehen, wie viel sie bei der Übertragung auf die Leinwand verlor.

Einige ihrer Momente waren komisch, aber nicht absichtlich komisch, nicht auf gute Art komisch. Wenn sie eine Zukunft beim Film hatte, dann in Rollen, in denen sie geschickt missbraucht wurde. In Filmen, die unterhaltsame und abwertende Verzerrungen des menschlichen Lebens waren (die Art Filme, die ich umschrieb), wo ihre Gefühlstiefe, geschickt ausgenutzt, für brüllendes Gelächter sorgte. Vorausgesetzt, der Zusammenhang stimmt, dann sind wenige Dinge komischer als jemand auf der Leinwand, dem alles im Leben derart viel bedeutet.

Die Filmrollen liefen weiter. Ich sah mehrere Szenen mit sehr guten Schauspielern, die vollständig herausgeschnitten worden waren. Ein Polizist. Ein Priester. Eine wunderbare Szene mit einem wunderbaren Schauspieler als Trainer einer Jugendmannschaft. Raus. Alle drei. Ich sah viele Varianten von herausgeschnittenen Szenen und viele Varianten der Szenen, die dringeblieben waren.

Der Alte Herr stand in dem Ruf, von jeder Szene etliche Einstellungen zu drehen und von jeder Einstellung etliche Takes, und das ausgesonderte Material bestätigte diesen Ruf. Sosehr ich den Film geliebt hatte, als ich ihn zum ersten Mal in meinem Wohnzimmer in New York sah, jetzt (während die Räder des Projektors sich drehten und drehten) liebte ich ihn umso mehr, denn mir wurde klar, was Mr Houseman auf sich genommen hatte, um dieses Meisterwerk zu erschaffen. Angesichts seines Alters und seiner angegriffenen Gesundheit konnte ich nur staunen über seine Fähigkeit, den Film im Schneideraum völlig neu zu konzipieren und einen Weg zu finden, ein großes Kunstwerk zu erschaffen trotz der Tatsache, dass er einen relativ hausbackenen Film geschrieben und gedreht hatte. Solch unerbittliches Streben nach Perfektion war mir unbegreiflich.

Schließlich ging das Licht an. Es gab nichts mehr zu sehen.

Draußen war es dunkel, fast so dunkel, wie es im Vorführraum gewesen war. Das Studiogelände lag verlassen. In der Ferne sah ich meinen Mietwagen.

SECHSTES KAPITEL

1

Es gab zwei Restaurants in Beverly Hills, die ich für mein Dinner mit Leila in Betracht zog. Beide waren angemessen pompös und entsprechend überteuert, aber ich hatte schon zu oft im Spago's gegessen, also wählte ich das Nestor's. Die Chancen, Filmleuten zu begegnen, waren im Nestor's nicht so hoch, ein weiterer Grund für meine Wahl. Ich reservierte für acht Uhr einen Tisch.

Da sie weder einen Führerschein noch ein Auto hatte, bot ich ihr an, sie abzuholen, aber das Nestor's befand sich im Herzen von Beverly Hills, und sie fand es blöd, dass ich den ganzen Weg nach Venice fuhr, um sie abzuholen, und dann den ganzen Weg nach Beverly Hills zurückfuhr.

»Je mehr Sie fahren«, sagte sie mir, »umso größer wird die Wahrscheinlichkeit eines Unfalls, und ich möchte auf keinen Fall auf dem Gewissen haben, dass jemand im Auto verunglückt oder ums Leben kommt, während er mich zum Dinner abholt. Ich nehme mir ein Taxi.«

Für das Nestor's musste man Jackett und Krawatte tragen, also tat ich es. Auf meinem Weg dorthin bemühte ich mich, all ihre getilgten Szenen, die ich am Tag zuvor im Vorführraum gesehen hatte, aus meinem Gedächtnis zu tilgen, aber manchmal macht gerade das Bemühen, etwas zu vergessen, ebendieses umso gegenwärtiger.

Ich kam, wie es meine Art war, zehn Minuten zu früh an, aber als ich auf die baldachinüberdachte Tür vom Nestor's zufuhr, sah ich zu meiner Verblüffung Leila davor stehen. Sie schwatzte mit einem hochgeschossenen jungen Mann, der die Autos der Gäste auf den Parkplatz fuhr.

Niemals, kein einziges Mal in meinem ganzen Leben, war eine Frau, mit der ich mich verabredet hatte, vor mir da gewesen.

Ich hielt an, nur um den Anblick zu genießen, dass sie schon da war.

Sie hatte sich für einen Abend in einem feinen Restaurant angezogen, aber wie sie dastand und mit dem hochgeschossenen jungen Mann schwatzte, wie sie ihre Handtasche am Riemen hielt, sodass sie ihr bis zu den Fußknöcheln hing, wie sie während des Plauschs spielerisch nach der Handtasche stieß, bald mit dem Fuß, bald mit dem Knie, das machte sie zu einem Schulmädchen, das mit seinem Ranzen spielte.

2

Auf unserem Tisch im Raucherbereich stand in der Mitte wie auf allen anderen Tischen im Nestor's eine brennende Kerze, und obwohl sie mehr Dekoration als Lichtquelle war, sah ich Leila in der Stimmung, in der ich an jenem Abend war, bei Kerzenlicht.

Wir begannen mit Drinks. Da es für mich keinen Unterschied mehr machte, was ich trank, schloss ich mich ihrem Scotch an. Nach mehreren gedrungenen Whiskygläsern gingen wir zu höheren, vornehmeren Champagnergläsern über.

Ihre Haltung, ihre ganze Erscheinung veränderte und verschlankte sich mit einem Champagnerglas in der Hand. Wir tranken vor dem Dinner zwei Flaschen. Sie wurde immer beschwipster, und ich tat mein Bestes, den gleichen Eindruck zu erwecken.

Sie trug das Haar hochgesteckt in einem Stil, den ich mit klassischen Ballerinen verband. Dadurch wirkte ihr langer weißer Hals noch länger und sehr zart, als könnte er entsetzlich leicht gebrochen werden. Zwei funkelnde schwarze Ohrringe baumelten an ihren Ohrläppchen. Sie nestelte immer wieder daran, als wollte sie prüfen, ob sie noch da waren.

Ihr schwarzes Ausgehkleid war tief ausgeschnitten und entblößte zwei Drittel ihrer Brüste. Beim Ein- und Ausatmen hoben und senkten sie sich wie weiß gefiederte schlafende Meeresvögel, die sich für die Nacht im Oberteil ihres Kleides niedergelassen hatten.

Aber es waren ihre langen weißen Arme, die mich mehr als alles andere reizten. Ihr schwarzes Kleid hatte lange, an den Handgelenken geraffte Ärmel, aber die Ärmel waren aus einem transparenten Stoff, was (im Kerzenlicht) die Illusion hervorrief, dass jeder Arm der von einem Negligé umschlossene Körper eines hinreißend schönen jungen Mädchens war. Jedes Mal, wenn sie einen ihrer Arme bewegte, verlagerte sich mein Schwerpunkt in meine Magengrube, und das Blut schoss mir in die Leiste.

Je betrunkener sie wurde, desto mehr verengten sich ihre Augen, bis sie fast asiatisch wirkten. Sie hielt sie den ganzen Abend auf mich gerichtet, spähte in meine Seele oder ließ mich in ihre spähen.

Wenn ich redete, bewegten sich ihre Lippen ein ganz klein wenig mit, als nehme sie die Worte aus meinem Mund in ihren, um zu probieren, wie sie schmeckten.

Es erregte mich, dass sie, zumindest im Kerzenlicht, so schön war.

Und es erregte mich natürlich, dass ich für diese schöne junge Frau mit diesen hinreißenden Armen (wie zwei junge Töchter, auf jeder Seite eine) anziehend war. Meine Anziehungskraft auf sie, die selbst mir nicht entging und die im Laufe des Abends wuchs, beruhte nicht auf irgendwelchen körperlichen Vorzügen meinerseits. Es war etwas anderes, folgerte ich, wovon sie sich angezogen fühlte. Etwas Geistig-Seelisches in mir. Mein wahres Ich. Da ich keine Ahnung hatte, wer diese Person war, und wie immer das Gefühl hatte, jedermann sein zu können, gab die Möglichkeit, dass irgendwo tief in mir das unverdorbene, das wahre Ich existierte und dass Leila es sah, mir die Hoffnung, dass mit der Zeit vielleicht auch ich selbst es erkennen würde.

Mit der Zeit, sagte ich mir. Mit der Zeit werde ich ihr nicht nur alles sagen, sondern Dinge mit ihr teilen, die ich mit niemandem sonst geteilt habe.

Wiedergeburt. Erneuerung. Das schien nicht nur möglich, sondern in Sichtweite, im Kerzenlicht.

3

Beim Essen erzählte ich ihr von meiner Wohnung in Manhattan. Wie groß sie war. Viel zu groß für eine Person. Ich beschrieb die Aussicht auf den Riverside Drive und den Riverside Park und den Hudson River.

Ich war eine sprudelnde Informationsquelle. Da das Wesentliche zwischen uns nicht besprochen werden konnte (ihr Kind, ihr Film), beschrieb ich das Unwesentliche in großer Ausführlichkeit.

Ich erzählte ihr, dass ich zum Hudson hin sehr große Fenster hatte und dass ich, wenn ich eins davon öffnete und nach rechts schaute, die George Washington Bridge im Norden sehen konnte, und wenn ich nach links schaute, die Seventy-ninth Street Marina im Süden und weiter südlich die Kais, wo die großen Linienschiffe anlegten. Circle-Line-Dampfer, erzählte ich ihr, fuhren touristenbeladen unter meinen Fenstern vorbei. Lastkähne. Öltanker. Schlepper. Ausländische Schiffe mit ausländischen Flaggen. Ich erzählte ihr, wie ich Long-Island-Gänse für den Winter nach Süden hatte fliegen sehen und wie ich, wenn ich meine Fenster aufmachte, ihre geisterhaften Rufe hörte. Ich beschrieb den scharfen, aber kurzen Kälteeinbruch, der New York direkt nach Weihnachten heimgesucht hatte, und wie ich, als er vorüber war, ganze Eisflottillen den Hudson hinunter hatte schwimmen sehen, als wären die Adirondacks ein arktischer Kontinent, der auseinanderbrach und stückweise in den Atlantik trieb.

»Ich war noch nie in New York.«

»Es würde Ihnen gefallen«, sagte ich ihr.

»Wirklich?«

»Ja, da bin ich sicher.«

Auf diese Art, auf meine Art, lud ich sie ein, und auf ihre Art zog sie die Einladung in Erwägung.

Ich erzählte ihr von meiner Ehe mit Dianah und von meiner Trennung.

Wie lange ich verheiratet gewesen war, wollte sie wissen.

»Über zwanzig Jahre.«

»Nur einmal?«

»Ja, nur einmal.«

»Kinder?«

»Er ist kein Kind mehr. Ja, einen Sohn.«

(Dabei kam mir der Gedanke, dass wir zu dritt nur ein Kind hatten.)

Ich erzählte ihr alles über Billy, alles, was ich erzählen konnte. Wie ansehnlich er war. Wie groß. Wie sehr er sich seiner Größe bewusst war. Wie schüchtern er sein konnte und wie beredt. Wie sehr ich ihn liebte.

Sanft lächelnd, mit im Kerzenlicht glitzernden Mondsichelaugen hörte sie mir zu. Mein Eindruck war, sie hätte mir stundenlang zuhören können, wie ich über Billy und meine Liebe zu ihm redete.

Ein Mann, der seinen Sohn liebt.

Ich sah, welchen Eindruck ich auf sie machte.

Je mehr Einzelheiten ich über meine Liebe zu ihm preisgab, desto mehr schien sie sich mir anheimzugeben, sich in mich zu verlieben, in den Vater in mir, der sein Kind liebte.

Meine Rechnung kam.

Als wir aufstanden, um zu gehen, musste Leila sich an der Lehne ihres Stuhls festhalten. Und dann ließ sie, obwohl betrunken, die Lehne los und beugte sich in einem halben Hofknicks mit steifem Rücken in einem präzisen, nur ihr bekannten Winkel vor und blies die Kerze auf unserem Tisch aus. Sie tat es mit so viel Würde und Anmut, gleichsam in Befolgung der Gesetze einer höheren, nur den wenigen glücklich Betrunkenen bekannten Etikette, dass sogar die hochnäsigen Kellner von dem, was sie eben getan hatte, beeindruckt waren. Es schien richtig. Sobald sie es getan hatte, schien es einfach richtig zu sein, dass die Kerze ausgeblasen wurde, bevor wir gingen.

4

Sie gab dem hochgeschossenen jungen livrierten Pagen vor der Tür zwei schmatzende Küsse, einen auf jede Wange, als er mein Auto brachte.

»Passen Sie gut auf sich auf«, sagte sie zu ihm.

Im Auto erzählte sie mir von ihm, während ich fuhr.

»Ich war zu früh da. Ich wollte schon hineingehen und auf Sie warten, aber dann habe ich angefangen, mit ihm zu reden. Er ist süß. Ist er wirklich. Aus Iowa. Will Schauspieler werden. Was sonst? Er hat mich mit Madam angeredet. Ja, Madam. Nein, Madam. Jungen wie er«, sie seufzte, »ich weiß nicht. Man möchte einfach … ich weiß nicht. Aber man möchte einfach … irgendwas, wenn man einen Jungen wie ihn sieht. Wie ein süßer Maiskolben, so süß war er. Und ich habe ihm Ratschläge über Hollywood gegeben.« Sie lachte. »Ich!«

»Vorsicht!«, schrie sie plötzlich und packte meine Schulter.

Ich trat die Bremse durch, gerade als ich im Begriff war, ein langsam fahrendes Auto zu überholen. Offenbar war ihr nicht klar, dass ich zwei Fahrspuren für mich hatte und dass der entgegenkommende Verkehr keine Gefahr bildete.

Wir fuhren weiter, aber immer, wenn ich mich der zugelassenen Höchstgeschwindigkeit näherte, wurde sie nervös.

»Nicht so schnell.«

»Wir fahren nicht schnell.«

»Kommt mir schnell vor. Deshalb nehme ich mir überallhin Taxis. Im Taxi kommt nie jemand um.«

Ihre Ängstlichkeit störte mich.

»Keine Sorge, ich bin ein ausgezeichneter Fahrer«, suchte ich sie zu beruhigen.

»Ausgeschlossen, Sie sind betrunken.«

»Ich bin nicht betrunken.«

»Aber Sie haben genauso viel getrunken wie ich.«

»Ich vertrage das«, sagte ich ihr.

Ich gelangte auf den Freeway und fuhr Richtung Venice.

»Glauben Sie, ich werde ein Filmstar?«, fragte sie.

»Vielleicht.«

»Ein großer Star?«

»Vielleicht.«

»Dann wird sich das alles gelohnt haben.«

Sie glitt auf ihrem Sitz herunter, die Knie ans Armaturenbrett gepresst.

Ich brachte sie nach Hause, aber mir war nicht danach, sie nach Hause zu bringen. Mir war danach, immer weiter zu fahren. Mir war danach zu verschwinden, mit ihr zusammen, und einen gemeinsamen Ausgangspunkt für uns beide zu suchen, einen nagelneuen Anfang.

Ich brauchte eine Weile, bis ich merkte, dass sie weinte.

»Fehlt Ihnen was?«, fragte ich.

»So habe ich mir das nicht ausgemalt«, schluchzte sie.

»Was?«

»Das Leben, das ich führe. Als junges Mädchen habe ich mir ein völlig anderes Leben ausgemalt.«

Wenige Augenblicke später lächelte sie unter Tränen und sagte: »Ihr Gesicht sieht aus wie ein verlotterter alter Pullover. Aber ein netter verlotterter alter Pullover.«

Und dann fing sie wieder an zu weinen.

Ich fuhr langsamer und hielt sachte auf dem Seitenstreifen.

»Was machen Sie da?«, wollte sie wissen.

»Ich kann den Gedanken nicht ertragen, dass Sie zu Hause sitzen und allein weinen. Ich dachte, wir halten hier eine Weile, damit Sie sich die Augen ausweinen können.«

Mit einer Überschwänglichkeit, die sowohl ihr Alter als

auch ihre Betrunkenheit Lügen strafte, erwachte sie plötzlich zum Leben und warf mir die Arme um den Hals. Schluchzend und lachend bedeckte sie mein Gesicht mit Küssen. Ich war noch nie so geküsst worden. Hastige kleine Küsse, zu rasch, um gezählt zu werden. Küsse auf meine Augen und über mein ganzes Gesicht, als gäbe es von ihnen unendlich viele.

»Sie wissen, wie man eine Frau im Sturm erobert«, sagte sie und küsste mich weiter. »Die meisten Männer werden starr und kalt, wenn ich zu weinen anfange. Sie fühlen sich benutzt. Aber nicht Sie. Sie sind ein sonderbarer Mann, Mister. Ja, sind Sie. Vielleicht sind wir füreinander geschaffen.«

Wie kam es, wunderte ich mich, dass ich so lange gelebt hatte, wie ich gelebt hatte, und noch nie so geküsst worden war?

Sie fuhr einfach fort, zu weinen und mich zu küssen.

Als wir uns wenige Augenblicke später auf den Mund küssten, begleitete ein seltsamer Gedanke den Kuss.

Ich stecke meine verlogene Zunge in ihren Mund, dachte ich.

»Wir sind zu alt, um das auf dem Seitenstreifen zu tun«, sagte ich.

Sie wollte nicht nach Hause. Ich lud sie ein, die Nacht in meinem Hotel zu verbringen.

Ich fuhr so langsam und vorsichtig zurück, wie ich ertragen konnte. Wir schwiegen, als wäre alles gesagt, was gesagt werden konnte, bevor wir miteinander geschlafen hatten.

Die Scheinwerfer entgegenkommender Autos kamen und gingen, und obwohl sie völlig anders als Projektorenlampen aussahen, brachten sie die Erinnerung an die herausgeschnittenen Szenen zurück, die ich am Vortag in dem Vorführraum gesehen hatte.

Sie stolperte und stürzte fast, als wir die nahezu menschenleere Empfangshalle des Beverly Wilshire Hotel durchquerten. Ich konnte sie gerade noch auffangen.

»Wie betrunken bin ich?«, wollte sie wissen.

»Sehr betrunken«, sagte ich ihr. »Aber keine Sorge. Ich werde gut auf dich aufpassen.«

»Ist wahr?«

»Ja.«

»Willst du mich unter deine Fittiche nehmen?«, fragte sie, als wir in den Fahrstuhl stiegen.

»Ja.«

»Ich war noch klein, als ich diesen Ausdruck hörte, und seitdem habe ich mich danach gesehnt, dass er wahr wird. Dass ich jemanden finde, der mich unter die Fittiche nimmt. O Gott, o mein Gott, wie schön sich das immer noch anhört.« Sie fing wieder an zu weinen, wie nur Betrunkene weinen können.

5

Unbekleidet zu sein, war meiner Überzeugung nach dasselbe wie nackt zu sein, aber Leila machte mir an jenem Abend bewusst, dass es überhaupt nicht dasselbe ist.

Ich kam aus dem Badezimmer, wo ich rasch geduscht hatte, um frisch und sauber zu sein, bevor ich mit ihr ins Bett ging. Das Licht im Schlafzimmer brannte, als ich herauskam, und ich sah sie dort auf meinem riesigen Bett liegen.

Bei ihrem Anblick blieb ich jäh stehen.

Menschliche Nacktheit hatte ich bis dahin nur in einem Film gesehen. Einem Dokumentarfilm. Er zeigte Hunderte und Aberhunderte nackter Juden, Männer, Frauen und Kinder, die von bewaffneten Nazibewachern und bellenden Schäferhunden in den Tod geführt wurden. Alle Juden waren nackt. Nicht unbekleidet. Nackt. Und es kam mir damals, als ich den Dokumentarfilm sah, so vor, als wollten die Nazis nicht nur die Juden ausrotten, sondern auch das Prinzip der Nacktheit selbst. Zu meiner Bestürzung musste ich feststellen, dass auch ich die Ausrottung jenes Prinzips billigte. Ich bin kein Historiker, aber soweit ich weiß, war ich nicht der Einzige, der so empfand. Soweit ich weiß, waren jene Bilder jener nackten Menschen, die in ihren Tod stolperten, die letzten gefilmten Bilder menschlicher Nacktheit im zwanzigsten Jahrhundert.

Ich war natürlich mit alldem schon vor langer Zeit ins Reine gekommen. Mit der Geschichte. Und mit der anschließenden Aufarbeitung der Geschichte. Und mit meinen eigenen Gefühlen zu allem.

Daher war es nicht angenehm, mit etwas konfrontiert zu werden, von dem ich geglaubt hatte, dass es nicht mehr existierte.

Leila nackt auf meinem Bett.

Ihre Nacktheit bedeckte nicht nur das riesige Bett, sondern füllte meine gesamte Suite. Nicht nur, dass ihre Augen, die mich offen ansahen, nackt waren. Nicht nur, dass ihre langen weißen Arme und ihre Brüste nackt waren. Nicht nur, dass ihre Beine nackt und gespreizt waren. Es war, als hätte sie ihre gesamte, ihr weggenommene Vergangenheit mitgebracht, und ihre Vergangenheit lag neben ihr, ebenfalls nackt. Das vierzehnjährige Mädchen, mit dem ich telefoniert hatte, lag neben ihr und war auch nackt. Die junge Mutter. Die junge, ihres Kindes beraubte Mutter. Die Frau. Die Schauspielerin. Die Rollen, die sie im Leben und in Filmen gespielt hatte, alle lagen dort zusammen auf dem Bett und warteten darauf, von mir unter die Fittiche genommen zu werden, und alle waren so nackt wie jene Juden, die durch eine verwüstete Landschaft in ihren Tod gezogen waren.

Ich löschte hastig das Licht, um mich im Dunkeln auszuziehen und um der erstickenden Bedeutungsvielfalt dieses einen nackten Körpers auf meinem Bett zu entgehen.

Und dann, ein paar herumtappende Augenblicke später, musste ich mich, da mir entweder die Fähigkeit oder der Mut oder die Flügelspanne abging, alle jene Leilas unter meine Fittiche zu nehmen, entscheiden, welche Leila ich im Dunkeln umarmen, mit welcher Leila ich schlafen wollte.

Ich wählte übrigens das vierzehnjährige Mädchen. Wenn ich sage, wählte, dann meine ich, dass ich mir vorstellte, mit diesem jungen Mädchen zu schlafen, und während ich mit ihr schlief, schrieb der Umschreiber in mir das Drehbuch ihres Lebens um. Zusammen zeugten wir Billy neu. Ich schrieb die Ereignisse um, die folgten, sodass es schließlich für alle glücklich endete. Ich brachte alles in Ordnung.

SIEBENTES KAPITEL

1

Es war wieder Freitag, wie es Freitag gewesen war, als ich in LA eintraf. Cromwell kam am nächsten Tag aus Europa zurück, und ich hatte eigentlich vorgehabt, dann wieder in New York zu sein.

Aber das geschah einfach nicht. Ich hatte keinerlei Hoffnung mehr abzureisen. Die Umstände hielten mich fest.

Meistens komme ich mit den Dingen erst hinterher ins Reine, also nachdem ich meine Missetaten begangen habe. Diesmal war es anders. Diesmal musste ich mit den Dingen vorher ins Reine kommen, um mir Handlungsfreiheit zu verschaffen für die Missetaten, die ich plante.

Ich wählte die Swimmingpoolterrasse vom Beverly Wilshire Hotel als Ort, um mit meinen zukünftigen Verbrechen ins Reine zu kommen.

Es war noch nicht Mittag, aber es war heiß. Es sollte der heißeste Tag des Jahres werden, und es war bereits sehr heiß. Nicht der leiseste Windhauch. Die Hitze fiel von einem dunstigen blauen Himmel wie ein gewaltiger Wolkenbruch. Eine Sintflut aus Hitze.

Als ich dem jungen Bademeister (in weißen Shorts) zu meinem Liegestuhl folgte, war ich sicher, die Hitze nicht lange aushalten zu können. Höchstens ein paar Minuten, und dann würde ich in meine klimatisierte Suite zurückkehren und dort mit den Dingen ins Reine kommen. Aber sobald ich in meinem Liegestuhl lag, war alles vorbei. Niagarafälle aus Hitze stürzten auf mich nieder und nagelten mich fest. Ich saß in der Falle. Ich hätte ebenso gut auf einem elektrischen Liegestuhl festgeschnallt sein können.

Es waren noch andere da, auf ihren Liegestühlen lagen sie um mich herum. Männer. Frauen. Junge Mädchen. Ein kleiner rothaariger Junge. Alle saßen vermutlich genauso in der Falle wie ich. Auch sie hatten wahrscheinlich gedacht, dass sie nur ein paar Minuten bleiben und dann wieder gehen würden. Um den Pool verteilt lagen wir auf unseren Liegen wie die Opfer von Nervengas.

Das Geräusch fallenden Wassers aus dem Zulauf der Recyclinganlage hatte in all der Hitze etwas Halluzinatorisches. Wie das Geräusch prasselnden Feuers.

2

Ich hatte Leila im Kopf. Ihr Leben. Die vielen Verluste in ihrem Leben.

Ihr Baby war ihr erster Verlust, und dieser Verlust ebnete allen anderen den Weg. Dieser Verlust führte zu einer Berufswahl, und dieser Beruf erwies sich seinerseits als eine Folge von Verlusten.

In meinem Plädoyer brachte ich vor, dass mich keine Schuld daran traf. Ich hatte ihr das Kind nicht weggenommen, weder mit Gewalt noch durch List. Wenn nicht von mir, so wäre es ihr von jemand anders weggenommen worden. Ich war nur zufällig der Mann, der mit dem Geld seiner Frau den Vollzug der Wegnahme bezahlt hatte, und war deshalb schlimmstenfalls der Nutznießer ihres Verlustes, aber nicht dessen Ursache.

Was den ursprünglichen Verlust anging, so war ich jetzt mehr als bereit, ja sogar versessen darauf, das Richtige zu tun und sie wieder mit ihrem Kind zu vereinen. Das Werkzeug zu beider Wiedervereinigung zu sein.

Aber das zu tun, war nicht mehr genug.

Sie hatte inzwischen zu viele andere Verluste erlitten. Wenn sie Billy zurückbekam, aber gleichzeitig erfuhr, dass sie wieder einmal aus einem Film herausgeschnitten worden war, und nicht nur aus irgendeinem Film, sondern aus einem Film, in dem sie endlich einmal eine größere Rolle spielte, dann könnte das die Wiedervereinigung mit ihrem Sohn in einen weiteren Verlust verwandeln. Die Wiedervereinigung musste unbedingt zu einem Triumph werden. Einem totalen Triumph. Nichts durfte die Freude dieses Ereignisses trüben oder das Happy End beeinträchtigen, das ich für die beiden plante.

Hätte ich vorher gewusst, was ich jetzt von ihr wusste, wäre ich nie nach LA gekommen.

Aber jetzt war es zu spät. Wir können Wissen nicht in Unwissen zurückverwandeln.

Ich marterte mich mit meinem Dilemma (während ich am Swimmingpool lag), und zwar nicht aus echter Unschlüssigkeit, sondern lediglich, um mir selbst attestieren zu können, dass ich mich damit gemartert hatte. Es war Teil der Prozedur, mit den Dingen im Vorhinein ins Reine zu kommen. Es war wichtig, eine Spur der Qual zu hinterlassen, sodass ich mich beim Auftreten unerwarteter Folgen meines Handelns mit den Qualen entlasten konnte, die ich selbst erlitten hatte, bevor ich sie anderen zufügte.

Ich marterte mich mit der undenkbaren Tat, zu der ich bereit war, um Leila und Billy ein Happy End zu bescheren.

Je mehr ich mich damit marterte, umso vertrauter wurde das Undenkbare, bis es nicht mehr undenkbar war.

Aber trotz meiner Begabung, mit den Dingen ins Reine zu kommen, fiel es nicht einmal mir leicht, die Schändung eines Kunstwerks zu erwägen.

Als ausgemachter Skriptflicker, dem es nie auch nur annähernd gelungen war, ein wahres Kunstwerk zu erschaffen, betete ich Kunst in einer Weise an, die ein ausübender Künstler überhaupt nicht verstehen kann. Für einen ausübenden Künstler ist Kunst etwas, das man tut. Für mich ist Kunst ein Wunder, das einzige von Menschenhand geschaffene Wunder auf dieser Erde.

Wie war es dann möglich, marterte ich mich am Swimmingpool, dass ich daliegen und ihre Vernichtung planen konnte? Je mehr ich mich marterte und je mehr ich mich mit etwas, von dem ich wusste, dass ich es tun würde, geißelte, desto mehr kam ich damit ins Reine. Meine schonungslose Selbstkritik erteilte mir die Genehmigung für mein Vorhaben.

Die meisten zu meiner Zeit begangenen Gräueltaten (wurde ich zunehmend philosophisch) waren nicht das Werk böser Männer, die darauf aus waren, böse Taten zu begehen. Vielmehr waren es Taten von Männern wie mir. Männer mit hohen moralischen und ästhetischen Maßstäben, wenn die Umstände es zuließen. Männer, die Recht von Unrecht unterschieden und das Rechte taten, wenn die Umstände es zuließen. Aber Männer ohne Verankerung, um diesen Überzeugungen und Maßstäben einen festen Platz zu bieten. Männer, die wechselnden Winden und Umständen unterworfen und dazu verurteilt waren, sich in ihr Gegenteil zu verkehren, wenn andere, gegensätzliche Umstände herrschten. Stets fanden diese Umständemänner einen Weg, ihre Handlungsweise zu rechtfertigen und mit den Konsequenzen ins Reine zu kommen. Die Argumente, die sie benutzten, um mit ihren Verbrechen ins Reine zu kommen, machten zu großen Teilen das aus, was wir als Geschichte bezeichnen.

Mir selbst zuzuhören, während ich am Swimmingpool lag, war eine Lehrstunde. Der Philosoph in mir philosophierte, der Psychologe in mir psychologisierte, der Moralist moralisierte, doch alles vergebens. Ihre Stimmen besaßen den Fatalismus einer Totenklage, als hätten sie sich alle in mir versammelt, um das Opfer meines geplanten Verbrechens zu besingen, statt mich davon abzuhalten, das Verbrechen zu begehen.

Während des langen heißen Nachmittags, den ich schwitzend in meinem Liegestuhl zubrachte, erscholl immer wieder eine Frauenstimme aus den Lautsprechern um den Swimmingpool, um zu verkünden, dass für einen von uns Liegenden ein Anruf da war.

»Telefon für Mr Stump.«

»Telefon für Ms Florio.«

»Telefon für Mr Messer.«

Die Aufgerufenen erwachten wie ins Leben zurückgerufen aus ihrer totenähnlichen Starre und standen auf, um ans Telefon zu gehen. Keiner kehrte danach zurück, um sich wieder zu uns zu legen. Sie waren gerettet. Wir Übrigen, die Verdammten, die Unaufgerufenen, blieben, um in der grauenhaften Hitze zu schmoren.

Vielleicht, dachte ich, wird der Tag des Jüngsten Gerichts so ähnlich. Es gibt keine Trompetenstöße zur Auferstehung der Toten. Sondern Telefonanrufe. Entweder man wird angerufen oder nicht.

Die Erde kreiste um die Sonne (während ich dort lag), drehte sich um ihre eigene Achse und erweckte den Eindruck, dass die Sonne über mir durch den Himmel segelte, von Ost nach West.

Die Schatten wurden länger, krochen über das Pflaster wie Sickerwasser.

Die Hitze des Tages begann nachzulassen.

Ich zündete mir eine Zigarette an. Ein Prozess war abgeschlossen. Etwas in mir war in den Stoffwechsel geraten, verdaut und ausgeschieden worden.

So viel Leben (erzählte der Erzähler in mir) war über die Jahre der Kunst geopfert worden, dass es höchste Zeit wurde, die Kunst für jemandes Leben zu opfern.

Ich stand auf und verließ den Swimmingpool, da ich die Angelegenheit, deretwegen ich hergekommen war, erfolgreich abgeschlossen hatte.

Und so kam und ging der Freitag.

ACHTES KAPITEL

1

Der Samstagmorgen beginnt, wie der Freitagnachmittag endete, am Swimmingpool. Nur diesmal am Swimmingpool von Cromwells Haus im Coldwater Canyon, wo ich ein wenig zu früh zu unserem Arbeitsfrühstück eingetroffen und während des Wartens ein wenig zu begierig darauf bin, loszulegen.

Ich sitze an einem schmiedeeisernen Tisch mit Glasplatte, auf einem schmiedeeisernen Stuhl mit einem dicken, weichen Sitzkissen. Cromwells Haushälterin, eine weitere Maria, bringt das Frühstück heraus. Englische Muffins. Kanadischer Schinkenspeck. Ein großer Krug mit frisch gepresstem Orangensaft. Ein Korb mit Gebäck und Kaffee in einer großen Keramikkanne. Ich sitze und rauche und warte. Durch die Glasplatte kann ich die hellblauen spanischen Fliesen sehen, auf denen der schmiedeeiserne Tisch steht.

Ein Hausdiener streicht den hohen schmiedeeisernen Zaun, der Cromwells Anwesen umgibt. Ich sehe wohl, dass die Farbe, die er benutzt, schwarz ist, aber für mich riecht sie gelb, und wenn ich von dem Zaun und dem Hausdiener wegschaue, dann sehe ich im Geiste einen Zaun, gelb wie ein Manilaumschlag.

Es weht ein leises Lüftchen, gerade genug, um den Farbgeruch vom Zaun zum Tisch zu tragen, an dem ich sitze.

Cromwell erscheint. Er ist frisch rasiert und vollständig angezogen, sodass er, wenn er mit mir fertig ist, in sein Auto steigen und zu seinem nächsten Termin fahren kann, ohne noch einmal ins Haus zu müssen.

Alles an ihm sagt, dass er einen arbeitsreichen Tag vor sich hat und dass die Zeit, die er für mich erübrigen kann, kurz bemessen ist. Da er weiß, dass ich den Spielstand kenne, kann er nun den Eindruck erwecken, dass er unendlich viel Zeit für mich hat.

Er begrüßt mich liebenswürdig, in aller Ruhe, als wären wir nicht um diese Zeit hier verabredet, sondern als wäre ich ein alter Freund, der uneingeladen und unerwartet vorbeigeschaut hat und den zu sehen ihn freut.

»Wie schön, dass Sie gekommen sind«, sagt er mir.

»Schauen Sie sich an«, sagt er mir, »Sie sind richtig braungebrannt. Sie sehen großartig aus, Doc. Ja, wirklich. Sie haben noch nie so gut ausgesehen.«

»Ich fühle mich gut«, sage ich ihm.

Er setzt sich. Da ich aufgestanden bin, um ihn zu begrüßen, setze ich mich auch wieder.

Wir trinken Kaffee und Orangensaft und essen englische Muffins. Wir reden über Europa. Er billigt mir zu, bereits alles zu wissen, was er mir erzählt, aber er erzählt es mir trotzdem, als suche er die Bestätigung seiner Eindrücke von einem Experten wie mir für Osteuropa nach dem Kalten Krieg.

Er erzählt mir von den Russen, den Tschechen, den Slowaken, den Polen, den Ungarn, den Bulgaren, den Rumänen nach Ceauşescu. (Er spricht den Namen vollkommen korrekt aus: tscha-uh-SCHESS-kuh.)

Er erzählt mir von den Städten Osteuropas, von Budapest

und Prag und Moskau und Leningrad und Sofia und Bukarest und Warschau. Den Museen in den Städten. Und wie es trotz allen wirtschaftlichen und sozialen Durcheinanders immer noch wunderbare Hotels gibt, wo man übernachten kann.

»Es ist haarsträubend«, erzählt er mir, »welche Veränderungen in ganz Osteuropa vorgehen. Monumental. Absolut monumental. Ich habe gerade mit einem Dramatiker telefoniert, den ich in Prag kennengelernt habe, und ich habe zu ihm gesagt …«

»Es ist herzergreifend«, erzählt er mir, »wie sie in dieser Übergangsperiode vom Alten zum Neuen leben müssen, ohne auch nur kurz Atem holen zu können. Die Armut. Die Angst. Das Leid, körperlich und seelisch …«

»Und doch«, erzählt er mir, »war es herzerwärmend. Die Menschlichkeit, die ungeschminkte und unverhüllte Menschlichkeit der Menschen, die ich gesehen habe, war die Reise wert. Das gibt einem zu denken, solche Menschen zu erleben. Da stellt sich einem die Frage, ob nicht vielleicht bei all ihrem Leid …«

Es ist immer ein Schock, Cromwell zu sehen, sogar nach relativ kurzer Trennung. Obwohl ich ihn gut kenne und obwohl seine äußere Erscheinung meinem Gehirn eintätowiert ist, kann ich mich auf die Begegnung mit seiner Stirn, dieser staudammartigen Konstruktion, die Millionen Liter Gedanken zurückhält, beim besten Willen nicht vorbereiten.

Ebenso wenig kann ich mich darauf vorbereiten, wie er mich anschaut, so zum Beispiel jetzt. Er freut sich, mich zu sehen. Er freut sich aus Gründen, die ich mir vorstellen kann, aber auch aus Gründen, die mir unbegreiflich sind. Er schaut mich nicht nur einfach an. Er sieht mich. Ich fühle mich gesehen, wenn er mich anschaut.

Ich mag Zweifel an meiner Identität haben, aber er hat keine. Er weiß, wer ich bin. Nur er weiß es.

In der griechischen Mythologie gab es ein Wesen namens Daimon, einen dienstbaren Geist, der hinter uns stand als unser wahres Selbst und den wir nie sehen konnten. Nur andere konnten ihn sehen. Dieser dienstbare Geist tritt offenbar in Erscheinung, wenn ich mit Cromwell zusammen bin. Nur er sieht ihn.

Er macht das auch mit anderen, nicht nur mit mir. Man wird dazu verführt, das zu sein, was er in einem sieht. Ich kann mir ohne Weiteres vorstellen, wie Jay Cromwell in den wenigen Tagen, die er in jedem dieser europäischen Länder verbracht hat, bei ihren Völkern den bleibenden Eindruck hinterlassen hat, dass nur er weiß, was es heißt, ein Ungar, ein Pole, ein Russe, ein Rumäne zu sein. Wenn er einen Menschen, ein Land oder einen Erdteil beschreibt, dann tut er es mit solcher Gewissheit, dass kein Raum für Zweifel bleibt. In Cromwells gesamtem Wesen gibt es nicht die Spur eines Zweifels. Er ist, so hat es zumindest den Anschein, aus einem neuen künstlichen Material namens Gewissheit gemacht. Einhundertprozentige Gewissheit.

Eine junge Frau in einem schwarzen Lycra-Badeanzug kommt aus dem Haus. Ihr dickes blondes Haar ist zu einem einzigen dicken Zopf geflochten, der ihr bis ins Kreuz reicht. Ich sehe ein Gesicht (mit schmelzenden blauen Augen), so schön, dass ich sofort weiß, dies ist der schönste Mensch, ob männlich oder weiblich, das schönste Geschöpf, das ich je gesehen habe und je sehen werde.

Sie geht in einer Diagonale zum Swimmingpool, um nicht direkt an dem Tisch vorbeizukommen, an dem wir sitzen. Cromwell ruft sie.

»Vera.« Er winkt ihr, näher zu kommen.

Sie tut es.

Ihre Schönheit ist so unerhört, dass ich nicht weiß, wo ich hinschauen soll, deshalb greife ich nach einer Zigarette und zünde sie an, damit ich sie nicht anschauen muss. Extreme dieser Art, sei es Schönheit oder Hässlichkeit, beschämen mich. Aber als sie vor uns stehen bleibt, muss ich zu ihr aufschauen.

Sie ist so jung. Ganz anders als das kambodschanische Mädchen, das sie als Cromwells Konkubine abgelöst hat.

»Vera, das ist Saul. Saul, Vera«, stellt Cromwell uns vor.

Ich stehe halb auf, sie verbeugt sich halb.

»Sehr erfreut«, sagt sie in der leicht erschreckten Art slawischer Immigranten und findet drei zu betonende Wörter in einem Zwei-Wörter-Satz.

»Vera ist aus Leningrad«, erzählt mir Cromwell.

»Vera, so höre ich«, erzählt er mir, »heißt im Russischen ›Glaube‹.«

Ich schaue ihn an, während er spricht, und als Vera geht, um ihren unterbrochenen Ausflug zum Swimmingpool fortzusetzen, schaue ich weiter ihn an, während er ihr nachschaut.

»Wie ich es geschafft habe, sie so kurzfristig aus dem Land zu kriegen, ist eine Geschichte für sich«, erzählt er mir.

»Ihre Eltern«, erzählt er mir, »sind Intellektuelle.«

»Sie hätten die Szene am Flughafen sehen sollen«, erzählt er mir. »Intellektuelle oder nicht, russische Eltern sind in erster Linie wahre Eltern, wenn Sie wissen, was ich meine. Richtige Alte-Welt-Eltern. Eng verbunden. Alle Familien, die ich da drüben kennengelernt habe, waren einander eng verbunden.« Er macht eine Faust, um zu demonstrieren, wie eng. »Ihre Mutter hat geweint, ihr Vater hat geweint, Vera hat geweint. Aber erst, als sie sich von ihrem kleinen Bruder

Sascha verabschieden musste, hat sie richtig angefangen zu weinen. Es war sehr bewegend. Wirklich. Eine Schau der Gefühle. Der Menschlichkeit. Das allein war die Reise wert.«

»Sie ist selbst noch ein Kind«, erzählt er mir.

»Ihre Eltern haben verstanden«, erzählt er mir, »dass ein so schönes Mädchen wie Vera da drüben verschwendet wäre. Keine Möglichkeiten.«

»Ich habe sie in der Eremitage kennengelernt«, erzählt er mir.

Er winkt Vera zu und bedeutet mir mit dem Kinn, auch hinzuschauen. Ich drehe mich um und schaue hin. Vera winkt vom Sprungbrett und vollführt dann einen unspektakulären, aber ordentlichen Schwalbensprung ins Wasser. Sie ist keine besonders gute Schwimmerin. Sie streckt den Kopf zu weit aus dem Wasser und macht alles mit den Armen und nichts mit den Beinen.

2

Cromwell und ich essen kanadischen Schinkenspeck und plaudern, während Vera eine obligatorische, selbst gesetzte Anzahl von Bahnen schwimmt. Hin und her zieht sie ihre Bahnen, während wir reden. Wir reden über das Wetter. Wie heiß es gestern war.

»Der heißeste Tag des Jahres bisher«, sagt einer von uns.

»Nicht so schlimm heute«, sagt der andere.

Wir reden über die Dürre, die globale Erwärmung, Verbrechen, Obdachlosigkeit, die wachsende Anarchie des täglichen Lebens überall.

Es wurmt mich wieder, dass ein Mann, so korrupt und böse wie Cromwell, nicht dem protzigen schlechten Geschmack anderer korrupter Hollywood-Produzenten frönt, die ich gekannt habe. Nicht in seinem Büro und nicht hier in seinem Zuhause. Ich möchte, dass sein Swimmingpool (in dem Vera ihre Bahnen zieht) wie ein riesiges C geformt ist oder herzförmig ist oder amöbenförmig. Stattdessen ist sein Swimmingpool schlicht und rechteckig, die Ausmaße sind beruhigend und angenehm für das Auge. Sein Außentelefon ist weder schnurlos noch rosa, wie ich es gern hätte. Es ist schwarz, mit einer Schnur. Er hat keinen Tennisplatz. Er spielt nicht mal Tennis. Er hat nicht mal diese gewisse Bräune. Ich bin der mit der gewissen Bräune.

Ein paar Minuten später geht Cromwell von der Plauderei zum Geschäftlichen über, aber er tut es so beiläufig, so leichthin, dass die Geschichte mit dem Film, zu deren Besprechung ich hergekommen bin, lediglich ein Nebenprodukt meines Besuchs im Hause eines alten Freundes zu sein scheint.

Da Sie nun einmal hier sind, scheint er mir zu sagen, und da ich Ihre Meinung überaus schätze, Doc, ist da eine Kleinigkeit, die ich gerne mit Ihnen besprechen würde, aber nur, falls Sie Zeit haben.

Und so fangen wir an.

Etwas Beunruhigendes wird mir deutlich, während wir über den Film des Alten Herrn reden. Mir wird klar, dass in Cromwells Augen der Film wirklich eine Katastrophe ist und unbedingt weitestgehend umgeschnitten und umgestaltet werden muss. Er ist sich nicht bewusst, dass der Film ein Meisterwerk ist. Er sitzt daher nicht am Swimmingpool und befürwortet die Vernichtung eines Kunstwerks. Ich bin derjenige, der das tut, denn ich bin derjenige, nicht Cromwell, der sich der Schönheit und Vollkommenheit dieses Werks bewusst ist.

Und so kann ich nicht umhin, mich zu fragen (während wir unser Gespräch fortsetzen): Wenn Cromwell böse ist, wie ich es von ihm weiß, wenn er der böseste Mensch ist, den ich kenne, wie ich es von ihm weiß, was bin ich dann?

Seine Erinnerung an den Film und an sämtliche herausgeschnittenen Szenen ist trotz seiner Reise und seiner kürzlichen Rückkehr so frisch und präzise, als hätte er alles erst heute Morgen vor meiner Ankunft gesehen. Er erinnert sich an jede einzelne Einstellung. Er weiß einfach nicht, was er aus dem Ganzen machen soll.

»Ich kapiere es nicht«, erzählt er mir. »Vielleicht liegt es an mir. Vielleicht bin ich begriffsstutzig, und der Film ist wunderbar. Ich weiß es wirklich nicht. Was meinen Sie, Doc?«

Er lehnt sich auf seinem schmiedeeisernen Stuhl zurück und gibt mir mit einem Wink seiner Hand zu verstehen, dass die Bühne mir gehört.

Ich zünde mir eine Zigarette an, bevor ich beginne. Mein Programm ist einfach. Es besteht daraus, das Werk, das ich liebe, zu zerstückeln und so viele wie möglich, wenn nicht sogar alle von Leilas ausgesonderten Szenen wieder in den Film hereinzunehmen. Eine zusammenhängende neue Struktur zu finden, die diese Schändung trägt.

Ich brauche viel Enthusiasmus und Energie, wenn ich Cromwell von den Vorzügen meines Plans überzeugen will. Es genügt nicht, eine Hure zu sein. Ich muss eine Salome sein. Und so beginne ich meinen Schleiertanz.

»Ich sehe den Film«, erzähle ich ihm, »als eine herzerwärmende Komödie. Einen Spaß.«

»Ich sehe den Film«, erzähle ich ihm, »als die Geschichte einer liebenswerten Kellnerin. Eine Art Coffeeshop-Kuppelmutter, die ihr Herz auf der Zunge trägt und an Mom, Gott, Amerika und Apple Pie glaubt, aber vor allem an die Liebe.«

»Der Film ist eine Reminiszenz«, erzähle ich ihm, »an die Filme von früher. Ein altmodischer Film für die neue Zeit.«

»Das Herz und die Seele des Films«, erzähle ich ihm, »sind die Szenen der Kellnerin, die der Alte Herr herausgeschnitten hat. Warum er das getan hat, weiß ich nicht, aber ich weiß, dass es ohne sie keinen Film gibt. Diese Szenen müssen nicht nur wieder rein, sie müssen groß rein. Ohne die Kellnerin fehlt dem Film nicht nur der Mittelpunkt, es fehlt ihm, was viel schlimmer ist, Menschlichkeit, wenn Sie wissen, was ich meine.«

Cromwell, frisch aus Osteuropa zurück, nickt, als wüsste er genau, was ich mit dem Wort »Menschlichkeit« meine. Wir zwei sind Experten auf diesem Gebiet.

»Der Film, so wie er ist«, erzähle ich ihm, »ist zu unerbittlich. Zu sehr aus einem Stück. Zu gnadenlos darauf aus, das Leben zu sezieren, statt es zu feiern …«

»Der Film«, erzähle ich ihm, »muss eine orgiastische Feier sein.«

»Er muss ein paar Umwege drin haben«, erzähle ich ihm.

»Er muss Capra-esk sein«, erzähle ich ihm.

Meine Begeisterung oder wessen Begeisterung auch immer es ist, die ich ihm vorspiele, wirkt ansteckend. Cromwell nickt und lächelt. Er amüsiert sich wie ein König, der seinem Lieblingshofnarren zuschaut.

»Die Musik«, erzähle ich ihm, »die gesamte Musik für den Film muss klassisch sein. Beethovens *Leonorenouvertüre Nr. 3* wäre genau richtig für den Vorspann.«

Ich summe ein Stückchen aus der Ouvertüre, um die Atmosphäre herzustellen.

»Der Donauwalzer«, erzähle ich ihm, »wäre wunderbar übertrieben für die Szene, in der die Arbeiter am Ende des

Tages alle auf dem Parkplatz in ihre Autos steigen und nach Hause fahren.«

Den »Walzer des arbeitenden Mannes« nenne ich ihn.

»Der Walzer der Ehemänner, die zu ihren Frauen und Kindern heimkehren«, erzähle ich ihm.

Ich summe ein Stückchen aus dem Walzer und schunkle auf meinem Stuhl. Cromwell schunkelt nicht, aber ihm gefällt offenbar, wie ich schunkle.

Er nickt. Er lächelt. Er zieht die Augenbrauen hoch. Er wirft den Kopf zurück und lacht, zeigt sämtliche Zähne.

Strawinskys *Feuervogel*-Suite. Ein Thema aus Copelands *Appalachian Spring*. Wagner. Mozart. Bach. Ich plappere weiter, summe Fetzen musikalischer Themen und beschreibe die Szenen, denen sie unterlegt werden sollen.

Ich liefere ein theoretisches Gerüst für meine Entscheidung, die Filmmusik gänzlich mit klassischer Musik zu bestreiten.

Die Benutzung vertrauter und bekannter klassischer Musikstücke zur Unterstreichung der alltäglichen, banalen Momente in unserem Film wird (erzähle ich ihm) dem Publikum die klare Botschaft vermitteln, dass wir uns ein wenig über unsere Figuren lustig machen, während wir uns gleichzeitig vor ihnen verneigen. Das Ganze ist eine Parodie, erzähle ich ihm, eine Art Persiflage, aber eine liebevolle Persiflage.

»Die Benutzung klassischer Musik«, erzähle ich ihm, »wird die Filmkritiker günstig beeinflussen und ihnen einen Vorwand liefern, den Film zu mögen, und ein kleiner Film wie dieser kann meiner Meinung nach von positiven Kritiken nur profitieren. Was wir tun müssen, ist, wir müssen die Kunst aus dem Film herausnehmen und ihn trotzdem als Kunstfilm besprechen lassen, aber als Kunstfilm, der alle anspricht.«

»Und außerdem«, erzähle ich ihm, »ist unsere Entscheidung für klassische Musik genau richtig, weil unser Film eigentlich ein Film über eine Kleinstadtkellnerin mit einer Sehnsucht nach der klassischen Liebesgeschichte ist. Ihre romantische Sehnsucht ist so übertrieben wie die Musik, die wir benutzen.«

»Die Liebesgeschichte, die jetzt da ist«, erzähle ich ihm, »muss ziemlich zusammengestutzt und umgeschnitten werden, sodass sie wie etwas wirkt, was die Kellnerin für das betreffende Paar erfindet. Sie weidet sich an ihrer Affäre. Sie ist eigentlich eine weibliche Version von Walter Mitty, aber weitaus großherziger, denn sie ist hochherzig genug, sich diese wunderbaren romantischen Momente für andere auszudenken. Nicht für sich selbst, nicht nur für sich selbst, sondern auch für andere.«

»Die trostlose Liebesgeschichte, die jetzt da ist«, erzähle ich ihm, »wenn die erst mal gründlich zusammengestutzt ist, wenn die erst mal mit Musik unterlegt ist, die sie durch den Kakao zieht, und wenn wir kapieren, dass wir alles mit den Augen der Kellnerin sehen, dann wird sie als pure Komödie rüberkommen. Aber sie wird immer geschmackvoll komisch sein, das ist der Trick. Sie ist typisch amerikanisch. Durch und durch amerikanisch. Sie macht die Liebe zum amerikanischen Nationalsport.«

Cromwells Zeigefinger schnellt hoch und zeigt auf mich.

»Das wäre ein wunderbarer Werbeslogan für unseren Film. Liebe, der amerikanische Nationalsport. Oder vielleicht andersrum. Der amerikanische Nationalsport, die Liebe. Was meinen Sie, Doc?«

»Ich finde«, sage ich zu ihm, »das Erste ist besser.«

»Finde ich auch«, sagt er zu mir.

Wir sind die Großzügigkeit in Person. Wir streiten uns darüber, wem das Verdienst am Werbeslogan für unseren

Film zukommt. Er besteht darauf, dass mir das Verdienst zukommt. Es waren meine Worte. Ich erlaube mir, anderer Meinung zu sein. Es mögen meine Worte gewesen sein, sage ich zu ihm, aber ihm kommt das Verdienst zu, sofort ihre Eignung erkannt zu haben.

Und so komme ich schließlich zum Schluss des Films. Ich tadele Mr Houseman, bei aller Ehrerbietung vor seinen früheren Leistungen, scharf dafür, Leilas Figur aus der letzten Szene herausgeschnitten zu haben.

»Wir haben hier die Chance nicht nur für einen schönen, altmodischen, sonnigen Schluss, sondern für einen wahrhaft versöhnlichen Schluss auf einer Vielzahl von Ebenen. Es ist Nationalfeiertag. Alle Personen aus dem Film sind im Park und warten auf das Feuerwerk. Wir sehen es mit den Augen der Kellnerin, wie wir den ganzen Film mit ihren Augen gesehen haben. Und wir sehen mit ihren Augen, dass alle wieder bei ihren Familien sind, wo sie hingehören. Die Familie als Einheit, der Grundbaustein der Menschheit und der Menschlichkeit« – ich sage das tatsächlich –, »ist auf die Probe gestellt und belastet worden, aber sie hält. Das Kollektiv als Einheit, die Stadt, die Gemeinde, hält ebenfalls. Und alle sind zusammengekommen, um das Fortbestehen einer noch größeren Einheit zu feiern, das Fortbestehen des Landes, das Fortbestehen von Amerika und der Idee dahinter. Und dann kommt das Feuerwerk. Der Himmel über unserer kleinen Stadt leuchtet. Meiner Meinung nach hatte der Alte Herr am Ende nicht genug Feuerwerk. Ich glaube, wir müssen Folgendes tun, denn ich denke, wir haben uns das Recht verdient, das zu tun. Wir müssen uns so viel Archivmaterial mit grandiosem Feuerwerk besorgen wie nur möglich und in den Schluss einbauen, als letzte Subjektive unserer Kellnerin. Es gibt bestimmt grandiose Aufnahmen. Die Aufnahmen im

Fernsehen zur Zweihundertjahrfeier waren grandios. Wir benutzen nur das Beste vom Besten. Unsere kleine Stadt wird am Ende kosmisch. Die Leinwand explodiert förmlich vor Feuerwerk. Vielleicht untermalen wir das mit Sousa, vielleicht nicht, aber ich weiß, dass wir groß enden müssen, mit einem Knall, mit einem tausendfachen Knall.«

Ich bin am Ende. Ich habe den Film fertig gemacht, aber ich habe das Gefühl, noch nicht fertig zu sein. Neue Mätzchen fallen mir für etliche Szenen des Films ein, und zwanghaft möchte ich sie mit Cromwell teilen. Mätzchen wimmeln mir wie Maden im Kopf herum.

Zum Glück schaut Cromwell auf die Uhr. Er ist untröstlich. So viel Zeit ist so rasch vergangen. Er muss zu einer Besprechung ins Studio, und wie er das sagt, soll mir vermitteln, dass er alles darum gäbe, den Termin absagen und bei mir bleiben zu können. Aber das kann er nicht. Jemand muss sich um die langweilige geschäftliche Seite kümmern.

Er begleitet mich zu meinem Auto, das in seiner Auffahrt steht.

Vera ist verschwunden. Sie ist nicht mehr im Swimmingpool.

Cromwell sagt mir, wie aufregend er alles findet, was ich ihm erzählt habe. Wir vereinbaren für Mitte nächster Woche ein Treffen in seinem Büro, um die Umsetzung meiner Ideen ausführlicher zu besprechen. Er redet davon, ein ganzes Team von Cuttern zu engagieren und mir unter meiner Leitung zur Verfügung zu stellen. Auf diese Weise können wir unter Umständen, notfalls mit Überstunden, den Film zum ursprünglichen Termin des Kinostarts fertigstellen.

Ich weiß, dass ich drängle, und ich weiß, dass durchsichtig ist, was ich tue, aber ich serviere ihm Leila bis zum Schluss. Ich sage Cromwell, eine der heimlichen Stärken unseres

Films ist, dass wir aus der Schauspielerin, die die Kellnerin spielt, einen großen Star machen können. Ich erinnere ihn daran, wie ungeheuer wertvoll es vom Verkaufsstandpunkt aus für einen Film ist, ein frisches Gesicht zu haben, einen nagelneuen kommenden Star in der Hauptrolle.

Wir trennen uns.

Ich fahre den Coldwater Canyon hinunter, tippe immer wieder leicht auf die Bremse.

Die Maden, die unbenutzten Mätzchen, wimmeln mir im Kopf herum und hecken neue.

DRITTER TEIL

SOTOGRANDE

ERSTES KAPITEL

1

Billy und Leila spielen unten und nicht weit entfernt Tennis. Ich sitze an meinem Tisch, trinke eine weitere Tasse Espresso, rühre die Zuckerwürfelchen mit meinem Espressolöffelchen hinein. Das Restaurant auf der Terrasse unseres Ferienhotels ist leergefegt. Ich bin der einzige Gast. Es ist noch früh am Tag. Kurz nach neun. Der Himmel über mir ist wolkenlos und blau, aber da ich in Spanien bin, gebe ich mir die größte Mühe, ihn mir iberisch blau zu denken.

Der Kaffee, den ich trinke, könnte nicht besser oder stärker sein. Es gibt vier Sorten: einfacher Espresso, einfacher Espresso doppelt stark, doppelter Espresso und doppelter Doppelespresso, das heißt, doppelt so viel und doppelt so stark. Ich habe schon von jeder Sorte zwei getrunken und trinke jetzt meinen dritten doppelten Doppelespresso des Tages.

Ich zünde mir eine spanische Zigarette an. Ich hatte etliche Stangen meiner eigenen Zigaretten mitgenommen, aber ich habe sie längst alle aufgeraucht. Ich rauche jetzt eine spanische Sorte namens Fortuna. Ich benutze hiesige Streichhölzer, um sie anzuzünden.

Ein Hausdiener spritzt mit einem Gartenschlauch die

Fliesen der Terrasse ab, auf der ich sitze. Das Hotel heißt Sotogrande, aber Billy hat es in einem inspirierten Augenblick Notsogrande getauft. Und so nennt Leila es seitdem.

Der Hausdiener zerrt seinen Gartenschlauch an mir vorbei und hält die Düse von meinem Tisch weg. Wir nicken uns zu, und dann geht er weiter, um die Treppe zu besprengen, die zur nächsten Ebene hinunterführt. Das Sotogrande besteht völlig aus Ebenen. Der Speisesaal hat drei Ebenen. Vom Terrassenrestaurant, wo ich sitze, blickt man auf den Swimmingpool. Vom Swimmingpool blickt man auf die Tennisplätze, wo Leila und Billy jetzt Tennis spielen.

Sie spielen immer am frühen Vormittag oder am späten Nachmittag. Leila hat eine Sonnenallergie. Selbst moderate Bestrahlung mit ungefiltertem Sonnenlicht kann bei ihr zum Ausbruch des Bläschenausschlags führen, den sie so fürchtet. Sie war so in Sorge, im Ausland Bläschenausschlag (der Fachausdruck für dieses Leiden ist Herpes labialis) zu bekommen, dass sie vor unserer Abreise nach Spanien ihren Dermatologen in Venice dazu überredete, ihr eine Überdosis Zovirax zu verschreiben, die sie mitnehmen konnte. Für alle Fälle. Das ist das einzig wirksame Präparat gegen ihre Fieberbläschen. Sie hat ein halbes Dutzend kleine Tuben mit der Salbe in ihrer Kosmetiktasche in unserem Zimmer. Genug Zovirax für eine ganze Station voller Patienten mit Bläschenausschlag.

Bevor ich Leila mit Billy bekannt gemacht habe, hat sie nie Tennis gespielt, aber durch ihn hat sie eine Leidenschaft für das Spiel entwickelt. Die Leidenschaft begann fast unmittelbar, nachdem sie sich in LA kennenlernten. Als wir nach Spanien abreisten, nahmen sie ihre Tennisschläger mit und verstauten sie in den Handgepäckfächern. Da ich Raucher bin und sie nicht, saß ich hinter ihnen im Flugzeug und beobachtete zu meiner Freude, wie wunderbar sie sich verstanden. Obwohl Leila noch nicht alt ist, wirkte sie in Billys Gegenwart wesentlich jünger.

Wir flogen von Boston nach Madrid.

2

Von Madrid fuhren wir ostwärts nach Guadalajara und dann südwärts nach Toledo. Und dann weiter nach Süden Richtung Granada. Bei sämtlichen Hotels, in denen wir übernachteten, erkundigte ich mich im Voraus, ob sie einen Tennisplatz hatten, wo die beiden spielen konnten.

Das Sotogrande hat drei Tennisplätze. Es ist ein weitläufiges Ferienhotel »an der malerischen Costa del Sol«, so sein Werbeprospekt, in Südspanien. Der Fels von Gibraltar ist nicht weit. Auf der anderen Seite der Meerenge von Gibraltar liegt Marokko. Es gibt eine Fähre nach Tanger.

Trotz der Tennisplätze waren Leila und Billy bald vom Sotogrande und von seiner Umgebung gelangweilt. Gelangweilt von den schmalen und nicht allzu sauberen Stränden von Estepona. Gelangweilt von den Boutiquen in Marbella. Gelangweilt vom Hotelspeisesaal und gelangweilt von den umliegenden Restaurants, die hauptsächlich Fischgerichte anboten. Aber in erster Linie, meine ich, gelangweilt von dem Bruch im Reiserhythmus, nicht mehr alle paar Tage weiterzuziehen.

Das war meine Schuld. Nicht, weil ich das Sotogrande liebte und mir nach Bleiben zumute war, sondern eher, weil mir noch weniger nach Packen und Weiterreisen zumute war.

Während ich darauf wartete, dass meine Reisebegeisterung sich wieder einstellte, mietete ich Billy und Leila ein eigenes

Auto. So konnten sie mit Billy am Steuer Ein- oder Zweitagesausflüge an Orte ihrer Wahl machen, ohne ein schlechtes Gewissen zu haben, dass ich autolos im Sotogrande festsaß.

Heute, nach dem Tennis, fuhren die beiden nach Ronda. Ich übernahm es immer, die Reservierungen für ihre Übernachtungen zu buchen. Der Manager vom Sotogrande kannte die besten Hotels überall. In Ronda, versicherte er mir, war das Queen Victoria *das* Hotel. Ich reservierte ihnen zwei Einzelzimmer für eine Nacht.

3

Ich trinke meinen Espresso aus und bestelle mir noch einen doppelten Doppelten. Mein Kellner bringt ihn, zusammen mit einem sauberen Aschenbecher.

Ich rühre mit meinem Espressolöffelchen die Zuckerwürfelchen hinein und schaue dem Stückchen Zitronenschale zu, das kreist wie ein antikes Schiff in einem schwarzen Meeresstrudel.

Ich zünde mir noch eine Fortuna an.

Ich trinke einen Schluck Espresso.

Ich schaue zum Himmel hoch. Das ist eins der Dinge, um das man als Tourist nicht herumkommt. Zum Himmel hochzuschauen, als stünde dort geschrieben, was für ein Tag es wird. Als wäre ich kein Geringerer als Agamemnon.

Der Himmel ist immer noch blau, aber eine Wolkenflotte segelt von Süd nach Nord. Die Wolken sind verteilt, aber in lockerem Verband, als hätten sie ein gemeinsames Ziel. Da ich in Spanien bin, erinnern sie mich an die zum Untergang verdammten Schiffe der spanischen Armada, die wieder einmal gen England segeln.

Ich trinke noch einen Schluck Kaffee, aber der alte Koffeinkick will sich einfach nicht mehr einstellen.

Es liegt nicht am Kaffee. Es liegt an mir. Irgendetwas Neues stimmt mit mir nicht. Nichts Furchtbares. Nichts Besorgniserregendes. Aber etwas stimmt einfach nicht.

Es ist, als hätte meine alte Trinkerkrankheit ihre eigene diametrale Gegenkrankheit erzeugt. Alkohol kann mich nicht mehr betrunken machen. Und jetzt kann Koffein mich nicht mehr wach machen. Jedenfalls nicht völlig.

Die Symptome meiner Koffeinkrankheit sind mir erstmals in Madrid aufgefallen. Wir sind dort fünf Tage geblieben, und an den ersten beiden Tagen dachte ich, es wäre einfach ein Fall von Jetlag. Die Symptome glichen aufs Haar denen, die sich vorher an meinen ersten beiden Tagen in Paris und London eingestellt hatten. Ich nahm an, dass ich am dritten Tag wieder ganz der Alte sein würde.

Aber es kam anders. Der Jetlag durch die Zeitverschiebung ging fort, aber der Rest einer anderen Verschiebung blieb.

Ich war nicht funktionsunfähig. Ich funktionierte ganz normal, trotz dieser neuen Krankheit. Als wir Madrid verließen, übernahm ich mehr als meinen Anteil am Steuer. Ich führte lebhafte und bedeutsame Gespräche mit Billy und Leila. Ich machte Witze. Ich machte pauschale Verallgemeinerungen über Spanien und seine Menschen. Ich aß gut. Ich schlief gut. Ich schlief mit Leila und war dabei sehr rege.

Ich fühlte mich also nicht benommen oder betäubt oder schlafsüchtig. Ich war nur nicht einsatzbereit. Zu nichts.

Ich stellte es so geschickt an, meine Symptome für mich zu behalten, dass weder Leila noch Billy zu bemerken schienen, dass mit mir etwas nicht in Ordnung war. Ich sah keinen

Grund, es ihnen zu sagen. Es war für beide eine so schöne Zeit.

Außerdem, was genau sollte ich ihnen sagen?

Dass Koffein nicht mehr seinen früheren Kick hatte?

Dass ich nicht richtig wach wurde, wenn ich morgens aufwachte?

Dass ich nicht einsatzbereit war?

Was es mir noch schwerer machte, meine neue Krankheit zur Sprache zu bringen, war, dass beide eine Veränderung an mir bemerkt hatten. Doch sie nahmen sie keineswegs als eine Störung wahr, sondern kamen zu dem glücklichen Schluss, dass ich endlich begann, abzuschalten, loszulassen.

»Ich habe dich noch nie so glücklich gesehen, Dad«, sagte mir Billy.

Ich widersprach solchen Bemerkungen nicht, aber nicht nur, weil ich ihn nicht enttäuschen und seine Gefühle nicht verletzen wollte. Es bestand nämlich auch die Möglichkeit, dass Billy recht hatte. Es war durchaus möglich, dass das, was ich für die Symptome einer neuen Krankheit hielt, gar nicht von einer Krankheit herrührte, sondern einfach von einem Anfall von Glück.

Vielleicht war ich nicht krank. Vielleicht war ich glücklich.

Sogar eine unvollständige Liste meiner Segnungen rechtfertigte es, glücklich zu sein.

Meine früheren theoretischen Tagträume von der Art Beziehung, die ich zu Billy haben wollte, waren jetzt ein reales, fast tägliches Ereignis. Wir hatten schöne, lange, ungezwungene Gespräche. Nur wir beide. Wir redeten über das Leben und die Literatur und Leila. Ich umarmte ihn fast jeden Abend, wenn er in sein Zimmer gleich auf der anderen Seite des Korridors schlafen ging.

»Gute Nacht, Sohn.«

»Gute Nacht, Dad.«

Sehr oft küsste ich ihn bei dieser Gelegenheit auf die Wange. Und manchmal, da wir in Spanien waren, küsste ich ihn dreimal auf die Wange, wie es die Einheimischen taten. Mehr als einmal küsste er mich auch. Und für einen Jungen seines Alters war ein solches Verhalten dem Vater gegenüber keine Kleinigkeit.

Er wusste, dass ich ihn liebte.

Ich merkte deutlich, dass er mich liebte.

Beide liebten wir Leila, jeder auf seine Art, und sie liebte uns beide.

Zum ersten Mal in meinem Leben fühlte ich mich als Mitglied einer liebevollen Familie und manchmal sogar als das Oberhaupt.

Es gab allen Grund zu der Annahme, dass unsere kleine Familieneinheit gedeihen und lebenslang halten würde und dass die Liebesbande zwischen uns mit den Jahren nur stärker werden würden.

Ich zünde mir noch eine Fortuna an. Ich trinke noch einen Schluck Espresso. Ich überprüfe wieder den Himmel.

Ich erwäge, es mit dem Glücklichsein zu probieren.

Doch angesichts meiner exotischen neuen Krankheit besteht das Problem: Um irgendetwas zu tun, muss ich mich zuerst dazu entscheiden, es zu tun, muss ich mich für die Entscheidung einsetzen, und danach muss ich mich dafür einsetzen, an der getroffenen Entscheidung festzuhalten. Und selbst wenn all das Entscheiden (und all das Festhalten) im Endergebnis zu reiner Glückseligkeit führt, ist mir der dafür erforderliche Einsatz ein wenig zu viel geworden.

Zu – ich weiß nicht, was.

Wie soll ich es erklären?

Glücklich zu sein, die Entscheidung, glücklich zu sein, ist eines. Glücklich zu bleiben, ist etwas völlig anderes.

Alles, so kommt es mir vor, ist plötzlich ein bewusster Entschluss, erfordert bewusste Entscheidungen. Glücklich zu sein. Nicht glücklich zu sein. Unglücklich zu sein. Nicht unglücklich zu sein. Ein schlechtes Gewissen zu haben, weil ich Leila und Billy noch nicht gesagt habe, dass sie Mutter und Sohn sind. Kein schlechtes Gewissen deswegen zu haben, weil der richtige Zeitpunkt, es ihnen zu sagen, noch nicht gekommen ist und so etwas nur zum richtigen Zeitpunkt getan werden sollte.

Sobald wir wieder in Amerika sind, wird das alles vorbeigehen. Diese Unfähigkeit, tagsüber je völlig wach zu sein. Dieses Gefühl, dass nichts unwillkürlich ist. Dieses seltsame Gefühl, dass mir sogar nachts im Schlaf bewusst ist, was ich tue.

4

Ein hoher Drahtzaun umgibt die Tennisplätze. Außerhalb des Zauns steht eine kleine Holzbank, auf der ich sitze und meine Fortunas rauche und ihnen beim Spielen zuschaue.

Es ist jetzt fast halb elf, aber da die Tennisplätze auf der untersten der vielen Ebenen vom Sotogrande liegen, bleiben sie bis weit nach elf Uhr im Schatten der anderen Ebenen. Ein wenig Sonnenlicht fällt jetzt auf Billys Seite, aber das ist alles.

Sie haben nichts dagegen, dass ich hier sitze und ihnen beim Spielen zuschaue.

Wenn sie etwas dagegen hätten, würde ich es nicht tun.

Aber sie haben nichts dagegen.

Leilas weiße Tenniskleidung scheint weißer als Billys, da ihre Haut so weiß ist und da Billys übergroßes Tennishemd (es ist riesig) schweißgetränkt ist. Die Feuchtigkeit lässt es dunkler erscheinen.

Leila ist staubtrocken. Das ist ein Problem von ihr. Ihr wird heißer und heißer, und sie wird, je nach dem Grad der Anstrengung, röter und röter, aber sie kann nicht schwitzen.

Ihr Gesicht ist voll roter Flecken, als hätte jemand sie mit Ohrfeigen traktiert. Die gleichen roten Flecken erscheinen nach längerem Beischlaf auf ihrem Gesicht. Ich denke jetzt daran, während ich ihr beim Spielen zuschaue. Während sie dem Ball nachjagt, macht sie dieselben kleinen Geräusche, kleine Stöhner und Quiekser, die sie macht, wenn sie sich ihrem Orgasmus nähert. Auch daran denke ich, während ich ihr beim Spielen zuschaue. An die Ähnlichkeiten.

»A-a-a!«, kreischt Leila und jagt einem Lob von Billy nach.

Leilas Spielweise bringt mich um. Ganz Eifer und null Können. Ihr Spiel hat sich kein bisschen verbessert, aber ihre Leidenschaft für das Spiel ist gewachsen.

Sie rennt jetzt dem Ball hinterher, der hoch über ihren Kopf geflogen ist, und hoch über den Kopf hält sie auch den Tennisschläger, während sie den Ball verfolgt wie eine kreischende Schmetterlingskundlerin, die einem Falter nachjagt.

5

Das Tennisspiel, wenn man es so nennen will, geht weiter.

Soweit ich beurteilen kann, zählt niemand mit. Sie spielen einfach, geben vor, sich an die Regeln zu halten, wenn sie ihnen passen, lassen sie fallen, wenn sie ihnen nicht passen.

Diese Abwesenheit einer Struktur verursacht mir in meiner Rolle als Beobachter ein wenig Unbehagen, aber das ist mein Problem, nicht ihres. Ich lege beim Sport immer großen Wert auf Gesetz und Ordnung. Auf Normen. Auf Tradition. Auf Struktur. Das Spiel, das sie spielen, ist anarchisch. Da, gerade eben, landet Leilas Return fast einen Meter weit im Aus, aber Billy moniert es nicht. So gespielt, sieht Tennis auch nicht besser aus als das Leben.

Es ist keine große Sache. Es bereitet mir nur ein wenig Unbehagen, das Spiel so gespielt zu sehen.

6

Leila, im Gesicht immer noch ein wenig fleckig, zieht sich in unserem Zimmer aus. Schlüpft aus ihren Tennissachen.

Sie ist jetzt völlig nackt. Sie hat einen dieser Prä-Aerobic-Körper. Keine Festigkeit. Keine erkennbaren Muskelkonturen. Alles ist weich und rund, so weich und rund wie ihre Brüste. Ihr Bauch ist nicht hart und flach, sondern so weich gerundet wie die gesamte Leila. Was ihren Körper so erotisch macht, ist das Gefühl, er sei völlig mit der gesamten Leila verbunden, sodass, wenn sie lächelt, ihr ganzer Körper lächelt.

Die Nähe ihrer Nacktheit ist theoretisch aufreizend, aber ich bin für das unweigerlich Folgende nicht einsatzbereit.

Sie greift sich ein trockenes Handtuch und geht zur Dusche. Ihre bloßen Füße patschen über den rot gefliesten Boden. Sie verschwindet. Die Dusche geht an. Die Akustik unseres Zimmers im Sotogrande verstärkt das Geräusch, macht daraus das Geräusch eines großen Springbrunnens.

Der Gedanke, ihr die Wahrheit über Billy zu sagen,

kommt immer auf mich zu, wenn etwas anderes auf mich zukommt. Die Reise der beiden nach Ronda.

Die Reise nach Spanien war meine Idee, weil ich ihr unmittelbar vor unserer Abreise die Wahrheit über Billy sagen wollte. Mein ganzes Motiv für die Reise war, etwas parat zu haben, das, nachdem die Wahrheit gesagt war, die Schockwellen absorbierte und uns einen Weg frei hielt.

Ich habe ein fürchterliches Problem mit der Wahrheit. Ich kann mir nicht vorstellen, was folgen wird, wenn sie gesagt worden ist. Ich sehe, wie alles zum Stillstand kommt und wie die ausgesprochene Wahrheit alle Straßen vor und zurück lawinenartig blockiert.

Ich hätte es ihnen von Anfang an sagen müssen. Ich hätte es tun müssen, als ich sie zum ersten Mal zusammenbrachte, obwohl sie in dem Augenblick weiß Gott nicht zum ersten Mal zusammengebracht wurden.

Ich hatte es vor, aber die Logistik stellte sich in den Weg.

Ich konnte mich nicht entscheiden, wie ich es anfangen sollte. Sollte ich es erst dem einen und dann der anderen sagen? Und wenn ja, sollte ich es erst Leila und dann Billy sagen oder umgekehrt? Oder in den sauren Apfel beißen und es beiden gleichzeitig sagen?

Es musste richtig gemacht werden. Es musste im absolut richtigen Augenblick und auf die absolut richtige Weise getan werden.

Jetzt singt Leila im Badezimmer, sie summt eine andalusische Melodie, die wir gestern im Radio gehört haben.

7

Billys Zimmer ist direkt gegenüber auf der anderen Seite des Korridors und hat im Prinzip die gleichen Ausmaße. Die gleichen Bestandteile, nur anders angeordnet.

Billy hat schon geduscht und ist beim Packen, als ich sein Zimmer betrete, ohne anzuklopfen.

Sein Haar ist noch nass. Lang und schwarz und glänzend. Sein Oberkörper ist nackt, er hat noch kein Hemd angezogen. Er trägt nur lange, weite Shorts.

Sein Oberkörper ist flach wie ein Surfbrett und zugleich voller kleiner Mulden und Senken, voll der kleinen unausgefüllten Orte, in denen die Jugend wohnt. Ich kann mir ohne Weiteres vorstellen, wie Vögel aus den beiden Mulden hinter seinem Schlüsselbein Wasser trinken.

Seine Schultern sind ein Witz. Ich habe noch nie so magere und doch so breite Schultern gesehen. Seine Arme sind so lang wie die Ärmel einer Zwangsjacke. Er packt seine Reisetasche, ohne im Geringsten die Füße zu bewegen. Er greift einfach mit seinen langen Armen nach den Dingen im Zimmer, und schwupp sind sie in seiner Hand und in der Reisetasche.

Er kommt mir jetzt noch größer vor, als er ohnehin ist, denn er steht über mir. Ich räkele mich auf der Couch in der tieferen Wohnzimmerebene, und er ist oben in der Schlafzimmerebene.

Leila ist im Geiste bei uns. Wir sind alle drei hier, wie wir es immer sind, wenn ich nur mit ihm oder ihr zusammen bin. Der andere ist immer im Geiste anwesend. Diese körperliche Abwesenheit, aber geistige Anwesenheit des Dritten gestattet mir, mich zu entspannen und die Illusion zu genießen, dass wir nur zu zweit sind, gleichgültig, mit wem von beiden ich gerade zusammen bin.

»Du wirst doch da unten nicht einschlafen?«, ruft Billy mir zu.

Ich gähne und füge mich in die Rolle, die seiner Meinung nach zu mir passt.

»Kann passieren«, antworte ich. »Wenn ich nicht wach werden kann, kann ich ebenso gut einschlafen.«

»Na, dann los.« Er lächelt und packt weiter seine Sachen.

Wir schweigen, aber es ist ein entspanntes Schweigen. Wie unter Zimmergenossen im College. Er ist verabredet. Ich bleibe da.

»Ich habe dich noch nie so gesehen, Dad.«

»Wie denn?«

»Na, so. Du siehst aus wie Buddha unter diesem Baum, ich weiß nicht, wie der heißt, unter dem er sich hingelegt hat und eingeschlafen ist.«

»Ich beneide Buddhisten«, erzähle ich ihm. »Es muss angenehm sein, eine Religion zu haben, die ausnahmsweise einmal von einem übergewichtigen Mann gegründet worden ist. Das Schöne an Buddha …«

Ich witzele weiter. Billy tut, als hörte er zu, lacht gelegentlich kurz auf, um mich wissen zu lassen, dass er ganz Ohr ist.

Meinen Witzeleien über Buddha geht die Luft aus. Ich zünde mir eine Zigarette an.

Er zieht ein weites Polohemd an und zieht es sofort wieder aus und zieht ein anderes an. Ich habe ihn das mit diesem Hemd mindestens ein halbes Dutzend Mal machen sehen. Er hat es in Madrid gekauft und fühlt sich verpflichtet, es zu tragen, aber sobald er es anzieht, reißt er es sich wieder vom Leib.

»Was ist in Ronda?«, frage ich ihn.

»Es ist nicht so sehr das, was in Ronda ist, als das, was nicht in Ronda ist. Und nicht in Ronda ist dieses Ding. Dieses Notsogrande.«

Er macht eine Pause. Er schaut zu mir herunter. Eine Veränderung ist in seiner Stimme, als er wieder spricht und sich erkundigt: »Möchtest du mitkommen, Dad?«

8

Ich bin wieder in meinem Zimmer. Leila hat sich abgekühlt und geduscht und ist fast aufbruchbereit. Die roten Flecke auf ihren Wangen sind verblasst. Sie trägt ein langes weißes leichtes Kleid, das ihre Schultern und Arme frei lässt.

Immer noch barfuß, schlüpft sie in ihre Sandalen, während ich sie anschaue.

Die Riemchen an den Sandalen sind schmal (sie hat die Sandalen in Marbella gekauft), und die Löcher in den Riemchen sind klein. Sie hat Schwierigkeiten, die Schnallen zu schließen.

Sie schlägt die Beine übereinander und bewegt ihren Fuß hin und her, als genösse sie es, wie ihre Füße in diesen zierlichen Sandalen aussehen.

Sie vollständig angezogen zu sehen, ist noch aufreizender und erotischer als vorher der Anblick ihres nackten Fleisches. Sie sieht aus wie in Geschenkverpackung.

9

Draußen auf dem Parkplatz vom Sotogrande tun wir drei, was wir immer tun, wenn die beiden zu einer eigenen kleinen Reise aufbrechen. Ich begleite sie zu ihrem Mietwagen und erteile wie Polonius unerbetene Ratschläge. Obwohl Billy drei weltweit gültige Kreditkarten hat, deren Zahlungsanschrift die meines neuen Buchhalters Jerry ist, stopfe ich ihm jedes Mal ein Bündel Pesetenscheine in die Tasche seiner weiten Shorts.

»Ach, Dad«, beklagt er sich.

»Für alle Fälle. Man kann nie wissen.«

Leila hat ihren großen blauen Hut auf, denselben, den sie aufhatte, als ich sie zum ersten Mal in Venice aus dem Taxi steigen sah.

Es gibt kein reguläres Protokoll für diese Anlässe, aber wenn ich mich hinstelle, um mich von ihnen zu verabschieden, gebe ich immer zuerst Leila einen Abschiedskuss. Ich tue es auch diesmal. Es ist kühl im Schatten ihres großen blauen Huts. Ich finde ihre Lippen und küsse sie. Es ist, als tränke ich Wasser aus einem Fluss.

»Saul«, fragt sie, »bist du sicher, dass du nicht mitkommen willst?«

Ich schüttele den Kopf.

»Komm schon, Dad«, tut Billy das Seine. »Geh, hol deinen Koffer. Wir warten.«

Ich lehne ab.

Sie setzen mir zu.

Ich lehne wieder ab.

Am Ende gewinne ich.

Wir machen das immer, und obwohl ich weiß, dass ich nicht mitkomme, genieße ich es, beschwatzt zu werden.

Jetzt ist Billy mit dem Abschiedskuss dran. Er geht in die Knie, um seine Wange zu meinen Lippen zu senken. Seine Arme sind so lang, dass ich mich in seiner Umarmung gertenschlank fühle. Ich küsse seine Wange, und er küsst meine. Erinnerungen an seine Kindheit strömen mir durch den Kopf.

Ihr Gepäck ist im Kofferraum. Leila sitzt schon im Auto.

Und jetzt schrumpft Billy sich wie ein hohes, zusammenklappendes Stativ in den Fahrersitz, wo er, o Wunder, seine langen Glieder wieder ausfährt.

Das Fenster ist heruntergelassen, und ich lege die Hand auf den Türrahmen. Ich beuge mich vor und stecke den Kopf ins Auto.

»Hast du eine Straßenkarte?«, frage ich.

Er hat eine.

»Rufst du mich aus Ronda an, damit ich weiß, dass ihr gut angekommen seid?«

Ja, wird er machen.

»Versprochen?«

Er verspricht es.

»Fahr vorsichtig«, sage ich ihm. »Nicht zu schnell.«

»Ach, Dad«, stöhnt er. »Machst du Witze? Mit Leila neben mir? Wenn ich über siebzig fahre, macht sie die Autotür auf und lässt den Fuß auf der Fahrbahn schleifen.«

Er setzt seine Sonnenbrille auf. Er lässt den Motor an. Sie können nicht losfahren, bis ich die Hand von der Tür nehme. Meine Hand bleibt einen Moment zu lange auf der Tür, und dann lasse ich die beiden fahren.

Ich winke.

Sie winken.

Ich sehe Leila in spielerischer Vergeltung für etwas Billy auf die Schulter boxen. Sie haben jetzt schon ihren Spaß.

Alle, die ich liebe, alles, was mir gegenwärtig irgend von Bedeutung ist, befindet sich in dem Mietwagen, der jetzt den Parkplatz verlässt. Und doch ist die einzig echte Reaktion, die ich bei ihrer Abfahrt spüre, die von Erleichterung.

Eine gewisse Erleichterung.

Als wäre es für mich eine Last, Menschen zu haben, die mir so viel bedeuten. Ein Druck, wie von einem Gehirntumor, den ich jetzt nachlassen spüre, während die Entfernung zwischen uns wächst.

Wie soll ich es erklären?

Wenn sie um mich sind, sie, er oder beide, bin ich mir ihrer ständig bewusst, bin ich mir ständig bewusst, wie dankbar ich für die neu gefundene Bedeutung in meinem Leben sein muss, und zwar völlig zu Recht. Aber dankbar sein und sein Glück preisen ist harte Arbeit. Ein ständiges Blinzeln der Seele, um alles immer deutlich vor Augen zu haben. Irgendwann ist ein Punkt erreicht, wo man Urlaub von der Bedeutung braucht.

ZWEITES KAPITEL

1

Es dauerte eine Weile, nach jenem »Arbeitsfrühstück« mit Cromwell, bis die Arbeit an dem Film ernsthaft begann. Schneideräume und Geräte mussten angemietet werden. Ein Team von Cuttern und Assistenten musste engagiert werden. Dabei gab es einige Schwierigkeiten, denn die meisten der besseren Cutter weigerten sich, irgendetwas mit dem Neuschnitt von Mr Housemans letztem Film zu tun zu haben. Ein paar von ihnen erschienen zum Einstellungsgespräch, nur um mir zu sagen, was für ein elendes Arschloch ich sei, mit Cromwell an der Zerstörung eines Films von einem großen Mann zusammenzuarbeiten. Das brauchten sie mir nicht zu sagen. Ich wusste es besser als sie.

Es dauerte fast einen Monat, aber dann fand sich ein Stab von jungen Cuttern, die scharf darauf waren, an einem Spielfilm mitzuarbeiten. Drei junge Männer und zwei junge Frauen. Nett, alle fünf. Ungeheuer fleißig. Ihre erste große Chance.

Und so fingen wir an.

Den Film neu zu schneiden, war für mich schon in der Theorie schlimm genug, aber der erste Tag, an dem ich den Plan in die Tat umsetzen musste, war eine Qual.

An jenem Tag begleitete mich und alles, was ich tat, entsetzliche Angst. Ein Grauen, kein seelisches, sondern ein körperliches Grauen ließ mich zittern wie einen alten Säufer, als der Moment kam, in die erste Szene zu schneiden und die Vollkommenheit ihrer Form zunichtezumachen.

Ich war sicher, nicht weitermachen zu können. Ich war überzeugt, etwas in mir würde zurückschrecken und sich weigern, damit fortzufahren. Aber ich irrte mich.

Arbeit ist Arbeit. An der Schändung von etwas arbeiten erfordert genauso viel Hingabe, ist ebenso zeitaufwendig wie die Arbeit an einem Meisterwerk.

Ich rettete mich in Einzelheiten.

Auch Zunichtemachen ist Machen.

Die Fahrt vom und zum Burbank-Studio, wo sich unsere Schneideräume befanden, war anfangs ermüdend, wurde aber bald besänftigend und beruhigend. Im Berufsverkehr in die eine oder andere Richtung zu fahren, gab mir das Empfinden, Teil der großen Gezeitenströmung zu sein, die Millionen Menschen morgens aus ihren Häusern fortspülte und sie dann abends wieder zu Hause absetzte. Es war, als sei ich Teil eines großen täglichen Kreislaufs. Ein arbeitender Mensch.

Und am Ende des Tages zu Leila heimzukommen, gab mir das Gefühl, ein Zuhause zu haben. Eine Familie. Ich war ein arbeitender Familienvater. Ich tat das alles für meine Familie.

Wir wechselten uns ab. Sie verbrachte Nächte in meiner Hotelsuite. Ich verbrachte Nächte in ihrem Haus in Venice. Das Einzige, was fehlte, war Billy.

2

Und so griff ich eines Tages zu dem Telefon in meinem Schneideraum und rief ihn an.

Es war vier Uhr in Burbank, sieben Uhr in Cambridge, als ich zum Telefon griff. Die Mitglieder meines jungen Teams gingen umher mit Filmstreifen um den Hals. Sie klebten Szenen zusammen. Rissen andere Szenen auseinander. Alle waren um mich herum.

Ich hatte mit Billy seit der Party bei den McNabs nicht mehr gesprochen, und als ich seine Nummer wählte, hatte ich keine Ahnung, was ich sagen würde.

Er nahm nach dem dritten Klingeln den Hörer ab.

»Billy«, sagte ich, »bitte häng nicht auf. Ich bins.«

Das war von mir eine geschickte Eröffnung. Indem ich mich seiner Nachsicht auslieferte, machte ich ihn sprachlos. Bevor er sich fassen konnte, redete ich weiter.

Die Mitglieder meines Teams wollten nicht den Anschein erwecken, ein sehr schmerzliches Privatgespräch zu belauschen, und setzten ihre Arbeit um mich herum fort, aber ich wusste, dass sie jedes Wort, das ich sagte, mitbekamen.

»Hör mir zu, Sohn, ich kann mir vorstellen, was du denken musst, nach so langer Zeit diesen Anruf zu kriegen, aber ich bitte dich …«

Ich redete weiter.

Auf dem Steenbeck-Schneidetisch rechts von mir (wir hatten zwei davon) sah ich eine Nahaufnahme von Leilas Gesicht aus einer ihrer herausgeschnittenen Szenen, die wir wieder in den Film einfügten.

»Ich weiß, glaub mir, ich weiß, was für ein miserabler Vater ich gewesen bin. Von wegen Vater. Angesichts der Schwere meiner Versäumnisse habe ich überhaupt nicht mehr das Recht, das Wort noch zu benutzen, aber …«

Ich redete weiter.

Ich sagte ihm, dass er jedes Recht hatte, mich für den Rest seines Lebens zu hassen. Dass das, was ich jetzt tat, zu spät kam. Dass ich eine weitere Chance weder verdiente noch erwartete.

Jedes Wort, das ich sagte, war vollkommen aufrichtig, aber gleichzeitig war das Geständnis, das ich ablegte, eine Travestie. Was ich mit der Hilfe von fünf Assistenten dem Film im Schneideraum antat, tat ich jetzt der Beziehung mit meinem Sohn an. Ich schnippelte an ihrer Komplexität und Integrität herum und reduzierte sie auf so etwas Banales wie einen Teller Suppe. Aber jedes Wort, das ich sagte, war aufrichtig.

Ich sagte ihm, dass ich, obwohl ich eine weitere Chance weder verdiente noch erwartete, mir von ganzem Herzen wünschte, er würde mir eine geben, nur noch eine einzige. Ich sagte ihm, dass kaum ein Tag verging, an dem ich nicht an ihn dachte. Ich sagte ihm, wie schwer es einem Mann wie mir fiel, Liebe zu anderen zu zeigen, wenn ich im tiefsten Winkel meines Wesens keine Liebe zu mir selbst empfand. Ich schilderte kurz, aber ohne ihr die geringste Schuld zu geben, meine Beziehung zu Dianah und wie die Vorhölle dieser Beziehung, die weder eine Ehe noch eine Scheidung, noch eine richtige Trennung war, in meiner Seele eine Vorhölle geschaffen hatte.

Und dann erzählte ich ihm von der Frau, die ich kennengelernt hatte. Und wie ich dank dieser wundervollen Frau zu denken gewagt hatte, dass vielleicht an mir doch etwas Lohnenswertes war. Sodass ich aus dem Rest meines Lebens etwas Lohnenswertes machen konnte. Und das Einzige, was jetzt meine Gedanken beherrschte, war, dass er mir erlaubte, ihn wieder zu lieben.

»Das ist alles, worum ich bitte«, sagte ich zu ihm. »Ich bitte dich nicht, mich zu lieben, Sohn. Ich habe mir nicht das Recht verdient, dich darum zu bitten. Alles, worum ich dich jetzt bitte, ist, dass du mir erlaubst, dich wieder zu lieben. Vielleicht habe ich das Recht darauf verwirkt. Vielleicht …«

Ich war so gerührt von meinen eigenen Worten – oder wessen Worte es nun auch immer waren –, dass ich zu weinen anfing. Ich konnte kaum weitersprechen.

»Vielleicht bekomme ich keine zweite Chance. Das liegt bei dir. Wie du dich auch entscheidest, ich werde es verstehen. Gute Nacht, Sohn.«

»Gute Nacht, Dad«, stammelte er.

Als ich den Hörer auflegte, kamen die Mitglieder meines Teams und umarmten mich in der Manier einer Selbsthilfegruppe. Dann gingen wir alle Pizza essen.

3

Von diesem Tag an telefonierten Billy und ich fast jeden zweiten Tag miteinander. Ich rief ihn aus meinem Schneideraum an, wobei mein junges Team jetzt ungeniert zuhörte.

Ich rief ihn aus meiner Hotelsuite an, wobei Leila im anderen Zimmer mithörte.

Da Leila im anderen Zimmer mithörte, sagte ich ihm, wie sehr ich ihn liebte, wie sehr ich sie liebte, wie viel mir beide bedeuteten und wie sehr ich hoffte, sie würden einander mögen, wenn sie sich kennenlernten.

Es geschah mindestens zweimal, dass Leila, nachdem ich mit Billy telefoniert und den Hörer aufgelegt hatte, aus dem

Schlafzimmer, wo sie mitgehört hatte, mit Tränen in den Augen herauskam.

»Ach, Saul.« Sie kam auf mich zu, das Gesicht verzerrt vor Leid und Freude. »Ach, Saul«, schluchzte sie meinen Namen.

Und es gab Zeiten, wo sie sturzbetrunken weinte, weil ihr Vater nicht ein Mann wie ich gewesen war.

Immer wieder sagte sie mir – ohne natürlich zu wissen, dass sie von ihrem eigenen Kind sprach –, welch ein Glück Billy hatte, einen Vater wie mich zu haben.

Es blieb nur noch, die beiden miteinander bekannt zu machen. Sie zusammenzubringen.

4

Billys Semester dauerte noch über einen Monat, aber da er freitags keine Vorlesungen hatte, ergriff er die Chance, ein langes Wochenende in LA zu verbringen.

Schon Tage vor seiner Ankunft war Leila völlig aufgelöst. Es war das einzige Mal, dass sie mich an Dianah erinnerte. Die gleiche Nervosität. Die gleiche Aufregung. Die gleiche Hetze der Vorbereitungen. Es war wie damals vor vielen Jahren, als Dianah und ich in unserer Wohnung auf die Ankunft des kleinen und noch namenlosen Babys warteten.

Leila hatte entsetzliche Angst, einen schlechten Eindruck zu machen. Nicht richtig auszusehen. Die völlig falsche Frisur zu haben. Nicht das richtige Kleid dafür zu haben, als gäbe es für solch einen Anlass ein richtiges Kleid. Nicht die geringste ihrer Ängste war, einem Jungen aus Harvard zu begegnen, denn Leila war überzeugt, dass Harvardstudenten »alles wussten, absolut alles, was es zu wissen gibt«. Am Ende wurde auch ich in die Aufregung und Angst hineingezogen.

Wieder warteten wir zu zweit darauf, dass ein Kind in unser Leben trat, nur jetzt war das Kind ein junger Mann. Der gleiche Augenblick, aber mit einer anderen Frau.

Wir blieben in meiner Suite im Beverly Wilshire, wo im Wohnzimmer ein Gästebett für Billy bereitstand.

Während seines gesamten ersten Besuchs unterließ es Leila geflissentlich, den Fernseher anzustellen, denn sie war überzeugt, dass Harvardstudenten nicht fernsehen. Ich hatte nicht das Herz, ihr zu sagen, dass einige der besten und begabtesten Harvardabsolventen in LA saßen und Episoden und Pilotfilme für Fernsehserien schrieben.

Als Billy vierzehn Tage später für ein weiteres langes Wochenende wiederkam, machten er und Leila einfach da weiter, wo sie aufgehört hatten.

Sie fingen an, Tennis zu spielen.

Die Reise nach Spanien war meine Idee.

DRITTES KAPITEL

1

Ich machte einen langen, ziellosen Spaziergang auf dem Gelände vom Sotogrande und kehrte dann ins Zimmer zurück.

Leila hatte Chaos hinterlassen. Ihre Sachen lagen über den ganzen Fußboden verteilt. Schon von Haus aus nicht gerade ordentlich, wurde sie liederlicher und liederlicher, je länger wir in Spanien blieben. Das Verhältnis der Dinge, die sie im Zimmer verstreute, zu den Dingen, die sie in ihren Koffer packte, war etwa fünf zu eins.

Ich hatte nichts dagegen, hinter ihr herzuräumen. Das war genau die Art gedankenloser Tätigkeit, die ich gern tat.

Ich warf ihre Tennissachen in den Korb für schmutzige Wäsche.

Mehrere Röcke und Blusen lagen herum, die sie nach Ronda hatte mitnehmen wollen, aber in letzter Minute dann doch dagelassen hatte. Ich hängte die Röcke auf Rockbügel in ihren Schrank, faltete die Blusen zusammen und legte sie in die Kommode, in der sie sie aufbewahrte.

Ich hob die zusammengeknüllten nassen Handtücher vom Boden auf, die sie nach dem Duschen benutzt hatte, und hängte sie zum Trocknen auf die Handtuchhalter. In den weißen Handtüchern waren blutrote Flecke.

Das Sotogrande war ein sehr teures Hotel und in vielerlei Hinsicht luxuriös, aber die roten Fliesen in unserem Zimmer waren nicht richtig lasiert, sodass sie in alles Nasse, das auf dem Boden liegen blieb, bluteten.

Ich dachte an die beiden und ihre Reise nach Ronda. Die Worte hatten einen hübschen alliterativen Klang. Die beiden und ihre Reise nach Ronda.

Wenn ich es ihnen schließlich sagte, wie sollte ich erklären, warum ich so lange damit gewartet hatte?

Die Logistik, ihnen die Wahrheit zu sagen, wurde immer komplizierter, und der richtige Zeitpunkt, sie zu sagen, ließ sich immer schwerer bestimmen.

Das Zimmer sah jetzt besser aus. Alles, was zusammengefaltet und weggelegt werden musste, war zusammengefaltet und weggelegt. Ich fand sogar Leilas Sonnenbrille. Leila hatte sie vergeblich gesucht und war schließlich ohne sie abgefahren. Ich legte die Sonnenbrille auf ihre Kommode, neben eine Holzschale voll spanischer Münzen.

Sie riefen mich immer an, wenn sie dort ankamen, wo sie hingefahren waren. Ich schaute auf die Uhr. Ich wusste, wo und wie weit fort Ronda war. Sie müssten bald ankommen. Ich legte mich aufs Bett und wartete auf meinen Anruf aus Ronda.

2

Ich bin kein Mann, der an Vorwarnungen oder Vorahnungen glaubt. Als ich daher auf dem Bett lag und mir nach einer Weile Sorgen zu machen begann, Leila und Billy könnten einen Autounfall gehabt haben, war das nicht das Vorgefühl irgendeiner Katastrophe, es war lediglich die Sorge jemandes, der dazu neigt, sich Sorgen zu machen. Alle, die zurückbleiben, während die, die sie lieben, zu einer Reise aufbrechen, wissen, wie es ist, auf die Bestätigung der sicheren Ankunft zu warten, und welche Sorgen dabei freigesetzt werden.

In meinem Fall wurde die Wahrscheinlichkeit eines schrecklichen Unfalls durch die Jahre erhöht, die ich damit verbracht hatte, anderer Leute Drehbücher umzuschreiben. Ich hatte es dabei zu einiger Perfektion in der Benutzung gewisser abgedroschener Kunstgriffe gebracht, deren wichtigste die Vorbereitung des Knalleffekts und der Eintritt des Knalleffekts waren. Indem ich die Aufmerksamkeit auf etwas scheinbar Harmloses lenkte, sei es nun ein Gegenstand oder ein Ereignis, befrachtete ich es mit Vorbedeutung und brachte so wieder Spannung in eine durchhängende Storyline.

Jetzt wurde ich selbst ein Opfer ebendieses Kunstgriffs.

Leilas Sonnenbrille.

Sie hasste es, ohne ihre Sonnenbrille zu fahren. Das grelle Sonnenlicht im sonnigen Spanien ermüdete sie und machte sie reizbar, wenn sie nicht ihre Sonnenbrille trug.

Und heute war sie ohne ihre Sonnenbrille aufgebrochen. Billy hatte seine Sonnenbrille aufgesetzt, als sie losfuhren.

Ich konnte mir ohne Weiteres vorstellen, wie Leila zugriff und versuchte, Billy die Sonnenbrille von der Nase zu reißen. Im Spaß natürlich. Und wie Billy, auch im Spaß, Widerstand leistete. Und wie das Auto während ihrer Rangelei sich seinen eigenen Weg suchte.

Es half überhaupt nichts, mir während des Wartens auf den Anruf aus Ronda selbst zu sagen, dass mein Katastrophenszenario viel zu konstruiert und viel zu unwahrscheinlich war, um im wirklichen Leben je einzutreffen.

Gerade die Unwahrscheinlichkeit machte mir Sorgen. Denn alles war möglich.

VIERTER TEIL

PITTSBURGH

ERSTES KAPITEL

1

Wer weiß, wie lange ich im Sotogrande geblieben wäre, wäre nicht Billy gewesen. Der August ging zu Ende. Sein Semester begann in wenigen Wochen, und er wollte nach New York zurück, damit er noch Zeit mit Dianah verbringen konnte, bevor er wieder nach Harvard musste.

Vom Sotogrande fuhren wir nach Malaga. Von Malaga flogen wir nach Madrid und weiter nach New York.

Billy und Leila saßen im Nichtraucherteil der ersten Klasse. Ich saß vier Reihen hinter ihnen und rauchte meine letzten spanischen Fortunas.

Es blieben noch ein paar Stunden Tageslicht. Der Himmel war blau. Der Atlantik drunten sah sogar noch blauer aus als der Himmel.

Je weiter ich von Spanien weggelangte, desto besser fühlte ich mich. Ferien haben ganz allgemein etwas Unwirkliches, als sei nichts, was in den Ferien passiert, wirklich von Bedeutung.

Da niemand neben mir saß, räkelte ich mich über zwei Sitze. Als die Stewardess mir einen Drink anbot, bat ich um Kaffee.

Es war der Feld-Wald-und-Wiesen-Flugzeugkaffee und

noch dazu lauwarm, aber er bekam mir besser als die zahllosen Tässchen Espresso, die ich im Sotogrande getrunken hatte. Ich spürte, wie das Koffein sich durch mein träges System boxte und ein seit Langem eingeschlummertes, fast vergessenes Gefühl von Wachheit zurückholte.

Ich bestellte mir noch eine Tasse und zündete mir noch eine Zigarette an, und Schluck um Schluck und Zug um Zug genoss ich die Empfindung, zum ersten Mal seit zwei Monaten hellwach zu werden. Wieder einsatzbereit.

Aber offenbar hatte nichts nur Vorteile und keine Nachteile. Je mehr Kaffee ich trank (ich bestellte mir noch eine Tasse) und je mehr ich es genoss, mich wie ein voll funktionierender Mensch zu fühlen, desto mehr hatte ich den Eindruck, dass ich es während meines halb komatösen Aufenthalts in Spanien versäumt hatte, mich um etwas zu kümmern.

Ich befand mich in der seltsamen Lage, mich um etwas zu sorgen und zu ängstigen, ohne zu wissen, was es war.

Zwei Stunden später bekamen wir unsere Flugmahlzeit. Leila stand mit einem Champagnerglas in der Hand von ihrem Sitz auf und prostete mir zu.

»Cheers«, tschilpte sie lächelnd.

Die Köpfe der Passagiere zwischen uns drehten sich zu mir um.

»Cheers«, prostete ich zurück.

Nach der Mahlzeit sagte die Stewardess an, dass unser Flugfilm in Kürze beginnen würde. Aus irgendeinem Grunde bat sie uns, die Rollos an unseren Fenstern herunterzulassen, obwohl es draußen jetzt dunkel war, und aus irgendeinem Grunde gehorchten wir alle und zogen sie herunter. Die Kabinenbeleuchtung wurde ausgeschaltet.

Während dieser kurzen Pause, als ich im Dunkeln saß und

auf den Film wartete, erkannte ich den Grund meiner Besorgnis. Er war so offensichtlich, dass ich mich fassungslos fragte, wie ich ihn so lange hatte ausblenden können.

Und dann begann der Film.

2

Ich hatte über drei Monate gebraucht, musste mit fünf jungen und energiegeladenen Assistenten regelmäßig Überstunden machen, um den Film des Alten Herrn zu meiner Zufriedenheit umzuschneiden. Ich stellte am Ende fest, dass ich länger dafür gebraucht hatte, seinen Film zu zerstören, als er dafür gebraucht hatte, ihn zu erschaffen.

Als wir drei nach Spanien abreisten, gab es immer noch viel zu tun. Die Auswahl an klassischen Musikstücken, die ich für diverse Szenen ausgesucht hatte, musste arrangiert und aufgenommen werden. Optische Effekte mussten eingefügt werden. Der Film musste gemischt werden. Eine Titelsequenz, falls eine gewünscht wurde, musste von einem Experten auf diesem Gebiet entworfen und gedreht werden. Aber mein Job war getan. Was noch an Arbeit blieb, war in den Händen technischer Experten der einen oder anderen Art.

Vor meiner Abreise wollte Cromwell sich die neue Fassung ansehen, natürlich unter Berücksichtigung der noch fehlenden technischen Komponenten.

Wir sahen den Film im selben Schneideraum, in dem ich zum ersten Mal Leilas herausgeschnittenes Material gesehen hatte.

Nur wir beide.

Ich war sehr nervös.

Der Film war noch ohne Musik, aber ich hatte mein Team

gebeten, mehrere Szenen mit einer provisorischen Tonspur zu versehen.

Als Cromwell während der Sequenz »Der Walzer des arbeitenden Mannes« in schallendes Gelächter ausbrach, entspannte ich mich.

Cromwell lachte während des gesamten Films immer wieder laut auf, und ich lachte erleichtert mit.

Alle Szenen, die Leila so viel bedeutet hatten, die sie so rührend oder herzergreifend gefunden hatte, waren jetzt knallkomisch. Mehrmals hörte ich den Filmvorführer lachen.

Was kann ich über meine Fassung von dem Film des Alten Herrn sagen?

Dass sie eine Travestie war? Eine Schändung? Eine Lobotomie eines Kunstwerks?

Diese Beschimpfungen, obschon zutreffend, gehen nicht weit genug.

Nicht nur, dass ich ein Meisterwerk hergenommen und aus eigennützigen Motiven in eine Banalität verwandelt hatte. Ich hatte etwas genommen und es in nichts verwandelt.

Die einzig gerechte Beschreibung dessen, was ich getan hatte, war, dass ich ein Nichts geschaffen hatte, aber ein Nichts von so gefälliger Anspruchslosigkeit, dass es für alles durchgehen konnte.

Cromwell war ekstatisch. Ich hatte seine sämtlichen Erwartungen übertroffen. Ich war ein Genie. Ein verdammtes Genie.

»Diesmal haben Sie den Vogel abgeschossen, Doc«, sagte er mir.

Sogar während ich mich in seinem Lob sonnte, hatte ich das Gefühl, mehr mit Doktor Mengele, dem schwarzen Engel von Auschwitz, gemein zu haben als mit irgendeinem Hollywood-Skriptflicker.

Aber ich kam damit ins Reine. Meine Arbeit an dem Film des Alten Herrn war ein seltenes Beispiel dafür, mit etwas sowohl im Vor- als auch im Nachhinein ins Reine kommen zu müssen.

Meine Besorgnis, während wir nach New York zurückflogen, hatte aber nichts mit dem zu tun, was ich getan hatte.

Meine Besorgnis war anderer Art.

Was, wenn Cromwell, während wir drei in Spanien waren, seine Meinung über meine Fassung geändert hatte?

Was, wenn er während meiner Abwesenheit den Film jemand anders gezeigt hatte, einem anderen Skriptflicker, der völlig andere Vorstellungen davon hatte, wie der Film sein sollte?

Was, wenn, und das war die erschreckendste Möglichkeit, was, wenn er als einen Akt der Höflichkeit den Film dem Alten Herrn persönlich gezeigt hatte, und was, wenn der Alte Herr mit der Autorität und Beredsamkeit eines sterbenden Genies Cromwell dazu bewegt hatte, den Film in seinen ursprünglichen Zustand zurückzuversetzen?

Was, wenn ohne mein Wissen Leila wiederum völlig aus dem Film herausgeschnitten worden war, bis auf den kleinen Moment im Restaurant?

Ich hatte keine Bedenken mehr wegen der Rolle, die ich bei der Vernichtung eines Meisterwerkes gespielt hatte. Meine einzige Furcht war, dass die Vernichtung in meiner Abwesenheit rückgängig gemacht worden war.

Es war möglich. Ich war ein von Zufällen abhängiger Mensch in einer von Zufällen geprägten Welt, in der alles möglich war.

3

Leila traute ihren Augen nicht, als wir auf dem Kennedy-Flughafen landeten und durch den Zoll kamen.

Sie lachte. Sie weinte. Sie tat beides gleichzeitig. Billy klatschte, schüttelte den Kopf und lächelte mir zu.

Der Grund all dieser Erschütterung war ein großes Stück weißer Karton, auf dem in großen schwarzen Lettern ihr Name geschrieben stand: LEILA MILLAR.

Sie hatte mir in Spanien gesagt, wie wundervoll es wäre, eine dieser Berühmtheiten zu sein, für die Limousinenchauffeure am Flughafen große Namensschilder hochhielten, sodass jeder sie sehen konnte.

Dieses Wunder ließ sich leicht vollbringen.

Ich rief vor unserer Abreise vom Sotogrande aus meinen Limousinenservice an und verlangte, dass der Fahrer, der uns vom Zoll abholte, ein Schild mit ihrem Namen statt mit meinem trug. Ich verlangte ein sehr großes Schild mit sehr großen Buchstaben.

Der Schock auf ihrem Gesicht war die reinste Weihnachtsbescherung.

Da ich meinen Auftrag inzwischen völlig vergessen hatte, war ich selbst überrascht.

Sie umarmte mich. Sie umarmte Billy. Dann umarmte sie den Limousinenchauffeur. Sie musste das Schild haben. Unbedingt. Sie nahm es in beide Hände und betrachtete es auf Armeslänge. Auf unserem Weg zum Ausgang gab sie fürchterlich an, hielt ihren Namen hoch, damit alle ihn sehen konnten, warf sich in Posen wie ein Filmsternchen in Cannes und bekam dann Lachanfälle über ihre eigenen Possen.

Sie wollte nichts davon hören, dass der Chauffeur das Schild mit dem übrigen Gepäck in den Kofferraum tat. Sie hielt es während der ganzen Fahrt nach Manhattan auf dem Schoß. Sie betrachtete es immer wieder, als wäre es ein unschätzbar wertvolles Kunstwerk.

Wir setzten Billy bei Dianah ab.

Leila blieb in der Limousine. Ich stieg aus.

Mir wurde plötzlich schwindlig, als finge ein Kreisel in meinem Kopf an zu eiern.

Hier sind wir nun alle, dachte ich.

Billy und seine zwei Mütter, eine in der Limousine und die andere oben in der Wohnung. Und wieder verließ er, ohne es zu wissen, die eine für die andere.

Hier, in diesem Gebäude, oben in der Wohnung, hatte ich das erste Mal Leilas Stimme am Telefon gehört. Ihr Lachen.

Bevor wir auseinandergingen, umarmte ich Billy, aber eigentlich hielt ich mich an ihm fest, um nicht hinzufallen.

»Jetzt sind wir alten Eulen unter uns«, sagte Leila, als ich wieder in die Limousine stieg.

Sie benutzte ihre gespitzten Lippen bei dem Wort »Eulen«, um mir einen lieben kleinen Kuss auf die Wange zu geben. Dann legte sie den Kopf an meine Schulter und ließ ihn dort, bis wir vor meinem Haus am Riverside Drive hielten.

4

In unserer Abwesenheit hatte einer der heißesten Sommer seit Jahren begonnen, und die Hitzewelle dauerte an ohne die geringsten Anzeichen von Erschöpfung. Sie war fast biblisch in ihrer Erbarmungslosigkeit. Auch ihre Hitze war sonderbar, denn sie schien wenig mit der Sonne zu tun zu haben.

Die Sonne selbst war wie Rührei, fast nie deutlich zu sehen.

Sie war irgendwo dort oben, amorph und diffus, im Dunst eines ständig dunstigen Himmels, sodass es nicht die Hitze der Sonne war, die man spürte, oder wenigstens brachte man die Hitze nicht mit der Sonne in Verbindung. Man wusste nicht, womit man sie in Verbindung bringen sollte. Es war einfach Hitze. Hitze von irgendwoher.

Wenn die Sonne unterging und es Nacht wurde, wich die Hitze des Tages der Hitze der Nacht und den Geräuschen von dröhnenden Autoradios und Polizeisirenen und Notwagensirenen und Feuerwehrsirenen, wobei die Feuerwehren meistens paarweise auftraten.

In den Zeitungen standen zahlreiche hitzebedingte Geschichten. Über hitzebedingte Tode. Hitzebedingte Verbrechen. Dinge, die schiefliefen. Kleine Dinge. Große Dinge. Morde wurden beschrieben als hitzebedingte Taten, begangen von Menschen ohne Motiv außer der Hitze, als wären Menschen nichts weiter als Gasmoleküle, deren Leben den Gesetzen der Thermodynamik gehorchte.

Mein seit vielen Wochen unbenutztes Büro war wie ein Pizzaofen. Ich ließ das Klimagerät über eine Stunde lang laufen, bevor ich zum Hörer griff.

Es war so heiß, dass ich nicht rauchen konnte, etwas noch nie Dagewesenes.

Ich hatte keinen Grund, ins Büro zu gehen, außer um anzurufen. Ich hätte auch von meiner Wohnung aus anrufen können, aber das brachte ich nicht fertig. Nicht, solange Leila da war.

»Mr Karoo«, sagte Brad am Telefon, »wie schön, dass Sie …« Und so weiter, denn seine Begrüßung nahm inzwischen mindestens einen ganzen Absatz ein.

Dann war Cromwell am Apparat.

Die Glasfaserkabel der Telekommunikation waren wieder

am Werk, zerstörten nicht nur jegliches Gefühl von Ferne, sondern auch von Distanz zwischen mir und Cromwell.

Er erkundigte sich nach Spanien. Nach den diversen Museen und den diversen Bildern in diesen Museen, und obwohl ich keins davon gesehen hatte, log ich und sagte, ich hätte sie gesehen und großartig gefunden. Er schien Spanien besser zu kennen, als ich New York kannte. Seine Beschreibung der spanischen Landschaft gab mir das Gefühl, nie in Spanien gewesen zu sein.

Wir redeten über alles außer über den Grund meines Anrufs.

Ich war unfähig, den Film zur Sprache zu bringen, aus Angst, dass mich etwas Niederschmetterndes erwartete, sobald ich davon anfing.

»Vera«, erzählte mir Cromwell, »hat sich sehr schwer damit getan, sich hier einzugewöhnen.«

Mir fiel anfangs nicht ein, wer Vera war, und als es mir einfiel, interessierte mich herzlich wenig, wie schwer sie sich getan hatte. Mich interessierte nur das, was mich interessierte.

Mein Magen verkrampfte sich langsam zu einer steinharten kleinen Kugel.

Hätte Cromwell den Film nicht zur Sprache gebracht, ich weiß nicht, ob ich es je fertiggebracht hätte.

»Übrigens, Doc«, erzählte er mir, »falls Sie es noch nicht wissen, Ihr Ruf hat einen Quantensprung nach vorn getan. Ich habe Ihre Schnittfassung einigen meiner engsten Freunde gezeigt, und deren Reaktion war zum Niederknien.«

»Wirklich?«

»Zum Niederknien«, wiederholte er. »Sie sind hier Stadtgespräch.«

»Irgendwelche Änderungen seit der Vorführung?«

»Was gibt es da zu ändern? Sie sind ein verdammtes Genie. Es tut mir weh, das zu sagen, aber wenn Sie das nächste Mal für mich arbeiten, wird mich das wesentlich mehr Geld kosten. Sobald dieser Film in die Kinos kommt, wird Ihr Preis in die Höhe schießen, Sie Halunke.«

Er lachte.

Ich spürte, wie eine Last von mir abfiel, und die anschließende Euphorie der Erleichterung ließ mich mitlachen. Ich lachte, als wollte ich nie wieder aufhören.

Er erzählte mir, dass er beschlossen hatte, den Film *Präriesegler* zu nennen.

Präriesegler, eine scherzhafte Bezeichnung für die Planwagen der Siedler, war der Name des Restaurants, in dem Leilas Figur arbeitete.

»Wunderbar«, bejubelte ich seine Entscheidung.

Dieser Titel, erzählte er mir, hatte bei Markttests sehr gut abgeschnitten. Er plane, den Film unmittelbar vor Weihnachten herauszubringen, aber nur in wenigen ausgewählten Kinos. Dann, wenn die großen Weihnachtsfilme anfingen zu sterben wie die Fliegen, wie sie es seiner Meinung nach dieses Jahr tun würden, solle der Film landesweit in mehr und mehr Kinos kommen. Er setze bei dieser Verleihplanung darauf, dass wir wunderbare Mundpropaganda und Hymnen von den Kritikern bekommen würden.

Cromwell meinte, wir würden beides bekommen.

Er habe so eine Ahnung.

Wir hielten da einen Überraschungserfolg in Händen.

Wie immer plante er vor der eigentlichen Premiere ein paar Testvorführungen in mehreren Städten, um zu sehen, wie der Film beim richtigen Publikum ankam. Unsere erste Testvorführung (»Nennen wir es eine Welturaufführung«, sagte er) sollte in Pittsburgh stattfinden. Im selben Kino, in dem wir unsere letzte gemeinsame Testvorführung gehabt hatten.

»Nennen Sie mich abergläubisch«, sagte er, »aber wir hatten da bei unserer letzten Zusammenarbeit einen großartigen Start, und ich sehe keinen Grund zu einer Änderung.«

Das genaue Datum der Testvorführung stand noch nicht fest, aber es würde etwa Mitte November sein. Er würde es mir mitteilen.

»Falls ich Sie nicht vorher sehe«, sagte er mir, »sehe ich Sie in Pittsburgh.«

Noch bevor ich auflegte, begann ich, vielleicht von der euphorischen Erleichterung angeregt, die ich fühlte, noch etwas anderes zu fühlen.

Etwas verschmolz miteinander.

Ein Strudel von Themen aus meinem gesamten Leben strömte durch mich wie zu einer lange aufgeschobenen und lange ersehnten Lösung.

Es war Pittsburgh.

Dort würde ich Billy und Leila sagen, dass sie Mutter und Sohn waren.

In einem einzigen, blendenden Moment völliger Klarheit sah ich die Vollkommenheit von Pittsburgh, als Zeitpunkt wie als Ort, um die Wahrheit zu sagen.

Ich sah alles.

Ich sah uns drei auf der Welturaufführung von Leilas Film. Billy und ich im Smoking. Leila in einem nagelneuen Abendkleid extra für diesen Anlass.

Ich sah, wie Leila sich zum ersten Mal auf der Leinwand sah.

Der laute, vielleicht donnernde Applaus am Ende des Films.

Leila, wie sie weinte, sich die Hände vors Gesicht hielt,

aufstand, um noch mehr Applaus vom Publikum zu erhalten. Billy und ich, wie wir uns hinsetzten, zu ihr aufschauten.

Und dann hinterher, in unserem Hotel, wenn sie in ihrem Freudentaumel überzeugt war, dass nichts diesen wunderbaren, zauberischen Abend überbieten konnte, würde ich ihn überbieten.

Ich würde ihnen die Wahrheit sagen.

Anfangs würden sie sich fragen, ob ich Witze machte, aber während ich weiterredete und erklärte, würde ihr Gesichtsausdruck sich langsam ändern.

Leila, entschied ich, würde als Erste zusammenbrechen. Ihr lange verlorenes Kind war wieder da. Und dann würde Billy, der inzwischen auch weinte, seine Mutter in seine langen, schlaksigen Arme schließen. In diesem Augenblick würde Leila alles haben. Alles, was ihr zugestoßen war, würde es nun wert gewesen sein, denn es hatte diesen Augenblick ermöglicht.

Und ich?

Ich sah mich, den Regisseur dieser Wiedervereinigung, wie ich mich ein paar Schritte zurückzog. Dort stand. Nichts sagte. Um nichts bat. Ich würde nicht stören, bis sie von sich aus zu mir kamen, in Liebe und Dankbarkeit für all das, was ich für sie getan hatte.

Vielleicht würde ich dann auch ein bisschen weinen.

»Ach, Dad«, würde mein Billy sagen.

»Ach, Saul.« Leila würde blinzelnd die Arme ausbreiten.

Wir würden uns alle drei umarmen (ich sah es vor mir) und im Moment dieser Umarmung eine richtige Familie werden, von da an unzertrennlich.

In den Jahren danach würden Leila und ich, inzwischen glücklich verheiratet, jährliche Wallfahrten nach Pittsburgh unternehmen, zur Feier dieses unvergesslichen Abends.

Vielleicht, aber nur vielleicht, würde ich sogar meinen Odysseus-Film schreiben.

Auch entging mir, während ich in meinem Büro saß und glücklich drauflospaffte, keinesfalls, welch treffende Symbolik Pittsburgh als Ort für unser Stelldichein bot. Wir drei schlossen uns zusammen in der Stadt, in der drei Flüsse zusammenflossen. Der Allegheny, der Monongahela und der Ohio. Leila, Billy und ich.

ZWEITES KAPITEL

1

Mein Wohnhaus hatte wie alle Vorkriegsgebäude am Riverside Drive seine Reize, aber es hatte keine zentrale Klimaanlage. Ich habe vier große Klimageräte in vier verschiedenen Zimmern, und sie sind alle eingeschaltet. Sie laufen Tag und Nacht. Der Lärm ist nicht ohrenbetäubend, aber man kann ihm auch nicht entgehen. Mich stört der Lärm nicht, aber Leila. Er geht ihr auf die Nerven. Es ist wie in einem Düsenflugzeug, behauptet sie, dessen Triebwerke alle laufen, aber ohne irgendwohin zu gelangen.

Ich sitze im Wohnzimmer (Leila ist im Schlafzimmer) und warte darauf, dass Billy zur Tür hereinkommt.

Der Portier hat gerade angerufen, um mir zu sagen, dass Billy auf dem Weg nach oben ist.

Ich habe die Tür unverschlossen gelassen, wie ich es immer tue, wenn er kommt, damit er einfach hereinkommen kann, ohne zu klopfen oder zu klingeln. Auf diese kleine Weise versuche ich, es für ihn so behaglich wie möglich zu machen. Als sei sozusagen mein Zuhause auch sein Zuhause.

Der arme Junge.

Es ist für Billy nicht leicht gewesen, nach New York zurückzukommen.

Da ich Dianah zur Genüge kenne, weiß ich, sie ist wütend (und wer wollte es ihr verübeln?), dass Billy fast seine gesamten Sommerferien mit Leila und mir verbracht hat. Das bisschen Zeit, das ihm in New York bleibt, möchte sie ganz für sich.

Ich bin überzeugt, jedes Mal, wenn er uns besuchen kommt, muss er Dianah in Bezug auf sein Ziel etwas vorlügen. Entweder das oder einen großen Krach mit ihr riskieren. Die Lüge steht ihm ins Gesicht geschrieben. Das ist das Erste, was mir auffällt, wenn er zur Tür hereinkommt, die Lüge und der verwirrte Ausdruck von Schuld in seinen Augen, als verrate er jemanden durch sein Hiersein.

Ich verstehe besser als er, was er durchmacht, denn das alles überfordert ihn ein wenig.

Es ist alles ganz einfach, aber gleichzeitig qualvoll. Er liebt uns beide. Und beide lieben wir ihn. In gewisser Weise, keiner guten Weise, aber in gewisser Weise wäre das Leben wahrscheinlich wesentlich leichter für ihn, wenn er nur ein Elternteil hätte, das seine Liebe erwiderte. Jetzt hat er zwei. Und da Dianah und ich über Kreuz sind, ist er als unglückliches Opfer zwischen uns eingeklemmt. Er verrät entweder Dianah, indem er mich besuchen kommt, oder er verrät mich, indem er fortbleibt (zumindest denkt er das). Ich war schon mehrmals drauf und dran, ihm das zu erklären, aber da seine Tage in New York gezählt sind und da nach Pittsburgh sowieso alles anders sein wird, habe ich es unterlassen. Aber ich fühle mit ihm. Es schmerzt mich zu sehen, wie er sich unnötig mit etwas quält, für das er nichts kann.

Die Tür geht auf, und für einen Augenblick füllt Billy mit seiner hohen Gestalt und den breiten Schultern den Türrahmen.

Er ist völlig verschwitzt. Sein weites Polohemd klebt ihm am Körper.

»Draußen ist es heiß wie die Hölle«, sagt er und vermeidet den Blickkontakt mit mir, indem er sich mit der Hand den Schweiß vom Gesicht wischt.

Leila kommt in einem Hosenrock, einem langen T-Shirt und ihren spanischen Sandalen aus dem Schlafzimmer.

»Lieber nicht umarmen«, sagt Billy. »Ich bin klatschnass.«

Aber sie umarmt ihn trotzdem, und dann macht er sich los, tut, als wäre er entsetzt über den feuchten Abdruck, den er auf ihrem T-Shirt hinterlassen hat.

Ich merke seiner Körpersprache an, dass er nicht vorhat, lange zu bleiben.

Aber das hat er nie vor.

Wer weiß, welche Lüge er erzählt hat, um herzukommen? Sie steht ihm ins Gesicht geschrieben, welche es auch sein mag.

Wir sitzen da, wir drei. Ich sitze am einen Ende der Couch. Leila am anderen. Billy sitzt in dem Drehsessel vor dem Klimagerät. Er kann nicht still sitzen. Er dreht sich ein paar Grad nach Norden und dann ein paar Grad nach Süden.

Wir reden über die Hitze und die neuesten hitzebedingten Geschichten, die wir in den Zeitungen gelesen haben.

Alte Leute, die an Hitze sterben.

Die Zerstörung der Ozonschicht.

Der Treibhauseffekt.

Der sprunghafte Anstieg von Verbrechen, besonders von Morden.

Im Dunst vor meinem Fenster sieht der Hudson River wie ein Fluss aus Dunst aus, und die Segelboote auf ihm scheinen mitten in der Luft zu segeln.

Leila ahmt plötzlich mit boshafter Genauigkeit eine ungewöhnlich unangenehme Engländerin nach, die im Sotogrande war, als wir da waren.

Wir lachen alle.

Leila melkt den Augenblick mit einer Zugabe.

Wir lachen wieder.

Einer von uns sagt: »Notsogrande«, und wieder lachen wir alle drei.

Spanien als Gesprächsthema verspricht durchaus, uns über einen beträchtlichen Teil von Billys kurzem Besuch hinwegzuhelfen, aber aus verschiedenen Gründen verfängt es nicht.

Vielleicht ist es die Hitze.

Oder vielleicht haben wir schon zu oft über Spanien geredet. Spanien ist leer gemolken.

Ein Schweigen entsteht.

Ich zünde mir noch eine Zigarette an. Wenn unsere Blicke sich kreuzen, lächeln wir.

Das Schweigen geht weiter. Gewinnt an Kraft. Droht anhaltend, wenn nicht endlos zu werden, falls ich nicht helfend einspringe.

Also fange ich an, über Weltereignisse zu reden, damit beide durch einen Blick aufs große Ganze ihre kleinen persönlichen Probleme vergessen (die ohnehin bald in Pittsburgh gelöst sein werden).

»Ein Grund für den Sturz der Sowjetunion«, beginne ich, »ist, dass die Regierung auch zum Wirtschaftssystem des Landes wurde und es dadurch schaffte, beides zu ruinieren, die Regierung und die Wirtschaft. Ich möchte keine voreiligen Schlüsse ziehen, aber ich meine, wir stehen hier vor der entgegengesetzten Gefahr. In Amerika droht das Wirtschaftssystem zur Regierung zu werden und dabei …«

Plötzlich, mitten in meinem Vortrag, spüre ich dieses seltsame … was? Etwas.

Als hätte sich plötzlich die Akustik in meinem Wohnzimmer verändert. Als wären keine lebendigen Körper da, um meine Stimme zu dämpfen. Als redete ich mit mir selbst und hörte meine Stimme von kahlen Wänden widerhallen.

Billy und Leila sind da, vor mir. Sie schauen mich nicht nur an, sie lassen es sich angelegen sein, mich anzuschauen, als wollten sie mich überzeugen, dass sie jedem meiner Worte Beachtung schenken.

Sie sind da, direkt vor mir, aber irgendwie sind sie überhaupt nicht da. Ihr Ich scheint irgendwo anders zu sein, und dieses Gefühl von Doppelspiel in den Gesichtern der Menschen, die ich liebe, führt zu einer gewissen Verstörung.

Die Verstörung (Panik fast) dauert nur ein oder zwei Sekunden. Aber ein oder zwei Sekunden genügen mir, um zu begreifen, was wirklich vorgeht.

Nicht sie sind es. Ich bin es. Ich treibe das Doppelspiel. Nicht Billy und Leila enthalten mir etwas vor, sondern umgekehrt. Ich projiziere meine eigenen Symptome auf sie. Da ist das Geheimnis, das ich vor Pittsburgh nicht mit ihnen teilen kann, und bis dahin sehe ich zwangsläufig in ihren Augen die Projektion meines eigenen, nicht ganz reinen Gewissens.

Befriedigt von der Klugheit meiner Diagnose, beeindruckt von der Geschwindigkeit, mit der ich solch ein komplexes psychologisches Problem begreifen kann, setze ich meine Analyse von Kapitalismus und Demokratie und dem allmählichen Machtverlust der Letzteren zugunsten des Ersteren fort.

2

Am Tag vor seiner Abreise nach Harvard kam Billy, um sich zu verabschieden. Er kam am frühen Nachmittag. Er konnte nicht abends zu uns kommen, denn Dianah ging mit ihm in ein Musical und anschließend essen. Er konnte auch nicht am nächsten Tag zu uns kommen, denn er reiste frühmorgens ab, und Dianah brachte ihn zum Flughafen. Das war also der einzig mögliche Zeitpunkt.

Er hoffte, dass ich Verständnis hatte.

Ich war natürlich das Verständnis in Person.

Wenn jemand kommt, um sich zu verabschieden, dann beherrscht der Zweck seines Besuchs die Szene, und unabhängig davon, was sonst noch geredet wird, bleibt das unausgesprochene Adieu das Thema.

So war es auch bei Billys Besuch.

Das Ganze wurde zu einem einzigen endlosen Abschied.

Leila und ich fuhren mit ihm (schweigend) im Fahrstuhl hinunter und begleiteten ihn auf die Straße.

Ich war sicher, er würde sich ein Taxi nehmen, aber Billy fand das albern. Bis zur Sixty-ninth Ecke Central Park West war es zu Fuß (bei seinem Tempo) nur eine Viertelstunde, und er sagte, ihm wäre nach Laufen zumute. Ein bisschen Bewegung.

Ich hätte es dabei belassen sollen, aber das konnte ich nicht. Mir schwebte eine bestimmte saubere und klare Abschiedsszene vor, in der ein Taxi ihn fortfuhr, während Leila und ich dastanden und winkten. Dieses Bildes beraubt, erfand ich eine längere Version der gleichen Szene.

»Wir begleiten dich ein Stück«, sagte ich ihm.

Es war heiß. So heiß wie am Tag zuvor. So heiß wie am Tag darauf.

Wir redeten über die Hitze. Zumindest ich. Soweit ich mich erinnere, redete ich als Einziger.

Ich stellte Überlegungen an, wie Menschen vor der Erfindung bezahlbarer Klimageräte gelebt hatten. Ich stellte die These auf (nicht meine eigene), dass die architektonische

Landschaft moderner Städte von der Erfindung der Fluorchlorkohlenwasserstoffe geprägt war.

Wer wollte dem widersprechen?

Niemand tat es.

Wir bogen in den Broadway ein. Vorbei an den Bettlern, den Stadtstreichern, den Müllmännern, die ihren rückgewonnenen Müll verkauften. Vorbei an den Jeremias mit wildem Blick und wildem Haar. Vorbei an den Telefonfreaks, die Scheingespräche mit Phantomen am anderen Ende führten.

Ich hatte nicht beabsichtigt, so weit zu laufen, aber es schien jetzt fast unmöglich, stehen zu bleiben und zu sagen, ich sei weit genug gelaufen. Die Downtown-Strömung auf dem Broadway trieb uns immer weiter nach Süden. Vorbei an Harry's Shoes. Vorbei an der Shakespeare-Buchhandlung. Vorbei an Zabar's.

Als ich meine Wohnung verließ, hatte ich keine Ahnung, dass ich diesen Spaziergang machen würde, deshalb hatte ich mich nicht vorbereitet. Ich hatte kein Kleingeld zum Verteilen dabei. Ich hatte überhaupt kein Geld dabei. Ich fröstelte fast (in dieser Hitze) bei dem Gefühl, in der Öffentlichkeit ohne jedes Geld zu sein.

Wir wurden weitergetrieben.

Vorbei am Apthorp-Haus. Und der Apthorp-Apotheke. Vorbei an der kleinen Verkehrsinsel, wo ich schweigend mit dem alten Mann im Mantel meines Vaters gesessen hatte. Wo wir schweigend gesessen hatten »wie zwei Schachfiguren eines aufgegebenen Spiels«.

Ich folgte Billy. Wenn etwas oder jemand mich nicht bald aufhielt, war ich durchaus imstande, Billy bis in Dianahs Wohnung zu folgen, als könnten wir alle, auch Leila, dort die Nacht verbringen.

Zu meinem Glück kam Billy zur Vernunft. Er blieb stehen.

»Ich glaube, du bringst Leila besser nach Hause, Dad«, sagte er gebieterisch. »Schau sie dir an.«

Billy und ich waren schweißgebadet. Leila war typischerweise staubtrocken, aber ihr Gesicht war verschwollen und mit roten Flecken übersät wie nach einer Prügelei.

»Mir gehts gut«, protestierte sie.

»Aber mir nicht«, sagte Billy entschieden. »Ich werde mir für den Rest des Weges ein Taxi nehmen. Es ist zu heiß.«

Er winkte einem Taxi.

Für einen derart ausgedehnten Abschied endete er plötzlich sehr abrupt.

Er und Leila umarmten und küssten sich und murmelten ein paar Abschiedsworte. Darauf bedacht, meine Umarmung nicht länger oder besser zu gestalten als Leila, machte ich es kurz und männlich. Überhaupt kein Kuss.

Billy stieg ins Taxi.

»Wir sehen dich in Pittsburgh«, rief ich und winkte.

Und dann war er fort.

Es kam mir unschön und falsch vor, so auseinanderzugehen, und da ich die Stimmung heben und Leila ein Lächeln entlocken wollte, wandte ich mich zu ihr und sagte in meiner gewinnendsten Art: »Puh, ich dachte schon, er geht nie.«

»Oh, bitte«, fuhr sie mich an. »Nicht! Mach ausnahmsweise mal keine Witze. Es ist viel zu heiß für Witze. Klar?«

Ich bot an, uns ein Taxi zu besorgen, aber dann fiel mir ein, dass ich kein Geld dabeihatte. Sie hatte auch keines. Obendrein hatte sie ihren blauen Hut und die Sonnenbrille vergessen, um sich gegen die Hitze und das grelle Sonnenlicht zu schützen.

Wir gingen wieder zurück, vorbei an all den Orten und

Menschen, an denen wir schon einmal vorbeigegangen waren.

Es war ungeheuer heiß. Der Ausdruck »atomarer Winter« schien passend, aber unangebracht. Es kam mir eher vor wie ein atomarer Sommer. Die Blase unserer Stimmung, unsere eigene kleine private Biosphäre, die mit uns wanderte, steigerte nur die Hitze.

Ihr Gesicht, vollgesogen mit Blut, rötete sich immer mehr.

DRITTES KAPITEL

1

Am nächsten Morgen erwachte Leila mit einem Fieberbläschen. Ich lag noch im Bett, als ich sie im Badezimmer gequält aufschreien hörte. Es klang entsetzlich, als hätte ein lange vermiedenes Schicksal sie doch noch ereilt.

Ich stürzte hinein und fand sie, Aug in Auge mit ihrem Spiegelbild, wie sie etwas auf der linken Seite ihrer Unterlippe musterte und es vorsichtig mit den Fingerspitzen berührte.

»Oh, Scheiße! Ich kanns nicht glauben«, schrie sie.

Ich wusste immer noch nicht, was los war, und bat sie um eine Erklärung.

»Da, schau!«, schrie sie wutschnaubend.

Ich schaute.

Sie streckte das Kinn vor und drehte den Kopf so, dass ich einen unversperrten Blick auf die winzige rote Stelle in ihrem Mundwinkel hatte.

»Sieht nicht so schlimm aus«, sagte ich ihr.

»Was hat das damit zu tun?«, fuhr sie mich an. »Was macht das, wenn es jetzt nicht schlimm aussieht? Wen kümmert, wie es jetzt aussieht? Es puckert! Und ich weiß, was das heißt.«

Sie schien drauf und dran loszuweinen. Oder etwas zu zertrümmern. Oder jemanden.

Bis mittags war das Fieberbläschen erheblich größer und dicker geworden.

Unmittelbar vor dem Zubettgehen am Abend entdeckte sie die Anfänge eines zweiten daneben.

Bis zum nächsten Morgen waren die beiden Fieberbläschen zusammengewachsen und bildeten eine wuchernde, facettenreiche entzündete Stelle, die nahezu die gesamte linke Seite ihrer Unterlippe einnahm.

Sie musste ihren Mund ständig offen halten, um zu vermeiden, die Unterlippe mit der Oberlippe zu berühren. Die leiseste Berührung verursachte einen stechenden Schmerz. Sie hatte auch panische Angst davor, dass die Infektion wie schon früher auf die Oberlippe übergreifen könnte. Mit offenem Mund und einer Grimasse, die manchmal wie ein finsteres Grinsen aussah, sprach sie wie eine Bauchrednerin.

Sie rieb die Stelle stündlich mit Zovirax ein, aber durch die medizinische Salbe sah etwas bereits schlimm Aussehendes noch schlimmer aus. Die Hitze der Fieberbläschen brachte die Salbe zum Schmelzen, sie schlug sich als milchig weißer Schleimrand nieder und verlieh dem Ganzen das Aussehen einer seltsamen exotischen Frucht, die sich auf ihrer Unterlippe angesiedelt hatte und nicht eher weggehen würde, bis sie gereift und geplatzt war.

Von dem Bedürfnis getrieben, allem eine gute Seite abzugewinnen, sah ich in diesem Ausbruch von Herpes labialis einen Grund zur Freude, wenn nicht sogar zum Feiern.

Besser, dachte ich, es passiert jetzt als zur Premiere ihres Films in Pittsburgh.

Als ich Leila diesen Gedanken mitteilte, fing sie an zu schreien. Es fiel ihr wesentlich leichter, war für sie weitaus weniger mühsam, zu schreien, als zu sprechen.

Dann, am dritten Tag, oder vielleicht war es auch der

vierte, wachte sie auf und fühlte sich richtig krank. Sie fröstelte. Ich stellte das Klimagerät im Schlafzimmer ab. Aber dann wurde es zu heiß. Also stellte ich es wieder an. Ich hatte kein Thermometer, also rannte ich zur Apotheke und holte eins.

Sie hatte 40 Fieber. Aspirin drückte es ein paar Grad herunter, aber dann stieg es wieder. Nein, sie wollte nichts davon hören, zum Arzt zu gehen oder einen Arzt kommen zu lassen. Sie wusste, was das war, »und Ärzte können da gar nichts machen, weil ich das schon mal gehabt habe und die Ärzte überhaupt nichts machen konnten. Also bitte«, flehte sie halb, halb drohte sie, »hör mit den Ärzten auf, oder ich ziehe ins Hotel, damit ich meine Ruhe habe.«

2

Ihre Bettlägerigkeit, die sie an die Wohnung fesselte, während sie sich von ihrer mysteriösen Krankheit (wahrscheinlich einer Virusinfektion) erholte, führte dazu, dass auch ich an die Wohnung gefesselt war. Statt in mein Büro zu gehen, blieb ich zu Hause. Ich genoss es sogar. Ich ging nur hinaus, um Lebensmittel, Zigaretten oder Zeitungen zu kaufen.

Sie ernährte sich von Apfelmus, Bananen und Eiscreme. Alles Sachen, die man nicht kauen musste.

Um ihr die Zeit zu vertreiben, las ich ihr Artikel aus Zeitungen, Magazinen und Zeitschriften vor, die ich nun zu lesen begann. (Die Probleme der Welt faszinierten mich, und meine Leseliste täglicher und wöchentlicher Publikationen verlängerte sich, um damit Schritt zu halten.) Ich las ihr auch Lyrik vor. Als sie gestand, dass sie noch kein einziges Stück von Shakespeare gelesen hatte, nahm ich es auf mich, ihr

Shakespeare vorzulesen. Ein ganzes Stück war ihr zu viel, aber sie hatte es gern, wenn ich herumsprang und ihr meine Lieblingsstellen vorlas. Was ich tat.

Von allen Zeilen, die ich aus dem Band mit Shakespeares Gesammelten Werken vortrug, brachte nur eine sie zum Weinen, und das war, was mich anging, eine seltsame Wahl, denn ich las sie nicht besonders gut vor.

»Nymphe«, las ich Hamlets Worte an Ophelia vor, »schließ in dein Gebet all meine Sünden ein.«

»O Gott«, schluchzte sie, »ist das traurig. Das ist zu traurig.«

Ich ging über ein Dutzend Mal am Tag nach ihr schauen, und manchmal kam es vor, dass sie schlief.

Sogar im Schlaf hielt sie den Mund offen, um die Fieberbläschen nicht zu verschlimmern. Ihre jetzt ständig geöffneten Lippen gaben ihrem Gesicht (im Wachen wie im Schlafen) eine sonderbare, beunruhigende Intensität, einen Ausdruck von verhaltener Absicht, als würde sie jede Sekunde trotz der Schmerzen, die ihr das verursachte, die Lippen bewegen und einen vernichtenden Ausspruch tun.

3

Leila erholte sich. Ihre Fieberbläschen verschwanden. Alles war jetzt gut, nur nicht für Leila selbst.

Sie hackte auf mir herum und hatte an allem, was ich tat, etwas auszusetzen. Je mehr Mühe ich mir gab, nett zu ihr zu sein, desto unerträglicher fand sie mich.

»Lass das!«, sagte sie immer wieder.

Lass das wurde ihr Refrain.

»Bitte«, zischte sie erbost, »ich flehe dich an. Lass das und sei nicht andauernd so elend charmant.«

»Habe ich gar nicht bemerkt.«

Ich machte eine kleine, theatralische Verbeugung, während ich mich zurückzog. Sie explodierte.

»Das ist es. Genau das. Das meine ich. Diese blöde kleine Verbeugung, die du gemacht hast. Was soll das nun wieder?«

Ich wusste natürlich genau, was sie durchmachte und warum. Sie brannte darauf, aus New York wegzukommen und für eine Weile nach Venice zurückzukehren. Aber sie konnte einfach nicht gehen. Sie musste sich (und dabei auch mich) foltern und quälen, als verriete sie mich, wenn sie wegfuhr.

Vor lauter Schuldgefühlen, weil sie wegfahren wollte, versuchte sie, einen fürchterlichen Streit mit mir vom Zaun zu brechen, sodass sie ihre Abreise rechtfertigen konnte. Aber ich tat ihr nicht den Gefallen, ich blieb rücksichtsvoll und tolerant und freundlich, und dadurch fühlte sie sich noch elender, noch schuldiger.

Schließlich (wieder kam Saul zu Hilfe!) musste ich einschreiten und die Krise, in der sie sich befand, ans Licht bringen.

»Leila«, wandte ich mich eines Abends an sie, »bitte hör mir zu.«

»Was denn jetzt?«, fauchte sie.

»Bitte.« Ich wies auf einen Stuhl. »Setz dich.«

»Du liebes bisschen«, sagte sie und rollte die Augen, »sind wir wieder höflich. Werden wir das jetzt machen? Werden wir jetzt bis zum Schlafengehen höflich sein? Wir werden hier sitzen und dem dröhnenden Klimagerät lauschen und höflich zueinander sein.«

Sie setzte sich auf den Drehsessel und begann, sich zu drehen.

»So«, sagte sie, »ich sitze. Und was jetzt?«

»Warum fährst du nicht für eine Weile nach Venice?«, sagte ich zu ihr. »Ich glaube, du musst mal eine Weile weg von hier.«

Da sie kein Sterbenswörtchen davon gesagt hatte, dass sie fortwollte, schien sie schockiert von meiner Fähigkeit, in ihre geheimsten Gedanken einzudringen. Sie starrte mich blinzelnd an, als fragte sie sich, wie viel ich wusste.

Ich zündete mir eine Zigarette an.

»Du sagst mir also, ich soll abreisen, ist es das?«, sagte sie schließlich.

»Nein, ich sage dir, dass du keine Ausrede brauchst, weil du es willst. Du willst fort. Das merke ich. Deswegen brauchst du keine Schuldgefühle zu haben.«

Sowie ich das Wort »Schuld« aussprach, stand ihr die Schuld ins Gesicht geschrieben. Sie konnte nichts verbergen. Sie versuchte es, aber sie brachte es einfach nicht fertig.

Dann setzte ich, zugegebenermaßen in professoraler Manier, die Analyse der Situation fort, in der sie sich zurzeit befand.

»Das ist für dich eine völlig neue Krise«, sagte ich ihr und zog an meiner Zigarette. »Bisher ist dein ganzes Leben nach dem, was du mir davon erzählt hast, eine Serie von Verlusten und Enttäuschungen gewesen. Etwas ist immer herausgeschnitten, dir weggenommen worden. Aus deinem Leben. Aus all den Filmen, in denen du mitgewirkt hast. Und das ist wieder und wieder passiert. Wenn etwas oft genug passiert, gleichgültig, wie schmerzhaft es ist, dann wird es normal. Es hört auf, eine Krise zu sein, und wird durch die Wiederholung eine Lebensweise.«

»Aber jetzt«, fuhr ich fort, »wird sich das alles ändern. Ausnahmsweise einmal sind alle deine Szenen nicht nur immer noch in dem Film, sondern du bist der Star des Films. Du hast dich ungeheuer gefreut, als ich dir von der Testvorführung in Pittsburgh erzählt habe. Aber inzwischen hast du Zeit gehabt, darüber nachzudenken. Siehst du, du hast dich mit der Opferrolle eingerichtet und hast jetzt panische Angst davor, diese Rolle aufgeben und eine neue annehmen zu müssen. Die Rolle einer Frau, die geliebt wird. Die vom Leben belohnt statt beraubt wird. Diese Krise der Erfüllung macht dir Angst …«

Ich zündete mir noch eine Zigarette an und fuhr fort.

»Ich bin nicht blind. Ich weiß, was du durchgemacht hast. Ich kenne dich gut genug, um zu wissen, dass du nicht gehässig zu mir gewesen bist, einfach weil es dir Spaß gemacht hat. Dass wir die ganze Zeit lang nicht miteinander geschlafen haben einfach wegen der Hitze oder so etwas. Du bist zu ehrlich, um Gefühle vorzutäuschen. Um Liebe und Zugetanheit vorzutäuschen, wenn du innerlich kochst. Du musst eine Zeit für dich sein. Einen klaren Kopf bekommen. In Venice herumbummeln. Deine alten Freunde sehen. Die alten Dinge tun, die du früher getan hast, und dich währenddessen auf die nächste Phase deines Lebens vorbereiten. Du wirst sehen, Leila. Etwas Herrliches, was du aber vollauf verdienst, erwartet dich in Pittsburgh.«

Sie hielt es nicht mehr aus. Sie konnte es nicht ertragen, noch ein weiteres Wort zu hören. Schluchzend wedelte sie mit den Händen, damit ich aufhörte.

Sie warf mir die Arme um den Hals, diese weißen, weichen, scheinbar so zerbrechlichen Arme, die bei Gelegenheit (dies war eine davon) so stark wie Stahlkabel sein konnten. Es tat fast weh, mit solcher Heftigkeit umarmt zu werden.

Sie vergrub ihr Gesicht an meinem Hals und meiner Schulter, und obwohl sie lauter schluchzte, als sie sprach, hörte ich jedes Wort, das sie sagte.

»Ich liebe dich«, sagte sie mir. »Das weißt du doch, Saul? Ich liebe dich wirklich.«

Sie reiste am nächsten Tag ab. Aber nicht nach Venice. Sie überlegte es sich anders. Sagte, ihr sei danach zumute, Charleston zu besuchen und ihre Mutter wiederzusehen und einige ihrer alten Schulfreundinnen, bevor sie berühmt wurde. Anschließend würde sie nach Venice fahren.

Sie ließ nicht zu, dass ich ihre Reise von meinem Reisebüro buchen ließ oder die Tickets bezahlte.

Und auch keine Limousine.

Wir nahmen liebevoll und ohne Hast vor dem Haus voneinander Abschied. Ich stand unter dem Baldachin vor dem Hauseingang und winkte, als das Taxi mit ihr davonfuhr.

Während ihrer Abwesenheit nahm ich mein früheres Leben wieder auf. Ins Büro gehen. Mit Guido im Tea Room zu Mittag essen. Meine Sachen von der Reinigung abholen und den Broadway hinunterschlendern, unterwegs Geld an die Bettler verteilen.

Aber bei allem, was ich tat, hatte ich das leise Gefühl, dass dies eine Übergangszeit war und dass die eigentliche Zeit erst Mitte November in Pittsburgh beginnen würde. In gewisser Weise war ich bereits da und wartete auf Billy und Leila und Leilas Film.

VIERTES KAPITEL

1

Es sollte unbedingt mein allerletztes Scheidungsdinner mit Dianah sein. Ich war fest entschlossen, beim Thema zu bleiben und darauf zu bestehen, dass entweder sie sich einen Anwalt nahm oder ich mir einen Anwalt nahm oder wir uns beide Anwälte nahmen. Welche Forderungen sie auch stellen mochte, ich würde ihr nichts verweigern. Außer ein weiteres Hinausschieben der Scheidung.

Um meine geschäftsmäßige Gestimmtheit zu unterstreichen, kleidete ich mich für diesen Anlass geschäftsmäßig. Dunkelblauer Anzug. Rostrote Krawatte. Hellblaues Hemd. Meinem Gesicht setzte ich einen Ausdruck eiserner Entschlossenheit auf, gemildert von einem Hauch Fairness.

Unser Dinner in unserem französischen Restaurant war für acht Uhr angesetzt. Ich kam wie üblich zu früh.

»Ah, Monsieur«, begrüßte mich der Oberkellner Claude mit einem Gefühlsüberschwang, den man normalerweise mit muslimischen Pilgern beim Anblick von Mekka verbindet. »Monsieur Karoo, wie wundervoll, Sie zu sehen. Wie absolut wundervoll. Es ist schon so lange her, seit …« Er redete weiter, wollte wissen, wie es mir ergangen sei. Kam Madame auch heute Abend?

Er umklammerte meine rechte Hand mit beiden Händen und schüttelte, nein, liebkoste sie geradezu.

Statt an die Bar zu gehen, wo ich sonst Dianahs Erscheinen erwartete, sagte ich Claude, ich würde lieber an unserem Tisch warten.

»Aber natürlich«, sagte Claude.

Er führte. Ich folgte.

In den vielen Jahren, seit ich hier aß, hatte ich das Lokal noch nie so menschenleer gesehen. Es war weniger als halb voll. Entweder war es ein schlechter Abend, oder unser französisches Restaurant war im Niedergang begriffen. Solche Dinge passieren. Weltreiche und Restaurants haben ihre eigenen Krankheiten, und sobald der Niedergang einsetzt, ist es nahezu unmöglich, ihn aufzuhalten.

Es schien passend, dass mein letztes Scheidungsdinner mit Dianah in einer solchen Atmosphäre stattfand.

Ich hatte etliche Tische zur Auswahl, aber die Macht der Gewohnheit zwang mich, einen neben einem Tisch zu wählen, der besetzt war. Mit zwei Paaren um die vierzig.

Das Letzte, was ich für dieses letzte Scheidungsdinner mit Dianah wollte, war Intimität. Ein Publikum, selbst ein kleines, war ein unerlässlicher Bestandteil meines Alleinseins mit ihr und ihres Alleinseins mit mir. Unsere Art von Intimität erforderte Öffentlichkeit.

Mein Kellner kam und brach ebenso wie Claude in Jubel aus, mich wiederzusehen. Trotz meiner langen Abwesenheit deutete er ein ungebrochenes Vertrauensverhältnis zwischen uns an, indem er anbot, mir meinen üblichen Drink zu bringen.

»Ein Gin Tonic für Monsieur?«, fragte er mit wissendem Lächeln.

Ich enttäuschte ihn äußerst ungern, aber ich war entschlossen, mein letztes Scheidungsdinner mit Dianah ohne Drink in der Hand hinter mich zu bringen und ohne das Theater, den Betrunkenen zu spielen. Ich war dabei, einen neuen Anfang zu machen, und ich wollte, dass Dianah das erfuhr.

»Nein, danke, Bernard«, sagte ich ihm. »Heute Abend nichts.«

Stattdessen bestellte ich eine große Flasche hiesiges Mineralwasser.

Bernard verbeugte sich, aber mit Grabesmiene, und ging. Ich zündete mir eine Zigarette an und widmete mich der Konversation am Nebentisch.

Die beiden Paare führten eine Diskussion am runden Tisch (in ihrem Falle einem eckigen) über das Hakenkreuz beziehungsweise die Swastika. Die Geschichte der Swastika. Die verschiedenen Abarten der Swastika. Sie redeten, als hätten sie alle dasselbe Buch zu dem Thema gelesen.

»Es ist ein sehr altes Symbol, älter als das christliche Kreuz. Es geht dem Christentum um … ich bin nicht ganz sicher … um etliche Jahrhunderte voraus. Es ist asiatischen Ursprungs.«

»Ein Maya-Symbol, nein?«

»Ich bin nicht ganz sicher, ob es ein Maya-Symbol war, obwohl …«

»Tibet, dachte ich.«

»Das Wort kommt aus dem Sanskrit. Im Sanskrit bedeutet es Wohlbefinden …«

»Aber das Symbol galt als Symbol der schöpferischen Kraft, der Schöpfung ganz allgemein.«

»Ich fand es eine Ironie des Schicksals, dass in England während des Ersten Weltkriegs an Leute, die mehr als eine bestimmte Anzahl Kriegsanleihen verkauft hatten, kleine Hakenkreuzanstecknadeln ausgegeben wurden. Ist das nicht …«

Bernard kam mit meinem Mineralwasser. Er war das Inbild der Verzweiflung. Es war nicht nur ein schlechter Abend im Restaurant, auch einer seiner zuverlässigsten Säufer war von Gin auf Leitungswasser umgestiegen.

Ich trank mein Mineralwasser und zündete mir noch eine Zigarette an.

Während ich auf Dianahs Erscheinen wartete, musste ich mich immer wieder daran erinnern, dass ich Mineralwasser trank, nicht Alkohol, und dass keine Trunkenheitssymptome von mir erwartet wurden. Die Macht der Gewohnheit war so stark, dass ein Glas mit Flüssigkeit und Eis in meiner Hand schon genügte, und ich spielte automatisch die Rolle des hoffnungslos Betrunkenen. Das hatte ich nicht vorausgesehen. Es gab offenbar Entzugssymptome, selbst wenn man von nichts mehr abhängig war als von sich selbst.

2

Um acht Uhr dreißig (ich schaute auf die Uhr, als ich sie erblickte), eine halbe Stunde zu spät, erschien Dianah.

Sie sah umwerfend aus. So umwerfend und sich dessen so vollauf bewusst, dass sie bei ihrer unnachahmlichen Laufstegparade durchs leere Lokal die Illusion erweckte, an allen Tischen säßen Gäste, die sie mit Kennermiene musterten, sie hingerissen bewunderten für ihr schulterfreies grünes Kleid, ihre traumhafte Frisur, ihre königliche Haltung und ihre tiefdunkle Sonnenbräune.

Ihr platinblondes Haar leuchtete, als käme der Halleysche Komet auf mich zu. Es glänzte mehr denn je. Es musste neu vergoldet oder platiniert worden sein oder so ähnlich, und sein Feuerschein, besonders im Kontrast zu ihrer tiefdunklen

Bräune, war blendend, einschüchternd. Wie der Feuerschein vom brennenden Busch.

»Du darfst nicht«, war die leuchtende Botschaft ihrer Haare, ihrer Augen, ihres ganzen Wesens an mich. »Nein, nein, nein, Liebling, was du auch zu wollen vermeinst, du darfst es nicht. Nicht heute. Nicht morgen. Niemals, mein Schatz.«

Wir tauschten Küsse, wie eingeschworene Feinde Kriegsgefangene tauschen.

Sie brauchte einen Augenblick (als wäre sie unversehens aus ihrem hektischen Terminplan herausgerissen worden), um den Anzug, den ich trug, und das Mineralwasser, das ich trank, zu erfassen. Sie kniff die Lippen zusammen und maß mich mit den Augen.

»In dem blauen Anzug habe ich dich nicht mehr gesehen, seit du vor Jahren versucht hast, dein Leben wieder in den Griff zu kriegen. Steht dir gut, Liebling. Ein bisschen knapp, aber fesch.«

»Wenn das ein Kompliment ist, danke.«

»Wenn das ein Danke ist, bitte schön.«

Nachdem sie sich niedergelassen hatte, befreite sie sich von einem langen, bedeutungsvollen Seufzer, dessen satter Klang in dem anschließenden kurzen Schweigen nachhallte.

Verschwenderisch lächelnd sah sie mich an. Ich sah sie an.

Die beiden Paare neben uns redeten jetzt über Singapur.

»Ich will euch eins sagen«, sagte einer der beiden Männer, »es gibt keine Malaise in Malaysia, das steht mal fest.«

Sein Wortspiel wurde mit einer Prise anerkennenden Gelächters begrüßt. Dianah und ich reagierten mit einem anerkennenden Lächeln.

Sie saß mir schweigend gegenüber, als säße sie einem Maler für ein Porträt. In ihren Augen stand Mitleid. Mitleid für mich. Für die Sorte Mann, die ich war. Immer gewesen war. Und in ihren Augen immer bleiben würde.

Immer.

Sie klagte mich nicht an. Sie machte mich nur wieder mit mir selbst bekannt, falls ich vergessen haben sollte, wer ich war.

Alles, was ich war, wenn ich mit Dianah zusammen war, war meine Vergangenheit. Mit ihr am Tisch zu sitzen hieß, in das Mausoleum unserer Ehe zurückversetzt zu werden, wo wie in der Bibel Änderungen nicht geduldet wurden. Sie war so gewiss, mein Schicksal sei bereits entschieden, so überzeugt, mein Charakter sei unfähig zu jedweder Veränderung, dass ich merkte, wie ich der narkotischen Nostalgie des Ganzen erlag wie den Klängen eines alten Liebesliedes.

Ihre Augen, ihr Lächeln, ihr ganzer wissender Ausdruck lud mich ein, die Rolle zu spielen, die sie für meine wahre Identität hielt. Der hoffnungslose Alkoholiker. Der nichtswürdige Ehemann. Die gescheiterte Existenz.

In ihren Augen stand das Versprechen liebevoller Aufopferung für diesen Mann.

Ich spürte, wie ich ins Rutschen geriet, um ihr entgegenzukommen.

Dies war schließlich unser allerletztes Scheidungsdinner.

Was konnte es schon schaden, diese Frau glücklich zu machen, die ich so viele Jahre lang unglücklich gemacht hatte, indem ich jetzt ihre Einschätzung von mir hinnahm? Wenn sie nach all den Jahren noch fähig war, mich zu bemitleiden, dann konnte ich wenigstens so großmütig sein, mich würdig zu erweisen und mitleiderregend zu sein. Dieses eine letzte Mal. Um der alten Zeiten willen.

Die Ankunft unseres Kellners Bernard brach das Schweigen und den Bann, und mit dem Bestellen von Wein und Essen begann unser Aderlass.

3

Der Kellner möchte etwas Wein in mein Glas gießen, um mich kosten zu lassen, aber ich bedecke mein Glas mit der Hand. Keinen für mich, danke. Er schenkt Dianah ein Glas ein.

Dianah trinkt ihren Wein. Ich trinke mein Mineralwasser.

»Du trinkst nichts?«

»Nein, ich habe aufgehört.«

»Ach, wirklich?«

»Ja.«

Kleine, migräneartige Fältchen der Besorgnis erscheinen in ihren Augenwinkeln. Wenn das, was ich sage, stimmt, dann ist ihre ganze Theorie über meinen hoffnungslosen Charakter infrage gestellt.

»Ich bin so stolz auf dich«, sagt sie.

»Danke.«

»Wann hast du aufgehört?«

»Gerade diese Minute«, erzähle ich ihr. »Dies wird der erste Alkohol heute sein, den ich nicht trinke.«

Sie atmet jetzt ein wenig leichter und lächelt.

Ich zünde mir noch eine Zigarette an.

»So«, seufzt sie. »Fangen wir an. Ich bin sicher, du hast mir sehr viel zu erzählen. Du scheinst vor Neuigkeiten zu platzen, und ich brenne darauf, sie zu hören. Du hast, hoffe ich, nichts dagegen, wenn ich trinke, während wir reden.«

»Nein, überhaupt nicht. Bitte, trink weiter. Wie ist der Wein?«, frage ich, als lechzte ich nach einem Glas.

»Wunderbar. Wirklich.« Sie dreht die Flasche und studiert das Etikett.

»Schöne Bräune hast du«, sage ich und starre auf ihre bloßen braunen Schultern. »Eine der prächtigsten Anfang-Oktober-Bräunen, die ich je gesehen habe.«

»Danke, Liebling. Nett von dir, es zu bemerken.«

Von ihren Schultern rollt mein Blick bergab und kommt in der Spalte zwischen ihren Brüsten zum Stillstand.

Ich kenne diese Brüste gut und kenne das Herz, das darunter schlägt.

Sie erinnern mich daran, dass ich, wenn ich mit Dianah zusammen bin, wie eine dieser gefleckten Eulen bin, deren natürlicher Lebensraum nicht mehr existiert. Dianah gegenüber fühle ich mich zutiefst unbeheimatet, aber gleichzeitig wird durch irgendeine Alchemie der Gefühle in ihrer Gegenwart dieses Unbeheimatetsein zu meinem natürlichen Lebensraum.

Schlechte Ehen sind ein Wunder. Sie können bewirken, dass sich sogar das Unbeheimatetsein heimelig anfühlt.

Mir wird (zu spät) klar, dass es für mich nur einen Weg gibt, mich von Dianah scheiden zu lassen, nämlich nicht da zu sein, wenn es zur Scheidung kommt. Mit ihr zusammen zu sein heißt, nicht nur mit ihr verheiratet zu sein, sondern auch mit dem Mann, der ich nicht mehr sein will.

Es war Schwachsinn, wird mir klar, zu denken, ich könnte in meinem Geschäftsanzug herkommen und mit ihr über die Scheidung reden. Auch nur mit Dianah zu reden heißt, unser Ehegelöbnis zu erneuern.

Ich hätte mit einem ganzen Team von Anwälten herkommen können, und dieses Scheidungsdinner wäre zum Scheitern verurteilt gewesen, weil es von Anbeginn an zum Scheitern verurteilt war.

Ich hebe den Arm und winke Bernard. Er kommt. Ich bestelle einen Gin Tonic. Seine Freude könnte nicht größer sein.

Meine Kapitulation vor ihrem Bild von mir hat eine sehr wohltuende Wirkung auf Dianah.

Sie ist jetzt aufgerufen, mich vor mir selbst zu retten.

Sie langt über den Tisch und legt ihre Hand auf meine.

»Vielleicht solltest du keinen Schnaps trinken«, sagt sie.

»Natürlich sollte ich nicht. Aber ich werde ihn trinken.«

4

Und ich trinke ihn.

Ich kippe einen Schnaps nach dem anderen. Zwischen den Schnäpsen spüle ich den Wein hinunter. Sobald die Flasche leer ist, bestelle ich eine weitere, und der Kellner kommt und bringt sie und geht.

Wir beziehungsweise Dianah reden inzwischen über mein Leben. Und die Frau in meinem Leben. »Diese Lilly«, nennt Dianah sie immer wieder. Ich verbessere sie immer wieder und sage ihr, dass sie nicht Lilly heißt, sondern Leila. Leila Millar.

Einige andere Paare treffen ein, während wir reden, und besetzen die leeren Tische um uns herum.

»Und seit wann kennst du dieses Mädchen?«

»Sie ist kein Mädchen, Dianah.«

»Oh, tut mir leid. Diese Frau. Wie heißt sie gleich?«

»Leila. Leila Millar mit a.«

»Ist das ihr richtiger Name oder ein Künstlername? Hast du nicht gesagt, sie wäre Schauspielerin?«

»Ja, habe ich gesagt. Ja, ist sie.«

»Bestimmt ist sie das. Bestimmt ist sie eine glänzende Schauspielerin. Aber dieser Name hört sich an wie einer dieser Namen, den sich Filmsternchen zulegen. Leila Millar.« In Dianahs Mund bekommt Leilas Name etwas Fiktives und gehört jemandem, den ich nicht kenne.

Ich trinke meinen Drink und zünde mir noch eine Zigarette an.

»Ihr Name ist Leila Millar«, sage ich.

»Mir ist eigentlich egal, wie ihr Name ist«, sagt Dianah, »oder wie viele sie hat. Ich war nur neugierig, wie gut du sie kennst, das ist alles. Vermutlich geht mich eigentlich gar nicht an, wie gut du sie kennst oder nicht kennst. Das ist deine Angelegenheit. Aber ich bin gezwungen, es zu meiner Angelegenheit zu machen, wenn du unseren Sohn in deine erbärmlichen kleinen Affären hineinziehst. Das hast du früher nie getan. Du warst immer ein absolut miserabler Ehemann und ein absolut miserabler Vater, aber wenigstens hast du einen gewissen Anstand gewahrt, wenn du es mit deinen Flittchen getrieben hast. Du hast Billy von ihnen ferngehalten. Du hattest das Talent, dich anständig zu benehmen, während du degoutante Dinge tatest. Aber jetzt …«

Ich bin jetzt nach Dianahs Maßstäben, nach den Maßstäben unserer Kellner, nach den Maßstäben der Gäste an den Tischen um uns herum sturzbetrunken. Aber je mehr ich den äußeren Saul Karoo in die volltrunkene Karikatur eines nichtswürdigen Ehemannes verwandle, desto näher kommt mir der innere Saul Karoo, desto klarer sehe ich ihn, den anderen Saul, den ich im Herzen als mein wahres Ich betrachte, den wertvollen und liebevollen Saul, den am Zusammenfluss der drei Flüsse in Pittsburgh Erlösung und Erweckung erwarten.

Je mehr ich mich Dianah in diesem falschen Licht zeige,

desto näher fühle ich mich dem inneren, dem wahren Saul, der unfähig zu Falschheiten und Lügen ist. Den falschen zu fälschen bestärkt den echten, den wahren.

Der Kellner kommt, der Kellner geht.

Ich spiele vor Dianah nicht zum ersten Mal den Betrunkenen, aber heute Abend fühle ich mich aufgerufen, mich selbst zu übertreffen und nicht einfach einen Betrunkenen zu spielen, sondern einen grandiosen Betrunkenen. Meinem Willen nach wird das meine Abschiedsvorstellung sein in der Rolle, die ich mir selbst geschrieben habe. Nach Pittsburgh wird es keine Schwindler mehr zu spielen geben, also kann ich heute Abend ebenso gut mein Bestes geben.

Ich bedaure nur, dass unser beider Abschiedsvorstellung vor halb vollem Haus stattfindet. Aber wir sind alte Schlachtrosse, alle beide. Bühnenprofis. Gähnende Leere kann uns nicht unterkriegen. Wenn überhaupt, dann ist sie eine Herausforderung. Dianahs stimmliche Ausdruckskraft steigert sich. Ihre Diktion wird deutlicher. Ihre diversen Posen gewinnen an Präzision. Die Wattzahl ihres leuchtend platinblonden Haares erhöht sich. Es ist nicht mehr der brennende Busch. Es wird zum Waldbrand. Sie ist eine Diva. Eine Diva in einem Todeskleid.

Ich versuche, meinen Teil zum Publikumserfolg unseres Ehedramas beizusteuern. Ich ziehe alle Register. Ich plane vorsätzlich und vollführe dann das Kunststück, ein volles Glas Wein umzustoßen. Kein betrunkener Tölpel, und sei er noch so bezecht, hätte es besser zuwege bringen können. Der Wein fließt auf das Tischtuch. Das Glas rollt vom Tisch und zerschellt auf dem Fußboden. Köpfe schießen herum.

Der Kellner kommt und betätigt sich als gute Hausfrau. Er wischt auf. Er fegt auf. Er bringt mir ein neues Glas. Er schenkt mir Wein ein.

Und dann springen Dianah und ich wieder in unsere Rollen in unserem öffentlichen Ehedrama.

»Alle deine Flittchen«, sagt Dianah.

Wir kümmern uns nicht mehr um den Kellner. Wir machen in seiner Gegenwart weiter, während er uns unsere Bestellungen serviert, Rehmedaillons in Weinsoße für sie, ein halbes Brathähnchen mit Pommes frites für mich.

»Und noch einen Gin Tonic für Monsieur.« Ich tippe ihm bei seinem Abgang auf die Schulter. Zumindest für meine Ohren vernuschele ich den Satz glaubwürdig granatenvoll.

Wie für zu spät gekommene Zuschauer singt Dianah noch einmal:

»Alle diese Flittchen. Alle deine Flittchen.«

Sie lässt das F in Flittchen nur so zischen. Mein Gott, ist sie heute Abend gut bei Stimme. Klar wie eine Glocke. Die Stimme der Schwarzkopf und der dramatische Ausdruck der Callas. Ich fühle mich fast unwürdig, von solch begnadetem Talent niedergemacht zu werden. Obwohl ich den widerwärtigen Trunkenbold gebe, spüre ich, wie mein Ansehen in den Augen der hingerissenen Zuschauer wächst.

Wie jede große Künstlerin spürt Dianah, dass das Publikum an ihren Lippen hängt, und widmet sich wieder ihrer Litanei über meine vielen, vielen Flittchen.

Sie kennt sie alle. Weiß die Namen aller Frauen, mit denen ich je geschlafen habe. Ich habe sie vergessen, aber sie nicht. Sie ist mein Gedächtnis. Sie geht in chronologischer Reihenfolge vor, beginnt mit den Flittchen, mit denen ich in den ersten Jahren unserer Ehe geschlafen habe. Dann kommen die mittleren Jahre dran und so weiter.

»Mona, dieses Flittchen Mona, dieses Flittchen Sally, und dann haben wir die Rachels, drei davon, drei Flittchen von verschiedener Größe und Gestalt …«

So geht es weiter und weiter, Dianah steigert Rhythmus und Dramatik und wird, wie ich sie kenne, nach der Nennung des letzten Flittchens mit einer großen Zusammenfassung enden.

»... dieses schielende Flittchen Peggy, das du auf der McNab-Party aufgegabelt hast.«

Sie legt am Ende der Liste eine Pause ein, und es ist eine dramatische Pause. Im Raum steht die Frage: Was bedeutet das alles? All diese Flittchen? Und wer ist der Mann, dieser Kerl, dieser betrunkene Hurenbock, der ihr gegenüberhockt und Pommes frites mit den Fingern isst?

Die beiden Paare am Nebentisch sitzen auf den Stuhlkanten. Sie wollen wissen, was für eine Art fieses Ekel ich bin.

Auch ich brenne darauf, es zu erfahren.

Nachdem Dianah mit ihrer Kunstpause die Spannung erhöht hat, schaltet sie um und kommt zur Endabrechnung.

»Du scheinst jemanden zu suchen, Liebling. Einen heiligen Gral in Gestalt eines Mädchens oder einer Frau oder dergleichen. Es ist eine traurige und infantile Unsitte der allermeisten Männer, sich zu verhalten, wie du dich verhalten hast, daher bringe ich es über mich, dein Verhalten mit dem Herdentrieb und verkümmerter seelischer Entwicklung zu rechtfertigen. Aber meine Neugier reizt weniger, warum du mit all diesen Flittchen ficken wolltest ...«

Bei dem Wort »ficken« geht spürbar ein Erschauern durch den Raum, und Wirbelsäulen werden sichtlich starr.

Ich muss es Dianah lassen. Sie ist großartig. Sie hat dieses unanständige Wort unerschrocken ausgesprochen, ihre Würde gewahrt, die schmutzige Bedeutung zur Geltung gebracht, ohne im Mindesten davon befleckt zu werden. Das Wort hat den Gegenstand ihrer Verachtung befleckt, mich, nicht sie. Es ist atemberaubend.

»… sondern«, fährt sie fort, »warum diese unseligen Geschöpfe mit dir ficken wollten. Ich habe mit dir gefickt, Liebling, und es ist mir offen gestanden ein Rätsel, dass es außer mir Frauen gibt, die dich im Bett haben wollen. In meinem Falle sind zumindest mildernde Umstände vorhanden. Wir sind verheiratet. Wir haben einen Sohn. Ich habe deine Unzulänglichkeiten als Liebhaber übersehen in der Hoffnung, dass eines Tages …«

An diesem Punkt breche ich in Gelächter aus und verpasse den Rest ihrer Anklage. Ich will nicht lachen. Ich will Dianah auf gar keinen Fall mitten in ihrer Schmährede unterbrechen, aber ich kann nicht anders.

Noch während ich hilflos lache, versuche ich, Dianah (und unseren Zuschauern) klarzumachen, dass ich nicht über das lache, was sie gesagt hat, sondern vielmehr über das plötzliche Erscheinen eines Kellners an unserem Tisch. In den Armen trägt er ein schweres Geschütz namens Pfeffermühle.

»Etwas frisch gemahlenen Pfeffer für Sie heute Abend?«, fragt er, und seine Frage macht mich hysterisch. Ich lache so sehr, dass ich kaum noch Luft bekomme. Ich winke ihm zu, draufloszupfeffern.

Was er tut.

Ich lache und lache wie ein betrunkener alter Depp auf einem Rummelplatz.

5

»Ich bin froh, dass du das alles so komisch findest«, sagt Dianah zu mir. Sie zittert ein wenig, während sie spricht, wahrt mühsam die Beherrschung. »Ja, wirklich. Mir ist zwar schleierhaft, was an deinem Leben komisch sein soll, aber es freut mich, dass wenigstens du deinem Leben noch Humor abgewinnen kannst. Du wirst diesen Sinn für Humor, fürchte ich, in reichem Maße brauchen, wenn dir klar wird, sogar dir unvermeidlich klar wird, was dich am Ende erwartet.«

Ihr scheint für mein unvermeidliches Ende etwas ganz Besonderes vorzuschweben. Und wie sie davon spricht, mit dieser wissenden Miene, erweckt den Anschein, dass sie es sieht. Mein Ende. Dass es nicht mehr fern ist.

»Was erwartet mich denn am Ende?«, brülle ich. »Ist es der Tod, ist es das? Ich wette, es ist der Tod. Der Tod liegt übrigens bei mir in der Familie. Mein Vater ist gestorben. Sein Vater ist gestorben. Und so weiter.«

»Es wird dir schon klar werden, Schatz«, sagt sie. In ihren Augen steht grimmige Befriedigung. Ihre wissende Miene und das feurige Haar geben ihr etwas von einem Orakel. Sie weiß etwas, das ich nicht weiß.

Ein Grauen durchfährt mich, dauert aber nur den Bruchteil einer Sekunde, dann kommt mir das Gesetz der Gegensätze zu Hilfe.

Der wahre Saul in mir ist immun gegen ihre schauerliche Prophezeiung.

»Dianah, Dianah.« Ich sage ihren Namen zweimal, und dann sage ich ihn ein drittes Mal. »Dianah«, sage ich und fuchtele mit den Armen wie ein plumper Shakespeare-Schauspieler mit schnapszerfressenem Hirn. »Du siehst vor dir einen Mann, der bedauert, je geboren worden zu sein. Aber da ich geboren worden bin und aus zuverlässiger Quelle weiß, dass ich eines Tages sterben werde, habe ich nichts weiter getan, als zu versuchen, ein wenig glücklich zu sein. Zwischen den Buchdeckeln meiner Geburt und meines Ablebens ein wenig glücklich zu sein. Nur ein ganz klein wenig. Bestimmt«, brülle ich, darauf aus, von den übrigen

Gästen gehört zu werden, »bestimmt verdient es sogar ein Mann wie ich, in seinem Leben ein wenig glücklich zu sein.«

Sie bedenkt mein Argument, als wäre es ein Aufnahmeantrag für einen Country Club, und sagt dann:

»Da irrst du dich, Liebling.«

Sie scheint es zu bedauern, diejenige zu sein, die mir das sagt, aber sagen muss sie es mir, da sie nun einmal die Frau ist, die sie ist. Ehrlich um jeden Preis.

»Irren!«, brülle ich. Ich habe mich stimmlich festgefahren. Stimmliche Ausdrucksvielfalt hat mich verlassen. Ich kann nur noch brüllen. »Irren? Was meinst du damit, ich irre mich? Wie kann ich mich irren? Jeder« – ich breite die Arme aus und wende mich nach links und nach rechts, als wolle ich jeden einzelnen Gast in meine Erwiderung einschließen –, »und ich meine jeden, jeder hat ein Recht darauf, glücklich zu sein.«

Mein Manifest zielt darauf ab, von der spärlichen, aber aufmerksamen Menge mit Szenenapplaus begrüßt zu werden. Doch leider kommt keiner. Nicht mal ein höfliches Händerühren. Stattdessen kommt Dianahs Antwort.

»Nein«, sagt sie, »nicht jeder.« Und sie sagt es, als habe sie nicht nur die Gesetze der Natur, sondern auch die Gesetze der Verfassung und der Moral auf ihrer Seite.

»Ein Mann wie du hat kein Recht darauf, glücklich zu sein. Nicht nach all den Verletzungen, die du andern zugefügt hast. Wenn du jetzt dahockst und die Frechheit besitzt, ein Recht auf privates Glück einzufordern, dann verabschiedest du dich vollends davon, ein verantwortungsbewusster Mensch zu sein. Mit deiner früheren Armseligkeit konntest du wenigstens noch Mitleid erregen. Mit deinem jetzigen Beharren auf deinem Recht, glücklich zu sein, kannst du nur eines erregen, die Verachtung deiner zahlreichen Opfer.«

»Opfer«, brülle ich. »Welche Opfer?«

»Liebling, Liebling«, seufzt sie, »mein armer, armseliger Liebling, ist dir nicht klar, dass jeder, mit dem du näher in Berührung kommst, zu deinem Opfer wird? Diese Lilly wird auch zu deinem Opfer werden, falls sie es nicht schon ist. Jeder Mann, jede Frau, jedes Kind, das je dein Leben gekreuzt hat, ist zu deinem Opfer geworden. Ja, sogar Kinder. Nicht einmal Kinder sind vor dir sicher. Ich hasse es, das in der Öffentlichkeit zur Sprache zu bringen«, sagt sie und erhöht mühelos die Lautstärke ihrer Stimme, sodass jeder um uns hören kann, wie sehr sie es hasst, das zur Sprache zu bringen.

»Aber du lässt mir keine Wahl«, sagt sie. »Du und dein Recht darauf, glücklich zu sein. Und was ist mit dem Glück dieses lieben kleinen Mädchens? Ich weiß nicht, was du ihr angetan hast, und ich will es auch gar nicht wissen, aber …«

»Welches liebe kleine Mädchen?«, brülle ich. »Von wem redest du?«

»Von Laurie. Laurie Dohrn.« Sie nagelt das n am Ende von Dohrn ein wie mit einem Hammer.

Ich polke eine Zigarette aus der Schachtel, während das Gesicht des fraglichen Mädchens mir wie ein flatterndes Segel vor Augen schwebt.

Wie sie aussah, als ich sie abholte.

Unsere Fahrt in der Limousine zum Café Luxembourg.

Wie es mir in der Limousine ging.

Wie dann alles …

»Ich weiß nicht, was du ihr angetan hast, und ich will es auch gar nicht wissen. Ich weiß nur, was sie ihrer Mutter erzählt hat und was ihre Mutter mir erzählt hat. Das arme Kind war hysterisch. Sie hat immer wieder gesagt, wie ekelhaft du an dem Abend warst. Ihr Wort, nicht meines. Wie ekelhaft du warst, wie falsch alles war und dass sie dich niemals wiedersehen will. Das war nicht eins von deinen Flittchen, Saul. Eins von deinen Weibern. Das war noch nicht mal eine Erwachsene. Ein Kind war das. Ein reines Kind, das zu dir aufgeschaut hat wie zu einem guten Vater, und du …«

Sie schüttelt den Kopf. Sie seufzt. Sie kann nicht weiter. Ein weiteres dramatisches Schweigen entsteht.

Dianahs Publikum hängt an ihren Lippen. Es wartet auf die blutrünstigen Einzelheiten. In der eingetretenen Grabesstille im Esslokal regt sich ein geifernder Hunger nach mehr. Eine Gier nach dem Fleisch von Kindern.

Laurie war trotz ihrer Jugend kein Kind mehr, aber Dianahs Gebrauch dieses Wortes und die Reaktion der Umsitzenden darauf schaffen augenblicklich eine Atmosphäre ganz ähnlich der, die damals bei jenem verhängnisvollen Dinner mit Cromwell im Café Luxembourg herrschte.

Dort und damals wurde Laurie in Person verhackstückt. Hier und jetzt, in einem anderen Restaurant, wird ihr Sinnbild verhackstückt und verschlungen. Jeder wollte an jenem Abend ein Stückchen von ihr. Jeder will an diesem Abend ein Stückchen von ihr. Ich tat damals betrunken. Ich tue jetzt betrunken.

»Was in Gottes Namen hast du ihr angetan, Saul?«, fragt mich Dianah.

Alle warten auf meine Antwort.

»Ich kann mich nicht erinnern«, sage ich.

Ich erinnere mich selbstverständlich an alles.

Wie Laurie mich ansah. Wie Cromwell sie ansah. Ich hatte die Jüngste. Das kambodschanische Mädchen. Der Anblick und das Geräusch jener Glöckchen.

»Ich kann mich wirklich nicht erinnern.«

Meine Ausflucht ist für unsere Zuschauer eine Enttäuschung. Sie nehmen es mir übel. Es war meine Pflicht, ihnen die Einzelheiten zu liefern.

»Die Sache, Dianah, die Sache ist die. Die Frage ist nicht, was ich wem in der Vergangenheit angetan habe, sondern vielmehr, wer ich jetzt bin. Ich bin nämlich nicht mehr derselbe Mensch. Ich habe mich geändert.«

»Geändert?«, sagt Dianah und lehnt sich zurück.

»Ja, geändert.«

»Du?«

»Ich.«

»Ich bin ganz Ohr, Liebling. Wirklich. Ich bin auch ganz Auge, aber da ich mit den Augen keine Veränderung an dir wahrnehmen kann außer den überschüssigen Pfunden, die du dir zugelegt hast, bin ich völlig bereit, ganz Ohr zu sein.« Sie macht eine Pause, lächelt, neigt den Kopf nach rechts und sagt: »Ich höre.«

»Innerlich«, sage ich ihr. »Ich habe mich innerlich geändert.«

Meine Worte klingen absichtlich hohl und bar jeder Überzeugungskraft. Dianahs hochgezogene Augenbrauen verspotten mich. Aber ich brauche Dianah nicht, um mich zu verspotten. Aus bestimmten Gründen verspotte ich mich selbst. Je stärker ich den Anschein erwecke, dass meine Änderung zum Guten reine Erfindung ist, desto leichter fällt es mir, mich als einen völlig anderen Menschen wahrzunehmen. Das eine bestärkt das andere.

»Wie lange kenne ich dich jetzt, Schatz?«

»Kommt mir wie Jahrhunderte vor«, sage ich ihr.

»Und in all den Jahren, wie oft habe ich dich von den Schätzen reden hören, die ›tief, tief in dir‹ verborgen liegen? Wie oft hast du versprochen, dich zu ändern? Wie oft hast du die Farce durchgespielt, dich auf eine deiner Schatzsuchen nach den Juwelen zu begeben, die in den tiefen, tiefen – ja, du bist ein sehr tiefes Wasser, Liebling –, in den tiefen Regionen deiner Seele ruhen? Hat all das Vielversprechende, das tief, tief in dir verborgen liegt, je irgendjemandem gutgetan? Ich hacke wirklich nicht auf dir herum, Liebling, falls du das denkst. Wirklich nicht.«

Sie nimmt einen weiteren Bissen Reh und einen weiteren Schluck Wein zu sich und fährt dann fort:

»Aber du musst dich wirklich den Konsequenzen deines Charakters stellen. Da ist einfach nichts tief, tief in dir. Zumindest nichts Wertvolles. Wirklich nicht. Wenn dein Schiff gesunken ist, Schatz, wovon ich überzeugt bin, dann ist es leer gesunken. Also bitte habe ein bisschen Achtung vor meiner Intelligenz. Erzähle mir nicht, dass du dich innerlich geändert hast, während du gleichzeitig nach dem strebst, was du dein Recht auf Glück nennst, und zwar mit einem weiteren Flittchen.«

»Sie ist kein Flittchen. Sie ist eine wundervolle Frau.«

»Gut. Lass uns für den Augenblick annehmen, dass sie es ist.«

»Das ist keine Annahme. Sie ist es. Sie ist es einfach.«

»Schön. So sei es. Sie ist eine wundervolle Frau. Aber kannst du mir, bevor du völlig hinüber bist, nur die eine Frage beantworten? Was würde eine wundervolle Frau in dir sehen, Saul? Du bist ja nicht völlig blöde, Liebling. Also sage es mir. Was hast du oder was hast du deiner Meinung nach irgendeiner Frau zu bieten, sei sie nun wundervoll oder nicht?«

Ich tue so, als sei ich überfragt.

Sie ist auf eine bösartige, augenblitzende Weise amüsiert. Ihre Lippen bewegen sich, als schmecke sie etwas ab, das sie sagen könnte, aber lieber nicht sagt.

Dieser Gesichtsausdruck beunruhigt mich. Ihre wissende

Miene. Als sei sie heute Abend mit etwas bewaffnet, das über ihr übliches Arsenal hinausgeht.

Ich zünde mir noch eine Zigarette an und überlege, soll ich ein weiteres Glas Wein umstoßen? Soll ich mich zurücklehnen und mit meinem Stuhl rückwärts zu Boden fallen? Oder mir vielleicht mit den Fingern durchs Haar fahren, als hätte ich die brennende Zigarette in der Hand vergessen, mir das Haar versengen, es in Brand setzen, als Ablenkung von der Bösartigkeit ihrer Augen?

»Wie gut kennst du Billy?«, fragt sie schließlich.

»Wir stehen uns sehr nahe. Wir kommen uns ständig näher.«

»Wirklich?«

»Ja, wirklich.«

»Näher heran an was, Liebling?«

»Was soll denn das nun wieder heißen? ›Näher heran an was?‹ Wovon redest du, Dianah?«

»Wenn Menschen sich ständig näherkommen, dann ist doch logisch, dass sie näher an etwas herankommen müssen, hab ich recht?«

»Näher zueinander. Zu der Wahrheit, wer wir sind.«

Dadurch, dass ich das Wort »Wahrheit« ihr zuliebe bagatellisiere, erlebe ich die Schönheit und die volle Bedeutung der echten Wahrheit, die mich und Billy und Leila in Pittsburgh erwartet.

»Mmmm«, sagt sie nickend. Sie ist heute Abend so wunderbar bei Stimme, dass sie sogar Konsonanten zum Singen bringt. »Die Wahrheit, ja?«

»Ja, die Wahrheit«, sage ich laut. Ich kann nicht mehr brüllen.

»Ich wollte nur sichergehen. Und diese Wahrheit ist etwas Wunderbares, ja?«

»Frag Billy, wenn du mir nicht glaubst.«

»Ich brauche Billy nichts zu fragen. Er vertraut sich mir an, weißt du. Er hat es immer getan. Er musste sich jemandem anvertrauen, und da er keinen Vater hatte, der der Rede wert war – oder mit dem zu reden war –, hat er sich mir anvertraut, seiner Mutter.«

»Du bist nicht seine richtige Mutter, Dianah.« Ich kann nicht anders, ich muss es sagen. Es ist eine billige Art, ihr wehzutun. Ich bedaure es, sobald ich es gesagt habe, aber wahrscheinlich hätte ich auch bedauert, wenn ich es nicht gesagt hätte.

»Ach, Saul«, seufzt sie und schüttelt den Kopf. »Das sieht dir nicht ähnlich, Liebling. So etwas zu sagen. Vielleicht hast du dich doch geändert. Aber lass uns nicht von unserem Thema abschweifen, und das Thema ist, glaube ich, die Wahrheit. Von allen Menschen auf diesem Planeten scheinst du allein diese kindliche Vorstellung von der Wahrheit als etwas Wunderbarem zu haben. Wahrscheinlich, weil du die Wahrheit nie erlebt hast. Es ist, als wärst du von der Wahrheit bei Geburt getrennt worden und sehntest dich seitdem nach ihr, voll Zuversicht, dass sie, wenn sie schließlich in dein Leben zurückkehrt, es als liebevolle Krankenschwester mit weichen Armen tun wird. So funktioniert die Wahrheit nicht, Schatz. Billy vertraut sich mir an. Er erzählt mir alles.«

»Was soll das heißen, er erzählt dir alles. Alles was? Du scheinst mir etwas sagen zu wollen, aber ich weiß nicht, wovon du redest.«

»Nein?«

»Nein.«

Sie wischt sich mit der Serviette die Mundwinkel.

»Ich sage nichts weiter«, sagt sie.

»Warum nicht?«

»Ich möchte die Überraschung nicht verderben.«

Mit zusammengekniffenen Lippen, mit flammendem Haar, mit vor Bosheit blitzenden Augen sitzt sie mir gegenüber wie das Bild der zu Leben erwachten Nemesis.

Und dann werden ihre Züge weich. Das Bild der Nemesis verschwindet. In ihre Augen tritt wieder Mitleid. Mit mir. Gleich, weiß ich, wird sie mir ein Angebot machen.

Das Angebot kommt.

»Weißt du, was ich denke? Ich denke, wir sollten nach Hause gehen, Liebling.«

Sie sonnt sich in ihrer Fähigkeit, einem Mann wie mir nach allem, was ich ihr angetan habe, solch ein Angebot zu machen. Sonnt sich in ihrem Akt der Selbstaufopferung. Sie ist eine Ehemärtyrerin, die anbietet, mich zurückzunehmen und dorthin zu bringen, wo ich hingehöre. Mich davonzutragen. Wie ein Kreuz, das zu tragen ihr Schicksal ist.

Ich weiß, ich bin kein gewaltiges Kreuz. Ich bin ihr nicht wirklich eine Last. Kein Segen, gewiss, aber auch keine Last. Ein kleineres Kreuz irgendeiner Art. Klein, aber ein nie aus der Mode kommendes, unverwechselbares Accessoire für ihren Lifestyle. Wie ein hübsches kleines Kreuz von Tiffany's, das an einer schlichten Goldkette an ihrem Hals hängt. Ein hoffnungsloser, nichtswürdiger Ehemann. Ich würde zu fast allem gut passen.

Das Angebot sitzt gleichsam da, auf dem Tisch zwischen den Resten unserer Mahlzeit.

Es ist in seiner Art ein verlockendes Angebot.

Das große Warum auch nicht? der Seele spricht in mir und drängt mich, es anzunehmen.

Nicht Leila oder meine Liebe zu ihr lässt mich widerstehen. Ebenso wenig etwas namens persönliche Integrität, eine Charaktereigenschaft, die ich nie besessen habe. Sondern eine grauenhafte Angst. Die Angst vor der virtuellen Wirklichkeit unserer Ehe. Die Angst vor dem virtuellen Leben, das wir führen würden, sollte ich zu ihr zurückkehren. Die Angst, wenn am Ende der Tod kommt, dann wird es auch nur ein virtueller Tod sein, und ich werde entdecken, dass nicht einmal der Tod mich von Dianah geschieden hat.

Sie wartet auf meine Antwort.

Ich sammle mich, und mit meinem allerbesten betrunkenen Gelächter lache ich über sie und ihr Angebot und sage dann: »Ich wünschte, ich wäre Moslem. Ich liebe ihre Scheidungszeremonie. Sie tun nichts weiter als dies« – ich mache Handbewegungen, als segnete ich sie –, »ich scheide mich von dir. Ich scheide mich von dir. Ich scheide mich von dir.«

Ich lache, als sei mein Gelächter Bestandteil der Scheidungszeremonie, die ich vollziehe.

Ihr Gesicht erstarrt. Sie steht auf. Ich bleibe sitzen. Ihre Frisur leuchtet über mir wie der Vollmond.

»Dann bleibt wohl nichts zu sagen«, sagt sie.

»Nein«, erwidere ich. »Gar nichts. Aber das hat uns noch nie abgehalten.«

Sie steht und schaut auf mich herab.

»Ich hoffe, du hast ein wundervolles Leben mit deiner Hure«, sagt sie schließlich. »Ich hoffe es wirklich.«

»Sie ist nicht meine Hure.«

Ihr Gesicht wird auf meine Antwort hin kubistisch. Wird zu auseinandergebrochenen Teilstücken eines Gesichts. Ein Lächeln löst sich vom Rest ihrer Züge und wird unabhängig, frei schwebend und bitterböse.

»Wessen Hure ist sie dann?«, fragt sie.

Dann geht sie. Mit Würde. Mit solcher Würde und Anmut, dass ich mich auf meinem Stuhl umdrehe, um ihren Abgang aus dem Restaurant zu bewundern.

Die Show, unsere Show, ist vorüber, und unsere Zuschauer sind nun gezwungen, ihr eigenes Leben wieder aufzunehmen, an ihren eigenen Tischen.

Mein Kellner kommt mit der Rechnung. Ich überfliege sie, wie ein Betrunkener das Pilotenhandbuch einer Weltraumrakete querlesen würde. Ich bin in Geberlaune. Ich überbiete die Trinkgelder, die ich beim letzten Mal dagelassen habe. Wenn ich könnte, würde ich Trinkgelder für die noch verbliebenen Gäste dalassen.

Dann – wobei ich keinen Augenblick die Notwendigkeit vergesse, meinem Selbstporträt treu zu bleiben – stehe ich auf und tue so betrunken, dass ich mich im Vorbeigehen an den leeren Stühlen festhalten muss.

Mein langsamer Aufbruch hat eine einigende Wirkung auf das Dutzend der im Raum verstreuten Gäste. Sie konsultieren einander mit Blicken, wie wenn ein sturzbetrunkener, aber nicht sehr gefährlicher Fahrgast spätnachts durch einen U-Bahn-Wagen stolpert.

FÜNFTES KAPITEL

1

Wie ein gutes Omen schlug das Wetter eine Woche vor Leilas Rückkehr um. Ein frischer kühler Wind begann zu wehen und wehte die Hitzewelle hinaus aufs Meer. Fast über Nacht lag etwas Herbstliches in der Luft. Die großen Segelboote auf der Nordseite der Seventy-ninth-Street-Marina machten sich eins nach dem anderen auf den Weg in ihre Winterhäfen. Das Laub der Bäume im Riverside Park wechselte die Farbe. Und dann sah ich eines Morgens durch mein Wohnzimmerfenster eine kleine Abordnung von Gänsen in schiefer V-Formation über den Hudson nach Süden fliegen. Ich machte das Fenster auf, und der Wind wehte ihre geisterhaften Rufe in meine Wohnung.

2

Ich tummelte mich zwei Tage lang, um die Wohnung und mich auf Leilas Ankunft vorzubereiten. Eine glückliche Zeit voll glücklicher Erwartung. Leila traf am Mittwoch ein, und da Maria erst am Freitag putzen kam, putzte ich die Wohnung selbst. Ich saugte Staub. Ich bezog das Bett in unserem

Schlafzimmer frisch. Ich hängte frische Handtücher hin und wusch die alten. Ich kaufte Blumen für den Esszimmertisch. Während ich den Spiegel im Badezimmer putzte, erschrak ich vor meinem eigenen Spiegelbild. Ich sah so glücklich aus, dass ich Mühe hatte, mich zu erkennen.

3

Zusätzlich zu den Wohnungsvorbereitungen für ihre Heimkehr hatte ich ein Heimkehrgeschenk für sie. Ich hatte das Schild mit ihrem Namen, das der Limousinenchauffeur hochgehalten hatte, in Lee's Rahmengeschäft auf der West Fifty-seventh Street rahmen lassen. Ich fügte über ihrem Namen mit einem schwarzen Filzstift ein paar Worte hinzu und bemühte mich, genau den Stil und die Größe der Buchstaben in ihrem Namen zu treffen. Die Worte, die ich hinzufügte, waren die Worte, die bei ihrer ersten Namensnennung im Vorspann auf der Leinwand erscheinen würden: UND ZUM ERSTEN MAL.

Ich legte es bewusst darauf an, nicht zu Hause zu sein, wenn sie kam. Ich blieb bis spätabends in meinem Büro und rief sogar den Portier meines Hauses an, um mich zu vergewissern, dass Leila eingetroffen war, bevor ich aus dem Büro stürzte und mir ein Taxi nahm.

Mir war einfach danach, es so zu machen. Nach Hause zu kommen und sie vorzufinden, war mein Heimkehrgeschenk an mich selbst.

4

Ich schloss leise die Tür zu meiner Wohnung auf und trat ein. Fast augenblicklich nahm ich den Geruch ihres Parfüms wahr. Vielleicht war es auch gar nicht ihr Parfüm, sondern einfach der Geruch meiner Wohnung in bewohntem Zustand, nicht leer, wie ich sie am Morgen verlassen hatte. Ein wundervolles Gefühl, dass das Leben voranging und dass ich daran teilhaben konnte.

War es das, fragte ich mich, was Zuhause bedeutete? Dass ich mich nur zu melden brauchte, und das Leben würde wie durch Zauberkraft beginnen?

»Jemand zu Hause?«, rief ich.

Sie stürzte aus meinem Schlafzimmer wie eine Glückssträhne. So sah sie für mich aus. Arme ausgebreitet. Mund offen. Sie lächelte und schrie sich die Kehle aus dem Hals, als sie auf mich zustürzte. Aus einer Entfernung von mindestens anderthalb Metern warf sie sich mir entgegen wie ein Weitspringer und flog mir buchstäblich in die Arme.

Wie ich es schaffte, sie aufzufangen, warum ich nicht umfiel wie ein Bowlingkegel, als ihr Körper mich traf, werde ich nie wissen. In einem langen, sitzend verbrachten Leben ohne athletische Leistungen war das mein einziger olympischer Moment. Ich fing sie auf. Ich taumelte rückwärts, aber ich fing sie auf und hielt sie.

5

Sie freute sich unbändig über das gerahmte Schild, mein Heimkehrgeschenk an sie. Freute sich über die Worte, die ich über ihrem Namen hinzugefügt hatte. Sie spazierte durch die Wohnung und sagte auf verschiedenste Weise »Und zum ersten Mal Leila Millar«. Ein paar Mal tat sie, als sähen wir uns zum ersten Mal. »Leila Millar«, sagte sie und streckte die Hand aus. Ich schüttelte sie, als wäre ich ihr noch nie begegnet. »Ich habe schon viel von Ihnen gehört«, sagte ich ihr. »Und wer sind Sie?«, fragte sie. »Saul«, sagte ich und schüttelte ihre Hand, »Saul Karoo.«

6

Sie hatte ihr Haar völlig verändert, während sie in Venice war. Den Schnitt. Die Farbe. Das Braun war jetzt ein gebleichtes Hellbraun, an manchen Stellen fast blond. Da ich ihre Abneigung gegen direktes Sonnenlicht kannte, wusste ich, dass es nicht von der Sonne kam.

Ihr Haar war kürzer, runder, federnder. Sie hatte einen Pony bis halb über die Stirn.

Sie sah jünger aus. Fast wie eine Collegestudentin, die über den Campus schlenderte. Fast wie eine Wildfremde.

Sie war entweder nervös, oder sie platzte schier vor einem neuen Überschwang, es ließ sich schwer sagen, und das eine war leicht mit dem anderen zu verwechseln.

Wenn sie sich die Zähne putzte, tat sie es mit Verve und summte dabei.

Wenn sie sich hinsetzte, setzte sie sich so rasch, dass der Pony auf ihrer Stirn hüpfte.

Wenn sie aufstand, sprang sie fast auf.

Und wenn das Telefon klingelte, musste sie sich davon abhalten, hinzulaufen und abzunehmen, als hätte sie für einen Augenblick vergessen, dass sie in meiner Wohnung war.

7

In den ersten Tagen schliefen wir nicht miteinander. Es war, als wäre sie zu nervös oder zu überschwänglich oder, wie eines Abends, zu kitzlig für Sex. Stattdessen betrieben wir Vorspiel, was streng genommen kein Vorspiel war, sondern ein Ziel in sich. Wie sie aussah, der Klang ihres Lachens, wie ihre Augen sich verengten, wenn sie lächelte, das alles machte mir Lust, sie zu küssen. Nicht einfach zu küssen, sondern mit Küssen zu traktieren, wie man sich gedrängt fühlt, ein unwiderstehlich entzückendes Kind mit Küssen zu traktieren. Ich traktierte sie oft so. Wir spielten Liebe. Wir machten ein Spiel daraus. Ich jagte sie durch die Wohnung wie ein Spiel-Ungeheuer. Sie rannte und schrie um Hilfe, bis ich sie fing. Und dann küsste und küsste ich sie, bis sie kitzlig wurde und zappelte und sich lachend und wieder um Hilfe schreiend aus meinen Armen wand. Es erinnerte mich an Spiele, die ich mit Billy gespielt hatte, als er noch ein kleiner Junge war.

8

An diesem besonderen Abend weiß ich dank der vielen kleinen von Leila ausgesandten und von mir empfangenen Signale, dass wir endlich wieder miteinander schlafen werden. Ich komme aus dem Badezimmer, wo ich vorausschauend und vorsorglich geduscht habe.

Leila liegt nackt auf meinem Bett. Sie beobachtet mich, während ich auf sie zugehe. Wir sind beide völlig ausgezogen, aber sie ist nackt. Ihre Nacktheit ist so total, dass ich mich im Vergleich zu ihr komplett angezogen fühle, gekleidet in meine Vergangenheit, in meine Pläne für Pittsburgh, wenn nichts sonst.

Sie beobachtet mich.

Ich weiß nicht, wohin ich schauen soll. Sie ist so nackt, so weiß, so weit offen.

Das Licht brennt. Sie hat gern Licht, wenn wir miteinander schlafen. Ich nicht. Aber da sie gern Licht hat und da ich sie liebe, lasse ich es brennen. Es ist nicht das Licht, das mich stört. Ich weiß nur einfach nicht, wohin ich schauen soll, wenn ich sie so sehe.

Ihre Offenheit, ihre Nacktheit ist zu viel für mich, und aus diesem Grunde hört sie auf, Offenheit zu sein. Sie wird etwas anderes. Ihre Augen zum Beispiel. Sie sind so offen (während sie mich beobachten), dass sie mir überhaupt nichts sagen. Sie sind nicht wie ein offenes Buch, sondern wie ein Buch, das auf jeder Seite gleichzeitig aufgeschlagen ist. Sie sind so offen, dass sie mir alles sagen. Absolut alles. Aber es ist mir unmöglich, alles zu begreifen, was sie mir sagt. Es geht nicht. Also ist die Wirkung ihrer Offenheit auf mich genau die gleiche, als würde sie etwas verbergen.

Es scheint unnatürlich, das zu denken, aber Offenheit dieser Art kommt mir vor wie die vollkommene Tarnung.

Es gefällt mir nicht, das zu denken, während ich auf den nackten Körper der Frau, die ich liebe, zugehe.

Es bleibt keine Zeit, den Gedanken und seine Weiterungen zu analysieren. Dinge sind in Gang gesetzt worden, und ich bin darauf festgelegt, jetzt mit ihr ins Bett zu gehen.

Als ich sie küsse, mache ich die Augen zu. Jetzt sehe ich nichts. Ich fühle mich ungeheuer erleichtert. Ich fahre fort, sie zu küssen.

9

Wir telefonierten alle paar Tage mit Billy, wobei ich an dem Telefon in der Küche war und Leila an dem Nebenapparat im Schlafzimmer. Es gab keine feste Regel, es so zu machen, aber es ergab sich immer so.

Unsere Gespräche waren im Wesentlichen banales Geplauder und sehr wohltuend. Es gab keine Tagesordnung oder Form. Es war nur Gerede. Das Leben in Harvard. Die Kurse, die er belegt hatte. Die, die er mochte. Die, die er nicht mochte. Ein oder zwei unvermeidliche Anspielungen auf die Premiere von Leilas Film in Pittsburgh. Billy, der Leila fragte, ob sie nervös werde, und Leila, die antwortete: »Was denkst du denn?«

Die Telefongespräche hatten etwas sehr Wohltuendes. Wir drei gleichzeitig am Telefon. Dieses elektronische Beisammensein. Der Wechsel von Reden und Zuhören.

Aber nach einigen dieser Gespräche stellte sich bei mir eine seltsame und vollkommen ungerechtfertigte Reaktion ein. Jedes Mal, wenn ich mich für eine Weile aus dem Gespräch zurückzog, um mir eine Zigarette anzuzünden oder einfach aus Höflichkeit, weil ich das Gespräch nicht völlig an mich reißen wollte, jedes Mal, wenn ich in der Küche saß und den beiden nur zuhörte, hatte ich das unangenehme Gefühl, sie heimlich zu belauschen. Was ich natürlich nicht tat. Sie wussten, dass ich auch am Telefon war. Es war nur Neckerei. Hin-und-her-Neckerei zwischen den beiden. Telefontennis. Gerede darüber, welche Art Smoking Billy sich für die Premiere leihen sollte. Traditionell oder modern. Gerede über Leilas Kleid für die Premiere und ihre Ausreden, warum sie noch keins gekauft hatte. Solche Dinge. Es war nicht der Inhalt ihrer Neckerei, sondern der Ton ihrer Stimmen, der mir ein unangenehmes Gefühl gab, als wäre ich ein schmieriger Kerl, der Telefone anzapft und Privatgespräche belauscht. Um mich von dem unangenehmen Gefühl zu befreien, mischte ich mich schließlich in ihr Gespräch ein, auch wenn ich gar nichts zu sagen hatte. Nur um mich daran zu erinnern, dass wir alle drei gleichzeitig am Telefon waren.

10

Für die Premiere war mein alter Smoking – er hatte ein Jahr lang unberührt dagehangen – gereinigt und gebügelt und in Plastikfolie gehüllt worden. Als ich ihn Leila zeigte, schien sie echt beeindruckt und freute sich fast wie ein Kind darauf, zur Premiere ihres Films in Pittsburgh von »zwei flotten Männern«, wie sie Billy und mich nannte, in festlicher Kleidung begleitet zu werden.

Sie war noch nie irgendwo gewesen, wo Männer Smokings und Frauen Abendkleider trugen.

Der Kauf von Leilas Kleid für die Premiere wuchs sich zu einem Kurzroman aus.

»Ja, ja, ja«, gab sie mir recht. Sie musste sich wirklich etwas Besonderes für den Anlass kaufen. Eins von diesen »Nur-einmal-im-Leben-Kleidern«, so beschrieb sie es.

Wir brachten Stunden damit zu, das Kleid zu besprechen. Wir redeten über Farben, Stoffe, Schnitte. Wir konsultierten sogar mehrere Modezeitschriften um »Ideen«.

Aber sie machte keinerlei Anstalten, es tatsächlich kaufen zu gehen. Morgen. Morgen würde sie gehen.

»Ich verspreche es«, sagte sie.

Aber morgen kam und ging. Ebenso übermorgen. Sie

schien das Thema sattzuhaben, als ich es wieder zur Sprache brachte.

Machte nichts, beschloss ich. Auch wenn sie kein besonderes Kleid kaufte und trug, würde es gut sein. Das Ereignis, das sie erwartete, garantierte auch so, den Abend zum glücklichsten Abend ihres Lebens zu machen.

Und gerade als ich mich von dem Kleid und von dem Bild von uns dreien in festlicher Kleidung verabschiedete, überraschte sie mich aufs Neue.

Das Kleid, das sie wollte, war ein Brautkleid, aber ein modernes, untraditionelles Brautkleid. Und es war auch wirklich nichts besonders Bräutliches an dem Kleid, außer dass es in einem Geschäft für Brautmoden ausgestellt war. Und vielleicht waren es ja gerade die Brautmoden, die Leilas Aufmerksamkeit geweckt hatten.

Es war wadenlang und hinten etwas länger als vorn. In einer anderen Ära hätte man es als Cocktailkleid bezeichnet. Es war weiß. Weißer Satin oder ein ähnlicher Stoff. Glatt. Glänzend. Mit einer dieser Oberflächen, die fleckenabweisend aussehen. Ich konnte mir ohne Weiteres vorstellen, wie beim Verschütten eines Glases Rotwein auf dieses Kleid der Rotwein davon abperlte, ohne die geringste Spur zu hinterlassen.

»Was meinst du?«, wollte Leila wissen.

»Es ist wundervoll«, sagte ich.

»Es gefällt dir?«

»Ich liebe es.«

Sie leuchtete vor Freude, als hätte ich ihre Eingebung abgesegnet.

Das Kleid musste für sie geändert werden. Es sollte zwei Anproben geben, aber ich glaube, Leila schaffte es, daraus vier zu machen. Sie liebte es, zu diesen Anproben zu gehen. Dann war sie von allem entzückt. Von sich selbst. Von mir.

Vom Leben. Ich nahm mir vor, ihr nach Pittsburgh jeden Monat ein Designerkleid zu kaufen, damit sie rund ums Jahr zu Anproben gehen konnte.

11

Als das Kleid fertig war, rief der Geschäftsführer an und bot an, es liefern zu lassen. Leila wollte es nicht geliefert bekommen. Sie wollte es selbst abholen. Aber dann machte sie keinerlei Anstalten. Ein Tag verging. Zwei. Drei. Schließlich, am Tag vor unserer Abreise nach Pittsburgh, gelang es mir, sie aus ihrer Apathie zu reißen. Wir würden beide gehen und es abholen. Sie willigte ein, verschob es aber bis spät am Tage. Es war ein Donnerstag, und zum Glück waren die Geschäfte lange geöffnet. Wir kamen um halb neun an, eine halbe Stunde vor Ladenschluss.

Man bot uns wahlweise einen Karton oder eine Tüte an. Leila war es egal. Sie zuckte nur die Achseln.

»Eine Tüte«, sagte ich.

Der Geschäftsführer nickte und verbeugte sich, als beglückwünschte er mich zu meiner klugen Wahl des Behältnisses.

Wir gingen hinaus (geleitet vom Geschäftsführer, der uns die Tür aufhielt), ich trug die Plastiktüte über der Schulter.

Die Fifth Avenue war nahezu menschenleer. Es war diese Zwischenzeit in New York. Die, die essen gingen, saßen schon in Restaurants. Die, die ins Konzert oder Theater gingen, saßen schon auf ihren Plätzen.

Ein beständiger Nordwestwind blies uns ins Gesicht, als wir langsam in Richtung Uptown gingen. Gelegentlich teilte ein Windstoß den Pony auf Leilas Stirn.

Ein Jogger lief an uns vorbei, aber es hätte auch die Jugend in Person sein können. Eins von diesen schmerzlich schönen Wesen (männlich oder weiblich, das vermochte ich nicht zu sagen), die mit einer Leichtigkeit laufen, als hätten sie es gar nicht nötig, den Boden zu berühren.

Wir bogen nach Westen in die Fifty-seventh Street.

Nein, sie wollte kein Taxi. Ihr war nach Laufen.

»Begleitet oder allein?«, fragte ich sie in diesem widerlichen Bonvivant-Tonfall, den ich ihr gegenüber nicht benutzen durfte, dem ich aber manchmal nicht widerstehen konnte.

»Bitte, lass das«, sagte sie.

Ich zündete mir eine Zigarette an.

Wir blieben vor der Coliseum-Buchhandlung Ecke Fifty-seventh und Broadway stehen, weil Leila stehen blieb. Sie stand da und betrachtete die Bücher im Schaufenster, als hätte sie nicht die Absicht, je weiterzugehen.

Die ausgestellten Bücher waren das übliche Bestsellersammelsurium, daher verstand ich gar nicht, was Leila daran so faszinierte.

»Muss schön sein«, sagte sie schließlich.

»Was denn?«

»Ach«, seufzte sie, »du weißt schon. Das Ganze. Aufs College gehen. Einen Zimmergenossen haben. Über den Campus laufen. Über dies und jenes reden und sich klug vorkommen.«

Ich hatte keine Ahnung, wie sie jetzt auf dieses Thema kam. Ich konnte verstehen, dass jemand wie sie, die die Highschool verlassen musste, vom College solche romantischen Vorstellungen hatte, aber es schien völlig abwegig, beim Anblick dieser Bestseller vom Hochschulstudium zu reden. Aber vielleicht sah sie sich gar nicht diese bestimmten

Bücher an. Vielleicht waren es Bücher im Allgemeinen, der Anblick so vieler Bücher, der sie an all die Lücken in ihrem Leben erinnerte.

»Ich fand es gar nicht so wundervoll, aufs College zu gehen«, sagte ich.

»Sicher. Und Millionäre finden auch, dass Geld nicht alles ist«, sagte sie, ohne mich anzuschauen.

»Nichts ist alles«, sagte ich schließlich, nur mit der vagesten Vorstellung, was ich mit diesen Worten ausdrücken wollte.

»Hast du Flaubert gelesen?«, fragte sie.

Ich lachte beinahe. Es schien aus ihrem Munde eine solch exotische Frage. »Meinst du Gustave Flaubert?«, konnte ein gehässiger kleiner Pedant in mir sich nicht verkneifen.

Sie sah mich an, ihr Gesicht bekam Sorgenfalten. Offensichtlich dachte sie, es gäbe viele Flauberts und ich kennte sie alle.

»Ich weiß nicht«, sagte sie. »Der, der das Buch geschrieben hat, das das Beste überhaupt sein soll.«

»Einen Roman, meinst du das?«

»Ja, einen Roman. Was habe ich gesagt? Ach ja, ich habe Buch gesagt. Einen Roman. Ich wollte Roman sagen.«

»Wie kommst du jetzt darauf?«

»Ich weiß nicht.« Sie zuckte die Achseln, fuhr sich durch den Pony.

»Es ist unentschieden«, sagte ich Leila, »welches der beste Roman ist, der je geschrieben wurde, *Madame Bovary* von Flaubert oder *Anna Karenina* von Tolstoi. Einige meinen, dass *Madame Bovary* aufgrund der relativen Kürze und Genauigkeit und der unerbittlichen Verfolgung des Themas der Bessere von den beiden ist. Andererseits …«

Ich hätte noch eine ganze Weile lang so weitermachen können, und ich tat es auch. Am Ende entschied Leila, dass sie beide lesen musste. Das Geschäft hatte noch auf, und wir gingen hinein.

Ich kannte die Anlage des Geschäfts gut und wusste, wo die Bücher zu finden waren, die wir kaufen wollten.

Deutlich gedruckte Schilder kennzeichneten wie Kapitelüberschriften die verschiedenen Abteilungen. GESCHICHTE. BIOGRAFIE. RELIGION. NATURWISSENSCHAFTEN. PSYCHOLOGIE. BELLETRISTIK. LITERATUR. REISE.

Etwas überkam mich, als ich mit Leila durch das Geschäft zur Unterabteilung der Literaturabteilung namens Klassiker schlenderte. Vielleicht war es nur die Erinnerung an die vielen Buchhandlungen und Bibliotheken meines Lebens. Ein Schwindelgefühl packte mich, und die Bücher begannen zu kreisen, aber nicht die Bücher um mich herum, sondern die Bücher in meinem Kopf, sie bildeten einen Bücherstrudel, in dessen Zentrum ich wie in einer Vision einen Punkt völliger Klarheit sah.

Wenn Gott sich jetzt offenbarte, zusammen mit einer Handvoll unbestreitbarer Wahrheiten, dann würden fast alle diese Bücher verschwinden.

Die Philosophieabteilung wäre fort.

Alle Bücher über Religion würden aus den Regalen genommen werden.

Ade, Physik und Astrophysik. Ade, Naturwissenschaften. Eine Handvoll Wahrheiten von Gott würde alle je über Naturwissenschaften geschriebenen Bücher vollkommen überflüssig machen.

Die Reiseabteilung würde bleiben.

Die großen Bücher, die großen, mit den großen Fragen des Lebens befassten Kunstwerke würden verschwinden, weil die großen Fragen nicht mehr existierten.

Wenn die Wahrheit sich offenbarte, gäbe es keine Rolle

mehr für die Menschheit und die Zivilisation. Der Mensch war dann nur noch eine biologische Antwort auf die Abwesenheit der Wahrheit.

Wenn ich Gott wäre, ich brächte es nicht übers Herz, jetzt zu erscheinen. Nicht, nachdem diese vielen Bücher und Millionen wie sie geschrieben worden waren. Nein, ich brächte es nicht übers Herz, nach so langer Zeit zu erscheinen und zu sagen: Hier bin ich. Ich bin gekommen, euch die Wahrheit zu sagen und die Jahrhunderte, die ihr damit verbracht habt, sie zu suchen, überflüssig zu machen. Nein, wenn er ein wahrhaft liebender Gott war, blieb er fort. Es war inzwischen zu spät.

Die Tragödie des armen, einsamen Gottes, der zu lange mit seinem Erscheinen gewartet hatte, rührte mich zutiefst. Dort war er, irgendwo dort draußen am Rande des sich unaufhörlich ausdehnenden Universums, entfernte sich immer weiter von uns, verließ uns mit Lichtgeschwindigkeit. Dort war er, mit seiner Handvoll Wahrheiten als einziger Gesellschaft. Und hier waren wir, tief drunten, rätselten an der Wahrheit herum, bemühten uns, die großen Fragen zu beantworten, denen wir ratlos gegenüberstanden, weil sogar die Anhaltspunkte, die wir hatten, falsch waren.

Wie soll ich die Liebe erklären, die ich in diesem Augenblick für die ganze Menschheit empfand? Das Gefühl von tragischer Sinnlosigkeit, das mich enger als Blutsbande mit jedem Lebewesen verband. Und ich empfand auch tiefes Mitleid für den einsamen Gott dort droben, der nicht zurückkehren konnte, um alles zurechtzurücken, ohne die Menschheit dabei zunichtezumachen.

SECHSTES KAPITEL

1

Leila und ich saßen im Flugzeug nach Pittsburgh.

Das Flugzeug war nagelneu. In all meinen Jahren als Fluggast war ich noch nie in einem nagelneuen Flugzeug geflogen.

Ich saß am Fenster. Ich hatte Leila den Fensterplatz angeboten, aber sie saß lieber am Gang.

Die Testvorführung von Leilas Film war für zwanzig Uhr am nächsten Tag angesetzt, einem Samstag. Wir flogen am Freitag hin, weil ich es genießen wollte, einen Tag früher da zu sein, und weil ich sichergehen wollte, dass wir alle drei für das große Ereignis gut ausgeruht waren.

Billy kam aus Boston geflogen. Ich hatte für uns im selben Hotel gebucht. Sein Zimmer lag gleich neben unserer Suite, und beide blickten (auf mein ausdrückliches Verlangen) auf den Zusammenfluss der drei Flüsse. Für den Abend war ein Essen zu dritt geplant. Ich freute mich darauf, ihn wiederzusehen. Ich freute mich auf alles.

Es schien sich gut zu fügen, dass der Premiere von Leilas Film und der Wiedervereinigung mit ihrem Sohn, die sie nach der Vorführung erwartete, kaum eine Woche später Thanksgiving folgte.

Mein Lieblingsfeiertag.

Ich schaute zu Leila. Sie döste.

Das Kissen, das sie sich von der Stewardess erbeten hatte, lag in ihren Armen.

Das Thanksgiving-Festessen sollte in meiner Wohnung stattfinden. Nur wir drei. Ein richtiger Thanksgiving-Festschmaus. Und alle drei würden wir viel Grund zu Dankbarkeit haben.

2

Die Geräusche der Düsentriebwerke kommen und gehen. Ich höre sie, und dann höre ich sie nicht, je nachdem, wie tief ich in meine Gedanken versinke.

Durch eine Lücke in den Wolken sehe ich in Zwielicht getaucht die Berge des südöstlichen Pennsylvania. Sogar aus der Luft erkenne ich die Schlangenlinie vom Pennsylvania-Highway. Die Highways nach Hause. Pennsylvania. Ohio. Indiana. Illinois. Vom College im November nach Hause fahren. (Der Ruck, der immer noch von diesem Klang ausgeht: im November nach Hause.) Und egal, welche Enttäuschung mich schließlich begrüßte, wenn ich das Haus meiner Mutter und meines Vaters betrat, im November des nächsten Jahres brauste ich wieder über die Highways, voller Hoffnung, dass diesmal alles anders sein würde. Anders als Ishmael in *Moby Dick* freute ich mich auf den November in meiner Seele.

3

Leila ist wach. Sie mustert ihre Hände, betrachtet sie auf Armeslänge.

Auf die gleiche Weise hat sie versucht, *Madame Bovary* und *Anna Karenina* zu lesen. Sie lag auf der Couch, hielt die Bücher auf Armeslänge, erst das eine, dann das andere. Ich glaube nicht, dass sie in beiden über die Einleitung hinauskam.

»Findest du, ich habe schöne Hände?«, fragt sie.

»Aber ja«, sage ich zu ihr, und erst danach schaue ich mir ihre Hände an.

Ihre Hände, entdecke ich, sind wirklich schön.

Ich weiß nicht, wie oft ich ihre Hände gesehen habe, ohne dass mir auffiel, wie schön sie sind.

Lange weiße Finger. Schmale Handgelenke.

Sie ist von ihnen fasziniert, als hielten sie einen Liebesbrief, den sie vor meinen Augen liest.

Jemand muss ihr gesagt haben, sie habe schöne Hände. Während ich meine Gedanken denke, denkt sie ihre. Die Erinnerung an jemanden, der ihr sagt, sie habe schöne Hände.

In meinen Gedanken ist kein Raum für weitere neue Einzelheiten über Teile ihres Körpers. Ich mag nicht gezwungen werden, Dinge an ihr wahrzunehmen, die ich bisher nicht wahrgenommen habe. Mir fehlt vorläufig die Speicherkapazität für neue Informationen.

4

Die Stimme der Stewardess erschallt über die Lautsprecheranlage: »Meine Damen und Herren, wir werden in wenigen Minuten landen und bitten Sie deshalb …«

Als die Räder des Flugzeugs die Landebahn berühren, kann ich nicht umhin, innerlich auszurufen: Pittsburgh!

Ich nehme ihre Hände in meine. Ich habe nicht unbedingt die Absicht, ihre schönen Hände zu verstecken, aber es läuft darauf hinaus.

5

Wir stehen und warten am Kofferkarussell, zusammen mit anderen Leuten aus unserer Maschine, die ihr Gepäck aufgegeben haben.

Wir alle warten darauf, dass das Karussell sich in Gang setzt.

Diese kleine Panne in einer ansonsten tadellosen Reise beginnt, mich zu ärgern, denn sie ist vollkommen unnötig.

Mein Smoking und was ich sonst noch für unser Wochenende in Pittsburgh brauche, ist in einen dieser Kleidersäcke gepackt, die so gestaltet sind, dass sie mit an Bord genommen werden können. Was ich auch vorhatte. Aber Leila wollte ihren Koffer nicht mit an Bord nehmen. Trotz meiner Bitten aufgrund jahrelanger Flugerfahrung musste sie ihren Koffer unbedingt aufgeben. »Ich will ihn nicht auf zwei Flughäfen mit mir herumschleppen«, sagte sie mir. »Wenn du deinen schleppen willst, bitte schön.«

Da wir in Pittsburgh ohnehin auf ihren Koffer würden warten müssen, fand ich es sinnlos, meinen mit an Bord zu nehmen. Also gab ich meinen auch auf.

Also kann ich nicht anders, während wir darauf warten, dass das Kofferkarussell sich dreht, als mich zu ärgern, dass wir hier stehen und warten müssen. Wenn wir es so gemacht hätten, wie ich wollte, könnten wir schon in einem Taxi und auf dem Weg zu unserem Hotel sein.

Es ist nicht das Warten an sich, das mich stört. Es ist der unterbrochene Rhythmus unserer Reise. Wir waren in einem so schönen Rhythmus. Alles ging seinen Gang. Wir flogen pünktlich ab. Wir landeten pünktlich. Und jetzt das.

Stehen und warten. Der Rhythmus der Bewegung, abgelöst von dieser vollkommen unnötigen Unbeweglichkeit.

Die moribunde Menge erwacht zu Leben, als das Kofferkarussell sich zu drehen beginnt.

Wie das Glück es will, wie das Glück es bei solchen Anlässen meistens will, ist Leilas weicher blauer Koffer der erste, der kommt. Ich schnappe ihn mir und warte auf meinen.

Das Karussell dreht sich weiter und weiter. Ich warte.

Mein Magen beginnt, sich zu verkrampfen.

Hätte ich doch nur auf mich gehört …

Ich meine, meinen Kleidersack zu sehen, aber nein, es ist der von jemand anders, nicht meiner. Sein Eigentümer schnappt ihn sich. Ich sehe andere Leute sich ihr Gepäck schnappen. Ich sehe einen Glatzkopf, der sich einen Koffer nach dem anderen vom Karussell schnappt. Fünf. Ich zähle sie. Fünf Koffer, und er hat noch immer nicht genug. Er wartet auf mehr. Die willkürliche Zuteilung von Gerechtigkeit und Ungerechtigkeit macht mich krank. Fünf Koffer. Der Glatzkopf hat fünf, und ich bekomme nicht mal meinen einen. Ich bin erster Klasse geflogen und der nicht, das weiß ich.

Ich fühle mich langsam wie ein beginnender Vulkanausbruch. Wenn ich sehe, dass dieser Armleuchter auch nur noch einen Koffer bekommt, bevor mein Kleidersack auftaucht …

Ich schaue von ihm weg, damit ich nicht … Gott weiß, was tue. Irgendwas.

»Reg dich doch nicht so auf«, sagt Leila zu mir.

Sie reibt mir den Rücken.

Ich weiß, dass sie recht hat. Ich weiß, dass ich mich nicht so aufregen dürfte. Wenn ich eines nicht tun darf, dann dieses Wochenende mit meiner kindischen Überreaktion auf die kleine Panne mit meinem Kleidersack trüben. Das Letzte, was ich gebrauchen kann, und das Letzte, was ich will, ist den festlichen Charakter des Anlasses verderben. Nichts, absolut gar nichts darf das kommende Ereignis beeinträchtigen.

Der vernünftige Mann in mir weiß das, und ich weiß, dass der vernünftige Mann recht hat.

In dem Kleidersack ist ohnehin nichts besonders Wertvolles. Der wichtigste Gegenstand ist der Smoking. Aber morgen ist Samstag, und wenn es zum Allerschlimmsten kommt und der verdammte Kleidersack nie auftaucht, kann ich einen Smoking irgendwo in Pittsburgh leihen. Rasierapparat, Rasierschaum, Zahnbürste, Zahnpaste, das kann ich alles im Hotel kaufen.

Ich erwäge zu gehen. Ich erwäge, Leila zuzulächeln, ihr den Arm um die Schulter zu legen und zu sagen: »Zum Teufel damit. Lass uns ein Taxi zum Hotel nehmen.«

Aber ich zögere und warte. Ich möchte, dass dies ein perfektes Wochenende wird, und ohne mein Gepäck zu gehen, würde einen Schatten darauf werfen. Ich möchte nur den Status quo. Leila mit ihrem Koffer. Ich mit meinem Kleidersack.

Leila geht eine Toilette suchen. Ihre Abschiedsworte an mich sind: »Du wirst sehen. Sobald ich weg bin, kommt er.«

Ich zünde mir eine Zigarette an.

Das Karussell läuft und läuft.

Der Glatzkopf mit seiner Kofferkarawane ist zum Glück fort, ohne dass ich ihn habe gehen sehen. Die meisten Passagiere sind fort. Die Gruppe, die immer noch auf ihr Gepäck wartet, besteht neben mir (ich zähle sie) aus sieben Leuten. Ich habe keine Ahnung, wie ich aussehe, aber die anderen sehen entweder verzweifelt oder fatalistisch aus. Ein Mann zuckt immer wieder die Achseln.

Ein heutiger Dante, denke ich, würde sich einen neuen Höllenkreis ausdenken, und zwar das Kofferkarussell. Und dort, während es sich dreht, würden die Verurteilten und Verdammten dazu verurteilt und verdammt sein, in alle Ewigkeit auf ihre Koffer zu warten, die nie kommen.

Schließlich sehe ich meinen Kleidersack aufs Karussell gleiten.

Ich bin erleichtert. Ich bin froh. Ich könnte nicht glücklicher sein. Aber die während des Wartens verbrauchte Zeit und Leidenschaft haben ihren Tribut gefordert.

Ich habe mein Gepäck wieder, aber der sorgenfreie Reiserhythmus ist fort. Dieses Gefühl, in einem Zustand der Gnade zu sein, in dem nichts schiefgehen kann.

SIEBENTES KAPITEL

1

Drei Telefonnachrichten erwarteten mich bei unserer Ankunft im Hotel. Zwei waren von Cromwell. Die erste bat mich, ihn gleich nach meiner Ankunft anzurufen. Die zweite teilte mir mit, dass er essen gegangen war und dass wir am nächsten Morgen reden sollten. »Wie wärs mit Frühstück?«, erkundigte er sich.

Ich hatte nicht damit gerechnet, dass Cromwell einen Tag früher in Pittsburgh sein würde.

Die dritte Nachricht war von Billy, allerdings war es keine Nachricht. Nur die Information, dass er angerufen hatte. Aber von wo? Auf dem rosa Formular stand nur sein Name und die Uhrzeit seines Anrufs, etwas über eine Viertelstunde vor unserer Ankunft.

Auf die kleine Chance hin, dass er seine Reisepläne geändert hatte und vor uns im Hotel eingetroffen war, fragte ich die Frau an der Rezeption, ob er sich schon angemeldet habe. Nein, noch nicht. Also hinterließ ich ihm eine Nachricht, mich gleich nach seiner Ankunft anzurufen.

Es war fast acht Uhr abends. Sein Flugzeug, falls er am ursprünglichen Plan festgehalten hatte, landete erst nach neun Uhr. Vielleicht hatte er mich aus Boston angerufen. Vielleicht gab es eine Verspätung, und er wollte nicht, dass ich mir Sorgen machte.

»Das wird es sein«, stimmte Leila mir zu.

Ich kam natürlich nicht an dem Gedanken vorbei, hätte ich nicht so lange auf meinen Kleidersack warten müssen, wäre ich da gewesen, um seinen Anruf entgegenzunehmen. Aber da ich nicht indirekt Leila die Schuld an allem geben wollte, behielt ich diesen Gedanken für mich.

Keinen Streit über Kleinigkeiten. Keinen Streit und kein böses Blut zwischen uns, aus keinem Grunde.

Als Zeremonienmeister der kommenden Ereignisse musste ich als Erstes mich selbst und meine Launen bemeistern.

Unser glücklicher Reiserhythmus mochte futsch sein, aber das hieß nicht, dass ich deswegen schmollen und grollen durfte. Dann musste ich ihn eben durch einen anderen, noch glücklicheren Rhythmus meiner eigenen Machart ersetzen.

Falls ich das übertrieb, dann, weil ich keine andere Möglichkeit fand, das zuwege zu bringen.

Ich plauderte und schäkerte gut gelaunt mit der jungen Frau an der Rezeption.

Ich plauderte und schäkerte gut gelaunt mit dem Pagen, der unser Gepäck trug. Ich besann mich (während wir im Fahrstuhl hochfuhren) auf die ruhmreichen Tage der Pittsburgh Pirates und der Pittsburgh Steelers. Franco Harris. Mean Joe Greene. Der eiserne Abwehrvorhang der Steelers. Und dann erst die Pirates! Und ihr wunderbares Motto: Wir sind eine Familie!

»Ich will Ihnen was sagen, mein Sohn«, sagte ich zu ihm, »Männer wie die sehen wir nie wieder.«

Das sagte ich tatsächlich.

2

Die Farbe Orange, Dunkelorange, um genau zu sein, beherrschte als einender Grundton die Ausstattung unserer riesigen, luxuriösen Suite.

Außer dem riesigen Schlafzimmer (mit einer dunkelorangen Tagesdecke) gab es ein riesiges Esszimmer mit einem dunklen Kirschholztisch in der Mitte. Die Tischplatte glitzerte wie ein zugefrorener See im Mondlicht. Über dem Tisch hing ein Kristallleuchter.

Das riesige Wohnzimmer (mit dunkelorangen Vorhängen) nahm die Länge der gesamten Suite ein. Es hatte die Form eines langen, schmalen, geknickten Rechtecks und konnte von beiden Enden betreten werden. Falls einem danach zumute war, konnte man die gesamte Suite darin umgehen, ging am einen Ende hinein und kam am anderen Ende heraus und stand dann wieder da, wo man angefangen hatte.

Überall befanden sich Lampen in verschiedenen Formen und Größen und Stilen, einige mit Dimmern, andere ohne. Feine Variationen auf dem Grundton Dunkelorange vereinten alle Lampenschirme zu einem Orangenhain aus Licht.

Außer dem großen Badezimmer neben dem Schlafzimmer gab es zwei weitere, kleinere Badezimmer.

Es gab drei Fernseher und im großen Badezimmer einen an der Wand montierten Minifernseher.

Blumenvasen in verschiedenen Formen und Größen und Stilen, darin Blumen verschiedener Sorten.

Überall strategisch platzierte Spiegel.

Überall Aschenbecher. Man konnte eine ganze Schachtel Zigaretten aufrauchen, ohne denselben Aschenbecher zweimal zu benutzen. Beinahe so viele Telefone wie Aschenbecher.

Die Wände der Suite waren mit abstrakten Gemälden in

verschiedenen Formen und Größen bedeckt. Die Sorte abstrakter Gemälde, die man in Firmenzentralen multinationaler Konzerne antrifft. Abstrakte Kunst, aber ohne eine Abstraktion von irgendetwas Bestimmtem zu sein. Eine Kunst entfernten Grades. Nicht religiös gebunden, nicht konfessionell gebunden, nicht politisch gebunden, nicht ideologisch gebunden, nicht regional gebunden, nicht national gebunden. Vielleicht war sie universal und universell.

3

Ich konnte nicht aufhören zu reden.

Da es sonst niemanden zum Plaudern und Schäkern gab, plauderte und schäkerte ich mit Leila.

Es war, als versuchte ich, mich ihr zu verkaufen oder mich mir selbst zu verkaufen, ich vermochte nicht zu sagen, welches von beidem.

Ich vermochte nicht zu sagen, ob ich völlig die Kontrolle hatte über das, was ich tat, oder ob ich völlig außer Kontrolle geraten war. Es schien genug Beweismaterial für beide Schlussfolgerungen zu geben.

Es war kein Fall von jemandem, der schnatterte, weil er in den Klang seiner eigenen Stimme verliebt war. Ganz im Gegenteil. Meine Stimme, etwas lauter und höher als sonst, tat mir in den Ohren weh. Es zehrte an meinen Nerven, mich schnattern zu hören, aber ich schnatterte weiter. Es schien kein Mittel zu geben, mich zum Schweigen zu bringen, außer mir eine Kugel in den Kopf zu schießen.

Meine Gründe für dieses Verhalten waren entweder nur allzu offensichtlich oder vollkommen unerklärlich, es ließ sich unmöglich sagen, welches von beidem.

Das wenige, was wir zu tun, körperlich zu tun hatten, war rasch getan. Wir hatten so wenig Gepäck, dass es innerhalb weniger Minuten ausgepackt war. Während wir auspackten, hatte mein Geschnatter wenigstens noch aktuelle Bezüge.

Während Leila das Kleid auspackte, das sie für die Premiere gekauft hatte, erinnerte ich sie daran, wie sie sich dagegen gesträubt hatte, das Kleid kaufen zu gehen.

Während ich meinen Smoking aus dem Kleidersack nahm, fragte ich mich laut, ob er mir noch passen würde. Minuten später überprüfte ich mich in der Spiegelwand im größeren Badezimmer, klopfte mir auf den Bauch, lachte und machte einige kokett abschätzige Bemerkungen über meine expandierende Figur.

Sobald wir ausgepackt hatten und es nichts mehr zu tun gab, musste mein Geschnatter ohne jede konkrete Anbindung auskommen, ich stand aber weiterhin unter dem Zwang, endlos meine Existenz zu schildern.

Ich improvisierte.

Ich improvisierte, wie ich einmal einen Schauspieler auf der Bühne hatte improvisieren sehen, als ein Kollege nicht aufs Stichwort auftrat und ihn hängenließ. Ich erinnerte mich, dass ich damals großes Mitleid mit dem Schauspieler gehabt hatte. Ich hatte jetzt großes Mitleid mit mir selbst. Ich fühlte mich entsetzlich einsam, während ich mit der Frau, die ich liebte, plauderte und schäkerte. Als improvisierte ich ins Leere hinein.

4

Anders als ich war Leila das Inbild der Gelassenheit. Als hätten wir in dem, was uns nach Pittsburgh geführt hatte, plötzlich die Rollen getauscht. Alle Ängste, die sie in New York wegen ihrer Filmpremiere geplagt haben mochten, waren jetzt oder schienen jetzt verflogen und wurden stattdessen von mir ausagiert. Und so, wie ich einst fähig gewesen war, zu »verstehen«, was sie durchmachte, schien sie jetzt fähig, zu »verstehen«, was mich veranlasste, so zu schnattern, wie ich es tat.

Ihre einzige Reaktion auf mein Verhalten war, mich mit stummem Mitleid und, falls ich mich nicht irre, mit liebevollem Verständnis zu betrachten. Sie schaute mich an wie eine Mutter, die ihr unglückliches Kind tröstet.

»Ist ja gut, Saul«, schien sie zu sagen, während Wörter und Sätze aus meinem Mund purzelten wie Pingpongbälle aus einer Lottotrommel.

Sie unternahm diskrete und peinlich diplomatische Versuche, von mir fort in einen anderen Teil der Suite zu gelangen und mir eine Chance zu geben, zur Ruhe zu kommen. Aber ich folgte ihr von Zimmer zu Zimmer. Vom Schlafzimmer ins Esszimmer, vom Esszimmer ins Wohnzimmer, schnatterte ununterbrochen über dies und jenes.

Über die Aussicht aus unserem Wohnzimmer.

»Es ist wirklich zu schade«, schnatterte ich, »dass wir nicht ein paar Stunden früher angekommen sind, denn dann hätten wir den Zusammenfluss bei Sonnenuntergang sehen können. Ein fantastischer Anblick. Wirklich fantastisch. Du wirst ja sehen. Morgen früh werden wir den Sonnenaufgang sehen, und ich versichere dir, das wird etwas sein, das du nie vergessen wirst. Ich weiß, ich habe das nicht vergessen, seit ich das vor einigen Jahren zum ersten Mal von ebendiesem Hotel aus gesehen habe. Ich hatte keine Ahnung, was da war, denn ich war erst spät am Abend angekommen. Aber dann zog ich morgens die Vorhänge auf, und da vor meinen Augen war einer der schönsten …«

Sie stand da und hörte mir zu mit jenem Ausdruck von Mitleid für das, was ich durchmachte.

Ich hatte keine Ahnung, was ich durchmachte oder weshalb, doch sie wusste es. Oder so schien es zumindest. Und weil sie es wusste und ich nicht, weil wir gleichsam die Rollen getauscht hatten, schien es so, dass sie es war, die mich zu irgendeiner Präsentation nach Pittsburgh gebracht hatte. Dass sie die kommende Zeremonie bestimmte und nicht ich.

Dieser Eindruck und meine Mutmaßungen, welche Zeremonie das sein mochte, veranlassten mich, nur umso heftiger zu schnattern.

5

Es gibt keine Hütte, kein Büro, keine Wohnung, keinen Winkel auf Erden, der nicht zu einem Wartezimmer wird, in dem ein Mann darauf wartet, dass etwas geschieht.

Ich hatte so lange auf Pittsburgh gewartet, und jetzt wartete ich hier in Pittsburgh.

Wartete darauf, dass mein zwanghaftes Schnattern aufhörte.

Wartete darauf, dass Billy kam.

Zerbrach mir den Kopf, was ihn aufhielt, und da ich mir nicht stumm den Kopf zerbrechen konnte (ein vorübergehender Zustand, so hoffte ich), zerbrach ich ihn mir laut.

Anfangs hatte sich Billy nur ein bisschen verspätet. Ich schnatterte darüber, dass Freitag der beliebteste Reisetag der Woche war und dass daher Verspätungen zu erwarten waren.

»Aus meiner persönlichen Erfahrung, nachdem ich so oft geflogen bin, würde ich, wenn ich die Wahl hätte, nie an einem Freitag fliegen. Der Samstag ist bei Weitem der beste Reisetag. Es sei denn, wir haben es mit Feiertagswochenenden zu tun, Thanksgiving, Weihnachten oder so was, und in dem Fall …«

Ich war, während ich redete, Leila in jeden Teil unserer Suite gefolgt. Schließlich, vielleicht, weil ihr klar wurde, dass ich ihr folgen würde, wohin sie auch ging, gab Leila es auf, mir auszuweichen, und setzte sich mitten in dem großen Wohnzimmer hin. Und dort saß sie jetzt, als hätte sie weder die Absicht noch die Kraft, je wieder aufzustehen.

Ich saß ihr gegenüber und schnatterte.

Ein niedriger, rechteckiger Glastisch stand zwischen uns. Wir saßen in identischen Sesseln. Leila hatte die Beine hochgezogen und ein kleines dunkeloranges Zierkissen auf dem Schoß. Ihre Hände lagen auf dem Kissen ausgebreitet wie ein Buch, das sie las. Sie sah entweder zu mir herüber, oder sie betrachtete versunken ihre Hände, wie sie es im Flugzeug getan hatte.

Ihr Gesichtsausdruck, wenn sie zu mir herübersah, war immer derselbe oder eine neue Variation desselben. Es war eigentlich überhaupt kein Ausdruck. Es war Offenheit. So vollkommene Offenheit, dass alle Möglichkeiten darin enthalten waren. Der Schrecken oder die Freude, es ließ sich schwer sagen, welches von beidem, solchen unendlichen Reichtum in einem anderen Menschen zu gewahren, veranlasste mich, nur umso mehr zu schnattern.

Es war inzwischen weit nach zehn Uhr. Billy hatte sich nicht nur ein wenig verspätet, er war jetzt seit anderthalb Stunden überfällig, und es gab immer noch keine Nachricht von ihm.

Wir drei hatten jetzt eigentlich mitten bei unserem Abendessen sein sollen.

Ich fragte Leila, ob ich den Zimmerkellner rufen sollte. Eine Kleinigkeit zu essen, während wir warteten?

Sie schüttelte den Kopf.

Ein leichter Imbiss oder so etwas?

Nein, lächelte sie und schüttelte den Kopf.

»Ich möchte mal wissen, was ihn aufhält«, sagte ich.

Sie zuckte die Achseln.

Und dann wechselte ich irgendwann von der Sorge um Billy zu Geplapper über ihn. Was für ein großartiger Junge er war. (»Ach was, Junge, er ist ein Riese, hab ich recht? Ha, ha, ha.«) Wie stolz ich auf ihn war. Wie sehr ich ihn liebte.

»Es ist gar nicht leicht für ihn gewesen, wirklich nicht. Solch einen Vater zu haben oder solch einen Mangel an Vater, wie er das all die Jahre hatte. Dabei habe ich ihn immer geliebt. Immer. Nur, dass ich … ich weiß nicht. Etwas hat mich davon abgehalten, ihm diese Liebe zu geben. Aber das liegt jetzt Gott sei Dank alles hinter uns. Wir sind uns in diesem Jahr richtig nahegekommen. Er erzählt mir alles, und ich erzähle ihm alles. Wir könnten uns nicht näher stehen, er und ich. Wir sind so.« Ich legte die Finger übereinander. »Wirklich so.«

Ich war den Tränen nahe, während ich redete, entweder aufgrund der Tiefe meines Gefühls für ihn oder aufgrund meiner Frustration, weil ich nicht aufhören konnte zu reden.

Ist ja gut, Saul, benetzte mich das mütterliche Mitleid in Leilas Augen. Ist ja gut, Saul.

Während ich mich selbst so reden hörte und wie ein unbeteiligter Dritter versuchte, einen Sinn in meinem Gerede zu erkennen, hatte ich den Eindruck, dass die fragliche Person (ich) sich vor Gericht verteidigte. Dass diese Person eigentlich in Wahrheit sagte: Trotz meiner Fehler bin ich ein guter Mensch, dem man nicht wehtun sollte.

Bitte, tu mir nicht weh, schien ich jemanden ausdrücklich und wortreich anzuflehen.

Der Gedanke, dass ich mich vor jemandem verteidigte und jemanden anflehte, faszinierte mich. Da ist etwas, dachte ich. Etwas sehr Entlarvendes. Und dann vergaß ich es völlig.

Als ich mich das nächste Mal (laut) fragte, wie spät es wohl sein mochte, war es eine Stunde später.

Die Luxussuite, in der Leila und ich warteten, kam mir plötzlich vor wie ein Ort der Totenwache.

Krampfartig überfiel mich eine Vielzahl von Symptomen, und alle strebten nach Ausdruck. Ich hätte ein halbes Dutzend Münder gebraucht, um ihnen allen Ausdruck zu verleihen.

Panik. Verzweiflung. Trauer. Eine Art Zorn. Eine Art Flehen. Ein sehnlicher Wunsch, eine Art Handel zu schließen.

Dann entsann ich mich eines Vorfalls aus der Vergangenheit und kam auf ihn zu sprechen, um meine Gemütserregung zu dämpfen.

Ich kam auf Spanien zu sprechen. Sotogrande. Leilas und Billys Fahrt nach Ronda.

»Ronda?«, fragte Leila, ratlos, was Ronda damit zu tun hatte.

»Es ist genau wie Ronda«, schrie ich fast, so überwältigt war ich von der Ähnlichkeit. »Weißt du noch? Ihr beide seid nach Ronda gefahren und habt mich nicht zur vereinbarten Zeit angerufen. Ich bin die halbe Nacht lang aufgeblieben und habe mir den Kopf zerbrochen, was euch zugestoßen ist. Habe mir schreckliche Unfälle vorgestellt, bei denen ihr beide umgekommen seid. Jedenfalls ist es jetzt ganz genauso. Ich sitze da und zerbreche mir den Kopf über Billy, obwohl wahrscheinlich überhaupt kein Grund zur Sorge besteht. Bestimmt gibt es eine völlig einfache Erklärung für Billys

Verspätung, so wie es damals eine völlig einfache Erklärung gab, warum ihr zwei mich nicht zur vereinbarten Zeit angerufen habt.«

Ich klammerte mich an diesen Vergleich, als hinge meine Erlösung davon ab. Und nur um Leila und mir zu zeigen, dass ich mir keinerlei Sorgen mehr machte, fing ich an, von Spanien ganz allgemein zu reden, von dieser seltsamen Schläfrigkeit, dieser Touristenkrankheit, die ich dort hatte.

»Ich weiß nicht, was es war, ich weiß es immer noch nicht, um die Wahrheit zu sagen, aber ich konnte beim besten Willen nicht richtig wach werden. Ich weiß noch, wie ich immer wieder diese doppelten Doppelespressos getrunken habe, bis ich dachte, ich würde …«

Das Telefon klingelte. Oder vielmehr, alle Telefone in unserer Suite klingelten. Die zwei im Schlafzimmer. Das im großen Badezimmer. Das im Esszimmer. Die drei in dem riesigen Wohnzimmer, in dem wir saßen.

Ich brauchte mehrere Sekunden, um mich in Bewegung zu setzen. Das Klingeln der Telefone hatte mich zum Schweigen gebracht, und ich fühlte mich so erleichtert, nicht mehr plappern zu müssen, dass ich fast nicht ans Telefon gehen mochte, weil ich dann wieder reden musste.

Aber natürlich nahm ich ab und sagte mit plötzlich vom vielen Reden heiserer Stimme: »Hallo?«

Es war Billy.

»Billy«, sagte ich. »Verdammt noch mal, Billy, ich war …«

Ich schaffte es, den Mund zu halten und ihn reden zu lassen. Ich spürte, wie der Klang seiner lebendigen Stimme das Todesurteil aufhob, das meine Besorgnis über ihn ausgesprochen hatte. Ich fing an zu weinen.

Leila stand auf und gab zu verstehen, dass sie ins Bett ging. Als sie fortging, ließ sie die Hand über meine Schulter gleiten. Es war eine liebevolle Geste, die Hand so über meine Schulter gleiten zu lassen, aber sie rührte bei mir an einen Nerv und löste einen unwillkürlichen Schauder aus.

6

Das Telefongespräch war kurz, hastig und sachlich. Billy rief von unten an. Er war gerade angekommen. Er war aus Boston hergefahren. Gefahren? Ja, er hatte sich von einem Freund ein Auto geliehen. Ihm war nach Fahren zumute gewesen. Er hatte unterwegs Probleme mit dem Auto gehabt, irgendwas mit einem Bundbolzen, und mich angerufen, um mir zu sagen, dass er sich verspäten würde. Es tat ihm sehr leid, mir Sorgen bereitet zu haben. Er sagte, es tue ihm sehr leid. Er klang eher müde als zerknirscht, was verständlich war, und ebenso verständlich war, dass er gleich zu Bett gehen wollte. Aber das konnte ich nicht zulassen. Ich konnte nicht bis zum Morgen warten, ihn zu sehen. Ich musste ihn noch am Abend sehen. Jetzt. Und das sagte ich ihm auch. Er sagte, er komme auf eine Minute vorbei. Er sagte, er sei sehr müde.

»Natürlich bist du das«, sagte ich zu ihm.

Unser Treffen in meiner Suite war fast so kurz und hastig wie unser Telefongespräch.

Als ich die Tür aufmachte und ihn sah, war ich sprachlos, und damit es jemandem in meinem Zustand die Sprache verschlug, brauchte es ein starkes Bild.

Welches Billy bot.

Sein schönes langes schwarzes Haar war verschwunden. Vollkommen verschwunden. Das Haar war so kurz geschoren, dass ich mehr Kopfhaut als Haare sah.

In seinem Gesicht ein Zweitagebart.

Glasige, blutunterlaufene Augen.

Er trug einen langen militärischen Mantel voller Knöpfe. Der Mantel war zu eng für seine breiten Schultern, und die Ärmel waren zu kurz für seine langen Arme.

Er sah nicht wie Billy aus, sondern eher wie jemand namens Boris, ein Asyl suchender Überläufer aus einer bulgarischen Basketballmannschaft.

Ich nahm ihn in die Arme. Wen er auch darstellte, welches Image er auch vermitteln wollte, er war immer noch mein Junge, mein Billy, also nahm ich ihn in die Arme. Oder so viel von ihm, wie ich durch diesen Schutzwall von einem Mantel umarmen konnte. Er ließ es über sich ergehen, wie etwa ein Skinhead sich von den Bullen filzen lässt.

Er wollte nicht hereinkommen. Er war zu müde. Nur gekommen, um Hallo zu sagen.

Ich meinte, den Geruch von Alkohol in seinem Atem wahrzunehmen, wenn er sprach.

Also standen wir im Türrahmen und redeten kurz in der unnatürlichen Art, die Menschen haben, wenn sie in Türrahmen reden.

Seine Augen schauten über meinen Kopf hinweg, als musterte er meine Suite.

Er erwähnte noch einmal die Geschichte mit dem Auto.

Er hatte sich das Auto von seinem Freund geborgt, weil er eine lange Fahrt ganz allein brauchte.

»Um einen klaren Kopf zu kriegen.«

»Wovon?«

»So Sachen.«

»Was für Sachen?«

»Alle möglichen.«

Als ich ihn nach seinem Haarschnitt fragte, zuckte er die Achseln.

»Es ist mit mir durchgegangen. Ich weiß nicht.«

Körperlich überragte er mich, aber es war auch etwas in seiner Haltung, das mich überragen wollte.

Als ich ihn fragte, ob er mit seinem Zimmer zufrieden sei, ächzte er. Er brummte nur kurz, als ich ihn fragte, ob er zu Abend gegessen habe, als seien Nahrung und Unterkunft kleinbürgerliche Werte, die er längst abgeschüttelt hatte.

Da war so eine aufgesetzte, punkige Verachtung für mich und meine Fragen und Sorgen. Er schien darauf aus, zu kränken, geradezu wild darauf, zu verärgern, sein ganzes Gesicht schrie nach Zuwendung, doch wurde die Zuwendung gegeben, so wurde sie mit der gewollten Gleichgültigkeit eines patzigen Flegels begrüßt, der die höhnische Männlichkeit der Jugend besaß. Ich rechnete jeden Augenblick damit, dass er den Kopf umwandte und auf den Teppich im Gang spuckte.

Sein neues Image war für einen Harvard-Studienanfänger weder neu noch originell, aber es war neu für Billy. Unerwartet. Aber weil es Billy war (mein Junge), fand ich das Affektierte daran weder abstoßend noch beunruhigend. Es hatte etwas Rührendes, das ich mir in aller Ruhe erklären wollte. Nur seine Erschöpfung schien echt. Er sah arg mitgenommen aus. Wie der einzige Überlebende einer legendären Sauftour.

»Ich muss jetzt schlafen«, sagte er als Gutenachtgruß.

»Natürlich musst du das. Dann ab mit dir. Geh. Geh schlafen. Ich sehe dich morgen früh, okay? Gute Nacht, Billy.«

Für den Bruchteil einer Sekunde begegneten sich unsere Blicke, als er sich zum Gehen wandte, und ich sah Billy, meinen Billy, den alten Billy, den ich so gut kannte, zu mir hinausspähen aus dieser klobigen Rüstung, seinem neuen Image.

7

Ich war nicht schläfrig, müde oder hungrig, obwohl der leichte Imbiss im Flugzeug meine letzte Mahlzeit gewesen war. Adrenalin durchströmte mich.

Kaum hatte ich nach Billys Aufbruch die Tür zu meiner Suite zugemacht, da tat sich eine Tür in meinem Kopf auf, und sie führte zu einem unmittelbaren und vollkommenen Verständnis für Billys Motive, so auszusehen und sich so zu benehmen, wie er es tat.

Es war alles so naheliegend.

Ein eindeutiger Fall.

Ein archetypischer Paradefall.

Er hatte nicht gegen mich, seinen Vater, rebellieren können, als die richtige Zeit für eine solche Rebellion herankam, weil ich, sein Vater, nicht dafür vorhanden gewesen war. Die einzige Rebellion, die ihm offenstand, war, mich zu hassen, was er probierte, aber (Gott sei Dank) unannehmbar fand.

Aber dadurch bildete sich eine Blase in seiner Seele, voller unausprobierter Wutanfälle und unerkundeter Rebellionen, eine Blase pubertären Verhaltens.

Der unreife Junge wurde äußerlich zu einem reifen jungen Mann, aber im Innern blieb die Blase voll Unreife gefangen.

Befreit, wie er es jetzt endlich war, durch die Gewissheit meiner bedingungslosen Liebe zu ihm, und im Vertrauen darauf, dass ich nicht mehr aus seinem Leben verschwinden würde, war Billy nun frei, diese Blase in sich zum Platzen zu bringen.

Endlich, endlich war er frei, mich abzulehnen, gegen mich zu rebellieren, mich als jemanden zu sehen, der zurückgedrängt werden musste, statt gebraucht und geachtet zu werden. Er war frei, das zu tun, weil er wusste, ganz egal, was er tat, ich liebte ihn und würde ihn immer lieben.

Das, was er tat, war meiner Meinung nach etwas sehr Gesundes und Notwendiges. Besser, er tat es jetzt als später, wenn er in meinem Alter war.

Ferner war es schließlich sehr passend, dass Billy zu diesem Zeitpunkt in kindliches Verhalten zurückfiel, am Abend, bevor ich ihn wieder mit seiner Mutter vereinte, die ihn als Kind weggegeben hatte.

Ich war tief beeindruckt von meiner Fähigkeit, alles so gut und so vollkommen und doch so mühelos zu verstehen. Ich verströmte Verständnis wie Mozart Musik.

Ich streckte mich auf der Couch aus, wackelte entzückt mit den Zehen. Ich erwog, aufzustehen und ins Bett zu gehen, aber die Couch, auf der ich lag, war herrlich bequem. Nach und nach, gleichsam in bewussten Einzelphasen, schlief ich ein.

ACHTES KAPITEL

1

Das Telefon klingelt.

Ich nehme ab, noch im Halbschlaf.

»Hallo«, sage ich mit einer Stimme, die mir selbst fremd ist.

Cromwell ist am anderen Ende.

Seine Stimme ist im Gegensatz zu meiner geduscht und rasiert und strotzt von Vitalität.

Ja, was ist denn das, will er wissen, ich soll ihm nicht erzählen (ich habe ihm nichts erzählt), dass ich immer noch schlafe. Um diese Zeit! Ha, ha, ha, lacht er, wie das Wecksignal in einem Rekrutenlager. Um diese Zeit immer noch im Bett!

»Nein«, verteidige ich mich, so gut ich kann. »Nein, nein, nein, bin ich nicht.«

Ich räuspere mich und taste nach Zigaretten umher, die ich nicht finden kann.

»Frühstück. Zeit zum Frühstück. Ich bin unten und warte auf Sie. Sie haben doch meine Nachricht bekommen? Also los, ziehen Sie sich was an und bequemen Sie sich herunter, Sie Lustmolch. Ha, ha, ha.«

Lachend hängt er auf.

Ich schaue auf die Uhr. Es ist Viertel vor zehn.

Es macht überhaupt nichts, dass ich zu spät zu einer Frühstücksverabredung komme, die ich weder vereinbart noch zugesagt habe.

Ich fange an umherzueilen. Ich war auf der Couch in meinen Sachen eingeschlafen, also bin ich vollständig angezogen, aber ich kann weder meinen linken Schuh noch meine Zigaretten finden. Meine Eile hat einen Anflug von Vergeblichkeit. Ganz egal, wie sehr ich mich beeile, es ist zu spät, um pünktlich zu sein. Ich kann die verlorene Zeit nicht aufholen.

Erst finde ich meine Zigaretten und dann meinen linken Schuh, und rauchend eile ich ins große Badezimmer.

Leila ist nicht da, aber ich habe keine Zeit, zu überlegen, warum nicht oder wo sie sein könnte.

Es bleibt keine Zeit zum Duschen oder Rasieren, aber ich muss mir die Zähne putzen.

Die Zahnbürste in der einen Hand, eine brennende Zigarette in der anderen, putze ich drauflos, Zahnpaste schäumt mir aus den Mundwinkeln.

Ich spüre ein Brennen im Penis, aber ich habe keine Zeit, mich zu entspannen und mit dem Gedanken zu spielen, dass ich möglicherweise pinkeln muss. Ich bin in einem Alter, wo den physiologischen Signalen meines Körpers nicht mehr zu trauen ist. Meine Prostata ist eine Quelle fortwährender Desinformation. Also weiß ich nicht, ob ich wirklich pinkeln muss oder nicht. Ich weiß nur, dass ich keine Zeit habe, es herauszufinden.

Ich eile aus der Suite und eile den langen Korridor hinunter zu den Fahrstühlen. Auf dem Weg habe ich Zeit, mich zu fragen, wo Leila ist, aber keine Zeit, zu einer möglichen Erklärung ihres Verschwindens zu gelangen.

»Wahrscheinlich ist sie nur …«

Ich eile weiter.

2

Das Restaurant in der Hotelhalle ist groß und fast bis auf den letzten Platz besetzt.

Die Tischtücher sind weiß, die Kellner würdevoll und gut gekleidet, die Atmosphäre förmlich. Der Essensgeruch, Schinkenspeck und Ahornsirup, bringt mich in eine Zwickmühle. Habe ich Bärenhunger, oder bin ich pappsatt? Es gibt keine Möglichkeit, zu einer Antwort zu gelangen.

Ich schaue mich nach Cromwell um, und ich brauche nicht lange zu suchen.

Da ist er.

Er redet. Sein riesiger Kopf redet mit jemandem an seinem Tisch. Er ist eingeschaltet. Der Strom ist an. Er lächelt, lacht, streckt die Hand über den Tisch, um etwas zu betonen.

Bevor ich auch nur den halben Weg zurückgelegt habe, spürt Cromwell mich kommen. Sein Kopf, nicht der Rest von ihm, nur sein Kopf, wie ein riesiger schwenkbarer Fernseher auf einer Konsole, dreht sich in meine Richtung. Er sieht mich. Er mustert mich. Er verdaut mich.

Er winkt und lächelt.

Ich lächle und winke zurück.

3

Wir saßen zu dritt am Tisch, Cromwell, ich und Cromwells neue Konkubine.

Cromwells neue Konkubine war ein junger schwarzer Mann.

Ein sehr junger und sehr schlanker und sehr schöner schwarzer Mann. Er war hellhäutig, eher hellbraun als schwarz, aber

Cromwell legte es darauf an, mir seine schwarze Hautfarbe immer wieder nachdrücklich in Erinnerung zu rufen. Und nicht nur mir, sondern auch dem jungen Mann selbst. Während des gesamten Frühstücks benutzte er überflüssige Phrasen, um die schwarze Hautfarbe des jungen Mannes nicht in Vergessenheit geraten zu lassen.

»Wie mein junger schwarzer Freund hier Ihnen bestätigen kann …«

»Obwohl er jung ist, hat mein schwarzer Freund wesentlich mehr Lebenserfahrung als …«

»… mein junger schwarzer Freund …«

Die Wiederholung wurde bedrückend.

Das Auffallendste an dem jungen Mann waren seine Augen. Sie waren so groß wie die Augen byzantinischer Heiliger und so dunkelblau, dass sie ins Violett spielten.

Trotz seiner Jugend lichtete sich bereits sein Haar. Sein gemäßigter Halb-Afro hatte Geheimratsecken.

Er trug einen wissenden Gesichtsausdruck, wie ein Schild mit der Aufschrift, er sei so gut informiert und so lebensklug und welterfahren, dass ihn niemand übers Ohr hauen könne.

Er war überzeugt, Cromwell weit voraus zu sein in dem Spiel, das er mit ihm trieb.

Wie er auch hieß, und er hieß nicht Brad, sein Name entschwand meinem Gedächtnis, sobald er genannt worden war. Für mich hieß er Brad.

4

»Doc!« Cromwell steht auf, um mich zu begrüßen. »Verdammt noch mal, Doc, schön, Sie zu sehen, obwohl Sie aussehen wie der leibhaftige Kater, Sie alter Sünder.«

Wir umarmen uns.

»Setzen Sie sich, setzen Sie sich«, sagt er zu mir, »Sie sehen aus, als hätten Sie alle Mühe, aufrecht zu stehen.« Er lacht und klopft mir auf den Rücken. »Sie haben gestern Nacht kräftig einen draufgemacht, wie?«

»Was soll ich sagen?«, sage ich und zucke die Achseln, wobei meine Schultern demonstrieren, wie leicht ich den Ruf nehme, der mir vorauseilt.

»Was habe ich dir gesagt?«, sagt Cromwell zu Brad. »Habe ich dir nicht gesagt, er kommt mit einem Kater runter?«

Er schmeichelt uns beiden in einem Satz. Er schmeichelt mir damit, dass er sich in seinem voll besetzten Terminplan die Zeit genommen hat, in meiner Abwesenheit über mich zu reden, und er schmeichelt seinem jungen schwarzen Freund damit, ihn daran zu erinnern, dass er ihm intime Einzelheiten aus meinem Leben mitgeteilt hat.

Es ist die meisterliche Darbietung eines meisterlichen Gastgebers. Er schmeichelt uns mühelos beiden und wirbelt weiter.

»Über Sie komme ich einfach nicht hinweg«, sagt er zu mir, und dann erzählt er Brad: »Er ist unverwüstlich. So ist er, seit ich ihn kenne. Der Mann ist eine Legende …«

Ein Kellner kommt. Cromwell bestellt eine Obstplatte mit ungesüßtem Joghurt und Toast ohne Butter, Brad bestellt ein Schimmelkäseomelett.

Ich bin immer noch in der Zwickmühle, was ich nehmen soll, aber Cromwell kommt mir zu Hilfe.

»Ich glaube nicht, dass unser Freund hier etwas essen möchte.« Er lächelt dem Kellner zu. »Falls ich mich nicht irre, möchte er als Erstes eine Bloody Mary«, sagt Cromwell und schaut zu mir wie um Bestätigung.

Ich nicke einmal, als wäre ich dermaßen verkatert, dass ich unmöglich zweimal nicken kann.

5

Es ist erholsam, das Image zu spielen, das Cromwell mir zu spielen gegeben hat.

Ich hatte vergessen, wie bequem und geistig unanstrengend es ist, ein Image zu sein statt eines Menschen.

Es ist nicht nur mangelnde Willenskraft, die mich veranlasst, die Farce mitzuspielen.

Es hat auch Vorteile.

Ich brauche eine Pause vom Sein.

Jeder, denke ich, braucht hin und wieder eine Pause vom Sein.

Obwohl ich weder gestern Abend betrunken war noch heute Morgen verkatert bin, ist das Image eines verkaterten Skriptflickers ungemein bequem und gewährt mir den Frieden einer vorübergehenden Atempause von all der Bedeutung, die sich in mein Leben drängt.

Von Leila und Billy, die mir so viel bedeuten.

Von all dem Verstehen, das ich in den letzten Monaten habe leisten müssen.

Ich trinke meine Bloody Mary und rauche meine Zigarette und überlasse mich Doc. Er hat so viele Drehbücher und Figuren geflickt und geglättet, er hat dem Leben so vieler Figuren ein Rückgrat eingepflanzt und so viele Happy Ends zustande gebracht, dass ich die gleiche Behandlung für mich haben möchte. Flick mich zusammen, Doc. Und wenn du was wegschnippeln musst, dann schnipple drauflos, aber flick mich zusammen, Doc.

Wir reden weiter.

Unser Gerede ist Talkshow-Gerede.

Das Gerede hat einen Rhythmus, einen uralten Rhythmus, und auch das Gelächter hat einen Rhythmus. Alles ist sehr wohlklingend und polyfon, eine akustische Gehirnmassage. Es gibt keinen eigentlichen Inhalt, aber der Ton ist so angenehm, dass er zum Inhalt wird.

Wir sind weder so laut, dass wir die Leute an den Tischen um uns herum stören, noch sind wir so unauffällig, dass wir kein Publikum haben.

Unser Gruppenimage wird von der Tatsache verstärkt, dass wir zwei weiße Männer und ein schwarzer Mann (praktisch noch ein Junge) sind, die an einem Tisch sitzen. Das spricht für uns. Das gibt uns das Gefühl und lässt uns den Eindruck erwecken, Botschafter irgendeines guten Willens zu sein, zumindest des guten Willens zu rassischer Harmonie. Und wenn der junge schwarze Mann an unserem Tisch auch Cromwells Konkubine ist, dem Image, das wir ausstrahlen, ist das nicht anzusehen.

Wir feiern etwas an unserem Tisch, das Leben vielleicht oder vielleicht die Tatsache, dass wir alle in der Unterhaltungsindustrie tätig sind, der einigenden Religion unserer Zeit.

6

Hier sitze ich und frühstücke mit Cromwell und seinem jungen schwarzen Freund, weil ich gebeten wurde, hier zu sein, und ich bin gekommen. Ich bin hergeeilt, aber es gibt keinen vernünftigen Grund für mein Hiersein, außer um Zeuge zu sein, wie Cromwell seinen jungen schwarzen Freund vögelt.

Um meine Anwesenheit zu rechtfertigen, kommt hin und wieder das Thema der heutigen Testvorführung auf. Cromwell spricht das Thema an und beendet es ganz nach Belieben.

Er sagt mir, alle Zeichen deuteten darauf hin, dass wir einen Bombenerfolg in Händen halten.

»Auf Holz klopfen.« Er lächelt und pocht mit den Fingerknöcheln auf den Tisch.

Die Mundpropaganda für den Film ist umwerfend. Seine Freunde und sogar seine Feinde in LA rufen ihn an und fragen, wann sie ihn sehen können.

Die Werbekampagne, aufgebaut um den Slogan »Liebe, Amerikas Nationalsport Nr. 1«, läuft fantastisch. Der Slogan hat im Markttest noch besser abgeschnitten als der Filmtitel.

Ein Überraschungserfolg, da ist er sicher. Ein Kunstfilm mit Massenappeal.

Als fiele es ihm nachträglich ein, wendet er sich an Brad und sagt ihm, dass mir das Verdienst an dem Slogan zukommt.

Ich protestiere. Das war von mir nur so dahingesagt, sage ich. Ohne jeden Gedanken an einen Werbeslogan, bis Cromwell sagte, das wäre einer.

Der junge schwarze Brad beobachtet uns mit seinen großen blauen byzantinischen Augen, die an christliche Heiligenbilder erinnern.

Wie wir flachsen, wie wir uns selbstlos und großzügig gegenseitig das Verdienst zuschieben, wie Cromwell mir auf die Schulter klopft, wie ich reagiere, alles trägt die Prägung einer langen und engen Freundschaft, einer beruflichen Beziehung, aber auch einer persönlichen Beziehung. Es ist ein sympathisches Image, das wir ausstrahlen, zwei begabte Männer, die einander zugetan sind, und der schwarze Brad, das spüre ich, genießt es, dabeizusitzen, Teil dieser Kameraderie zu sein. Er merkt natürlich nichts davon, dass ich Cromwell zutiefst hasse (verabscheue, verachte, verurteile), aber wie soll er etwas davon merken, wenn nicht einmal ich etwas davon merke?

Aber ich stehe nicht im Brennpunkt von Cromwells riesiger Stirn und der dahinter aufgestauten Energie. Ich diene nur zur Ablenkung vom eigentlichen Zweck dieses Arbeitsfrühstücks, ich bin nichts als ein Zuschauer, der zuverlässig beobachten soll, wie Cromwell den jungen schwarzen Brad in aller Öffentlichkeit vögelt. Für einen Mann wie Cromwell wäre es reine Zeitverschwendung, jemanden privat zu vögeln, wo nur er und das Opfer Zeugen des Vorgangs wären. Warum überhaupt jemanden ohne Zeugen vögeln?

»Mmm«, genießt Cromwell sein Frühstück.

Er spießt Frischobststückchen von seiner Frischobstplatte auf die Gabel und taucht sie in seine Schale mit ungesüßtem Joghurt und führt sie dann schwungvoll zum Mund.

»Mmm.«

Die Begeisterung, mit der er isst, lässt mich an meinem Hass gegen diesen Mann zweifeln, lässt mich an meinem Recht, ihn zu hassen, zweifeln. Es mutet unamerikanisch an, jemanden zu hassen, der liebt, was er tut, der genießt, wer er ist.

Ich habe keine Ahnung, was Cromwell an dem Brad an unserem Tisch aufgeilt oder welchen Teil von Brads Leben er vögeln will. Da ich Cromwell kenne, da ich selbst wiederholt von ihm gevögelt worden bin, weiß ich nur, dass er diesen schwarzen Jungen vögeln will, ihm etwas ein- oder etwas ausvögeln will, und er will, dass ich sehe, wie er es beim Frühstück tut.

Er begeistert sich für das Leben dieses schwarzen Jungen.

Der Junge ist eine Art Wunderkind.

Autodidakt. Er ist so früh wie möglich von der Schule abgegangen. Arbeitete in einem kleinen Theater nach dem anderen. Fing an, für ein großes kommunales Theater Stücke zu lesen, wurde dort Dramaturg. Cromwell hat ihn bei einer

Premiere in diesem Theater kennengelernt und sofort, so Cromwell, an ihm einen Narren gefressen.

»Ich habe gleich gemerkt …«

»Sobald ich mit ihm geredet habe, wusste ich …«

»Ich hegte überhaupt keinen Zweifel, dass er …«

Und so weiter.

All das geschah erst vor Kurzem. Vor etwas über einer Woche. Cromwell lud ihn zum Essen ein. Sie gingen essen. Dann lud Cromwell ihn ein, mit nach Pittsburgh zur Testvorführung von *Präriesegler* zu kommen. Und so ist nun Brad in Pittsburgh und frühstückt mit uns.

Ist es der Künstler in Brad, den Cromwell vögeln will? Oder vielleicht will er ihm den Künstler ausvögeln. (Cromwell ist geil auf Kunst und Künstler aller Art.) Oder vielleicht ist Brads Vergehen, Cromwell nicht zu brauchen. Cromwell ist besonders geil auf die, die ihn nicht brauchen.

»Ich brauche jemanden wie ihn in meinem Büro«, erzählt mir Cromwell, damit sein junger schwarzer Freund dasitzen und genießen kann, dass über ihn geredet wird. »Wirklich. Ich brauche den Input der Jugend. Besonders der schwarzen Jugend. Es ist so leicht, isoliert und abgeschnitten zu werden, bei dem weißen Leben, das ich führe, und ich empfinde eine gewisse Verantwortung, in den Filmen, die ich mache, nicht nur die Mainstreamkultur der weißen Mittelklasse zu bedienen, sondern auch die schwarze Erfahrung darzustellen. Aber das wissen Sie ja, Saul. Das habe ich Ihnen schon hundertmal gesagt …«

(Ich höre es heute zum ersten Mal, aber ich nicke.)

»Aber ich weiß nichts über Filme«, sagt der schwarze angehende Brad. »Ich habe nicht mal was übrig für Filme. Echt nicht.«

»Wer kann dir verübeln, dass du für den Schund da draußen nichts übrighast? Wenn du was dafür übrighättest, würden wir nicht hier sitzen und reden. Und was dein Wissen über Filme angeht, du weißt mehr, als du denkst. Willst du wissen, wer eine Menge über Filme weiß? All die Absolventen der Filmhochschulen mit ihrem Magistergrad, die wissen was. Die wissen alles darüber. Einer von denen arbeitet gerade für mich, und es ist eine Katastrophe. Sie haben nicht den Mumm oder das Gespür, das ich brauche. Aber du hast das. Das Stück, das du inszeniert hast …«

»Ich habe es nicht inszeniert. Ich habe nur …«

»Ach, hör schon auf. Keine Spielchen, bitte. Du hast es inszeniert, und das weißt du auch. Es war dein Stück.«

»Es war ein Theaterstück, kein Film. Ich weiß wirklich nichts über Filme«, sagt er, aber nicht mehr mit der gleichen Überzeugung wie vorher. »Ich bin ein Theatertier, echt.«

»Wenn es irgendetwas gibt, was unsere Kultur braucht, dann eine Infusion dieser tierischen Lebensgeister, dieser ungezähmten Lebendigkeit, die du besitzt, nicht als Eigenschaft, sondern als das, was dein Wesen ausmacht. Dieses Wesen ist das Wesen der Kunst, sei es Film oder Theater oder Hörspiel oder Rap oder Oper.« Die Wucht und die Autorität, mit der Cromwell spricht, entströmt ihm so leicht wie die Annahmerede eines politischen Führers nach einem Erdrutschwahlsieg. Er erweckt den Eindruck, die innere Größe seines Gesprächspartners zu kennen, die der sich vor lauter Schüchternheit nicht eingestehen kann.

Da ich von Cromwell nahezu genauso gevögelt worden bin, schaue ich jetzt fasziniert zu. Es ist, als würde ich noch einmal gevögelt.

Indem ich das beobachten muss.

Ich sollte eingreifen, denke ich bei mir.

Und weiter gehts.

Cromwell wendet sich nicht mehr an mich, schaut mich nicht mehr an, ignoriert mich. Er weiß, dass ich da bin. Er weiß, dass ich alles beobachte. Das ist alles, was er im Moment von mir braucht. Den kleinen Energieschub, den nur ein Publikum geben kann.

Cromwell beißt kleine präzise Stücke von seinem trockenen Toast ab und schmiert Brad schamlos Honig um den Bart. Er trägt dabei so dick auf, dass es Brad nicht entgehen kann.

Und da Brad weiß, dass ihm Honig um den Bart geschmiert wird, setzt er eine wissende Miene auf, als würde ihn das immun gegen Cromwells Ansturm machen.

Als könnte er Cromwell mit diesen schönen, violetten byzantinischen Augen durchschauen.

Cromwell liebt es, durchschaut zu werden.

»Was du hast«, erzählt Cromwell ihm, »ist etwas so Seltenes, dass …«

»Nicht nur, dass du talentiert bist«, erzählt er ihm, »sondern du bist auch …«

»Du könntest der erste Schwarze in der Filmindustrie sein, der …«

Er bietet ihm Image um Image. Und Image um Image lehnt Brad mit einem Achselzucken oder einem Lächeln oder einer amüsierten, wissenden Miene ab.

Aber jede Ablehnung gibt Cromwell einen Einblick, welches Image erforderlich ist, um seinen jungen schwarzen Freund einzusargen.

»Sieh mal«, sagt Cromwell zu ihm, und sein Tonfall deutet an, dass er Brads Ablehnung im Voraus versteht und akzeptiert.

»Sieh mal«, sagt er, »du bist bestens ohne mich zurechtgekommen, und ich bin bestens ohne dich zurechtgekommen, und ich wage zu behaupten, dass wir beide auch in Zukunft ohneeinander bestens zurechtkommen werden. Aber darum geht es nicht. Ich verstehe deine Abneigung. Du, junger Mann, bist dazu bestimmt, ein junger schwarzer Krieger zu sein. Ich sage dir nichts, was du nicht hundertmal besser weißt als ich, und ich werde dich auch nicht anlügen und dir sagen, dass es leicht sein wird, ein junger schwarzer Krieger in der Filmindustrie zu sein. Denn es wird nicht leicht sein. Unser Land, unsere Gesellschaft, die ganze weiße Unternehmensstruktur der Unterhaltungsindustrie ist auf Autopilot, um den jungen schwarzen Krieger zu zermalmen, wann und wo er sich auch zeigt. Und von daher muss ich zugeben, dass ein Teil von mir, der vernünftige Teil von mir, dir nahelegen würde, zu deinem eigenen Besten die Finger davon zu lassen. Aber ein anderer, tieferer Teil von mir weiß, wenn junge schwarze Krieger aufhören, in unserer Gesellschaft aufzutreten …«

Ich kann bei Brad eine Veränderung sehen.

Eine innere Neueinschätzung wahrnehmen.

Dieses Image von sich als einem jungen schwarzen Krieger reizt ihn. Diese Worte haben in ihm eine Saite zum Klingen gebracht.

Das Image heftet sich ihm an wie ein Parasit einem Wirtsorganismus.

Cromwell erfasst mit einem einzigen Blick seinen neuen schwarzen Brad, der jetzt sturmreif ist.

NEUNTES KAPITEL

1

Cromwell und Brad wollen in Pittsburgh herumfahren. Cromwell mag Pittsburgh. »Eine sehr interessante Stadt«, sagt er. »Weitaus interessanter, als die Leute meinen.«

Er lädt mich ein, mitzukommen.

Ich kann nicht, entschuldige ich mich. Mein Sohn ist hier.

Wir trennen uns in der Halle.

»Ich sehe Sie heute Abend im Kino, Doc.«

»Ich werde da sein«, sage ich zu ihm und strecke Brad die Hand hin. »War nett, Sie kennenzulernen.«

Er sagt mir, es sei auch nett gewesen, mich kennenzulernen.

Sie gehen in die eine Richtung, ich gehe in die andere.

Billy erblicke ich als Ersten. Ich nehme ihn aus den Augenwinkeln wahr, bevor ich ihn richtig sehe. Seine Größe. Sein frisch geschorenes Haar. Etwas hat mich veranlasst, hinzuschauen.

Hätte ich ihn nicht gesehen, hätte ich auch Leila nicht gesehen, aber jetzt sehe ich sie beide. Dort drüben an der Wand. Beide stehen. Billy im Profil, er lehnt an der Wand, Leila von vorn, auch sie lehnt an der Wand. Zwischen ihnen steht ein schmaler Tisch mit einem weißen Haustelefon.

Die Halle ist riesig und zu dieser Tageszeit sehr belebt. Gäste kommen an, reisen ab. Überall in der Halle verteilt sind kleine Möbelinseln, fast kleine Wohnzimmer, mit Sofas, Sesseln, Beistelltischen, Lampen und eigenen Teppichen.

Ich gehe durch die Menge auf eine dieser kleinen Wohnzimmerzonen in der Halle zu. Ich setze mich in einen Sessel, der sich sogar dreht wie der in meinem Wohnzimmer in New York, zünde mir eine Zigarette an und mache mich daran, Leila und Billy in aller Ruhe zu beobachten.

Billy redet. Leila hört zu. Billy reibt sich mit der linken Hand den Schädel, während er redet.

Obwohl das, was ich tue, etwas unbestreitbar Heimliches hat, sind meine Motive unschuldig, reine Familienvatermotive.

Es kommt nicht oft vor (auch wenn das seltsam anmutet), dass wir Gelegenheit erhalten, die, die wir lieben, unbeobachtet zu beobachten.

Es kommt mir wie eine Ewigkeit vor, seit ich sie gesehen habe.

Mit ihnen zusammen zu sein, ist etwas ganz anderes, als sie so zu betrachten, wie ich es jetzt tue. Man kann Menschen nicht einfach betrachten, wenn man mit ihnen zusammen ist. Sie sagen etwas. Man sagt selbst etwas. Das eigene Dabeisein ändert ihr Verhalten und ebenso das eigene. Man sieht sehr wenig von den Menschen, die man liebt, wenn man mit ihnen zusammen ist.

Oder so kommt es mir vor, während ich dasitze und genießerisch diese Gelegenheit wahrnehme, sie ausnahmsweise einmal nach Herzenslust beobachten zu können.

Ich liebe sie so sehr.

Ich liebe es, wie sie miteinander reden. Ich habe keine Ahnung, was sie sagen, aber ihr Gespräch hat eine Lebhaftigkeit und eine Eindringlichkeit, die sogar aus dieser Entfernung erkennbar sind.

Billy reibt sich immer noch den Kopf.

Leila redet jetzt.

Billy will sie unterbrechen, tut es aber nicht.

Dann hört sie auf zu reden.

Beide schweigen eine Weile.

Dann sagt Billy etwas. Er scheint ihr eine Frage zu stellen. Sie schaut auf ihre Schuhe hinunter.

Ich meine, eine körperliche Ähnlichkeit zwischen ihnen zu sehen. Der leichte Hohlrundrücken bei beiden. Mit ihren gesenkten Köpfen sehen sie aus wie zwei anmutige Fragezeichen.

Mutter und Sohn.

Ich sitze da, rauche und male mir das Happy End dieses Tages aus.

Sie stehen schweigend, und dann, ohne dass ein weiteres Wort gesprochen wird, greift Billy zum Hörer des weißen Telefons. Es gibt nur eine Person, die er im Hotel anrufen kann, und das bin ich.

Ich bedaure, meinen bequemen Beobachtungsposten aufzugeben, aber es ist Zeit. Ich gehe auf sie zu.

Als ich ankomme, lehnt Billy an der Wand mit dem Hörer am Ohr, und Leila schaut auf ihre Schuhe.

»Da seid ihr ja«, sage ich.

Ich habe zu laut gesprochen, und das plötzliche Geräusch meiner Stimme und mein plötzliches Erscheinen erschrecken Leila. Sie ist buchstäblich erschüttert. Billy dreht sich mit einem Ruck um.

»Dad, ich will dich gerade …«

Alle drei fangen wir gleichzeitig an zu reden, und alle drei scheinen wir dasselbe zu sagen.

Dann lachen wir. Oder ich lache. Oder sie lachen. Jedenfalls wird zwischen uns gelacht.

Dem Gelächter folgen Erklärungen. Wir alle scheinen etwas erklären zu müssen und auch unbedingt erklären zu wollen. Leila erklärt, immer noch ein wenig erschüttert, wie sie halb verhungert aufwachte und mich auf der Couch schlafen sah und mich nicht wecken wollte, aber unbedingt etwas essen musste. Also ging sie hinunter, um zu frühstücken, und in der Halle lief sie ausgerechnet Billy in die Arme, der …

Billy übernimmt und erklärt, wie auch er halb verhungert aufwachte, ihm aber trotz seines Hungers das Hotelrestaurant überhaupt nicht gefiel. Also beschloss er, in der Stadt herumzufahren und sich nach etwas nicht ganz so Piekfeinem umzutun, aber gerade, als er das Hotel verlassen wollte, sah er Leila aus dem Fahrstuhl stolpern und …

»Ich bin nicht gestolpert«, protestiert Leila.

Aus irgendeinem Grund lachen wir alle.

Dann erzählen Billy und Leila abwechselnd den Rest der Geschichte. Wie sie durch Pittsburgh gefahren sind, um genau das richtige Lokal zu finden. Wie die meisten noch zuhatten. Wie kühl und herbstlich die Luft war. Wie sie schließlich nicht weit vom Fluss dieses billige Lokal gefunden haben. Eine richtige Arbeiterkneipe mit einer Jukebox und vielen Lkws auf dem Parkplatz.

Sie überschütten mich mit Einzelheiten über das Lokal.

Als ich mit Erklären dran bin, erzähle ich ihnen, was ich mit meiner Zeit getan habe und mit wem. Ich lasse die wesentlichen Ereignisse an meinem Frühstückstisch aus. Stattdessen wiederhole ich, was Cromwell mir gesagt hat: dass die Mundpropaganda über den Film umwerfend ist. Dass wir einen Bombenerfolg in Händen halten könnten. Dass dieser Tag das Ende von Leilas Anonymität sein wird.

Beide scheinen übermäßig aufmerksam, während ich rede. Ich sage nicht viel, plappere dahin, aber sie hängen an jedem Wort, das ich sage, nicken, reagieren.

Wir alle scheinen übermäßig erregt.

Alles erscheint etwas gekünstelt, aber es lässt sich schwer sagen. Vielleicht ist es echt.

Ich meine, in Billys Atem Alkohol zu riechen. Ich bin mir nicht ganz sicher, da ich selbst Alkohol getrunken habe.

Wir scheinen zu nah beieinanderzustehen, während wir reden. Billys Hände sehen plötzlich riesig aus. Es sind natürlich dieselben Hände, die er immer hatte, aber jetzt scheinen sie aus irgendeinem Grunde gewaltig zu sein. Vielleicht gebraucht er sie mehr. Große, ungebärdige Hände, wie die Flügel eines Geschöpfs, das er nicht ganz unter Kontrolle hat.

Er trägt eine verschlissene, mit Webpelz gefütterte Sportjacke, immer wieder zieht er den Reißverschluss rauf und runter und scheint sich gar nicht bewusst zu sein, dass er das tut.

Ich vermisse die Distanz, die ich hatte, als ich sie beobachtete, ohne mit ihnen zusammen zu sein.

Ich fühle mich bedrängt und gleichzeitig – Gott weiß, warum – einsam.

Und ich fühle mich völlig überfordert von der Notwendigkeit, die Datenflut, die ich aus ihren Augen, dem Klang ihrer Stimmen, ihrer Körpersprache herauslese, abzuspeichern, zu bearbeiten und auszuwerten.

Wie Leila immer wieder auf ihre Schuhe blickt.

Wie sie aufschaut und dann wieder hinunter.

Wie sie offenbar gehen will, davonstürzen will, irgendwohin, und wie es ihr gerade noch gelingt, an Ort und Stelle zu bleiben.

Billy sieht so rebellisch aus wie gestern Abend (ein Skinhead, ein Liverpooler Hooligan, ein osteuropäischer Mafioso), aber er benimmt sich nicht mehr seinem rebellischen Image gemäß. Er scheint durcheinander, elend. Als wäre er ratlos, wie er sich mir gegenüber verhalten soll, welche Attitüde er einnehmen soll.

Ich sehe in seinen Augen eine Vielzahl von Billys, und ich fühle mich umzingelt.

Ich habe mein Teil getan. Ich habe mich der ziemlich anstrengenden Prozedur unterworfen, ihn und sein rebellisches Image von gestern Abend zu verstehen. Nun könnte er wenigstens eine Weile daran festhalten.

Ich fühle mich unfähig, nicht unwillens, sondern unfähig, vorläufig irgendein neues Verständnis aufzubringen, und es ärgert mich, dass ich schon wieder welches aufbringen soll.

Vorläufig fehlen mir die Kräfte, um mit irgendwelchen Abweichungen von dem, was ich für ihre gegenwärtigen Charaktere halte, fertigzuwerden.

Ich fühle mich außer Atem. Geistig außer Atem.

Wie in einem Strudel gefangen oder von der Schwerkraft zusammengehalten, bleiben wir dort stehen, zu eng beieinander, um uns wohlzufühlen.

Fast verzweifelt schlage ich vor, etwas zu unternehmen.

»Es ist so ein schöner Tag«, schreie ich, obwohl ich überhaupt noch nicht nachgeschaut habe, was für Wetter wir haben. »Warum unternehmen wir nicht was?«

Billy stottert und spricht dann.

»Ich wollte gerade … ich meine, direkt, bevor du aufgetaucht bist … deswegen wollte ich dich anrufen. Wir haben überlegt, ob wir rausfahren und uns Frank Lloyd Wrights Haus über dem Wasserfall anschauen. Es soll nicht weit von hier sein, und ich wollte schon immer …«

Er fängt wieder an zu erklären, sich fast zu entschuldigen, und erzählt mir, wie er auf dem College dazu kam, sich für Architektur zu interessieren, und wie Frank Lloyd Wright einer seiner …

Ich vermag nicht zu sagen, ob ich eingeladen bin, mitzukommen, oder nicht, aber ich gehe davon aus, dass ich eingeladen bin, und nehme an.

»Das ist eine großartige Idee«, sage ich zu ihm. »Ich wollte schon immer das Haus über dem Wasserfall sehen. Ich will mich nur duschen, rasieren und umziehen, und dann fahren wir los. Ich brauche nicht mehr als fünfzehn Minuten. Höchstens zwanzig.«

Ich dachte, sie würden so lange in der Halle auf mich warten, aber nein, wir steigen alle drei in den Fahrstuhl und fahren zusammen hoch. Billy zieht immer wieder den Reißverschluss an seiner Jacke auf und zu, bis ich ihm fast auf die Finger schlagen möchte.

2

In der Dusche senke ich den Kopf wie im Gebet.

Ich genieße das Gefühl, wie mir heißes Wasser auf die Schultern fällt, und den Anblick, wie Dampf aufsteigt und mich einhüllt.

Ich habe nicht die Zeit, lange zu duschen, weil Billy und Leila im Wohnzimmer auf mich warten. Ich male mir aus, wie sie dort stehen.

Es ist verwirrend. Ich stehe für mich, privat, unter der Dusche, aber es gibt in mir keine Privatperson. Es gibt unter der Dusche nur den äußeren Mann, der eine öffentliche Persönlichkeit spielt.

Ich kann nicht sagen, ob das nur die Stimmung ist, in der ich gerade bin, ober ob es eine neue Krankheit ist.

Ich trockne mich ab und benutze dabei viele Handtücher. Ich ziehe saubere Sachen an.

3

Ich hatte sie stehend verlassen und fand sie nun sitzend vor.

Ich hätte beide bisher nicht als massig bezeichnet, aber jetzt kamen sie mir massig vor, so massig und unbeweglich und mit bedrückender Bedeutung befrachtet wie die beiden Statuen von Michelangelo am Grabmal von Giuliano de Medici.

Bitte keine Bedeutung mehr, hätte ich am liebsten geschrien. Genug! Ich bin kein junger Mann mehr.

Sie saßen auf derselben langen Couch, Leila am einen Ende und Billy am anderen. Direkt gegenüber dem Sofa stand ein Sessel.

Der Sessel schien von Leila und Billy gleich weit entfernt.

Dieser Sessel war für mich bestimmt.

Ich sollte mich in diesen Sessel setzen (auf dem Beistelltisch davor stand sogar ein sauberer Aschenbecher) und als Auffangbehältnis dienen für das, was sie bedrückte.

Alles zeigte in diese Richtung. Der Ausdruck ihrer Augen. Das Schweigen im Zimmer. Die dreieckige Sitzanordnung.

Unsere Tagesordnung einer Besichtigungstour war geändert worden, während ich unter der Dusche stand.

Ich kannte die Einzelheiten der neuen Tagesordnung nicht und wollte sie auch nicht erfahren, weil ich nicht in der Lage war, irgend damit umzugehen. Ich war bis auf Weiteres ein völlig eindimensionales Wesen, das sich bemühte, sein oberflächliches Bestes für alle beide zu tun. Es gab keinen inneren Mann in mir. Innen war niemand im Dienst, um mit diesem Notfall fertigzuwerden.

Morgen, vielleicht morgen würde ich fähig sein, mich damit zu befassen. Aber nicht jetzt.

Jetzt nachzugeben, mich in diesen Sessel zu setzen und zuzuhören, wie sie von sich gaben, was sie bedrückte, war außerhalb meiner psychischen Kraft. Und ich durfte nicht zulassen, dass sie das Happy End gefährdeten, das ich für sie bereithielt. Ich musste sie vor sich selbst retten, musste sie davor bewahren, die herrliche Überraschung zu verderben, die sie heute Abend erwartete.

Das Schweigen im Wohnzimmer stand kurz davor, gebrochen zu werden, und zwar, merkte ich, von Leila. Sie veränderte ein wenig ihre Sitzhaltung und seufzte leise, atmete aus, als Vorspiel zum Sprechen.

Ich wusste, ließ ich sie sprechen, dann war ein Geist aus der Flasche heraus, dann war alles aus, dann begann eine andere Geschichte, nicht die Geschichte, die ich mir ausgedacht hatte.

Und so schlug ich zuerst zu.

Was für ein wunderbarer Tag es war, erzählte ich ihnen, und wie wunderbar ich mich fühlte. So wunderbar hatte ich mich seit Jahren nicht mehr gefühlt. Und wie großartig es war, mit ihnen beiden wieder einen Ausflug zu machen.

Seit Spanien, erzählte ich ihnen, hatten wir keinen schönen Ausflug mehr gemacht. Einen Ausflug im Auto. Etwas, was ich in meinem Leben am liebsten tat, besonders mit zwei der mir liebsten Menschen.

Ich hatte schon immer das Haus über dem Wasserfall sehen wollen. Einer der mir liebsten Bauten von Wright.

Ich fragte Billy, ob er wusste, wie man zum Haus über dem

Wasserfall gelangte, aber bevor er antworten konnte, schlug ich vor, unten an der Rezeption zu fragen. Nur um sicherzugehen. Da hatten sie wahrscheinlich Straßenkarten und so etwas. Und sie konnten uns wahrscheinlich ein malerisches, abgelegenes Restaurant nennen, wo wir essen konnten.

Ich war ehrlich überrascht, wie leicht es mir gelang, sie gefügig zu machen und aus der Suite zu scheuchen.

4

Es war ein unvergesslicher Himmel, betüpfelt mit Hunderten, vielleicht Tausenden kleiner weißer Wölkchen. Sie waren gleich groß und gleich geformt und verwandelten den mauvefarbenen Himmel in ein Chrysanthemenfeld, durch das die Sonne auf die Erde niederstrahlte.

Ich weiß nicht, ob sie hinschauten oder nicht, aber als wir über den Hotelparkplatz gingen, zeigte ich zum Himmel und sagte, erst zu Leila und dann zu Billy: »Mein Gott, schaut euch nur den Himmel an.«

5

Das Auto, das Billy sich von einem Freund in Harvard geliehen hatte, war ein altes Taxi. Ich wusste nicht viel über Autos, doch sogar ich merkte, dass viel Geld hineingesteckt worden war. Neuer Lack. Neue Sitze. Neuer Motor.

Das einzige gelbe Auto auf dem Parkplatz. Nicht das Gelb gelber Taxis, sondern ein anderer Gelbton, mit reflektierenden Partikeln in der Farbe, sodass sein Äußeres funkelte und schimmerte in einer Mischung aus Goldstaub und Perlmutt.

Innen schwarzes Leder.

Ein schönes großes Lenkrad, die Sorte, die man einfach gern in der Hand hält.

Vielleicht war es der Alkohol, den ich in Billys Atem an jenem Morgen roch oder zu riechen meinte, oder vielleicht gefiel mir die nervöse Art nicht, wie er die Autoschlüssel um den Zeigefinger wirbelte, als wir über den Parkplatz gingen, oder vielleicht wollte ich einfach derjenige sein, der das Tempo der Fahrt bestimmte, aber egal, was der Grund war, ich bat Billy, mich fahren zu lassen. Ich sagte, ich hätte noch nie ein altes Taxi gefahren und mich immer gefragt, wie es wäre, eins zu fahren.

Ich würde hinfahren. Er würde zurückfahren.

Statt mir die Schlüssel zu geben, warf er sie mir zu. Es war eins jener »Macker«-Dinge, die ein Junge in seinem Alter tun mochte. Es hatte nichts Feindseliges. Ich erwartete es nur nicht, und deshalb gelang es mir nicht, sie zu fangen. Die Schlüssel rutschten mir durch die Hände und fielen aufs Pflaster.

Ich bückte mich, um sie aufzuheben, und als ich mich wieder aufrichtete, mit den Schlüsseln in der Hand, sah ich Billys und Leilas Mitleid auf mich gerichtet, als wäre ich unfair behandelt worden.

6

Obwohl ich so unendlich viel mit Pittsburgh verband, war ich bislang nur einmal in dieser Stadt gewesen. Jetzt fühlte ich mich am Steuer unseres alten Taxis etwas ratlos und suchte einen Weg aus Pittsburgh hinaus.

An der Rezeption gab es keine Stadtpläne für Hotelgäste mehr, aber eine gewisse Ms Caan schaute in einen Straßenatlas und notierte mir die Wegbeschreibung auf einem Hotelbogen. Die Anweisungen waren mir völlig klar vorgekommen, als ich sie in der Hotelhalle las, und theoretisch waren sie mir auch immer noch völlig klar. Die Realität der Stadt nahm nur etwas von dieser Klarheit fort.

Die Straßen, auf denen ich fuhr, mäandrierten wie Flüsse, und sie wechselten ihre Namen ohne erkennbaren Grund, wie die Straßen in Paris. Bis zu einer Kreuzung hießen sie so, danach hießen sie anders. Ich fuhr Straßen hinauf, die steiler waren als alles, was ich in San Francisco gesehen hatte, und fuhr dann auf der Suche nach einer Querstraße, die einfach nicht aufgetaucht war, wieder hinunter.

Schließlich fuhr ich (entweder durch Zufall oder durch negative Auslese) nach Westen auf der (passend benannten) Western Avenue. Ich überquerte auf der Wiend Bridge den Ohio, und da, auf der anderen Seite der Brücke, war die Bundesstraße 51 nach Süden.

Laut Ms Caans Anweisungen brauchte ich nur auf der 51 zu bleiben, bis ich Uniontown erreichte.

Ich zündete mir eine Zigarette an und trat aufs Gaspedal.

Wir ließen Pittsburgh rasch hinter uns.

Auf dem Weg nach Uniontown gestattete ich mir sogar, die Landschaft zu betrachten, weil Ms Caan ausdrücklich eine landschaftlich schöne Strecke für uns ausgesucht hatte.

Ich tat mein Möglichstes, um die Landschaft zu genießen. Die Hügelketten. Die weiten Felder. Die Wäldchen herbstlicher Bäume.

Wir überquerten den Monongahela auf der Elizabeth Bridge (bei der Stadt Elizabeth) und eilten, wobei ich sanft aufs Gaspedal trat, um die Geschwindigkeit zu erhöhen, ohne Leila Angst zu machen, unserem nächsten Ziel entgegen, Uniontown.

7

Ein altes Taxi ist ein sehr geräumiges Auto. Es bietet viel Kopffreiheit, Beinfreiheit und Ellbogenfreiheit.

Leila sitzt mit mir vorn, aber nicht neben mir. Das soll nicht nach irgendeiner Kritik klingen. Sie nutzt einfach den Freiraum des Beifahrersitzes, um es sich bequem zu machen. Sich auszustrecken.

Sie hat die Wange in die rechte Hand gestützt, die am Seitenfenster lehnt. Ihr Körper ist zu mir hin ausgestreckt. Ihre Beine sind gekrümmt, und die Kuppen ihrer Knie unter dem Kleid sind aufreizend. Ich denke immer wieder daran, hinzufassen und sie zu berühren, mich darauf niederzulassen, aber ich tue es nicht.

Ich weiß nicht, warum ich es nicht tue.

Vielleicht, weil ich nicht genau weiß, ob mein Verlangen, sie zu berühren, einfach ein Verlangen ist, sie zu berühren, oder ein Verlangen, zu demonstrieren, dass ich sie berühren kann, wenn ich will.

Ich weiß einfach nicht, ob ich sie berühren will.

Ich warte darauf, dass meine Situation sich von selbst klärt. Auf einen unwiderstehlichen Impuls, der meine Hand auf ihr Knie zwingt.

Sie scheint zu weit fort zu sein. Ihr Körper so nah, und sie so weit fort.

Billy sitzt hinten, was so weit hinten ist, dass er eher jemand zu sein scheint, der uns folgt, als jemand, der im selben Auto mit uns fährt.

Ich erhasche im Rückspiegel immer mal wieder sein Gesicht.

8

Manchmal fahre ich schneller, und dann, wenn Leila sich versteift und Zeichen von Angst zeigt, wieder langsamer. Ich tue das, um die Atmosphäre im Auto zu kontrollieren und zu verhindern, dass sich etwas zusammenbraut.

Dass sich was zusammenbraut?

Ich fahre immer schneller, bis alles sich darauf konzentriert, und dann fahre ich wieder langsamer.

Eine Weile lang, für ein paar Meilen landschaftlich schöner Strecke, kehrt die Atmosphäre zum Status quo zurück.

Und dann beginnt sich wieder etwas zusammenzubrauen.

Ich reagiere darauf, indem ich fester aufs Gaspedal trete.

Ein Happy End erwartet sie am Ende dieses Tages, und ich werde alles tun, damit sie es nicht verderben.

9

Ich sorge für einen stetigen Strom oberflächlichen Geschnatters.

Es ergießt sich aus mir wie billiger Weißwein aus einer Flasche.

Ich habe freien Zugriff auf Millionen Bits mit Informationen, die in meinem Gedächtnis gespeichert sind. Alles von der Grundschule bis zum Graduiertenkolleg und darüber hinaus. Fast alles, was ich je in der *New York Times* gelesen habe, ist da. Die Völkermorde. Die Musicals. Die Filme. Der Sport aus dem Sportteil. Die Naturwissenschaften aus dem Wissenschaftsteil. Die Diätkuren. Die Schießereien aus fahrenden Autos. Die Entwicklung von Mannequins zu berühmten Persönlichkeiten. Die Veränderungen beim Basketball und die Entwicklung vom Vorchecker und vom Rebounder zu den Eckpfeilern des Spiels.

Die Begebenheiten, die Begegnungen, die Gespräche, die Drehbuchkonferenzen, die Frühstücke, die Mittagessen und Abendessen aus dem Leben, das ich gelebt habe.

Sie sind alle da.

Es hat keine Bedeutung für mich, aber es ist alles da, und ich greife darauf zurück, während ich fahre, um zu unterhalten, abzulenken und zu fesseln.

Es gibt keine Rangordnung, keine Diktatur der Themen, keine Notwendigkeit, disparate Themen durch Überleitungen zu verknüpfen.

Ich bewirte sie, während ich rauche und fahre, mit einer Endlosschilderung meines Lebens und meines Zeitalters.

10

Ungefähr fünfzehn Meilen nach Uniontown wechselten wir bei dem Städtchen Farmington auf die Bundesstraße 381.

Laut Ms Caan waren es von Farmington noch fünfzehn Meilen bis zum Haus über dem Wasserfall von Frank Lloyd Wright.

Bäume, Wald auf beiden Seiten der Straße. Plötzlich von Feldern aufstiebende Vogelschwärme.

Die Straße eine schmale, kurvenreiche Teerstraße mit nur einer Spur in jeder Richtung. Wunderbar zu befahren.

Wir waren inzwischen alle drei ein wenig angeschlagen. Wir brachen beim leisesten Anlass in Gelächter aus. Wenn es keinen Anlass gab, holten wir verzweifelt frühere Anlässe hervor, die wir belacht hatten, und belachten sie noch einmal.

Ich zitierte Billys zahlreiche Kindheitsversprecher. Mäh,

mäh, schwarzes Schaf, hast du denn auch Wölfe. Robin Hood und seine luftigen Gesellen.

Der Gegenverkehr auf der 381 nahm zu. Wochenendausflügler, die die Landschaft genossen. Junge Paare. Alte Paare. Autos voller Kinder.

Ich fuhr an ihnen vorbei, und in den Gesichtern der Leute, an denen ich vorbeifuhr, sah ich uns selbst mit ihren Augen. Wir sahen aus wie das Inbild einer dieser glücklichen Familien, die einem manchmal unterwegs begegnen.

Als wir durch ein Städtchen namens Aliquippa fuhren, genügte der Name, um uns zu hysterischem Gelächter hinzureißen. Leilas Augen verschwanden völlig, weil sie so lachen musste. Billy hatte Tränen in den Augen.

Wir lachten uns kaputt, als wir den Youghiogheny River überquerten.

Ich fuhr an weiteren entgegenkommenden Autos vorbei, als die Straße plötzlich nach Osten bog.

Und dann, mitten in einer unübersichtlichen Kurve, musste ich scharf auf die Bremse treten und mit quietschenden Reifen halten, um nicht auf das Auto vor mir aufzufahren.

Vor diesem Auto standen weitere Autos Stoßstange an Stoßstange.

Ich konnte nicht absehen, wie lang die Reihe war, weil die Straße in einer Rechtskurve verschwand.

11

Das ist nur ein kurzer Stau, denke ich bei mir. Gaffer, die die Landschaft bestaunen, oder ein Auto mit gerissenem Keilriemen, das von der Straße geschoben werden muss.

Es geht bestimmt bald wieder weiter.

Ich teile Leila und Billy diese Einschätzung mit, und sie teilen sie.

Wir sind uns alle einig. Jede Sekunde wird es weitergehen.

Ich zünde mir eine Zigarette an und denke bei mir, dass es weitergehen wird, bevor ich sie aufgeraucht habe.

12

Unsere angeschlagene, ausgelassene Stimmung ist bis auf Weiteres im Haltemodus. Sie ist da, im Leerlauf wie der Motor des Autos, bereit, wieder eingekuppelt zu werden.

13

Der Rauch meiner Zigarette wurde während der Fahrt durch die Fenster aus dem Auto gesogen, aber jetzt sammelt er sich im Auto. Leila wedelt ihn von ihrem Gesicht weg. Ich biete an, die Zigarette auszumachen, aber sie sagt, es gehe schon.

Ich mache die Zigarette trotzdem aus.

14

Die Autos auf meiner Seite der Straße stehen Stoßstange an Stoßstange. Die Spur auf der anderen Seite jedoch ist vollkommen leer. Kein einziges Auto fährt vorbei.

Nichts bewegt sich. Nichts außer den Chrysanthemenwolken.

Ich tippe immer wieder leicht aufs Gaspedal, damit der

Motor nicht tuckert. Das kann sich leicht zu einem nervösen Tic auswachsen. Ich muss aufpassen, dass das nicht geschieht.

15

Weiter vorn steigen ein paar Fahrer aus ihren Autos. Ziehen sich den Hosenbund hoch. Stopfen das Hemd in den Hosenbund. Wahrscheinlich ehemalige Militärangehörige, die jetzt aussehen wie die perfekte Besetzung für Handwerker, die Waschmaschinen reparieren.

Sie versuchen herauszubekommen, was den Verkehr aufhält.

Sie tun sich zusammen und gehen gemeinsam zum Beginn der Rechtskurve.

Sie bleiben stehen. Sie sondieren das Terrain. Sie schütteln die Köpfe.

Sie schlendern zu ihren Autos zurück, bedeuten uns Übrigen mit ausholenden, opernhaften Gesten, dass ihnen völlig schleierhaft ist, was den Verkehr aufhält.

16

Ich tippe immer wieder aufs Gaspedal. Die Stimmung, die Atmosphäre in unserem Auto ändert sich. Eine andere Atmosphäre setzt sich langsam in unserem Auto durch, und ich weiß nicht, was ich dagegen unternehmen soll.

Meine einzige Hoffnung ist, dass wir uns wieder in Bewegung setzen.

Und zwar bald.

17

Das Auto vor mir wird rasch zu einem festen Bestandteil meines Lebens.

Es ist ein burgunderroter Buick Riviera.

Das Paar in dem Auto hat einen Hund, der an mir einen Narren gefressen hat.

Ich versuche, ihn nicht anzuschauen, denn ich mag diesen Hund nicht, aber es ist schwer, ihn nicht anzuschauen, wenn er andauernd mich anschaut.

Er taucht auf, verschwindet, taucht wieder auf.

Da ist er wieder.

Und das verflixte Viech schaut mich direkt an.

Es ist ein kleiner, knochiger Hund mit schwarz-weißem Fell. Er muss auf dem Rücksitz auf den Hinterpfoten stehen. Ich sehe von ihm im Rückfenster nur den Kopf und die Vorderpfoten.

18

Ich giere nach einer Zigarette, aber aus Rücksicht auf Leila rauche ich nicht.

Mir bleibt natürlich die Möglichkeit, aus dem Auto zu steigen und meine Zigarette draußen zu rauchen, aber mir ist nicht mehr wohl dabei, die beiden im Auto allein zu lassen.

19

Wieder einmal beginne ich die verräterischen Zeichen ihres Vorhabens wahrzunehmen. Sie machen sich bereit, mich mit etwas zu konfrontieren. Ich stelle das Radio an und ab.

Wie aus Versehen drücke ich auf die Hupe.

Ich sage etwas.

Ich sage noch etwas.

Alles, um sie ja abzulenken.

20

Ich kämpfe heldenhaft gegen ein unerklärliches Gefühl von Einsamkeit an. Es kommt mir völlig falsch und unnatürlich vor. Wie kann ich einsam sein, wenn ich hier bei den einzigen beiden Menschen sitze, die ich liebe? Wenn ich eine Familie habe, dann ist es diese. Wenn irgendjemand mich liebt, dann sind es diese beiden.

Alles Beweismaterial spricht gegen meine Einsamkeit, und doch werde ich allmählich so einsam wie nie.

Da ist wieder der verflixte Hund.

21

Vor Jahren schrieb ich mal ein bereits umgeschriebenes Drehbuch um (das gegenwärtig von einem Ehepaar zum x-ten Mal umgeschrieben wird). Das Drehbuch gehörte zu dem damals neuen Genre der Mafiakumpelfilme.

Besonders eine Szene daraus tritt mir jetzt in allen Einzelheiten lebhaft in Erinnerung.

Zwei Mafiakumpel machen mit einem dritten Mafiakumpel eine Autofahrt. Sie sind alle drei gute Kumpel, aber der Dritte muss sterben. Sie fahren zu einem festgelegten Ort, wo die Hinrichtung stattfinden soll.

Sie erzählen sich unterwegs Witze und reden über die verschiedenen Teile der weiblichen Anatomie, wie in solchen Szenen üblich, wobei der zum Tode Verurteilte natürlich keinen blassen Schimmer hat, dass dies seine letzte Fahrt ist.

Sie fahren und fahren und sind gut drauf.

Und dann (das war mein Beitrag) müssen sie plötzlich an einem Eisenbahnübergang halten.

Und allein dadurch, dass sie diesen ungeplanten Halt einlegen müssen, ändert sich die Stimmung im Auto.

Die Witze, die sie erzählt haben, das Gefrotzel, das Gelächter, das mit der Bewegung des Autos in Einklang gewesen ist, wirkt plötzlich gezwungen und unangebracht.

Tony, so hieß der Prügelknabe, Tony Russo merkt allmählich, dass etwas nicht stimmt. Seine beiden Kumpel sagen nicht viel, aber er spürt den Strom stummer Halbsätze, die zwischen ihnen hin- und herwandern (so ungefähr habe ich in meinen Regieanweisungen geschrieben). Und während sie alle auf den Zug warten, wird ihm klar, was wirklich auf der Tagesordnung steht.

22

Mir fällt Tony ein, weil ich jetzt von den Gefühlen heimgesucht werde, die ich ihm in meinen Regieanweisungen für diese Szene zugeschrieben hatte.

Die Panik. Die Verlassenheit. Seine Bestürzung, weil er sie

plötzlich fürchten muss, die beiden Freunde, die er geliebt hat. Seine Familie.

Ich fühle mich genauso.

Leila und Billy werden mir einen Schlag versetzen. Ich weiß nicht, womit, aber ich fürchte, es wird wehtun.

Trotz der Speckschichten, die meinen Körper bedecken, ist er angespannt und hart, in Erwartung eines Schlages.

Wenn ich das Lenkrad noch fester umklammere, werden meine Finger zerbrechen wie Brezeln und in meinen Schoß fallen.

23

Ich habe nie die leiseste Angst vor der Möglichkeit eines Atomkriegs verspürt.

Was mir an Atombomben Angst einjagt, ist nicht ihre Zerstörungskraft, sondern vielmehr dies: Sobald in einer Bombe eine Kettenreaktion beginnt, lässt sie sich nicht mehr aufhalten.

Alles Unwiderrufliche ist eine Quelle panischer Angst.

Ich fühle, dass in unserem Auto eine Kettenreaktion begonnen hat.

Ich fühle die Kommunikationsströme zwischen Leila und Billy. Zwischen dem Vordersitz, wo sie sitzt (nicht ganz neben mir), und dem Rücksitz, wo Billy sitzt.

Ohne einander anzuschauen, ohne miteinander zu sprechen, kommunizieren sie miteinander.

Das raschelnde Geräusch, das Billy macht, als er seinen Körper anders anordnet.

Das kleine Hüsteln, das er hüstelt.

Der halb unterdrückte Seufzer, den Leila seufzt.

Billy öffnet und schließt den Deckel des Aschenbechers am Rücksitz.

Leila, die vorher zusammengekauert war, setzt sich jetzt auf.

Sie sammelt jetzt ihre Gedanken, bevor sie zu sprechen beginnt.

Sie schaut auf ihre Hände, wo der Daumen der einen Hand die Finger der anderen reibt, zwiebelt.

Jetzt wird sie gleich den Blick heben und mich ansehen.

Ich beiße die Zähne zusammen.

Sie hebt den Kopf, dreht ihn ein wenig und schaut mich an.

Der Blick, den ich von ihr erhalte, ist so weich wie Kaschmir.

Tränen steigen ihr in die Augen, oder es kommt mir zumindest so vor.

Und dann sagt sie mit ihrer Frosch-im-Hals-Stimme, die mich an ihr Lachen erinnert und an glücklichere Tage: »Ach, Saul.«

Der Klang meines eigenen Namens, so von ihr ausgesprochen, trifft mich wie ein Herzanfall.

24

»Ach, Saul« war alles, was sie sagte.

Ich war ergriffen von der Schönheit und der Tragik, die darin lagen.

Es ist letzten Endes eine Seltenheit, den wahren, unabgekürzten Klang des eigenen Namens zu hören. Es passiert, wenn überhaupt, nur ein- oder vielleicht zweimal im Leben.

In diesem »Ach, Saul« hörte ich eine Liste mit all den Namen all der Männer, die ich zu sein versucht hatte.

Der Schmerz war fast unerträglich.

Und doch wusste ich, wenn ich ihr gestattete, weiterzusprechen, kam noch mehr Schmerz. Sie fing gerade erst an.

25

Ich wünschte, ich könnte sagen, das, was folgte, wurde davon ausgelöst, dass etwas in mir riss und dass ich daher tat, was ich tat, weil ich mich nicht mehr in der Gewalt hatte.

Unglücklicherweise war das nicht der Fall.

Nichts riss. Es war nichts mehr da, was reißen konnte.

Ich begann zu heulen. »Ach, Saul«, heulte ich.

Mein Ausruf oder Aufschrei oder Geheul vereitelte Leilas Rede. Sie schrak zusammen und wich vor mir zurück. Sie warf Billy auf dem Rücksitz einen verängstigten, fragenden Blick zu und erhielt von ihm irgendeine Antwort oder auch nicht.

»Ach, Saul«, heulte ich.

Mein einziger Gedanke (ich konnte gleichzeitig heulen und denken) war Flucht.

Flucht von dem Punkt, den wir erreicht hatten.

Von der Straße, auf der wir waren.

Von dem Schmerz, den ich fühlte.

Ich hatte die Hoffnung, sobald wir wieder in Bewegung waren, würde die Bewegung von dem Schmerz ablenken. Von allem ablenken. Also setzte ich uns in Bewegung.

Von Autos eingeklemmt, in einer lebenslänglichen Strafe aus Autos gefangen, kam ich zu dem Entschluss, auszubrechen.

Ich legte den Gang ein, trat aufs Gas und donnerte in den Wagen vor mir, gerade als der kleine Hund im Rückfenster auftauchte. Dann legte ich den Rückwärtsgang ein und donnerte in das Auto hinter mir.

Ich musste die Prozedur mehrmals wiederholen, bis die Fahrer der betreffenden Autos trotz einer männlichen Schau der Empörung mir für meine Flucht Platz machten.

Da ich nicht vorwärtsfahren konnte, machte ich eine Kehrtwendung, hatte nun die andere Hälfte der Straße ganz für mich allein und fuhr davon in die Richtung, aus der ich gekommen war.

Zurück nach Pittsburgh.

Als erwartete uns dort immer noch das Happy End, das ich für uns drei ersonnen hatte.

Als könnten die Folgen unwiderruflicher Dinge durch eine geschickt ausgeführte Kehrtwendung auf einer zweispurigen Bundesstraße im Südwesten von Pennsylvania umgangen werden.

26

Ich fuhr schnell. Mein Ziel war, schnell genug zu fahren, um im Auto von jedweder Geschichte abzulenken, die weitere Entwicklung und Ausarbeitung erforderte.

Ich konnte nicht aufhören, meinen Namen zu heulen, und sobald ich angefangen hatte zu weinen, konnte ich nicht mehr aufhören.

Ich schluchzte, wimmerte, plärrte und flennte aus Frustration oder aus Kummer, dass ich unfähig war, mit meiner eigenen Stimme den akkordartigen Wohlklang zu erzeugen, den mein Name besessen hatte, als Leila ihn aussprach.

»Ach, Saul!«, heulte ich immer wieder.

»Ach, Saul!«, schluchzte ich immer wieder.

Aber was ich hervorbrachte, klang hohl.

Wie ein einzelner Finger, der auf einer einzelnen Klaviertaste herumklimpert.

Und sosehr ich mich auch mühte, eine biografische Nähe zu all den Sauls zu entdecken, die ich in meiner Vergangenheit gewesen war oder zu sein versucht hatte, es gelang mir nicht.

Mein Publikum, in diesem Fall Leila und Billy, brachte dem, was ich durchmachte, ein (so vermutete ich) wesentlich tieferes und wesentlich persönlicheres Verständnis entgegen als ich selbst.

Nicht, dass meine Verbindungen zu meiner Vergangenheit durchtrennt oder in irgendeiner Weise beschädigt waren, nur übermittelten diese Verbindungen nichts.

Mein Gedächtnis war noch intakt. Sogar unter den anstrengenden Umständen, in denen ich mich befand (ich heulte meinen Namen heraus, weinte und fuhr in ziemlich rasantem Tempo), konnte ich mir fast jede Begebenheit aus fast jeder Phase meines Lebens in Erinnerung rufen.

Es war ein Sommernachmittag, und ich war zu der Zeit vielleicht drei oder vier. Eine große, beleibte Frau kam meine Mutter besuchen. Sie trug ein langärmeliges, gepunktetes Kleid, und weil sie so groß war und ich so winzig, ragte sie vor mir auf wie ein prächtiger, gepunkteter Turm. Als sie mich sah, blieb sie in der Küche stehen, lächelte und sagte: »Da bist du ja. Du musst Mrs Karoos kleiner Junge sein, Saul.«

Diesen ganzen langen Sommer über ging ich umher, als wäre ich in sehr jungen Jahren geadelt worden. Ich war fürs Leben gerüstet. Ich war Mrs Karoos kleiner Junge, Saul.

»Ach, Saul«, heulte ich und weinte wie ein Idiot, nicht, weil diese Kindheitserinnerung mir so viel bedeutete, sondern weil es mir nicht gelang, ihr irgendeine Bedeutung abzugewinnen.

»Ach, Saul«, weinte ich. »Ach, Mrs Karoos kleiner Junge, Saul.«

Leila und Billy saßen stumm, weder sahen sie mich an, noch sagten sie etwas. Inzwischen waren sie wie Geiseln, die entweder vor Angst zu Tatenlosigkeit gelähmt waren oder Tatenlosigkeit als den besten Weg gewählt hatten, mich nicht zu noch extremerem Verhalten zu provozieren.

27

Das Auto hielt sich auf der Straße, und ich hielt mich heulend mit beiden Händen am Lenkrad des Autos fest.

Die Straße schien eine eigene Strömung zu besitzen, die uns ohne mein Zutun beschleunigte.

Wie ein strömender Fluss, der auf seinem Weg immer schneller strömte.

Das einzige andere Auto, das mich an dieses alte Taxi erinnerte, war ein alter Packard Clipper, den ich mal mit einem Freund im Sommer '59 gefahren hatte.

Ich rauchte damals Pall Mall.

Der Gedanke, dass es so etwas wie den Sommer '59 gegeben hatte, kam mir jetzt vor wie eines der Wunder dieser Welt.

Damals war ich so alt wie Billy.

»Ach, Saul!«, heulte ich.

Aber der Klang meines Namens, von mir ausgesprochen, hatte keine Resonanz. Als fiele ein Steinchen in einen Teich, dessen Wasser keine Wellen schlug.

Leila und Billy saßen stumm, weder sahen sie mich an, noch sahen sie aus dem Fenster, noch sahen sie einander an.

Sie schienen mitten in einem eigenen Geheul gefangen.

Ich merkte ihnen an, dass sie dachten, ich hätte den Verstand verloren.

Ich konnte ihnen nicht verdenken oder verübeln, dass sie das dachten.

Mein einziger Wunsch war, sie hätten recht.

Unglücklicherweise lässt sich der Verstand nicht so leicht verlieren, wie die meisten Menschen meinen.

Da waren wir also, wir drei, und rasten eine Straße entlang, die wir vor gar nicht langer Zeit in der entgegengesetzten Richtung befahren hatten.

Wir hatten freie Bahn, so weit das Auge blicken konnte.

Hoch über unseren Köpfen strömten die sonnenbeschienenen Chrysanthemenwolken über den Himmel im Südwesten von Pennsylvania.

FÜNFTER TEIL

HIER UND DORT

ERSTES KAPITEL

1

Er schlug die Augen auf.

Er hatte keine Ahnung, wo er war oder wer er war. Er lag flach auf dem Rücken in einem Einzelbett in einem Zimmer irgendwo. Es war Nacht oder schien Nacht zu sein.

Sein Zimmer war dunkel, aber an der Decke waren helle Stellen von nächtlichen Lichtquellen außerhalb seines Gesichtsfeldes.

Ein Telefon, das draußen klingelte, veranlasste ihn, den Blick dorthin zu wenden, von wo das Geräusch kam.

Er sah, dass die Tür zu seinem Zimmer offen stand. Licht aus dem Flur floss in sein Zimmer zu einem Lichtteppich auf dem Fußboden.

Der Lichtteppich freute ihn, als wäre die Fähigkeit, zu sehen, einfach Augen zu haben, die sehen konnten, ein Grund zur Freude.

Ohne seine Identität oder seinen Aufenthaltsort zu kennen, starrte er auf den ausgerollten Lichtteppich auf dem Fußboden, als käme jeden Augenblick ein Bote, um all seine Fragen zu beantworten. Inzwischen, bis der Bote kam, überließ er sich der Freude des Sehens.

2

Er brauchte nicht lange, um zu folgern, dass er in einem Krankenhaus lag.

Er war im Bett angeschnallt, sodass er weder den Körper bewegen noch die Arme heben konnte. Das Bild, das er von sich selbst hatte, war das jemandes, der in Habtachtstellung liegt.

Ein Schlauch, so dick wie sein kleiner Finger, kam aus seinem Körper. Der Schlauch schlängelte sich flussähnlich aufwärts. Mit den Augen folgte er seinem Lauf bis zur Quelle, einem Glas- oder Plastikbehälter über seinem Kopf an einer Vorrichtung aus Edelstahl. Die Form des durchsichtigen und halb mit einer Flüssigkeit gefüllten Behälters erinnerte ihn an einen Kolibrifutterspender.

Krankenschwestern in weißen Uniformen und weißen Schuhen gingen geräuschlos an seiner offenen Tür vorbei. Ihre Bilder erschienen und verschwanden wie lebende Ganzkörperporträts, die Bilderrahmen betraten und wieder verließen.

Als er dieselbe Schwester zum zweiten Mal sah, durchfuhr ihn die freudige Erregung, jemanden wiederzuerkennen, den er weder kannte noch je kennenlernen würde, aber die Freude, sie wiederzusehen, die Freude, überhaupt zu sehen, war eine Freude an sich.

Wenn es nach ihm ging, konnte er einfach so weiterleben und sich in alle Ewigkeit am Sehen erfreuen.

Hin und wieder klingelte auf dem Flur ein Telefon und hörte dann auf.

3

Falls er sich seiner Folgerung gemäß in einem Krankenhaus befand, dann folgte daraus, dass er krank war. Menschen wurden heutzutage nicht ins Krankenhaus eingeliefert, wenn sie nicht krank waren.

Er fühlte sich so gut, dass er sich gar nicht vorstellen konnte, warum man ihn eingewiesen hatte.

Im Bett angeschnallt und alles.

Er fragte sich, welche Krankheit er wohl hatte.

Einen Herzanfall?

Ein Aneurisma?

Vielleicht war er das zufällige Opfer einer Schießerei.

Er war nicht besorgt oder ängstlich deswegen. Nur neugierig. Ebenso, wie er neugierig war, wo sich das Krankenhaus befand.

In Chicago?

LA?

New York?

Paris?

Die nichtssagende Ausstattung seines Krankenzimmers lieferte ihm keine Anhaltspunkte. Er konnte sich überall befinden.

Eine weitere, aber damit verbundene Frage: Wenn er aus dem Krankenhaus entlassen wurde, wie man immer aus Krankenhäusern entlassen wird, wohin würde er gehen?

Er hatte keinen Schimmer.

Die einzige Antwort, die ihm einfiel, war »nach Hause«. Aber wo war das?

Er hatte keine Ahnung.

Er würde es wissen, wenn für ihn die Zeit kam, das Krankenhaus zu verlassen.

Draußen auf dem Flur hörte er das Telefon klingeln, und er überließ sich der Freude, das Geräusch zu hören, bevor es aufhörte. Er konnte sehen. Er konnte hören. Er konnte denken. Sogar alle drei Dinge gleichzeitig.

Welche Freude.

Er fragte sich, ob er vielleicht gar nicht wegen eines körperlichen Gebrechens in dieses Krankenhaus gekommen war, sondern weil es in seinem Leben keine Freude gegeben hatte.

4

Von Zeit zu Zeit fragte er sich, wer er war.

Obwohl er noch keine Identität hatte, wusste er, dass er eine haben musste. Er wusste sogar die generellen Bestandteile einer Identität.

Ein Vorname und ein Zuname. Ein Geburtsdatum und ein Geburtsort. Eine Anschrift. Ein Beruf. Jemanden, der im Notfall zu benachrichtigen war. Telefonnummer tagsüber. Lieblingsautor. Lieblingszitat. Und so weiter.

Sie kam ihm seltsam vor, diese Idee der persönlichen Identität. Seltsam in dem Sinne, dass ihre Bestandteile keineswegs besonders persönlich zu sein schienen.

Falls er nie mehr eine Identität besitzen sollte, wäre das solch ein Verlust?

Was hatte es zu bedeuten, dass er jetzt keine besaß?

Oder besaß er doch eine?

Hier war er schließlich, sah, hörte, dachte voller Freude. War das keine Identität?

Oder war die Freude, die er empfand, ein Ersatz für eine Identität? Falls ja, dann war ihm nicht besonders viel daran gelegen, eine zu erwerben.

5

Obwohl er fest an das Bett gefesselt war, in dem er lag, konnte er den Kopf frei in alle Richtungen bewegen. Nichts Äußeres, keine Zwinge, kein Schraubstock war da, um seinen Kopf daran zu hindern, sich in diese oder jene Richtung zu drehen.

Und doch hielt er den Kopf vollkommen still.

Es war, als existierte in seinem Kopf ein kostbares und empfindliches Gleichgewicht, das nicht nur gestört werden würde, falls er ihn bewegte, sondern die Störung würde furchtbare Folgen haben. Etwas würde umstürzen. Ein innerer Friede würde einstürzen. Eine Flut katastrophaler Informationen würde auf ihn eindringen und ihn ertränken, falls das Gleichgewicht gefährdet wurde. Deshalb bewegten sich, wenn er nach links oder rechts sah, nur seine Augäpfel, drehten sich in ihren Höhlen wie schwimmende Kompasskugeln.

In seinem Kopf war sein Gehirn, und in seinem Gehirn war sein Geist, und in seinem Geist war sein geistiges Auge, das ihn anschaute. Es kam ihm wie ein freundliches Wesen vor, vertraut und fremd zugleich. Wie ein dritter Elternteil, den wir alle haben, aber selten sehen. Er sah Liebe in seinem geistigen Auge. Liebe, die ihm ohne jeden Grund entgegengebracht wurde. Einfach, weil er existierte. Liebe ohne Motiv oder Verfallsdatum.

Eine Krankenschwester kam in sein Zimmer, sie summte eine Bob-Dylan-Ballade. Er wusste immer noch nicht seinen eigenen Namen, aber er wusste, es war eine Bob-Dylan-Ballade, die sie summte.

Sie hörte augenblicklich auf zu summen, als sie sah, dass seine Augen offen waren. Sie schien erschreckt, fast verängstigt von seinem unverwandten Blick, und dann lächelte sie und wurde ganz aufgeregt, als wäre ein unerwartetes, aber bedeutsames Phänomen eingetreten.

»Sie sind wach«, sagte sie in einem Ton, der Wachsein zu einer bedeutenden Leistung machte. »Ich muss Dr. Clare holen.« Schon während sie das sagte, eilte sie aus seinem Zimmer, als könnte sie sich nicht beherrschen, die Neuigkeit von seinem Erwachen zu verbreiten. In der nächsten Sekunde war sie zur Tür hinaus, und er hörte ihre Stimme auf dem Flur.

»Der Mann in 312 ist aus dem Koma erwacht. Wo ist Dr. Clare?«

6

Er war nicht wirklich umzingelt, aber er fühlte sich umzingelt. Rechts von ihm war Dr. Clare, eine Frau. Links von ihm, in gehörigem Abstand, war die Krankenschwester, die ihn wach vorgefunden hatte. Keine von beiden bedrängte ihn, aber er fühlte sich von ihrer Neugier bestürmt. Es war, als sei er eine Geschichte, die sie besser kannten als er selbst.

Anfangs versuchte er, zu widerstehen, alles abzutun, alles abzustreiten, was Dr. Clare ihm erzählte, aber es war ihm unmöglich, seinen Widerstand aufrechtzuerhalten. Er merkte, wie er schwächer wurde. Wie er der müden, monotonen Stimme, den müden, fast mütterlichen Augen von Dr. Clare erlag. Die schwarzen Ringe unter ihren Augen zeugten von den schlaflosen Nächten, die sie mit der Pflege von Patienten verbrachte. Hätte sie nicht so überarbeitet gewirkt, wäre sie geschäftsmäßiger gewesen und ein Mann statt eine Frau, er hätte vielleicht einen Weg gefunden, seinem Zorn und seiner Empörung Luft zu machen und ihr zu sagen, sie solle gefälligst aus seinem Zimmer verschwinden.

Aber so war er nicht in der Lage, irgendein Missfallen an dem, was sie tat, zu bekunden, denn sie schien sich so sicher, dass es ihm dadurch bessergehen würde. Wie konnte er ihr sagen, dass er kein Stück dieser Identität wollte, die sie ihm so freundlich und doch so schonungslos verabreichte?

»Können Sie sprechen, Mr Karoo?«, fragte sie.

Sobald er Karoo hörte, fiel ihm Saul ein, und er wusste, er war Saul Karoo.

Sie wartete geduldig auf seine Antwort, drängte ihn mit einem müden Lächeln und ihm wohlgesinnten Augen, es zu versuchen.

»Ja, ich kann sprechen«, sagte er, und der Klang seiner eigenen Stimme war wie ein Signal, das jeglichen Widerstand in ihm zum Erliegen brachte.

Aus allen Ecken der Erde, so schien es ihm, kamen Frachtschiffe und Frachtflugzeuge und brachten die Trivialitäten und Tragödien seiner Vergangenheit zurück in seinen Kopf. Die Geschwindigkeit dieser Wiederbekanntmachung mit sich selbst war wie eine atomare Kettenreaktion. Nichts konnte sie aufhalten. Ein Wust von Einzelheiten, die mit Lichtgeschwindigkeit auf ihn einstürzten. Namen, Orte, Menschen, die er kannte, Bücher, die er gelesen hatte, die vielen Terrassen seines Lebens. Sein zuvor geräumiges Inneres wurde mit dem scheinbar endlosen Gerümpel seines Lebens eingerichtet. Je mehr es wurde, desto weniger schien von ihm da zu sein. Es war, als würde er in den Einzelheiten seiner Vergangenheit lebendig begraben.

Die Freude des Lebens ist das Sterben, wollte er hinausschreien, aber er brachte es nicht über sich, die übermüdete Dr. Clare zu enttäuschen, die den Ausdruck des Erinnerns in seinen Augen irrtümlich für Freude hielt.

»Jetzt kommt alles zurück, nicht wahr?«, fragte sie.

Ja, nickte er, ohne etwas zu sagen.

»Gut«, sagte sie. »Sie haben fast zwölf Tage lang im Koma gelegen. Eine Gehirnerschütterung. Es ist schwer zu sagen bei einem Koma. Wir wissen nie, wie lange es dauert. Wir wissen nicht einmal, warum eine Person daraus erwacht und eine andere für immer drinbleibt. Falls es Sie interessiert, Sie haben keine größeren Verletzungen. Keine Knochenbrüche. Ihre Fingerkuppen wurden vollständig abrasiert und werden Zeit brauchen, um zu heilen. Ich fürchte«, lächelte sie wissend, »Sie werden vorläufig nicht tippen können.«

Er fragte sich, woher sie seinen Beruf kannte. Das Schwesterntrio, das in der Tür stand, und die Schwester zu seiner Linken lächelten alle ein identisches kleines Lächeln. Sie wussten es auch alle. Sie schienen alle etwas über ihn zu wissen und betrachteten ihn mit Blicken, die sonst den Berühmten vorbehalten sind.

»Angesichts der Schwere des Unfalls«, sagte ihm Dr. Clare, »ist es wirklich ein Wunder, dass Sie heil geblieben sind.«

Etwas am Klang des Wortes »Wunder«, wie Dr. Clare es sagte, war zu abgehackt und hastig und ließ das Umfassende vermissen, das man üblicherweise mit der Bedeutung dieses Wortes verbindet.

Dieses Wunder klang auf ihren Lippen einsam.

Ein Wunder für eine Person.

Wie ein einsames Thanksgiving-Festmahl für eine Person.

Die Folgerung daraus veranlasste ihn, sein Bewusstsein zu einem komprimierten Massepunkt zusammenzuziehen, den nichts durchdringen konnte. Seine heftige Verweigerung hatte für einen flüchtigen Augenblick Erfolg, aber ihre Vergeblichkeit stand von vornherein fest. Er biss die Zähne mit solcher Gewalt zusammen, dass mehrere nachgaben und abbrachen. Seine Zungenspitze, die dagegen gedrückt hatte, schoss jetzt vor. Die abgebrochenen Zahnstummel rissen ihm die Zunge blutig. Zahnsplitter mischten sich mit dem Brei aus Blut und Speichel in seinem Mund, und dann begann alles, wie Magma seine Kehle hinunterzugleiten. Er würgte. Dann musste er sich übergeben.

Auf diese Weise gestand er sich ein, dass Billy und Leila beide tot waren.

7

Ein Polizist suchte ihn auf. Sie begaben sich in den Aufenthaltsraum im dritten Stock des Krankenhauses, um zu reden, Sauls Krankenhauspantoffeln schlappten auf dem Linoleumboden, als er den Flur entlangging.

Sie setzten sich auf Sessel, bezogen mit grünem Kunstleder, das nach jahrelanger Benutzung durch zahllose Patienten und ihre Angehörigen abgewetzt und missfarben war.

Der junge und gut aussehende Polizist besaß die athletische Statur einer ehemaligen Highschool-Sportskanone.

Sein Familienname war Kovalev.

»Russe?«, fragte Saul.

Der Beamte nickte.

»Es soll eine große russische Gemeinde in Pittsburgh geben«, sagte Saul.

»Nicht so groß wie früher«, sagte ihm der Beamte.

Saul hatte keine Ahnung, auf wessen Veranlassung dieses Treffen stattfand, und überlegte, ob man ihn auf diesem Wege davon in Kenntnis setzen wollte, dass er wegen Mordes angeklagt werden sollte. Er fühlte sich als Mörder und begrüßte die Aussicht, vom Förderband der Justiz davongetragen zu werden. Er hatte keine Ahnung, was er, auf sich allein gestellt, mit der Last der Jahre beginnen sollte, die ihm in seinem Leben verblieben. Vielleicht konnte dieser gut aussehende junge Polizist es ihm sagen.

Er war nicht nur enttäuscht, sondern fühlte sich verraten, als Officer Kovalev ihm nicht nur mitteilte, sondern sich große Mühe gab, ihm zu versichern, dass der Unfall nicht seine Schuld war.

Officer Kovalev zog eine Skizze hervor, eine Fotokopie des Originals, und ging mit ihr um wie mit einem maßgeblichen, aus der Library of Congress entliehenen Dokument, während er Saul beschrieb, wie es zu dem Unfall gekommen war, der vier Menschenleben gekostet hatte.

Hier war die Straße, auf der Saul fuhr. Hier war die unübersichtliche Kurve. Und hier ging rechts die unbefestigte Straße ab.

Saul nickte, wie immer bemüht, es recht zu machen.

Genau da war ein Stoppschild, zeigte der Beamte mit einem Kugelschreiber. Der Fahrer des anderen Autos, und dafür gab es mehrere Zeugen, die alles mit angesehen hatten, hatte das Stoppschild nicht beachtet und war nach links in die Straße eingebogen, auf der Saul fuhr. Das alte Taxi prallte auf den Oldsmobile. Es gab Bremsspuren, die bewiesen, dass Saul versucht hatte, vor dem Zusammenstoß zu bremsen. Bei dem Fahrer des Oldsmobile, einem Mann, wurde bei der Autopsie Trunkenheit festgestellt, wie auch bei seiner Begleiterin, einer nicht ortsansässigen Frau. Beide waren auf der Stelle tot gewesen.

»Ich bin zu schnell gefahren«, sagte Saul durch abgebrochene Zähne. »Da bin ich ganz sicher.«

Officer Kovalev schaute von der Skizze auf und bedachte Saul mit einem langen, sprechenden Blick. Seine Augen sprachen von vielen Dingen. Von seinen ruhmreichen Tagen als Highschool-Held. Von der Enttäuschung, dass die ruhmreichen Tage zu kurz gewährt und zu nichts geführt hatten. Vom allmählichen Nachlassen seiner sportlichen Leistungsfähigkeit. Von seinem Versuch, in seinem gegenwärtigen Beruf das Beste daraus zu machen. Aber sein Blick teilte Saul auch mit, dass der Fall abgeschlossen war, dass die Schuld während Sauls Koma vergeben worden war und dass Sauls Behauptung, er sei zu schnell gefahren, nicht mehr von Belang war.

Saul begann, auf seiner Schuld zu beharren, aber die Schuld auf eine bloße Geschwindigkeitsüberschreitung zusammenzustutzen, schien noch abscheulicher, als für unschuldig an dem Verbrechen erklärt zu werden.

Sein ganzes Leben war ein einziges Verbrechen gewesen. Jetzt darauf zu bestehen, dass seine Schuld sich auf eine Geschwindigkeitsüberschreitung beschränkte, hatte den korrupten Beigeschmack eines mit der Staatsanwaltschaft abgesprochenen Teilgeständnisses, damit die wesentlichen Anklagepunkte fallengelassen wurden. So tief wollte er nicht sinken.

Die Frage der nicht eingehaltenen Höchstgeschwindigkeit verschwand in dem Schweigen zwischen ihnen.

Der sofortige Tod des Paares im anderen Auto setzte während des Schweigens in seinem Kopf eine fürchterliche Frage frei.

»Sie haben gesagt«, stammelte er, »dass sie auf der Stelle tot waren.«

»Ja. Alle beide.«

»Das Paar in dem Oldsmobile?«

»Richtig.«

»Und was war mit …« Er brachte es nicht über sich, ihre Namen auszusprechen. »In meinem Wagen. Das Paar in dem Wagen, den ich fuhr?«

»Dasselbe.«

»Auf der Stelle?«

»Ja.«

»Alle beide.«

»Ja.«

Sie saßen in dem Aufenthaltsraum im dritten Stock, beide in Uniform, der Polizeibeamte in seiner blauen und Saul in seiner vom Krankenhaus ausgegebenen grünen. Beide trugen Namensschildchen. Der Beamte seines auf der Brust. Saul trug eine Plastikkennkarte ums Handgelenk.

Er wusste nicht, wie er die nächste Frage korrekt formulieren sollte. Es schien Vorschrift, dass sogar Fragen korrekte Uniformen tragen mussten.

»Bezüglich des gegenwärtigen Verbleibs, ich meine, was die sterblichen Hüllen der Betreffenden anbelangt …«

Der Beamte verstand und wusste die Form der Frage zu schätzen und fuhr entsprechend fort.

Officer Kovalev zog einen Stenoblock (mit einer Liste oft falsch geschriebener Wörter auf dem Umschlag) zurate und beschrieb die Kette der Ereignisse, die die Mütter der Verstorbenen nach Pittsburgh geführt hatte, und die Art und Weise, in der die sterblichen Hüllen an ihre letzten Bestimmungsorte gebracht worden waren.

All dies wurde Saul in Officer Kovalevs höflicher und neutraler Polizeiprosa berichtet, einer Kommunikationsform, die Saul immer besser gefiel, je länger er in dem Aufenthaltsraum saß.

Die Polizei hatte in Billys Brieftasche seinen Führerschein gefunden, auf dem seine New Yorker Anschrift stand. Mithilfe der Telefongesellschaft ermittelte sie seine Telefonnummer. Am Telefon meldete sich Dianah. Es gab keine Einzelheiten über ihre Reaktion auf die Nachricht. Sie war nach

Pittsburgh geflogen, um den Leichnam im Leichenschauhaus zu identifizieren und darüber zu verfügen.

Leilas Mutter zu benachrichtigen, dauerte länger. Die einzigen Dinge, die Leila zu ihrer Identifizierung bei sich getragen hatte, waren eine Sozialversicherungskarte und ein Mitgliedsausweis der Filmschauspielergewerkschaft gewesen. Beide führten zu einer Adresse in Venice, wo die Stimme der Verstorbenen auf dem Anrufbeantworter die einzige Antwort war, die die Polizei bei wiederholten Anrufen erhielt.

Ein Herr aus der Filmindustrie, ein Mr Jay Cromwell, war auf dem Polizeirevier erschienen, nachdem er von dem Unfall gehört hatte, und bot seine Hilfe an. In mehreren Telefongesprächen nach Los Angeles gelang es ihm, Leilas Geburtsort zu ermitteln, Charleston in South Carolina, in welcher Stadt Leilas Mutter immer noch lebte. Als sich herausstellte, dass sie einer Reise nach Pittsburgh binnen so kurzer Frist und aus solch einem Anlass weder seelisch noch finanziell gewachsen war, half Mr Cromwell wieder aus und mietete nicht nur ein Privatflugzeug für sie, sondern auch ein Auto mit Chauffeur, das sie zum Flughafen brachte. Er traf auch alle Vorkehrungen zur Überführung von Leilas sterblicher Hülle nach Charleston. Die Überführung von Billys sterblicher Hülle besorgte Dianah.

Der Verbleib des im Hotel zurückgelassenen persönlichen Eigentums war folgender. Billys Sachen waren von Dianah abgeholt worden. Sauls und Leilas Sachen waren noch im Four Seasons Hotel gelagert, wo er sie jederzeit abholen konnte.

Nein, Officer Kovalev wusste nichts Genaueres über die jeweilige Bestattung von Billy und Leila.

Gab es sonst noch irgendeine Auskunft, die er ihm erteilen konnte? Irgendwelche weiteren Fragen?

Nein, schüttelte Saul den Kopf. Aber er hätte den jungen

Polizisten gern als ständigen Begleiter behalten, der den Rest seines Lebens in neutrale Polizeiprosa übertrug.

Sobald Officer Kovalev ihn verlassen hatte, wurde Saul auch von seiner Fähigkeit verlassen, sich auf etwas zu konzentrieren. Ein dumpfer, unzusammenhängender, aber allumfassender Schmerz verschlang ihn. Ein Schmerz ohnegleichen, ohne Mittelpunkt und ohne eine Person, ihn zu fühlen.

Er wollte aufstehen, diesen Aufenthaltsraum verlassen und in sein Zimmer zurückkehren, aber er wusste nicht, als wer.

Also saß er da, auf seinem Kunstledersessel, die Hände im Schoß, als wartete er auf jemanden. Alle zehn Finger waren bis zu den Knöcheln mit weißen Verbänden umwickelt. Ihm fiel ein Film ein über einen Verbrecher, der versucht hatte, sich die Fingerabdrücke mit Säure wegzuätzen, sodass ihm neue wuchsen und er dem FBI entkommen und ein neues Leben anfangen konnte. Zu seinem Pech funktionierte das Experiment nicht. Nach vielen Schmerzen erneuerte sich die Haut der Fingerkuppen in genau demselben Muster wie zuvor.

Saul wusste jetzt, was das für ein Gefühl war. Das Alte war unerträglich, und alle Hoffnung auf das Neue war zerstört.

8

Das Telefon in seinem Zimmer war stillgelegt worden, als er im Koma lag. Die vielen Nachrichten für ihn waren von der Telefonzentrale des Krankenhauses entgegengenommen worden. Er wollte sie alle nicht. Er nahm sie entgegen, aber er las sie nicht. Er wollte auch nicht, dass sein Telefon angeschlossen wurde. Es gab niemanden, den er anrufen wollte, es gab auch niemanden, von dem er angerufen werden wollte.

9

An seinem letzten Sonntag im Krankenhaus kam ein Geistlicher in sein Zimmer, gerade als er aus einem traumlosen Schlaf erwachte. Der Geistliche, ein weiterer Mann in Uniform, war hochgewachsen und dünn mit dünnem Haar. Er war nahezu das wandelnde Sinnbild des Dünnerwerdens, er schien dünner zu werden, während er dastand, seine Stimme wurde dünner, während er sprach und Saul die Gottesdienste einer nicht konfessionsgebundenen Kapelle im fünften Stock anbot. Der erste Gottesdienst sollte in einer Dreiviertelstunde anfangen und der nächste um Viertel nach elf.

»Manchmal«, sagte der Geistliche, »hilft es, sich in leidvollen Zeiten Gott zuzuwenden.«

»Gott«, vom Geistlichen ausgesprochen, klang so dünn und wesenlos, dass Saul einwilligte, zum Frühgottesdienst zu kommen.

Er nahm den Fahrstuhl zum fünften Stock und folgte den Schildern zur Kapelle. Es war eine kleine Kapelle mit Bänken, auf denen Menschen in Schlafanzügen und Bademänteln saßen, alle mit dem Gesicht in die gleiche Richtung, wie in einem Kino oder einem Konzert.

Etwas an diesem Bild kam ihm falsch vor, eine Selbsttäuschung.

Die ganze Vorstellung, sich Gott zuzuwenden, kam ihm absurd vor. Falls es einen Gott gab, dann war man gewiss von ihm umgeben und konnte gar nicht vermeiden, sich ihm zuzuwenden, selbst wenn man es versuchte. Falls es keinen Gott gab, dann war es eine Geste von solcher Nichtigkeit, sich in eine vereinbarte Richtung zu wenden, um ihn zu finden, dass er ohne diese Geste besser dran war.

Also fuhr er mit dem Fahrstuhl zurück in den dritten Stock.

10

Zwei Tage später, nach abschließenden Tests der Sequenzen und Muster seiner Hirnwellen, wurde er für gesund genug erklärt, um sein normales Leben wieder aufzunehmen, und wurde aus dem Krankenhaus entlassen.

Sein Zimmer war inzwischen halb voller Blumen, geschickt von den Sekretärinnen der Leute, die er in der Filmindustrie kannte.

Bevor er sich verabschiedete, traf er die erforderlichen Regelungen zur Begleichung der angefallenen Krankenhausrechnungen. Nein, sagte er der Frau, die dafür zuständig war, er sei nicht versichert. Er habe keinerlei Krankenversicherung. Aber sein Buchhalter werde das erledigen. Die unastronomische Höhe der Krankenhausrechnung enttäuschte ihn. Er hätte etwas in der astronomischen Höhe von etlichen Hunderttausend Dollar vorgezogen. Sein Bedürfnis, für das zu bezahlen, was geschehen war, ließ sich nicht so leicht zufriedenstellen.

Er nahm ein Taxi zum Four Seasons Hotel. Er hatte Thanksgiving im Koma verbracht, und jetzt zierte Weihnachtsschmuck das Geschäftsviertel, und er hörte Weihnachtslieder. Er gab dem Taxifahrer ein so abenteuerliches Trinkgeld, dass die Großzügigkeit des Spenders etwas Hinterhältiges und Hässliches hatte, was dem Fahrer auffiel und ihm so jegliche Freude nahm, die ihm sonst ein solches Trinkgeld bereitet hätte.

»Ihnen auch fröhliche Weihnachten«, erwiderte der Fahrer Sauls Gruß, aber nur als ein Echo ohne jeden Hauch von Aufrichtigkeit.

An der Hotelrezeption beglich Saul seine Rechnung für die unglückselige Luxussuite, in der er und Leila eine Nacht verbracht hatten. Die Rechnung für Billys Zimmer war offenbar von Dianah bezahlt worden.

Ein Page brachte ihm seinen Kleidersack und Leilas Koffer, und auch er wurde von dem Trinkgeld, das er von Saul erhielt, in Verlegenheit gebracht.

Trotz der Verbände an seinen Fingern bestand Saul darauf, das Gepäck selbst aus dem Hotel zu tragen. Die Schmerzen, die er sich damit zufügte, waren nur allzu gering für sein Verlangen nach Schmerzen.

Ein weiteres Taxi zum Flughafen.

Er hatte immer noch die Rückflugtickets für Leila und sich nach New York, aber das Datum dieses Rückflugs war herangekommen und verstrichen. Sein Ticket war noch gültig, aber diese Gültigkeit war ein Witz, verglichen mit dem, was endgültig verfallen war. Da er keine Reservierung hatte, ließ er sich für den nächsten freien Platz nach New York City auf die Warteliste setzen.

Er habe eine beträchtliche Wartezeit vor sich, wurde ihm gesagt.

Er schleppte sich mit seinem Gepäck ab wie ein von der Größe seines Bezirks überforderter Handelsvertreter, schleppte es zu seinem Flugsteig und setzte sich dort und wartete.

Flugzeuge landeten. Die Wartenden begrüßten die Ankommenden. Andere Flugzeuge starteten. Neue Reisende trafen ein, um zu warten, wo er wartete, und dann standen sie auf und gingen und wurden durch wieder neue ersetzt.

Von Zeit zu Zeit betrachtete er Leilas Koffer wie ein durchgeknallter Terrorist, der weiß, dass eine Bombe darin steckt.

Er wusste nicht, was er damit anfangen sollte. Mit diesem Kleid. Diesem Hochzeitskleid. Diesem Einmal-im-Leben-Kleid für die Premiere ihres einzigen Films.

Wieder einmal und zum letzten Mal war der Film ohne sie gelaufen.

Und ohne Billy.

Wie auf einer Endlostonbandschleife kreiste in seinem Kopf ein einziger Gedanke. Ein Sohn, der bei der Geburt von seiner Mutter getrennt worden war und dann nach seinem Tod noch einmal von ihr getrennt wurde, weil ihre sterblichen Hüllen an verschiedene Bestimmungsorte geflogen wurden.

Er, Saul, hatte sie für eine kurze Zeit zusammengebracht.

Wofür?

Was hatte er getan, was hatte er getan, indem er versucht hatte, Gott zu spielen?

Sein Schmerz war so groß, dass er nicht an ihn herankam, um ihn zu fühlen. Alles, was er fühlte, war eine tiefe Niedergeschlagenheit über seine Unfähigkeit, sich der Situation gewachsen zu zeigen und vom Schmerz zerfleischt zu werden. In Stücke gerissen.

Als sein Flug aufgerufen wurde, entfernte er die Namensschilder von seinem Kleidersack und von Leilas Koffer und tat sie in einen Müllcontainer. Dann, nachdem er sich vergewissert hatte, dass beide Gepäckstücke nichts enthielten, wodurch ihre Besitzer identifiziert werden konnten, ließ er sie stehen, wo sie waren, und begab sich in das Flugzeug mit nichts in den Händen als einer Bordkarte und den Verbänden an seinen Fingern.

Die Maschine flog pünktlich ab, kurz vor Sonnenuntergang, und neigte sich in einer steilen Kurve zu Sauls Seite. Die Stirn ans Fenster gepresst, erblickte Saul unten den Zusammenfluss der drei Flüsse. Die Erinnerung an die metaphorische Bedeutung, die er diesem Zusammenfluss in glücklicheren Zeiten beigemessen hatte, blieb ihm nicht erspart.

Alles dahin.

So lange, kam es ihm vor, und mit so großen Hoffnungen hatte er auf die Reise nach Pittsburgh gewartet und auf das Happy End, das er ersonnen hatte.

Und nun?

Nun fühlte er sich wie ein gescheiterter, von Hybris getriebener Raumfahrer, der danach gestrebt hatte, durch Raum und Zeit zu reisen, um seine eigene Zukunft zu erblicken. Den Göttern und den Spöttern zum Trotz hatte er sich nichts Geringeres zum Ziel gesetzt. Der Preis für seine Hoffart war hoch. Sein Raumschiff stieß mit seiner Zukunft zusammen, und in der anschließenden Explosion wurde seine Zukunft zerstört, und bis auf ihn fanden alle an Bord den Tod. Er allein wurde gerettet und jetzt zur Erde zurückgeflogen, wo er mit dem Wissen, dass er keine Zukunft mehr hatte, bis ans Ende seiner Tage leben musste.

ZWEITES KAPITEL

1

Einige Familien wachsen beständig in ihrem Reichtum und ihrer Macht, als sei jede nachfolgende Generation genetisch getrieben, die vorherigen zu übertreffen. Andere Familien beginnen gut, kommen in Schwung, scheinen zu Großem bestimmt, aber plötzlich und unerklärlich büßen sie ihre Vitalität ein und sinken ins Mittelmaß zurück.

Individuen sind denselben unvorhersehbaren Gesetzen von Aufstieg und Fall unterworfen.

Am Anfang haben die Storylines von Individuen fast immer monumentalen Charakter, denn sie beginnen mit dem Drama der Geburt. Was könnte monumentaler sein?

Der Monumentalfilm des Wachsens setzt nahtlos dort an. Das Gefühl von Fortschritt und dem Bestehen von Herausforderungen ist ein alltägliches Vorkommnis, wenn der Held ein Hemdenmatz ist. Der Held geht. Der Held spricht. Es gibt genug Beifall und Jubel von den Eltern, um selbst den bescheidensten Hemdenmatz davon zu überzeugen, dass ihm ein glorreiches Schicksal vorbestimmt ist.

Die vielfache mündliche Überlieferung jeder Tat des jungen Helden geht nicht spurlos an ihm vorüber. Ein Tag, verbracht mit dem Aussprechen einiger weniger, kaum zusammenhängender Wörter und dem Vollführen etwa eines Dutzends stolpernder Schritte ohne fremde Hilfe, erlangt den Nimbus heldenhafter Großtaten. Er hört seinen Namen wieder und wieder. Seine Krankheiten sind eine Katastrophe. Seine Genesungen Freudenfeste.

Für den Helden, den Hemdenmatz, das Kind, ist er nicht bloß ein Kind. Ihm wird das Gefühl gegeben, ein Erlöser zu sein, gekommen, um das Königreich des Elternhauses vor sicherer Zerstörung zu bewahren. Allein durchs Geborenwerden hat er viel geleistet und wird darin bestätigt, sich wie das Kind zu fühlen, von dem gesagt wurde: »Uns ist ein Kind geboren.«

Der Monumentalfilm geht weiter. Der Monumentalfilm des jungen Körpers, der wächst. Des Verstandes, der zunimmt. Der Metamorphose von beiden.

Irgendwann entwickelt er einen eigenen inneren Kommentator, das Ich des Helden, den Geschichtenerzähler, der in seinem Namen spricht. Die Erzählform dieser persönlichen Storyline bevorzugt fast immer das Genre des Monumentalfilms als das einzig angemessene.

Das Ich des Helden verkündet: »Ich bin«, »Ich will«, »Ich will nicht«.

Bestimmte Sätze werden benutzt, um verschiedene Episoden zu einer zusammenhängenden Storyline zu verknüpfen. Sätze wie: »Und dann habe ich …« oder »Und danach bin ich …«.

Der Monumentalfilm der Pubertät. Der Monumentalfilm der ersten Liebe. Der sexuellen Initiation.

Irgendwann lässt der Jubel nach, der jede seiner Taten begleitete, und verstummt.

Aber das ist nicht weiter schlimm.

Der Monumentalfilm des Auszugs aus dem Elternhaus

greift die Storyline gerade rechtzeitig wieder auf und bringt sie auf eine neue, höhere Ebene. Ach, der Monumentalfilm des Auszugs aus dem Elternhaus. Was könnte monumentaler sein, als zum College aufzubrechen im eigenen Auto mit dem Helden am Steuer, Kapitän, Navigator und Mannschaft in einer Person. Das Autoradio spielt, aber die wahre Musik, die der Held hört, ist die Musik des Ich-Erzählers, des Ichs in seinem Kopf, der Stimme, die sagt: »Und dann habe ich …« oder »Danach bin ich …«.

Wieder stellt sich ein Gefühl von Fortschritt ein, während der Held sich durch die Semester emporarbeitet. Er wird von einer Studentenverbindung, die sich mit griechischen Buchstaben benennt, zum Beitritt aufgefordert. Diese Verbindung ist zwar nicht die unbestrittene Nummer eins, in die er eintreten wollte, aber immer noch eine der besseren. Er ist enttäuscht, gewiss, aber er hält seine Enttäuschung für eine lehrreiche Erfahrung und seine Konzession an die Wirklichkeit für etwas, das seine Überlebensfähigkeit kräftigt. Binnen kürzester Zeit wird seine Enttäuschung zum »Besten, was mir passieren konnte«.

»Das hat mich gelehrt, dass ich …«

»Danach habe ich nie wieder …«

Der Monumentalfilm, über die Feiertage nach Hause zu fahren.

Wie klein ihm das Königreich des Elternhauses jetzt vorkommt. Fast klaustrophobisch. Wie viel größer er ist als sein Vater. Er gewöhnt sich an, den Arm um die schmalen Schultern seines Vaters zu legen und dabei klassische Posen einzunehmen.

Die wachsende Distanz zwischen dem Helden und seinen Eltern bestätigt ihm nur, dass er wächst, sich entfaltet, voranschreitet, und sie nicht.

Aber sie sind schließlich immer noch seine Eltern. Er liebt sie immer noch und ist von seiner Fähigkeit, sie zu lieben, tief gerührt.

Und dann fährt er wieder ab, zurück zum Campus.

Das Autoradio spielt.

Aber das Lied, das gesungen wird, handelt von ihm selbst.

»Und dann habe ich …«

Er hat keine Ahnung, wohin seine Storyline führt, aber welcher Held hatte das je? Das Schicksal erwartet ihn.

Das Mädchen, in das er sich auf dem Campus verliebt, wahnsinnig verliebt, aus der Studentinnenverbindung Nummer eins, ist unglückseligerweise in einen anderen verliebt, und nichts, was der Held unternimmt, kann sie davon überzeugen, dass sie in einen Botokuden verliebt ist. Ein Tier. Einen Hohlkopf. Ein wandelndes Geschlechtsteil. Der Held leidet sehr an seiner unerwiderten Liebe, aber nicht lange, denn er hat einen Mechanismus entwickelt, mit solchen Episoden umzugehen. Binnen kürzester Zeit wird daraus »das Beste, was mir passieren konnte«.

Es gibt nicht nur viele Fische im Meer, sondern auch viele Meere, und so ist er bald unterwegs zu neuen Ufern.

Fort von dem Provinzcollege im Mittelwesten zur Stadt der aufgehenden Sonne. New York City. Die Universität. Die erste eigene Wohnung. Was könnte monumentaler sein?

New York City, entdeckt er, ist voller monumentaler Helden wie er selbst. Ihre Vielzahl deutet auf eine mächtige Armee aus Helden, die sich dort zu einem monumentalen Feldzug gegen die etablierte Ordnung versammeln.

Wieder stellt sich ein Gefühl von Fortschritt ein, aber nicht mehr so berauschend wie zuvor. Vom Magister zum Doktor in drei Jahren. Er wird ein Doktor ohne Praxis. Inzwischen hat er sich in ein Mädchen verliebt, das auch in ihn verliebt ist. Er ist von beiden Aspekten dieser Liebesgeschichte fasziniert, aber mehr vom Zweiten als vom Ersten.

Aus Gründen, die er nicht ganz erklären kann, beginnt seine Storyline, ihre Monumentalität zu verlieren. Es entsteht ein Gefühl, dass er irgendwo angekommen ist, ohne einen besonderen Bestimmungsort erreicht zu haben. Die Behaglichkeit der Ankunft ist jedoch angenehm. Sie ist für ihn etwas Vorübergehendes. Nur eine kleine Pause, bevor er wieder davonsegelt und seinem Schicksal zustrebt.

Die monumentale Storyline seines Lebens bleibt ihm im Kopf. Eine Weile lang ist sie lebhaft. Dann beginnt sie zu verblassen und zu verschwinden. Erst aus der Wirklichkeit und dann aus dem Gedächtnis.

Der Icherzähler in ihm, das Ich in ihm beginnt, sich anzuhören wie das Ich anderer Menschen, die er kennt, als wäre sein Ich mit dem ihren austauschbar.

Er kommt damit ins Reine. Er entdeckt, dass er ein echtes Talent dafür hat, mit den Dingen ins Reine zu kommen. Er gewöhnt sich das Trinken an, und in einer unbewussten Huldigung an seine verschwundene Storyline wird er zu einem monumentalen Trinker. Sein Talent, mit den Dingen ins Reine zu kommen, gestattet ihm, damit ins Reine zu kommen, dass er Trinker ist. Wieder einmal hat er ein Gefühl von Fortschritt, während es ihm gelingt, mit einer immer größeren Flut von Dingen in seinem Leben ins Reine zu kommen. Ohne große Fanfarenklänge geht seine Storyline vom Genre des Monumentalfilms ins Tragische und vom Tragischen ins Tragikomische über, bis sie schließlich zur Posse verkommt.

Auf welcher Reise er auch gewesen ist, sie ist vorbei. In seinem Leben ist kein Gefühl von Richtung oder Bewegung mehr. Nur die Jahre rollen dahin, wie Wellen, die die Ich-bin-noch-jung-Phase, die Ich-bin-noch-nicht-alt-Phase fortspülen und die Zeit jenseits der Lebensmitte bringen.

Er kommt mit alldem ins Reine.

Und gerade als er sich mit der Kürze und Trivialität seines Lebens abgefunden und darin eingerichtet hat, gerade dann (nehmen wir einmal an) passiert etwas.

Plötzlich bietet sich ihm eine Story an.

Die Story ist der Gipfel der Vollkommenheit. Sie hat einen Anfang und eine Mitte und ein fantastisches Happy End, das (aus seiner Sicht) verspricht, ein noch weitaus fantastischerer Beginn vom Rest seines Lebens zu sein.

Wenn das einem Mann jenseits der Lebensmitte widerfährt, ist es wie die erste große Liebe. Die geweckten Leidenschaften sind sogar noch tiefer. Kein junger Romeo hat je eine Julia hingebungsvoller geliebt, als ein Mann jenseits der Lebensmitte die Storyline seines einzigen, letzten Griffs nach Rettung liebt.

Aber wenn solch eine Storyline aus welchem Grund auch immer ein plötzliches und katastrophales Ende findet, dann ist mehr als eine Storyline verloren. Dann ist alles verloren.

Es gibt kein Zurück zu der bequemen Verzweiflung, in der man zuvor gelebt hat. Es gibt überhaupt kein Zurück so spät im Leben.

Das war mehr oder weniger die Situation, in der Saul sich nach Pittsburgh befand.

2

Saul hat überlebt. Billy und Leila dagegen sind tot. Aber ihre Story, ohne dass Saul etwas davon weiß, ohne dass zurzeit irgendjemand etwas davon weiß, fängt gerade erst an.

So etwas kommt vor.

So etwas ist in anderen Jahrhunderten und anderen Ländern als dem unseren vorgekommen: Das vorzeitige und katastrophale Ende eines Lebens fällt zusammen mit der Geburt einer Storyline des oder der Verstorbenen. In alter Zeit (uralter Zeit) führten solche Tode zu Legendenbildung. In unserer Zeit heißen die Legenden Sensationsstorys.

Für den Moment, welcher Moment das auch sein mag, beschränkt sich die Story von Billy und Leila auf einen bescheidenen Zeitungsartikel in der Pittsburgh-*Sun*. Es ist die Story eines unglücklichen Verkehrsunfalls, vom Tod einer Schauspielerin namens Leila Millar und von der Testvorführung ihres Films *Präriesegler* am selben Abend in einem Kino in Pittsburgh. Der Produzent des Films, Jay Cromwell, wird zitiert und nennt den Unfall eine echte Tragödie. Seiner Meinung nach stand Ms Millar im Begriff, ein Star zu werden, vielleicht sogar ein Superstar, wie alle, die sie in diesem Film sehen, bestätigen werden. Er hasst Vergleiche, da alle Menschen einzigartig sind, aber seiner Meinung nach hatte Leila Millar das Talent und jenes unbeschreibliche Etwas, um eine zweite Judy Holliday zu werden.

Billys Name erscheint im selben Artikel als jemand, der auch in dem Auto umkam.

Der Artikel erwähnt seinen vollen Namen und sein Alter und die Tatsache, dass er Harvardstudent war.

Saul wird als der einzige Überlebende erwähnt, der gegenwärtig im Koma liegt und dessen Zustand als ernst bezeichnet wird. Er wird des Weiteren als Billys Vater erwähnt und als ein bekannter Skriptdoktor in Hollywood.

Über das Paar in dem anderen Auto wird nicht viel berichtet, nur ihre Namen, ihr Alter und die Tatsache, dass der Fahrer des Autos zur Zeit des Unfalls betrunken und somit fahruntüchtig war und ein Stoppschild nicht beachtete.

Und das ist auch schon alles.

Eine bescheidene Story.

Aber solch ein bescheidener Anfang sagt nichts darüber aus, welche Sogwirkung eine anfänglich winzige Story entfalten kann. Sobald eine Story an die Öffentlichkeit gelangt ist, kann alles mit ihr passieren.

Nicht nur Menschen, die in Pittsburgh wohnen, lesen Pittsburgher Zeitungen. Ein Reisender von irgendwoher, der auf dem Pittsburgh International Airport zwischengelandet ist und auf einen Anschlussflug wartet, kann sich ohne Weiteres eine Lokalzeitung kaufen, um sich die Zeit zu vertreiben. Wer weiß, wer er oder sie ist und für wen er oder sie arbeitet oder gearbeitet hat? Dort, in der Lokalzeitung, steht die Story von Leila und Billy und Saul. Vielleicht kommt ihm einer der Namen bekannt vor. Oder vielleicht sogar alle drei. Vielleicht kennt der Leser niemanden der drei persönlich, aber jemanden, der sie kennt.

Überall auf dem Flughafen gibt es öffentliche Telefone. Mit einem Anruf kann die Story von Leila und Billy vom Pittsburgh International Airport direkt zu einem Adoptionsanwalt in New York gelangen oder zu jemand anderem, der in der Story nicht enthaltene Informationen besitzt.

Öffentliche Storys unterscheiden sich deutlich von privaten Storys. Öffentliche Storys sind ihrem Wesen nach eigentlich gar keine Storys, sondern Storys von Storys, nur entfernt verwandt mit den Individuen in der Story. Und ebenso, wie die zweite oder dritte Generation von Computern in dem Ruf steht, den ursprünglichen Prototypen überlegen zu sein, so stehen Storys der zweiten oder dritten Generation in dem Ruf, den ursprünglichen Storys von einer Privatperson, die zu einer öffentlichen geworden ist, in jeder Hinsicht überlegen zu sein.

Und so hat, obwohl Billy und Leila beide tot sind, die Story von ihrer Story gerade erst begonnen.

DRITTES KAPITEL

1

Samstagabend, Mitte Dezember.

Er steht an der Ecke Eighty-third und Broadway, direkt neben Harry's Shoes, und friert. Es ist ein kalter Abend, aber er friert mehr aus Angst vor dem, was er vorhat, als von der kalten Luft. Eine Angst, dem Lampenfieber vergleichbar, trocknet ihm den Mund aus.

Er wirkt wie jemand, der völlig benommen ist und sich gleichzeitig überhaupt nicht in der Gewalt hat. Ein Mann, fähig zu allem oder nichts.

Die einstmals weißen Verbände an seinen Fingern sind jetzt schmutzig und sehen aus wie die behelfsmäßigen Handschuhe, die die abgedrifteten Irren unter den Obdachlosen New Yorks bevorzugen.

Auf dem Bürgersteig wimmelt es von Menschen, die an ihm vorbeiströmen. Bis Weihnachten ist es keine zwei Wochen mehr, und der Geist der Vorweihnachtszeit liegt in der Luft. Glänzende, frisch bedruckte Einkaufstüten schaukeln an ihm vorbei in Richtung Uptown und Downtown. Nicht weit entfernt, rechts von ihm, nimmt ein kleines Wäldchen aus Weihnachtsbäumen, die zu kaufen sind, die halbe Breite des Bürgersteigs ein. Der Baumverkäufer hat einen kleinen schwarzen Gettoblaster, aus dem Instrumentalversionen von Weihnachtsliedern schallen. Das Kassettenband ist entweder ausgeleiert, oder Sauls Ohren spielen ihm einen Streich, denn die Musik klingt verwackelt und zerdehnt, als gäbe es keine einzelnen Töne, nur etwas namens Musik.

Die Menschen kommen und gehen, und Saul steht frierend da und wartet auf den Augenblick der Inspiration oder der Verzweiflung, der ihn antreiben soll, das zu tun, wofür er hergekommen ist.

Er hat am Abend zuvor versucht, es zu tun, und es nicht geschafft, ebenso wenig wie am Abend davor.

Der Mut hat ihn verlassen.

Sogar ein Mann, der alles verloren hat, besitzt immer noch Hemmungen. Die verlassen ihn zuallerletzt.

Sein Erscheinungsbild, die schmutzigen, zerschlissenen Verbände an seinen Fingern, die abgebrochenen Zähne, die auf eine gewaltsame Auseinandersetzung deuten, das ständige Arbeiten seiner Gesichtsmuskeln, als führe er einen heftigen inneren Kampf mit sich selbst, all das veranlasst die Leute auf dem Bürgersteig, einen weiten Bogen um ihn zu machen.

Wollte jemand eine Renaissancetragödie in moderner Alltagskleidung inszenieren, so wäre Saul Karoo jetzt die perfekte Besetzung für einen Mörder mit einem Dolch in der Hand und Blutdurst im Gemüt, der seinem Opfer in einem Hinterhalt auflauert.

2

Diese Verwandlung seiner äußeren Erscheinung benötigte nur wenige Wochen.

Nach seiner Rückkehr aus Pittsburgh versuchte Saul, sein

früheres Leben wieder aufzunehmen, musste jedoch feststellen, dass es kein früheres Leben gab, das sich wieder aufnehmen ließ. Jedwede Storyline, jedweder Plot, alles, was sein Leben vorangetrieben hatte, war auf jener Straße in Pennsylvania zu Ende gegangen.

Die Kunde von seinem Unfall hatte sich verbreitet, und während er in dem Krankenhaus in Pittsburgh im Koma lag, hatten viele angerufen und Nachrichten auf seinem Anrufbeantworter hinterlassen.

Bekundungen der Anteilnahme. Beileidsbezeugungen. Beteuerungen des Mitgefühls.

An seinem ersten Abend in seiner Wohnung setzte er sich neben den Anrufbeantworter und hörte sich alle Nachrichten auf der Kassette an.

Manche waren lang. Manche kurz. Aber keine konnte er sich richtig anhören.

Jemand war erforderlich, um sich diese Nachrichten anzuhören, und er schien nicht fähig, der Saul zu sein, an den diese Nachrichten gerichtet waren. Der betreffende und betroffene Saul.

Er saß da und lauschte, aber es war, als wäre er überhaupt nicht da.

Als wären seine Antworten auf die Nachrichten, die er hörte, bereits vorproduziert, als wäre er ein Apparat, der zuhörte, während ein anderer Apparat sprach.

Seine Schlaflosigkeit begann in jener Nacht.

Sogar der Schlaf schien eine Identität zu benötigen, die man loslassen musste, um einschlafen zu können. Aber es gelang ihm nicht, eine Identität hervorzubringen. Es schien niemand da zu sein, den er loslassen konnte.

Also blieb er wach. Er wanderte durch sein Wohnzimmer. Er setzte sich in seinen Drehsessel am Fenster und drehte sich.

Aber wach zu sein, ohne jemand Bestimmtes zu sein, kam ihm nicht wie Wachsein vor.

Er schlief weder, noch war er wach, weder das eine noch das andere. Es war ein neuer Zustand, in dem er sich befand, eine neue Art von Nichtexistenz.

Er versuchte, sich mit seiner Schuld auseinanderzusetzen als einer Möglichkeit, sich selbst zu verwirklichen. Er versuchte, den Schmerz um Billys und Leilas Tod zu empfinden als eine Möglichkeit, überhaupt etwas zu empfinden.

Er konnte es nicht.

Die Schuld war da. Der Schmerz war da. Aber er vermochte nicht heranzukommen. Beide schienen von ihm getrennt, wie das Geräusch eines Fernsehers, das man aus dem Hotelzimmer nebenan hört. Es kam ihm vor, als wäre er in jenem Krankenhaus in Pittsburgh aus einer Art Koma erwacht, nur um in eine andere Art Koma zu sinken, das bewusste Koma des alltäglichen Lebens, aus dem es kein Erwachen gab.

3

In den folgenden Tagen erhielt er viele Anrufe von Leuten, die er kannte, und von Leuten, die er vor langer Zeit gekannt und fast vergessen hatte. Einige, die anriefen, hatten wie Guido schon eine Nachricht auf seinem Anrufbeantworter hinterlassen und riefen noch einmal an, um mit ihm selbst zu reden. Andere riefen zum ersten Mal an.

Die McNabs, George und Pat, riefen an.

Sein früherer Buchhalter Arnold und sein jetziger Buchhalter Jerry riefen an.

Dr. Bickerstaff, sein früherer Arzt, rief an.

Diverse Studiobosse, für die er Drehbücher für diverse Studios bearbeitet hatte, riefen an. In dem Wissen, dass sie nicht gebeten werden würden, etwas für ihn zu tun, fragten sie, ob es etwas gäbe, was sie für ihn tun konnten. Irgendetwas.

Obwohl er anfangs nur widerwillig ans Telefon ging, merkte er bald, dass die Einsamkeit seiner Nichtexistenz gemildert wurde, wenn er jemanden reden hörte oder selbst redete. Bald freute er sich auf die Anrufe und verbrachte die Pausen dazwischen, indem er darauf wartete, dass das Telefon klingelte und ihn in eine Art Leben zurückrief.

Es war ihm nahezu gleichgültig, wer anrief. Da die Kunst telefonischer Beileidsbezeugungen dazu neigt, jeden gleich klingen zu lassen, war es, als bekäme er immer wieder denselben Anruf. Aber das störte ihn nicht.

Der Person am anderen Ende zuzuhören schuf, wenn schon sonst nichts, die Illusion, Saul wäre ebenfalls eine Person. Da zwei Menschen nötig sind, um ein Gespräch zu führen, war er logischerweise, wenn schon sonst nichts, einer der beiden.

Die Banalitäten, die die Anrufer notwendig benutzten, um ihr Mitgefühl auszudrücken, kamen ihm nicht banal vor. Ganz im Gegenteil. Er machte sie sich völlig zu eigen und wurde jeweils der, zu dem der Anrufer ihn erklärte.

»Es ist im Moment sehr schwer für Sie, ich weiß, aber so schwer es auch ist, Sie müssen …«, sagte zum Beispiel ein Anrufer, und für Sauls Empfinden schien der Anrufer den genauen Grad der Schwere zu kennen, die auf ihm, Saul, lastete. Und so wurde Saul für die Dauer des Anrufs ein Mann, der es schwer hatte.

»Ich weiß, Sie leiden im Moment«, sagte ihm ein anderer Anrufer, »aber Sie müssen jetzt stark sein und das durchstehen. Es sind Zeiten wie diese, die uns prüfen und uns stärker machen, sodass wir, wenn wir am anderen Ende herauskommen, in der Lage sind …«

Und während der Anrufer redete und Saul zuhörte, wurde er ein Mann, der litt, aber ein Mann, der stark sein musste, weil er geprüft wurde. Er musste das durchstehen, damit er, wenn er am anderen Ende herauskam … und so weiter.

Und es gab Anrufe, die ihm, solange sie währten, die Möglichkeit offenbarten, dass ihn irgendwo in der Zukunft eine weitere Storyline erwartete. Es kam ihm gar nicht darauf an, was für eine Story das sein würde, solange sie ihm eine Mitfahrgelegenheit bot.

4

Und dann rief Cromwell an.

Und er rief selbst an, ohne einen Brad, ob schwarz oder weiß, der ihn ankündigte.

»Saul«, sagte er. »Jay.«

»Jay«, rief Saul aus, als würde ihm das Leben gerettet.

Es war eine schlimme Woche gewesen. Die Anrufe waren nach und nach versiegt. Gestern hatte er nur einen einzigen erhalten. Es war jetzt früher Abend und Jay Cromwell der Erste an diesem Tag, der ihn anrief und aus seiner Nichtexistenz herausriss.

Cromwell gab sich den Anschein, dass es ihn ungeheure Selbstdisziplin und Rücksichtnahme gekostet hatte, nicht früher anzurufen. So erklärte er: »Ich wusste ja, was Sie durchmachten, und ich wusste, dass Sie eine Weile lang mit niemandem reden wollten.«

Saul dankte ihm dafür, nicht angerufen zu haben. Obwohl

Saul liebend gern von jedem rund um den Erdball angerufen worden wäre, hatte er keine Schwierigkeit, sich nun Cromwells Banalität anzupassen und sich selbst als den Mann zu sehen, zu dem Cromwell ihn erklärte, einen Mann, der stumm leiden musste, weil er diese Art Mann war.

Diese Variante seiner selbst war ebenso gültig wie deren Gegenteil oder jede andere Variante dazwischen. Saul entdeckte, das Schöne an den Banalitäten war, dass sie ihm erlaubten, für eine Weile jemand zu sein. Das Entsetzliche an der Wahrheit war, dass sie das nicht zuließ.

»Was kann ich sagen«, sagte Jay Cromwell, »was in aller Welt kann ich sagen? Ich stehe wegen des Ganzen immer noch unter Schock, daher kann ich mir nur allzu gut vorstellen, wie Sie sich fühlen.«

Sagen Sie mir, hätte Saul ihn am liebsten gebeten, bitte sagen Sie mir, wie ich mich Ihrer Vorstellung nach fühle, damit ich es auch fühlen kann.

»Das Einzige, was ich Ihnen sagen kann«, sagte ihm Cromwell, »ist, dass das ungeheure Ausmaß Ihrer Tragödie mich demütig macht. Allein mit Ihnen zu reden, macht mich demütig. Ich hoffe, Sie nehmen mir nicht übel, wenn ich das sage.«

Saul versicherte ihm, dass er es nicht übelnahm.

»Ich hoffe, ich störe Sie nicht.«

Saul versicherte ihm, dass er nicht störte.

»Falls ich störe, sagen Sie es bitte.«

Sogar in seiner gegenwärtigen Verfassung seelischer Auflösung besaß Saul immer noch die Geistesgegenwart, sich daran zu erinnern, dass er sich bei Cromwell bedanken musste. Schließlich hatte Cromwell es übernommen, dafür zu sorgen, dass Leilas Mutter nach Pittsburgh geflogen wurde und dann mit Leilas sterblicher Hülle zurück nach Charleston.

Saul versuchte, ihm zu danken, aber Cromwell ließ das nicht zu.

»Bitte«, schnitt ihm Cromwell mitten in der Dankbarkeit das Wort ab. »Sie wollen mir doch wohl nicht dafür danken, dass ich mich schlicht wie ein anständiger Mensch verhalten habe. Ich habe nichts getan, was nicht jeder andere an meiner Stelle auch getan hätte, daher bitte ich Sie, Saul, aus Achtung vor unserer Freundschaft, die mir sehr viel bedeutet, lassen Sie dies das letzte Mal sein, dass das Thema irgendeiner Dankbarkeit zwischen uns aufkommt.«

»Ist gut, Jay, aber trotzdem …«, stammelte Saul.

Sie redeten noch ein Weilchen über das Leben und den Schmerz und die Unergründlichkeit des Schicksals, das Männer mit Katastrophen überzieht.

Und dann, nachdem er sich mehrere Male auf unterschiedliche Weise nach Sauls gegenwärtiger seelischer Verfassung erkundigt und sich Sauls Antworten geduldig angehört hatte, ging Cromwell unversehens, fast, als fiele es ihm nachträglich ein, zu einem anderen, aber verwandten Thema über.

Es schien ein wachsendes Interesse an Leilas Story zu geben, erzählte er Saul. An der Story dieser unglückseligen Schauspielerin, die auf dem Wege zur ersten öffentlichen Vorführung ihres ersten Films so plötzlich vom Tod ereilt worden war.

»Ich weiß, ich weiß«, sagte Cromwell. »Mir ist klar, dass ich mich makaber anhören muss, mit Ihnen in einer solchen Zeit über Sensationsstorys zu reden, und um die Wahrheit zu sagen, es kommt mir selbst ein bisschen makaber vor. Ich kann nicht klar denken. Deshalb rufe ich Sie an. Denn ich brauche in dieser Sache Rat. Eine Richtlinie. Sehen Sie, mein Gefühl ist folgendes. Leila war etwas Besonderes, und die Menschen sollten von ihr und ihrem Film wissen. Ich will damit sagen, alles, was wir tun können, um dafür zu sorgen, dass so viele Menschen wie nur möglich sie in ihrem einzigen Film sehen, ist meiner Meinung nach eine Pflicht, die wir nicht vernachlässigen dürfen. Wir schulden es ihr …«

»Ich rede nicht von Publicity«, fuhr Cromwell fort. »Das wäre unter diesen Umständen wirklich makaber. Nein, ich rede lediglich davon, ihre Story bekannt zu machen, denn ich meine, ihre Story verdient es, bekannt zu sein. Wovon ich rede, das ist so eine Art Testament für sie und ihre so tragisch beendete Karriere. Wenn Sie jedoch denken, ich liege falsch, wenn das Ganze Ihrer Meinung nach unpassend ist, dann sagen Sie es bitte, und ich werde es nie wieder erwähnen.«

Die Idee von einem Testament für Leila traf bei Saul auf ein dankbares Echo. Er hatte keine Ahnung, welche Story Cromwell für Leilas Story hielt, aber wenn es eine Art Testament war, dann war er dafür.

Und das sagte er auch.

Cromwell nahm seine Billigung für die maßgebliche Stellungnahme zu diesem Thema und dankte Saul dafür, ihm aus diesem moralischen Dilemma herausgeholfen zu haben.

»In diesem Fall«, sagte er Saul, »wenn Sie dafür sind, werden wir das anpacken.«

Der Rest des Gesprächs widmete sich wieder dem Leben und dem Schmerz und der Unergründlichkeit des Schicksals, das Männer mit Tragödien überzieht.

»Was für eine Tragödie«, sagte Cromwell immer wieder.

»Eine wahrhaft amerikanische Tragödie«, sagte er, und er sagte es, als wären amerikanische Tragödien wesentlich tragischer als die Tragödien anderer Nationen.

Das Gespräch endete mit Cromwells Bitte an Saul, »sich nicht unterkriegen zu lassen«.

Saul versprach, sich Mühe zu geben.

Sich nicht unterkriegen zu lassen, kam ihm wie eine lebhafte und zielgerichtete Tätigkeit vor, bis er den Hörer auflegte, und dann, als er wieder allein war, hatte er keine Ahnung, was das hieß, »sich nicht unterkriegen zu lassen«, oder wie er eine solche Tätigkeit ausführen sollte.

Auch hatte er nicht die geringste Ahnung, worum es bei dem Handel ging, den er soeben telefonisch mit Cromwell abgeschlossen hatte.

5

Und dann versiegten die Anrufe völlig.

Niemand rief mehr an.

Seine Schlaflosigkeit machte ihn nervös und gereizt.

Die Schlinge der Privatheit zog sich um ihn zu. Manchmal kam sie ihm vor wie eine konkrete Schlinge um seinen Hals.

Ein Anruf würde ihn retten, aber das Telefon klingelte nicht.

Er überlegte, selbst jemanden anzurufen, konnte sich aber nicht entscheiden, wer es sein sollte.

Nach vielem Grübeln beschloss er, seine Mutter in Chicago anzurufen. Er nahm den Hörer ab und streckte den Zeigefinger aus, um zu wählen.

Aber dann saß er einfach da mit dem in der Luft erstarrten Zeigefinger, weil er nicht wusste, wer anrufen sollte.

Er musste irgendwer sein, um anzurufen, aber er konnte sich nicht entscheiden, wer.

Jegliche Form von Leben, von bloßem Dasein schien unmöglich.

In seiner Privatheit fühlte er sich plötzlich wie ein sterbender Planet, auf dem kein Leben mehr möglich war.

Seine einzige Hoffnung auf Überleben war Flucht. Die Flucht in die Öffentlichkeit. Die er ergriff.

6

Es ist immer noch derselbe Samstagabend Mitte Dezember, und Saul steht immer noch frierend vor Harry's Shoes an der Ecke Eighty-third und Broadway.

Monologfetzen tummeln sich in seinem Kopf, und seine Lippen bewegen sich, als probe er sie laut.

Monologe an alle möglichen Menschen, lebende und tote, darunter auch mehrere an ihn selbst.

Direkt vor Harry's Shoes, wo er steht, ist ein öffentliches Münztelefon.

Sein Mut hat ihn gestern Abend und an dem Abend davor verlassen, aber wie zum Ausgleich für sein Versagen ist auch sein Bedürfnis gewachsen, seinen Monologen Ausdruck zu verleihen.

Er geht zum Münzapparat und nimmt den Hörer ab, aber plötzlich überkommt ihn Verwirrung. Er vergisst völlig, dass er kein Geld hineinzustecken oder irgendeine Nummer zu wählen braucht, um das Gespräch zu führen, das er vorhat. Aber um den Schein zu wahren, steckt er eine Vierteldollarmünze in den Schlitz und wählt seine eigene Nummer.

Das Telefon klingelt fünfmal und hört dann auf. Der Anrufbeantworter schaltet sich ein. »Hi, hier ist Saul Karoo. Ich kann Ihren Anruf im Moment nicht entgegennehmen, aber wenn Sie eine Nachricht hinterlassen, rufe ich Sie so bald wie möglich zurück.«

Die Aufnahme, die er hört, wurde gemacht, als er in seine neue Wohnung am Riverside Drive einzog. Seine frühere Stimme zur Zeit der Aufnahme klingt jetzt in seinen Ohren wie die Stimme eines glücklichen, unschuldigen Träumers, der glücklich in einem Traumland lebt.

Die Unschuld und der Optimismus in dieser Stimme bringen Saul am Münzapparat dazu, vor Erbarmen mit dem armen Mann auf dem Anrufbeantworter aufzustöhnen.

Obwohl er nicht das Gefühl hat, ihn gut zu kennen oder je gut gekannt zu haben, empfindet er angesichts der erlittenen Rückschläge und Verluste tiefes Mitleid mit ihm.

»Ach, Saul«, sagt er. Er beginnt leise, da es ihm als Telefonfreak noch an Selbstvertrauen gebricht, aber er wird zunehmend lauter.

»Mein Gott, Saul, ich habe gerade gehört, was passiert ist! Ist das wahr? Sag mir, dass es nicht wahr ist. Doch? Wirklich? Nicht alle beide. Oh, nein. Großer Gott, nicht alle beide, Saul. Nicht Leila und auch noch Billy. Beide tot. Nein. Wie? Warum? …«

Anfangs geniert er sich, seinem Schmerz öffentlich Ausdruck zu verleihen, aber bald spürt Saul, wie alle Hemmungen von ihm abfallen. Nicht, dass er sich in seine Rolle so weit hineinsteigert, um für die Menschen, das Publikum, das auf dem belebten Samstagabend-Bürgersteig an ihm vorbeiströmt, blind zu werden. Ganz im Gegenteil.

Er sieht die Menschen, die ihn sehen. Er sieht, wie sie ihn ansehen, und er fühlt sich davon in ein lebendes Wesen verwandelt.

Er empfindet etwas sehr schwer Fassbares und sehr Persönliches, sehr Privates an der Ecke Eighty-third und Broadway, etwas, was sich nicht einstellen wollte, als er in seiner Wohnung allein war.

Als wäre Privates jetzt nur noch in der Öffentlichkeit möglich, wo es von den Blicken fremder Passanten ins Leben gerufen und gleichzeitig beglaubigt wird.

»Und du warst dabei, als das passiert ist? Im Auto. Du warst am Steuer? Ach, Saul …«

Sein Herz bricht für diesen armen Mann, und er fängt an zu weinen.

Anfangs weint er unterdrückt, aber bald weint er hemmungslos.

»Was willst du denn jetzt machen, Saul? Ich kann mir gar nicht vorstellen, was in aller Welt du jetzt mit dir anfangen willst. Wie willst du leben mit dem Wissen, dass Leila und Billy tot sind? Wie in Gottes Namen willst du mit dir leben? Du tust mir ja so leid. So furchtbar, furchtbar …«

Er kann vor lauter Schluchzen nicht weitersprechen.

VIERTES KAPITEL

Inspiriert, falls das kein zu starker Ausdruck ist, von seinem öffentlichen Gespräch mit sich selbst, kehrte Saul am nächsten Tag für eine Zugabe zurück. Da er ein Gewohnheitstier war, machte er eine Gewohnheit daraus und wurde in den Tagen, die folgten, zu einem Vollblut-Telefonfreak-Junkie.

Eine Art Straßenperson.

Er benutzte seine Wohnung nur als Ort, wo er duschen und seine nächtliche Schlaflosigkeit durchstehen konnte, aber ansonsten führte er sein Leben in der Öffentlichkeit.

So, wie er in den alten Zeiten morgens aufstand, duschte und in sein Büro in der West Fifty-seventh Street ging, stand er jetzt auf, duschte und verließ seine Wohnung ungefähr zur gleichen Zeit, um durch die Straßen Manhattans zu laufen und von öffentlichen Telefonen aus imaginäre Anrufe zu machen.

Nur, dass er jetzt nicht mehr Geld einwarf oder wählte. Er nahm einfach den Hörer ab und fing an zu reden.

Er wanderte den Broadway hinunter, die Eighth Avenue hinunter, vorbei an der Forty-second Street bis zur Penn Station und benutzte auf dem ganzen Weg Münztelefone.

Manchmal nahm er sich ein Taxi zum La-Guardia- oder

zum JFK-Flughafen und verbrachte einen Teil seines Tages bei den verschiedenen Telefonnistplätzen an diesen Orten, redete am Telefon, umgeben von Reisenden, die das Gleiche taten.

Seine Gepräche, falls sie so genannt werden können, erstreckten sich weithin. Manche waren Ortsgespräche. Manche Ferngespräche. Manche waren mit den Lebenden und manche mit den Toten. Von Zeit zu Zeit rief er immer noch sich selbst an, und anschließend rief er als er selbst andere an.

Er vergewisserte sich jedoch immer, dass jemand in der Nähe war, der nicht umhinkonnte, mit anzuhören, was er sagte.

Er rief seinen toten Vater an und versuchte, ihn zu überzeugen, dass er versucht hatte, ihn zu lieben, solange er noch lebte.

Er rief seine Mutter in Chicago an und entschuldigte sich vielmals dafür, sie nicht früher angerufen zu haben.

»Ich habe Entsetzliches durchgemacht, Mom, wirklich. Hast du schon gehört? Weißt du, was passiert ist? Billy ist tot. Mein Billy, Mom. Ich bin niemandes Vater mehr und werde auch nie mehr jemandes Vater sein. Es tut so weh, Mom. Es tut so weh. Ich weiß nicht mehr, was ich mit mir anfangen soll. Nein, nein, mach dir keine Sorgen. Das wird schon wieder. Wie gehts dir? …«

Wenigstens einmal am Tag rief er Billy und Leila an, manchmal zwei- oder dreimal am Tag.

»Billy, hier ist Dad. Wollte nur mal wissen, wie's dir geht, Sohn. Nein, nein, alles in Ordnung, ich rufe nur an, um mal zu hören …«

»Leila, hier ist Saul. Wann kommst du zurück? Du fehlst mir. Du fehlst mir so sehr, dass ich kaum …«

Manchmal weinte er. Manchmal erzählte er Witze. Manchmal flehte er Billy und Leila an, ihm zu verzeihen.

»Bitte, ich bitte dich inständig …«

»Nymphe«, rief er einmal in einem Telefongespräch mit Leila, »schließ in dein Gebet all meine Sünden ein.«

Immer und immer wieder beteuerte er beiden, dass er sie von ganzem Herzen geliebt hatte.

Und obwohl er am Telefon zusammenbrach und weinte und sich wie ein Wahnsinniger gebärdete, hatten seine sentimentalen Liebesbeteuerungen etwas Unbefriedigendes, sodass er wieder anrufen musste.

»Ich liebe dich, ich liebe dich so sehr, ich liebe dich wirklich, warum glaubst du mir nicht?«, beharrte er, als zöge einer von ihnen oder alle beide am anderen Ende der Leitung seine Behauptungen in Zweifel.

Ob er nun Laurie Dohrn anrief, um sie um Verzeihung zu bitten, oder ob er nun Arthur Houseman anrief, um ihn um Verzeihung zu bitten, weil er seinen Film ruiniert hatte (»Ich habe Ihren Film geliebt. Ich habe ihn angebetet. Er war ein Meisterwerk«), fast alle seine öffentlichen Telefongespräche zielten darauf ab, sich selbst Schmerz zuzufügen.

Er begrüßte Schuld und Schmerz und empfing sie mit offenen Armen.

Aber er empfand nur öffentliche Schuld und öffentlichen Schmerz und die öffentliche Reue, die damit einherging.

Und seine öffentliche Qual war angenehm im Vergleich zu der Qual, die ihn nächtens in der Einsamkeit seiner Wohnung erwartete.

FÜNFTES KAPITEL

Am Abend der Premiere von *Präriesegler* in Pittsburgh hielt Cromwell, der von Leilas Unfalltod informiert worden war, vor Beginn des Films eine kleine improvisierte Ansprache an das Publikum.

»Meine Damen und Herren«, sagte er, »mit dem tiefsten Bedauern muss ich Ihnen den tragischen Tod des Stars dieses Films bekanntgeben. Niemand von Ihnen hier kennt ihren Namen, niemand von Ihnen hat sie je zuvor gesehen oder von ihr gehört, aber ich versichere Ihnen, nachdem Sie diesen einzigen Film ihrer tragisch abgeschnittenen Karriere gesehen haben, werden Sie sie nie vergessen. Meine Damen und Herren, und hier zum ersten und einzigen Mal … Leila Millar.«

Das Licht ging aus. Der Film begann. Als Leilas Name auf der Leinwand erschien (UND ZUM ERSTEN MAL LEILA MILLAR), gab es ein wenig Applaus.

Es lässt sich nicht sagen, ob Cromwells improvisierte Ansprache das Publikum geneigt machte, den Film zu mögen, oder ob einzig der Film selbst für die begeisterte Aufnahme verantwortlich war. Einer stehenden Ovation.

Es gab keine Fernsehberichterstattung über die Premiere,

da in dem Film keine großen Stars mitwirkten, aber ein lokaler Fernsehsender brachte in den Abendnachrichten des folgenden Tages etwas über Leila.

Helen Landau, eine Co-Moderatorin der Abendnachrichten, fuhr mit einem kleinen Team zur Unfallstelle hinaus und nahm den folgenden Sendebeitrag auf.

Mit einem Mikro in der Hand ging Helen auf dem Seitenstreifen an der Bundesstraße 381 entlang.

»Hier endete gestern ein Traum von Starruhm«, sagte Helen und sah direkt in die Kamera.

Sie redete davon, dass Leila nicht nur in dem Film eine Kellnerin spielte, sondern im wirklichen Leben Kellnerin gewesen war. Ein Mädchen aus dem Volke. Sie redete davon, dass dies ihr erster Film war.

»Und so«, schloss Helen, »ist an dem Tag, der der glücklichste ihres Lebens hätte werden sollen, an dieser scheinbar so friedlichen Stelle auf der Bundesstraße 381 eine junge Frau gestorben, die vielleicht zu Starruhm bestimmt war. Aber wer weiß, wenn Sterne auch sterben, so leuchtet ihr Licht noch vielen Generationen, wie vielleicht auch das Licht von … Leila Millar.«

Der Beitrag endete mit einem PR-Standfoto von Leilas lächelndem Gesicht aus dem Film.

Und so begann, während Saul in jenem Krankenhaus in Pittsburgh im Koma lag, Leilas Story zu wachsen.

In Cromwells ursprünglicher Planung hatten vor dem Kinostart nur zwei weitere Testvorführungen stattfinden sollen, aber die Mundpropaganda aufgrund von Leilas Tod schuf eine solche Nachfrage, dass zusätzliche Vorpremieren eingeplant werden mussten.

Normalerweise wurde eine große Annonce in die Zeitungen der Stadt gesetzt, in der die Testvorführung stattfinden sollte, aber das war nicht mehr erforderlich. Die Story von Leilas Story erschien zusammen mit einem großen Foto von ihr in allen Zeitungen jeder Stadt, die hinzugekommen war. Am Abend der Vorpremiere war der Publikumsandrang in jeder Stadt so stark, dass etliche wieder weggeschickt werden mussten.

Sogar bevor ihre sogenannte vollständige Story bekannt wurde, hatte Leilas Story etwas an sich, das für ihre Verbreitung sorgte. Sogar Leute, die nur alle zwei Jahre ins Kino gingen, wollten Leilas Film sehen, wenn sie von ihr und ihrer Story hörten.

Ein Mädchen aus dem Volke. Eine Kellnerin. Aus der Anonymität herausgerissen, in der die meisten Menschen ihr Leben verbringen, um Star eines Films zu sein. Und dann am Tag der Filmpremiere zu sterben, sodass sie sich nie auf der Leinwand sah. All dies besaß eine ergreifende Tragik, der schwer zu widerstehen war, und wuchs sich zu einer Marketing-Goldgrube aus, wie selbst ein Marketing-Genie wie Cromwell sie nicht hätte ersinnen können.

Was ihn zu dem Genie machte, das er war, böse oder sonst wie, war die Art und Weise, wie er alles in die Hand nahm und steuerte.

Noch bevor die verlängerte Phase der Testvorführungen abgelaufen war, bekam er Anrufe von den Managern der großen Kinoketten, die ihn veranlassten, die Verleihplanung für den Film zu überdenken. Es schien jetzt möglich, die offizielle Premiere zu verschieben und nicht nach und nach herauszukommen, sondern den Film am selben Tag landesweit anlaufen zu lassen, als hielte er einen Superhit in Händen und nicht einen kleinen Kunstfilm.

All diese Leila-Storys in den Zeitungen waren fürs Erste schön und gut, aber seine Erfahrung mit Storys dieser Art, mit Storys jeglicher Art, warnte ihn, dass all dies lange vor dem Anlaufen des Films zu einer Übersättigung des Marktes führen konnte.

Was er deshalb bereithalten musste, war die definitive Leila-Story, eine von diesen Kurzbiografien in Featurelänge, geschrieben von einem angesehenen Journalisten mit untadeligen Empfehlungen.

Cromwell hörte von einem Journalisten, der den Pulitzerpreis erhalten und gerade keine Arbeit hatte, weil seine Zeitung unlängst eingegangen war.

Der Mann wurde langsam alt, und seine Chancen, bei einer anderen Zeitung unterzukommen, schienen (aufgrund seines Alters und seiner politischen Ansichten) nicht besonders gut.

Er hatte den Pulitzerpreis für seine Berichterstattung über den Bürgerkrieg in Angola erhalten, aber das war lange her, und der Bürgerkrieg dauerte immer noch an.

Cromwell rief ihn an, erklärte ihm die Art des Projekts und bot ihm die Art Honorar, die Bedenkzeit unnötig macht.

Sie kamen ins Geschäft. Zuerst mündlich, am Telefon, dann wurde ein Vertrag unterschrieben.

Um Cromwell gegenüber fair zu sein, er hatte keine Ahnung, wohin die Story von Leila führen würde. Er wusste über sie nur, was alle wussten. Wenn er noch etwas wusste, dann, dass sie mit Saul ein Verhältnis gehabt hatte.

Und weil er das wusste, führte er dieses umsichtige Telefongespräch mit Saul, um zu hören, ob er Einwände gegen die Veröffentlichung von Leilas Story hatte. Cromwell wollte einen Beleg, dass er Sauls Einverständnis für sein Vorgehen hatte.

Und Saul, der keine Ahnung hatte, in was er einwilligte, erteilte es.

Ob man nun über den Bürgerkrieg in Angola schreibt oder über Insidergeschäfte an der Wall Street oder die Story von Leila Millar, für alles gelten dieselben Prinzipien des investigativen Journalismus. Wenn man ein gewissenhafter Journalist ist, was dieser Journalist war, und wenn man eine Nase für die Story hat, was er hatte, dann wittert man den Lebensnerv einer Story, und dann folgt man ihm, wohin er auch führt.

In dem, was eigentlich nur ein Routineinterview mit Leilas Mutter in Charleston, South Carolina, hatte sein sollen, einem dieser Mütterinterviews, die man für einen Artikel dieser Art braucht, fand unser Pulitzerpreisträger – oder bekam ihn von der Mutter serviert – den Lebensnerv der Story. Das Baby, das Leila mit vierzehn bekommen und zur Adoption freigegeben hatte.

Der Rest war nicht unbedingt einfach, aber auch nicht so schwer, wie man meinen könnte.

Menschen, die in Krankenhäusern oder bei Adoptionsanwälten arbeiten, neigen dazu, sich strikt an die ihnen auferlegte Schweigepflicht zu halten, solange sie angestellt sind. Sobald sie ihre Stelle aufgeben oder verlieren, halten sie sich nicht mehr ganz so strikt daran.

Als Cromwell erfuhr, wohin die Story lief, hatte er nur eine Bitte an den Journalisten, nämlich Saul in Ruhe zu lassen.

»Ich möchte nicht, dass Sie ihn behelligen«, sagte Cromwell ihm am Telefon. »Er hat genug gelitten.«

SECHSTES KAPITEL

1

Der Story, bevor sie als Story erschien, gingen Gerüchte von ihrer Existenz voraus, die sich über Telefon- und Faxleitungen von West nach Ost verbreiteten. Dann erschienen kleine Auszüge daraus in verschiedenen Presseerzeugnissen. Und dann erschien die Story selbst in einem bekannten und hoch angesehenen, überregionalen Nachrichtenmagazin.

Ihr Titel lautete schlicht »Leila«, mit dem Untertitel »Eine amerikanische Tragödie«. Später sollte sie erweitert und als Buch mit dem gleichen Titel, aber einem anderen Untertitel veröffentlicht werden: *Leila: Eine Liebesgeschichte*. Der Pulitzerpreisträger, der Autor der ursprünglichen Story und des Buches, sollte schließlich seinen zweiten Pulitzerpreis erhalten, diesmal im Bereich Biografie.

Doch vorläufig, im März 1991, war es immer noch eine Zeitschriftenstory namens »Leila«, aber Saul und Billy kamen auch darin vor sowie ihr tragisches Dreiecksverhältnis.

An der Story war, wie ein Kritiker es formulierte, außer Mord alles dran.

2

Als die Zeitschriftenstory erschien, beschloss Saul, aus der Stadt zu fliehen. Den Anrufen, die er erhielt, zu entfliehen. Der Publicity, die die Story auslöste. Dem Bekanntheitsgrad, den er erlangte. Aber am allermeisten wollte er der furchtbaren Versuchung entfliehen, der stark vereinfachte, chemisch gereinigte und um einiges überhöhte Saul Karoo zu werden, zu dem die Story ihn machte und für den die Öffentlichkeit ihn hielt. Sogar Dianah, die seit Billys Tod nicht mehr mit ihm gesprochen hatte, rief ihn an und war bereit, ihm zu vergeben, nachdem sie die Story gelesen hatte. Er floh auch vor ihrer Vergebung.

3

Er hatte kein Reiseziel im Kopf, aber er hatte einen Koffer und einen Pass, als er auf dem Kennedy-Flughafen ankam.

Er starrte auf die Namen der Städte im In- und Ausland, die von den Maschinen der in- und ausländischen Fluggesellschaften angeflogen wurden.

Stundenlang bot sich ihm keine Stadt an, und er lungerte auf dem Flughafen herum, ein Reisender auf der verzweifelten Suche nach einem Reiseziel.

Und dann fiel ihm schließlich eine Stadt ein. Er würde in die Stadt fliehen, in der er geboren worden war (Chicago), in das Haus, in dem er aufgewachsen war, und zu der Frau (seiner Mutter), die ihn geboren hatte.

4

Der März, den er in New York zurückließ, war nicht der März, den er in Chicago vorfand. Ein später Schneesturm blies aus West, und das Taxi brauchte zwei Stunden, um durch Schneegestöber vom O'Hare-Flughafen zur Homerlee Avenue zu gelangen.

Er erkannte das Viertel, die Straße, das Haus, aber nicht seine Mutter, als sie die Tür öffnete. Sie schien ihn ebenfalls nicht zu erkennen. Nicht, bis er sagte, mehr als Frage denn Begrüßung: »Mutter?«

»Saul?«, erwiderte sie, im gleichen fragenden Ton.

Sie standen an der Tür, beide barhäuptig, sie blinzelte zu ihm hoch, er schaute zu ihr hinunter. Der wirbelnde Schnee fiel auf beide gleichermaßen. Er bedeckte Sauls gelichtetes graues Haar und das kürzlich gefärbte und unglaubwürdig schwarze Haar seiner Mutter.

So schwarz, dachte er bei sich, wie meine schwarze Remington in meinem Büro in der West Fifty-seventh Street.

Schließlich hielt sie ihm die Tür auf, und Saul nahm den Koffer von der einen Hand in die andere und ging hinein.

5

Das einleitende Gespräch zwischen Mutter und Sohn strömte rasch dahin. Auf beiden Seiten war ein Bemühen, das Geräusch ihrer Stimmen so lange wie möglich ohne Pause durchzuhalten. Und so wurden bereits in diesem einleitenden Gespräch viele Themen abgehandelt.

Das Wetter war wirklich eine Katastrophe, waren sich beide einig.

Ein scheußlicher Tag zum Reisen.

Wusste er (er wusste es nicht), dass der O'Hare-Flughafen gesperrt worden war? Sie hatte es im Radio gehört, unmittelbar, bevor er ankam. Seine Maschine musste eine der Letzten gewesen sein, die noch landen durften.

Da er sie nie (seit der College-Zeit nicht mehr) besucht hatte, nur um sie zu sehen, sondern immer auf dem Wege woandershin vorbeigekommen war, fragte sie ihn, wohin er unterwegs sei.

Er erwog, allerdings nicht lange, ihr die Wahrheit zu sagen. Dass er hergekommen war, um vor der Welt Schutz zu suchen. Hergekommen war, nur um sie zu sehen. Aber er hatte Angst, ihr das zu sagen.

Und so sagte er ihr stattdessen, er sei auf dem Weg nach Los Angeles. Und wie es solche Dinge an sich haben, sobald er ihr gesagt hatte, wohin er fuhr, wusste er, er würde dorthin fahren.

»Beruflich?«, fragte sie.

»Ja.«

»Ein Film?«

»Ja.«

In der Halbpause, die folgte und drohte sich zu einem vollwertigen Schweigen auszuwachsen, wandten beide ihre Aufmerksamkeit dem Schneesturm draußen zu, den sie durch die Fenster des Wohnzimmers sahen.

»Da kommt aber was runter«, sagte er.

»Will gar nicht aufhören«, fügte sie bereitwillig hinzu.

Aber das Schweigen, wie eine uralte Krankheit, gegen die es immer noch kein Heilmittel gab, kehrte zurück und lastete auf ihnen.

Sie versuchten, es abzuschütteln, aber ihre vereinten Anstrengungen reichten nicht aus.

»Ich gehe dann mal auspacken«, sagte er und stand seufzend auf, als wäre Auspacken eine Ganztagsarbeit, die auf ihn wartete.

»Wo willst du schlafen?«, fragte sie, wie sie es immer tat.

»In der Kammer«, antwortete er, wie er immer antwortete.

»Die Bettwäsche ist sauber. Sie ist zwar schon einige Zeit auf dem Bett, aber sie ist sauber. Ich hole dir Handtücher.«

Auf seinem Weg die Treppe hinunter zu der Kammer im Keller, mit dem Koffer in der einen Hand, den Handtüchern in der anderen, folgte ihm vom Treppenabsatz die Stimme seiner Mutter. Je weiter er sich entfernte, desto lauter redete sie, sodass er den Eindruck gewann, die Lautstärke ihrer Stimme sei etwas Konstantes, wie die Lichtgeschwindigkeit.

»Ich habe schon gegessen. Ich esse jetzt immer früh zu Abend. Ich wusste nicht, dass du kommst, sonst hätte ich gewartet. Aber ich wärme dir etwas Lammeintopf auf. Oder ich kann dir was anderes machen, wenn du keinen Eintopf willst. Es ist Lammeintopf. Er ist sehr gut. Aber ich kann dir auch was anderes machen, wenn du willst. Ich habe noch …«

»Eintopf ist doch prima«, rief er zurück. »Bin gleich wieder oben.«

6

In der holzgetäfelten (astige Kiefer) Kammer im Keller, die den Namen »Gästezimmer« trug, machte Saul sich angeblich ans Auspacken.

Angeblich, weil er nie auspackte, wenn er herkam. Er

machte immer nur den langen Reißverschluss seines Koffers auf und legte den Inhalt frei, aber weiter kam er nie.

Er starrte den Inhalt seines Koffers an, als gehörten Inhalt und Koffer jemand anderem.

In seinem plötzlichen Entschluss, New York zu entfliehen, hatte er Dinge hineingeworfen, ohne nachzudenken. Er hatte keine Ahnung gehabt, was er brauchte, denn er hatte (zu dem Zeitpunkt) keine Ahnung gehabt, wohin er fuhr.

Shorts. Socken. Hemden. Er kramte darin herum, ohne etwas herauszunehmen, machte Bestandsaufnahme. Ein Pullover. Er hatte die Zeitschrift mit Leilas Story mitgebracht, wobei sein Gedankengang gewesen war, wenn er sie mitnahm, dann hieß das, dass er nicht wirklich davor fortlief. Die Zeitschrift lag in dem zusammengefalteten Pullover.

Zusätzlich und als eine Art Gegengewicht zu der Story hatte er auch die Videokassette mit dem Film des Alten Herrn, der Fassung des Alten Herrn, mitgebracht.

Monatelang hatte Saul die Kassette zuvor in dem Schrank im Gästeschlafzimmer seiner Wohnung versteckt, damit Leila sie nicht zufällig fand.

Warum hatte er sie mitgenommen?

Er hatte keine Ahnung. Vielleicht hatte er Angst, dass in seiner Abwesenheit in seinem Haus ein Feuer ausbrechen und die Videokassette vernichten könnte. Soweit er wusste, war das die einzige Kopie, die es von dem Film gab, als der Film noch ein Kunstwerk war.

Die Kassette lag zwischen seinen Shorts und seinen Socken.

Er setzte sich auf die Bettkante, neben ihm lag der offene Koffer, und er geriet plötzlich in Versuchung, sich danebenzulegen und einzuschlafen.

Aber oben wurde der Lammeintopf aufgewärmt. Die

Akustik des Hauses war so beschaffen, dass er hören konnte, wie die Schritte seiner Mutter einen Rhythmus auf den Küchenfußboden über seinem Kopf trommelten.

Er verstand das nicht. Seine Mutter war zu einem Spatz von einer Frau eingeschrumpft, aber ihre Füße hörten sich an wie herabfallende Ziegelsteine. Dem Geräusch nach konnte man meinen, sie ließ ihre Füße aus Hüfthöhe fallen. Vielleicht hatte es etwas mit ihrem Alter zu tun. Mit mangelnder Muskelkontrolle oder dergleichen. Oder vielleicht mit den vielen, allein in einem großen Haus verbrachten Jahren und dem Wunsch, sich hindurchgehen zu hören.

Dieser Gedanke und die Erinnerung daran, wie sie aussah, als sie ihm die Tür aufmachte, als der Schnee auf ihren Kopf fiel und sie zu ihm aufsah, und der Gedanke, dass er sie jetzt aller Wahrscheinlichkeit nach zum letzten Mal lebend sah, zum letzten Mal ihre Schritte Muster in den Küchenfußboden stanzen hörte, all dies und auch noch etwas anderes, was er nicht in Worte fassen konnte, veranlassten ihn, einen lange eingesperrten, sentimentalen Seufzer auszustoßen und leise vor sich hin zu sagen: »Ach, Mutter. Ach, Mütterlein mein.«

Sie rief ihn vom Treppenabsatz.

»Saul. Eintopf ist fertig.«

»Komme«, antwortete er.

7

Saul sitzt am Esstisch und isst seinen Lammeintopf aus einem tiefen Teller. Seine Mutter steht nicht weit entfernt und schaut ihm beim Essen zu.

Es war noch hell, als er ankam, und jetzt ist es dunkel. Durch die Fenster des Esszimmers kann er sehen, wie der

Schnee, beleuchtet von Straßenlaternen und den Scheinwerfern vorbeifahrender Autos, wirbelt, fällt, sich aufhäuft.

»Da kommt aber was runter«, sagt seine Mutter, und das wollte eigentlich er sagen.

»Sieht aus, als wollte es die ganze Nacht über schneien«, sagt er stattdessen.

»Meinst du?«

»Sieht ganz danach aus.«

Der Fernseher, der im Wohnzimmer lief, als er ankam, läuft immer noch. Er weiß, wenn er nicht da wäre, säße seine Mutter jetzt vor dem Fernseher.

Der Lammeintopf ist schauderhaft. Er kommt nicht dahinter, warum er so schauderhaft ist, weil er nach nichts schmeckt oder weil er vage nach etwas schmeckt. Jedenfalls stimmt etwas nicht damit.

Sie wendet sich vom Fenster ab und schaut ihm wieder beim Essen zu.

»Wie schmeckt er?«

»Der Lammeintopf? Wunderbar.«

»Es ist noch reichlich da.«

Es gab eine Zeit, denkt Saul, da war seine Mutter eine wunderbare Köchin und eine penible Haushälterin und eine Frau, die großen Wert auf ihr Äußeres legte.

Jetzt ist sie nichts mehr davon.

Während er seinen Lammeintopf isst, fragt sich Saul, ob sie sich dieses Verfalls bewusst ist oder nicht.

Überall sind Anzeichen der Verwahrlosung. Man muss nicht nach ihnen Ausschau halten, um sie zu sehen. Man muss wegschauen, um sie nicht zu sehen.

An seinem Silberbesteck und seinem Suppenteller kleben Reste früherer Mahlzeiten.

Das Geschirrtuch, an dem seine Mutter herumfingert, als

wäre es ein Rosenkranz, ist schmutzig. Die Heizung springt immer wieder an, und wenn sie es tut, bläst die Luft aus den Klappen kleine Staubbällchen über den Fußboden. Kleine Staubtierchen huschen umher wie Mäuse.

Der Untergang des Hauses Karoo, denkt Saul bei sich.

Er trinkt das schmutzige Glas mit Wasser aus, und seine Mutter, begierig, etwas zu tun, reißt es ihm fast aus der Hand und geht zum Spülbecken, um es wieder zu füllen.

Obwohl er genug ungelöste Probleme in seinem Leben hat, um ihn mehrere Leben lang zu beschäftigen, wirft er einen forschenden Blick auf die davoneilenden Füße seiner Mutter und versucht noch einmal dahinterzukommen, wie es solch einem Federwisch von einer alten Frau möglich ist, beim Gehen solch einen Lärm zu veranstalten. Und das in Hausschuhen.

Das Einzige, was ihm zur Erklärung einfällt, ist, dass seine Mutter im letzten Sekundenbruchteil vor der Bodenberührung die Füße abknickt und versteift, so wie ein guter Baseball-Schlagmann die Handgelenke abknickt und versteift, um einen Homerun rauszuholen. Mit dem bloßen menschlichen Auge unmöglich zu erkennen.

Sie steht am Spülbecken, mit dem Glas in der Hand, lässt das Wasser laufen und prüft es mit dem Finger.

Saul schaut sie an, seine Mutter, im Profil.

Den schmutzigen Bademantel, den sie anhat. Gekauft in einem Touristenladen in Santa Fe auf einer Reise, die sie vor über zehn Jahren mit seinem Vater unternahm. Mit geometrischem indianischem Muster. Muster und Farben waren einmal deutlich. Jetzt sind es Schlieren. Er passte ihr mal. Jetzt ist er ihr viel zu groß.

Ihr schwarz gefärbtes Haar weist keine erkennbare Frisur auf, sondern ist eine Versammlung verschiedener Frisuren auf einem Kopf. Teile davon sind Afro. Andere sehen aus wie eine schwarze Mütze.

Und immer noch steht sie da und lässt das Wasser laufen. Hat wahrscheinlich vergessen, wozu sie dorthin gegangen ist. Hypnotisiert von dem Geräusch des fließenden Wassers. In ihre Gedanken versunken, die er nie erfahren wird.

Die Geräusche des Hauses gehen um sie herum weiter. Die Heizung springt an, erst das Zischen der Flamme, dann das Heulen des Gebläses. Der Kühlschrank mischt mit. Die Abwasserpumpe im Keller springt an. Der Fernseher im Wohnzimmer röhrt, das Wasser im Spülbecken rieselt.

Und dann kommt seine Mutter plötzlich wieder zu sich. Schüttelt sich ein wenig, als erwache sie aus einem Tagtraum, und erinnert sich, weshalb sie zum Spülbecken gegangen ist.

Sie füllt das Glas mit Wasser, dreht den Hahn zu und geht wieder zu ihm.

Vielleicht ist es die Geste, wie sie das Glas Wasser vor sich herträgt und ihm hinhält, lange bevor er es nehmen kann, die die Erinnerung zurückbringt.

Die Erinnerung an den Finger, den sie mit einem Splitter darin zu ihm trug.

Wie sie schaute.

Wie er reagierte.

Es kommt alles zurück.

»Danke«, sagt er zu ihr und nimmt das Glas Wasser aus ihrer Hand. »Danke, Mom.«

Er benutzt das Wort »Mom« vorsichtig, murmelt es, als schmecke er ab, ob es irgendeine Bedeutung für ihn hat.

Mit einer überraschenden Bewegung, nachdem sie gestanden hat, während er aß, setzt sie sich jetzt neben ihn an den Tisch. Als habe sie etwas Unbedachtes getan, als habe sie sich aus Versehen gesetzt und meine nun, nachdem es ihr passiert ist, für einen minimalen Pflichtzeitraum bleiben zu müssen.

Er isst seinen Lammeintopf und fragt sich, ob sie ihn anschaut. Seit seiner Ankunft hatten sie den längsten, ununterbrochenen Blickkontakt dort draußen im Schneegestöber, als sie einander beide nicht erkannten.

Er spült seinen Lammeintopf mit dem Wasser hinunter, das sie ihm gebracht hat, und ist einerseits versucht, sie anzuschauen, und hat andererseits panische Angst davor.

Ihre Nähe ist lähmend.

Ihr Körper ist so nah, dass er den Geruch ihres alten, ungewaschenen Fleisches wahrnimmt, aber ihre Nähe flößt ihm nicht Ekel ein, sondern panische Angst.

Der Grund dafür?

Er weiß ihn nicht. Wer weiß, was er in ihren von Runzeln gerahmten Augen sehen würde, wenn er wirklich genau hinsähe?

Die Versuchung, hinzuschauen, plagt ihn wie ein körperlicher Schmerz, der von ihrer Nähe hervorgerufen wird. Aber er bezwingt die Versuchung, wenn auch nicht die panische Angst, und schaut nicht hin.

Er isst seinen Lammeintopf auf.

»Möchtest du noch welchen?«

»Nein, nein, danke«, sagt er, bläst die Wangen auf und klopft sich den Magen. »Ich bin pappsatt. Es war herrlich.«

Sie schnappt sich seinen Suppenteller und sein Silberbesteck und sein leeres Glas und geht zum Spülbecken, um alles abzuwaschen.

8

Er bleibt auf seinem Stuhl sitzen. Seine Mutter hat abgewaschen und steht jetzt neben der Anrichte, die Hände darauf, die Finger trommeln leise.

Sie unterhalten sich, nehmen hin und wieder kurzen Blickkontakt auf, denn auf diese Distanz sind sie außerhalb der Reichweite ihrer Augen, außer Gefahr.

Die Unterhaltung, angeregt von seiner Mutter, hat Zähne zum Thema. Ihre. Seine. Die seines Vaters.

»Ich kann mich einfach nicht an mein Gebiss gewöhnen. Ich hab mir mehrere Male ein neues machen lassen. Das, was ich jetzt habe, ist von einem Spezialisten angepasst worden, und trotzdem sitzt es nicht richtig.«

Er hat Angst, sie wird es herausnehmen und ihm zeigen, aber sie tut es nicht.

»Manche Leute haben Glück«, fährt sie fort. »Dein Vater zum Beispiel. Das erste, das er bekam, war alles, was er brauchte. Das wars. Hat meistens vergessen, dass er es trug. Ich musste ihn dran erinnern, es abends rauszunehmen, sonst hätte er damit geschlafen. Ich weiß von vielen, denen es so geht. Aber bei mir – nein.«

Sie schüttelt den Kopf, trotzig stolz auf ihre Beschwerden, als gewöhnten sich ihrer Ansicht nach die besseren Leute nie daran, ein Gebiss zu tragen.

»Es sitzt einfach nicht richtig. Noch nie. Und wird auch nie. Ich trage Hufeisen im Mund. So fühlt es sich an.«

Beide lächeln.

»Was ist mit dir passiert?«, fragt sie ihn. Die Frage verwirrt ihn. »Mit deinen Zähnen«, fragt sie und verweist auf seine abgebrochenen Zähne, indem sie mit dem Finger über die eigenen fährt.

»Ach so.« Er nickt, versteht jetzt. »Die hier. Die sind mir weggesplittert, als ich was gegessen habe.« Dann zuckt er die Achseln, als wolle er die Wichtigkeit des Ereignisses herunterspielen.

Sie scheint nichts von dem tödlichen Autounfall zu wissen. Die Story, vor der er flieht, scheint keine der Storys zu sein, die sie gehört hat, und er hat auch nicht vor, sie ihr zu erzählen.

»Sie überkronen jetzt«, erzählt sie ihm. »Ich habe gehört, es ist wirklich ganz einfach und tut nicht weh. Du solltest deine Zähne überkronen lassen.«

»Mach ich.«

»Musst auf deine Zähne achtgeben, solange du sie hast.«

»Ich weiß. Mach ich.«

In dem anschließenden Schweigen sieht er, wie eine angespannte Alarmbereitschaft den gesamten kleinen Körper seiner Mutter ergreift. Sie hört etwas. Ein Signal. Einen Ruf. Und sie scheint darauf zu reagieren, beugt sich vor, ist auf dem Sprung.

Er begreift rasch, wovon sie gerufen wird.

Aus dem Fernseher im Wohnzimmer schallt die Titelmelodie einer Serie, die sie sehen möchte. Wahrscheinlich hat sie sich seit Stunden darauf gefreut.

Das Mindeste, was er tun kann, ist, sie das in Ruhe sehen zu lassen, denkt er.

»Ich glaube, ich geh schlafen. Bin müde«, sagt er und geht zur Tür, die zum Keller führt. Seine Mutter geht zum Wohnzimmer und zum Fernseher. Sie kommen aneinander vorbei.

»Gute Nacht, Mom.«

»Schlaf gut.«

Er fängt einen Blick seiner Mutter auf, als sie an ihm vorbeigeht. Die Fernsehserie zieht sie an wie ein unwiderstehlicher Liebhaber, und ihre alten Augen scheinen heller zu leuchten vor Freude auf das Stelldichein.

9

Er ging im Keller unter die Dusche und benutzte dasselbe kleine surfbrettförmige Stück Seife, das bei seinem letzten Besuch in der Seifenschale gelegen hatte … vor fast drei Jahren. Die Seife war so hart wie ein Flusskiesel, und er musste hart arbeiten, um sie zum Schäumen zu bringen.

Keine geistreichen Gedanken kamen ihm unter der Dusche, nur die vage Einsicht, dass er inzwischen hätte weiter sein müssen.

Weiter worin?

In seinem Leben? In seinem Umgang mit seiner Mutter? In etwas? In allem?

In Sämtlichem.

Ganz allgemein weiter.

Er stand völlig nackt in dem halb eingerichteten Keller und trocknete sich mit dem Handtuch ab, das seine Mutter ihm gegeben hatte.

Er nahm die verschiedenen Möbelstücke und Geräte wahr, die einmal oben gestanden und über die Jahre hinuntergeräumt worden waren.

Der alte Kühlschrank und der alte Gasherd standen jetzt hier unten. Wie auch der alte Esszimmertisch und die Stühle. Dazu der alte Wohnzimmerteppich.

Wie eine Exilregierung, dachte er, als er barfuß zur Kammer ging, in der einen Hand seine Schuhe und Socken, in der anderen seine Sachen.

In der Kammer stand ein schmales Bücherregal (aus astiger

Kiefer wie die Täfelung) mit ungefähr dreißig Büchern in alten, gebundenen Ausgaben. Sinclair Lewis. Upton Sinclair. Booth Tarkington. Carl Sandburg. Und andere. Die Klassiker des Mittelwestens, hatte sein Vater diese Sammlung in einer seltenen Anwandlung von Humor genannt.

Saul überlegte, ein wenig im Bett zu lesen, aber er konnte sich nicht entscheiden, was er lesen wollte, also machte er das Licht aus und tastete sich im Dunkeln zum Bett.

Nein, in der Dunkelheit der Kammer ging nicht der Geist seines Vaters um. Was in der Kammer und im ganzen Haus umging, das war die Abwesenheit jeglicher Geister.

Das Doppelbett mit der zu weichen Matratze war einmal das Ehebett seiner Eltern gewesen. Er kroch unter die Decke und merkte, dass er seinen Koffer auf dem Bett gelassen hatte. Er lag neben ihm wie ein anderer Körper.

Der Keller war so aufgeteilt, dass das Wohnzimmer, in dem seine Mutter jetzt saß und fernsah, direkt über seinem Kopf war. Er konnte die Lachkonserve der Serie hören, die sie sich ansah.

In der Dunkelheit der Kammer nahm das Geräusch dieser Lachkonserve den Charakter einer Gottheit oder eines Chores von Gottheiten an, die von ferne, aber übermütig auf die Gedanken in seinem Kopf reagierten.

Seine Gedanken kreisten um Storys. Storys in der Mehrzahl. Und Storys in der Einzahl. Storys im Allgemeinen. Storys im Besonderen.

Die Story von Leila und Billy und ihm.

(Ha, ha, ha, lachte der Fernsehton über seinem Kopf.)

Leilas ganzes Leben war da. In der Zeitschrift in dem Koffer neben ihm.

Der Pulitzerpreisträger hatte nicht nur ihre Mutter interviewt, sondern auch ihre alten Freunde und ihre Verwandten in Charleston und ihre Freunde in Venice. Saul, der Leila gekannt hatte, kannte niemanden davon. Der Journalist, der sie nicht gekannt und nie gesehen hatte, wusste mehr über sie als er.

Dasselbe schien auf Billy zuzutreffen. Der Journalist war nach Harvard gefahren und hatte mit Billys Freunden geredet (Saul kannte keinen davon), und das Porträt von Billy, das sich daraus ergab, war geschlossener und detaillierter als der Billy, den Saul gekannt hatte.

Und obwohl der Journalist Saul nie kennengelernt hatte, war der Charakter von Saul, der in der Story zum Vorschein kam, gestützt von Meinungen und Zitaten aus zahlreichen Quellen, weitaus befriedigender und weitaus verständlicher als der Charakter, den er kannte.

(Ha, ha, ha.)

Die Story von ihnen dreien (gleich da in der Zeitschrift in dem Koffer neben ihm) war ein Wunder an Schlichtheit und Ebenmaß und erweckte den Eindruck, irgendwie unvermeidlich gewesen zu sein, wie alle guten Tragödien es sind.

Ein vierzehnjähriges Mädchen gibt ihr Kind zur Adoption frei. Fast zwanzig Jahre später begegnet der Mann, der ihr Kind adoptiert und jetzt von seiner Frau getrennt lebt, ihr in Venice. Der Mann ist ein nahezu legendärer Skript- und Filmdoktor. Er ist nach Hollywood gekommen, um an einem Film des Regisseurs Arthur Houseman zu arbeiten, der aufgrund seines schlechten Gesundheitszustandes nicht mehr in der Lage war, die Arbeit selbst zu beenden. Leila ist nach Jahren mühseligen Kampfes, als Schauspielerin Fuß zu fassen, der Star des Films, den Saul fertigstellen soll. Er verliebt sich in sie. Schließlich macht er sie mit seinem Adoptivsohn Billy bekannt, einem Harvardstudenten. Weder die Frau noch der Junge, noch Saul selbst wissen, dass sie Mutter und Sohn sind. Leila und Billy verlieben sich ineinander. Sie haben eine Affäre, die sie vor Saul geheim halten. Auf dem Weg zur Premiere ihres Films in Pittsburgh …

(Ha, ha, ha.)

Was Saul an der Story liebte, die der Pulitzerpreisträger über ihre Story geschrieben hatte, war das Fehlen jeglichen unaufgelösten Wirrwarrs sowohl in der Storyline als auch bei den Hauptpersonen. Ein fast architektonischer Sinn für Proportion durchdrang den gesamten Zeitschriftenartikel, alles wurde durch etwas anderes ausgeglichen, und nichts blieb in der Luft hängen.

Die Story fuhr sich nie fest. Sie hatte einen Anfang, eine Mitte und ein tragisches, aber befriedigendes Ende. Am Schluss der Story hatte man das Gefühl, dass sie zu Ende war.

Sie war gut geschrieben und so gut konstruiert, dass sie Saul wesentlich sinnvoller vorkam als die Story, die er durchlebt hatte.

Die öffentliche Story stellte sein privates Erleben weit in den Schatten. Das brachte ihn auf die Frage, ob er sie nicht als die maßgebliche Version der Ereignisse und der beteiligten Personen übernehmen sollte.

Er war aus New York geflohen, weil die Versuchung, genau das zu tun, so groß gewesen war, aber jetzt (in der Dunkelheit der Kammer) fragte er sich, ob seine Flucht vor der Versuchung nicht nur ein kurzer Aufschub des Unvermeidlichen gewesen war.

Der Gedanke, sich als die Person in der Zeitschriftenstory anzuerkennen und anerkennen zu lassen, schien die Antwort auf das Problem, sein Leben zu leben. Er war überzeugt, sogar seine eigene Mutter würde, sollte sie die Zeitschriftenstory in seinem Koffer lesen, anschließend ein wesentlich klareres Bild von ihm haben als jetzt.

Mit einem Minimum an Übung konnte er privat, in seinen eigenen Augen, die Person werden, für die man ihn jetzt in der Öffentlichkeit hielt. Die Widersprüche seiner Existenz würden zusammen mit dem privaten Schmerz verschwinden.

(Ha, ha, ha.)

Im Wohnzimmer über seinem Kopf ging die Sitcom, die seine Mutter sich ansah, nahtlos in eine andere über.

Wenn sich ein Pulitzerpreisträger finden ließe, der ein Porträt seiner Mutter schriebe, könnte er vielleicht herausfinden, wer diese Frau war, die ihn vor so vielen Jahren geboren hatte. Von ganzem Herzen wünschte er sich, dieses Porträt zu lesen.

Ach, Mutter, dachte er.

Ach, Mütterlein mein.

(Ha, ha, ha.)

Er vermochte, während er allmählich in Schlaf sank, nicht einmal zu sagen, was er mit dieser blumigen Anrufung seiner Mutter meinte.

Sollte die Anrufung Mitleid für sie ausdrücken, oder war es irgendeine Art Bitte, um irgendeine Art Hilfe, von einem Sohn, der Angst hatte, irgendeine Art Tod zu sterben?

(Ha, ha, ha.)

10

Er wachte am nächsten Morgen früh auf, kurz vor sieben, und er wollte schon aufstehen, als er über seinem Kopf das Donnergrollen der Schritte seiner Mutter hörte.

Welch kleine Freude es ihm auch ausnahmsweise einmal bereitet haben mochte, ein Frühaufsteher zu sein, sie wurde vom Geräusch der Füße seiner Mutter zu Tode getrampelt.

Nach dem Rhythmus dieser trampelnden Füße zu urteilen, musste sie schon seit einiger Zeit auf sein.

Also blieb er im Bett und beklagte das Ableben der guten Taten, die ihm beim Aufwachen vorgeschwebt hatten. Er hatte vorgehabt, sich in die Küche hochzuschleichen und Kaffee zu kochen. Ein oder zwei Tassen allein zu trinken und dann, wenn seine Mutter aus ihrem Schlafzimmer tappte, zu ihr zu sagen: »Guten Morgen, Mutter. Kaffee ist fertig.«

Der Gedanke, jetzt hinaufzugehen und von ihr zu hören: »Guten Morgen, Saul. Kaffee ist fertig«, war zu viel für ihn.

Er blieb im Bett. Er versuchte, wieder einzuschlafen, aber es gelang ihm nicht. Seine Mutter bekam mehrere Anrufe. (Um diese Zeit, dachte er.)

In der Kammer war ein Nebenapparat, nicht weit von seinem Bett, sodass jedes Mal, wenn sie einen Anruf erhielt, die ganze Kammer vom Klingeln widerhallte. Darüber hinaus erscholl der Galopp ihrer Füße, wenn sie rannte (so kam es ihm vor), um ans Telefon zu gehen.

Beim nächsten Telefonklingeln schrie er fast auf. Er sprang aus dem Bett.

Seine Mutter telefonierte, als er sich zur Hintertür hinausstahl. Sie musste mit einem schwerhörigen Mitglied ihres Kränzchens reden, denn sie brüllte aus vollem Hals.

»Ich bin ein zähes altes Weib«, brüllte sie lachend, als er die Tür hinter sich zuzog.

11

Es war immer noch relativ früh am Morgen, gewiss nicht mehr Tagesanbruch, aber weit vor Mittag, und Saul Karoo war draußen vor dem Haus seiner Mutter und schippte Schnee mit einer alten Schneeschippe, die er in der Garage gefunden hatte.

Es wurde wärmer. Eine strahlende Sonne schien auf den in der Nacht gefallenen Schnee, und in dem gleißenden Licht und der Wärme, die der Schnee zurückwarf, schippte Saul blinzelnd und schwitzend aus Leibeskräften.

Der Schnee war, wie er es Ende März oft an sich hat, nass und schwer, eine dieser bei Agronomen so ungeheuer beliebten Schneeschichten, die von ihnen gern in soundsoviel Liter Wasser pro Quadratmeter übersetzt wird.

Dieses Zeug zu schippen, war harte Arbeit, aber nach harter Arbeit stand Saul der Sinn. Er war verzweifelt bemüht, seine Gedanken auszuschalten, und um das zu erreichen, fiel ihm als Einziges ein, seinem Körper so viel zuzumuten, wie nur irgend ging.

Er attackierte den Schnee auf dem Rasen vor dem Haus seiner Mutter mit nahezu rachsüchtiger Wut, aber ohne erkennbares Muster. Er schippte an einer Stelle drauflos. Und dann drehte er sich jählings um und schippte an einer anderen Stelle drauflos. Manchmal schien er mit seiner Schippe etwas erschlagen zu wollen. Dann wieder sah er aus, als grübe er nach verlorenen Autoschlüsseln, die unter dem Schnee begraben lagen.

Er hopste von einer Stelle zur andern und erinnerte dabei gelegentlich an einen Mann, der in ein Handgemenge mit sich selbst verwickelt war. Er räumte den Schnee nicht weg, sondern hinterließ darin zahlreiche Krater.

Seine Hände umfassten den langen Holzstiel so eng beieinander, dass sein Griff sich wesentlich besser dazu geeignet hätte, einer Schlange einen tödlichen Hieb zu versetzen, als zu irgendeiner schippenden Tätigkeit. Aber er schien es nicht zu bemerken, und es schien ihn auch nicht zu stören. Er wollte einfach nicht an irgendetwas denken. Nicht an sein Leben. Nicht an das Leben seiner Mutter. Nicht an die Story in der Kammer. An nichts.

Dieses wunderliche Schauspiel eines Mannes, dem jede körperliche Anmut oder Gewandtheit abging, der aber voller Wut eine Schneeschippe schwang, bot einen aufschlussreichen Einblick in die Widersprüchlichkeit des modernen Lebens. Hier war er, dieser moderne Mann, dieser Saul Karoo, mühte sich, von seinem hochentwickelten Kopf loszukommen, und setzte seine ganze Hoffnung in einen Körper, der seit Jahrzehnten ein hoffnungsloser Fall war.

Seine alte Mutter, die ihm vom großen Panoramafenster im Wohnzimmer zusah, war von dem Anblick ihres wie wild geworden schippenden Sohnes verdutzt, um das Mindeste zu sagen.

Als alte Frau war sie über die Jahre zu einer Art Expertin darin geworden, wie sich Rückenschmerzen vermeiden ließen. Angesichts der Weise, wie ihr Sohn schippte, ganz Rücken- und keine Beinarbeit, sah sie einen gewaltigen Hexenschuss im Anmarsch. Sie sah zerquetschte Bandscheiben. Zersprungene Wirbel. Sie sah ihren Sohn im Streckverband. Ein Krüppel.

Also pochte sie an die große Panoramascheibe, um seine Aufmerksamkeit zu erregen. Als er schließlich zu ihr hochschaute, schippte sie pantomimisch Schnee mit den Armen und beugte dabei die Knie.

Sie tat das ungefähr zwanzig Sekunden lang, während deren er sie ratlos anstarrte.

Er hatte keine Ahnung, was sie da trieb, was all ihr Armwedeln und ihre Kniebeugen sollten. Es sah wie ein sonderbares Tänzchen aus, das sie ihm zuliebe vollführte.

Da er nicht wusste, was er andres erwidern sollte, lächelte

Saul und nickte ihr anerkennend zu, als lobte er die Tanzvorführung einer Fünfjährigen.

Er änderte jedoch seinen Kurs. Um aus ihrer Sichtweite zu gelangen, ging er rückwärts, schippte am Haus entlang in Richtung Hinterhof.

Die Kombination von körperlicher Anstrengung und steigenden Temperaturen begann, seinem Körper Tribut abzuverlangen. Seine Achseln und sein Schritt waren nass. Schweiß lief ihm übers Gesicht, und sein Kopf dampfte wie ein großer Kohlkopf in einem Schnellkochtopf.

Er schippte weiter, seine Arme wurden immer schwächer und schwerer. Von Mal zu Mal war weniger Schnee auf der Schippe.

Er wollte nicht denken, aber während die Mechanik seines Körpers zu versagen begann, sprang sein Kopf ein und begann, ihn mit Gedanken zuzuschippen.

Wer war sie, fragte er sich.

Wer in aller Welt war diese Frau, die er seine Mutter nannte?

Dies war keine rhetorische Frage, sondern eine echte Erkundung des Gegenstandes.

Er drosch noch ein paar Mal auf den Schnee ein, und dann kam er schwitzend, blinzelnd und keuchend an einer Stelle auf halbem Wege zwischen Haus und Garage endgültig zum Stillstand.

Wer waren alle diese Menschen, die sie frühmorgens anriefen?

Was meinte sie damit, und zu wem sagte sie das, »Ich bin ein zähes altes Weib«?

Und dieses sonderbare temperamentvolle Lachen, das ihre Feststellung begleitet hatte, woher kam es, und was bedeutete es?

Wenn er es recht bedachte, obwohl er überhaupt nicht denken wollte, aber wenn er es recht bedachte, hatte er seine Mutter noch nie zuvor so lachen hören.

War dieses Lachen eine lebenslange Eigenschaft, die ihm bislang irgendwie entgangen war, oder hatte sie sich das erst in den letzten Jahren angeeignet?

Gestützt auf den Stiel der Schneeschippe, stand er da, völlig verausgabt.

Sein nachmittäglicher Schatten auf dem ungeschippten Schnee wurde langsam länger, während er dastand und über seine Mutter nachdachte.

Je mehr er über sie nachdachte, obwohl er überhaupt nicht über sie nachdenken wollte, aber je mehr er über sie nachdachte, desto weniger schien er von ihr zu wissen. Selbst wenn jemand ihm eine Pistole an den Kopf gehalten hätte, er hätte unmöglich ihre Story schreiben können. Er kannte diese Frau länger als irgendeinen Menschen auf der Welt, aber er hatte nicht die geringste Ahnung, was für eine Story sie hatte.

Das Einzige, was er mit einer gewissen Verlässlichkeit über sie zu sagen wusste, war, dass sie alt und immer noch am Leben war.

Wusste sie, fragte er sich, mehr über ihn zu sagen? Mehr, als dass auch er alt und immer noch am Leben war?

Verloren in der Betrachtung von Lebensläufen und Storylines und dem Ausmaß, in dem das eine nichts mit dem anderen zu tun hatte, stand er mitten im Schnee, bis seine Mutter an der Hintertür erschien und ihn zum Mittagessen hineinrief.

12

Saul sitzt am Esszimmertisch, auf demselben Stuhl, auf dem er am Abend zuvor gesessen hat. Und er wird dasselbe wie am Abend zu essen bekommen, nur ist es jetzt Mittagessen, denn derselbe Aluminiumtopf mit Lammeintopf steht auf dem Herd und wird wieder heiß gemacht.

»Du kannst ihn ruhig aufessen«, sagt seine Mutter mit dem Rücken zu ihm, während sie den Eintopf mit einem hölzernen Kochlöffel langsam umrührt.

»Der Trick bei Lammeintopf«, sagt sie, »und bei Eintöpfen überhaupt ist, je öfter man sie aufwärmt, desto besser schmecken sie. Aber man muss sie auf kleiner Flamme aufwärmen. Je kleiner, desto besser. So wird er gerade richtig; ohne anzubrennen oder den Geschmack zu verlieren.«

»Manchmal tue ich ein bisschen Wasser hinzu«, sagt sie, »je nachdem, wie viel Brühe ist.« Sie beugt sich über den Topf und schnuppert. »Mmm, riecht gut.«

Saul hat keinen Hunger, aber selbst wenn er halb verhungert wäre, er würde lieber Steine essen, als sich der Qual zu unterziehen, diesen Lammeintopf in seinen Magen zu kippen.

Seine Mutter wandert durchs Haus. Sie kommt und sie geht. Sie rührt den Eintopf mit dem Kochlöffel um und verschwindet wieder. Um ins Wohnzimmer zu gehen. Um aus dem Fenster zu spähen und nachzusehen, ob der Briefträger kommt. Dann den ganzen Weg zurück, wobei die Füße auf den Boden hämmern, an ihm vorbei zur Küche, um wieder nach dem Eintopf zu schauen. Und dann den ganzen Weg zurück zu ihrem Schlafzimmer am anderen Ende des Hauses. Zu welchem Zweck, das weiß er nicht. Vielleicht, um aus dem Fenster zu spähen und nachzusehen, ob die Müllwagen näher kommen und den Müll abholen.

Es ist ein lang gestrecktes Haus, vom einen Ende bis zum anderen, mit etlichen Zimmern und Wandschränken, die von einem einzigen Flur abgehen. Als er seine Mutter zurückkommen sieht, in einiger Entfernung und im Gegenlicht des Sonnenscheins aus ihrem Schlafzimmerfenster, sieht sie vollkommen faltenlos aus. Wie ein magersüchtiges junges Mädchen mit punkiger Frisur. Und dann, als sie auf ihn zukommt, verwandelt die Zeit in ihrer Zeitraffermanier sie in eine verrunzelte Greisin.

Das ist jetzt eine Story, denkt Saul und schaut fort.

»Fast fertig«, verkündet seine Mutter.

»Eintöpfe«, sagt sie, »müssen immer kochend heiß aufgetragen werden.«

Die Heizung springt an. Die Luft bläst aus den Klappen. Staubbällchen rollen über das Linoleum; sie sieht sie nicht, aber er.

Wie Knäuel von Steppenhexen durch eine Geisterstadt, denkt er.

Der Untergang des Hauses Karoo, denkt er.

Wer wird hier wohnen, wenn sie stirbt, fragt er sich.

Ach, Mutter. Die unausgesprochenen Worte sprechen sich in seinem Kopf von selbst.

Er hat kein Heimweh nach diesem Haus, in dem jetzt Staubbällchen über den Fußboden rollen. Er vermag auch keine wahre Sohnesliebe zu dieser Frau im verschossenen Morgenrock, seiner Mutter, aufzubringen. Und doch kreist in seinem Kopf unaufhörlich der Refrain »Ach, Mutter«.

Er ist alt, sie ist alt, aber es ist etwas an diesem »Ach, Mutter« in seinem Kopf, das zeitlos und ewig jung zu sein scheint.

Er ist ihr mit den Augen auf ihren Wanderungen durchs Haus gefolgt, und jetzt schaut er ihr zu, wie sie wieder den Eintopf umrührt.

Sie führt den hölzernen Kochlöffel an die Lippen und schlürft etwas von der Eintopfbrühe durch ihr Gebiss.

»Ich glaube, er ist gut«, verkündet sie.

Sie zieht eine Schublade auf und nimmt scheppernd eine Suppenkelle heraus. Sie betrachtet die Kelle, pustet etwas daraus fort und tut dann Eintopf auf seinen Teller.

Sie nimmt den dampfenden Teller in beide Hände und geht zu ihm. Ein Zwerg von einer Frau, mit Vorschlaghämmern von Füßen.

Als sie eine imaginäre Grenze überschreitet und ihre Augen unangenehm nahe kommen, schaut er weg.

Der weite Ärmel ihres Santa-Fe-Bademantels streift seine Schulter, als sie den Lammeintopf vor ihn auf den Tisch stellt.

Der Geruch ihres alten ungewaschenen Fleischs mischt sich mit dem Geruch des Eintopfs, der ihm dampfend in die Nase steigt.

Sein Magen hebt sich, zieht sich zusammen.

»Möchtest du Salz und Pfeffer?«, fragt sie ihn.

Was er möchte, ist eine Lenzpumpe, die hereinrollt und den Lammeintopf wie Leckwasser aus seinem Teller pumpt, aber er nimmt ihr Angebot an.

Sie tappt davon und kommt zurückgetappt, mit zwei identischen Edelstahlstreuern, einem in jeder Hand. Sie sehen aus wie Schachfiguren. Wie Türme.

»Da«, sagt sie und stellt sie auf den Tisch.

Und dann tappt sie wieder davon. Aber nicht weit. Doch weit genug, um ihm nicht auf der Pelle zu hocken.

Sie scheint zu wissen, dass sie ihm unangenehm ist, die Nähe ihres Körpers.

Sie scheint zu wissen, auf welcher Seite der imaginären Grenze sie sich aufhalten muss.

Schwitzend wie ein Schauermann greift er nach dem Salz-

und dem Pfefferstreuer und streut sich aus beiden etwas auf seinen Eintopf. Wie sich herausstellt, enthalten sowohl der Salz- als auch der Pfefferstreuer Salz. Aber er sagt nichts. Was gibt es zu sagen? Nicht mal die Krümel eines ausgedrückten Zigarrenstummels könnten den Lammeintopf ungenießbarer machen, als er bereits ist.

Sie steht nur da und schaut ihm aufmerksam zu, wie er isst.

Er kann sie aus dem linken Augenwinkel sehen. Er sieht, wie die Finger ihrer einen Hand die Finger der anderen zwirbeln. Er sieht oder meint zu sehen, wie die Haut um ihre Mundwinkel immer wieder ein wenig zuckt. Wie bei jemandem, der Satzfetzen verschluckt.

Sie befindet sich zwar auf der anderen Seite der imaginären Grenze, aber sie könnte genauso gut auf seinem Schoß hocken.

Er isst von dem Lammeintopf, kann dabei den Geschmack und den Biss verkochter Gemüse und Kartoffeln nicht vom Geschmack und Biss verkochten Fleischs unterscheiden.

Er wünschte, sie schaute ihm nicht beim Essen zu.

Er wünschte, sie müsste auf die Toilette.

Er wünschte, sie erhielte einen ihrer Anrufe.

Er fragt sich, warum sie frühmorgens all diese Anrufe erhalten hat und jetzt keine.

Vielleicht, denkt er, ist das so bei alten Leuten. Als Erstes am Morgen hören sie reihum beieinander nach, ob noch alle am Leben sind.

Etwas an dem Ausdruck »noch am Leben« lässt seine Gedanken wandern.

Er will nicht denken, aber er denkt trotzdem, und er vermag nicht zu sagen, ob seine Gedanken von der vorliegenden Angelegenheit wegführen oder zu ihr hinführen.

Auch vermag er nicht zu sagen, was die vorliegende Angelegenheit ist.

Etwas ist noch am Leben.

Ach, Mutter, denkt er, aber sein Kopf ist ein Kuddelmuddel aus Müttern. Wie ein Wasserkopf, nur dass sein Kopf nicht voller Wasser ist, sondern voller Mütter.

Nicht nur seine Mutter, sondern Mütter ganz allgemein.

Er wird überschwemmt von Müttern.

Mütter aller Sorten. Gebärende Mütter. Adoptivmütter. Vierzehnjährige Mütter. Alte Mütter. Mütter wie seine Mutter, die nie wieder Mutter werden. Mütter wie Dianah, die keine Mutter mehr sind. Mütter, die das Leben in ihrem Schoß fehlgebären, und Mütter mit unfruchtbarem Schoß. Mütter der Totgeborenen und Mütter der Ungeborenen.

Und plötzlich wird er, Saul Karoo, der über seinem dampfenden Teller Lammeintopf schwitzt, übermannt von einem Gefühl der Verwandtschaft und von so etwas wie Liebe zu ihnen allen. Zu all diesen Müttern.

Denn auch er …

Er bricht in Tränen aus, und schluchzend schaufelt er sich löffelweise Lammeintopf in den Mund, um seine Mutter von seinem unversehenen Zusammenbruch abzulenken.

Auch er, obwohl ohne Mutterschoß, auch er hat die mütterliche Sehnsucht erfahren, etwas Lebendiges und Neues zu gebären.

Hat innerhalb der Grenzen seines Geschlechts dieses Gefühl von Fülle und Erwartung erfahren.

Aber nie die Freude des Entbindens.

Sein Leben war immer nur Schwangerschaft und nie Geburt.

Ach, Mütter, schluchzt er jetzt bei sich, habt Erbarmen mit mir. Mütter, ihr Lebenspenderinnen der Welt, habt bitte

Erbarmen mit mir. Ich möchte auch ein Lebenspender sein! Ich mag alt und schoßlos und befleckt an Leib und Seele sein, trotzdem ist immer noch etwas Ungeborenes in mir, das nach Geburt schreit.

Immer noch am Leben!

Diese scheinbar so offensichtliche Tatsache, dass er immer noch am Leben ist und dass seine eigene Mutter immer noch am Leben ist, kommt ihm jetzt wie ein Wunder vor.

Und bevor er aufhören kann zu denken, bevor er überhaupt planen kann, was er als Nächstes tun wird, tut er schon etwas.

Er rutscht von seinem Stuhl, rudert wild mit den Armen und landet auf den Knien auf dem Linoleum. Dort sammelt er seinen Körper zur Pose eines tränenseligen Bittstellers und wendet sich seiner Mutter zu.

Vor ihr kniend, die Hände wie zu flehentlicher Bitte aneinandergelegt, beginnt er zu sprechen.

»Mutter«, sagt er und schaut ihr in die Augen, »bitte vergib mir.«

In keiner Weise auf diesen übertriebenen Gefühlsausbruch ihres Sohnes vorbereitet, hatte sie instinktiv einen Schritt auf ihn zugetan, als sie ihn vom Stuhl rutschen sah, dachte, Gott weiß was wäre passiert, dachte, er hätte vielleicht einen Herzanfall wie sein Vater, und fragte sich, ob ihr Lammeintopf daran schuld sein konnte.

Jetzt, wo sie sieht, dass ihm nichts fehlt, dass er lebt und wohlauf ist, aber dort vor ihr kniet, ihr direkt in die Augen schaut und sie um Vergebung anfleht, ist sie zutiefst entsetzt.

Sie hätte gewusst, wie sie mit seinem plötzlichen Tod umzugehen hat, aber sie weiß nicht, wie sie hiermit umgehen soll.

Ein toter Sohn ist immer noch ein Sohn, und sie hätte gewusst, was zu tun ist, aber dieser vor ihr kniende Mann kommt ihr ganz und gar nicht vor wie ein Sohn, wie ihr Sohn.

Wer ist das, und was tut er da?

Nachdem sie auf ihn zugegangen ist, als er vom Stuhl fiel, weicht sie jetzt vor ihm zurück. Ihr Entsetzen nimmt noch zu, als er, auf Knien über das Linoleum rutschend wie ein Krüppel ohne Beine, auf sie zukommt.

»Saul«, sagt sie, »was tust du da? Steh auf. Steh auf.«

Aber er kriecht weiter auf sie zu.

Sie ist so weit zurückgewichen, wie sie nur kann. Er hat sie an die Wand getrieben. Dort steht sie zitternd, wie in der Falle, während die Entfernung zwischen ihnen immer geringer wird und er weiter auf Knien auf sie zukriecht.

»Ach, Mutter«, ruft er wieder und wieder.

So alt sie ist und so vollkommen unerfahren in derlei Szenen mit ihrem Sohn, beginnt sie zu verstehen, was geschieht.

Etwas Lebendiges kriecht auf sie zu.

Der erste lebendige Augenblick zwischen ihr und ihrem Sohn kommt direkt auf sie zu.

Er schaut zu ihr empor. Ihr Kind. Ihr Sohn. Dieser alte Mann, der sie anfleht.

Und sie fleht ihn ihrerseits an, wie eine hilflose alte Frau einen brutalen Schläger, der sie ausrauben will. Sie fleht ihn an, von seinem Überfall abzulassen. Lass uns jetzt nicht etwas Lebendiges erleben, fleht sie ihn mit den Augen an. Ich bin eine alte Frau. Eine Witwe. Ich habe nicht mehr lange zu leben. Bitte, erspare mir diesen Augenblick.

Er sieht ihre Augen, er begreift, was sie sagen, aber er kann nicht anders. Die Eigendynamik des Augenblicks treibt ihn voran.

Auf den Knien rutschend, mag er wie ein übergeschnappter, sentimentaler Kindskopf wirken, aber an dem, was er sieht, ist nichts Sentimentales. Er sieht sie mit brutaler Klarheit.

Das künstliche Gebiss in ihrem Mund. Die künstliche stumpfe schwarze Farbe ihres Haars. Die von Dauerwellen verbrannte, schamhaarähnliche Krause darin. Die knitterigen Runzeln um ihre Augen. Und die Augen selbst, klein, verklebt, von grauem Star getrübt.

Sie könnte irgendeine alte Frau sein.

Sie könnte irgendjemandes Mutter sein.

Und genau das ist es, was ihn so rührt. Sie könnte irgendjemandes Mutter sein, sogar seine.

»Ach, Mutter«, sagt er.

Nimmt ihre widerstrebende Hand, so klein und kalt und alt, küsst sie und sagt: »Mutter, bitte vergib mir.«

Ihm entgeht nicht, dass die Hand, die er eben geküsst hat, dieselbe Hand mit demselben Zeigefinger ist, in dem einmal ein Splitter steckte, was auch ihr nicht entgeht.

Sie erinnert sich an den Vorfall mit dem Splitter. Seinen Abscheu vor ihrem Schmerz.

Seine Reaktion schmerzte sie. Aber dies schmerzt noch mehr. Dies ist wahrhaft unerträglich, denn daraus ergibt sich, dass alles zwischen ihnen anders hätte sein können. Dass diese Liebe, die sie jetzt sieht, die ganze Zeit über hätte da sein können.

Sie ist zu alt, um sich zu ändern. Um neu anzufangen. Um plötzlich wieder zu lieben. Was sie noch schwerer hinnehmen kann, ist, geliebt zu werden. Das ist von einer alten Frau zu viel verlangt. Das ist nahezu unbarmherzig.

Er sieht in ihren Augen das Entsetzen und die Hoffnung, dass dieser Augenblick vorübergeht. Sie will ihren alten Sohn zurück, nicht diesen liebevollen, der auf Knien rutscht, ihr in die Augen schaut und ihre Hand umklammert.

Er weiß auch, dass die Vergebung, die er sucht, zu allumfassend ist, um von einer einzelnen kleinen alten Frau in einem verschossenen Bademantel gewährt zu werden.

Aber obwohl ihm nicht alles nach Wunsch verläuft, ist auch nicht alles umsonst.

Ein klein wenig zappelndes Leben wird zwischen ihnen erzeugt.

Und auch noch etwas anderes.

Beim Aufschauen in ihre Augen fängt er den Augenblick ab.

Ein allerkürzester Blick ist alles, was ihm gewährt wird, aber er genügt.

In diesem einen, einzigen Einblick in die ungeschützten Augen seiner Mutter sieht er, dass die gesammelten Erinnerungen und Augenblicke eines einzigen Tages in ihrem Leben, in irgendjemandes Leben, bis ins Letzte erkundet, an Umfang die gesammelten Werke jedes Autors, der je gelebt hat, übertreffen würden. Ganze Abteilungen von Bibliotheken, falls nicht überhaupt ganze Bibliotheken, würden benötigt werden, um einem einzigen Tag in irgendjemandes Leben Raum zu bieten, und selbst dann käme dieses Leben zu kurz.

Und doch, denkt er, ist da unten in seinem Koffer, zwischen seinen T-Shirts und Shorts und Socken, in der Zeitschrift Leilas Story. Und die von Billy. Und auch seine eigene.

Das Leben, scheint es, ist nicht bedeutungslos, sondern vielmehr so voller Bedeutung, dass seine Bedeutung ständig ermordet werden muss, damit es Zusammenhang erhält und begreifbar wird.

Damit es eine Storyline bekommt.

Und dann geht das Guckloch in die private Welt seiner Mutter wieder zu, oder sie verschließt es ihm.

Ihre Augen, durch die er sah, was er sah, sind wieder die Augen, die er kennt, die trotzig das Unbegreifbare auf der anderen Seite beschützen.

Er hält immer noch ihre Hand, und sie will ihre Hand zurückhaben. Er lässt sie los.

Sie geht mit dem, was gerade zwischen ihnen vorgefallen ist, folgendermaßen um. Sie tut nicht so, als wäre nichts geschehen. Sie kann nur jetzt nicht darüber reden. Sie wird es ihrem Leben einverleiben, aber nicht jetzt, nicht vor ihm. Diese Dinge brauchen ihre Zeit. Und obwohl sie in ihrem Leben wahrscheinlich nur noch wenig Zeit hat, brauchen diese Dinge eben ihre Zeit.

Sie geht an ihm vorbei, durch die Küche, den ganzen Flur entlang zu ihrem Schlafzimmer, und macht die Tür hinter sich zu.

Er steht langsam auf und spürt im Kreuz die ersten Vorboten der Schmerzen.

SIEBENTES KAPITEL

1

Der Verkehr auf dem Hollywood-Freeway hatte sich langsam, aber stetig bewegt, bis Saul den Freeway beim Barham Boulevard verließ. Der Verkehr auf dem Barham Boulevard staute sich von der Abfahrt bis zum Gipfel von Barham Hill.

Wohl irgendwelche Straßenarbeiten, obwohl er nicht genau erkennen konnte, was es war.

Er kroch in seinem Mietwagen bergauf.

Er brauchte fast zwanzig Minuten, um den Gipfel zu erreichen, von dem man auf Burbank blickte. Auf der anderen Seite führte der Barham Boulevard direkt hinunter zu den Burbank-Studios, wo er mit Cromwell verabredet war. Der Verkehr bergab staute sich ebenso schlimm, wenn nicht schlimmer. Wie es aussah, würde er mindestens noch weitere zwanzig Minuten bis unten benötigen. Das Gefälle genügte, sodass er, wenn er die Chance bekam, ein bis zwei Meter weiterzukriechen, nur den Druck aufs Bremspedal verminderte. Aufs Gaspedal brauchte er nicht zu treten.

Er war um drei Uhr mit Cromwell verabredet, und es war bereits kurz vor drei. Er hatte das Beverly Wilshire Hotel frühzeitig verlassen, um, wie es seiner Gewohnheit entsprach, lange vor drei in den Burbank-Studios zu sein.

Durch die unerwartete Verkehrsstockung kam er zum ersten Mal seit Menschengedenken zu einem Geschäftstermin zu spät.

Es freute ihn, dass er zu spät kam. Dass er Cromwell warten ließ.

Seine Kreuzschmerzen machten ihn empfänglich für kleine Freuden.

Seit seiner Reise nach Chicago vor etwas über drei Monaten, vielleicht lag es am Schneeschippen oder daran, wie er vor ihr auf die Knie gefallen war, oder vielleicht sogar daran, wie er danach aufgestanden war, jedenfalls bildeten seitdem die Kreuzschmerzen einen festen Bestandteil seines Lebens.

Sie wurden besonders heftig, wenn er gezwungen war, lange zu sitzen. Lange Flüge. Lange Autofahrten. Kinobesuche. All so etwas.

Es war, als wäre ihm am unteren Teil der Wirbelsäule eine lebende Pfote mit einziehbaren Krallen implantiert worden, und fast alles vom Niesen über Lachen bis zu einem zu harten Tritt auf die Bremse konnte die Krallen veranlassen, aus ihrem Versteck hervorzuschnellen und sich in sein Fleisch zu graben.

Er wusste, dass er zum Arzt gehen musste, aber er wusste auch, dass er nie hingehen würde.

Ebenso, wie er nie zum Zahnarzt gehen würde, um seine abgebrochenen Zähne überkronen zu lassen.

Dafür war es zu spät. Seine Zähne waren ihm bereits eine lieb gewordene Dornenkrone.

Irgendwann würde er auch die Kreuzschmerzen in die Dornenkrone einflechten.

2

Der Verkehr, der sich in Zuckungen von jeweils ein oder zwei Metern voranbewegte, hielt immer wieder und ruckte … hielt und ruckte … und stand dann völlig still.

Und dann begann er wieder zu rucken und zu stehen.

Der Rhythmus entsprach den Punkten und Strichen des Morsealphabets.

Eine endlose Reihe von Autos zog sich über eine Anhöhe und schickte in einer wiederholten Signalfolge eine Botschaft in den Kosmos.

Punkt. Punkt. Punkt. Strich. Strich. Strich. Punkt. Punkt. Punkt.

3

Vielleicht, dachte er, vielleicht hatte Elke Höhlenrauch recht. Vielleicht rührten die Schmerzen in seinem Kreuz daher, dass seine Wirbelsäule sich zusammenzog.

Je weniger Wirbelsäule, desto mehr Schmerzen.

Bis schließlich nur noch Schmerzen da waren und keine Wirbelsäule mehr.

Er seufzte. Es tat ihm sogar weh, tief zu seufzen, also war es ein verhaltener, eingeschnürter Seufzer.

Der Gedanke an Elke erinnerte ihn daran, dass er immer noch keine Krankenversicherung hatte.

Überhaupt keine Versicherung.

Andererseits hatte er den Eindruck, dass die Zahl der Unbilden des Lebens, gegen die es keinerlei Versicherung gab, zunahm.

Es gab, dachte er, Katastrophen, für die kein Lloyd's von

London, kein Lloyd's der Welt, kein Lloyd's des Universums je haften würde.

Keine umfassende Versicherung gegen Torheit und Tragödie, gegen unerreichte Ziele und unerfüllte Sehnsüchte.

Er wäre in dem Augenblick gern gegen das versichert gewesen, in das er vielleicht bald in Cromwells Büro einwilligen würde.

Er war in LA am späten Montagabend eingetroffen.

Heute war Mittwoch.

An diesem besonderen Mittwoch fielen die Mitte und das Ende der Arbeitswoche zusammen.

Mittwoch, der dritte Juli 1991.

Nach dem Verkehr zu urteilen, hatte das lange Nationalfeiertag-Wochenende bereits begonnen.

Autos, die den Barham Hill hinaufkrochen, und Autos, die ihn hinunterkrochen, krochen aneinander vorbei, und die Menschen in diesen Autos, die, die hinauf-, und die, die hinunterstrebten, schauten einander durch ihre Windschutzscheiben an wie die Teilnehmer einsamer Völkerwanderungen.

Alle suchten ein Ziel zu erreichen, aber da sie das Ziel in beiden Richtungen suchten, brauchte Saul nicht viel Fantasie, um sich vorzustellen, dass der Verkehr sich in einer Endlosschleife verfangen hatte und dass die, die hinauffuhren, und die, die hinunterfuhren, sich immer wieder begegnen würden, stets in der entgegengesetzten Richtung.

Leben in der Endlosschleife, wie das Wasser eines geschlossenen Springbrunnensystems, das von nirgendwo geflossen kam und nirgendwohin floss, aber geschäftig und gefällig aussah, indem es kreiste und kreiste.

Es gab überhaupt keine Ziele mehr. Nur noch Wendepunkte in Endlosschleifen verschiedener Größen.

Sogar die Zeit, die sich doch angeblich linear vorwärtsbewegte, schien sich für Saul in einer Endlosschleife zu befinden.

In ihm keimte der Verdacht, dass dem Jahr 1991 in dieser Hinsicht eine Schlüsselstellung zukam.

Ein Schlüssel wozu und für wen, das wusste er nicht.

1991, gleichbedeutend, ob von links nach rechts oder von rechts nach links gelesen, war ihm eine Bestätigung seiner Gedanken, während er in seinem Mietwagen zu den Burbank-Studios kroch.

Das Jahr, nach dem man keins mehr brauchte.

Es las sich gleich, ob es kam oder ging, und egal, ob man kam oder ging, es gab kein Hinaus aus diesem Jahr.

Er wusste nicht genau, wann diese Gedanken angefangen hatten, ihn zu bestürmen, aber vielleicht hatte es etwas mit den Siegesparaden im Fernsehen nach dem Golfkrieg zu tun.

Er selbst hatte den Krieg nicht verfolgt. Aufgrund seiner eigenen Probleme wusste er kaum, dass es einen Krieg gegeben hatte. Aber er sah sich einige der Siegesparaden an.

Er konnte sich immer noch an einige der Gesichter erinnern, die er darin gesehen hatte.

Was er in den Gesichtern der Menschen sah, die die Paraderouten säumten, entweder, weil es mit dem übereinstimmte, was er selber fühlte, oder weil er es vorzog, den jubelnden Massen seine eigene Krankheit zu verordnen, das war die Feier von nichts Geringerem als dem triumphalen Sieg über alles Private.

Etwas trat auf diesen Gesichtern zutage, das die Menschen bis dahin für sich behalten hatten.

Er wusste nicht, wie er es nennen sollte, aber es war, als wäre eine Grenze überschritten worden, die sich nur einmal überschreiten ließ. Sobald sie überschritten war, gab es kein Zurück mehr, sondern nur ein endloses Kreisen in der Endlosschleife des Jahres 1991.

Er hatte den Krieg gänzlich versäumt, er wusste nichts über seine Ursachen, aber aufgrund von ein paar im Fernsehen beobachteten Siegesparaden sah Saul Karoo sich als einen modernen Clausewitz, der eine umfassende Theorie über die Ursachen aller kommenden Kriege hatte.

Und seine Theorie lautete folgendermaßen.

Alle Kriege jetzt waren Flucht vor der Privatheit. Kriege, große und kleine, Bürgerkriege und sonstige, waren kollektive Flucht vor dem Privatleben. Viele, viele Kriege würden nötig sein, bis die Menschheit sich endgültig von der Privatheit befreit hatte und die Erinnerung an ihre Existenz ausgelöscht war.

Kriege in der Endlosschleife.

4

Er hörte eine Autohupe, wiederholte kurze Signale, und sah jemanden aus einem bergauf strebenden Auto auf dem Barham Boulevard winken.

Saul spähte durch die Windschutzscheibe und erkannte das lächelnde, fast lachende Gesicht des jungen Brad. Cromwells ehemaligem Brad. Cromwell hatte ihn entlassen und durch seinen neuen schwarzen Brad ersetzt, aber der alte Brad arbeitete immer noch in den Burbank-Studios und fuhr wie alle anderen früher nach Hause.

Saul erwiderte das Winken und das Lächeln. Aber weil die beiden Autos so langsam aneinander vorbeikrochen, winkten und lächelten beide Männer immer weiter, als wollten sie auf eine enge Bindung zwischen ihnen hinweisen, die allerdings abreißen würde, sobald ihre Autos aneinander vorbei waren.

Ach, Brad, dachte Saul.

Brad war jung genug, um Sauls Sohn zu sein, und so wie Saul nicht an seine eigene Mutter oder irgendeine Mutter oder auch nur das Wort »Mutter« denken konnte, ohne an Leila zu denken, so konnte er an keinen jungen Mann mehr denken, ohne an Billy zu denken.

Und so wechselte er vom einen Namen zum anderen.

Ach, Billy, dachte er. Mein Junge.

Billy war tot. Leila war tot. Der Alte Herr, Mr Houseman, war tot. Und diese Endlosschleife von Tod erinnerte ihn an seinen Besuch bei dem Alten Herrn noch zu dessen Lebzeiten.

Als er nach Chicago geflogen war, um seine Mutter zu besuchen, hatte er keinerlei Pläne gehabt, nach LA zu fliegen oder den Alten Herrn aufzusuchen, aber als er das Haus seiner Mutter drei Tage später verlassen hatte, war in ihm der Plan zu beidem gereift.

Er erinnerte sich in einer Art Schleife in der Schleife an seine letzte Begegnung mit seiner Mutter.

Seinen Abschied von ihr.

Beide waren im Wohnzimmer, als das Taxi kam und hupte.

Er dachte, sie würde sich im Wohnzimmer von ihm verabschieden, aber sie bot an, ihn zum Taxi zu begleiten.

Und so gingen sie zusammen hinaus. Der Schnee war weggeschmolzen, die Sonne schien, und ein warmer Südwestwind wehte. Der März verabschiedete sich sanft wie ein Lämmchen, während beide langsam auf das Taxi zugingen.

Seine Erinnerungen an seine Mutter waren bis dahin die an eine Frau im Innern eines Hauses. Er konnte sich nicht daran erinnern, wann er sie zum letzten Mal im Freien gesehen hatte. Auch vermochte er nicht zu sagen, ob das strahlende Sonnenlicht auf ihrem Gesicht sie ein wenig älter oder ein wenig jünger machte, als sie war. Aber sie sah anders aus.

Eine ganze Reihe von Frauen, die er noch nie gesehen hatte, lugten aus ihren alten Augen, und jede von ihnen schien sich an einen anderen sonnigen Tag in ihrem Leben zu erinnern, einen Tag mit einem Hauch von Frühling in der Luft.

Sie umarmten sich wie ein Paar, das einen neuen und schwierigen Tanz ausprobiere, ein wenig linkisch, ein wenig verklemmt, aber mit einem Eifer, den beide spürten.

Dann nahm er seinen Koffer und seine Rückenschmerzen und stieg ins Taxi.

Sie stand da und winkte. Vielleicht lag es an dem lauen, frühlingshaften Tag, aber sie erinnerte ihn an einen Schulhof voller Schulmädchen, die ihm zum Abschied zuwinkten.

Im Flugzeug versuchte er, dahinterzukommen, warum er tat, was er tat.

Er wusste, warum er nach LA flog, aber er kam nicht dahinter, wie er zu seiner Entscheidung gelangt war.

Vielleicht lag es an der Videokassette von dem Film des Alten Herrn. Vielleicht war die Idee geboren worden, einfach weil er die Videokassette im Koffer dabeihatte. Oder vielleicht, weil er aus den Zeitungen erfahren hatte, dass der Alte Herr nur noch eine Handvoll Tage zu leben hatte. Oder vielleicht war es beides. Oder keins von beidem. Er wusste nur, dass er dorthin musste, ihn sehen musste, den sterbenden alten Meister um Vergebung für das bitten musste, was er seinem Werk angetan hatte.

Andere waren an jenem Mittwochnachmittag erschienen, um dem Meister die letzte Ehre zu erweisen. Einige waren selbst Legenden, Filmstars, die für den Alten Herrn gearbeitet hatten, als sie alle jung waren.

Leute gingen, als Saul kam, und Leute würden kommen, wenn Saul ging. Es war wie ein offenes Haus. Überall auf dem weitläufigen Gelände um das Haus parkten Autos. Livrierte Chauffeure standen rauchend neben ihren Limousinen. Es gab ein großes Trampolin, auf dem ein paar Kinder herumsprangen, aber ohne einen Laut von sich zu geben.

Das ganze Ereignis erweckte den Eindruck, als sei es in den Zeitungen angekündigt worden, ohne dass Saul es gelesen hatte.

Ich liege im Sterben. Kommt euch verabschieden. Arthur Houseman.

Er wurde an der Tür von einer jungen Frau empfangen, die ihm sagte, er solle hinaufgehen, wo er von einer weiteren jungen Frau empfangen wurde, die ihm sagte, wo er Platz nehmen und warten sollte, bis er an der Reihe war.

In dem Wartezimmer warteten bereits andere, bis sie an der Reihe waren.

Einer weiteren Frau, diesmal einer, die weder jung noch alt war, oblag es, die Besucher in das Zimmer des Alten Herrn zu geleiten.

Der Vorgang, beobachtete Saul, war immer der gleiche. Sie erkundigte sich als Erstes nach der Identität des Besuchers, ging dann hinaus, wahrscheinlich, um die betreffende Person dem Alten Herrn anzukündigen, und kehrte dann wieder, um ihn oder sie in dessen Zimmer zu geleiten. Mehrere Leute vor Saul waren so bekannt, dass sie sie ohne jede Nachfrage in das Zimmer des Alten Herrn geleitete.

Saul saß auf einem Holzstuhl mit gerader Lehne und wartete, bis er an der Reihe war. In seinem Schoß lag ein gelber Manilaumschlag mit der Videokassette von dem Film des

Alten Herrn. In dem Umschlag steckte auch ein Brief an den Alten Herrn, in dem er erklärte, wer er war und warum er gekommen war. Er hatte den Brief für den Fall geschrieben, dass Mr Houseman zu krank war, um Besucher zu empfangen.

Das Zimmer, ja sogar das ganze Haus roch nach Zigarrenrauch. Der Alte Herr war neben den vielen anderen Legenden um ihn ein legendärer Zigarrenraucher gewesen, und entweder hatte das Haus sich mit dem Geruch kubanischer Zigarren vollgesogen, oder der Alte Herr rauchte sie auf seinem Sterbebett.

Leute gingen aus dem Wartezimmer hinaus. Andere kamen herein. Das Zimmer schien ständig die gleiche Anzahl von Besuchern zu enthalten.

Als er schließlich an die Reihe kam, gab Saul der Frau den Manilaumschlag und sagte ihr, dass der Brief darin alles erklärte.

Er stand auf, als er ihr den Umschlag übergab, und blieb stehen, als sie ging.

Dann setzte er sich hin, um zu warten.

Es schien länger als gewöhnlich zu dauern, und als sie schließlich (mit dem Manilaumschlag in der Hand) wiederkam, schien sie darauf bedacht, ihn nicht anzuschauen, während sie auf ihn zuging.

Saul stand auf.

Der Umschlag in ihrer Hand, sah er, war flach. Die Videokassette war entnommen worden. In einem Augenblick der Freude stellte Saul sich vor, dass ihm der Alte Herr vergeben hatte und dass sie sich zusammen sein Meisterwerk ansehen würden.

»Mr Karoo«, redete die Frau ihn an und blieb über einen Meter vor ihm stehen.

»Ja?«

»Mr Houseman hat mich angewiesen, Ihnen zu sagen, dass Sie dieses Haus verlassen müssen. Er wünscht Sie nicht unter seinem Dach zu haben«, sagte sie zu ihm und streckte ihm den Umschlag entgegen.

Sauls ganzer Körper bestand plötzlich aus Kniegelenken, die eines nach dem anderen nachgaben.

Er hatte keinen Ausweichplan für diesen Fall gemacht und wusste nicht, was er tun sollte.

Die Personen in dem Zimmer konnten nicht umhin, mit anzuhören, was die Frau zu ihm sagte, wandten jetzt die Köpfe und schauten ihn an, überlegten, wer er wohl war und was er getan hatte.

»Bitte«, sagte die Frau und wies zur Tür.

Er nahm den gelben Manilaumschlag aus ihrer Hand und gelangte irgendwie die Treppe hinunter und aus dem Haus hinaus.

In dem Umschlag steckte sein Brief an Mr Houseman, in dem er um Vergebung bat.

In seinem übergroßen Bedürfnis nach Vergebung war es ihm nie in den Sinn gekommen, dass es Vergehen gab, die unverzeihlich waren.

Das Haus des Alten Herrn befand sich am Topanga Canyon, und Saul raste mit überhöhtem Tempo den Canyon hinunter. Zu beiden Seiten der Straße ragten dürregeplagte Bäume empor, deren Geäst sich hoch über ihm zu einem Baumtunnel verflocht. Und dann schoss er plötzlich aus dem Tunnel heraus und sah den Pazifik. Dessen unermessliche Größe erinnerte ihn an menschliche Größe und an seine Unfähigkeit, sich ihr auch nur entfernt gewachsen zu zeigen. Sein Herz schmerzte, und seine Wangen brannten vor Scham.

5

Er hielt am Tor und drehte einen Spalt weit die Scheibe herunter.

»Saul Karoo«, sagte er zu dem uniformierten Wachmann, der die Einfahrt zu den Burbank-Studios bewachte. »Ich bin mit Jay Cromwell verabredet.«

Der massige Wachmann reagierte mit monumentaler Lethargie. Er sah die Namensliste auf seinem Klemmbrett durch, fand Sauls Namen und wies ihn an, wo er parken sollte.

Der Parkplatz war nahezu leer, trotzdem parkte Saul sein Auto wie angewiesen auf einem der Besucherstellplätze.

Er hatte es nicht mehr sonderlich eilig. Es war fast halb vier. Da er ohnehin zu spät kam, war es zu spät für Eile.

Als er aus dem klimatisierten Auto stieg, war er überhaupt nicht auf die Äquatorhitze vorbereitet, die ihn erwartete. Hitze stieg vom Pflaster auf, und Hitze fiel vom Himmel herab. Die Hitze löste bei ihm einen Schwindelanfall aus, alles drehte sich, er war gezwungen, sich am Rahmen der Autotür festzuhalten. Die Unterarme auf der Autotür, den Kopf gesenkt, wartete er darauf, dass der Schwindelanfall vorüberging.

Er überlegte, ob er einen Schlaganfall oder so etwas hatte oder ob es vielleicht nur an seinem Blutzucker lag, der ins Bodenlose gefallen war.

Seine Kreuzschmerzen waren mörderisch. Sein Kreuz schien mindestens zwei Meter tiefer zu sitzen als sonst. Und irgendwo weit unter seinem Kreuz war das Pflaster, auf dem er stand und das sich wie ein Windrädchen drehte, wenn er hinunterschaute.

Die Augen zu schließen, half nicht. Das machte alles eher schlimmer. Gab ihm das Gefühl, dass sein Bewusstsein sich um ihn drehte wie die Erde um die Sonne.

Die Topanga-Canyon-Endlosschleife kehrte zurück und kreiste und kreiste. Er sah sich kommen und gehen. Sah sich zum Haus des Alten Herrn in der Erwartung auf Vergebung hinauffahren und dann in derselben Endlosschleife hinunterfahren, ohne Vergebung erlangt zu haben.

Er fand es unfair, diesen Schmerz erneut durchleben zu müssen, während ihm gleichzeitig sein Kreuz so wehtat.

Bitte nur einen Schmerz auf einmal, flehte er, aber das half nichts. Beide gingen weiter.

Sein Bewusstsein wirbelte weiter im Kreis.

Statt sich zu schämen, weil der Alte Herr sich geweigert hatte, ihm zu vergeben, schämte er sich jetzt für etwas viel Schlimmeres. Er erkannte die Niedertracht seiner Beweggründe, eine solche Vergebung überhaupt erlangen zu wollen.

Eigentlich hatte er nur das bequeme Gefühl angestrebt, die Episode sei abgeschlossen. Er hatte das Meisterwerk eines anderen verstümmelt, aber der sterbende Meister würde ihm auf seinem Sterbebett vergeben, und damit war die Sache ausgestanden. Und danach konnte er weitermachen.

Ihm kam jetzt das Verlangen nach Vergebung noch niederträchtiger vor als das Verbrechen, das er begangen hatte.

Er stellte sich die Frage, ob er in seinem Leben je etwas geliebt hatte. Ob er Billy oder Leila wirklich geliebt hatte. Ob er nicht die ganze Zeit über nur das Motiv hinter seiner Liebe geliebt hatte.

Ein Motiv, das einen persönlichen Vorteil versprach.

Die große Zusammenführung, die er für sie drei in Pittsburgh geplant hatte, zeigte sich ihm jetzt als das, was sie wirklich war. Ein billiger Weg, all die gescheiterten und in Sackgassen geratenen Storylines seines Lebens zu rechtfertigen, indem er sie mit einem Happy End krönte. Als gäbe es ein Ende, das das Leben, das er gelebt hatte, wettmachen konnte.

Sein Motiv hatte alles gemordet.

Was war Liebe mit einem Motiv dahinter anderes als Mord an der Liebe selbst und an denen, die er zu lieben vorgegeben hatte?

Das rasende Karussell verlangsamte sich.

Das Schwindelgefühl ließ allmählich nach.

Eine nach der anderen begannen die Schleifen und Schlaufen in seinem Kopf in ihren Kreisbahnen zu eiern, um schließlich wie Hula-Hoop-Reifen, deren Schwung nachließ, irgendwo in seinem Hinterkopf auf einem Häufchen zu landen.

Es blieb nur das Problem seiner entsetzlichen Kreuzschmerzen.

Er hielt sich mit beiden Händen am Rahmen der Autotür fest, beugte die Knie bis in die Hocke und versuchte, den Schmerz wegzudehnen.

Diese Stellung schien keinerlei Wirkung auf seine Rückenschmerzen zu haben, bewirkte jedoch plötzlichen und völlig unerwarteten Stuhlgang. Bevor er den Schließmuskel anspannen konnte, spürte er, wie ein Klacks feuchter Ausscheidung in seine Unterwäsche abging.

Was denn noch alles, dachte er.

Er zog sich hoch und hoffte, dass der Fleck nicht in die Hose gedrungen war.

6

Das Gebäude, in dem sich Cromwells Büro befand, war ein lang gestrecktes, vierstöckiges Rechteck. Der schmutzig gelbe Putz an der Fassade war rissig und bröckelte. Entlang des gesamten Gebäudes lagen Putzbrocken in verschiedenen

Größen und Formen, die heruntergefallen waren und über die Jahre hin auf der kahlen Erde immer größere Anhäufungen gebildet hatten.

Das gesamte Gebäude erinnerte an ein innerstädtisches, kommunal finanziertes College in einer Stadt, die keine Innenstadt und keine Kommunalfinanzierung mehr hatte. Eine dieser Stätten, an denen Abendschüler Fertigkeiten lernten, die bereits zu Kursbeginn veraltet waren.

Vom Äußeren her war das der letzte Ort, an dem man die Verwaltungszentrale des mächtigsten konzernunabhängigen Produzenten der gesamten Filmindustrie erwartete.

Aber schließlich, dachte Saul, waren die Gebäude und Büros und Privatunterkünfte in Los Alamos, wo die Atombombe hergestellt worden war, noch unscheinbarer gewesen.

Es gab drei Eingänge, zwei an den Schmalseiten und einen in der Mitte. Saul wählte den mittleren.

Es gab zwei Türen hintereinander. Als Saul die zweite durchschritt, war es, als käme er in einen begehbaren Kühlschrank.

Er fröstelte.

Er war an diese Außen-Innen-Temperatur-Extreme in LA gewöhnt, aber dies kam ihm extremer vor als üblich. Er fragte sich, ob die Eiseskälte, die er spürte, einem fehlerhaften Thermostaten in seinem Körper oder im Gebäude zuzuschreiben war. Aber wie ließ sich das feststellen?

Die Eingangshalle, sonst an diesem Wochentag und um diese Tageszeit von Menschen bevölkert, die in ihre Büros gingen oder aus ihnen kamen, lag völlig verlassen. Vielleicht war der Beginn des langen Wochenendes durch das Gebäude gefegt und hatte alle davongeweht.

Als er langsam auf den Fahrstuhl zuging (mit diesem Fladen feuchter Ausscheidung in den Shorts), hörte er, wie in den leeren Büros Telefone klingelten und Anrufbeantworter antworteten.

Am anderen Ende des Flurs sah er einen Putzmann, der mit einem Mopp den Boden aufwischte. Rückwärtsgehend schwang der Mann den Mopp von einer Seite zur anderen mit ausholenden, aber präzisen Sensenhieben. Für Saul in seiner derzeitigen Stimmung hatte der Mann etwas Mythisches.

Saul fuhr in den dritten Stock, stieg aus dem Fahrstuhl und wandte sich nach links. Für den Bruchteil einer Sekunde, aber nur für einen Bruchteil, überwältigte ihn das Aufzugsausstiegssyndrom. Er wusste nicht mehr, wer er war oder wohin er ging.

Dann fiel es ihm ein, als wäre der Name Cromwell eine Antwort auf sämtliche seiner Fragen.

Es war fast vier Uhr. Er überlegte kurz, ob Cromwell vielleicht aufgegeben hatte, auf ihn zu warten, und nach Hause gefahren war wie alle anderen.

Falls er noch im Büro war, kam Saul zur Verabredung eine volle Stunde zu spät. Und obwohl er nicht vorgehabt hatte, sich so zu verspäten, war er stolz darauf, als hätte er es absichtlich getan.

Echt eine volle Stunde, dachte er.

Trotz seiner Rückenschmerzen, trotz seiner schmutzigen Unterwäsche legte Saul eine Spur Aufmüpfigkeit, eine Spur federnde Forschheit in seine Schritte.

Durch die Milchglastür sah er, dass in Cromwells Büro noch Licht brannte, was seine Hoffnungen, Cromwell könnte schon fort sein, zu Grabe trug.

Na wennschon, dachte Saul.

Er fühlte sich regelrecht rebellisch, und so wollte er die Tür aufstoßen und hineinspazieren, aber gerade als er nach dem Türknauf griff, ging die Tür auf, und sein hineinstrebender Körper begegnete schwungvoll dem hinausstrebenden Körper von Cromwells schwarzem Brad. Es entstand ein intimer Zusammenstoß, der zweier Tangotänzer würdig war.

Vom Zusammenstoß erschreckt und für einen Augenblick in Postkollisionsverwirrung befangen, erholten sich beide jedoch rasch, lehnten sich zurück und lachten über das Geschehnis.

»Mr Karoo«, sagte der schwarze Brad.

»Brad«, erwiderte Saul.

Die großen und einst schönen Augen des jungen schwarzen Mannes, die Saul bei der ersten Begegnung an die Augen byzantinischer Heiliger erinnert hatten, waren immer noch groß, aber jetzt lemurenhaft. Groß und rund und entleert, als wäre ihnen etwas Privates und Wesentliches ausgesogen worden, was die Augen nicht zugeben wollten.

»Jay ist noch da und wird sich riesig freuen, Sie zu sehen«, sagte der schwarze Brad. Er war sehr lebhaft, wenn er redete. »Wir waren sicher, Sie stecken in einem albtraumhaften Stau. Jay hatte völlig den Beginn des langen Wochenendes vergessen, als er den Termin machte. Wir haben versucht, Sie im Hotel zu erreichen, um den Termin zu verschieben, aber da waren Sie schon weg.«

Sauls Hochstimmung erhielt einen Dämpfer, als er erfuhr, dass er hätte vermeiden können, hier zu sein, wäre er nicht so früh aufgebrochen.

Sie tauschten die Plätze und blieben wieder stehen, diesmal Saul drinnen und Brad draußen.

»Schönes Wochenende«, wünschte Brad ihm.

»Ihnen auch«, erwiderte Saul.

Brad entfernte sich auf dem Korridor, und Saul verharrte in der Tür, um ihm nachzuschauen.

Nach einer Debatte mit sich selbst, ob er die Tür zumachen oder offen lassen sollte, entschied Saul sich dafür, sie offen zu lassen, wie um zu unterstreichen, dass er nicht lange bleiben wollte.

Die Verbindungstür zwischen Brads Vorzimmer und Cromwells Büro war ebenfalls offen, aber nur einen Spalt. Es war im einen Zimmer so still wie im anderen. Er wartete darauf, dass Cromwell herauskam und ihn begrüßte oder ihn hineinrief, aber nichts geschah.

Er erwog, zu gehen, sich davonzuschleichen.

Dann entschied er sich anders.

Eine weitere unkontrollierte Darmentleerung durchfeuchtete seine bereits feuchte Unterwäsche weiter.

Er straffte den Schließmuskel und stieß die Tür zu Cromwells Büro weit genug auf, um hineinspähen zu können.

Cromwell telefonierte, hörte jemandem zu, statt selbst zu reden. Saß nur an seinem Schreibtisch und hörte zu.

Sein ganzes Gesicht hellte sich auf, als er Saul hereinspähen sah.

Schön, Sie zu sehen, Doc, schien er wortlos zu sagen. Ein Augenzwinkern, ein Lächeln sagten es.

Saul erwiderte die stumme Begrüßung mit einer eigenen stummen Begrüßung, drückte kopfnickend aus: Auch schön, Sie zu sehen, Jay.

Aber da Cromwell telefonierte und da Saul nicht bei einem vertraulichen Gespräch stören wollte, lächelte er entschuldigend und machte Anstalten, sich auf Brads Seite der Grenze zurückzuziehen.

Cromwell, der Beste aller Gastgeber, wollte nichts davon wissen.

Nein, nein, nein. Nur herein. Nur herein. Kommen Sie rein, Doc. Das ist nichts. Gar nichts. Nur eine Nervensäge am

Telefon, die ich mir anhören muss. Ist gleich vorbei. Kommen Sie rein. Schön, Sie zu sehen, Doc. Wirklich.

All dies wurde vollkommen stumm gesagt. Mit Augenzwinkern. Achselzucken. Dem Heben oder Senken der Augenbrauen.

Mit dem Kinn wies er Saul an, wohin er sich setzen sollte, und Saul tat wie geheißen und setzte sich auf den vom Kinn gewiesenen Stuhl direkt Cromwell gegenüber.

ACHTES KAPITEL

1

Die Beine übereinandergeschlagen, den Rücken durchgedrückt, die Arme fest vor der Brust verschränkt, so sitzt er auf seinem Stuhl und wartet darauf, dass Cromwell aufhört zu telefonieren.

Er hat eine Sitzstellung eingenommen, die es ihm erlaubt, den Hintern so fest wie möglich zusammenzukneifen, damit nicht weitere Ausscheidungen in die Unterwäsche sickern.

Er klammert aus Leibeskräften den Schließmuskel zusammen.

Sein Rücken zerreißt ihn, aber der Schmerz ist jetzt das geringste seiner Probleme.

Cromwell telefoniert immer noch. Hört immer noch überwiegend zu. Sagt hin und wieder: »Hmhm«, oder »Verstehe, verstehe, aber …« oder »Ich weiß, ich weiß, aber …«, und dann hört er wieder zu, wie jemand ihn inständig um etwas bittet.

Während er zuhört, führt er die ganze Zeit über ein stummes, aber lebhaftes Gespräch mit Saul. Plaudert mit ihm. Verständigt sich mit ihm durch eine endlose Vielfalt von zwinkernden Blicken und Mienenspielsignalen.

Wirklich gut, Sie zu sehen, Doc, sagt er ihm.

Wieder mal lange her.

Freut mich, zu sehen, dass Sie sich von dieser schrecklichen Tragödie erholt haben, sagt er ihm.

Ich habe mir schon Sorgen gemacht. Ich meine, eine Weile lang haben Sie mir echt Sorgen gemacht. Ich dachte nicht, dass Sie sich davon erholen.

Manche Leute tuns nie, wissen Sie.

Aber Sie sehen gut aus, Doc. Doch, wirklich. Sie haben etwas abgenommen, oder?

»Ich weiß, ich weiß, aber …«, sagt er voller Mitgefühl zu dem Menschen am Telefon.

Das ist vielleicht eine Nervensäge, teilt er Saul mit einem simplen kleinen Augenrollen mit. Er schaut auf die Uhr und formt stumm den Seufzer jemandes, der dringend das Ende eines Telefongesprächs herbeisehnt.

Aber Saul ist völlig klar, dass Cromwell sich königlich amüsiert.

So königlich, dass er den Menschen am anderen Ende der Leitung weiterreden lässt, als gäbe es eine Chance, Cromwell könnte seiner verzweifelten Bitte nachkommen. Cromwells Schweigen (während der Mensch weiterredet) bestärkt nur diese Interpretation. Erweckt den Eindruck (bei dem Menschen am anderen Ende der Leitung), dass seine Worte Cromwell umstimmen. Dass Cromwells Schweigen ein Schweigen intensiven Zuhörens und ernsthafter Umbesinnung ist.

Saul weiß all das, weil er Cromwell kennt.

Er hat das Gefühl, Cromwell ein Leben lang zu kennen.

Er hat keine Ahnung, wer der Mann oder die Frau am anderen Ende der Leitung ist, aber ob Mann oder Frau, ob schwarz oder weiß, ob jung oder alt, er weiß, dass Cromwell die Person am Telefon durchvögelt. Ihr etwas ausvögelt. Oder etwas einvögelt.

Deshalb war Cromwell so scharf darauf, Saul in seinem Büro zu haben.

Zum Zuschauen.

Saul weiß auch, dass er als Nächster an der Reihe ist. Er kennt nicht die Einzelheiten von Cromwells Gesamtplan, aber er weiß, sobald Cromwell den Hörer auflegt, wird er ihm etwas ein- oder ausvögeln.

2

Um sich die Zeit zu vertreiben, während er dasitzt und darauf wartet, dass Cromwell zu einem Ende kommt, versucht Saul, sich auszurechnen, wie lange es her ist, seit er Cromwell zuletzt gesehen hat.

November letzten Jahres, gelingt es Saul, den Monat zu fixieren, wenn auch nicht den Tag.

Beim Frühstück.

In Pittsburgh.

Im Restaurant von diesem Hotel.

Cromwell und sein junger schwarzer Freund.

Es war ein Samstag.

Derselbe Samstag im November, an dem Leila und Billy starben.

Alles beginnt, sich zu drehen. Ach, Billy. Ach, Leila. Ach, Mutter. Um dagegen anzugehen, beginnt er, die dazwischenliegenden Monate zu zählen.

Von Mitte November des letzten Jahres bis Juli dieses Jahres.

November, Dezember, Januar, Februar …

Er ist nicht gut im Kopfrechnen und muss von vorn anfangen. Diesmal nimmt er beim Zählen die Finger zu Hilfe, die am Ende der verschränkten Arme in den Achselhöhlen stecken.

Fünf Monate in einer Achselhöhle. Drei in der anderen. Vielleicht nicht ganz drei, weil es Mitte November war.

Aber jedenfalls über sieben Monate.

Sieben Monate sind eine lange Zeit, denkt Saul.

Eine sehr lange Zeit.

Bevor er dieses Büro betrat und sich auf diesen Stuhl setzte, schien es ihm sehr lange her zu sein, seit er Cromwell zuletzt gesehen hatte.

Aber inzwischen kommt es ihm nicht mehr so vor.

Binnen weniger Minuten ist es Cromwell gelungen, diese siebenmonatige Trennung auf nahezu nichts zu reduzieren.

Ihm das Gefühl zu vermitteln, sie seien nie voneinander getrennt gewesen.

Cromwell zwinkert ihm zu, hebt einen Finger, um anzudeuten, dass er jeden Augenblick auflegen wird. Er lächelt. Er schickt pantomimische Botschaften. Saul erwidert sie mit eigenen Pantomimen. Keine Eile, Jay, ich habe Zeit. Oder etwas in diesem Sinne.

Aber das lächelnde Ungeheuer vor ihm, das er so gut zu kennen meint, erscheint ihm jetzt in neuer, ungeheuerlicherer Gestalt.

Hinter dieser mächtigen, monolithischen Stirn sieht Saul den Rachen eines Geistes von solcher Kraft, dass er die Knochen der Zeit ganz nach Belieben zermalmen kann.

Nicht die Zeit krümmen, wie es Theorien zufolge in den Weiten des Weltraums geschieht, sondern sie zermalmen und zusammenquetschen, bis nichts bleibt.

Was Saul sieht, sind die Augen des Millenniummenschen, der ihm zuzwinkert.

Vielleicht, denkt Saul, ist es schon da.

Das Millennium, die Zeitenwende, die Welterneuerung.

Vielleicht, denkt er, kam das Millennium früher als erwartet.

Im Jahre 1991. Dem Jahr, nach dem man keines mehr zu erleben braucht.

3

Cromwell hat aufgelegt und ist auf den Beinen. Das pantomimisch begonnene Gespräch mit Saul bricht jetzt in Worte aus.

»Verdammt noch mal, Doc«, sagt er, »richtig schön, Sie zu sehen, alter Freund. Doch, wirklich. Fragen Sie mich nicht, warum ich so an Ihnen hänge, aber …«

»Ich kann Ihnen gar nicht sagen, wie leid es mir tut«, sagt er, »dass Sie sich durch diesen Verkehr quälen mussten. Mir war völlig entfallen, welcher Tag das ist.«

»Und es tut mir sehr leid«, sagt er, »dass das Telefonat so lange gedauert hat. Ehrlich gesagt, Doc, manchmal wünsche ich mir, ich wäre der erbarmungslose Hund, für den mich alle halten. Dann wäre vieles für mich einfacher.«

»Wie geht es Ihnen?«, fragt er Saul. »Entschuldigen Sie, wenn ich ein bisschen müde wirke. Diesem Mann zuzuhören, hat mich ziemlich angestrengt.«

Er lügt Saul nicht nur an. Saul soll vielmehr wissen, dass er ihn anlügt.

So wird die Lüge zu einer Art Wahrheit. Einer Cromwell-Wahrheit.

Einer Gegenwahrheit.

»Ich habe fast ein bisschen Angst davor«, sagt er Saul, »Ihnen zu sagen, warum ich Sie eigentlich aus New York habe einfliegen lassen. Ich hoffe, Sie sind mir deswegen nicht böse, aber ich habe Sie vor allem hergeholt, weil Sie mir gefehlt haben. Ja, wirklich. Ich kenne zwar viele Leute in LA, aber alle Leute, die ich hier kenne, sind so …«

Er lügt, seine Lippen lügen, seine Augen, seine Gesten.

Alles wird Lüge.

Die Darbietung ist auf ihre Weise sehenswert.

Mit einer Art Darwin'scher Gesetzmäßigkeit werden Taten beständig von Gegentaten zunichtegemacht, die ihrerseits zunichtegemacht werden.

Dieses unaufhörliche Zunichtemachen versorgt Cromwells dynamische Persönlichkeit mit einem unerschöpflichen Energievorrat.

So denkt Saul, während er Cromwell anschaut.

Vom modernen Menschen zum postmodernen Menschen.

Vom postmodernen Menschen zu diesem.

Dem Millenniummenschen.

Dem Menschen, nach dem man keinen mehr zu kennen braucht.

4

Das Geplauder geht weiter.

Cromwell erzählt ihm dies. Cromwell erzählt ihm jenes. Saul hält mit, so gut er kann.

Jeder, laut Aussage des anderen, sieht gut aus. Nicht nur gut, sondern glänzend.

Sie streifen verschiedene Themen ohne festgelegte Reihenfolge. Politik. Die sich verändernde demografische Landschaft. Die ungewöhnlichen Wetterveränderungen weltweit. Neue Trends im Theater. Da ist eine neue kanadische Tanztruppe, über die Cromwell gar nicht genug sagen kann.

»Erstaunlich« nennt er sie.

»Sie erfindet die Sprache des Tanzes neu«, sagt er.

»Die Lage auf dem Balkan scheint nicht sehr stabil zu sein«, sagt einer von beiden.

Der andere pflichtet ihm bei.

Es lässt sich schwer sagen, wer was sagt, wenn ein ums andere Mal nichts gesagt wird. Nullsinn.

Die Temperatur in Cromwells Büro scheint zu sinken, während sie weiterplaudern. Kein Temperatursturz oder so etwas, aber sie geht eindeutig herunter.

Oder so kommt es Saul vor.

Oder vielleicht liegt es an mir, denkt er.

Es lässt sich schwer sagen, ob er fühlt, was er fühlt, oder ob er es nur zu fühlen meint.

Der Unterschied zwischen beidem ist verschwommen.

Er schlägt das rechte Bein über das linke, er schlägt das linke Bein über das rechte, er verschränkt die Arme vor der Brust, erst den rechten über den linken, dann den linken über den rechten, um seinen Kreislauf in Gang zu halten.

Seine Achselhöhlen sind klamm vor Schweiß, und seine Finger, wenn er sie in die Achselhöhlen steckt, fühlen sich eiskalt an, oder so meint er.

Das metronomgeregelte Ritual seines Nullsinngeplauders mit Cromwell ist so hirnlos, so mühelos, dass er dabei seinen eigenen Gedanken nachhängen kann.

Saul denkt nach. Er grübelt. Er fragt sich, warum er nach LA zu Cromwell gekommen ist.

Er musste nicht kommen. Es war nicht einmal Cromwell, der anrief und ihn um ein Treffen in LA bat. Es war sein neuer, schwarzer Brad, der anrief.

Saul hätte Nein sagen können.

Aber er tat es nicht.

Die Neugier gewann die Oberhand.

Wenn Cromwell ihn in LA sehen wollte, dann konnte das nur eines bedeuten. Nämlich dass in Cromwells Augen noch etwas in Saul steckte, das sich zu vögeln lohnte.

Und diese Möglichkeit war es, denkt Saul jetzt, die ihn herlockte.

In seiner eigenen Einschätzung war Saul zu dem Schluss gekommen, dass ihm bereits alles ausgevögelt worden war.

Cromwells Einladung gab ihm die Hoffnung, dass er sich in seiner Selbsteinschätzung irrte. Dass immer noch etwas in ihm steckte, das ungevögelt und intakt war.

Saul kam her, um herauszufinden, was das war.

Also, denkt er, ist meine Anwesenheit hier eine Art Gottesgericht.

Wenn die Guten nichts Gutes mehr in mir sehen können, wenn ich selbst nichts Gutes mehr in mir sehen kann, dann bleibt nur noch, zu schauen, was die Bösen Gutes in mir sehen.

5

Und weiter geht es, das Geplauder.

Es kommt nicht darauf an, wer was sagt, da ohnehin nichts dahintersteckt, es gilt nur, auf das Stichwort für den Einsatz zu achten.

Der eine sagt dies.

Der andere sagt jenes.

Es könnte genauso gut umgekehrt sein.

An einem beliebigen Punkt greift Cromwell in eine Schreibtischschublade und nimmt einen großen gelben Manilaumschlag heraus und legt ihn beiläufig auf den Schreibtisch.

Auf gehts, denkt Saul.

Der gelbe Manilaumschlag ist größer als gewöhnlich. Länger, breiter. Und so dick, dass Saul, ein Kenner gelber Manilaumschläge, seinen Inhalt auf dreihundertfünfzig bis vierhundert Seiten schätzt.

Was auch darin stecken mag, es ist für ihn bestimmt, aber er weiß nicht, was es sein könnte.

Es ist zu dick für ein Drehbuch.

Allein beim Anblick des gelben Manilaumschlags dreht sich alles in Sauls Kopf, eine Endlosschleife aus gelben Manilaumschlägen fängt an zu kreisen.

Die vielen, vielen gelben Manilaumschläge seines Lebens.

Er muss mehrere Male rasch blinzeln, damit ihm nicht schwindlig wird. Damit das Karussell in seinem Kopf anhält.

Cromwell erzählt ihm währenddessen Dinge, die er schon weiß.

Über *Präriesegler.*

»Der Kinostart ist an diesem Wochenende«, erzählt ihm Cromwell.

»Wir werden auf nahezu zweitausend Leinwänden gleichzeitig sein«, erzählt er ihm.

All das ist allgemein bekannt. Schnee von gestern. Saul weiß alles über die Verleihplanung für *Präriesegler.*

Cromwell weiß, dass Saul weiß. Er erzählt Saul etwas, was Saul schon weiß, um ihn zu betäuben, bevor er ihn vögelt.

Saul durchschaut Cromwell, was Saul nicht schützt.

»Ich glaube, wir werden einen Hit landen«, erzählt ihm Cromwell. »Einen Megahit.«

(Seine Voraussage wird sich als zutreffend erweisen. *Präriesegler* wird der größte Kinoerfolg des Jahres 1991 werden.)

»Und ich rede nicht nur von Einspielergebnissen«, sagt Cromwell. »Nein. Ich glaube, wir werden auch einen Kritikerhit landen. Die Kritk wird diesen Film bejubeln.«

(Auch diese Voraussage wird sich als zutreffend erweisen. *Präriesegler* wird auch der größte Kritikererfolg des Jahres 1991 werden.)

»Da wir von Kritiken sprechen«, sagt Cromwell und greift zu Fotokopien auf seinem Schreibtisch und hält sie hoch. Die Bögen sind oben zusammengeklammert, und Saul kann sehen, dass Teile der Texte gelb markiert sind.

»Hier sind Vorabdrucke der Besprechungen in den Wochenmagazinen. Noch sind sie nicht erschienen, aber bald. Da.« Er übergibt sie Saul. »Die sind für Sie. Sie können sie mitnehmen und in Ruhe in Ihrem Hotel lesen, aber überfliegen Sie nur mal die ersten paar Seiten. Die markierten Abschnitte.«

Saul gehorcht.

Er studiert die markierten Abschnitte, während Cromwell ihn studiert.

Er wird ein Genie genannt. Auf Seite um Seite, in Absatz um Absatz liest er das Wort »Genie« in Verbindung mit seinem Namen.

»Nur ein Genie wie der alte Filmhase Karoo konnte es schaffen …«

Er ist weder überrascht noch erfreut oder verärgert oder stolz oder beschämt, dass er für das, was er dem Werk des Alten Herrn angetan hat, zum Genie gesalbt wird.

Alle haben echte Genies mittlerweile gründlich satt. Aber ein Skriptflicker als großer Künstler ist frisch und neu.

Er schaut auf und sieht, wie Cromwell ihn ansieht.

6

»Da wir von Filmen sprechen«, sagt Cromwell ein wenig entschuldigend, als gestehe er das Versagen ein, keine elegantere Überleitung zur Geschäftsbesprechung gefunden zu haben.

Sein entschuldigender Tonfall wird von seinem leisen Lächeln widerrufen, das besagt: Manchmal macht es mir Spaß, bei meinen Überleitungen elegant und raffiniert zu sein, ein anderes Mal macht es mir Spaß, brutal zu sein. Im Moment ist mir danach, brutal zu sein. Hoffentlich stört Sie das nicht, Doc.

Er sitzt auf seinem Schreibtisch, die Füße baumeln, die Hände umfassen die Schreibtischkante. Eine Hand, bemerkt Saul, scheint fester zuzugreifen als die andere, sodass eine Schulter tiefer hängt als die andere und dem ganzen Raum etwas Schiefes gibt.

»Da wir von Filmen sprechen«, sagt er zu Saul und greift, ohne hinzuschauen, hinter sich, als wüsste er genau, wo der gelbe Manilaumschlag liegt, und holt ihn hervor.

Sein Lächeln verstärkt sich, sodass die Grübchen um seine Mundwinkel sich krümmen und vertiefen.

Saul ist so konzentriert auf jede Einzelheit, die er sieht, dass er von der Fülle der Einzelheiten abgelenkt wird. Von Cromwells Fingern, die den Manilaumschlag halten. Ihm ist noch nie aufgefallen, was für lange Finger Cromwell hat. Lang und weich und biegsam und scheinbar knochenlos, wie halb erigierte Geschlechtsteile.

»Da wir von Filmen sprechen«, sagt Cromwell mit dem gelben Manilaumschlag in der Hand, »ich habe hier etwas für Sie.«

Er legt den Umschlag neben sich und die Hand darauf. Er

klopft ein paar Mal auf den Umschlag, als wollte er darauf hinweisen, dass sein Inhalt von großer Bedeutung für Saul ist.

Und dann beginnt er zu sprechen.

7

»Was dieses Projekt von allen anderen unterscheidet, an denen wir zusammengearbeitet haben«, sagt Cromwell, auf dem Schreibtisch hockend, »ist, dass Sie diesmal von Anfang an beteiligt sein werden. Sie werden nicht hinzugezogen werden, um das Drehbuch eines anderen umzuschreiben, weil diesmal Sie derjenige sein werden, der es schreibt.«

»Ich weiß, ich weiß.« Cromwell gestikuliert, als wehre er Sauls Einwände im Voraus ab. »Ich kenne die Rolle, die Sie gern spielen. Ich kenne sie gut. Sie geben gern vor, nichts weiter zu sein als ein hoch bezahlter Skriptflicker, der damit glücklich ist. Der weder schreiben will noch sich für fähig hält, je etwas Eigenes zu schreiben. Das ist eine gute Masche, und Sie haben sie gut verkauft, aber sie ist Ihrer nicht würdig, und ich bin keine Sekunde lang darauf hereingefallen.«

»Und in Zukunft«, sagt er und zwinkert Saul zu, »wird niemand mehr darauf hereinfallen.«

»Diese Kritiken« – er zeigt auf die Fotokopien in Sauls Schoß – »sind erst der Anfang. Wenn unser Film an diesem Wochenende in alle Kinos kommt, wird es noch viel mehr solcher Kritiken geben. Sogar noch bessere. Ihnen steht in den nächsten Wochen einiges bevor. Sie werden im ganzen Land öffentlich bloßgestellt werden als der geniale Künstler, der Sie sind.«

Saul weiß, dass er kein Künstler ist, genial oder sonst wie, aber ein Teil von ihm sagt: Was weiß ich schon?

Nicht, weil Cromwells Schmeichelei ihn überzeugt, sondern weil in Saul keinerlei Überzeugung vorhanden ist.

Saul weiß alles, nur nicht, was er mit dem, was er weiß, anfangen soll.

8

»Ich habe hier das Manuskript eines Buches«, erzählt Cromwell ihm, hebt die Hand und lässt sie dann wieder auf den gelben Manilaumschlag neben ihm fallen.

»Ein wunderbares Buch«, sagt er.

»Eine Lovestory«, sagt er.

»Ich glaube, das Buch wird sofort nach Erscheinen ein landesweiter Bestseller.«

(Wieder einmal sollte er recht behalten. Das Buch verkaufte sich allein in den ersten sechs Monaten über fünfhunderttausendmal.)

»Es geht so schnell wie möglich in Druck. Es müsste noch im Herbst dieses Jahres erscheinen. Der Verleger ist ganz euphorisch. Sehr euphorisch sogar.«

»Es ist meins«, sagt er. »Es gehört mir. Ich habe die Filmrechte gekauft und dabei an Sie gedacht.«

»Es ist eine große Story«, sagt er.

»Nicht nur eine große Lovestory, sondern eine große Story, Punkt.«

»Ich denke«, sagt er, »man kann es eine Tragödie nennen. Eine Liebestragödie. Aber alle großen Lovestorys sind das. Oder zumindest sind alle großen Lovestorys, die mich begeistert haben, Tragödien.«

»Es ist«, sagt er, »die erweiterte und vertiefte Fassung einer Zeitschriftenstory …«

9

Saul wurde übel, als er schockartig erkannte, wovon Cromwell redete. Welche Story es war und welches Buch es war.

Sauls Gesicht verzog sich wie vor Schmerz zu einer Grimasse.

Cromwell beachtete ihn überhaupt nicht und fuhr fort.

»Es ist eine große Story«, sagte er. »Ich konnte das Buch nicht aus der Hand legen. Obwohl ich bereits wusste, wie das Ganze ausgehen würde, kam ich nicht davon los. Wirklich nicht.«

Cromwell unterbrach sich kurz, gleichsam davon beeindruckt, dass eine Lektüre ihn derart fasziniert hatte, und fuhr dann fort, Saul ein wenig von der Story selbst zu erzählen.

Von der Eigenart des Plots.

Von den Personen, die darin verfangen waren.

»Es ist eine richtige Dreiecks-Story«, erzählte Cromwell ihm.

Er benutzte die richtigen Namen (Leila, Billy und Saul), und wenn er sie aussprach, tat er es mit dem Besitzerstolz jemandes, der das Buch gelesen hatte und nun mit jemandem redete, der es nicht gelesen hatte.

Er erzählte Saul alles über Leila und Billy und Saul.

Auf dem Schreibtisch sitzend, sein Benehmen gleichzeitig geschäftsmäßig und leutselig, mit den Beinen baumelnd, wobei der eine Schuh gegen den anderen rieb, so erzählte Cromwell Saul alles darüber, als hätte Saul keinen einzigen Augenblick der beschriebenen Ereignisse erlebt.

Saul saß da und bemühte sich um eine angemessene Reaktion auf das, was Cromwell mit seinem Leben machte.

Was er brauchte, war Entrüstung. Aber Entrüstung schien ihm ausgegangen zu sein. Das meiste davon war verbraucht worden, hier und dort ausgegeben als Preis der Reise durch seinen Teil des zwanzigsten Jahrhunderts.

Das wenige ihm davon Verbliebene war so verdünnt, dass er riskierte, lächerlich zu wirken, wenn er es benutzte.

Sogar der Schock, der ihn getroffen hatte, als ihm klar wurde, welches Buch sie besprachen, entglitt ihm langsam und machte einer Benommenheit Platz, die gewöhnlich zum Nachschocksyndrom gehörte.

Vom Schock zum Nachschock binnen weniger Minuten.

Wie effizient, dachte Saul. Wie ökonomisch. Eins auf den Fersen des anderen.

Sie bildeten eine Endlosschleife, der Schock und der Nachschock, und die Endlosschleife begann, sich in seinem Kopf zu drehen. Je schneller sie sich drehte, desto weniger konnte er die beiden voneinander unterscheiden.

Nicht lange, und er schaute auf den Augenblick, in dem er sich befand, zurück, als gehörte er bereits der Vergangenheit an.

Als wäre die Zeit selbst in eine Endlosschleife geraten und drehte sich innerhalb des geschlossenen Zeitraums des Jahres 1991.

10

Cromwell fuhr fort, die Story von Leila und Billy und Saul zu erzählen.

Er analysierte die Beziehungen zwischen Billy und Leila, Saul und Billy, Leila und Saul.

Er erörterte eingehend die charakterlichen Eigenheiten jeder der drei Personen.

Er schien zu sagen, dass Saul eine persönliche Verbindung

zu der in Rede stehenden Story haben mochte, aber nicht das Buch geschrieben hatte, das Cromwell gekauft hatte. Cromwell redete daher über etwas, das ihm gehörte, mit jemandem, dem es nicht gehörte.

Saul saß und hörte zu und hörte gleichzeitig nicht zu, wie Cromwell voller Begeisterung Billy und Leila und Saul erklärte.

Seine Hände und Füße starben vor Kälte ab.

Sein Kreuz schmerzte, als bräche dort etwas entzwei.

Und trotz all seiner Anstrengungen, es zurückzuhalten, drang etwas Flüssiges und Warmes aus seinem After.

Die Inkontinenz seines alternden Körpers beschämte ihn.

Bald werde ich Windeln tragen, dachte er. Ein mutterloser alter Mann in Windeln.

Die Story, die Cromwell ihm (von Leila, Billy und Saul) erzählte, erinnerte ihn manchmal an Ereignisse aus seinem eigenen Leben, weckte Erinnerungen an Billy und Leila und ihn selbst.

Die Story, die er erlebt hatte, und die Story, der er jetzt lauschte, waren zwei verschiedene Fassungen, aber die Tatsache, dass Saul die eine davon persönlich erlebt hatte, machte diese Fassung keineswegs zu der einzig gültigen.

In der Atmosphäre von Cromwells Büro wurde es immer unwichtiger, welche der beiden Fassungen die echte war.

Irgendwann war nur noch wichtig, welche der beiden als Story besser funktionierte.

In der Buchfassung war Leila eine ungeheuer begabte Schauspielerin, die nur eine große Chance brauchte.

Saul erinnerte sich an eine Leila mit großer Begabung für das Leben und keiner für die Schauspielerei.

Der Film des Alten Herrn war in der Buchfassung eine Katastrophe. Saul erinnerte sich an ein Meisterwerk.

Am Ende des Buches wurde Saul von aller Schuld erlöst durch das Leid des Verlustes der beiden Menschen, die er geliebt hatte.

Der echte Saul jedoch war sich nicht sicher, ob er irgendjemanden je geliebt hatte, und sah deswegen keine Möglichkeit für sich, von seiner Schuld erlöst zu werden.

Und dennoch konnte er nicht leugnen, dass er langsam, aber sicher die Cromwell-Fassung der seinen vorzog. Die Cromwell-Fassung war viel folgerichtiger, wesentlich folgerichtiger als die Fassung, die er erlebt hatte.

Funktionierte die Story? Das war die Frage.

Seine nicht. Cromwells ja.

Im Buch war Sauls Erlösung banal, aber Saul musste zugeben, dass er gegen die Schönheit des Banalen nicht gefeit war. Besonders nicht, wenn sie den Schmerz, der zu sein, der er war, linderte.

Hin und wieder kam ihm, während er Cromwell lauschte, der Gedanke, dass Cromwell ihm etwas Kostbares und Unersetzliches ausvögelte.

Eine Art gewaltiges Einssein verschmolz langsam alles in Sauls müdem Kopf, und Cromwell schien zu sagen, dass das Einssein der richtige Weg war.

»Ich bin das Einssein«, schien er Saul zu sagen.

»Sie müssen zugeben«, schien er ihm zu sagen, »dass Sie als Mensch nicht mehr funktionieren. Und nur das, was funktioniert, zählt.«

Cromwells monolithisches Einssein, musste Saul zugeben, funktionierte nicht nur, sondern erweckte auch den Anschein, besser zu funktionieren als alles andere auf der Welt.

Und der Name des Einsseins war Nichtsein, das Nichts.

Wie die lange gesuchte Lösung eines Rätsels, die so auf

der Hand lag, dass jedes Kind sie schon längst gefunden hätte, wurde Saul endlich klar, mit wem er es in der Person von Jay Cromwell zu tun hatte.

Es war das Nichts.

Das Nichts in Person.

Es war das Nichts, das ihn durch Cromwells braunblaue Augen anblickte.

Es war die ganze Zeit über da gewesen. Cromwell war nicht der Mann, irgendetwas zu verbergen. Er überließ das Verbergen anderen, überließ es anderen, aus dem Nichts, das sie sahen, zu machen, was sie wollten.

Die Zeit, dachte Saul, all die Zeit, die ich damit vertan habe, dahinterzukommen, was die Motive dieses Mannes sind. Wer er ist. Warum er tut, was er tut. Was seine Absicht ist, wenn er anderen das ausvögelt, was von ihrem kurzen Leben auf diesem Planeten übrig ist.

Für nichts, darum.

Für gar nichts.

Und was hatte Cromwell davon? Nichts.

Saul saß in einem bescheidenen Büro in den Burbank-Studios, aber auf dem Schreibtisch ihm gegenüber saß nicht mehr ein Mann, sondern ein Vorgang. Es war, als schaute er der Gegenschöpfung dabei zu, wie sie Ereignisse, Leben, Storys, die Sprache selbst in das Nichts, in Nichtsein verwandelte. Es war, als erlebte er die Umkehr des Urknalls.

Nein, es war nicht der Tod, den Saul in Cromwell sah, denn sogar der Tod war ein Ereignis. Dies war der Beginn des Todes der Ereignisse selbst. Dies war ein Vorgang, der das Leben und den Tod und den Unterschied zwischen beiden null und nichtig machte.

Das Nichts lächelte Saul wie einem guten Freund zu.

Der Hollywood-Skriptflicker in Saul erkannte in dem

Nichts vor ihm den ultimativen Umschreiber, den Doc aller Docs.

»Ich kann dich zusammenflicken«, sagte Dr. Nichts lächelnd zu ihm. »Ich kann dich heil machen. Ich kann alle ungelösten Dinge in deinem missglückten Leben zu einer zufriedenstellenden Storyline verknüpfen.«

Cromwell sprang lächelnd vom Schreibtisch. Gelenkig und locker und leichtfüßig tat er ein paar Schritte und blieb stehen. Ballte die Hand zur Faust, schlug eine blitzschnelle kurze Gerade und riss dann den Arm zurück, um auf die Uhr an seinem Handgelenk zu schauen.

»Verdammt«, fluchte er fröhlich. »Ständig muss ich hetzen. Der Verkehr ist wahrscheinlich immer noch ein Albtraum, aber mir bleibt keine Wahl. Ich muss jemanden treffen. Ich will ihn zwar nicht treffen, aber ich muss.«

»Aa-ch«, stöhnte er voller Verzweiflung, aber dabei die Verzweiflung genießend, »das ist kein Leben.«

11

Sie wandten sich nach rechts, als sie aus Cromwells Büro kamen, und machten sich nebeneinander auf den Weg durch den langen, leeren Flur.

Der gelbe Manilaumschlag, der auf Cromwells Schreibtisch gelegen hatte, befand sich jetzt in Sauls linker Hand. Er hatte keine Ahnung, wann Cromwell ihm den gegeben hatte, und konnte sich auch nicht entsinnen, ihn genommen zu haben.

Aber es störte Saul nicht im Geringsten, jetzt dieses Manuskript zu tragen.

Er wusste, er wusste nicht, wie, aber er wusste, dass er an

diesem Projekt nicht beteiligt sein würde. Diese Gewissheit war so privater Natur, dass nicht einmal er in ihre Einzelheiten eingeweiht war.

Doch im Augenblick war für Saul am dringlichsten, so rasch wie möglich eine Toilette zu erreichen und bis dahin die Sturzflut in seinem Gedärm daran zu hindern, sich in seine Unterwäsche zu ergießen.

Am anderen Ende des Korridors, gegenüber dem Fahrstuhl, befand sich eine Herrentoilette, aber obwohl er dorthin eilen wollte, war ihm durch eben seine Nöte alle Eile unmöglich.

Es war ihm nicht leichtgefallen, den Schließmuskel fest zusammenzukneifen, solange er auf dem Stuhl saß, aber es fiel ihm noch wesentlich schwerer, als er ging und sich zugleich bemühte, einen Rest von Würde zu wahren, damit Cromwell nichts von seinem peinlichen Zustand merkte. Und so musste er kleine Trippelschritte machen.

Cromwell redete, als sie das Büro verließen.

»Es gibt in Hollywood keine einzige Schauspielerin«, erzählte er Saul, »die nicht die Leila spielen will. Die Agenten sämtlicher Superstars haben mich bereits angerufen und den Wunsch ihrer Klientinnen übermittelt, für die Rolle in Betracht gezogen zu werden. Und so viel Wirbel, bevor es ein Drehbuch gibt, bevor überhaupt das Buch erschienen ist. Können Sie sich vorstellen, was …«

Er redete weiter.

Saul hörte zu und hörte gleichzeitig nicht zu. Obwohl er wusste, dass er an diesem Projekt nicht beteiligt sein würde, empfand er den Gedanken, dass aus Leilas Leben nichts als eine weitere Rolle in der Karriere irgendeiner Schauspielerin wurde, als den endgültigen Raub an einer Frau, der alles andere im Leben geraubt worden war.

Ach, Leila, dachte er.

Als sie zum Fahrstuhl gelangten, schoss Cromwells Arm hervor, und sein Zeigefinger stach auf den Abwärtsknopf ein. Saul, dessen Schließmuskel schwach wurde, entschuldigte sich und sagte, er müsse auf die Toilette.

Cromwell entschuldigte sich, nicht warten zu können. Er musste los. Er war so in Eile, dass er nicht einmal auf den Fahrstuhl warten konnte. Er benutzte stattdessen die Treppe daneben.

»Rufen Sie mich an, wenn Sie das Buch gelesen haben, und dann reden wir«, rief er Saul zu, während er die Treppe hinuntereilte und dabei seine Eile genoss.

12

Durch Cromwells Abgang befreit, setzte Saul sich unelegant, mit zusammengekniffenem Hintern in Trab zur Herrentoilette.

Hastend, hinkend, hüpfend, humpelnd. Seine Zahnwurzeln, die der abgebrochenen und auch die der übrigen Zähne, taten ihm weh, weil er so dringend musste. Schmerzenstränen traten ihm in die Augen.

Das Schild an der Tür machte ihn darauf aufmerksam, dass er einen Fehler begangen hatte und statt der Herrentoilette die Damentoilette betrat, aber jetzt war es für eine Kursänderung zu spät. Sein Eintreten hatte einen biologischen Countdown ausgelöst, der sich nicht mehr abbrechen ließ.

Was spielt das schon für eine Rolle, dachte er. Es ist sowieso niemand im Haus.

Er war in solcher Panik, die Toilette zu erreichen, dass

die Tür der Toilettenkabine ihn in Verwirrung stürzte. Er kam nicht dahinter, wie sie aufging, nach innen oder nach außen.

Da er beide Hände brauchte, warf er den gelben Manilaumschlag hinter sich (er wäre beinahe im Handwaschbecken gelandet) und stieß und zerrte und rüttelte an der Tür, bis sie aufging. Er stürzte hinein und zog sich so hastig Hose und Unterhose herunter, als stünden sie in Flammen.

Keuchend, völlig außer Atem setzte er sich hin.

Ihm blieb nur noch, loszulassen. Er ließ los.

Die Wonne der Entleerung ließ seine Augenlider flattern, und dann schloss er die Augen ganz.

Das war knapp, dachte er. Das war wirklich knapp.

Was in ihm angespannt gewesen war, lockerte sich, was fest gewesen war, ließ los, wurde weich und offen. Seine Schultern erschlafften. Die Wirbel in seinem Nacken, in seiner Wirbelsäule, die sich in Cromwells Büro angefühlt hatten wie zusammengeschweißt, dehnten und streckten sich jetzt wie Lastex. Mit selig geschlossenen Augen ließ er den Kopf sinken.

Das war verdammt knapp, dachte er.

Sein Stuhl war sehr flüssig, wie er fühlen und hören konnte, und die Entleerung ging immer weiter.

Müssen die vielen Haferkleiebrötchen zum Frühstück gewesen sein, dachte er. Und dann mittags der Obstsalat. Zu viele Ballaststoffe.

Er gähnte und fühlte sich gut, und dann gähnte er wieder und fühlte sich noch besser.

Eins ist sicher, dachte er bei sich. Heute Nacht werde ich himmlisch schlafen.

Die Klosettbrille, auf der er saß, war die bequemste Klosettbrille, auf der er je gesessen hatte.

Ihre Form, ihre Maße, er wusste nicht, was es war, aber sie hatte etwas.

Das habe ich die ganze Zeit über gebraucht, dachte er bei sich. So eine Klosettbrille. Und dann in den langen Nächten in meiner Wohnung, wenn ich nicht schlafen kann, brauche ich mich nur eine Weile auf die Toilette zu setzen, und ade Schlaflosigkeit.

Er nahm sich vor, den Namen des Herstellers festzustellen, bevor er die Toilette verließ. Falls sich herausstellte, dass sie in Burbank hergestellt und nur hier verkauft wurden, konnte er sich eine vom Paketexpressdienst nach New York liefern lassen. Oder besser noch, er konnte sich eine kaufen und im Flugzeug mitnehmen. Wurden wahrscheinlich in diskreten Kartons geliefert. Passten ins Handgepäckfach.

Er gähnte wieder und schlug die Augen auf.

Der Anblick des vielen Blutes in der Unterwäsche um seine Fußknöchel gab ihm eher Rätsel auf, als dass es ihn zu dringenden Maßnahmen aufschreckte.

Er betrachtete es mit schläfriger Teilnahmslosigkeit.

Gott sei Dank ist es Blut und nicht Kot, dachte er, als wäre Blut in der Unterwäsche irgendwie eine edlere Form von Inkontinenz.

Er erwog, in Panik zu geraten. Unter den Umständen (das viele Blut) hielt er Panik für sein gutes Recht, wenn nicht sogar seine Pflicht. Aber er hatte ein doppeltes Problem mit der Panik. Zum einen war es, als habe er sämtliche Panik verbraucht, nur um rechtzeitig auf die Toilette zu gelangen. Zumindest für den Augenblick gebrach es ihm an Panik.

Zum Zweiten, und das war noch entscheidender, fühlte er sich gut. Aufgrund von irgendetwas fühlte er sich gut. Und da es so selten vorkam, dass er sich aufgrund von irgendetwas gut fühlte, betrachtete er es als sein Recht, wenn nicht sogar seine Pflicht, damit fortzufahren und sich noch eine Weile länger gut zu fühlen.

Als sei er mit sich selbst handelseinig geworden, dachte er, ich werde später in Panik geraten. In ein paar Minuten.

Er stand halb auf, hob den Hintern, senkte den Kopf, spähte durch die gespreizten Oberschenkel und sah, dass die Klosettschüssel voller Blut war. Zusätzlich zu dem bereits vorhandenen Blut sah er ein dünnes, aber anhaltendes Blutrinnsal aus seinem After in die Schüssel fließen.

Er setzte sich wieder und spülte.

Er hoffte, aber auf passive Art, dass beim nächsten Blick in die Kloschüssel das Wasser nicht annähernd so blutig sein würde und dass seine Analblutung dank eines Blutgerinnungsfaktors in seinem Körper aufgehört haben würde.

Aber als er das nächste Mal nachschaute, war die Schüssel wieder voller Blut, und aus seinem Hintern floss nach wie vor das dünne Rinnsal.

Er beschloss, sich den Inhalt der Klosettschüssel nicht mehr anzuschauen.

Das kann zwanghaft werden, wenn ich nicht aufhöre, ermahnte er sich gähnend.

Das Gähnen tat so gut.

Einfach zu atmen, bereitete ihm Freude.

Wenn er einatmete, fühlte er, wie seine ganze Brust sich mit Leichtigkeit ausdehnte. Es ließ sich schwer sagen, was mehr Freude bereitete, das Einatmen oder das Ausatmen.

Ich könnte nur immerfort atmen, dachte er.

13

Er fühlte sich so gut, gut und traurig, gut und müde, aber im Grunde gut, dass er über das Problem seiner Blutung nachdenken konnte, ohne dabei zu riskieren, sein gutes Gefühl zu stören.

Seiner Ansicht nach, obwohl er natürlich kein Arzt war, hatte er plötzlich irgendwie eine undichte Stelle.

Ein kleines Blutgefäß irgendwo war geplatzt.

Ein kleines Gefäß, das er in seinem Körper getragen hatte, wurde nun zum Gefährt und trug ihn davon.

Das Bild gefiel ihm. Das Gefährt und der Fahrer. Wie sich beide miteinander abwechselten.

14

Weit draußen, am äußersten Horizont seiner unbelasteten Gedanken, sah er ein einzelnes Segel.

Er erkannte es, wie man eine Erinnerung erkennt, lange bevor es nah genug war, um mit dem bloßen Auge erkannt zu werden.

Es war wie der ferne Reiter, den man im Western durch die Prärie reiten sieht. Obwohl er weit fort ist, weiß man, er ist es, es ist Shane, er kommt zurück. Und das Herz zieht sich zusammen und wird gleichzeitig weit angesichts dieses heiß ersehnten, aber unerwarteten Wiedersehens.

So erging es Saul, als er das kleine Segel auf sich zukommen sah. Es war so klein wie ein Kirschblütenblättchen, wurde aber größer.

Segelte auf ihn zu.

Das Bild des Solarseglers hatte ihn einst zu dem Gedanken

angeregt, etwas Eigenes zu schreiben, und war daher eine glückliche Erinnerung.

Aber gleichzeitig war dieses Gefährt das Gefäß seiner unverwirklichten Sehnsucht und gemahnte ihn daran, dass er seine Aufgabe nicht erfüllt hatte, und daher brach es ihm das Herz, denn er hatte jetzt das Gefühl, dass dieser Sehnsucht bestimmt war, für immer eine Sehnsucht zu bleiben.

Eine Woge weinerlicher Sentimentalität für seine (und jedermanns) unverwirklichten Träume brach über ihn herein.

Er weinte sich gründlich aus und fühlte sich danach besser. Fühlte sich wieder gut. Gut und untröstlich. Gut und angsterfüllt. Aber im Grunde gut. Aufgrund von irgendetwas fühlte er sich wieder gut.

Etwas Tiefes, aber Einfaches schien ihm zu widerfahren, und zwar ausnahmsweise einmal ohne jegliches Bemühen seinerseits. Von ihm wurde nur gefordert, sich nicht in den Weg zu stellen.

Ihm kamen neue Ideen für seinen Odysseus-Film. Er hatte nicht die geringste Ahnung, wo all diese wunderbaren neuen Ideen herkamen.

Er hätte gern eine dieser kleinen Olivetti-Reiseschreibmaschinen und etwas Papier gehabt, um die Ideen für künftigen Gebrauch festhalten zu können.

Sogar eins dieser blöden Laptop-Dinger, mit denen er nie hatte umgehen können, wäre ihm jetzt willkommen gewesen.

Aber er hatte nicht mal einen Kugelschreiber dabei.

Als letzter Ausweg verfiel er auf einen alten Kunstgriff, den Menschen in grauer Vorzeit benutzt hatten. Er würde sie seinem Gedächtnis einprägen. Er würde alles seinem Gedächtnis einprägen.

»Das mache ich«, sagte er zu sich selbst. »Und dann werde ich gleich morgen früh alles zu Papier bringen.«

Es war ein gutes Gefühl, endlich keine Ausreden mehr zu haben, um sich nicht an die Arbeit machen zu müssen.

Und so fing er an.

15

Er begann mit dem Bild des Solarseglers irgendwo im Weltraum. Da keine anderen Objekte vorhanden waren, an denen sich seine Geschwindigkeit ermessen ließ, schien der Segler stillzustehen, während er in Wirklichkeit, von Solarwinden getrieben, mit Geschwindigkeiten nahe der Lichtgeschwindigkeit durch das Raum-Zeit-Kontinuum raste.

An Bord des Solarschiffs war Odysseus.

Er sah nicht mehr aus wie der Odysseus aus alter Zeit, sondern wie ein Odysseus, der alt geworden war. Seine kurze Tunika, wenngleich aus königlichem Tuch und golddurchwirkt, war für seinen gealterten Körper nicht mehr vorteilhaft.

Ein unheldischer Schmerbauch zeichnete sich deutlich darunter ab.

Sein schütteres Haar war trocken und spröde und grau durchsetzt. Schütterer, grau durchsetzter Bartwuchs bedeckte sein verrunzeltes Gesicht.

Der vereinsamte Ausdruck seiner Augen war der eines bejahrten Wanderers, der vieles vordem Geliebtes verloren hatte und sehr wenig gefunden hatte, was den Verlust aufwog.

Seine Zähne waren noch immer die eigenen, wenn auch nicht mehr vollständig. Einige fehlten. Andere waren beschädigt und abgebrochen.

Wenn er pinkelte, wie jetzt, tat es weh, und der ehedem stierstarke Strahl war verkümmert zu vereinzeltem Getröpfel.

Auch bereitete es ihm im Gegensatz zu früher kein Vergnügen mehr, seinen Schwanz in der Hand zu halten. Es war, als hätten das Ding, das er hielt, und die Hand, die es hielt, sich beide überlebt.

Sein Schlaf, wenn er schlief, war unruhig, seine Träume flach, seine Albträume traurig. Wenn er aufwachte, fühlte er sich nicht erfrischt, auch wusste er nicht, zu welchem Zweck er aufwachte.

Es war, als erwartete derselbe beschwerliche Tag denselben alten Odysseus.

Wenn er nach dem Pinkeln auf seinem Schiff umherpilgerte wie jetzt, dann behinderte ein Schmerz im Kreuz seine Bewegungen. Es war etwas Einsames an der Art, wie er nach hinten griff, um sich die schmerzende Stelle zu reiben, als wäre niemand mehr da, sie ihm zu reiben.

Und es war auch niemand mehr da.

Das Auffälligste an Odysseus, wie er so auf dem Deck seines Solarseglers umherpilgerte, war, dass er allein war, Passagier, Kapitän und Mannschaft in einer Person.

Der einst berühmte Krieger, Seefahrer und Schwerenöter, der Held der Achäer, Odysseus, König von Ithaka, er hätte ebenso gut ein König Lear des Kosmos sein können, doch nicht einmal von einem Narr begleitet und ohne die Segnungen des Wahnsinns, um seine Gedanken von den begangenen Untaten fortzulenken.

Untaten, die nie wiedergutgemacht werden konnten.

»Warum wurde ich geboren?«, heulte er.

Da niemand an Bord seines Schiffes war, an den er diese Frage richten konnte, schleuderte er sie in den Weltraum hinaus, durch den er segelte, mit jener Mischung aus Pathos und Wut, die manchmal die Klagen alter Männer begleitet und ihre herrscherliche Würde untergräbt.

Eine Nahaufnahme von Odysseus, seine Gesichtszüge sind zu einer Maske aus Qual und Reue verzerrt.

Er erinnerte sich an alles.

An seine Frau Penelope, seinen Sohn Telemachos, sein Heim in Ithaka. Erst gestern noch, so schien es ihm, war er ein glücklicher Mann, der sich auf ein friedliches Alter im Schoße seiner geliebten Familie freuen konnte.

Er erinnerte sich an seine Heimkehr nach mehr als zehnjähriger Wanderschaft. Verkleidet als heimatloser Bettler. Wie er seinen Sohn sah, inzwischen ein kräftiger junger Mann, dessen Heranwachsen er versäumt hatte. Wie groß er war. Wie ansehnlich. Was für Schultern er hatte. Sein geliebter Telemachos.

Der Mut seines Sohnes, als sie Seite an Seite gegen die Freier fochten, war alles, was ein Vater von einem Sohn verlangen konnte.

Die eheliche Treue seiner liebreizenden Frau Penelope, die all die Jahre all die Freier zurückgewiesen hatte, war alles, was ein Mann von seiner Ehefrau verlangen konnte.

Er erinnerte sich an ihre Wiederbegegnung. Sie alle drei. Die Umarmungen. Die Küsse. Die Freudentränen, wieder zusammen zu sein.

Aber in den Tagen, die folgten, kam Odysseus etwas nicht ganz richtig vor.

Wieder daheim bei Frau und Sohn in Ithaka, merkte er, er war nicht gerade unglücklich, aber auch nicht so glücklich, wie er es erwartet hatte.

Etwas am Verhalten von Penelope und Telemachos warf einen Schatten auf Odysseus' Freude als Familienvater.

Es war keine Frage der Liebe. Er liebte beide von ganzem Herzen, und er fühlte sich von beiden geliebt.

Das Problem war, er hatte sie so lange geliebt und sich so

lange nach ihnen gesehnt, dass diese Liebe zu Abwesenden für ihn eine Art zu leben, eine Art zu lieben geworden war.

In all den Jahren seiner Abwesenheit hatte er an sie gedacht, von ihnen geträumt und sich gemeinsame Erlebnisse mit ihnen ausgemalt. Der Grad der Vertrautheit, den er in seiner Fantasie mit seinem Sohn und seiner Frau erreichte, war erstaunlich für jemanden, der so tätig und so lange von zu Hause abwesend war. Aber wie es Familienvätern oft widerfährt, so erging es auch Odysseus. Je länger er von zu Hause fort war, desto näher wähnte er sich seiner geliebten Familie.

Es war diese Nähe, die jetzt den Kern des Problems bildete.

Die Nähe, der Grad der Vertrautheit, den er jetzt mit seiner Frau und seinem Sohn erlebte, konnte nicht an die Nähe heranreichen, die er sich vor seiner Rückkehr ausgemalt hatte.

Zuweilen fühlte er sich in ihrer Gesellschaft überflüssig.

Er wusste, dass sie ihn beide liebten, aber ihm entging nicht, dass sie einander mehr liebten. Dass die Vertrautheit zwischen ihnen von besonderer Art war.

Odysseus wollte das, was sie hatten.

Er wusste natürlich, dass die Liebesbande zwischen einer Mutter und ihrem Kind besondere waren, als solche von Männern und Göttern gleichermaßen anerkannt. Er wusste, dass er nicht erwarten konnte, innerhalb weniger Wochen dieselbe Art müheloser Vertrautheit mit ihnen zu erreichen. Es war falsch von ihm, zu verlangen, wie er es manchmal am liebsten getan hätte: »Ich bin wieder da, also liebt mich, als wäre ich nie fort gewesen.« Er konnte nicht einfach ohne Vorankündigung hereinschneien und erwarten, dort weiterzumachen, wo er aufgehört hatte. Er wusste das. Wenn er doch nur geduldig gewesen wäre …

Aber es mangelte ihm an Geduld, wie Königen so oft.

Er wollte einen Prozess beschleunigen, der sich nicht beschleunigen ließ.

Er weigerte sich, die Tatsache hinzunehmen, dass er verlorene Zeit nicht aufholen konnte. Und so verfiel Odysseus, ein listenreicher und wagemutiger König, auf einen listenreichen und wagemutigen Plan.

Es gab am Rande seiner Galaxis den sagenumwobenen Zusammenfluss dreier mächtiger Zeitströme, wo die Vergangenheit und die Gegenwart in die Zukunft flossen und sie bildeten. Wenn man durch die Wurmlöcher im Weltraum segelte, war es von Ithaka aus weder eine gefährliche noch allzu strapaziöse Reise.

Der Zusammenfluss war ein Kurort, ein galaktisches Heilbad, wo die, die es sich leisten konnten, sich hinbegaben, um das Leben zu entdecken, das sie geführt hätten, wenn sie einen anderen Lebensweg gegangen wären. Der nicht eingeschlagene Weg konnte dort erlebt und neben dem eingeschlagenen verwirklicht werden. Es war der ultimative Luxus der Elite der Superreichen. Viele wurden süchtig nach dieser Pilgerfahrt und gaben ihr gesamtes Vermögen dafür aus, jede nur mögliche Spielart ihres Lebens auszuleben. Manche Besucher wurden schizophren aufgrund des gleichzeitigen Vorhandenseins so vieler paralleler Leben in ihrem Kopf. Andere konnten nach ihrer Rückkehr nie mehr eine gewisse Apathie abschütteln, eine chronische Unlust zu Handlungen, deren Folgen sie bis ans Lebensende begleiteten.

Nicht alle Nebenwirkungen waren extrem, aber nach einer Reise zum Zusammenfluss war immer ein Preis zu entrichten.

Odysseus jedoch ließ sich davon nicht abschrecken. Er hatte die Trojaner überlistet, die Zyklopen und sogar die

Götter selbst. Er hatte die Sirenen singen hören und es überlebt.

Ein akuter Fall von Hybris stachelte ihn auf, machte ihm weis, dass er auch die Zeit überlisten konnte, ohne irgendeinen Preis zu entrichten. Wo geringere Männer versagt hatten, würde er triumphieren.

Er würde mit seiner Familie zum Zusammenfluss reisen und dort mit einem einzigen Schlag die Jahre seiner Abwesenheit umschreiben. Er würde nicht nur sein eigenes Leben umschreiben, sondern auch das Leben seiner Frau und seines Sohnes, und zwar dergestalt, als hätte ihre lange Trennung nie stattgefunden.

Trotz Penelopes böser Vorahnungen, trotz der Warnungen des Orakels von Delphi, trotz Voraussagen und Berichten von noch nie da gewesenen galaktischen Wetterstürzen verließ Odysseus Ithaka und ging unter Segel zum Zusammenfluss mit Frau und Sohn und einer vierzigköpfigen Mannschaft.

Anfangs kamen sie gut voran. Die Solarwinde waren günstig, das Segel prall. Sogar als ein Sturm aufkam, schien daran nichts besonders Beängstigendes, bis auf seine Plötzlichkeit. Es war, als käme der Sturm aus dem Nichts. Und dann war er genauso plötzlich und unerklärlich vorüber.

Die Winde ließen nach und legten sich dann völlig. Das Solarsegel hing schlaff wie ein Hochzeitsschleier an dem langen Mast. Alles war still und ruhig, während sie darauf warteten, dass die Winde wieder einsetzten.

Es gab keinerlei Vorwarnung. Niemand an Bord des Schiffes hörte oder sah sie kommen, denn als sie kam, kam sie mit einer Schnelligkeit, die um den unvorstellbaren Faktor 18,6 die Lichtgeschwindigkeit übertraf.

Eine Flutwelle der Zeit, ausgelöst von einer unberechenbaren und unerforschlichen Macht, zuckte durch das Universum. Das Segelschiff von Odysseus befand sich direkt in ihrem Weg.

Der Rest stünde in Geschichtsbüchern verzeichnet, wäre dieser Zeit-Tsunami nicht mit einer apokalyptischen Geschwindigkeit dahingeeilt, die von vornherein ausschloss, dass Zeitzeugnisse zurückblieben.

Nur Odysseus blieb zurück. Alle anderen, seine gesamte Mannschaft, seine Frau und sein Sohn, wurden fortgerissen.

Die Welle bewegte sich mit einer Geschwindigkeit, die die Fähigkeit des menschlichen Geistes übertraf, das Ereignis überhaupt ins Gedächtnis aufzunehmen.

Lediglich die Bestandsaufnahme der katastrophalen Folgeschäden gab Hinweise, dass ein Ereignis stattgefunden hatte.

In einer Nanosekunde war Penelope, war Telemachos. In der nächsten waren sie nicht mehr. In einer Nanosekunde war Odysseus König, war Familienvater und bald im Vollbesitz irdischen Glücks. In der nächsten war alles fort.

Schmerzzerrissen heult er. Sein Schmerz wird zu rasender Wut. Er zerkratzt sich das Gesicht, bis es blutüberströmt ist und Hautfetzen an seinen Fingernägeln hängen.

Aber sosehr er auch klagt, ihm fehlt die Kraft, einen Ausdruck für seinen Schmerz zu finden, der dem, was er verloren hat, angemessen ist.

Gäbe es Wahnsinn auf Verlangen, er würde darum flehen.

Allein, zum ersten Mal in seinem Leben ganz allein, segelt er zurück nach Ithaka, aber in Sichtweite seines Königreichs erkennt er, dass dort nicht mehr sein Zuhause ist. Dort nicht, nirgendwo.

Heimatlos segelt er nun weiter durch Raum und Zeit mit einem einzigen Ziel im Kopf.

Die Götter zu finden.

Eine Abrechnung mit den Göttern selbst zu suchen. Von

ihnen Antwort zu fordern: Musste das alles geschehen? War es notwendig, dass Penelope und Telemachos starben? War das alles Teil eines göttlichen Plans? Oder war es nur Zufall in einem willkürlichen Universum und das Ergebnis seines eigenen menschlichen Hochmuts und seiner eigenen menschlichen Torheit? Er muss es wissen.

»Warum?«

Er segelt weiter, auf der Suche nach einer Passage zum Olymp, dem Sitz der Götter, wo kein Sterblicher je gewesen ist. Er will eine Abrechnung mit Zeus selbst.

Er erkundigt sich bei den Kapitänen anderer Solarsegler, denen er begegnet, und bei den Königen etlicher Königreiche, an denen er auf seiner Reise vorbeikommt. Aber keiner ist ihm behilflich. Sie kennen entweder den Weg zum Olymp nicht, oder sie weigern sich, ihm die Koordinaten seines Ziels zu nennen. Sie alle sehen in seiner Versessenheit auf Abrechnung mit den Göttern nichts weiter als die Besessenheit eines rasenden Apostaten.

Die Kunde von diesem heimatlosen Wanderer verbreitet sich, und bald erlaubt ihm kein Königreich mehr, auch nur in seinem Hafen anzulegen, aus Angst vor der Rache der Götter.

So segelt er allein weiter. In der immerwährenden Gegenwart seiner Gedanken lebt der Schmerz des Verlustes fort, lebt das unbeantwortete »Warum?« fort und heischt Antwort.

Er kommt in fremde Landschaften und durchquert sie, Gebirgszüge aus abgelaufener Zeit, sein Segler schnellt von Gipfel zu Gipfel, bringt binnen Sekunden viele Lebensspannen hinter sich, ganz wie ein geschickt geworfener Stein über einen stillen Teich schnellt.

Er schnellt durch die Jahrhunderte und sieht dabei den Untergang der Welt, die er gekannt hat.

Versunken.

Versunken die Könige und Königreiche, die er gekannt hat. Versunken Agamemnon und Menelaos. Versunken das ganze Haus des Atreus. Versunken Hellas und Helena und Troja.

Versunken ebenso die Reiche, die danach kamen. Er schnellt durch die Landschaft der abgelaufenen Zeit, und kaum erblickt er ein Reich, so ist es bereits versunken.

Die Achämeniden Persiens kommen und gehen. Der Letzte Darius fällt gegen Alexander von Mazedonien, und dann fällt Alexander. Persien ist versunken. Versunken Mazedonien. Versunken Roxane, die dunkeläugige Tochter des Darius und Gemahlin Alexanders des Großen.

Das Große und das nicht so Große und das Anonyme kommen und gehen und sind versunken.

Rom steigt auf, verfällt, geht unter und ist versunken.

Das Zeitalter des Dies. Das Zeitalter des Jenes. Etliche Zeitalter kommen und gehen, und kaum sind sie gekommen, schon sind sie versunken.

Und in jedem Zeitalter bewirkt, wie in allen vorangegangenen und allen folgenden, Blutvergießen den Untergang des einen und den Aufstieg des anderen. Millionen sterben im Namen eines Namens, und dann versinkt der Name in einem Meer von Blut, aber das Schlachten geht im Namen eines neuen Namens weiter.

Unzählige Kreuzzüge und unzählige Leichname Gekreuzigter.

»Warum leben wir so?«, fragt Odysseus.

Er erhält keine Antwort. Er durchforscht die Unendlichkeit von Raum und Zeit, hält Ausschau nach dem geringsten Zeichen einer Spur zu Gott.

Es sind nicht mehr seine Götter von früher, die er zur Beantwortung seiner Fragen sucht. Es ist Gott, der Schöpfer.

Alle Götter, die er als Knabe, als Mann kannte, sind längst versunken.

Versunken Zeus und Poseidon und Pallas Athene, die Göttin der blitzenden Augen, die über ihn wachte. Versunken Hermes und Apoll und Artemis und der Olymp selbst, wo die Götter wohnten und die Geschicke der Menschen entwarfen.

Versunken die Götter und die Menschen, die an sie glaubten.

Alles, sogar die Unsterblichen, kommt und geht und ist versunken, aber das Schlachten und Blutvergießen geht weiter.

Die weindunklen Meere der Poesie, sieht Odysseus jetzt, sind Meere aus Blut.

Auch kann er nicht leugnen, dass ein grauenvolles Maß dieses Blutes von ihm vergossen worden ist.

All die Männer, die er unter den Mauern von Troja hinschlachtete, und wofür? Für Helena? Für Menelaos? Für Agamemnon? Für den Ruhm von Hellas?

Nein, für nichts. Es war alles für nichts.

Selbst geschlachtetes Vieh, denkt er, findet bessere Nutzung als die nutzlos hingeschlachteten Menschen.

Er segelt weiter durch schwarze Löcher und Wurmlöcher und Schlupflöcher im Weltraum, auf der Suche nach Gott.

Er altert, und obwohl sein Altern im Vergleich zu den Äonen, die er durchmisst, ein Sandkorn ist, altert er doch. Sein Haar, die wenigen Zotteln, die ihm noch verblieben sind, ist jetzt völlig weiß. Seine Zähne sind ausgefallen. Runzeln wie ausgetrocknete Flussbetten bedecken sein Gesicht. Seine Augen sind eingesunken, als hätte all das Grauen, das er gesehen hat, sie in ihre Höhlen zurückgedrängt.

Verschwunden sind nun seine Listigkeit und sein berühmter beweglicher Verstand, der jeden überlistete, darunter auch ihn selbst. An ihre Stelle ist, vielleicht als Entschädigung für all das, was er verloren hat, ein winziges Körnchen Weisheit getreten, nicht größer als ein Almosen für einen Bettler. Aber so winzig dieses Körnchen Weisheit auch ist, es genügt, um Licht auf das Leben eines Toren zu werfen.

»Ich hatte alles«, rast er, »und ich hatte alles allein dadurch, dass ich geboren wurde. Ich wurde lebendig in einer Welt voller Leben geboren. Warum liebte und ehrte ich alles dann nicht?«

»Oh, du Tor«, sagt er zu sich selbst. »Du elender Tor, das Wunder des Lebens war an dich verschwendet.«

Seine Frau, sein Sohn, jeder Mann, jede Frau, jedes Kind, was würde er nicht darum geben, sie lieben zu dürfen. Er könnte jetzt den Rest seiner Tage damit verbringen, eine einzige lebendige Blume zu lieben.

Sein Herz sehnt sich danach zu lieben, aber es ist nichts Lebendiges an Bord seines Seglers außer ihm selbst. Und so nimmt Odysseus aus lauter Verzweiflung seine rechte Hand in die linke, drückt sie an den Busen und liebt sie.

Wie ein alter Großvater, der ein ihm anvertrautes Kind kost, wiegt Odysseus seine lebendige Hand und segelt weiter, auf der Suche nach Gott.

Er segelt in ungeheure Sackgassentunnel der Zeit und segelt wieder hinaus und segelt weiter.

Er beginnt, sich verloren zu fühlen.

Manchmal will ihm scheinen, das Raum-Zeit-Kontinuum, durch das er gesegelt ist, habe sich aufgespalten, und er segele jetzt nur durch die Zeit oder nur durch den Raum, er weiß nicht, welches von beidem, und hat keine Möglichkeit, es herauszufinden.

Seine Lebensgeister werden allmählich so schlaff wie seine

Sehnen. Er ist nichts als ein kleiner, alter, heimatloser Mann, der sich im Universum verirrt hat und seine eigene Hand umklammert, um nicht völlig allein zu sein.

Und dann, an einem ungewöhnlich deprimierenden Tag (oder in einer Nacht), als seine Gedanken einen Tiefpunkt der Trübsal erreicht haben, hört er durch die Dunkelheit des Raumes (oder der Zeit) Musik auf sich zuströmen. Die Musik ist von solcher Süße, dass er sie für eine Halluzination seines gestörten Geistes hält.

Aber dann, als er mit seinen kurzsichtigen Augen in den Weltraum späht, macht er in der fernen Dunkelheit blinkende Lichter aus, und die Lichter scheinen zu der süßen Musik zu blinken.

Odysseus steht mit altersgekrümmtem Rücken am Ruder und steuert seinen Segler zur Quelle der Musik und spürt, wie seine sinkenden Lebensgeister wieder aufflackern. Die Melodie strömt an ihm vorbei wie ein sanfter Frühlingswind (er erinnert sich, wie diese Winde von der Ägäis ins Land wehten), während die tieferen Untertöne ihn wie eine Gezeitenströmung zu den blinkenden Lichtern ziehen.

Er gerät in Verzückung. Er meint, die Sphärenmusik zu hören.

Die Lichter winken lockend wie eine kosmische Oase voller lebendiger Bäume, die blinkende Lichter zu Früchten tragen. Je näher er gelangt, umso süßer wird die Musik. Er meint, sich dem Paradies zu nähern. Er meint, die Engel singen zu hören.

Er segelt in die Lichter und wird von der Musik umfangen.

Und erst jetzt, als er im stroboskopischen Geflacker ihr Lächeln und die Umrisse ihrer nackten Brüste sieht, erkennt Odysseus voll Entsetzen, dass er den Banalitäten aufgesessen ist.

Sie scheinen überall zu sein, vor ihm, hinter ihm, auf beiden Seiten seines Gefährts, ihre liebreizend schönen Lippen sind halb geöffnet für Musik und Sang, ihre liebreizend schönen Arme bewegen sich wie Seidentücher und flattern vor Verlangen, ihn an ihre nackten Brüste zu drücken.

»Ach, einsamer Wanderer«, singen sie, »wandere nicht weiter …«

Er überlistete die Sirenen, indem er sich von seinen Gefährten an den Mast fesseln ließ. Er als Einziger von allen Männern hörte die Sirenen singen und überlebte es. Aber jetzt ist er allein. Niemand ist da, ihm zu helfen, auch sein gewitzter Verstand hat ihn verlassen. Wenn er überleben und seine Reise fortsetzen will, dann allein kraft seines Willens.

Aber seine Willenskraft wird auf eine harte Probe gestellt von diesen bildschönen Banalitäten, die halb Badeschönheiten sind und halb das Nichts, aber so betörend, dass er nicht zu sagen vermag, welche Hälfte was ist. Und ihre Stimmen sind von so betörender Süße, dass sie die Sirenengesänge zu Missklängen herabmindern.

»Heimatloser Gottsucher«, singen sie ihm zu, »finde deine Heimat …«

Das Lied geht ihm zu Herzen, wie nur ein von den Banalitäten gesungenes Lied zu Herzen gehen kann. Sein altes Herz ist wie ein Anker, den er liebend gern auf der Stelle auswerfen würde. Aber er weiß, es ist eine Falle.

Seine Willenskraft schwindet, verzweifelt bemüht sich Odysseus zu entkommen, bevor er erliegt, steuert wild drauflos und sucht einen Ausweg. Aber wohin er auch segelt, die berückenden Banalitäten segeln mit, die strahlende Schönheit ihrer Augen blendet ihn, die einschmeichelnde Süße ihres Gesangs schwächt seine Entschlusskraft.

»Ich muss Gott finden«, schreit er aus Leibeskräften, aber

er hört einen Unterton von Zweifel in seiner Stimme, wie bei jemandem, der sich nicht mehr gewiss ist.

Die bestrickenden Banalitäten entdecken diese Ungewissheit und machen daraus ein weiteres Lied.

»Gott ist tot«, singen sie ihm zu. »Es gibt keine Götter im Universum. Es gibt nur den Menschen, und es gibt keinen Mann wie den gottgleichen Odysseus …«

Sie singen, genießen die Zischlaute in seinem Namen, küssen ihn mit ihrem Sang am ganzen Körper. Ihre Augen strahlen Bilder seiner einstmals jugendlichen Gestalt in all ihrer Herrlichkeit aus und überblenden sie seinem gealterten Leib. Er erscheint und fühlt sich wieder begehrenswert, ein König und Kriegsheld, fähig, viele Frauen zu befriedigen und viele Söhne zu zeugen.

Sie singen seinen Namen, als lechzten sie nach seinem Gemächt.

In der Spiegelung ihrer Augen sieht er, wie er sie alle begattet, eine nach der anderen, sieht, wie seine Söhne geboren werden, sieht sich in ihrer Mitte, von allen geliebt und verehrt.

»Nein«, schreit er verzweifelt auf wie jemand, der von einer unwiderstehlichen Versuchung gepeinigt wird, der er dennoch auf irgendeine Weise widerstehen muss. »Es sind nicht neue Söhne, die ich brauche. Vielmehr muss ich wissen, warum ich den Sohn, den ich hatte, nicht geliebt habe. Warum habe ich mein einziges Kind nicht geliebt? Ich muss wissen, warum ich geboren wurde und warum ich so gelebt habe, wie ich es tat.«

»Für nichts«, singen die bezaubernden Banalitäten zur Antwort. Ihr Lied ist wie ein Liebeslied und ein Choral und ein Schlaflied. Sie singen dreistimmig und mit solch süßer Frömmigkeit, dass ihr »Für nichts« richtig und wahr zu sein scheint. Als wäre nur im Nichts das Nirwana, wo all seine Fragen ein für alle Mal Antwort finden werden.

»Nein«, schreit er mit seiner Altmännerstimme auf, »tausendmal nein. Der Mensch wurde nicht für nichts geschaffen. Nicht einmal ich.«

Wenn sein Widerstand nur von kurzer Dauer zu sein brauchte, stünde alles zum Besten, aber das tut es nicht. Die Beharrlichkeit ihrer Versuchung erfordert eine Beharrlichkeit des Widerstands, und er spürt, wie er allmählich erliegt. Sie zermürben ihn mit ihrem Lied, sagen ihm nicht nur, dass er töricht ist, zu widerstehen, sondern weisen ihn darauf hin, dass auch niemand da ist, seinen Widerstand zu bewundern. Keinerlei Zeugen, um von seinem Kampf zu erzählen. Kein Homer, um aus seinen Taten ein Epos zu machen. Es ist alles für nichts, singen sie ihm, niemand wird es je erfahren.

»In der immerwährenden Gegenwart meines lebendigen Geistes ist immer noch ein Ich, dessen ich mir bewusst bin, und es genügt, dass ich es erfahren werde«, sagt er ihnen.

Das ist nicht unbedingt eine vernichtende Entgegnung, und das weiß er, und er sieht, das kann ihnen nichts anhaben. Es scheint sie zu belustigen. Alle Vernunft und Logik in diesem Streit sind auf der Seite der Banalitäten, aber Odysseus ist ein alter Mann, und ein alter Mann fühlt sich manchmal von Vernunft und Logik in die Enge getrieben und wird aus purem Trotz so unvernünftig wie ein kleines Kind.

Sein Wutanfall, der nun folgt, ist des hochgeistigen Disputs, den sie führen, nicht würdig, aber das ist ihm egal. Er kreischt. Er zetert. Er stampft mit dem Fuß auf und fuchtelt mit den Armen. Es reicht ihm. Er ist zu alt für so was. Er will nach Hause.

»Ich bin, der ich bin, und damit Schluss«, brüllt er sie an und brüllt weiter, bis sein Gesicht puterrot anläuft. Er weigert sich, weiter mit ihnen zu streiten. Es gibt nichts mehr zu bereden. Er war, der er war, und damit Schluss.

Auf wackeligen Beinen und am ganzen Körper zitternd, schleudert Odysseus ihnen Obszönitäten entgegen und steuert sein Schiff ohne Rücksicht auf die Richtung, die er einschlägt, solange sie ihn nur von dort wegführt.

Was sie schließlich auch tut.

Er ist so aufgebracht, dass er ihnen noch wüste Beschimpfungen nachschleudert, als die Höhle der Banalitäten bereits weit hinter ihm liegt.

Doch nach und nach beruhigt er sich und begibt sich wieder auf seine Suche nach Gott.

Aber mit der inneren Ruhe kehrt auch die Einsamkeit zurück, die die Banalitäten für eine Weile vertrieben hatten.

Er beginnt, sie zu vermissen, wie Weitgereiste oft die Fährnisse ihrer Reisen vermissen.

Seinen letzten Stern sah er vor langer Zeit, und es gibt keine Sterne mehr zu sehen, auch keine fernen Kometen, überhaupt keine Himmelskörper irgendeiner Art.

In dem Raum-Zeit-Kontinuum, durch das er auf der Suche nach Gott reist, gibt es nichts mehr zu sehen oder zu hören. Es gibt nur Leere, und es lässt sich nicht erkunden, ob die Leere, durch die er dahinzieht, endlich oder endlos ist. Sie geht einfach weiter und weiter. Ein Ende ist nicht in Sicht. Nichts ist in Sicht. Sein einziger Trost ist, dass es nicht das Nichts ist. Es ist eine Leere, ja, aber die Leere selbst ist etwas, und er vertraut darauf und tröstet sich damit, dass er sich durch sie auf ein anderes Etwas zubewegt, auf Gott.

Sein einziger Trost beginnt jedoch zu schwinden, und dann ist er völlig verschwunden und lässt ihn in der Leere ohne jeden Trost zurück.

Wenn es Nacht ist, ist die Leere dunkel, und wenn es Tag

ist, dann erhellt das Tageslicht eine Leere ohne Grenzen und ohne irgendetwas darin, worauf das Auge ruhen könnte.

Das Schiff, in dem er segelt, wirft nicht einmal einen Schatten, denn in der Leere ist nichts, worauf ein Schatten fallen kann.

Ein einziger Grashalm käme ihm jetzt vor wie eine Landschaft, wert, das Paradies genannt zu werden.

Er segelt weiter, hat aber keine Möglichkeit festzustellen, ob er sich bewegt, denn in der Leere gibt es nichts, an dem er sich vorbeibewegt, auch nichts, und sei es noch so flüchtig, das sich an ihm vorbeibewegt.

Es gibt nur das Raum-Zeit-Kontinuum, und selbst diese Gewissheit beginnt zu schwinden. Womöglich hat das Raum-Zeit-Kontinuum seine Kontinuität schon vor langer Zeit eingestellt, ohne dass er es gemerkt hat.

Allein auf seinem Segler, kommt er sich langsam vor wie eine Skizze, die jemand begonnen und nicht beendet hat, eine Skizze von einem alten Mann auf einem Segelschiff. Ein Bild, das im Leeren hängt.

Seine einzige Hoffnung ist Gott, aber selbst diese Hoffnung verkehrt sich gegen ihn, denn womöglich ist die Leere, in der er sich befindet, Gott.

Womöglich hat er ihn gefunden.

Er wagt nicht, Gott anzurufen, wie er es früher so freiheraus tat, denn eine Furcht begleitet den Drang, ihn anzurufen, und hält ihn davon ab. Die Furcht nämlich, dass Gott antworten könnte und durch seine Antwort bestätigen könnte, dass er in der Tat die Leere ist. In panischer Angst vor dieser Möglichkeit wagt Odysseus Gottes Namen nicht einmal zu flüstern.

Was ihm an Glaube, Gott sei nicht die Leere, verbleibt, ist so winzig und zerbrechlich, dass Odysseus sich bemüht, es sogar vor Gott zu verbergen.

Er war einst ein mächtiger König mit einem Königreich, er war einst ein Vater und ein Ehemann, und jetzt ist er nur mehr ein hinfälliger alter Mann mit geringem Glauben. Aber er hält daran fest.

Er segelt weiter, sieht nichts und fühlt sich ungesehen. Seine Einsamkeit wächst in einem Maße, das in keinem Verhältnis mehr zu der Winzigkeit des menschlichen Gefäßes steht, des Gefäßes namens Odysseus, das diesen Ozean aus Einsamkeit enthält.

Ohne Überzeugungen oder Plan segelt er weiter, nur aus seinem Glauben heraus.

Es gibt keinen Norden mehr in den äußersten Fernen des Universums, weder einen Norden noch einen Süden oder Osten oder Westen. Es gibt kein oben oder unten. Nichts, was am Horizont auftaucht. Es gibt nicht mal einen Horizont. Es gibt nur die Leere und darin einen Reisenden.

Es gibt in dieser Leere keine Ecken oder Kurven, hinter denen sich eine Vision oder eine Aussicht auftut. Deshalb ist es nicht nur nahezu, sondern vollkommen unmöglich, mit Worten auszudrücken, auf welche Weise Odysseus plötzlich Gott, den Schöpfer, sieht.

Schon allein »plötzlich« ist eine ungenaue Beschreibung. Als Odysseus Gott sieht, ist das Einzige, was daran plötzlich ist, seine Erkenntnis, dass er ihn schon seit langer Zeit gesehen hat.

Es gibt keine eigentliche Begegnung zwischen Odysseus und Gott. Keinen Kniefall, keinen Händedruck, keine Umarmung. Es gibt nicht einmal das Auswerfen des Ankers, als habe Odysseus nach langer Wanderschaft endlich sein Ziel erreicht und könne fortan selig im Reiche Gottes ruhen.

Es gibt, sieht Odysseus, kein solches Reich. Der Gott, den er sieht, ist kein Herrscher, der regiert oder thront. Der

Gott, den er sieht, ist ein arbeitender Gott. Es ist Gott, der Schöpfer, und Odysseus sieht ihn nun und sieht ihn immerdar beim Schöpfungsakt.

Er sieht, wie Gott sich vom äußersten Rand des Seins in das Nichts hinauswirft, in das Nichts voranpflügt wie eine lebende Pflugschar, sodass neue Zeit und neuer Raum geboren werden. Wieder und wieder wirft sich der Schöpfer hinaus ins Nichts und wirft sich abermals hinaus ins Nichts. Es gibt allen Grund zu dem Glauben, dass dies ein endloser Vorgang ist.

Odysseus segelt ihm nach, folgt ihm durch neugeborene Welten.

Manchmal will ihm scheinen, Gottes Schaffensfreude ist so groß, die Liebe zu seinem Tun nimmt ihn so vollkommen in Anspruch, dass Gott ihn nicht einmal bemerkt.

In anderen Momenten, jetzt zum Beispiel, sorgt er sich, dass das All ein kosmisches Rad ist und dass alles, was Gott erschafft, sich weiterdreht und in Nichts verwandelt, sodass Gott von vorn beginnen muss und Raum und Zeit und Leben immer wieder von Neuem erschaffen muss. Immer wieder aufs Neue.

Wenn Odysseus betet, betet er nicht mehr zu Gott, sondern er betet darum, dass Gott weiterlebt, damit das Nichts nicht das letzte Wort behält.

Das wenige an Glauben, was Odysseus noch hatte und woran er verzweifelt festhielt, ist jetzt vollständig verschwunden. Er braucht keinen Glauben mehr, sei er groß oder klein. An seine Stelle ist eine ursprüngliche Liebe zu allem Lebendigen getreten. Eine Liebe ohne jegliches Motiv.

Er sieht den lebendigen Gott ins Nichts pflügen und es mit der Schöpfung zurückdrängen. Er sieht nicht nur, wie Raum und Zeit geboren werden, Odysseus sieht auch manchmal, gleich einem Funkenregen aus einer Schmiede, einen endlosen Funkenregen subatomarer Teilchen aus dem Nichts hervorströmen und überall an sich vorbeiströmen. In diesen Teilchen sieht Odysseus die Flora und die Fauna der subatomaren Welt. Und er sieht, jedes kleine Teilchen lebt.

Aber nicht alles ist so, wie Odysseus es sich vorstellte, als er sich auf die Suche nach Gott begab. Er war überzeugt, Gott zu finden, würde ihm Antwort auf all seine Fragen geben. Das tut es nicht.

Seine Frage, warum er so gelebt hat, wie er gelebt hat, bleibt unbeantwortet.

Das große »Warum?« bleibt ihm.

Ihm bleibt auch der Schmerz über die vielen Untaten, die er begangen hat.

Er hatte gehofft, Gott würde ihm ein für alle Mal den Schmerz nehmen, aber jetzt entdeckt er, dass es so etwas wie ein für alle Mal nicht gibt.

Nichts, entdeckt er, lässt sich wiedergutmachen.

Er kann so sehr lieben, wie er will, er kann so sehr lieben, wie er es tut, er weiß jetzt, dass nicht ein einziger Moment der Nichtliebe je wiedergutgemacht werden kann.

Niemals.

Auch die Kluft, die ihn von Gott trennt, kann er nicht überbrücken. Er segelt weiter durch erschaffene Zeit und erschaffenen Raum, aber Gott, der Schöpfer, ist ihm immer voraus, immer mehr erschaffend, und die Entfernung kann nie überbrückt werden.

So segelt Odysseus weiter und folgt Gott ohne Hoffnung, ihn je einzuholen oder je ein Zuhause zu finden.

Er weiß nicht, auf welchem Kurs er sich befindet, aber er weiß, dass er nicht ziellos durchs Universum irrt.

Hin und wieder betet er:

»Gesegnet sei alles, was lebt. Vater, Mutter, Brüder, Schwestern, Kinder der Erde, seid gesegnet um eures Lebens willen, denn dieses ist die Freude der Welt.«

Und dann segelt er weiter.

KEIN & ABER POCKET

Steve Tesich

Ein letzter Sommer

Roman

Aus dem Amerikanischen von Heidi Zerning

ISBN 978-3-0369-5919-1

Edward Docx

Am Ende der Reise

Roman

Aus dem Englischen von Anna-Christin Kramer und Jenny Merling

ISBN 978-3-0369-6101-9

Hannah Tinti

Die zwölf Leben des Samuel Hawley

Roman

Aus dem Amerikanischen von Verena Kilchling

ISBN 978-3-0369-5981-8

Alle Pockets sind auch als eBook erhältlich.

www.keinundaber.ch